PARALELO

Un thriller de ciencia ficción cuántica
en el espacio

ꓴ

Diego Pozo Morillas

Ingeniero aeroespacial nacido en Sevilla (España), Diego ha trabajado para la JAXA, la NASA o la ESA en proyectos desde la Estación Espacial Internacional a misiones científicas o demostradores de entrelazado y comunicaciones cuánticas. Esto último le hizo retomar su pasión por la escritura y ver cómo la historia se iba formando con retazos de sus vivencias por todo el mundo. Comenzado en 2012, *Paralelo* es un thriller de ciencia ficción y exploración espacial con un desarrollo similar al de videojuegos como *Dead Space, The Last of Us* o *Resident Evil,* que bebe de *Alien,* de *Dune* o de Asimov, y que explora el posible desarrollo tecnológico futuro y su impacto social, con la religión de La Virtud, la Crisis de Valores, o el Cambio Climático entre otros temas que completan el relato principal: la búsqueda de la desaparecida Clara en la colonia minera de Titán.

© Diego Pozo Morillas, 2024

Depósito Legal: AB 105-2024
I.S.B.N.: 978-84-19963-35-2

UNO
EDITORIAL
unoeditorial.com

PARALELO

Un thriller de ciencia ficción cuántica
en el espacio

DIEGO POZO MORILLAS

ʊ

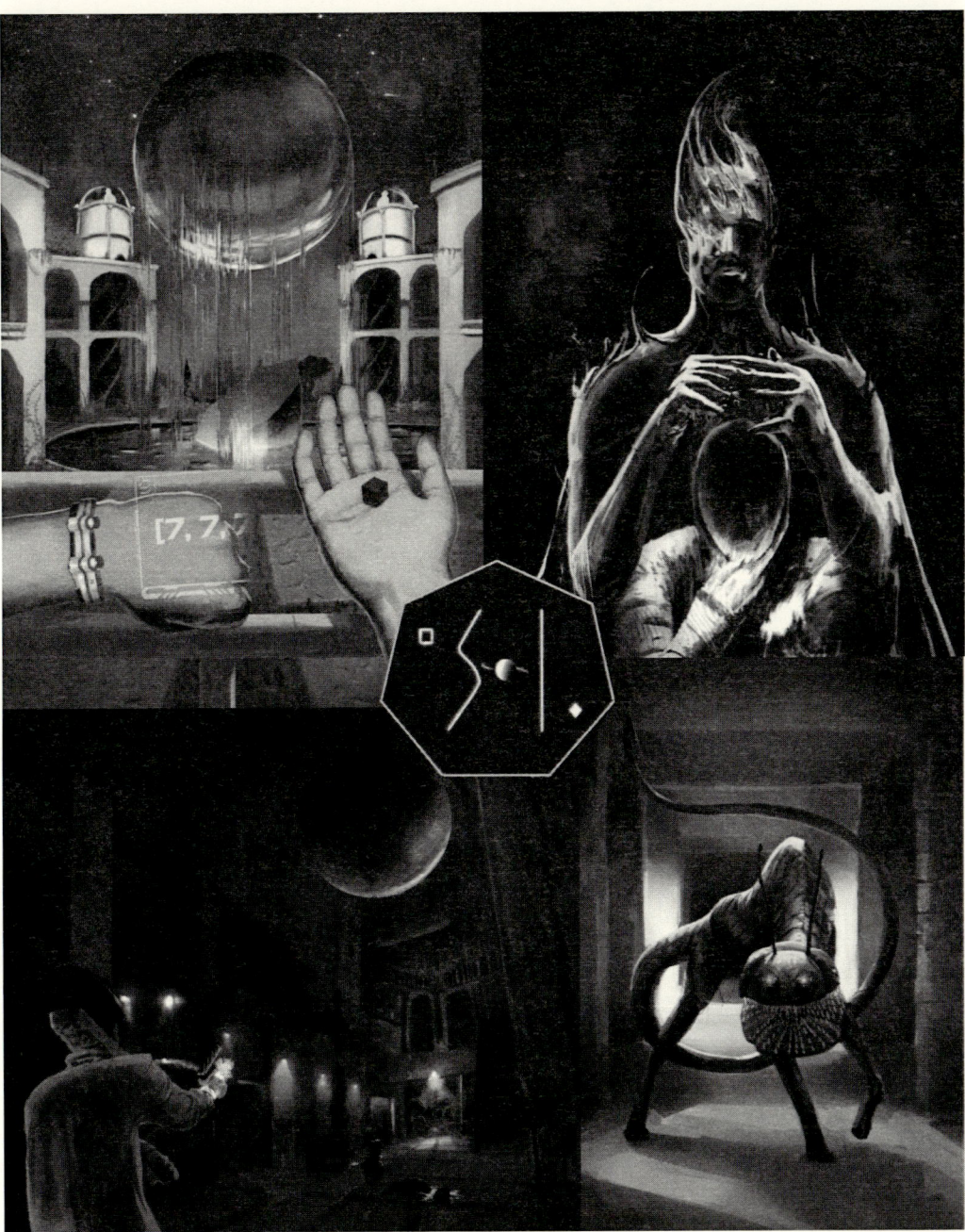

Índice

A Max,
Por el camino que tienes por delante

Prefacio

C omencé a escribir esta novela en 2012. Recuerdo claramente el momento en el que, mirando la pared de una sala de formación del Centro Europeo de Astronautas en Colonia, pensé en qué podría haber al otro lado si transformáramos más del espectro electromagnético de lo que nuestros ojos son capaces. A partir de ahí, retomé mi hobby de juventud cuando escribía historias de vampiro y rol, y dejé que el relato se fuera desplegando en todas las horas que conseguí dedicarle, incluyendo un periodo sabático para dedicarme a ello.

La historia se fue llenando de mis experiencias personales y profesionales en una docena de países en el sector aeroespacial (Holanda, Japón, Alemania o Francia), así como de mis preferencias y referencias culturales (Lloyd Alexander, Asimov, Murakami, Kitano, Takeshi Miike, Tarantino, Alien, Dead Space, Resident Evil, Manel Loureiro o Last of Us entre otros). Desde que me enteré del récord de Teleportación Cuántica en Tenerife en 2012, la tecnología cuántica me atrapó y fascinó, y acabé formando parte del consorcio QT Space, trabajando en proyectos de industrialización de QKD en espacio, o de demostración de Entrelazado Cuántico en microgravedad. Esta experiencia me fascinó profundamente, y encontró su camino hasta esta historia, pues toda ficción tiene parte de verdad.

Fui sacando horas de donde pude entre mudanzas, proyectos y algo aún más increíble que la teleportación: el nacimiento de mi hijo. El borrador (cuyo primer registro puede encontrarse en 2014 en Safe Creative), fue editado y re-escrito hasta que, diez años más tarde, estaba por fin listo para salir del disco duro (en la nube, con el paso de los años).

El empujón final vino gracias a una campaña Kickstarter y al apoyo de tantos mecenas (encontraréis varios de vuestros nombres o referencias a lo largo del texto). Gracias infinitas por vuestro apoyo, fruto del cual he podido por fin editarlo como lo imaginé: en ambos idiomas y con ilustraciones. Mención especial merece LAPAN, con su capacidad para plasmar los momentos y sensaciones en ilustraciones; Agata por su certera expresividad visual, y Nekro XIII por haber aceptado participar en este proyecto con una portada que muestra el porqué es un gran profesional del sector (DC Comics, Magic The Gathering, *30 Monedas* con Álex de la Iglesia y HBO, etc.)

Gracias a todos (Oskar, Pitu, Livio, hermana) los que habéis aguantado las revisiones, dudas, lecturas y correcciones de los borradores. A mis padres, por haberme armado de herramientas para salir adelante. Gracias a mi mujer por su paciencia y por la ardua tarea de corregir la versión en inglés, y sobre todo por existir. Gracias a *Blasphemous* por la inspiración muy nuestra y por demostrar que se puede y el cómo; a Blind Guardian por publicar *The God Machine* sin el que (puesto en bucle) hubiera sido difícil editar cuando me rompí la rodilla. Y gracias a ti Max, por hacerme querer mejorar y demostrar que querer es poder; que se puede encontrar un camino, que las metas pueden cambiar a medida que se camina, y que cambiar de opinión (por rectificar o no) es una virtud.

Gracias a todos: ilustradores, mecenas y a vosotros, lectores, y ojo a las Solar Innovations que ya despuntan a lo largo ancho y cuántico del Sistema Solar.

Saludos titánicos,

Diego

GRACIAS POR VUESTRO APOYO
A ESTE PROYECTO EN KICKSTARTER

Johanna Parks	Rene Fuentes	Joseba
Migu	Florian BOITREL	Marco Julio Expósito Vidal
Camilla Drees	Kevin McCafferty	BOCA
Luis Ferreira	Ricardo	Livio
La comunidad KICKSTARTER	Anne Darrigrand	Elena
Radamanth	Angelo Maracci	Juan
Sara	Joan Guerrero	María Pilar
Taiko512	Elizabeth Beer	Klikke Sietel
Debbie Lynn	Betoluna	Cristina
Ferdi Perdana Kusumah	Stephen Ryan	KickThqtRight
David Leoty	ChiaraVic	John Lamar
Patrick mcguire	Ma Eugenia	Francisco Perez-Zabalza
Jason	Enrique	Matias
Jean Christophe	Lilith B. Mireles	Tad
Ludo Mexico	Theo	Katherine Shipman
Violet	Alessandro	Roberto
Jose R.	Xabi	Antonio Gutierrez
Ryu	Victor Huarcaya	Barry
Tom G	Anton Šambalov	Jacob
Jens Biele	Víctor	Felicia Sturdy
Christian	Celestino Esteves	Marie-Helene Ayotte
Ryuhei Hagiwara	Oscar Julio Perez Frias	Luis A.
Aaron Bishell	Bsic	Christian grimm

[Log del autor]

A medida que se avanza en la aventura, como si se tratara de un RPG o de un videojuego, se van encontrando diferentes notas, «Artículos relacionados», entradas en diarios de los diferentes personajes, extractos de revistas u otros documentos que amplían la información sobre el mundo creado (y regido) por Solar Innovations en Titán y el Sistema Solar. Su lectura, pese a recomendada, no es necesaria para seguir la historia principal, y averiguar qué ocurrió con Clara. *Adelante*... cada uno a su ritmo.

I
INICIO

Cero: la vigilia

El rojo cálido del paisaje le tranquilizaba. Sentado en el lateral de su cama, su mirada traspasaba el inmenso ventanal del dormitorio y se posaba en el infinito. El complejo de apartamentos era un edificio lo suficientemente alto como para que los otros paneles de la colonia apenas enturbiaran la vista pura del atardecer, que se derramaba desde el cielo sobre el contorno de las construcciones como un cubo de pintura volcado, rebosando su contenido por doquier. La instantánea era intensa y preciosa. El color, rojo carmesí. Al menos, eso percibía el limitado ojo humano, incapaz de traducir el resto del espectro y lo que pueda albergar.

Todo en ese instante parecía resonar con sus adentros, con su ser, de forma tal que le permitía mantener sus pensamientos en blanco y ponderar sensaciones felices, de bienestar, de buenos tiempos: aquellos pasados y los que están aún por llegar; mirar al futuro y no al pasado. El único camino a seguir es hacia adelante, como hubiera dicho ella. Respirar. Paz.

Tic tac, tic tac, la sombra de la duda y de la ansiedad comenzaron a planear sobre su cabeza. Ya faltaba menos para el reencuentro y no pensaban perdérselo.

Había algo en aquellos atardeceres de Titán que le conmovía. La vista de Saturno en el horizonte rondado por Rhea, que le seguía de cerca cual fiel pareja que no quiere perder de vista a su amada mitad...

Éstas eran sus emociones, a flor de piel; reacción personal a este evocador paisaje del que seguramente miles de colonos y turistas estaban disfrutando en esos momentos. Les envidiaba. Les odiaba. Le gustaría tener algo y a alguien con quien celebrar, como ellos, el espectáculo de la naturaleza planetaria; pero su contexto era algo diferente a la del resto de *explanetados*, que proseguían con la incesante rutina de minería en Titán cual colonia de trabajadoras y quedas hormigas. Su silencio era cómplice. Su obediencia ciega avivaba lo que estaba pasando en Titán y en todo el Sistema Solar. Y que él supiera, ellos no habían perdido a su mujer a cambio de un cadáver frío, ninguna respuesta, y un cheque a cambio por las molestias y por su silencio... Sus dientes se apretaron. ¿Cómo hacerles ver más allá de su burbuja de confort? ¿Cómo hacer que salieran de su ensimismamiento y espabilaran de una jodida vez?... Trató de calmarse:

«Respira Antonio», murmuró para sí mismo, espirando lentamente para controlar los latidos de su corazón desbocado, dañado y lleno de ira.

Cerró los ojos e intentó evadirse y centrarse sólo en el instante. Poco a poco, su respiración y pulsaciones se ralentizaron. Le era muy difícil, pero necesitaba desesperadamente este remanso de paz para no perder la cordura. Los últimos meses intentando en vano obtener más información sobre lo acontecido, le habían drenado, frustrado y hecho sentir culpable por no poder hacerle justicia. A ella, que lo representaba todo para él. No le quedaba nada, salvo desenterrar la verdad.

La cálida y cándida radiación solar, pequeña redención, le consolaba en un reconfortante abrazo. La tranquilidad de su habitación le mecía; la relajación física producida por los biorritmos corporales al caer el sol al atardecer; el rojo intenso que le traspasaba y dotaba de reposo mental y físico, todo parecía por una vez, por esta vez aunarse y congraciarse con él.

Tic tac, tic tac, la indeseable pareja aporreaba ya la puerta.

Las oleadas de color y calor comenzaron a dejar de ser una mera sensación para tomar una forma física, espesa; un oleaje que le arropaba inundándole y calmándole... pero como había temido, de repente, éstas dejaron de dar marcha atrás, atrapándole como un engranaje mecánico que de repente cambia el sentido de su rotación, aumentando progresivamente su potencia. *Tic tac, tic tac*, llegó la hora. Las capas se volvieron más densas, gruesas y pesadas. Abrumadoras. Su calor desagradable y ácido, corrosivo al tacto y casi a la mirada. El contacto con ellas profería una sensación nerviosa que traspasaba su piel, recorría su sistema nervioso y helaba y paralizaba tanto su espina dorsal como su mente nublándola, llenándola de ansiedad, culpa y rencor.

Pronto las sábanas de la cama se impregnaron de color, manchadas como sus manos, a medida que las oleadas avanzaban, lenta y dolorosamente, sin descanso. Rojo oxidado. Denso. Cálido. Su sangre. Recuerdos que olvidar. O que sobrellevar. O que superar. No sabía qué hacer con ellos, cómo manejarlos, cómo olvidarlos o cómo ajusticiarlos.

Tic tac, tic tac, se habían adueñado de él. Un atardecer más.

Antonio ya la sentía. No necesitaba girar la cabeza para saber que ella estaría ahí al girarse.

La figura de Clara aguardaba tras él, paciente e implacable. La sangre ascendía alrededor de ella creando un charco, un lecho donde su calor y brillo contrastaban con la palidez de su cuerpo gélido. Era entonces, como siempre, cuando ella abría los ojos y le miraba fijamente. Con dulzura y candor. Esos ojos verdes que tanto había mirado y a través de los cuales ella había llegado hasta los cimientos de su persona. Esos ojos que a su vez eran una puerta abierta a ella, y le habían enseñado a conocerla, a amarla, a admirarla, apoyarla y quererla. Un sentimiento de los que conversan con miradas y la mera presencia, sin precisar palabras y que una vez aparece sabes te va a acompañar el resto de tu vida. Iba adjunto a su energía, a su ser. Era por eso que aún la sentía. Que aún le guiaba. Tenía que estar viva, joder. Se suponía que estaba muerta, fría e inerte. Pero él la sentía.

Acercando sus dedos, ella le acariciaba la piel de su mejilla. Su mano se sentía fría, tersa y suave. Sabía que era un sueño, pero lo sentía tan real... tenía que significar algo. Y entonces, cuando esperaba alguna respuesta, alguna indicación de qué hacer a continuación, un espasmo súbito hacía que ella se contorsionase. Sus ojos tornaron para buscar el techo, el infinito y el vacío de la muerte. De su boca abierta manaba un hilo de sangre que descendía por su mejilla, uniéndose al charco que ya la rodeaba. Él le apretaba la mano, la abrazaba, intentaba que la convulsión parase pero era inútil. Sólo iba a más. Y entonces el sueño terminaba y él abría los ojos.

Vuelta a la realidad, a su habitación. Los anillos de Saturno, la cercanía de la luna Rhea. El único cambio era que el rojo vívido comenzaba a dar paso a la noche facilitada por la atmósfera artificial. La visión de las estrellas y los cuerpos celestes era hermosa, pero vacía de la conexión y relajación que le proporcionaba el atardecer. Antonio respiraba hondo para intentar relajar las palpitaciones de su maltrecho corazón en penitencia.

Tras recuperar la compostura se impulsó para ponerse en pie y sacudir las oscuras sensaciones que embargaban su cuerpo. Dejó atrás el salón y se refrescó la cara y el cuello con agua en el baño. Se miró al espejo. Las gotas se deslizaban por su rostro cayendo poco a poco en la pileta. El reflejo que contemplaba mostraba a un pírrico ejemplo de hombre exhausto física y emocionalmente, fruto de la falta de sueño, de la ansiedad y de la tensión acumulada desde la muerte de Clara. Sin embargo, tras cada alucinación recobraba algo de determinación en su mirada, espejo del alma. Por duras que fuesen, estas visiones le ayudaban a recomponerse, a centrarse y a fijar el objetivo, tras los repetitivos fracasos de cada día en su investigación, y la nula cooperación policial. Las explicaciones proporcionadas por Solar Innovations no eran suficientes y algo dentro de él le decía que ocultaban el verdadero motivo de la muerte de su esposa. Mirándose a sí mismo, apretó los dientes y se prometió que revelaría la verdad, y al culpable de haberles cercenado la felicidad, y haber convertido su vida en esto. También se lo prometió a ella, estuviera donde estuviese. Alguien iba a pagarlo caro.

Apagó la luz y salió del baño y del apartamento. La puerta corrediza que daba acceso al pasillo del transbordador matricial de la colonia se cerró detrás de él, dejando atrás los recuerdos y dando paso a la búsqueda, a la exigencia de explicaciones. No sabía a dónde le llevaría ese camino o lo que sus acciones pudieran desencadenar, pero tenía claro que era el que debía recorrer y que en algún punto del mismo, daría con sus respuestas.

Artículo Relacionado: Audioguía de la colonia minera de Titán (I —Entorno y transporte)

Nota: transcripción de la audioguía multimedia turística de Titán, descargable cuánticamente o disponible en brazalete alquilable en el Hall Social 2B de la colonia.

Queridos visitantes, bienvenidos a nuestro hogar en el Sistema Solar: la colonia minera de Titán.

En este primer capítulo de nuestra audioguía les presentaremos el sistema de transporte principal de la colonia, conocido como La Matriz. Si bien éste no es exclusivo al asentamiento de Titán sino que está también presente en otras colonias como Europa, fue aquí, bajo la subyugante órbita de Saturno, donde fue ensamblado, probado e inaugurado por primera vez, tratándose por ende del referente para su aplicación en otros asentamientos humanos a lo largo, ancho y cuántico del sistema solar.

Dichos enclaves de Solar Innovations (SI) también pueden ser visitados, y disponen de su propia audioguía (*Nota: aparece un holograma en pantalla «incluso Urano, haga click aquí para reservar el tour inaugural de la nueva colonia de SI»*), pero fue aquí en Titán donde comenzó todo. Ésta es la colonia primigenia, fundacional y primordial para nuestra forma de vida basada en gran parte en la explotación minera espacial. Esperamos por tanto que esta guía le ayude a saber más sobre la historia del asentamiento, así como sobre el estilo de vida de los colonos.

Durante su visita, encontrará más información contextual en forma de diferentes artículos y documentos relacionados repartidos por los diferentes paneles, con las últimas noticias titánicas así como apuntes de su historia y de la contribución de Solar Innovations (SI) a la próspera, segura y feliz sociedad moderna.

¿Listos? Comenzamos.

Nota: aparece un holograma en pantalla para continuar con el capítulo primero de la audioguía.

Capítulo primero: Bienvenido a La Matriz

¡Hola estimado viajero interplanetario! El denominado «Sistema Transportador Matricial» de la colonia permite tanto una distribución espacial optimizada, como un tiempo de trayecto minimizado, para así facilitar el desplazamiento de los colonos entre los diferentes edificios que albergan y dan acceso al sinfín de actividades a disfrutar en nuestro querido asentamiento de marras.

Entrando en materia, nunca mejor dicho en esta colonia minera, las edificaciones están agrupadas en doce paneles, distanciados entre sí pero interconectados mediante dos infraestructuras de transporte: el monorrail levitante sobre las vías y los transbordadores de propulsión eléctrica. La interfaz de cada panel puede verse como la fachada descubierta de un edificio, con los huecos de cada planta conformando los puntos de acceso o puertos, ordenados en filas y columnas. A los más pequeños entre vosotros (así como los ya no tanto que los habéis y muchos que nos visitáis cada año, lo cual aprovechamos para agradeceros), os puede recordar a un calendario de adviento con todas sus viñetas listas para ser abiertas, exploradas, y disfrutadas en pos de un glorioso momento dulce... como el que pueden encontrar visitando a nuestro gourmet favorito, el patrocinador del equipo de Airball más laureado del Sistema Solar, nuestros Titán Drillers *(Nota: se escucha un «Go Titans!», de fondo)*, quien no es otro que Esbelto Angeli […]

Nota: La guía forma parte del esquema de marketing de Solar Innovations, intrínseco a una visita a la colonia, y sorprendentemente poco obvio para el público vista su innegable contribución al auge del volumen de negocio en Titán.

Casi todos los paneles tienen al menos un puerto público que da acceso a instalaciones como bloques de viviendas, estaciones de transbordo, el centro deportivo Panel 8 (*El Maletín*), el Parque del Amanecer dentro del centro de entretenimiento Panel 7 (*La Colmena*) o el estadio de Airball Panel 9 (*La Mina*). Pero algunos puertos son privados, conectando oficinas o viviendas de lujo, reservadas para aquellos colonos más trabajadores e influyentes, así como para nuestros bravos y queridos miembros de las diferentes Fuerzas de Seguridad Interplanetarias: Policía, Centro de Control del Internet Cuántico (CCIC) o la Guardia Interplanetaria estacionados aquí en Titán. Desde aquí, como siempre, enviarles nuestro apoyo y agradecimiento por su labor diaria, poniendo sus vidas en juego, por nuestra seguridad, libertad, valores y modo de vida. Admirados guardianes, os saludamos.

Nota: los rumores de control y corrupción entre SI y las instituciones de gobierno del Sistema Solar eran continuos en la red de Internet Cuántico. Más información en los siguientes capítulos y en el Artículo Relacionado: La Guardia Planetaria y el Control Económico.

Todo puerto queda unívocamente identificado por los tres números que indican su posición matricial: panel, fila y columna. Por ejemplo, una dirección particular en el Panel 3 de viviendas para los colonos es la [3,10,15]: una dirección real, en la que habita nuestro querido y humilde vicepresidente de la Junta de la colonia Günter Zarrías, quien ha consentido de forma altruista su uso para esta guía. Desde aquí le agradecemos su contribución para con la Armonía global, ensalzando así tanto sus virtudes como su gratificación personal. Un ejemplo de «ganan todos», como predica la santa Virtud. Que la Armonía sea con tu alma, Günter.

Nota: la religión de 'La Virtud' es la predominante en la sociedad interplanetaria, desde la aparición del libro El Círculo en 2042. Esta religión sin deidad proclama que el cuidado y pulido de las siete virtudes principales, de las que derivan las secundarias y terciarias, contribuyen a mejorar un bienestar común denominado Armonía Global, a partir de la Armonía Personal. Esto es, aunque se haga por una satisfacción egoísta, como la gratificación por haber contribuido a una obra social. Más información en el Capítulo Relacionado: La religión de La Virtud.

...El transbordador realiza su vuelo interpanel propulsado por motores de plasma. Esta tecnología deriva de los sistemas radar y láser de navegación inercial de las pioneras misiones espaciales de principio de siglo, como Rosetta, Hayabusa...

Nota: aparece un enlace de video al museo espacial de Titán, el más reputado de la galaxia, con réplicas, restos y explicaciones de estas misiones. El museo forma parte del tour de las instalaciones de SI

...Toda vez el transbordador ancla en el panel destino, puede finalizar su recorrido hasta el puerto destino mediante un viaje intrapanel sobre la rejilla de raíles que los unen como lo haría una reina sobre un tablero de ajedrez lleno de vías de tren... ¡*ChunChun*, atención que viene!

Nota: aparece un enlace de video con dibujos animados de, efectivamente, una reina de ajedrez cuya corona lleva grabado el nombre de Solar Innovations (SI), pilotando una antigua locomotora de vapor que lleva hasta la tienda oficial de la multiplanetaria. Nótese que el turismo interplanetario se suele realizar estadísticamente en familia, y que los datos arrojados del último estudio de Ludovico Augez y alumnos muestra las animaciones hacen más proclive a la familia comprar merchandising, sea por pura fascinación, para contentar a los pequeños subyugados por el vídeo y tenerlos tranquilos un rato, o por cualquier otro motivo.

[...]

El cerebro del sistema lo representa un ordenador central al que llamamos PAL, ¡y no sólo porque sea nuestro simpático colega, como su nombre en inglés indica!...

Nota: de nuevo, la animación correspondiente

...sino porque es acrónimo de *Panel Address Locator*, es decir, el Localizador de Direcciones del Panel, aunque bien podríamos llamarlo «*Optimizator*»...

Nota: se muestra la correspondiente animación, mascota y camiseta disponible en tienda que se vende como churros, y que muestra a un ordenador con rasgos humanos, y un aire a Schwarzenneger al clásico de culto Terminator.

...ya que tu PAL, nuestro PAL, el de todos, obtiene el camino más óptimo a la dirección destino en función de dos variables objeto, ¡adivina cuáles son y llévate un certificado en...

Nota: ... omitido. Para el resto de la explicación, se utilizará la transcripción resumida del modo adulto «uncool—poco chulo» (sic) de la audioguía.

[...]

PAL contrapone el vector de estado de cada transbordador, con los trayectos en curso y previsibles en base al aprendizaje sobre estadísticas, teniendo en cuenta variables como hora o fecha. Así controla el tráfico asegurando un trayecto seguro y eficiente actualizado en tiempo real gracias a la frecuencia de refresco de la red de Internet Cuántico.

Sin embargo, si lo que desea es tomárselo con calma, (*Nota: de nuevo la imagen del Terminator/Optimizator aparece en pantalla con el logo «PAL es su hombre». El Marketing no puede ser desactivado de la guía*), también existen los trayectos «escénicos», menos eficientes pero que ofrecen las mejores vistas de los puntos clave de la colonia, así como los vuelos de recreación y contemplación en las aeronaves del Embarcadero del Hall Social 2B, los cuales permiten disfrutar, por ejemplo, de los archiconocidos atardeceres titánicos, que tantos y tan diversos sentimientos y sensaciones evocan en aquellos que tienen la suerte de presenciarlos. ¿Podría alguien acaso cansarse de ellos?

[...]

Nota: La audioguía continúa describiendo la colonia a medida que la visita avanza, sobrevolando el paraje desértico de Titán, con sus lagos de metano y la montaña Vigía de fondo.

Uno: la sospecha

El transbordador esperaba pacientemente a que el pasaje terminara de registrar sus destinos en el ordenador de a bordo para optimizar la ruta. Los pasajeros usaban diferentes medios: dispositivos cuánticos conectados (brazaletes, comunicadores, etc.), conexión cuántica de campo cercano o incluso pantallas táctiles y reconocimiento de voz, «*para vosotros la vieja guardia uncool y sosa impermeable a los nuevos tiempos*» según juzgaba la audioguía, pese a que también sirvieran en caso de disfunción o emergencia.

Antonio buscó en la base de datos de su brazalete el Hall Social 2B o [1,0,0], centro neurálgico de la colonia al que, como cada tarde, se dirigía. Conectado gracias al intercambiador de la estación Agua, el Hall era además el único punto de entrada y salida de la colonia a través del Embarcadero, con una terminal exterior de aeronaves, y otra de teleportación ubicada en el interior de su plaza abovedada.

Sus dedos encontraban torpemente los caracteres a través de la ligadura cuántica de la pantalla del artefacto. Él mascullaba, desaprobando la ineficiencia del teclado de marcación.

—Última tecnología, primer problema... —decía para sus adentros.

Al pasar su dedo índice sobre el brazalete sintió el contacto del campo de interacción de la ligadura cuántica incipiente, que reconoció su huella y le permitió navegar el aparato. Pese a los años de uso, él seguía sin sentirse cómodo con esa pequeña presión percibida en las yemas de los dedos que denotaba el vínculo invisible que le unía al dispositivo y a la red. La sensación era viscosa y hormigueante, como un chorro de agua que chisporroteara en sus yemas. Su cerebro con cientos de miles de años de pre-programación y evolución de supervivencia no parecía entender el abstracto concepto reciente, y ponía consecuentemente a su cuerpo en alerta ante cada conexión, lo cual era fatigante.

Antonio no era nativo cuántico, pero casi pues había crecido a la par que la Era Cuántica: desde la primera teleportación durante su juventud en su Sevilla natal, que ya formaba parte de la Unión Mediterránea, hasta su actual residencia en Titán, joya de la corona y orgullo de SI. Pero aún así, le costaba. El omni-todo, le resultaba abrumador, redundante y sin gran valor añadido para con su existencia; se sentía ligado a la red y a sus aparatos en perpetuidad pero, irónicamente, disociado de todos y de todo... incluídas fechorías, corruptelas y secretos variopintos de la sociedad creada por SI, quien se beneficiaba de la distracción creada por esa conexión permanente para correr un tupido velo sobre según qué temas, algo delicados. Los conseguía reemplazar con éxito por otros más populares como la vida de los jugadores de Airball o las últimas tendencias de consumo «¡Ignorarlos nos tiene esclavizados por los peores hombres!» , solía citarle a una Clara que bastante tenía con aprovechar su poco tiempo libre, sin energía para procesar esa información y qué hacer al respecto.

Un sonido grave les informó de que el cálculo de ruta había terminado y de que por tanto el transbordador estaba listo para ponerse en marcha. El sonido también confirmaba que el pasaje había aprobado el escáner de identidad y autorización de desplazamiento. La puerta corrediza deslizó hasta cerrarse y asegurar la presurización de la cabina mientras una voz femenina anunciaba: «*Ruta optimizada. Pueden consultar la traza en el holograma mediante sus aparatos conectados o la pantalla del transbordador. Primer destino: Hall Social 2B*». La locución sonó envuelta en una escueta pero agradable y reconocible melodía en un intento de insuflar tranquilidad y seguridad en el subconsciente del viajero; algo comprensible toda vez que el transbordador se separaba de los raíles del panel aventurándose hacia el vacío de la hostil superficie titánica, más allá del cobijo de los campos de sujeción electrogaseosos, sin aire que respirar en caso de ruptura.

A los más pequeños de entre vosotros (así como los ya no tanto)...

Antonio se giró, había una familia junto a él que tenía activada la guía de la colonia.

«Mierda... otra vez ese panfleto de marketing», se dijo resoplando. Sopesó pedirles que activaran sus implantes auriculares, pero lo dejó estar: ni le apetecía interactuar con ellos, ni quería parecer un viejo gruñón «poco chulo» —Audioguía dixit—frente al chaval que tenía cara de ilusionado. El chico activó el holograma que se desplegó desde su brazalete como un resorte, mostrando la traza de su transbordador y de otros en marcha en diversos planos 3D que se acoplaban y fusionaban como un solucionador a un laberinto de caminos.

Los propulsores situados en las esquinas de la puerta de acceso se encendieron. Una vez se hubieron estabilizado, se produjo el desamarre y el habitáculo rectangular comenzó a levitar fruto de la inercia incipiente. Los pequeños motores expulsaban plasma, regulando millones de veces por segundo su trayectoria para asegurar un trayecto plácido por la ruta actualizada instantáneamente gracias a la frecuencia de refresco del Internet Cuántico.

Esta tecnología deriva de los sistemas radar y láser de navegación inercial de las pioneras misiones espaciales de principio de siglo, como Rosetta, Hayabusa o Cassini-Huygens que vino hasta nuestra querida Titán. Para visitar los restos de la sonda y su punto de aterrizaje haga clic en...

Antonio refunfuñó y trató de evadirse mirando a través de la cristalera que formaban las paredes del transbordador, apoyándose en la barandilla perimetral que la recorría a media altura. Tanto el suelo como el techo eran metálicos, salvo en la versión 360, completamente transparente, pero no apta para todos los estómagos. Poco a poco, todo el campo visual fue acaparado por el panel del sector residencial cinco, que iba surgiendo imponente. Tanto éste como el cuarto eran idénticos al suyo, el tercero y, alineados como fichas de dominó, conformaban el complejo residencial de la colonia. Los entresijos de la fachada del panel se hicieron visibles tras la separación del transbordador, y a medida que rebasaba su perfil y su cara trasera: una maraña de vías, transbordadores en recorrido horizontal o vertical, y el apeadero del monorraíl. Los raíles sobresalían en sucesión quasi-equidistante de columnas y filas – las viviendas de lujo ocupaban varios puertos—, forjando una rejilla metálica que otorgaba una forma compacta y sólida al conjunto. El entramado se beneficiaba de los hallazgos de la minería espacial, con materiales más resistentes, flexibles y maleables que los previos a la *interplanetarización* de la especie humana, aunque las mejores calidades se guardaran para los nuevos —y prioritarios—edificios gubernamentales, resistentes a casi cualquier cataclismo planetario.

—Papa, ¡mira!

El crío señalaba impresionado a un transbordador que recorría los raíles matriciales en vertical y horizontal antes de despegar rumbo a otro panel. Ver aquella cara trasera, sus entrañas y arterias, impresionaba. Aquellos diseños futuristas cyber punks que Antonio recordaba de su juventud habían terminado por hacerse realidad bajo el control y supervisión de SI, aunque no dentro de una sociedad caótica y anárquica. Nada más lejos de la realidad. El gris industrial del panel se mezclaba con el de la superficie rocosa del planeta, mientras una docena de transbordadores proseguían sus movimientos de ajedrez hacia sus puertos destino, haciendo uso de dichas avenidas guiadas de forma ordenada y coordinada, cual maquinaria de reloj bien engrasada.

Los diferentes paneles y monumentos de la colonia fueron apareciendo en el horizonte a medida que el vuelo fue progresando. Lo primero que saltaba a la vista eran las burbujas de los campos de sujeción electrogaseosos, como setas diseminadas a lo largo del paisaje. Cada una de ellas embebía a un panel de la colonia proveyéndole de hábitat terrestre. El sistema de control atmosférico también le permitía bien a la inteligencia artificial de PAL, bien a un director humano, tan reputado como uno de orquestra, ejercer de maestro de ceremonias de las *Opecarettas*, espectáculos en los que se jugaba con la opacidad de la superficie exterior de cada burbuja para hacer que la paleta de colores bailara al son de la música al atravesarle la luz. Antonio observaba la composición actual, en la que el rojo inicial iba tornando en verde grisáceo mientras avanzaban.

Los dos puntos más sagrados del asentamiento se avistaron en la distancia. El primero era la montaña Vigía, punto más alto de la superficie colonizada de Titán y Santo Guardián de los Titan Drillers, el equipo de Airball, que tenían su estadio La Mina junto a ella para tratar así de aunar Armonía. Su aura creaba un hechizo en el que todos creían ergo funcionaba para subir la moral —y los ingresos— y generar confianza tanto a equipo como a aficionados. Los jugadores le ofrecían al Guardián sus esfuerzos en la previa a los partidos en el conocido ritual *Salutatem*. Tras el pitido final, ofrecían a su vez su victoria o sus excusas pidiendo fuerza y guía en caso de derrota durante el *Obsequium*. Sobre las espaldas del granítico coloso recaía la titánica labor de inyectarles energía, motivación y estímulo para ganar los partidos, o la vergüenza de su pequeñez, falta de coraje, solidez y orgullo en caso de haber manchado la camiseta con una derrota no peleada; de esa manera en que sólo las leyendas respetadas pueden hacer. La formación se había convertido en todo un emblema en la colonia, casi hasta llegar al fanatismo religioso. No eran pocos los que se frotaban las manos y conseguían agenciar apartamentos multipuerto gracias a la explotación comercial de la montaña. Al estadio se le asignó el número de panel 9. Su puerto de acceso principal era una plataforma de aterrizaje en la superficie, justo al traspasar la burbuja del campo electrogaseoso, tanto para monorraíl como para transbordadores. Desde allí, los fans se venían arriba con la vista de Vigía y La Mina, y enfilaban el camino disfrutando de la previa y arrasando con los puestos de comida y merchandising estratégicamente situados en el camino. En ciertos partidos, eso sí, como aquellos contra Marte, la afición rival accedía directamente a sus localidades en transbordador mediante puertos directos para evitar posibles confrontaciones.

El panel séptimo albergaba al centro comercial y de entretenimiento: La Colmena. Debía su nombre a la fascinante arquitectura del panel, a lo largo de la cual iban apareciendo los puertos de acceso a las diferentes atracciones, con la más importante en su centro y corazón: el sagrado Parque del Amanecer. Su dirección, [7,7,7]. Su superficie se dividía en los siete pedazos equivalentes de un heptágono, y cada uno de ellos simulaba el clima, flora y fauna de una región terrestre recordando así a los visitantes su origen para ayudarles a anclar sus pensamientos. La estrella del parque, «¡y del amanecer y del atardecer!» que apuntalaban los feligreses, era sin duda el mayor punto de peregrinación de todo el Sistema Solar: la fuente *Pureza*, de un blanco impoluto. El chico de la audioguía y su familia se acercarían sin duda en algún momento de la visita a presentarle sus respetos, fueran o no seguidores de La Virtud, como ocurriera con los templos de una u otra religión en la Tierra. Antonio también acudía a Ella cuando tenía que meditar; cuando necesitaba un poco de luz y de Esperanza.

El panel octavo lo ocupaba el centro deportivo de la colonia, que se hallaba justo entre La Mina y La Colmena, ya que un algoritmo había calculado estadísticamente que era la mejor localización motivadora: entrenar teniendo a un lado el estadio y al Guardián de la colina, y al otro divisar la promesa de la fiesta por venir, para la cual mejor ponerse en forma. El centro era conocido como El Maletín debido a su forma rectangular con un restaurante en la terraza en forma de asa, y recibía a sus visitantes con un puerto similar al de La Mina: un gran apeadero exterior en el límite del campo de sujeción. La plataforma precedía a una gran explanada que albergaba un jardín botánico que podía atravesarse a pie, o mediante la cinta levitadora que lo atravesaba por su centro. Tras el edificio principal las pistas multideportivas al aire libre se abrían paso incluyendo un estadio de alta capacidad que albergaba todo tipo de competiciones, incluso los Juegos Olímpicos puesto que Titán era la joya de la corona de SI, y la historia ya había demostrado que no toda designación se basa exclusivamente en el mérito.

Nota: para más información, encuentra el Artículo Relacionado «Audioguía de la colonia minera de Titán, capítulo 2».

Los paneles cuarto a noveno quedaron atrás. Antonio ya vislumbraba la gran cúpula del Hall del panel 1, y avistó una aeronave turística que regresaba al Embarcadero tras el paseo del atardecer. La Guardia Planetaria gestionaba el parque de aeronaves militares, aunque la mayoría pertenecían a la flota comercial de SI, que las explotaba ricamente para los viajes de larga distancia o en la conexión con las estaciones orbitales de cada planeta o luna. También para avistamientos lúdicos o astronómicos del prolífico y lucrativo turismo interplanetario. Si bien era cierto que era una experiencia inolvidable estar en presencia de Las cascadas de lava de Venus, el circuito del Cinturón de Asteroides o las tormentas y Auroras Boreales en Júpiter; y que construcciones humanas como el Panel 7 (*La Colmena*) o el Parque del Amanecer también formaban parte por derecho propio del patrimonio de la humanidad según la UNESCO, las visitas a zonas como los glaciares de Urano parecían más enfocadas a generar movimiento en zonas donde curiosamente SI precisaba mano de obra, esperando que aflorara una cierta economía en el lugar. La belleza y la fuerza de la naturaleza eran innegables, pero obviar la explotación que se hacía de la misma era imposible. Eran incontables, por ejemplo, las pedidas de matrimonio que se realizaban observando un atardecer en la colonia de Titán desde las alturas, a bordo de una de estas aeronaves. Antonio y Clara solían apostar quién le pediría la mano a quién cuando abordaban uno de estos vehículos en una de las pocas tardes en las que ella no estuviera trabajando. Con ella todo era tan sencillo, natural, sin necesidad de forzar el decoro, ni la conversación ni nada, hasta qué... Antonio se centró en su viaje para dejar atrás los recuerdos y los pensamientos negativos que martilleaban su cabeza. Pero no era fácil puesto que ya conocía el trayecto de memoria. Cada anochecer —real en Titán o simulado por el control climático—iba a la comisaría de policía del Hall a preguntarle a su amigo el detective Miguel Prieto, también conocido como Miguelix por su bigote estilo Asterix y su barriga estilo Obelix, por los avances en el caso de la desaparición de su esposa. En su mente, subrayó la palabra «desaparición» para la conversación aveniente. No podía dejar que la desesperación le venciera, ni dejarse llevar por la melancolía. Quedaba camino por andar.

El transbordador comenzó a frenar y lanzó la maniobra de amarre. Los motores arrancaron de nuevo para contrarrestar la inercia acumulada al atravesar la densa, asfixiante atmósfera titánica. Suavemente, el habitáculo fue girando para anclar dejando las tres caras de la vidriera frente a la colonia. Desde aquí, los tres paneles residenciales parecían un puzle tridimensional de cubos superpuestos extrapolado de los delirios Piet Blom y sus casas cúbicas en Rotterdam. Admirando la construcción, Antonio observaba los hogares, similares al suyo en el que había pasado los mejores momentos de sus últimos tres años de vida. Pensó en la cantidad de personas que residían allí, en sus historias y en cómo serían sus vidas ¿A alguno de ellos les habría desaparecido un ser querido de un día para otro? De ser así, ¿les habían ofrecido las mismas vagas explicaciones como traza de lo sucedido? ¿Sentirían la misma convicción que él de que algo no encajaba o por el contrario, habrían aceptado el cheque y pasado página? Puede que para algunas familias hubiera sido una salida… incluso una bendición para una situación insostenible de la que no supieran escapar. Antonio veía —y olía—, a alguno de sus vecinos constantemente alcoholizados. En alguna ocasión se había cruzado con una mujer y un niño con signos de «amor» posesivo marcados en morado en la piel. Acabó por preguntar si todo iba bien pero ella se marchó tirando del crío y diciéndole que se metiera en sus asuntos. Cada vida es un mundo paralelo, pensó, y ese edificio escondía miles de historias desconocidas para él. La luz solar depositaba sus últimos rayos de energía sobre los edificios mientras que el transbordador intercambiaba datos constantemente con PAL para asegurar una maniobra exitosa. Una vez los sensores detectaron que la actitud era la correcta, el vehículo retrocedió lentamente hasta engancharse a los amarres del puerto, como un paso que finaliza su procesión entrando en su templo de cara a los feligreses emocionados.

Aquel era el peor momento de todo el recorrido para él. La vista panorámica durante el crucero levitando entre paneles era sin duda fantástica, pero la maniobra de encalle siempre le removía el estómago. Al menos no se trataba de un barco lo cual eran nauseas aseguradas. No olvidaría aquella gran idea que tuvo de vivir en una islita y conmutar en barco a diario cuando le enviaron a Hong Kong, y menos cómo se pasaba el viaje en la barandilla, mientras su sentido de equilibrio mandaba a su estómago un mensaje urgente de descontento. La orden era diligentemente acatada y el cargo vaciado por la borda para desesperación de un resignado Antonio.

«Bienvenidos al *Hall Social 2B; por favor tengan cuidado al bajar del transbordador.*»

Antonio respiró aliviado. El mensaje sonó, de nuevo englobado en un tono musical e invitando subconscientemente a que los pasajeros se apostaran, prestos para el desembarco en la estación Agua. El cierre hermético se abrió tras la despresurización de la cabina y la puerta deslizó hasta desaparecer de la vista. Antonio se apresuró a salir del receptáculo, y zigzagueó como una anguila entre las ordenadas filas de pasajeros, que se apostaban para tomar los transbordadores de regreso a los paneles residenciales tras sus jornadas laborales. Al tratarse de una Estación o intercambiador, había vuelos *express* a cada panel, ahorrando tanto paradas como tiempo de introducción de direcciones y programación de ruta. Además de las rutas clásicas bajo demanda o programables, también se podía optar por una ruta escénica, tan largas que hasta Antonio consideraría teletransportarse entre paneles si fuera posible. El número de estaciones dependía del tamaño de la colonia y se las nombraba siguiendo los estados de la materia, ampliados tras el descubrimiento de los interesados cuánticos por SI, como en su día se hiciera con el plasma. Sin embargo, esto generaba no pocas discusiones políticas al entender ciertos asentamientos que merecían tener más. Era el caso de Marte, con mayor industria que Titán pero con menos intercambiadores. Sería pura coincidencia, pero el gobernador de Marte renunció para ser reemplazado por uno menos proclive a la discusión.

Una vez se hubo escabullido de la bulla formada en las diferentes colas, encontró espacio suficiente para alzar la cabeza: la amplitud y grandiosidad del Hall le saludaban. La plaza de la estación formaba un cilindro, con suelo de madera y abundante vegetación haciéndola mucho más agradable y menos agobiante. Su superficie estaba dividida en tres partes y una tira dorada triangular marcaba sus tres puntos principales, facilitando y dirigiendo el tráfico de los transeúntes. El diseño respondía a un precepto de La Virtud para dotar a la sala de mayor tranquilidad y flujo de energía gracias a una distribución ordenada, concepto que había sido tomado sin rubor alguno del Feng Shui como otras tantas fuentes de las que bebía La Virtud, presentando la inspiración como un ejercicio de honestidad que generaba Armonía. El primero de los vértices era el acceso a los transbordadores de la estación, que había dejado atrás. Frente a él, el segundo daba a los elevadores que llevaban a las plantas de oficinas donde se gestionaban los negocios más importantes de la colonia. Éstos recordaban a montacargas con un campo invisible de seguridad circundando a la barandilla, y ascendían sin descanso por los diferentes tubos, como aquellos con los que se enviaban mensajes disparados a presión entre despachos el siglo pasado. Un holograma informativo apostado junto al acceso enumeraba los diferentes negocios localizados en cada planta. En la primera se hallaba la agencia de turismo *Solar Xpress*, filial de SI que preparaba todo tipo de paquetes turísticos en las colonias habitables del Sistema Solar, incluyendo partidos de Airball, tratamientos terapéuticos de frío en Marte o calor en Venus; visitas en planeador por los planetas e incluso expediciones interplanetarias, algunas hasta las cercanías del Sol. Decían que vislumbrar con gafas protectoras el Sol desde la órbita de Mercurio era lo más bello e inspirador que el ser humano podía hacer. Antonio no lo dudaba, pero su pragmatismo le llevaba a pensar que, entre otras cosas, por lo que costaba podría comprarse un panel entero de la colonia para él, y vivir como un marajá el resto de su vida. Antes era llegar al espacio, o poblar Marte. Ahora, ver el Sol de cerca. ¿Y luego, qué? Igual tenían que buscar la realización personal en otros sitios.

Otros carteles mostraban al Banco de Crédito Interplanetario, una tienda oficial de la liga de Airball LCA (Liga Colonial de Airball), una *boutique* de SI con productos tecnológicos como comunicadores o teleportadores —también se podía pasar comanda de cualquier producto del catálogo y recibirlo instantáneamente en la tienda—, así como el excelente restaurante y café *Thermopolium* con vistas incluidas, también en el precio, en la última planta. El hilo conductor de todos estos negocios era SI, de un modo u otro. Era por eso que a Antonio la presencia de la comisaría de policía en la planta baja le resultaba poco menos que inapropiada. Las acusaciones de corrupción, contrabando o uso ilegal del Embarcadero que pudieran publicarse fugazmente en Internet o en cualquier otro medio, siempre caían en saco roto y tomadas por conspiranoicas.

Antonio llegó rápidamente al tercer vértice del triángulo de la estación Agua y pasó el arco de entrada en el que estaban grabadas las palabras *Aeterna Cibum* o «Alimento Eterno (para el alma)», tomado del Paraíso de Dante: estaba entrando en *La Pasarela*, la galería de arte más importante del Sistema Solar. El corredor exhibía entre pares de sucesivas columnas romanas a sendos lados de su alfombra central roja, los lienzos, esculturas, fotografías, hologramas y otras obras de arte más importantes de la historia humana. Todo había sido teletransportado de la Tierra. La pared exterior era de cristal, y unos visitantes admiraban *La Noche Estrellada de Van Gogh* levitando sobre la noche estrellada en Titán, con Saturno perenne al fondo.

Antonio salió de la galería atravesando las Torres de Hércules que, como si marcaran el final de La Tierra, tenían grabadas el lema *Non Terrae Plus Ultra* o «No Hay Tierra Más Allá», salvo que Non Terrae había sido tachado. Esto se trataba de otro gesto de orgullo, vínculo y superación de SI a lo prescrito por los antepasados, dado su éxito en la colonización del Sistema Solar, demostrando que sí había mundo más allá y, por qué no, desafiando a los dioses por ejemplo con la teleportación. Aquel era sin duda el estilo y legado del ya fallecido fundador de lo que empezó siendo una startup aeroespacial, SI, Juan Ignacio Lagraña.

Nota: para más información, encuentra el Artículo Relacionado: El avance de la física cuántica en el siglo XXI.

Tras el último pórtico de La Pasarela, se abría paso el acceso a todo el Sistema Solar. El *Hall Social 2B* era salvo en contadas excepciones, el único punto de entrada y salida de la colonia. Puede que, por tanto, Lagraña tuviera razón después de todo...Non Terrae *Plus Ultra*. El Sistema Solar como Servicio.

Cientos de personas deambulaban bajo la enorme bóveda de la plaza central del *Hall*, interesándose tanto por los numerosos puestos de comida, tiendas o merchandising como por los paneles de información interactivos en los que podían, por ejemplo, comprar billetes para el embarcadero o para los tours de las instalaciones y la mina de SI. Otros observaban pensativos las obras de arte esparcidas por la vasta superficie, como buscando en ellas alguna respuesta a sus problemas o conexión con sus vidas. La mayoría de las obras eran cuadros esparcidos a lo largo del perímetro cilíndrico del Hall, pero también había algunos objetos inesperados como candelabros franceses medievales o lámparas de araña colgando de salientes. Antonio recordaba una cena de gala de SI en aquel lugar, en la que un compañero de Clara comenzó a filosofar sobre cómo SI intentaba ganarse el respeto del pueblo e intimidarle para que no se cuestionaran sus decisiones, apropiándose de su cultura y mostrando lujo y poder como mecanismo de control. Como «*esos son de los nuestros y los mejores, calla y aprende, igual algún día llegarás allí ¿Que si roban? Para que roben otros que lo hagan ellos*». El científico gordo y barbudo, de cuyo nombre no conseguía acordarse y que pese a todo dedicaba la mayoría de sus horas a la empresa, prosiguió con su verborrea inducida por las bebidas fermentadas que andaba degustando. «*De no haber sido por La Virtud... y por SI, la humanidad hubiera sido destruida por las guerras cíclicas a las que llevaban los nacionalismos que se nutren de esos sentimientos....*» para concluir con un «Más les vale estar agradecidos», como recordaba la audioguía, y un sorbo final a su vaso. Antonio no recordaba más de aquella apología espontánea, pero sí que aquel día, ya que les obligaban a acudir al cocktail, decidieron pasar de todo e ir en camiseta en vez de gala, aduciendo que iba a ser una noche larga y mejor estar cómodos como justificación de su etiqueta. Y que luego, una vez llegaron a casa, brindaros por ser quienes querían ser, actuando acordemente, y no quienes otros querían que fueran.

De pronto, los transeúntes comenzaron a mirar hacia arriba, casi al unísono. La cúpula programable del Hall estaba siendo activada. Su superficie se llenó de detalles y mosaicos árabes translúcidos que la salpicaban emulando al firmamento como en los antiguos palacios terrestres, guiando y dejando entrar la magia de la noche en Titán al Hall. De manera intermitente, la cúpula se volvía completamente transparente dando la impresión de encontrarse completamente al descubierto.

La amplitud del *Hall* era de agradecer en un lugar tan bullicioso. Su superficie seguía el mismo patrón que la estación Agua con una tira dorada dividiendo el espacio en tres y guiando a los transeúntes entre ellos. El primer vértice era aquel sobre el que se hallaba: la salida de La Pasarela que conectaba con el intercambiador. Desde él, el triángulo dorado ofrecía dos caminos al visitante. Antonio tomó el camino de la derecha hacia el tercer vértice del triángulo. La comisaría de policía. A su izquierda quedó el camino que llevaba al Embarcadero, terminal de entrada y salida de la colonia. Éste era el punto aduanero del asentamiento, controlado por diferentes cuerpos de seguridad tanto públicos como privados, regulando el flujo de viajeros por sus dos terminales: la de teleportación y la de aeronaves. Ésta última contaba con un gran túnel semicircular de acceso coronado con un panel holográfico de entradas y salidas que, al momento, leía: «Vista del atardecer: Aterrizado; Visita nocturna: embarcando; Estación Orbital de Titán, 21:30h». Pasado el control de seguridad, el túnel, que ofrecía cinta levitante a los viajeros que la prefirieran a caminar o que tuvieran prisa, desembocaba en la zona de espera exterior al Hall, con puestos de comida, merchandising y otros, adjunta a las pistas de despegue y aterrizaje. A pocos metros se encontraba el hangar descubierto donde se procedía al embarque y desembarque de las aeronaves. Este paseo era sobrecogedor, con Vigía, La Mina, Titan y Saturno observándoles (juzgándoles para algunos) desde el horizonte. Un grupo de pasajeros que esperaban su vuelo devorando tentempiés comentaban fascinados el aterrizaje de la nave del paseo del atardecer, mientras que los que acababan de desembarcar regresaban al *Hall* sonriendo y enseñándose unos a otros las fotos recién sacadas en el lúdico trayecto, desplegadas en hologramas desde sus brazaletes. Sin duda, una experiencia diferente a la de Antonio.

En la otra terminal del Embarcadero, más cercana a La Pasarela, el proceso de desensamblado y re-ensamblado cuántico funcionaba a pleno rendimiento. Varios miembros de la Guardia Planetaria apostados en el mostrador de información y embarque custodiaban la estructura y la aduana. Desde allí atendían a los pasajeros y a curiosos en tránsito a los que enviaban a los paneles cúbicos de información presentes en los espacios muertos del amplio *Hall*, así como a la Oficina de Turismo en la primera planta. La Guardia también aseguraba el perímetro de los operadores, concentrados para evitar un error fatal en un espacio aislado frente a las dos unidades que se alternaban por redundancia. La teleportación funcionaba por cita horaria y, al tratarse de un proceso rápido, apenas precisaba de más sala de espera que una decena de asientos. Tras el mostrador se erguía el marco de entrada rectangular de escaneo corporal que aseguraba tanto el control de seguridad como el escáner o pasaporte fisiológico, para quienes debieran actualizarlo. Tras ello... la desintegración aguardaba paciente y eficaz. Un pasajero subió, sudando y con el gesto descompuesto, los tres peldaños de las elipses concéntricas que conformaban la plataforma. En la cima, se posicionó atemorizado sobre el marcador dibujado en el centro de la elipse. Giró lentamente la cabeza a ambos lados, para contemplar las torres cilíndricas que, situadas en sendos focos, se erguían imponentes generando veneración y respeto tanto por la invención y todo lo que había conllevado (la colonización y explotación del Sistema Solar), como por el riesgo asociado. Sendas esferas en su base y tope generaban el campo necesario y descargaban energía con su par hasta crear el equilibrio pertinente para efectuar la operación, que comenzó con un murmullo seguido de un «*zam*» cuando los rayos del campo se hicieron visibles. El pasajero cerró los ojos y abrió la boca lleno de pavor, pero desapareció antes de que se pudiera escuchar su grito. Fuera por un guiño al entrelazado cuántico, o puramente por motivos decorativos los blancos pilares de mármol estaban rodeados de cables que recorrían su superficie como si fueran cadenas, o una corona de espinas, asemejándolas a reliquias romanas traídas a un futuro cibernético

Los estados de ánimo de los viajeros eran dispares. Tras el pavor del que acababa de teletransportarse, si bien el próximo no paraba de morderse las uñas ni de agitar las piernas, ansioso y agobiado en su asiento, el siguiente en la cola irradiaba tranquilidad e impaciencia por sentir la descarga energética que le volatizaría cuando llegara su hora. *Y con cierta probabilidad, en un sentido más oscuro*, pensó Antonio quien no podía quitarse de la cabeza el 1% que SI llegó a reconocer en modelos anteriores como «margen de error aceptable en el proceso». Lo achacaron a errores del viajero, claro: que si iban drogados, con el pasaporte fisiológico caducado, etc., pero ninguna de esas excusas revestidas de argumentos en artículos científicos de dudosa validez por firmas de dudosa reputación, superó una revisión de pares. Mateo Schardize fue uno de los expertos más críticos públicamente con esos datos. Su desaparición silenció las voces disonantes y la sociedad continuó viajando desintegrada por el Sistema Solar con la cabeza gacha, cada uno encomendándose a quien pudiera o supiera. En Internet era otra cosa: el desastre y los rumores no cesaban. Esa misma mañana, Antonio había leído que parte de la mano de obra ilegal teletransportada a la nueva colonia de Urano había desaparecido. El informador anónimo había enlazado artículos anteriores similares a la noticia que hablaban del uso de teleportadores viejos y no mantenidos, así como de una supuesta purga por parte de la Guardia de mano de obra por ineficiente, o simplemente por diversión, cebándose con gente que difícilmente podía defenderse. En ellos se veían vídeos e imágenes estremecedoras de recomposiciones celulares fallidas en destino: masas de carne humeante y agonizante, algunas gritando en sus últimos segundos de vida. Antonio se preguntaba si a las familias que esperaban ansiosas el regreso o noticias de sus seres queridos, les darían las mismas vagas explicaciones que a él sobre Clara.

Sacudió la cabeza y el estremecimiento de su cuerpo y continuó avanzando por la tira dorada hasta que el Embarcadero quedó oculto a su izquierda bajo la sombra de la mayor atracción del Hall, erguida en el centro del triángulo y no en sus vértices: el monumento a la minería de Titán. El enorme modelo esférico presidía la estancia levitando sobre un conjunto de estalagmitas y girando sobre sí mismo como una bola de mapamundi. Las rocas surgían prominentes de la base, simbolizando las minas sobre las que giraba la economía, la colonia y en definitiva la vida en Titán. De sus grietas manaban surcos de agua, que simulaban el brote de metano líquido y caían dulcemente hasta rebosar por el bordillo transparente de la base circular que cercaba al monumento como una piscina infinita. De no más de un metro de altura, la base permitía ver el interior de la obra como si las rocas surgieran del corazón enterrado de Titán. También albergaba el campo gravitacional de la esfera con los láseres que controlaban su levitación y rotación. El conjunto marcaba la impronta y el carácter del lugar para todos los que llegaban o partían de la colonia, recordando el objetivo primordial de la colonización del satélite:

«*Esto es Titán, cabrones, y aquí hay que excavar*», podría ser el eslogan.

Alrededor suya, cuatro enormes esculturas parecían custodiarla. Todas ellas del Renacimiento italiano. Sus ojos vacíos, resignados y pensativos miraban directamente a su interior. *Consternadas por en lo que nos hemos convertido.* Antonio seguía teniendo el artículo sobre Urano en la cabeza y se le ocurrió que la esfera era lo suficientemente voluminosa como para albergar a una pareja de refugiados en su interior, unos que buscaran la vida mejor que SI prometía en el «Nuevo Mundo». Una pareja teletransportada fuera de hora y desaparecida en el proceso. Desde dicho interior, brotaba la luz suficiente para iluminar la sala durante la noche, inducida para mantener el ritmo biológico terrestre. Continuó la marcha impregnado de un cierto desasosiego, tratando de convencerse a sí mismo que provenía de las estatuas y no de su propio estado de ánimo proyectado.

Se detuvo en seco: había llegado al tercer vértice de la plaza y la comisaría se alzaba frente a él, otra tarde más, otro día más. Su vida se había convertido en esta desoladora rutina, pero sabía que esa (a)normalidad no podía prolongarse indefinidamente: algún día alguna pista caería de un modo u otro en su poder y su caso saldría del atolladero, ya fuera para bien o para mal. A lo peor acabaría por volverse loco, en cuyo caso le resbalaría todo por lo que esta opción no le aterraba en absoluto. Sólo esperaba que ese día fuera hoy. Dejaba atrás el enjambre del *Hall*: desde el intercambiador de la estación Agua, pasando por La Pasarela hasta la ansiedad previa a la vaporización cuántica o la saturación sensorial del paisaje desde las aeronaves. Inspiró fuerte y se adentró esperanzado en la comisaría, sintiendo los ojos de esas estatuas en su nuca, como si le siguieran apiadándose de él mientras observaban pacientes el paso del tiempo y la evolución de la sociedad bajo la influencia de SI, mientras los turistas sonreían sacándose selfies con ellas.

Dos: gritando en el espacio

Antonio traspasó la puerta de la comisaría que deslizó del centro hacia sus extremos. El suelo de la estación era de un mármol blanco impoluto, a diferencia de la opinión que le merecía el servicio policial al pequeño, pero no por ello desdeñable, porcentaje de la ciudadanía que necesitaba del servicio de las fuerzas del orden en los anodinos tiempos de La Virtud que corrían.

Pese a ello, las denuncias de corrupción existían pero fácilmente acalladas al provenir de zonas poco favorecidas: asentamientos donde la vida proporcionada por SI no era lo suficientemente plácida como para amortiguar el ruido de los nada disimulados tejemanejes de la multiplanetaria. De nuevo tomando de los Romanos y su *Pane Circenses*, lo disipaban en silencio en la red urdida para atrapar a una población contentada a base de pan, Airball y cotilleo. La sabiduría oriental avisaría sobre la frágil prosperidad de una sociedad así construida; pero como en toda oligarquía próspera, ya sea por extracción de petróleo en La Tierra, o de nuevos minerales en Titán, nadie se queja mientras ande caliente, ría o llore el resto del *gentío*. «*Lo que ocurra en las minas* (ya fueran las de África o las de Urano, o en las obras de los estadios), *debe quedarse allí enterrado*», parecía ser la mentalidad.

Tras el umbral de la entrada, una pequeña recepción emergía al fondo de un pasillo con sendos bancos apostados a ambos lados donde apenas un puñado de personas esperaban a ser atendidas. Aquella sala de espera le traía a diario inevitablemente el mismo escalofriante recuerdo de una muy parecida: la de un centro de salud saturado en su infancia, cuando el cáncer aún mataba a la mayoría de sus víctimas. Tomó un tiempo hasta que la ciudadanía comenzó el movimiento «chalecos rosas» para exigir una inversión apropiada a la gravedad del problema, para así encontrar una cura y enterrar esta enorme lápida: un terrible monstruo sin rostro, sí, pero que cometió el error de tocar demasiado cerca a tantísimos, demasiados individuos. Numerosos estudios argumentaron que se podía calcular el nivel de exposición a partir del cual el ser humano reacciona ante un problema y se molestaba en apoyar una causa. El consenso estaba en tres casos en familiares o amigos cercanos, o dos consanguíneos para azuzar el miedo a sufrir la situación uno mismo, comenzar a investigar y a utilizar Internet para algo más que memes, y reaccionar. La amenaza de pérdida de votos y poder permitió la provisión de recursos a la ciencia, para que sus soldados esparcidos en los laboratorios de todo el mundo pudieran hacer el resto y ganar esa cruenta y desoladora batalla.

Otro ejemplo fue el cambio climático, contra el que cada región sólo reaccionó cuando su parte de superficie se tornó inhabitable por causas directas o indirectas: ciudades anegadas, recursos inutilizados, especies extinguidas y las crisis migratorias desestabilizaron, entre otros hasta el negocio de la guerra. Probablemente fue ésto lo que propició la reacción. Hubo que meterle mano hasta a algunas industrias como la de carne enjaulada y lavada en cloro, y romper alianzas con oligarcas. Durante aquel, el denominado «Fin de los Conflictos Derivados del Petróleo *(FCDP)*», fue una de las pocas veces en las que Antonio se sintió plenamente protegido y representado, más que utilizado por fines políticos que se le escapaban (o eso quería creer, para evitar aceptar que la razón más sencilla fuera la correcta, como diría Ockham), por los intereses de quienes movían las coaliciones de ejércitos globales, pese a ser plenamente consciente de que su forma de vida se debía al cobijo de éstos mismos. Difícil paradoja, sobre la que sólo era capaz de preguntarse cómo se sentirían aquellos soldados regresados cuyas vidas nunca serían las mismas; o peor, las familias de aquellos que perecieron en misiones cuya finalidad no estaba del todo clara. ¿Qué posos quedarían más allá del indeleble honor en la camaradería y la hermandad en el fragor de la batalla? Alto precio a pagar por las familias agujereadas de esas víctimas de su tiempo y contexto, entregando sus vidas por causas que no tenían más alternativa que apoyar hasta sus últimas consecuencias. ¿Cómo se atrevían? clamaban los activistas, suficientemente numerosos como para que algunas empresas que propiciaban ellas mismas el desastre, encontraran maneras de salvar el negocio; como las hamburguesas vegetarianas en cadenas de comida rápida aún repletas de azúcar, plásticos y cancerígenos. Mientras dure, a exprimirlo, parecía ser la máxima cortoplacista, aunque ello le jodiera la vida a sus propios descendientes. Claro está, SI también consiguió marcar un tanto ecológico al reducir las emisiones de transporte de productos gracias a la teleportación.

«Vale, todo eso está muy bien; pero al menos aquí estamos, en las colonias del sistema solar, la teleportación existe y la Tierra está a salvo ¿Qué más quieres?», decía una Clara directa y pragmática soliviantado con cruda realidad el cinismo del indignado Antonio. Una reacción tan incontestable y humana como la que provocaba el calor de su piel. Algo que ayudaba a olvidarse de toda esta locura y a centrarse en disfrutar del increíble regalo que es la vida.

Además, Clara tenía razón: ya fuera por pura necesidad financiera, por un advenimiento político, ético o de la propia madre naturaleza sublevada; o por el seguimiento a los preceptos de La Virtud, el tiempo había demostrado que había otra manera de coexistir, y se había implementado un modelo sostenible.

Pero ahora, ella ya no estaba. Ya no podía relativizar lo agrio del mundo a su alrededor, sino al contrario. Y aquí se hallaba, buscando respuestas frente a una muda Ley y Orden, a sabiendas de que tras el umbral de entrada le aguardaban algunos de los rasgos más deleznables del ser humano: falta de empatía, arrogancia, prepotencia, desdén… porque la costumbre de derramar penurias propias sobre familia, amigos o el primero que pase; la mala yerba y los hijos de puta son difíciles de erradicar. ¿Cuánto se puede pasar por alto lo que ocurre fuera, por dulce que hubieran sido aquellos abrazos? ¿Y ahora que ya no estaban? *«Si toleras esto, tus hijos serán los siguientes»*, decía la clásica canción de Manic Street Preachers cuyos últimos acordes sonaban en el hilo musical de la comisaría.

Hoy tampoco había demasiadas personas en la sala de espera. Se trataba de otro día tranquilo, apacible y jodidamente aburrido para la mayor parte de los habitantes de la colonia. Antonio observó a quienes esperaban su turno, la mayoría de ellos cabizbajos. Un joven se quejaba amargamente de que sus vecinos siempre llegaban borrachos a la estación Tierra, intercambiador presente en el puerto común de su panel, y tenían la mala costumbre de devolver en el pasillo además de hacer mucho ruido. Otro chico de mediana edad y pelo rizado con mechas azules, le escuchaba y aseguraba que la sociedad estaba perdiendo la senda de La Virtud. Para ilustrar su comentario, explicó que el otro día alguien le había sin duda robado mientras purificaba sus virtudes, orando arrodillado frente a la Fuente de Toda Virtud (conocida afectivamente como *Pureza, Virtudes*, o *Fuente del Amanecer* por los feligreses, eje del parque del mismo nombre en el Panel 7). Al levantarse echó mano al bolso y encontró, sorprendido, una cartera más ligera de lo que recordaba. No vio a nadie a su alrededor, ni nadie apareció en la grabación de seguridad, por lo que no tuvo otra que cancelar su partida de Bingo de aquella tarde. Antonio no podía entender que un juego como el Bingo perdurara por los siglos de los siglos, pero determinadas cosas en la humanidad parecen presentes en todas sus etapas. El juego, las adicciones y la miseria en todas sus caras y vertientes, eran parte de ellas. *Vicio*, de Reincidentes, sonaba ahora en el hilo musical de la comisaría.

En contraste con aquellos quejidos y discusiones banales, con pinta de rebufo o de pasatiempo más que de necesidad, Antonio se fijó en una imagen muy diferente en el siguiente banco: una niña de unos siete años preguntaba con ojos llorosos dónde estaba su padre. Sus grandes ojos marrones no entendían su ausencia. Su pelo estaba recogido con decoro gracias a un bonito lazo rojo; su escasa estatura envuelta en un pequeño vestido rojo y blanco, a juego con sus calcetines y con sus zapatos escolares. A su lado, la que parecía ser su madre no conseguía darle una respuesta lo suficientemente convincente, a juzgar por los continuos lamentos y por la insistencia con la que preguntaba la pequeña. Antonio miró más de cerca a aquella mujer y su expresión rígida. Las arrugas en su frente, las ojeras en su rostro y el inequívoco rojo en sus ojos denotaban que llevaba tiempo llorando y sin dormir. Se dio cuenta de que estaba noqueada: ni sabía ni tenía respuesta. Balbuceaba algo ininteligible, apenas consiguiendo mantener la mirada feroz de la pequeña. Las palabras se le atragantaban en los labios como olas rompiendo contra un dique, fútiles en su esfuerzo de avance. Su cabello moreno y lacio estaba ordenado, y su vestimenta era sencilla y elegante, falda larga y chaqueta; ya fuera por la esperanza de que vestirse «adecuadamente» incentivara a ciertos policías a ayudarla, o porque al menos darse ese pequeño gozo y muestra de autorespeto como válvula de escape en esta situación horrenda. Un escape, desgraciadamente, probablemente insuficiente a largo plazo.

Cualquiera que hubiera pasado por allí podría haber pensado «Otra ruptura interplanetaria pff y van...», un tema muy a la orden del día con la teleportación y los asentamientos en diferentes planetas. Eran comunes los casos de colonos que un día salían a trabajar, para ser avistados al poco tiempo en otro planeta con otra pareja, cancelando así la policía la búsqueda por desaparición.

Antonio dudó si no sería éste también el caso de esta familia y pensó en proseguir su camino. Pero cuando estaba a punto de dejarlas atrás, escuchó algo que le llamó la atención. La señora mencionó algo sobre un... laboratorio. Se detuvo simulando leer los posters informativos y de alistamiento («¡*Siéntete orgulloso de tí mismo. Encuentra tu lugar en el Cosmos. Únete a nuestra fuerza!*») que cubrían las paredes de la recepción, para escuchar el relato, en tanto que *The Trooper* de Iron Maiden terminaba de sonar en el hilo musical:

—Sabes que tu padre trabajaba mucho en el laboratorio... es —se pausó, intentando enlazar y repetir robóticamente las palabras que tanto había escuchado— un trabajo muy importante para SI y para todos en la colonia... y en la Tierra y en todas las colonias... y por eso todo el mundo le quiere mucho y nos mandan recuerdos... pero con un trabajo tan difícil tuvo un accidente y... ya te lo he contado antes, y los señores de SI también, cariño —consiguió hilar la señora.

A Antonio se le heló la sangre. La historia le era familiar; la confusión y la incapacidad de la niña para aceptar la explicación hueca, también: siguió insistiendo en el destino de su padre, en su devolución a su vida. Y la mujer acabó por explotar, de forma mucho más violenta y casi compulsiva, en su ejercicio de alienación. En un intento exasperante, justificaba lo acontecido y las explicaciones recibidas, mentalizándose de que si algo no cuadraba era culpa suya, que no había agresor. Lo repetía una y otra vez, como un tic nervioso, tanto para ella como para la niña, a la que pedía de manera insistente, llegando casi a zarandearla, que asintiera, que le confirmara que lo había comprendido. No fue hasta que la niña asintió (para complacerla), que la madre pareció relajarse y volver a sonreír... tan sólo para volver a sollozar momentos más tarde.

A él se le cayó el alma al suelo. Aquella mujer sólo quería pasar página, pero no podía. En su interior debería sentir, al igual que él. que algo no encajaba. Pero, ¿iba eso a devolverle a su marido? Decían que, al morir, nadie se arrepiente de no haber trabajado lo suficiente, sino de no haber pasado tiempo de calidad con aquellos que de verdad le importaban ¿Estaría pensando en ello, mientras sin embargo sermoneaba a su hija sobre el legado profesional de su padre con quien ya no jugaría nunca más? Antonio tragó saliva y prefirió no responder a esa pregunta. Igual era mejor hacer como ella, negar cualquier hueco a la crítica y a la duda, pasar página y pensar en otra cosa... pero la niña, inocente aún, no tenía ese mecanismo de defensa adulto, aprendido de una y mil batallas, desengaños, arrepentimientos, decepciones propias y ajenas... lecciones no siempre interiorizadas. Ella veía la realidad como era, sin más, y se preguntaba las preguntas que se le venían a la lengua, sin filtro, sin miedo, ni otras pesquisas o expectativas que el seguir la lógica de su razonamiento. *The Wall*, de Pink Floyd, sonaba ahora en el hilo musical.

Desarmado por el inesperado descubrimiento de lo que parecía una situación similar a la suya, Antonio se giró y se les acercó, mirándolas directamente sin tratar de aparentar nada, sin buscar excusa alguna para mostrar que su historia le interesaba. La niña fue la primera en alzar la vista. Antonio pudo sentir la rabia, indignación y dolor que transmitían sus grandes ojos castaños, apenados pero inconformistas, exigiendo que le devolvieran lo que le habían robado. A continuación fue la madre la que fijó su mirada en él, pero tan sólo podía transmitir desolación, desesperanza y resignación. El contraste era brutal: una enfrentaba la situación como un animal salvaje dispuesto a luchar hasta el final; la otra parecía haber sido inhibida de sus instintos naturales, derrotada ante las continuas instrucciones. Domesticada.

Se dispuso a abrir la boca cuando una voz chirriante emergió a sus espaldas, con su repetida coletilla:

—¿Otra vez tú por aquí? Vienes a ver a Miguel, ¿nooo? ¡Venga ya hombre! ¡Que es que no puede ser! ¡No puedes robarle el tiempo de esa manera a un trabajador de la colonia! ¿Acaso te crees especial? ¿Merece el señorito un trato diferente? —le espetó como un látigo la voz chillona sin misericordia alguna.

Ah, la reconfortante familiaridad de a quienes irritamos por ser como somos y hacer lo que creemos justo.. En serio, ¿qué le importará? ¿no sería mejor que pasara el tiempo en sus propios asuntos? ¿Qué veneno tiene dentro que no puede dejarme en paz? ¿Cuál es su puto problema?, pensó mientras contaba hasta diez para evitar calentarse demasiado, y decir algo de lo que pudiera arrepentirse. En todo caso, por una vez debía agradecer la interrupción. Era mejor así, se dijo: le sería más fácil salir del trance en el que la mirada desafiante de aquella pequeña le había sumido, ya que realmente no tenía nada que decirle a sus ojos inquisitivos y puros, que le observaban aguardando palabras que le dieran más sentido a su contexto: que le simplificaran el comprender, el aceptar y el pasar página. El poder pensar en otra cosa, al encontrar una respuesta. Ojos que, viendo que aquel hombre extraño no aportaba nada, volvieron a su madre primero y luego a su alrededor para confirmar que nadie iba a darle una respuesta que la satisficiera. Su mirada acabó por posarse en su muñeco. Probablemente pensó algo del estilo de «No tiene sentido, pero nadie me va a dar una respuesta. He hecho lo que he podido. Esta es mi vida de ahora en adelante, así que vamos a divertirnos señor muñeco». Su mente comenzó a aceptar la realidad como era, y a preparar el presente y el futuro, mientras su rostro dibujaba una mueca primero —parte del teatro que representaba con el muñeco— y una sonrisa más tarde. Antonio observó el desarrollo del proceso, asombrado ante la lógica aplastante de la niñez, esa inocencia sin miedo a decir la verdad ni a aceptarla, hallando un gozo puro en las cosas pequeñas. La chica saldría adelante, tenía toda una vida por delante que construir. Esperaba que su madre también consiguiera aferrarse a la misma esperanza para levantarse cada día.

Mientras tanto, Marisa, la recepcionista de la comisaría del Hall Social 2B negaba con la cabeza tras el mostrador de recepción, inclinándose con los puños cerrados y apoyando furibunda los codos en su escritorio. Su pelo negro azabache estaba recogido en un moño alto trasero que no conseguía ocultar todos sus rizos que se escapaban de la opresión en tirabuzones, cayendo allá por donde podían. Sus ojos azulados contrastaban intensamente con su tez morena y sus cejas negras, ayudadas por el intenso y perfeccionado maquillaje que resaltaba cada uno de sus perfectos rasgos mediterráneos, observantes y acusadores tras unas gafas *Pin Up* (pura moda, la cirugía cuántica láser era un trámite generalizado), redondas pero con vértice triangular alargado en la confluencia con las patillas. Sus suntuosos labios pintados de rosa no hacían sino ahondar en la sensualidad de su figura, la cual sin embargo perdía todo atractivo en cuanto llegaba el primer gesto lleno de vulgaridad, prepotencia y en el fondo, de una profunda frustración y amargura, lo cual solía acontecer de inmediato.

Lo mismo ocurría con Sergio, que cubría el otro turno en ventanilla. El guaperas de la colonia cuyas patillas y tupé parecían postizos al no alterarse en absoluto de un día para otro, tenía una esbelta fachada pero su discurso apenas salía de los realities de televisión o sus conquistas, en bajito para no estropear su estatus de caballero algo canalla —pero sólo lo justo—. A ambos les molestaba que Antonio no claudicara como la sensata señora de la sala de espera, y se dedicara a lamerse las heridas en vez de a venir a darles por saco. Y eso hacía que le hirviera la sangre y que desahogaran con él, los equis motivos que en realidad les carcomían. Su actitud le recordaba a Antonio a una monólogo un tanto surrealista del que había sido testigo en un teatro, allá en La Tierra: el humorista subió a una espectadora al escenario, que se trataba de una cajera que, aparentemente, no le había tratado con suficiente deferencia y cortesía para su gusto; él trató de humillarla en público a lo que ella se contestó excusándose, aludiendo que tenía cáncer y de ahí su mal humor; él se disculpó de inmediato, abochornado, y ella respondió que era mentira, pero que qué coño sabía él de sus problemas para ir juzgando a la gente, bajándose del escenario y dejando allí al humorista, cariacontecido. «*No juzguéis a los demás, ofreced una sonrisa y generaréis armonía*», decía El Círculo. Recordando esto, y encomendándose a la quinta Virtud principal, la paciencia —*Nota: ver Capítulo Relacionado: la religión de La Virtud*—, Antonio aguantaría desaires justos, sin darles mayor importancia para que no le hicieran perder de vista su objetivo: conseguir abrir una investigación sobre la desaparición de su esposa.

Para cabreo de Sergio, Marisa y de otros tantos trabajadores de la comisaría, él tenía la poca vergüenza de personarse allí, en su puesto de trabajo a diario para preguntar a su amigo policía Miguel sobre las novedades del caso. El que fuera un puesto de servicio público, y parte de sus responsabilidades dentro de su media jornada laboral les era irrelevante: les molestaba tener que atender a alguien en vez de hacer cualquier otra cosa que su trabajo. El pitorreo con el que el «pequeño inquisidor» se tomaba sus reprimendas no ayudaban a apaciguarles.

—Buenas tardes Marisa, ¡qué alegría volver a oír tus quejíos! Pero no te sulfures, que se te corre el rímel. Si no quieres verme aquí cada atardecer dile a tus compañeros que hagan bien su trabajo y os dejo en paz, por mi mejor que aunque no te lo creas, no todo el mundo viene para verte la cara, ni lo disfruta.

Marisa se había criado en un pueblecito nevado al norte de los Alpes, donde aprendió a seguir las reglas sin necesariamente cuestionarlas a ellas o al líder. Sus padres la habían llevado allí cuando era pequeña. De aspecto diferente al resto de la clase, quiso asegurarse de convertirse en un ejemplo. ¿Acaso no es eso lo que se espera de un ciudadano ejemplar?

Antonio sonrió y se giró para emprender el camino rumbo al escritorio de Miguel, dejando atrás a una Marisa enfurecida quien, en cualquier caso, se sentía cómoda en estas discusiones que ella misma detonaba para afirmar el estatus de su objetivo logrado. Siendo criatura de costumbres, se olvidó rápidamente de todo para volver a sus mensajes privados, y a su plácida y despreocupada existencia. Pronto llegaría la siguiente víctima a la que reprimir por ventanilla, lo que le daba algo con lo que llenar el vacío de sus repetitivos días.

Antonio sabía que, de enervarse, el único que sufriría y se acordaría del encuentro sería él, por lo que avanzó sin mirar atrás. No podía ganarle en su terreno, y tenía sus propios problemas de los que preocuparse. Se percató de que la madre y la hija observaban la escena con curiosidad latente. Dubitativo sobre qué hacer, aunque con la corazonada de que el barco ya había zarpado para aquella madre, y que aquella niña saldría adelante, se centró en su objetivo y avanzó por el pasillo. Probablemente la pequeña neutralizaría sin darse cuenta a Marisa con algo tan simple como «¿Por qué eres tan desagradable?». *La confrontación* de Los Miserables, comenzó a sonar ahora en el hilo musical de la comisaría.

El índice de criminalidad en el asentamiento era prácticamente nulo y es que, desde el alzamiento de la religión de La Virtud, la humanidad había vivido un renacimiento ético y humanista que había eliminado gran parte de la actividad criminal existente. Poco importaba que el pilar de la generación de *Armonía* que predicaba la religión estuviera en el egoísmo de la consciencia, sin sentir culpa alguna por ello. Bien es cierto que la monitorización de la población y de las calles era mucho más presente tras los avances cuánticos llevados a cabo por SI, y que las penas se habían endurecido enormemente haciendo que trapicheros, traficantes y delincuentes se lo pensaran varias veces antes de atreverse a desafiar al nuevo orden. El riesgo corrido, la pena, solía consistir en un billete solo de ida a las minas planetarias con trabajos forzados en jornadas de 12 horas, lo que para algunos presos se asemejaba mucho en concepto y práctica a la esclavitud de los campos de concentración. ¿Era esto justo? ¿Tenía realmente todo el mundo las mismas oportunidades, viniendo de un confín del Sistema Solar o de otro? El enfrentamiento entre Javert y Valjean llegaba a su punto culmen en el hilo musical de fondo.

La actividad en la planta baja de la comisaría discurría a su paso con escasos y amplios despachos a un lado, y un espacio de trabajo en común poblado de un batiburrillo de escritorios al otro. Miguel se sentaba en esta zona, ya que no había acaparado méritos para tener su propia oficina, lo que era normal dada su poca ambición y su amplia desgana para salir de su trabajo rutinario, priorizando la guasa y el disfrute. Antonio no lo veía mal: era una elección de vida y era buenísimo en ella.

Para su amigo el trabajo era una necesidad que «dignifica al hombre» y que pagaba sus necesidades y placeres: un mal menor para poder hacer lo que realmente le daba sentido a su existencia, que no era otra cosa que estar rodeado de gente, de estímulos (normalmente en estado líquido y fermentado), y de historias que escuchar o que contar. Miguel cumplía, sin más, y se iba a casa (o al bar, o al deporte) en cuanto podía. El estar claramente estancado laboralmente, parecía no inquietarle lo más mínimo, pues él se centraba en vivir y en disfrutar el día a día. Por otro lado, ¿qué sentido tiene tratar de investigar bajo el control y censura de SI? No era tan tonto como sus compañeros creían. Su cubículo se hallaba al fondo de la sala, pasando desapercibido cuando trabajaba, pero cerca de la cocina, lo que para fisgonear y charlar resultaba inmejorable, y al él le venía fenomenal: sabía dónde hallar información en aquel lugar. La suficiente y la útil, y de manera eficaz.

Por desgracia, dicha ubicación obligaba a Antonio a zigzaguear y a pasar por los dominios del resto de agentes, lo que se convertía en cada incursión, con precisión quirúrgica, en un chaparrón omnidireccional de gestos y chasquidos de desaprobación y reproche, esperados y anunciado cuales pétalos cayendo sobre Virgen en procesión, con similar entusiasmo y mucha más vileza. Las miradas eran incisivas, de desdén y superioridad, tratándole como a un desgraciado, un incordio sin solución que no era lo suficientemente listo para tomar el dinero y rehacerse con otra, o de cualquier otra manera: una pesada mosca cojonera que a ver si de una vez por todas se largaba y les dejaba en paz.

Miguel era diferente. En cuanto le vio acercarse se levantó de su silla y fue a darle un abrazo.

—¡Pero qué pasa Antonio!, ven aquí hombre. Hoy ya estabas tardando, ¿eh? Jeje —le dijo con una mueca burlona y, en el fondo, algo desesperada y resignada.

No les hizo falta mirar a su alrededor para sentir las miradas de toda la planta posándose sobre ellos. Era algo casi competitivo, dada la poca actividad que ocupaba a los agentes: aguardaban el momento con antelación y preparaban su sorna para recibir el mayor número de me gusta de sus fieles seguidores, sedientos de carnaza.

—Tú no te preocupes por estos mentecatos, Toni. Tú ven aquí cuando quieras la hostia, si además —dijo alzando la voz— ya casi no hay trabajo en los tiempos que corren, SI se ocupa...

Para más inri, pese a lo honesto de su esfuerzo, el comentario fue rápidamente rebatido por una gélida mirada de Atonio que le hizo darse cuenta de lo desafortunado del mismo «ya casi no hay trabajo», habida cuenta del motivo de la, ya rutinaria, visita de su amigo. Apresurandose a relajar el ambiente añadió:

—Ermm venga, vamos a tomar un café, que invitan los colonos, jeje —extendiendo el brazo para invitarle a trasladar la conversación a la cocina.

Miguel vestía una camisa color crema de manga larga y una corbata oscura con salpicaduras rojas cobrizo, demasiado larga para su estatura y para su ovalada e hinchada panza. Los pantalones eran parte de un traje de dos piezas marrón, con cinturón algo más oscuro y broche dorado, a juego con un calzado puntiagudo, fino con cordones de cuero y revestido de un forro agujereado, confiriéndole un toque clásico.

Su pelo rizado congeniaba con este aspecto de hombre sencillo, cercano, afable, honrado y con buen bigote: de los que a primera vista piensas te puedes fiar; como reminiscente de otra época. Por otro lado, su cabello se asemejaba a un matojo impuesto sobre su cabeza, lo cual también contribuía a recordar al galo bonachón que le valía su sobrenombre: Miguelix. Su popular y poblado bigote tipo Asterix era clave en el apodo, al que tambien contribuían su gran estatura, complexión gruesa y los kilos de más estilo Obelix, culpa de su afán por almorzar «un buen cuchareo, joder». También ayudaba a generar su «forma» física que se moviera tan poco en el trabajo como después del mismo.

En cualquier caso, esto resultaba anecdótico al conocer a Miguel pues lo que de verdad le sobraba, como al personaje de los tebeos, no eran kilos sino bondad. De eso, tenía a raudales y ya podía repartir entre sus miserables compañeros de comisaría, que aun así le sobraría para llenar otro planeta de gente con más corazón que aquel puñado de «frígidos y sibilinos autómatas», como aseveró un Antonio desquiciado durante su última visita.

Entraron en el comedor, una habitación amplia dividida en dos cuya mitad más lejana a la entrada albergaba una cocina americana en forma de U, equipada con un frigorífico, despensa, varios armaritos para utensilios, fregadero y claro, un lavaplatos instantáneo. Este último era un buen ejemplo de la aplicación de la potencia de cálculo de un ordenador cuántico a un electrodoméstico: limpiaba cubiertos y cacharros de cocina al momento gracias a un escáner de los residuos presentes y del material del que se tratase. Los equipos venían de fábrica con un modelo de todas las vajillas, rejillas u hornos portátiles en el mercado, pero al estar siempre conectados a la red se actualizaban constantemente. Una vez reconocido y detallado el inventario, se localizaban los residuos y utilizaba el elemento y proceso más apropiado para su limpieza. Fascinantemente, el proceso no tardaba más de unos minutos en los casos más laboriosos, como un horno lleno de grasa quemada.

Junto a la cocina, se situaban un teleportador multiproducto para las comidas, y otro únicamente de bebidas para agilizar el trámite y disminuir la espera de los ocupados agentes. Ambos equipos estaban anclados a la pared opuesta a la entrada. A su lado, la vitrina de un extintor de incendios servía sobre todo para tranquilizar y dar seguridad al subconsciente humano, pues poco podría hacer el bote rojo para salvar a los colonos si no se activaba el sistema de Prevención y Subsanado de Alteraciones Atmosféricas (PSAO) de la colonia, que monitorizaba continuamente la composición y calidad área en la totalidad del recinto incluyendo las estancias privadas (pese a que las malas lenguas hablaran de recolección de datos, entre otros intereses).

La zona del comedor se situaba adyacente a la entrada, en la pared más cercana a los despachos. Su superficie despachaba mesas y sillas bajo una gran pantalla holográfica repleta de notas virtuales que simulaban papeles sobre un panel de corcho. De nuevo se emulaba la vieja tecnología buscando esa familiaridad con lo conocido y facilitar la transición de los más reacios, aunque también había algo de nostalgia. Las notas virtuales se amontonaban en el holograma y ofrecían todo tipo de recuerdos, bromas, noticias del sindicato, recortes de periódico o actividades del departamento. La liga de Airball de grupos de seguridad en la colonia ocupaba un lugar de honor en el centro de la pantalla, haciendo imposible pasarla por alto. Por lo visto, la policía del Hall Social no estaba muy capacitada para la práctica de este deporte, exigente desde los puntos de vista físico y de trabajo en equipo. Un rápido vistazo a la tripa de Miguel y al ambiente reinante en los cubículos bastaba para convencerse. Eso sí, sobraban donuts a su alrededor como para aprovisionar un parque acuático.

El primer equipo, líder indiscutible, lo formaban miembros de la división de seguridad minera creada por SI. El Airball era un deporte duro, por lo que no era sorprendente que tipos que pasaban la mayor parte de su tiempo bajo la tierra de un planeta de atmósfera hostil para desfogarse luego en sus bares, soltaran adrenalina mejor que nadie en el farragoso arte de golpearse con todos los rivales (y con algunos aficionados) en un entorno microgravitacional, repartiendo más leña que abrazos un político en campaña. Los mineros deberían al menos pasárselo bomba, soltar toda la angustia y cabreo que llevaran dentro, y rezar porque el partido no acabase o porque se los llevaran a la enfermería. Cualquier cosa mejor que volver allá abajo.

Miguel notó como Antonio escudriñaba la pantalla, intrigado por si había alguna información entre líneas que le fuera útil.

—Hemos mejorado bastante, no te creas. El otro día marqué un gol e hice un auténtico paradón —comentó Miguel sonriendo.

Antonio había escuchado comentarios sobre el partido en un bar, una noche que necesitaba un par de tragos antes de acostarse. Sonrió. La historia difería un poco del orgulloso relato de Miguel...

—Sí sí, paradón... pero la próxima vez que pares el balón asegúrate de soltarlo antes de que te empujen dentro de la portería con él en brazos como si fuera tu cachorrito —dijo alzando las cejas.

Según se narraba por los mentideros de la colonia, dos fornidos atacantes de uno de los equipos de la Guardia Planetaria habían tenido a bien meter el balón con Miguelix en la portería cuando el muy iluso y bonachón celebraba su parada alzando el balón sonriendo como el mono Rafiki al cachorro Simba en el clásico animado (o Burazz a Kimba, según su versión favorita). Al parecer, a los árbitros no les había importado para desesperación del orondo policía que se quejó en vano. La sonrisa se borró del rostro de Miguel.

—Era broma hombre, por algo se empieza. No seas cínico, no te pega. Dentro de nada a los Drillers, ya verás —, le quitó importancia al asunto guiñando el ojo.

Le dio un par de palmaditas en el hombro y ambos sonrieron.

—En fin, menos cachondeo —prosiguió Miguel—. La próxima vez si quieres puedes ayudarnos. Total, estás aquí todos los días como si fuera un trabajo, así que se podría decir que eres uno más en la oficina. Te vendría bien salir y pasar algo de tiempo con otros seres humanos, relacionarte —. El tono de la oferta era amable y honesto. Quería tanto ayudar como pasar más tiempo con su amigo caído en desgracia —. Hace ya cinco meses del accidente...

—Tres, y tres días —le corrigió Antonio,

—Eh... sí claro, perdona... —reanudó Miguelix *vaya, paso en falso... empezamos con mal pie*, pensó—. Pero bueno, en todo caso, lo que te decía. Que ya va siendo hora, ¿no crees? *A ver si podemos reconducir esto y conseguir que lo acepte, de una vez por todas.*

Accidente. Antonio odiaba cuando se referían a la desaparición de su esposa como a un accidente. La palabra retumbaba en su cabeza. Hacía que su sangre hirviera y que perdiera cualquier sentido del decoro, educación y a veces raciocinio.

Los prolegómenos de siempre continuaron un poco más, hasta que llegó el momento más detestado por Miguel, y acuciado por Antonio: las preguntas de cada día.

El policía invitó a su amigo a sentarse y se acercó al teleportador de bebidas, seleccionando un *cappuccino* para él y un café sólo para Antonio. Lo de siempre. Tras tres semanas de visitas diarias, no hacía falta preguntar. Las bebidas se vaporizaron en el habitáculo interior del teleportador en un instante, humeante y *«listas para el disfrute»*, según la vocecilla que emanaba de la máquina. Miguel las tomó y volvió a la mesa, armado con toda la paciencia y la empatía que podía recabar para templar el dolor de su amigo. *Tiempo*, pensaba, *el tiempo le hará entrar en razón. Cura todas las heri*das. Pero algunas acompañan hasta que nos enfrentamos a ellas.

—No es deporte lo que necesito Miguel, sino hechos —se lanzó Antonio—. ¿Alguna novedad hoy? ¿Has podido entrar en los laboratorios y hablar con sus compañeros?

Miguel bajó la mirada y suspiró. *No ha pasado el tiempo suficiente. ¿Cómo hacerle entender que no puedo hacer más como policía? ¿Qué no hay motivo alguno para seguir investigando y que además, actuar diferentemente conllevaría mi expulsión del cuerpo? ¿Cómo hacerle entender que su mujer ha muerto igual que tanta gente muere a diario en las minas y en todos los confines del Sistema Solar? Para mi, la muerte es rutina. Lidio con ella a diario. Para él es excepcional. Como si no nos pudiera tocar a todos cada día. Pues sí amigo mío, sí que puede...*

No le faltaba razón, lo cual no quería decir que sus verdades se aplicaran a este caso concreto. Aseverar sin contrastar, generalizando, era una argumentación exponencialmente extendida desde el comienzo de las Redes Sociales, y nadie estaba libre de su influencia. Alguien instruido como Miguel, tampoco. Las Fake News y las teorías conspiratorias habían sido arma de populismos desde que el mundo es mundo, pero el alcance dado por los algoritmos para generar clicks y dinero la habían convertido en un problema de difícil solución, y muchas almas solitarias que buscaban dejar de serlo las utilizaban como refugio gregario, como en el club de Terraplanistas que aún existía.

Los ojos de ambos amigos se cruzaron, manteniéndose la mirada unos segundos. Antonio sabía que lo que vendría a continuación sería una excusa. Y así, al menos, le sonó:

—Antonio, lo he intentado de todas las maneras posibles pero el acceso a los laboratorios está altamente restringido y lo que allí ocurre es confidencial. Sabes que SI tiene los medios para limitar el acceso policial salvo mención expresa de la junta de gobierno, y eso es prácticamente lo mismo que decir que cuando les dé la gana. Tú mismo no paras de repetir que que son el gobierno en la sombra, joder. No hay prueba alguna que apunte a la necesidad de investigar los laboratorios. El cuerpo de Clara está presente y las *dos* autopsias —hizo énfasis en el número— tras tu solicitud que te fue concedida, confirman que murió debido a una explosión en el laboratorio. Tal y como descrito en el informe.

Antonio negó con la cabeza y se reclinó sobre el respaldo del asiento de diseño con el que las obedientes fuerzas del orden eran halagadas, incómodo como lo estaría en cualquier lugar por muy confortable dijeran que era. Antes de que le diera tiempo a contestar, Miguel prosiguió. *Es el momento, vamos allá.* Era el as que tenía guardado en la manga para apaciguar el alma de su maltrecho amigo:

—Pero… para intentar tranquilizarte, he hablado con varios de sus compañeros… fuera del laboratorio.

Antonio se enderezó en su asiento, sorprendido:

—¿Cómo dices? ¿De manera oficial? ¿Cómo en… una investigación abierta? —un poco de Esperanza para lograr su objetivo imposible: abrir una investigación imparcial para con SI

Miguel asintió con una sonrisa cálida, agradado y esperanzado por la respuesta. *Aquí vamos Antonio, déjame ayudarte a entrar en razón y a salir de esta miserable existencia en la que te has enrocado:*

—Era la única forma de hacerles hablar. Si no todo eran negativas, ya sabes… Que tienen mucho trabajo, que la empresa les tiene prohibido hablar fuera de las premisas… ya sabes. Bueno a todos menos a Arturo, el regordete como yo jeje – bromeó Miguel tratando de rebajar la tensión.

La expresión de Antonio no varió con la broma. Se centraba en el contenido y le daba igual el continente:

—Continúa— le solicitó impertérrito.

Miguel resopló:

—En fin, el tipo me dijo directamente que el día de la explosión estaba en otro laboratorio, pero que había visto los restos del accidente y el cuerpo. Que qué más quería saber. Incluso me preguntó si tenía algún fetiche y cosas así… un pieza. Tras hablar con un par de operarios pude convencer también al supervisor Marco Bagetti, y a otra de sus compañeras de laboratorio Julia Gómez ¿Los conoces, no?

Esa era la de cal, ahora toca la de arena… vamos a ello el policía se ató los machos, posando su mano derecha sobre el hombro de su amigo.

—Antonio… tienes que entender que todos corroboran la versión oficial. El departamento de policía científica ha determinado que se produjo una explosión que acabó con la vida de Clara. Su sangre estaba presente, su cuerpo…

Se detuvo un instante para suavizar su discurso, tratando de no ser demasiado directo, demasiado gráfico. Luego continuó enumerando hechos uno tras otro, dejando que calaron en su amigo quien escuchaba impasible, con la mirada perdida en el infinito.

Para Miguel las pruebas estaban ahí y no había lugar a la duda. Una explosión, el cadáver… todo había sucedido tal como lo relataba el informe de SI La desconfianza de Antonio era irracional y provenía de sus entrañas; de la incomprensión hacia «*un suceso repentino e inesperado, que de la noche a la mañana había cambiado su vida y le había arrancado a su ser más querido*». Lo decía el informe de los psicólogos de la policía. Era normal que no pudiera creerse la situación, al igual que la niña del otro caso al volver del colegio para encontrar que un padre se había desvanecido. La negación es el primer paso lógico, humano, instintivo y hasta racional ante un cambio brusco en nuestro entorno. El siguiente es la aceptación. Y Miguel se había prometido a sí mismo conseguir que Antonio diera el salto a esta fase. Para ello, avanzaba con mucho tacto en la presentación de las conclusiones de la investigación.

Vamos, vamos, espabila amigo… ¡tienes que ver la realidad y salir de este pozo!
—Mírame, Antonio— le dijo asertivamente Miguel.

Por primera vez en todas estas semanas atisbó la duda en los ojos de Antonio. Finalmente, parecía abrirse un pasaje entre ellos y lo más recóndito de su alma, cerrado a cal y canto hasta ahora. Por fin los hechos parecían hacerle entrar en razón, traspasar las defensas de sus sentimientos para ser poco a poco absorbidos por su raciocinio y ayudarle a aceptar la pérdida.

Miguel trató de enumerar los hechos consumados uno tras otro con el mayor tacto posible.

—Sé que fue repentino. Sé que fue difícil y sé que quieres aferrarte a cualquier indicio o esperanza que haya dentro de ti para creer que Clara sigue viva. Es normal. Es lo que cualquier persona en tu situación haría. Lo dicen los psicólogos, no yo. El hecho de que los estudios de laboratorio de SI sean confidenciales no implica que los acontecimientos no estén lo suficientemente claros como para no dudar de lo que sucedió: Clara estaba trabajando con un elemento inestable; trabajaba largas horas y no dormía mucho; toda esa exigencia, la presión, la falta de sueño, el cansancio... hay tantos factores que hubieran podido conducir al desastre... un error en la dosis de la muestra, un defecto en cualquiera de los saturados equipos del laboratorio, exigidos sin descanso, un pequeño cambio en el entorno... SI dijo que incluso la apertura de una puerta podría haber alterado el experimento de forma que una muestra altamente inflamable entrara en ignición. Trabajaba en innovación, con elementos peligrosos... iba con el trabajo y en el sueldo y, por frío que suene siento decírtelo, pero es así: lo sabes y ambos lo aceptasteis cuando vinisteis a esta colonia despojada de toda Virtud y humanidad.

Miguel hizo una pausa antes de continuar, dándole unos segundos para que pudiera asimilar la información tras pasarla por el filtro de su indignación y desconfianza, como un grifo que poco a poco fuera llenando un vaso hasta tenerlo listo.

Poco a poco, con cuidado... ¡vamos Antonio!

El policía prosiguió:

—Hemos hecho todo lo posible para cerciorarnos de que la empresa decía la verdad. Todos los departamentos han estado involucrados: forense, científica, criminal y homicidios. He consultado a los mejores miembros de cada equipo. Hasta ha habido dos autopsias y te han mostrado el cadáver y la prueba de ADN... Todos están de acuerdo que es un caso cerrado. Yo también lo creo y sólo falta que tú lo aceptes. Es duro, pero mírame...— le exigió de manera firme pero gentil— lo vas a conseguir. Yo te voy a ayudar el tiempo que haga falta.

Se miraron unos segundos. *Eso es, ya casi estás...*

Miguel le soltó el hombro para indicar con su mano derecha la sala de espera a la entrada de la comisaría *Una dosis más de realidad, que vea que no es el único, que su caso no es tan extraordinario y rematamos la faena... salgamos de ésta.*

Jugó su última carta, con la que esperaba ganar la partida para su amigo:

—No sé si te has fijado al entrar, pero en la sala de espera hay una mujer con una niña que ha perdido a su marido en un caso similar, también en SI. Estos accidentes pasan, hay que asimilarlo. Sé que es difícil, pero estoy aquí para ayudarte a superarlo —le miró lleno de convicción y determinación—. Vas a salir adelante amigo mío.

Miguel esbozó la mejor de sus sonrisas, cálida y sincera, y le dio un abrazo tratando de contenerle para que el momento no desfalleciera, para que la mente de Antonio no divagara. Le contenía esperando que, bien se desmoronara en cualquier momento dejando salir toda la tensión y tristeza acumulada en las últimas semanas, bien que dijera algo como «tienes razón, Miguel» y la duda se alejara por fin de su persona. Que pasara página. Que Antonio volviera a ser el que era, el amigo jovial que había perdido, el que le habían cambiado por una sombra oscura, ojerosa y desconfiada que saltaba ante cualquier comentario y que bebía más de la cuenta.

Vamos amigo... vamos...

Y Antonio dudó. Intentó tomar distancia y examinarse a sí mismo y a los hechos, de forma honesta. Volvió a valorar por enésima vez todo lo que le había sido presentado. Los hechos estaban claros, las cartas sobre la mesa y todas marcaban una única jugada, una solución al puzle. Sin embargo, todo era demasiado perfecto, demasiada falta de impurezas. Para él, faltaban piezas en el rompecabezas, fotos en las pruebas, datos que estaban ocultos, un historial que hubiera podido ir *in crescendo* hasta detonar en aquel accidente ¿Qué experimento? ¿Por qué estaba sola? ¿Y los protocolos de seguridad? El mundo real no es así, la vida no pone a todo el mundo de acuerdo y da a todos los testigos la misma versión de lo ocurrido. Algo no encajaba. Era una jugada del destino, sin duda, pero no una mano limpia. Y lo más importante: aún la sentía. Seguía sintiendo a Clara como si no se hubiera ido. Eso no había cambiado y sabía que si estuviera muerta la sensación sería diferente. Lo sabría. Le seguiría acompañando, sin duda, pero el camino que le indicara no sería el de seguir indagando en su muerte y el de vivir en un sin vivir día tras día, luchando por desenterrar la verdad. Sería otro, el que fuera, pero otro.

Antonio se separó de Miguel. La duda se despejó de sus ojos a la vez que la sonrisa de la cara del policía cuando notó la reacción no era ninguna de las esperadas. *Mierda...ni por esas.* El policía dejó caer sus brazos. No podía creer que su amigo siguiera en sus trece.

Antonio irguió su mano derecha mostrando el dorso parte trasera con su puño cerrado para empezar a enumerar levantando primero el dedo índice:

—Primero, no es normal que todos los testigos den, sin titubear y en primera instancia, la misma versión cuando ninguno confirma haber visto la explosión con sus propios ojos. Los testimonios son idénticos y parecen tan telegrafiados, como transcritos por un comunicador. La gente normal no habla así, no es así, y lo sabes.

Miguel se inclinó sobre su silla, posando el puño izquierdo bajo el mentón mientras miraba incrédulo como Antonio esgrimía sus argumentos. *Será terco...*

El cabezota de su amigo levantó ahora el dedo corazón:

—Segundo, en un laboratorio de las prestaciones del que trabajaba Clara no hay lugar para el error ni para el defecto. Las pruebas de calidad que tienen que superar los equipos antes y después de ser entregados son exhaustivas y, ¡claro que las puertas están herméticamente cerradas y controladas atmosféricamente con sensores cuánticos! Precisamente por seguridad del personal, sobre todo en caso de estar llevando a cabo experimentos. Clara llevaba 13 años trabajando y era la más brillante de su departamento, no iba a cometer un error de ese tipo. No me jodas Miguel. El simple hecho de que lo consideres no denota más que la vagancia de tu mente, que simplemente acepta lo que le dicen sin pensar las preguntas adecuadas como un corderito que no rechista cuando lo llevan al matadero. Venga ya, *Miguelix* —en tono de burla—, no hace falta más que mirar esa barriga de Obelix para saber lo vago que eres, pero no sabía que tampoco pensaras una mierda.

La expresión en el rostro del policía pasó de la incredulidad al cabreo:

—No te pases. Te tranquilizas... te concedo un margen porque estás de duelo por Clara pero todo tiene un...

Antonio no le dejó terminar:

—A la mierda con tu margen, no quiero tu pena ni tu piedad sino tu ayuda como profesional y como amigo. Esperaba más de ti. Tercero... —prosiguió.

Antonio levantó el anular, acompañando a los otros dos dedos de su mano derecha. La tensión era visible en su rostro y su mirada, su respiración pesada. La creciente tensión arterial resaltaba la vena de su yugular:

—Clara me había hablado de otros experimentos confidenciales anteriormente. No le daba tanta importancia a las reglas y sabía que yo no iba a hablar con nadie. Además, ¿con quién iba a hacerlo? SI y sus prácticas abusivas, me dan asco, pero no soy tan gilipollas como para arruinar la carrera de mi esposa y poner todo lo que teníamos en peligro. Esta vez, Miguel... —Antonio asentía mientras le miraba, como para enfatizar que el policía también sabía que tenía razón— esta vez todo era diferente. No me contó nada en las últimas semanas y yo veía miedo en sus ojos. No abría la boca, y yo pensaba que pasaría, que mejor intentar distraerla y que se olvidara un rato del trabajo, pero ella trabajaba casi todo el día, incluso algunas noches y estaba agotada. Debería haberlo sabido, debería... — Antonio negó con la cabeza mientras el feo rostro de la culpa salía a la superficie. Sus alucinaciones del atardecer se le vienen a la cabeza, persiguiéndole—. Debería haberlo hecho mejor.

El silencio se mantuvo unos segundos. Miguel trataba de procesar lo que estaba ocurriendo. Tras conseguir recomponerse, Antonio prosiguió no sabiendo si hablaba consigo mismo o con su amigo:

—No hay duda de que éste no era un experimento más. Su mente estaba en él al doscientos por cien todo el día, ¿y se supone que debo creerme que de repente tiene un accidente de parvulitos? ¿Que se olvida de toda precaución básica, muere, y todo el mundo está de acuerdo en cómo ocurrió pese a no estar ninguno presente? ¿Cuándo están esos laboratorios vacíos? Porque yo siempre veo a gente trabajando a destajo día y noche...

El policía reaccionó rápidamente, volviendo a sacar lo que él creía era la prueba definitiva:

—Tenemos el testimonio de Julia, que dice haberla visto en el edificio...

—¡Venga ya Miguel! ¿Y lo dice ahora? ¿Después de que yo haya venido aquí día tras día durante meses, y de que rechazara el dinero? Además, Julia parece estar zombi, drogada, a saber bajo qué yugo la tendrá SI —Antonio advirtió, alzando el dedo índice de su otra mano— Y no me salgas ahora con que si el cuerpo y el ADN en la sala: ese cuerpo inerte y esas supuestas pruebas a mí no me valen de nada. Esa... esa no era mi Clara.

Joder —pensó Miguel—, ¿pero qué más necesitas?

Antonio se lo iba a decir:

—Cuarto – esta vez el meñique completaba los cuatro dedos de su dorso firmes frente al rostro de Miguel – ¿me dices que hay un caso parecido, en circunstancias similares en SI, en el mismo resultado y no te parece siquiera sospechoso? ¡Pero cómo es posible! ¿Tengo que agachar la cabeza, claudicar ante la omnipotente empresa, darle las gracias por la pasta y volverme a mi casa con una palmadita en la espalda? ¿Sabes lo que creo yo?...

Antonio bajó todos los dedos menos el corazón, y miró firmemente a su amigo.

—...que un carajo para SI, para la policía y para ti. Aquí algo está podrido y lo voy a averigüar, con tu ayuda o sin ella, *amigo*.

Antonio se levantó ante un Miguel atónito y se dispuso a marcharse. El policía bajó la cabeza y negaba incrédulo:

—Pero Antonio... las pruebas... el cuerpo...—dijo abriendo sus manos, desesperado— ¡tienes que aceptarlo!

Antonio se detuvo en el quicio de la puerta, carcomido por la ansiedad y respirando fuertemente, con los ojos abiertos como platos cual animal enrabietado. *Accidente*, pensó, mientras le hervía la sangre y su capacidad de razonar se diluía:

—Acepta esto como respuesta —Miguel se mordió la lengua, pues más allá del gesto vulgar, lo que realmente veía era frustración y desesperación.

Antonio accionó el pomo para partir, pero antes tuvo al menos la suficiente deferencia, respeto, decencia y sensatez como para pararse un segundo antes de marcharse, volviéndose hacia su amigo que le miraba con una tristeza honda y honesta. La de un hombre honrado que creía estar ayudándole pero que era incapaz de sincronizar con él.

A Antonio le era difícil calmarse y no dejarse llevar por el demonio, pero el que tenía enfrente le quería, se preocupaba por él, y estaba dando todo lo que podía de sí mismo para ayudarle. El que él tuviera expectativas más altas no le daba derecho a tratarle de esa manera ni a esperar que fuera quien no era. Miguel era y seguiría siendo Miguelix, el bonachón: amable, afable y honesto. Leal. Pero no crítico ni curioso en exceso. Era un detective que seguía las reglas y el rastro de migas que le dejaban, no uno que se saliera del camino marcado y leyera entre líneas. No le interesaba y no era capaz de hacerlo.

Antonio se tranquilizó y respiro hondo:

—Miguel... perdona, me he pasado pero... tienes que entender que aunque sea lo último que haga, aunque acabe en la cárcel, o muerto, tengo que seguir hacia adelante. Es el único camino, lo que solía decir Clara. Tal y como lo siento, no tengo nada más por lo que vivir. He hecho lo que quería en esta vida y lo que me quedaba, la ilusión del siguiente capítulo, me la han arrebatado al quitarme a con quien quería escribirlo.

Antonio resopló y se dio un segundo para explicarse.

—Ahora la historia del capítulo es otra, y mi última meta en este mundo no es otra que desvelar la verdad. Espero que lo entiendas, como amigo, como hombre; porque desgraciadamente veo que como policía... no puedes. Pero te quiero igual, no lo dudes. Seguiré adelante, tienes ... tienes que aceptarlo...—terminó diciendo con los ojos empañados y esbozando una sonrisa resignada pero sincera.

Miguel abrió la boca para contestar pero fue demasiado lento. Antonio salió de la cocina cerrando la puerta detrás de él y bajó por el pasillo con la vista al frente, esquivando miradas indiscretas y gestos reprobatorios. Al salir de la comisaría Marisa y Sergio, que hacían el cambio de turno, le soltaron algo, que él decidió no escuchar.

Si se hubiera fijado en la sala de espera, habría visto que la mujer y la niña ya no estaban. Probablemente habrían vuelto a sus vidas, aceptando las variables de contexto que SI había tenido a bien fijar para su futuro. Les deseaba lo mejor, pero él no podía hacer eso. Ese no era él.

Ya estaba harto de tonterías y contemplaciones. Le importaba poco lo que dijeran o pensaran de él. No tenía pensado volver a la comisaría del Hall Social 2B. Tendría que encontrar otro camino que no pasara por la policía. Su cabeza era un caos intentando pensar qué hacer a continuación, pero albergaba una sensación clara y cristalina: lo ocurrido no había sido un accidente, y lo iba a probar. Le pesara a quien le pesase y cayera quien cayese en el proceso. Aunque fuera él mismo.

Tres: el siguiente paso

Aturdido, entumecido, abstraído. Cabreado. La cabeza le daba vueltas y su corazón saltaba furibundo en su pecho tratando de huir, mientras pugnaba con su cerebro para tomar una decisión: salir de la comisaría o destrozarla. Se había hartado de venir cada día sólo para comprobar la inutilidad del sistema cuando tocaba enfrentarse a la bestia gigante que suponía SI. Tendría más probabilidades de ganar un combate cuerpo a cuerpo contra uno de los robots trituradores de roca que utilizaban en la mina.

La multiplanetaria había jugado bien sus cartas en la conquista del poder absoluto, colocando peones en cada uno de los puntales de la sociedad cual macabro maestro de una partida de rol. Desde las instituciones públicas hasta los callejones sombríos donde se apostaba al Airball o a las peleas subterráneas: si sabías qué cristal anteponer a tu mirada, el trazo de SI se hacía visible allá donde hubiera dinero o información, dos amigos que conducen al poder. Con tamaño grado de control sobre el sistema, ¿qué no podría ocultar la mayor empresa del espacio colonizado?, ¿cómo iba a poder encontrar una grieta y escurrirse por su granítico muro de control cuando ni la policía era capaz de adentrarse en sus dominios? Éste lúgubre pensamiento aderezado con impotencia se cernió sobre él de repente, como un anochecer inesperado que robara los últimos rayos de luz del día, en su caso la esperanza de hallar un camino a seguir para hacerle justicia a ella.

Salió de la comisaría sin rumbo definido y perdió la noción del tiempo. Cuando se percató de que deambulaba mirando al suelo, alzó la cabeza para encontrarse con la marabunta que atravesaba el Hall, completamente ajena a sus problemas y a su dolor. Se veía a sí mismo desde fuera paralizado, transitando su realidad en una burbuja, incapaz de ver nada sin el cristal de la amargura que le carcomía. *Espabila joder* —se dijo—. *Necesito dejar de lamerme las heridas y cambiar mi estado si quiero sacar esto adelante.* Pero ya podía estar en el culmen de una obra de teatro, o en pleno estallido de júbilo en un partido de Airball, que no sentiría más emoción que una fuerte presión sobre su nuca: una tensión de los músculos de su cuello que le aprisiona y le evade físicamente del exterior, pero no le desagrada. Hasta lo ve como parte del camino: es todo lo que le queda de ella y lo que le hace seguir adelante y recordarla constantemente. Sería más fácil dejarse llevar, aceptar la versión oficial y desmoronarse en brazos que le consuelan. Pero sería dejarles ganar, y ni puede ni quiere evitar como se siente.

Respiró hondo, tenía que poner sus ideas en claro, pero ¿dónde? El Hall estaba en ebullición con transeúntes, ruido y conversaciones, anuncios de llegadas y salidas de aeronaves... igual aquel ruido blanco le podría ayudar. Le fascinaba ver a tantísima gente, cada uno con sus historias y problemas ¿Cuántos de ellos callarían fechorías perpetradas por SI? ¿Cuántos de ellos contribuían y eran parte de ellas? Tenía la certeza de que si pudiera leer las mentes de todos los presentes encontraría respuestas a muchas de sus preguntas, tanto de la desaparición de su esposa como del increíble auge y control de la que un día fue pequeña tecnológica almeriense. La gente esconde muchos secretos, y ellos tienen las llaves de muchas puertas. Además, sería entretenido.

Observar aquel reguero de gente podría relajarle, aliviarle. Se permitió dejarse llevar por esa ilusión de contentarse con esa satisfacción, pero sabía que lo que realmente necesitaba era concentrarse, tener espacio para pensar. Tras el mal trago pasado con Miguel, estaba decidido a dar con alguna pista, a no dejarlo para más tarde aunque le costara. Volvió a pasar por el monumento a la minería en Titán con su fantástica esfera levitando sobre la punta de la estalagmita, pero esta vez lo hizo de largo, sumido en sus cavilaciones y casi inadvertido de su presencia.

Giró a la izquierda, atravesó La Pasarela sin prestarle atención a las obras y se dirigió a los transbordadores. De momento, lo importante era seguir en movimiento, que el riego sanguíneo le ayudase a decidir. ¿A dónde ir? ¿Ayudaría más un sitio que otro? La presión constante en su nuca le recordaba que tenía asuntos por resolver.

Estaba demasiado nervioso como para volver a la habitación, y allí no tenía nada que hacer. ¿Cómo es posible que habiendo pasado tanto tiempo no haya más pistas sobre la muerte de Clara? resonaba en su cabeza. *¿Cómo contener esta ira que me hace hervir la sangre al ver que para ellos no se trata más que de un caso imposible y del que mejor saber lo menos posible?* Esa impavidez e indiferencia le molestaban, pero quizás más el saber que de haber estado él sentado en ese escritorio de policía, hubiera reaccionado de la misma manera. Al fin y al cabo para Miguel es su trabajo, el cual debe llevar con sangre fría si quiere conseguir desconectar al final de la jornada y vivir como el resto de mortales... pero no quita que el que fichen aliviados al terminar la jornada, para irse alegremente al supermercado, le queme como un hierro ardiendo.

Frente a él, las puertas de embarque indican impacientes las siguientes salidas, exigiéndole que elija su destino. La gente le empuja y adelanta al ver que está parado sin elegir fila.

—Ts, ¿pero qué coño hace ahí parado? — le espetó con desdén un hombre de unos cincuenta años, derramando reproche por sus ojos, tras chocar contra un Antonio de mirada perdida, pensativo y abstraído.

El hombre de traje oscuro de dos piezas con rayas fluorescentes, camisa roja y corbata negra con bordes a su vez conformados por emisores gamma – diseño de moda cuántico de última temporada, muestra clara y ostentosa de riqueza, y seguramente el único motivo por el que alguien vestiría algo tan rematadamente horrendo—prosigue su camino al ver que Antonio no responde.

—Perdona Juan me he topado con un gilipollas pasmarote en la cola del ascensor. Sí sí, se habrá metido cualquier chute de DNC y aquí está, estorbando. ¡BASURA! —, soltó con los ojos clavados en Antonio, y su saliva aterrizando en la periferia de sus zapatos. Como si de una televisión puesta de fondo se tratara, a Antonio seguía sin importarle un comino lo que dijera aquel payaso.

Las DNC eran las conocidas Drogas Cuánticas Neuronales, pequeños compuestos contenedores de millares de picotransmisores cuánticos programables que, una vez en el riego sanguíneo, encontraban su camino hasta el cerebro para afectarlo de una manera pre-decidida por su programador, o «maestro de sensaciones», como les gustaba hacerse llamar altana y pomposamente. Había quien los consideraba artistas del siglo XXI, programadores biotecnológicos al fin y al cabo con una formación nada desdeñable, pero que no dejaban de ser narcotrafincantes que si bien proporcionaban a mucha gente experiencias que ansiaban, también ganaban dinero a costa de las debilidades y miserias de otro grupo de gente. «Todo depende del cristal con el que se mire, la relatividad de las dos caras de la moneda», decía una Clara pragmática sorbiendo vino frente a un Antonio poco convencido.

El ruido de fondo continuó mientras aquel caballero se colocaba en la cola del Panel 6. Sería pues uno de sus vecinos, probablemente con puerto privado mientras otros doce domicilios comparten una dirección. Su barba y pelo blanco cuidadosamente cortados así como el maletín le conferían una imagen engreída e irritante, por muy pudiente que fuera. Las oficinas del Hall incluían, entre otros, al Banco de Crédito Interplanetario, y el gobierno de la colonia. Antonio terminó por sonreirle y guiñarle el ojo, lo que no hace sino enfurecer más al caballero, quien finalmente monta en su transporte y le deja en paz.

Aquello había sido distracción suficiente. Tenía que dirigirse a un lugar más tranquilo donde pudiera caminar y pensar. Escudriñó las salidas de los transbordadores y el monorrail. La mayoría se dirigían a La Mina. Era noche de partido y la estación estaba a rebosar de fanáticos ataviados con los colores amarillo y azul de los Drillers, que gritaban eufóricos cada vez que el nombre del estadio aparecía o se mencionaba por megafonía. Caminaban enaltecidos por la anticipación de una noche de fiesta, sentimiento y emociones memorables, fuera cual fuese el resultado: momentos que llenaban de sentido sus vidas. «Si es que no somos más que el recuerdo de experiencias y sensaciones», decía una Clara filosófica ante una copa y un Antonio ojiplático.

Dudó si unirse a la muchedumbre y darse una noche libre, intentando escribir una página amable en el diario de su vida, pero la presión en su cuello rebatió estos argumentos sin contemplaciones: no era lo que necesitaba. Quería concentrarse y dibujar una hoja de ruta dentro de la madeja de influencias, mutismo y confidencialidad que suponía SI.

«Centro deportivo», leían otros carteles. *El Maletín*. El ejercicio le ayudaría a despejar la mente, pero ni el entorno ni la cantidad eran adecuados, con caminar sería suficiente para recuperar la esperanza… el parque, claro. La decisión le resultó tan obvia, que no tardó ni un segundo en ponerse en marcha. La mayor zona verde de Titán. Un lugar donde podría caminar durante horas bajo temperaturas y microclimas diversos en los alrededores de la fuente heptagonal de La Virtud. Ahí es donde debe dirigirse.

Instantes después ya se encontraba en la cola pertinente, esperando la llegada del transbordador. Expectante de lo que pudiera elucubrar en las próximas horas, «*con la ayuda de La Virtud, me falta cultivar la Esperanza. Que cuando se apague una vela se encienda otra*», recitó de El Círculo con una tímida sonrisa que denotaba divertimento e ilusión a la vez que desesperación.

Tras unos segundos una melodía avisó de la llegada del transporte: «Parque del amanecer». La voz armoniosa y melódica infería a los visitantes la primera dosis de relajación de la carta maestra «visita el parque».

Tras la apertura de puertas un puñado de pasajeros que hacían el recorrido inverso salieron del receptáculo, dejando su sitio a nuevos viajeros considerablemente superiores en número. A estas horas de la tarde-noche, tras la jornada laboral y con muchas actividades cerrando, la mayoría de vagones realizaban el trayecto hacia el parque y no al contrario.

El habitáculo se llenó con veinte personas de todo tipo. Antonio reconoció a algunos turistas con sus comunicadores en la mano quienes, dispuestos a fotografiar desde el visor holográfico de su equipo las maravillas del parque, cuchicheaban emocionados sobre la llegada a la colonia. «¡Tiene un colorido sensacional!» o «Las vistas son las mejores del sistema, te lo digo yo», fueron algunos de los nada originales comentarios que se entreoyeron. Por la forma de vestir, dedujo que sus compañeros de vagón venían de Marte: ropas en colores rojizos y bufandas de lino, a juego con la imagen arrasada y desértica del planeta del dios clásico de la guerra. La temperatura estaba obviamente controlada dentro de los campos electrogaseosos de cada colonia, siendo prácticamente idéntica en todas ellas, pero eso no implicaba que los avezados departamentos de soporte cultural de la colonia – más orientados al marketing que a otra cosa—, no intentaran vender una imagen diferente de cada una de las poblaciones tanto por la necesidad de reivindicación de los humanos de pertenencia a una patria diferente y especial —léase mejor que la de los demás—, como por motivar el turismo hacia los diferentes asentamientos.

El negocio era múltiple para la megalómana empresa de venta de ropa instantánea por teleportadores, que aparecía instantáneamente en tu casa o en un terminal público si así lo elegías. Si no te gustaba o no te quedaba bien, tenías una hora para devolverla utilizando el mismo equipo. Ni que decir tiene que la gente se volvía loca gastando su dinero en productos de consumo. La movilidad reducida en las colonias conllevaba una vida sedentaria, solitaria y vacía para muchos, y narcisista para otros, lo que inexorablemente derivaba en la proliferación del consumo a pesar de efectos colaterales como la baja natalidad de su población. Ésto dificultaba la sostenibilidad de sus sistemas e industrias, y facilitaba la labor de empresas como SI.

La fría y roja colonia de los marcianos fue el primer planeta que los humanos llamaron hogar tras la Tierra, allá por el primer tercio del siglo XXI con las primeras y fallidas misiones de viaje sin retorno, descubriendo inesperadamente el fenómeno Resley entre otros. La teleportación había propiciado una colonización interplanetaria y un desarrollo tecnológico tan vertiginosos, que parecía hacer siglos de aquello, más que décadas. Pese a la homogeneización de todo, los marcianos se consideraban más eruditos y cultivados sólo por el hecho de haber nacido sobre ese pedazo concreto de roca, y sus vestimentas también —como lo hacía SI, e igual a causa de esa inercia— intentaban evocar ese supuesto aire ancestral, como se entendía en la cultura terrestre de árabes, griegos o romanos.

Antonio examinó al resto de sus compañeros de viaje. El transbordador también cobijaba de la inhóspita meteorología titánica a varios fieles religiosos de La Virtud. Antonio los reconoció por el heptágono blanco de mármol que colgaba de sus cuellos. Uno de los seguidores era un chico joven, delgado y rubio. Vestía una túnica y bufanda de seda color beige claro, y calzaba sandalias de cuero marrón. Tenía los ojos cerrados y rotaba el heptágono en su mano a la vez que murmuraba en silencio. Por el atuendo, debía tratarse de un aprendiz a divulgador que oraba a cada una de las siete virtudes, pensando en lo que había fallado en cada una de ellas y en cómo podría labrarlas para mejorar su armonía y alcanzar una mayor felicidad.

Antonio no tenía problema alguno con La Virtud. Al contrario, le parecía una guía de vida, un ideario de valores o religión fantástica que había llevado a la humanidad a una paz desconocida desde que las escrituras. Al menos de aquellas que sobrevivieron a la barbarie humana, mostrando una historia de cierta inercia y predisposición a la confrontación. Él creció durante la llamada *Crisis de Valores* por los historiadores post-Virtud (influenciados por su tiempo y por algo más): un comienzo del siglo XXI donde guerras y tensiones políticas reinaban por doquier, junto a abusos de poder y fractura social con una población por encontrarse a sí misma, intentando que sus valores y sus vidas no fueran dominadas en el auge tecnológico. Los fanatismos acababan enterrando comunidades bajo las cenizas de una ira inclemente, y la irracionalidad hiriendo a los propios fieles, convirtiendo algo positivo en una losa para sus vidas. Todo aquello le sobrepasaba, y le indignaba. Le parecía injusto que se desvirtuara algo que podía hacer tanto bien, para que acabara haciendo tanto daño mental y físico a tantas vidas.

Su tía, que siempre tenía razón, le dijo que la fé, sin ir acompañada del valor y de la esfuerzo era como una promesa por cumplir, una deuda, y que si al cabo de un cierto tiempo no se saldaba, olía a podrida.

Como en todo, los peores eran quienes se adueñaban de una bandera, apropiaban de su significado y excluían a todo aquel que no pensara igual. Vista la recurrencia a lo largo de la historia, el éxito global de La Virtud era aún más meritorio y digno de análisis. Pero desafortunadamente, como en cualquier buen vino envejecido con paciencia y serenidad, siempre quedaban algunos posos; *trolls* que se empeñaban en juzgar y supuestamente guiar sin tener ni idea del contexto del prójimo, cuando en verdad no hacían más que gritar de forma sorda sus propias penurias, completamente ajenos a esta exhibición de sus vergüenzas.

Antonio tenía todo esto presente porque, en su lamentable —en todos los sentidos— estado actual, no eran pocos aquellos que le recriminaban su falta de entereza, de armonía o de disciplina para comportarse de forma que molestara un poquito menos al resto, ya fuera de manera directa o haciéndoles sentir culpables por no ayudarle. «*Que se te note menos*», «La procesión, por dentro, que nos estropeas el día tan bueno que hace». El doble filo de la famosa Armonía, silenciando llamadas de auxilio. ¿Cómo podía el no ayudar a los necesitados ser erigido como fortaleza y estandarte de un credo que predicaba justo lo contrario? ¿Por qué los divulgadores no lo condenaban ni se distanciaban de aquellos que lo distorsionaban, manipulaban y corrompían? ¿A quién beneficiaba ese uso partidista, esa usurpación de las creencias o del patrimonio de la humanidad? ¿A la Armonía?

Sin ir más lejos, la semana anterior un matrimonio, ambos adorando sendos colgantes de mármol heptagonales a semejanza de la edificación de Pureza en el Parque del Amanecer, se habían acercado a él al verle discutir acaloradamente con Julia, la compañera de Clara, en el centro deportivo de la colonia, el famoso Maletín. Antonio le decía que no creía ni por un instante su fría versión de lo sucedido, y le pedía abiertamente explicaciones sobre «sus mentiras»

—¿Es que Clara no significaba nada para ti? ¡Qué te han ofrecido a cambio de tu silencio!, —le espetaba, mientras una Julia muy seria y de ojos extrañamente marchitos y apagados (¿quizás pagados?) le decía que le dejara en paz y que tan sólo se fuera a casa, a pasar página.

La pareja se acercó y le tendió uno de sus colgantes diciéndole, sin ningún tipo de rubor o celo, que debía aprender a orar para controlar su mal genio, y llegar a tener una paz interior como la que ellos dos habían alcanzado, para así contribuir a la Armonía Global. Que le ayudaría a poner el asunto en perspectiva.

Obviamente no tenían ni idea de por lo que estaba pasando, pero se consideraban capacitados para imponerle tareas y darle órdenes, que no consejos, enmascarándolas en una receta para todo solucionar. Aquella actitud de sobrada prepotencia y arrogante superioridad le sacó de sus casillas. Llevaba demasiado tiempo aguantando miradas por encima del hombro. Y La Virtud también era suya. Primero, declinó con educación:

—Las Virtudes cultivando y con el mazo dando, señora. Es preceptivo y consabido el que «*la Armonía bebe y deriva de la persistencia*» —citó y se volvió resoplando, tratando de volver a centrarse en su discusión con Julia.

Pero la pareja no cejó en su empeño de enmendar su comportamiento:

—Menudo espectáculo está dando, debería darle vergüenza romper nuestra armonía así. Egoísta — soltaron en espera de una respuesta que diera pie al combate.

Antonio entró al trapo cuando normalmente hubiera pasado, como con el tipo de las colas de los transbordadores, pero la charla con Julia le tenía desbordado:

—Claro que sí señora, disculpe ¿Cómo no se le había ocurrido antes qué podría estar afeándoles su usurpado concepto de armonía, así como enturbiando su estirar de piernas vespertino? ¿En qué estaría pensando yo? Pero no se preocupe, que todo tiene una solución…

Tomó la piedra heptágono y palpo cada uno de sus vértices, como examinándolos con curiosidad y profundizando en su significado en voz alta:

—Virtud de la Bondad ufff estamos en negativo señora… la Curiosidad, «*ese impulso humano entre lo grosero y lo sublime*» —citó—y usted está más bien en lo primero, en el morbo, mal vamos disculpe que le diga, —alzó la cabeza un instante para cerciorarse de que el mensaje iba calando, mientras seguía enumerando las Virtudes primarias, — prosiguió—. La Disciplina, poquita visto que es reincidente en no dejar a un fiel con problemas buscar su armonía… Paciencia, —se echó a reír—… Pasión, de nuevo en el lado oscuro de La Virtud… y por último Esperanza, la que tiene porque me calle que no por ayudarme, todo lo opuesto al precepto de El Círculo… mmm ¿está usted segura que soy yo quién necesita oración para apaciguar su espíritu y no perturbar la Armonía Global? *Ts ts*, me da a mí que no

Antonio sabía de su insolencia pero no podía parar, estaba desbocado.

—Dado que claramente carece estas siete virtudes, usted ha convertido lo que en manos más coherentes sería un símbolo bendito, en poco más que un insulto, desposeyéndolo de toda virtud. Un pedrusco. Como remedio, para relajarse y ver si reencuentra el camino gracias a la virtud terciaria del placer, pruebe a meterse cada una de los siete vértices por donde le quepan. Ansío que al menos se entretenga, y de paso nos deje a mí y a los demás en paz.

Las palabras se precipitaron por su boca como lava mientras le devolvía el amuleto a la perpleja señora, quien se llevaba la mano al pecho boquiabierta.

—Por mucho que visiten Pureza, aunque vivieran acampados a su apaciguante vera, de piadosos tienen poco, más bien lo contrario. Y de dichosos y puros, menos. Háganse a un lado, si no es demasiada molestia. Y disfruten de su paseo.

La pareja quedó atrás, perdiéndose de vista, horrorizada ante lo inusual y vulgar de la respuesta... aunque por otro lado se frotaron las manos al percatarse de que alimentaría el cotilleo de la cuadrilla, pudiendo despotricar hasta quedarse a gusto. Si hubo algo que removiera sus conciencias, aplacaron los temblores con una alienación practicada hasta la perfección. «Los moldes duros apostados en vitrinas cómodas son difíciles de cincelar», decía Clara a un Antonio sorprendido por su seriedad durante el bricolaje casero.

Al menos, de todo este embrollo salió algo positivo para alguien: a Julia se le escapó una risa nerviosa e incómoda, saliendo de ese extraño trance en el que parecía estar sumida, al ver que el pesado del marido de su amiga se quitaba de en medio y la dejaba en paz. Justo lo que él le pedía a la pareja.

Antonio se sintió algo avergonzado de haber perdido el control y de sus palabras, pero también harto de encontrarse con gente condescendiente y ruin que manchara la Armonía, como él la entendía. Desde entonces había saldado sus cuentas con La Virtud y templado el alma. Recordando el incidente, sonrió. *Mantuve bien las formas y les hablé de usted*. El contenido se lo había ganado la señora de pleno derecho .

Una sacudida le devolvió al presente cuando el transbordador despegó en dirección al parque. El trayecto era sin duda el más bonito y espectacular de la colonia, permitiendo visualizar sus enclaves más conocidos y venerados. A medida que los propulsores eléctricos alejaban al vehículo de su encaje en el puerto, el panel cedía el campo visual al exterior del Hall Social y el Embarcadero, pudiendo verse entre otros Saturno, Rhea y el escaso flujo de aeronaves que entraban y salían de la colonia. Los diferentes modelos pertenecían a la Guardia Planetaria y a las flotas privadas o comerciales de SI, estando ambos juntos y siendo ambos gestionados por la Guardia.

En contadas ocasiones, el público podía acercarse a las aeronaves interplanetarias (equipadas con motores de hiperaceleración cuántica). A veces en el Día de los Colonos, o algunos acreditados durante el Titan Aerospace Show. El caso más común era en día de partido. Las personalidades coloniales acudían a recibir a los equipos profesionales de la ACL. Los VIP no perdonaban el baño de masas, las fotos oficiales, ni las mejores bebidas fermentadas y delicias culinarias del Sistema Solar. Lo que hiciera falta para promover el deporte y sus valores, según repetían en sus video—charlas a las escuelas planetarias. «Bah, es sólo otra manzana más que había quien se empeñaba en pudrir, como La Virtud», le quitaba importancia una Clara mordisqueando una manzana, y resignada ante la aparente limitación en la mejora de la humanidad en su conjunto.

Con el transbordador en trayecto sobrevolando Titán, los turistas comenzaron a agolparse al frente de la cabina para tomar una de las instantáneas más esperadas durante su periplo sabático: en el horizonte se alzaba triunfante y majestuosa la montaña Vigía. Además de patrón de los Drillers, el coloso granítico ejercía de faro y meticuloso guardián del Embarcadero del Hall, impertérrito en su puesto vigilando las entradas y salidas de la colonia. El conjunto desató los primeros «ohhh» de los primerizos en Titán.

A medida que el vagón rodeaba la montaña por su ladera, los propulsores eléctricos giraron cuarenta cinco grados a babor, obedeciendo así las cascada de órdenes recibidas desde el ordenador PAL, transmitidas instantáneamente a los actuadores cuánticos del sistema de propulsión. El destello de la energía transformada en cinética se dibujaba como la cola de un cometa en las cuatro toberas cónicas, que enfilaban la ruta hacia el panel séptimo como un obediente escuadrón militar en formación. La instantánea era espectacular, con el transbordador levitando junto a Titán, Vigía, La Mina y La Colmena, bajo la mirada cautelosa de Saturno y Rea en toda su inmensidad. Esta postal, tomada a menudo por los pequeños drones voladores multiusos que pululaban por el interior y exterior de las colonias, era la más vendida en los puestos de recuerdos del Hall Social, entre los turistas dispuestos a un último desembolso antes de marcharse, y entre aquellos olvidadizos que habían dejado las compras para el final.

Mientras que algunos seguían intentando captar la instantánea perfecta, la mayoría de pasajeros cambiaron de cristalera para repetir la secuencia con el inmenso enclave al que se acercaban, toda vez los pequeños peones del sistema motriz seguían disciplinadamente la ruta marcada por su superior PAL.

La Colmena agrandaba su figura a cada propulsión Hall de los iones de xenon, haciendo caer las mandíbulas de los que eran primerizos en el placer de admirar su magnitud, y que andaban así atareados en la fútil empresa de desgranar todos sus inabarcables detalles y recovecos, en la insuficiente duración del trayecto. El enjambre de puertos permitía la proliferación de diferentes áreas de esparcimiento de todo tipo. Su desarrollo fue una especie de carta blanca a todo aquel inversor con un proyecto suficientemente interesante y sólido como para justificar su presencia en tan exclusivo lugar, o bien con el dinero adecuado para convencer a los administradores de que le cedieran un puerto en el enclave. Una victoria asegurada para ambas partes, con el beneficio colateral (o no) del usuario.

El último proyecto del que Antonio había tenido noticias, se trataba ni más ni menos que de un simulador de batallas de naves espaciales llamado *So Say We All*, al más puro estilo de *La conquista galáctica*, serie de ciencia ficción de culto. Un enorme volumen interior, cuyas paredes estarían recubiertas de diferentes hologramas en función del escenario elegido para la batalla, permitiría el uso de pequeñas recreaciones de las naves utilizadas en la popular serie por humanos puros, los biológicamente alterados o «mejorados» como se denominaban a sí mismos en la serie, o por los clásicos extraterrestres, los «Ceilons» de Alpha Centauro. Como si una mezcla de batalla láser y de un circuito de karting se tratara, el centro expandiría su campo de interacción electrogaseoso a parte del exterior para permitir librar batallas en el entorno de Titán, y luego volver al interior.

Antonio se preguntaba si algún día ese tipo de guerra se desataría en la realidad –algo difícil dado la homogeneidad del status quo imperante, a menos claro que aparecieran alienígenas hostiles para darle vidilla al asunto—. También, a quien conocería el adjudicatario de semejante mastodonte de proyecto. Más de uno se habría llevado un apartamento multipuerto gracias a derivados y subcontrataciones. El clásico enchufe trifásico seguía vigente en la época cuántica de humanos mejorados (o no). «Otra de las cosas que no cambiarán mientras los humanos sean tales», se lamentaba Antonio mientras trataba de ordenar la casa bajo la mirada de Clara

El ocio de Las Vegas, confirmaba que ciertos deseos y vicios tampoco cambiaban. El primer enclave de La Colmena anexo al Parque del Amanecer, de La Virtud, basaba curiosamente su oferta en el juego, en la compañía y probablemente en algo más. El Futurysta era su bar más conocido, un sitio de cierto standing donde los mineros que se molestaran en arreglarse para buscar algo más de calor humano que el otorgado por la camaradería subterránea de las minas. A los rincones más oscuros de aquel puerto, acudían a mezclarse obreros, gente de SI o diplomáticos y semejantes para disfrutar de los placeres más mundanos y olvidar las penurias de la vida por un rato. Había hasta quien se negaba a tomarse los tratamientos nano-robóticos contra la resaca, para darle más sensación de autenticidad a aquellas noches de despiporre. Fue el primer y único centro atribuido a La Colmena desde su diseño, al estimarse que era básico para cubrir las necesidades de los exoplanetados.

Además del archiconocido *Museo de Titán*, el museo holográfico e interactivo de historia *La Reliquia* es otro de los proyectos futuros, según las *radiopatios* titánicas a los que Antonio prestaba la justa atención, sobre todo para intentar encontrar algún cabo suelto que le ayudara en su investigación. En su interior, los visitantes podían pasear por ciudades recreadas de toda la historia de la humanidad, desde Alejandría hasta Marte, pasando por el Japón imperial, el Berlín dividido o cualquier gran urbe durante «la gran decadencia» de La Crisis de Valores alrededor del comienzo del siglo XXI.

En cualquier caso, el complejo estrella de La Colmena era el Acuario, un centro de submarinismo y fauna marina de reciente apertura, con todo tipo de especies, que ocupaba la parte superior del panel generando un increíble contraste entre el agua contenida y el vacío exterior de Titán.

Un destello luminoso inundó el transbordador, avisando de la llegada al parque. La luz brotaba del puerto [7,7,7] que ya se avistaba agrietando y habilitando un pasaje desde las afueras hasta el centro mismo de La Colmena, dando acceso al parque y a su fuente, Pureza. De la entrada sobresalía una suave y lisa alfombra verde que daba la bienvenida al mundo encapsulado en el interior del panel, el tesoro, la gala de La Virtud. En paralelo a la alfombra, las vías del monorrail también conducían a pasajeros hasta el sagrado puerto [7,7,7]. A medida que el pasaje sobrevolaba aquella lengua verde y se aventuraba al interior de su gruta de las maravillas, la luz cegadora desaparecía como una cortina de agua en una cascada y daba paso a una espléndida vista de la totalidad del parque, con sus diferentes zonas, climas, atracciones y la fuente de La Virtud en su centro. El contraste entre el exterior del rocoso satélite y aquel verde interior, tótem de culturas, recuerdos y fantasías antropológicas deleitaba y hacía sentirse intrépido hasta al viajero más reacio. Pasado el estrecho acceso, en el interior del panel la alfombra avanzaba sobre una amplia explanada de albero que conectaba con el puerto y la entrada al parque, la denominada Gran Vía en honor a los orígenes Hispanos de SI.

El color simbolizaba la esperanza eterna de aquel que sigue el camino de La Virtud, «Cuando se le apaga una vela se le *enciende otra*», como la iluminación que recorría ambos bordes de la alfombra, la cual parecía levitar sobre una fuente de luz escondida. El verde también invitaba a comenzar a sentir la frescura de la flora del parque, generando esa anticipación que los neurotransmisores transforman en sensación de euforia y felicidad por lo que está por venir, capaz de paliar cualquier problema mientras dure la embriaguez, e intentando no generar otros ni que non desplumen mientras dure el estado.

El transbordador desapareció en el interior de La Colmena, dejando a su alrededor los otros puertos exteriores, irregularmente distribuidos como boquetes y salientes realizados al azar. Estando a medio camino del parque, una pantalla holográfica se apareció a mitad del techo del transbordador, desplegándose sucesivamente como un Origami perfecto de siete lados —las referencias a La Virtud estaban en todas partes y no pasaban desapercibidas para el ojo de un fiel —, deshaciéndose y descolgándose hasta unos treinta centímetros bajo el techo. Antonio había visto decenas de veces el documental sobre el parque, y su narración sonora le molestaba más que interesaba, por lo que se concentró en la vista.

El Parque del Amanecer es el refugio verde de la colonia de Titán. Doscientas hectáreas de bosque bajo el cobijo de los campos de sujeción, que permiten a los huéspedes del cuerpo celeste sentirse parte de un ecosistema Terrestre. El conjunto alberga siete áreas diferentes con centro en la fuente heptagonal de las virtudes, número sagrado que representa la perfección de la naturaleza y de la Armonía. En el sentido de las agujas del reloj, la primera zona es la Tropical, de microhábitat húmedo y permanentemente cálido.

Era increíble como el clima de cada zona podría ser completamente controlado gracias a los micro-sensores/actuadores climatizadores que poblaban la zona. Incluso la lluvia podía ser simulada gracias a nano-drones a los que llegaban teletransportadas las cantidades necesarias de agua desde depósitos en un almacén situado a las afueras del parque. La jungla estaba repleta de palmeras, cocoteros y fauna como monos narigudos o Cálaos.

La zona colindante nos lleva a los climas áridos y desérticos de Oriente Medio. Un paseo rodeado de dunas y arenas bajo una temperatura constante de cuarenta grados centígrados nos recuerda las características y dificultades de esta región de nuestro querido planeta padre. Pirámides, ríos y oasis con palmeras amenizan esta zona, una de las favoritas por los más pequeños para jugar y deslizarse desde lo alto de las pirámides en los toboganes Osiris, o con tablas de levita-surf con propulsores para alzarse metros sobre las dunas en piruetas imposibles, en X-Sand.

El documental proseguía, mostrando un holograma con el mapamundi Miike con centro en Asia —que sustituyó a la anticuada Mercator—, resaltando y aumentando la zona correspondiente a cada clima. Las manillas del reloj heptagonal iban girando con cada región, y ahora le tocaba el turno a la Africana. El holograma mostró un vídeo con imágenes de las llanuras del continente, con tribus y manadas de animales moviéndose en libertad por la zona. Una medida transición mostraba los espacios de la zona equivalente del parque, incluyendo la posibilidad de unirse a un Safari en un antiguo todoterreno de ruedas, rodante y no levitante, tan vintage, una de las atracciones más solicitadas del parque. El perímetro de los animales estaba delimitado por campos eléctricos invisibles tanto a los ojos humanos como a los de los animales, que mediante prueba y error aprendían a mantener la distancia. Con lo que no contaron en el diseño fue con el espectro sonoro. Algunas razas más sensibles habían sufrido problemas como locura o sangrado de oídos por el sonido de alta frecuencia emitido por los campos. Como no podía ser de otra forma, el descubrimiento se tomó como un avance científico por parte de SI y simplemente se sacrificaron los monos trayendo otra raza diferente la Tierra, una que se sentaba tan tranquilamente en su zona viendo las horas pasar en su privación de libertad.

La siguiente zona era la más importante y mayor del recinto: la Mediterránea. El énfasis estaba en el sur de la península Ibérica, algo normal teniendo en cuenta los orígenes andaluces de SI, y su papel importante en la creación de la República Mediterránea. Unas marismas emulaban el parque nacional de Doñana con flamencos, linces en el parque y un río llamado Nuevo Guadalquivir, sobre el que una réplica de la Carabela La Niña —aunque la vela llevaba actuadores—, llevaba del brote montañoso del río a la plaza artificial, rememorando así el único río navegable de la antigua España. La zona también contenía un desierto lleno de cactus y con escenarios basado en las películas del Oeste, que albergaban espectáculos y atracciones incluyendo la montaña rusa Revólver. Ésta te teletransportaba a diferentes puntos del recorrido invisible con cada ruido de disparo de un arma de pólvora. Durante el recorrido, ascendías hasta llegar a sentir la electricidad estática del campo electrogaseoso que cubría el panel, y tener una vista admirable, justo para descender a toda velocidad en perpendicular al suelo, teletransportarte de nuevo a arriba del todo, bajar en otra dirección y dar vueltas de locura durante dos minutos. Su uso estaba restringido a una vez cada dos horas, por las consecuencias que el excesivo teleporte pudiera tener para la salud, pero esto no impedía colas inacabables desde la apertura hasta el cierre del parque. La zona también incluía una serie de invernaderos con las mejores frutas, verduras y hortalizas de fuera de la Tierra según decía la publicidad. El tour incluía la posibilidad de probar productos orgánicos crecidos bajo sus techos de plástico así como de plantar los suyos propios, y era un viaje obligado para todas las escuelas del sistema solar. Una playa artificial con acantilados para escalada como en Mallorca o Sicilia, unos canales venecianos con Góndola en un centro comercial y un puerto de agua dulce emulando la Costa Azul francesa completaban el área. Sus restaurantes eran considerados como los mejores de la colonia, proporcionando las exquisiteces gastronómicas del mediterráneo cocinadas in situ para los paladares más exigentes o para aquellos que añoraban las virtudes culturales terrestres.

La siguiente zona era la Panamericana, montañosa y con restos de las culturas Azteca, Inca y Amazónicas. Varios teatros contaban la vida de aquellas comunidades en construcciones que poco o nada tenían que envidiarles a las originales, y que se hallaban esparcidas por una gran jungla que simulaba el gran río y bosque amazónico, pulmón de la Tierra. Existía la posibilidad de tener un guiado por láser u holograma a partir de cualquier dispositivo cuántico, pero muchos optaban por intentar hacer los recorridos a la antigua usanza, con brújulas y machetes, lo cual hacía las delicias de los grupos de montañeros —o boy scouts—, y de todo aquel que quisiera sentirse Indiana Jones o Nathan Drake por unas horas. Las posibilidades de paseos por el río, avistamiento de animales, etc. eran casi inagotables. Pero sin duda la atracción más visitada se encontraba en pleno centro de esta enorme jungla: una especie de Parque Jurásico repleto de dinosaurios, algunos holográficos y otros diseñados mediante biotecnología y controlados con robótica cuántica. Todos los animales tenían robots diminutos en su torrente sanguíneo, musculatura y esqueleto para monitorizar su estado de salud, y actuar en caso de que fuera necesario. La primera estrategia de control era algo más sutil y audaz que forzar su cuerpo como el de una marioneta, también más inteligente dada la fiereza de la especie, y consistía en malear su subconsciente, mediante implantes neuronales que emulaban sus ondas cerebrales y le daban ciertas ideas u órdenes, utilizadas también para ciertas exhibiciones o demostraciones de poder. Por ejemplo, el baile que se marcaba el T-Rex a diario siguiendo los pasos del último éxito musical de las listas del Sistema Solar. Era ridículo pero divertido y tranquilizador ver a la bestia subyugarse al control del ordenador. Por suerte, entre las actividades más solicitadas también estaban los juegos de yincanas o búsqueda de tesoros, muy utilizadas tanto para divulgación biológica e histórica como para diversión y esparcimiento.

Tras ella, el siguiente trozo del heptágono rendía homenaje a la zona norte del continente americano. El foco cultural y antropológico se lo llevaban las tribus indígenas, así como el conglomerado cultural de la zona de Luisiana que incluía un gran casino a bordo de un barco flotante, réplica de aquellos barcos de vapor, y que fue inevitablemente bautizado como Mississippi. Parte del interés se centraba en la divulgación histórica, con una exposición permanente dedicada a la compraventa, cambio de país y evolución de los diferentes territorios terrícolas (desde la propia América francesa, inglesa, holandesa, etc. Hasta la Unión Mediterránea, pasando por África, Siria o los Balcanes), pero el mayor estandarte y aliciente del Misisipi era un programa concurso de preguntas y respuestas llamado «El Historiador», retransmitido en directo desde el interior del casino, y que premiaba al ganador del *Quizz* diario con viajes a otras colonias para peregrinar a otros centros espirituales de la religión.

El heptágono lo completaban dos zonas más: la Ártica y la Euroasiática. La primera era un auténtico viaje a la helada belleza de Laponia y a las zonas árticas terrestres. La entrada, el llamado Pueblo Ártico, emulaba la ciudad semienterrada de Tromso llegando el monorraíl de transporte bajo tierra para luego ascender mediante una plataforma elevadora a las cafeterías y centros de actividades sobre la nevada y helada superficie. Las personas que desearan partir de la zona lo aguardaban en una sala de espera de cristal, pero debían darse la carrera hasta el tren, parte de la diversión. El monorraíl luego volvía a descender al túnel, se conectaba a los raíles y reemprendía la marcha. Desde la plaza central del Pueblo Ártico se podían dar paseos en trineos tirados por perros, aventurarse en barco a un islote helado y realizar el safari de osos polares, pingüinos, focas y ballenas; así como jugar con iglúes y aprender de los esquimales, los Sami y otras sociedades para las cuales aquel hábitat era sinónimo de hogar y confort. También había claro el parque de nieve, con una temperatura más liviana, donde los niños y los no tan niños disfrutaban haciendo muñecos y dibujando ángeles sobre la nieve artificial, y que comprendía una zona de esquí de fondo y una montaña recreada con roca titánica para crear una estación de esquí en su mayoría, y un glaciar de alpinismo en una de sus faldas, el Nuevo Monte Perdido.

La Euroasiática era por su parte la única zona eminentemente urbana: un crisol de culturas que intentaba contar la historia de la civilización humana. Abarcaba desde una zona con calles empedradas y monumentos importantes de ciudades europeas – Campos Elíseos y el rincón de Montmartre, Pompeya y Roma, Piccadilly y Londres, Santa Cruz y Sevilla – hasta emblemas de Japón como el bosque de bambú y Toris, o el parque del Sakura, en constante florecimiento gracias a la aceleración de crecimiento cuántico que permitía que volviera a comenzar la caída de sus hojas un día después de haberse desflorado. Básicamente la tecnología saltaba once meses en un año para repetir uno constantemente. Fantástico, a la vez que aterrador el poder que SI había acumulado. «Un poder tal como para comprar cualquier agenda política y simular cualquier tipo de accidente», le dijo Antonio a una Clara absorta revisando sus notas tras la cena.

El vehículo aterrizó en la plataforma anexa a La Gran Vía a modo de dársena para transbordadores y monorrail. Su cargo humano se vació rápidamente entre empujones maleducados. *Igual por ser el primero en presentar sus respetos y limpiar sus almas en Pureza. Postureo como forma de vida*, pensó Antonio mientras esperaba a que todos se fueran a tomar viento. Pero también era cierto que pese a todos los avances tecnológicos y el control meteorológico, la mayoría seguían siendo esclavos del tiempo, y pronto deberían comenzar una nueva jornada laboral en Titán o en otra colonia del Sistema Solar.

Antonio era consciente de que estaba anclado en el *piensa mal y acertarás*, tuviera o no razón. Su situación le había arrebatado esa actitud constructiva y positiva que el tiempo le había aconsejado tener, para más bien apiadarse y desearle suerte a aquellos como el tipo de la estación Agua que, por cualquier nimiedad que lo detonara, vaciaban sobre él la mierda acumulada en el trayecto cual camión de basura. Le convenía actuar así, sobre todo para que su mierda no le tocase, que ya llevaba bastante encima. «*No juzguéis, responded con una sonrisa y generaréis armonía*», leía el precepto de La Virtud. En el pasado perdió relaciones por críticas, exigencia y expectativas erróneas; otras se quedaron en la cuneta al exprimir la duración y aporte a la vida de cada componente, desvaneciéndose de sus contextos. Poco a poco había conseguido evitar los reproches y la pena porque terminaran, y cambiarla por alegría de que hubieran ocurrido. Gracias por lo vivido y virtudes ante todo. Buena cara ante malos gestos había sido su modus operandi estándar, su actitud rutinaria con la que sorprendía y encandilaba. Pero ya no. Ahora juzgaba todo y devolvía con bilis lo que considerara una afrenta, iniciando discusiones por doquier y quemando puentes como Atila, quedándose cada vez más solo, más aislado, salvo por el bueno de Miguelix, quien le aguantaba estoica, tozuda y gentilmente.

Antonio reconocía que necesitaba ayuda, y esperaba encontrarla en este remanso de armonía interplanetaria.

Descendió de la plataforma y avanzó por La Gran Vía, oteando los pasajeros de la montaña rusa Revólver como puntitos en movimiento en el horizonte, apareciendo y desapareciendo en el vagón que les llevaba y teleportaba por las vías invisibles del recorrido. La iluminación de las diferentes zonas climáticas mezclaban sus colores en lo alto de la fuente Pureza, dándole más mística a ese epicentro que las aunaba. El camino hacia ella se abría paso dejando a sendos lados la zonas mediterránea con el parque de Doñana así como la sudamericana con la simulación de la jungla amazónica, pareciendo una cuña que llevara al corazón de aquel oasis verde. Tras él se vislumbraban las zonas montañosas mediterráneas, repletas de fauna ibérica, y el comienzo del Nuevo Guadalquivir donde anclaba La Niña, carabela transporte hacia la playa artificial y el resto de restaurantes y zonas de este sector del recinto.

Multitud de puestos de restauración y recuerdos llenaban los aledaños de La Gran Vía, ofreciendo desde juguetes, textiles o todo tipo de productos físicos y virtuales a desplegar en el reproductor holográfico de cada uno, hasta inmersiones culturales en cada una de las zonas con simulaciones hológraficas. Un par de transeúntes se quejaban de la falta de tiempo para terminar la visita, mientras acumulaban recuerdos en sus bolsas, intentando encontrar un momento para respirar entre desembolso y foto. Algunos puestos ofrecían especialidades con nombres Titánicos o del Parque como *Perrito Titánico*, *Ensalada Drillers* o *Fajitas Revolver*, pero también teleportaban cualquier producto en cuestión de segundos si estaba disponible, o en unos minutos si la cocina al otro lado del portal debía preparar los pedidos más originales, diseñados por el cliente mismo.

—A ver... sí, una lasaña al horno con puerros, piña, tomate y gratinada con sirope de cebolla caramelizada, pedía un cliente.

—¿Algo de beber?, respondía la camarera. Tenemos una oferta de menú con pedidos de lasaña por 3 solares más. Incluye Patatas Virtuosas.

—Mmmm... ¿cuánto tarda un zumo orgánico de fresa?

—Al momento.

—Vale, pues ponme el menú.

La camarera con rasgos asiáticos terrestres no cambió su expresión facial seria en ningún momento, probablemente hastiada de pasar otra jornada repitiendo cliente tras cliente las mismas preguntas y respuestas. La vocación, amabilidad o comprensión del servicio al cliente, aunque fuera por mejorar la jornada de uno mismo, no era desgraciadamente algo que la altiva SI hubiera importado de su tierra nativa. La dependienta registró el pedido en una tableta con la ayuda de un lápiz de ligadura sobre sus guantes higiénicos. A Antonio le gustó que los productos orgánicos siguieran siendo solicitados en una sociedad tecnológicamente dependiente donde cualquier mezcla de producto era posible. *La naturaleza sigue mandando sobre nuestros instintos. Seguimos siendo humanos*, pensó con cierto alivio.

—18 solares por favor. ¿Paga con tarjeta o mediante transferencia?

—Transferencia, claro.

El Solar era la moneda única del Sistema Solar, implantada por SI. Al comienzo de la colonización, los diferentes gobernantes forzaron la creación de divisas planetarias, en un intento de reivindicar y reforzar la posición de su asentamiento frente a los otros. El Titán, el Rojo en Marte, el Calor de Venus... Los beneficios derivados de la administración de divisas y su intercambio granjearon varias segundas residencias multipuerto, mientras la mayoría de colonos carecía del espacio de expansión oportuno para algo tan suntuoso y banal como digamos, una familia. En una época en la que noticias sobre posibles muertes en los teleportadores y la aparición de la primera biografía de Doctor Boro ensuciaban la imagen de S.I, la multiplanetaria. tomó una decisión muy popular, creando de un plumazo la moneda única. La presión de sus lobbies arrasó cualquier atisbo de discusión y el Solar fue rápidamente implementado, para júbilo de la población y detrimento de algunos que sufrieron un «exilio forzoso» a apartamentos multipuerto en otros asentamientos. La rumorología decía que todo era una maniobra planeada desde el comienzo de la exploración espacial, una jugada maestra. *Chapeau*.

La dependienta mantuvo su gesto serio mientras se agachaba bajo el mostrador para tomar un receptor cuántico que depositó frente al cliente. El joven de pelo enmarañado acercó su antebrazo provisto de brazalete y procedió a aceptar la transacción mediante transmisión cuántica de corta distancia NFQC (Near Field Quantum Communication). Una vez retiró su brazo, el zumbido del transbordador irrumpió en el ambiente a medida que el equipo receptor oscilaba con la recepción de las partículas del envío. El tono creció en intensidad, llegó a su máximo y poco a poco fue decreciendo acolchado por el sistema de insonorización del stand, parcialmente anecoico dada la localización del establecimiento así como el gustillo de escuchar aquel zumbido. El insonorizar totalmente o no los equipos, había sido un debate de moda en televisión. Parecía mentira, pero billones de espectadores pasaban su tiempo escuchando a personas con o sin formación relevante discutir sobre el tema. Las vidas cobradas por el 99,9% de fiabilidad de los teleportadores, o la desaparición de trabajadores ilegales teleportados, eran demasiado macabros y realistas para los tertulianos y la audiencia. Incluso para los políticos. El humanista Li Johnson, fue acusado de corrupción por su propio partido tras comentar en antena «deberíamos investigarlo». Luego, fue acusado de violación de una menor, una chica algo extraña que se había hecho recientemente amiga de su hija mostrando gustos sorprendentemente parecidos, y alabándola constantemente con un discurso repetitivo. Una chica de la que nunca más se volvió a saber nada. Carrera, reputación y familia destruida de un plumazo, malas lenguas decían que había regresado a la Tierra para buscar un lugar donde terminar con su dolorosa existencia, pero nadie sabía nada cierto. Antonio no dudaba ni de la falta de escrúpulos de SI para utilizar cualquier herramienta a su alcance para sus fines, ni de la veracidad de este agorero final, que él mismo estaba sopesando desde negros cofines de su alma violentada...

—¡Tenga cuidado, joder!

No había bullicio suficiente en el parque como para que alguien tuviera que chocarse con él y prácticamente tirarle al suelo. Él, en su burbuja, no había visto a nadie venir hasta que lo tuvo literalmente encima. La oronda figura ni se inmuto y siguió caminando, sin tan siquiera darse la vuelta para disculparse. Antonio revisó su esperanzadora conclusión anterior sobre los instintos, valores y escrúpulos de sus coetáneos:

—O no tan humanos... —murmuró.

Tras sacudirse la chaqueta y el malhumor, prosiguió su camino hacia Pureza, en busca de aclarar tanto sus ideas y próximo movimiento. Debería entrar en SI e investigar sus instalaciones pero, ¿cómo? ¿y qué narices andaba buscando? ¿qué esperaba encontrar? No tenía la respuesta a ninguna de estas preguntas y sólo una sensación en sus entrañas de que algo no estaba bien, que algo había pasado, que le estaban mintiendo y que tenía que descubrirlo. Esa sensación de que Clara seguía de algún modo con él y de que hasta que no aclarara lo ocurrido no iba a poder seguir adelante, fuera lo que fuese que decidiese hacer con su vida tras ello, incluyendo el finiquitarla de sopetón.

Tras una buena y larga media hora de tranquila marcha a través de la vasta superficie del parque, Antonio alcanzó la magnífica fuente de las Virtudes, notando como su sola presencia purificaba el aire y relajaba el ambiente. Fuera sugestión, o Feng Shui como habían perfeccionado los nórdicos en la Tierra, lo cierto era que le funcionaba a él y a muchos otros para mejorar. Era el valor de la convicción, objetivos, trabajo y cultura del esfuerzo para lograrlos. El sonido de los turistas se silenciaba ante el respeto por el lugar sagrado y la admiración por la frondosa naturaleza que llenaba tanto el área como los corazones y pulmones de los presentes. El sonido de la fauna y el aroma de la flora, les inundaba de tranquilidad, respeto e introspección al pisar aquel recinto sagrado, como ocurría en el templo de cualquier religión. El aire parecía más limpio, alejando las nubes que martirizaban a los pacientes que la visitaban. Los japoneses ya lo bautizaron como Shinrin-Yoku, y prescribían esta terapia natural al volver al entorno del que provenimos. Antonio se dejó llevar, cerró los ojos y respiró hondo para serenarse, e ir rearmando su coraza para de capas de fuerza y esperanza para volver al raciocinio.

A su lado, una pareja rompió el silencio para declarar su amor como verdadero a Pureza, una necesidad creada por las compañías de turismo espacial que muchas parejas no dudaban en satisfacer ya fuera por si acaso, o para no generar dudas en la otra mitad o en su familia. Debido a esta popularidad de motivos tan diversos, la emblemática construcción estaba mantenida hasta el más mínimo detalle. Tres jardineros trabajaban exclusivamente en la fuente y sus alrededores a diario, más un técnico restaurador para evitar deterioro físico. El divulgador principal de la colonia tenía encomendada la tarea de mantener el aura de la fuente óptima para la ayuda a los fieles. Los cuidados se notaban, y las visitas eran continuas. Rara vez se veía a la trabajadora Virtudes liberada de sus tareas de ayuda al prójimo, desierta de parejas, melancólicos o personas para las cuales su figura emana inspiración, sean embelesados artistas o no.

Sin embargo, como toda virtud tiene su maldad, y todo mito su envidia y odio irracional, no han sido pocos los casos de individuos que envidiosos de la felicidad ajena, o hastiados de su propia realidad (la que ven o la que imaginan cuando sus cabezas juegan con ellos y les hacen trucos o trampas), decidieron manchar o desmitificar la fuente a la vez que apaciguar sus propios demonios, cometiendo vandalismos o suicidándose en su interior. Especialmente recordados eran los episodios de orgías antisistema, o el suicidio de un hombre solitario ahogándose tras amarrar su boca uno de los salideros de agua bendita hasta explotar. Al principio sorprendió la negativa del Consejo del Círculo, secundada por el divulgador de la colonia, de proteger el perímetro, aludiendo al «*Responder con una sonrisa*», compadeciéndose de aquellos que decidieran avergonzarse y tomar aquella decisión. El tiempo les dio la razón y la moda de actos vandálicos quedó desfasada.

Antonio escuchaba el caer del agua desde lo alto de la fuente, mientras admiraba la belleza natural y espiritual de la estructura. Más que un monumento artificial parecía parte de la naturaleza y del parque tanto como los árboles o los animales. La simbiosis era altísima y eso dotaba al lugar de su conocido halo de serenidad y espiritualidad que unos aprovechaban para alimentar sus almas, y otros sus bolsillos o sus caretas de amor y/o pureza. Poco a poco se fue serenando, permitiendo que el gorgoteo de agua le ayudara a rebajar su furia y a calmar el dolor. Espiró y se relajó... pero el vacío dejado por la furia lo llenaba la melancolía, el recuerdo de los paseos por el parque con ella. Las imágenes de ambos juntos se sucedían en su cabeza. Pese a todo, Virtudes le estaba ayudando y consiguió rebajar sus pulsaciones. Ahora podría analizar sus opciones con cierto rigor.

Varias posibilidades pululaban por su cabeza pero nada parecía tener sentido. No podía emprender esta batalla solo, y le faltaban herramientas. Los minutos pasaban pero no era capaz de concretar nada. Seguía mirando a Pureza, embelesado por el ciclo del agua saliente de sus poros. Desde que había llegado, sus músculos se habían destensado poco a poco, y ahora se encontraba tranquilo, cansado. Igual éste era el regalo de Virtudes, una noche de paz para un mañana mejor. O igual simplemente debía aceptar que no tenía ni idea de qué hacer. En cualquier caso, decidió aprovechar el regalo de la fuente e irse a descansar. Necesitaba ser realista para trazar un plan con unas expectativas mínimas de éxito, y una mente descansada le sería más útil. Varias mentes le servirían mejor, si alguien se atreviera a ayudarle claro. Si aunque fuera le creyesen, y no le mirasen con tantísima condescendencia...

Antonio se dio la vuelta tras dedicarle una última mirada y un «Gracias» en silencio a Ella, y emprendió el camino de vuelta a su apartamento. La fuente le observó alejarse quedamente, con su incesante gorgoteo de agua en espera de la próxima alma que precisase de sus servicios.

La noche era ya total fuera de los campos de contención cuando Antonio volvió sobre sus pasos hacia el puerto [7,7,7]. Dejó atrás los puestos de venta a ambos lados de La Gran Vía y viendo la cola enorme para el pequeño volumen del transbordador, se subió al monorraíl y trasbordó en la estación Fuego hasta su panel residencial tercero.

Llegó a su puerto junto a una pareja que se sonreía y jugueteaba en el trayecto. Antonio hizo como que no prestaba atención pero no pudo evitar esbozar una sonrisa no exenta de melancolía. Le agradaba ver a la pareja acaramelada, engatusada en ese arma de doble filo para la felicidad, tristeza, aspiraciones o perspectiva que puede ser el romance. Él tuvo eso mismo. Cerró los ojos hasta que llegaron al panel.

Tras el alivio de la apertura de puertas y separarse de aquel espejo del pasado en forma de pareja, llegó hasta su apartamento de esquina, último del pasillo a la izquierda. En el pasado había disfrutado de las vistas, obtenidas gracias a la buena posición que Clara tenía en la empresa. Las mismas vistas que ahora sólo le proporcionaban pesadillas y unas alucinaciones que, pese a permitirle reencontrarse con Clara, ahora entendía no le salían a cuenta.

Entró al piso mediante el reconocimiento de voz, demasiado cansado como para utilizar el comunicador o cualquier otro reconocimiento de ADN.

—Clara —dijo en un tono seco y carente de emoción.

La puerta corrediza se deslizó delante suya hasta dejar al descubierto la entrada de la sencilla vivienda. El pequeño recibidor aportaba una mesita a la izquierda donde dejar el comunicador y otros accesorios, y un vestidor con zapatero, perchas y varias repisas. A un lado quedaba el cuarto de baño, sobre cuya puerta colgaba un espejo a modo de última revisión antes de salir al pasillo, o de confirmación del estado en el que se retornaba a la vivienda. La estancia principal tenía una cocina abierta, en el lado más cercano al vestíbulo, mientras que la exterior la recorrían grandes ventanales programables. La luz en la habitación podía modularse y modificarse en color y en intensidad gracias al tintado cuántico de los cristales, controlados mediante el comunicador y una transmisión de corta distancia protegida con una contraseña aleatoria basada en el ADN del usuario. También había un mando a distancia.

Antonio se despojó de la chaqueta y fue a depositarla sobre la barra de la cocina, cuando notó un bulto que sobresalía de ella. Examinó los bolsillos y en el interior de uno de ellos encontró una unidad cúbica de memoria en una funda transparente. La sostuvo en la palma de su mano, mirándola con la boca abierta y pensando en cómo había podido llegar hasta él... hasta que dio con el mensajero.

—Aquel gordo del parque...

Cuatro: el mensaje

Antonio se cercioró de que la puerta estuviera bien cerrada antes de centrarse en la funda de plástico transparente de la memoria. No había ningún mensaje, rúbrica o marca destacable en ella. Se trataba sin más de una funda cúbica normal de plástico reciclable —cualquier otro tipo fue prohibido tras la aceptación del estado crítico del planeta y por demanda popular para el cultivo de las Virtudes—, del tamaño suficiente para albergar cómodamente tres unidades de memoria en su interior, con sendas almohadillas de esponja biodegradable acolchando los respectivos compartimentos. De las tres posibles, en el interior de la funda tan sólo había una unidad; solitaria y poderosa una que podía representarlo todo, o quedarse en nada. Una memoria para cambiarlo todo; una memoria para mostrarle el camino, y hacer resurgir su esperanza de las tinieblas.

Antonio se tomó su tiempo para inspeccionar como se merecía la primera alteración en meses a la triste y melancólica rutina en la que se había convertido su existencia. Tomó asiento y posó la cajita delante suya, aún incrédulo de que realmente pudiera ser una prueba, temeroso de que se desvaneciera, y le enviara de vuelta a la casilla de salida. Tomó aire y se dispuso a examinarla. A simple vista, parecía salida del canal de compra instantánea de algún proveedor online, de cualquier mercadillo de alguna zona deprimida del extrarradio terrestre, o directamente de cualquier calle de Hong Kong. El anonimato que transmitía el hallazgo era algo decepcionante; ninguna inscripción o detalle diferenciador que proveyera de información a su receptor por sorpresa, ávido de indicios y en cuyo interior dos instintos pugnaban por tomar las riendas de sus acciones: por un lado la emoción por descubrir el contenido de aquel visitante inesperado, y por el otro el miedo a que no se tratase más que de publicidad extrema —invadiendo físicamente al abrumado consumidor—, olvido —no sabía dónde tenía la cabeza, alucinaba, no era descabellado pensar que igual la memoria fuera suya y que se la hubiera dejado olvidado en el bolsillo—, o de una cruel coincidencia que en definitiva nada tuviera que ver con el funesto destino de su esposa. Pero tras haber paladeado durante unos instantes la emoción del descubrimiento, una sensación positiva para variar, estaba en racha y su cuerpo pedía más, por lo que quiso salir de dudas cuanto antes y dio el primer paso para andar el camino: se sacudió la indecisión y negatividad que le oprimían y abrió la caja con decisión.

El solitario cubo de memoria era completamente negro como el grafito, asemejándose a un pedazo de tiza cortado de la manera precisa e impoluta propia de un maestro sushi. Antonio lo pinzó entre las yemas de sus dedos para depositarlo lentamente en la palma de su otra mano con el cuidado y la ilusión propios de quien utiliza un gancho en una máquina de feria, esperando obtener un premio. Volvió a examinar escrupulosa y tozudamente la superficie de esta pieza tampoco presentaba nada reseñable más allá del grabado de la marca del fabricante estándar Qbe, filial de SI que desarrollaba las únicas memorias compatibles con sus dispositivos, asegurándose así el monopolio del mercado.

Antonio cerró el puño en torno al cubo con cierto desasosiego y ansiedad por saber más, y se dispuso a leer el contenido. Deslizó su dedo sobre la fina y alargada tapa que aseguraba el compartimento de memoria externa en su brazalete comunicador para activarlo con el movimiento y su huella digital. La tapa retrocedió, permitiéndole retirar el cubo que utilizaba a diario como registro de su pírrica investigación, almacenando toda la información, posibles indicios e ideas que se le fueran ocurriendo, así como para desahogarse el cual era por ahora el uso más útil. Pocos, siendo generosos, datos explotables había guardado hasta el momento, aunque igual sólo los suficientes para no sucumbir a las palabras de Miguelix, haber caminado hasta *Virtudes* y haber llegado hasta este punto. Esperanza. *Que si se apaga una luz se encienda otra.* Debía mantener esa mentalidad, así como la disciplina y el esfuerzo: también grababa las conversaciones con el policía quien, si bien no estaba siendo de mucha ayuda al menos aguantaba estoicamente sus exabruptos cotidianos, y con cualquier otra persona referente al caso. Luego, cada noche las revisaba religiosa y escrupulosamente para intentar descifrar algo que hubiera pasado inadvertido en primera instancia, hasta ahora infructuosamente.

Algo, igual esa Esperanza, le decía que el cubo que acaba de insertar le daría información, pero en ningún caso estaba preparado para lo que estaba a punto de ver. El comunicador reconoció y activó inmediatamente la nueva unidad...

así como la cuenta y sesión de usuario de su propietaria, guardada en lo que era un brazalete familiar utilizado por ambos. La pantalla holográfica salió escupida de su muñeca y sobre su fondo azul, las letras blancas decían algo que no podía alcanzar a creer. *Clara Jiménez*. La memoria era de Clara.

¿Cómo era posible? ¿Quién era aquel hombre que había deslizado la unidad con maña y alevosía en su bolsillo, engañándole y zafándose mientras ocultaba su rostro? Antonio tuvo que respirar hondo para controlar sus emociones y acertar a pulsar sobre la pantalla táctil de su aparato para así navegar el contenido de la memoria. En el fichero tan sólo halló un archivo: un video. El corazón le palpitaba a toda velocidad; no sabía qué esperar del mensaje, pues podía tratarse de un log, un vídeo de su boda en las colinas de Málaga mirando al mar... o de un mensaje de su difunta esposa. Necesitaba unos segundos para asimilar lo que podría estar a punto de visualizar así que, para ganar tiempo, conectó el comunicador al receptor holográfico de la habitación, maximizando la enorme pantalla desplegable y optimizando el formato. Un todo o nada. *A ésta era.* Una vez establecida la conexión, Antonio volvió a inspirar hondo, y pulsó el botón de reproducir.

La imagen holográfica se formó al instante en todo su volumen, mostrando inicialmente un primer plano blanco. El plano se fue alejando, ganando en perspectiva para mostrar un brazo bajo unas mangas blancas, que claramente manejaba la cámara. El movimiento denotaba que su dueño intentaba encontrar el mejor encuadre para filmarse a sí mismo. Una vez estabilizada la grabadora en algún soporte, la figura fue alejándose de la cámara, enfocándose. Al principio sólo se veía el cuerpo de una mujer en bata blanca de laboratorio, pero Antonio ya la había reconocido. Cómo no, si la recordaba continuamente. Allí estaba ella. Allí estaba Clara, con él, en la habitación. De nuevo cara a cara.

Antonio no pudo sino llevarse la mano a la boca para tratar de controlar su emoción, pero las lágrimas brotaron y ya caían por su rostro. Clara parecía intranquila, y pronto comenzó a hablar con la premura de quien quiere resumir mucho en poco tiempo y en pocas palabras que se atropellan al ser pronunciadas, y con la gravedad en el tono de quien sabe que este puede ser su último mensaje a un ser querido.

«Hola cariño, soy yo. Espero... espero que nunca tengas que ver este mensaje o que si lo hagas sea porque sea yo quien te lo muestre... —titubeó antes de hacer acopio de valor para proseguir. Quizás me preocupe demasiado y mis miedos sean infundados, pero últimamente he estado intranquila, y mis sospechas han crecido hasta temer por mi propia integridad física —sus palabras comenzaban a derrámársele fruto de los nervios y la ansiedad, en un discurso acelerado—. Sabes que no puedo contarte muchas cosas de mi trabajo porque SI controla todo y podría poner en riesgo mi puesto y el tuyo si se enteran que he compartido información confidencial, aunque sea contigo. En principio pensaba que pudiera ser que nos expulsaran de Titán, y no quería exponernos a eso, tú que tanto sacrificaste para acompañarme en esta aventura, pese a que me costara tanto porque... ¡joder estamos haciendo historia! pero ya no se trata de eso. Tengo miedo Toño, por ti, por mí... miedo por nuestra seguridad. Casi preferiría que nos echaran, pero no veo cómo puedo salir de esta como si nada, después de lo que hemos descubierto... En los últimos días han pasado cosas realmente extrañas y estoy preocupada de que todo esto pueda llegar a más —se acercó un poco a la cámara, con sus manos perfiladas en avanzadilla como tratando de canalizar su mensaje a través del túnel que creaban hasta sus labios—. Las medidas de seguridad comienzan a ser excesivas y apenas nos dejan salir del laboratorio. No te he dicho nada para no preocuparte, sólo que tenemos que trabajar hasta tarde, pero... pero la verdad es que estamos siendo constantemente vigilados y los experimentos se han vuelto inestables y peligrosos —tragó saliva y desvió la mirada de la cámara, como dolida y avergonzada por haber mantenido todo esto en secreto—. No me dejan hablar contigo... pero tengo que compartir algo por necesidad mía, si no me vuelvo loca y yo... necesito tu apoyo. Sabes que me haces falta. Y no sólo eso, también por toda la comunidad científica. Si me ocurriera algo a mí... debes desvelar las condiciones en las que nos hacen trabajar y estos avances que todo el mundo debe conocer. Será una consecuencia de crecer siguiendo La Virtud —sonrió—, de sentirme bien conmigo misma y no destrozando mi Armonía, pero lo necesito, y bueno aquí estamos.»

Clara resopló para intentar tranquilizarse y volver a centrarse en el mensaje, estaba perdiendo perspectiva y yéndose por las ramas. Miró fijamente a la cámara y continuó en voz baja y hablando de manera más directa y clara:

«Escúchame... un día me aproveché de que los guardas estaban tonteando con Kate, la de las minifaldas, para llevarme a casa un *Revelador* sin que se dieran cuenta. Esto tiene que salir a la luz, es *muy,* muy importante. Es un aparato como éste —giró la cámara para enfocar una especie de proyector enorme, parecido a aquellas primeras cámaras tridimensionales espaciales como ERB2 de la ESA—. Lo guardé en una caja de brazaletes cuánticos que tenemos en el armario, encima de los abrigos. Mira... no tengo tiempo pero escucha bien o repite el mensaje ¿ok? Todo lo que te voy a decir es cierto por mucho que suene a ciencia ficción, este mensaje lo tienes que pasar y el revelador debe ver la luz y ser conocido por la comunidad. Escucha, este cacharro, en determinadas zonas y condiciones de energía te permite abrir un portal dimensional y trasladarte a un paralelo diferente en el mismo lugar físico en el que te encuentras. Sí, de verdad. Es difícil de explicar pero conoces el teorema de incertidumbre de Schrodinger y los diferentes estados cuánticos de la materia. Pues hemos descubierto que no sólo el gato está vivo y muerto a la vez, sino que nuestro entorno existe en diferentes paralelos. Una vez activas el revelador, pasarás a otro nivel cuántico y verás tu entorno en un paralelo diferente. De algún modo, es como ponerme unas gafas de infrarrojos y ver la parte del espectro que es invisible al ojo humano, sólo que en este caso es un estado físico diferente que cambia aquello que nos rodea. Y no sólo eso... también hay... —hablaba con voz temblorosa y llena de incertidumbre, quebrada—, criaturas que viven en el otro paralelo al igual que nosotros vivimos en el nuestro. Estamos en el mismo lugar pero no podemos vernos puesto que formamos parte de realidades paralelas... —un pitido se escucha de fondo y se otea una puerta corrediza abriéndose, dando lugar al sonido de pasos aproximándose—, viene alguien, tengo que dejarte, amor, y continuar en el puesto. Cuando llegue a casa te contaré más, ¡aunque no quieran! Estoy harta y un día va a pasar algo. No me puedo callar, y encima ésto... Ésto es fascinante, es el mayor paso desde la teleportación... vienen ya mierda, ¡te quier...»

El mensaje terminó abruptamente.

La figura de Clara se difuminó en el holograma, desapareciendo de nuevo de la vista de Antonio. Por unos segundos, estuvo paralizado, respirando sin saberlo, la mirada perdida y el corazón oprimiendo su pecho con dolor a cada latido. Pasaron un par de minutos hasta que volvió en sí, sacudió sus sensaciones y consiguió salir de la parálisis en la que estaba sumido. La figura y la presencia de Clara en este mensaje ¿premortem? le había abrumado de tal forma que el contenido del mensaje había quedado en segundo plano. Ahora comenzaba a tomar perspectiva y a procesarlo: era algo confuso, hablando de presiones, experimentos y descubrimientos inéditos, al menos que él supiera. Desde su desaparición había estado apartado de la realidad y no había seguido las noticias con regularidad o leído los correos que se acumulaban en su bandeja de entrada, pero la aparición de algún descubrimiento importante estando además presente en la colonia hubiera sido imposible de obviar. La primera reacción de Antonio fue comenzar a analizar el mensaje... pero se detuvo. Tras unos segundos pensando, volvió a activar el mensaje en el cubo de memoria.

«La información puede esperar unos minutos», se dijo. «Tengo que volver a verla».

Antonio contempló varias veces más el mensaje casi sin discernir las palabras, pero con los ojos puestos en ella, su figura, su presencia, que tanto echaba de menos. Sin atender a lo que decía y tan sólo escuchando su voz, su miedo, su ansiedad. El sol volvía a ponerse en la colonia humana de Titán pero esta vez con sensaciones completamente diferente sobrecogiendo a Antonio: amor, esperanza... y poco a poco iba montando la ira. *Pagarán por esto.*

Mientras el mensaje se repetía en el apartamento de esquina del pasillo [6,6,6] de la colonia, en la sede de SI una alerta sobre una conversación espiada mencionando un revelador que había desaparecido saltó en un despacho del departamento de investigación avanzada y tecnología. Una sonrisa se formó en el elegante caballero que atendió la llamada del sistema. Los gemelos de su camisa repiqueteaban sobre su mesa de cristal de la explotación minera en la Luna mientras transmitía al sistema la orden de busca y captura.

Artículo Relacionado:
Audioguía de la colonia minera de Titán (II)

Capítulo segundo: Los paneles de la colonia de Titán

Nota: el segundo capítulo de la audioguía concluye la explicación proveyendo más detalles sobre los diferentes paneles.

El número de paneles construidos asciende de momento a doce: diez actualmente en uso, y dos aún por estrenar reservados tanto por redundancia de seguridad en caso de pérdida de un panel operativo, como para la innovación, mejora o expansión de la colonia.

[...]

Como toda la Galaxia sabe, el Hall Social 2b tiene asignado el panel 1, y es el único punto de entrada y salida de la colonia vía aeronave o teleportación, salvo por tres contadas excepciones: los pasajeros pueden aterrizar directamente en la superficie de Titán durante exhibiciones militares como la presentación de nuevos modelos de naves espaciales durante el Titan AeroSpace Show; durante el Día de Los Colonos —que celebra la primera llegada de trabajadores que se mudaban al asentamiento liderados por el mismísimo Juan Lagraña, fundador de SI, quien permitió el avance de la raza humana. Bendito sea —, o de acceso directo al estadio de Airball para partidos o eventos etiquetados como de Interés Global.

Nota: generando el conocido «miedo a quedarse fuera», y a sentirse señalado, así como el correspondiente gran negocio del cual era difícil evadirse.

[...]

El hogar de los valientes: ubicado junto a las aduanas del Embarcadero, el cuartel general de la Guardia Planetaria en Titán es un centro de carga y logística que provee de alojamiento y transporte a esta unidad de élite, que asegura nuestra seguridad y estilo de vida.

Nota: ventana «¡Conviértete en un héroe!¡Únete a la Guardia Planetaria hoy!».

[...]

El panel número 2 lleva a las instalaciones de SI, accesibles mediante el intercambiador de la estación Tierra, cuya implantación resolvió el problema del tráfico y trajo felicidad a nuestros colonos como refleja la última encuesta de satisfacción [...]

Nota: una ventana enlaza el artículo «¡SI lo vuelve a hacer!» de la revista objetiva «Ingeniería Moderna».

El complejo se divide en oficinas corporativas por un lado, y por otro el puente de acceso a los laboratorios, la excavación y su entorno operacional. La mayor parte de zonas son de acceso restringido, pero algunas permiten las visitas organizadas, como es el caso del centro de operaciones de vigilancia y mantenimiento de los transbordadores de La Matriz. La revisión de cada transbordador se realiza en dos fases: la primera de ellas consiste en un control de telemetría continuo realizado por la IA de los ordenadores de a bordo, con cientos de sensores informando en tiempo real del estado y de los niveles de presión, tensión o temperatura en cada transbordador gracias a la *Quantum Connectivity of Things (QCoT);* la segunda fase se trata de una inspección visual diaria llevada a cabo por drones diseñados específicamente para esta labor, los cuales utilizan reconocimiento óptico y de radar multiespectral, para identificar automáticamente cualquier problema y asegurar así la conformidad de las piezas, soldaduras o materiales.

El mantenimiento predictivo automatizado permite la detección y corrección de averías en un 99% de los casos antes de que se conviertan en un riesgo para la seguridad, en cuyo caso una alarma informa a un operador del las consolas de supervisión de tareas del centro de control del sistema matricial transportador de Titán (Mat-CC, de *Matrix Control Center*). El operador de guardia se conecta mediante QCoT in situ o en remoto y procede a efectuar los ajustes necesarios, apartando el transbordador de ser necesario hasta que vuelva a estar operativo.

¡No olviden que pueden vivir la acción desde cerca y visitar nuestras instalaciones de consola en tour guiados tres veces por semana! Les recomendamos que planifiquen su visita con antelación, pues están muy demandados y son exclusivos [...] Gracias a los drones, desde las consolas de vigilancia y mantenimiento se pueden seguir las operaciones de excavación, o de alteración de minerales, en todas las colonias, incluída Urano, gracias a las cámaras conectadas y a la colaboración de los amables ángeles de la Guardia Planetaria. ¡Incluso se puede manejar uno de ellos hacia las mejores vistas de Titán o Rhea, lo cual hace las delicias de los jóvenes más intrépidos y de los padres más aventureros! ¿Acaso usted no es aventurero? Inscríbase aquí ahora.

Nota: Tras la aparición de un dedo amenazante que señala a aquel que no se sienta aventurero, otro panel publicitario aparece para proceder a la inscripción a la visita.

[...]

Los paneles tercero a sexto constituyen el alojamiento de los colonos, cubriendo todas sus necesidades. En algunos casos, estas viviendas de indudable lujo pueden ocupar dos, tres o hasta cinco puertos (caso por ejemplo de la cúpula directiva de SI en la colonia), incluyendo sus instalaciones zonas de relajación o camas de gravedad cero con terapias eléctricas, entre otros caprichos totalmente merecidos por los gestores de la exploración interplanetaria, y por ende, de nuestra forma de vida moderna. Ya sabe que es de virtuoso y bien nacido ser agradecido.

Cada planta alberga *halls* sociales o pequeños centros recreativos, de deporte o de relajación para el uso común del conjunto de los inquilinos de la encrucijada, porque SI no se olvida de nadie.

Nota: esto podría ser rebatido por los informes de asentamientos fuera del control interplanetario, así como por foros de opinión censurados en la Quantum Internet.

[...]

¿Impaciente? El bendito momento sagrado ha llegado. Asómate y vislumbra una de las obras arquitectónicas más importantes, excéntricas e influyentes de la expansión colonial de la humanidad: el panel séptimo o, como ustedes lo conocerán mejor, La Colmena. Una oda a la eficiencia unida a la majestuosidad y a la innovación cuya forma transgresora diverge y ya no recuerda a un panel, sino más bien a una pirámide invertida [...] Si bien adivinar una dirección en un panel residencial consiste en una sencilla computación, en el caso de La Colmena, se trata de todo un ejercicio de imaginación en el que habría que tener en cuenta el espacio desplegado tras cada uno de sus maravillosos puertos, así como otros factores. Así es, el [7,7,7] es un ejemplo de ello, simbolizando la triple perfección con su emanado de luz desde la apertura que lleva a Pureza, refugio de La Virtud.

Nota: Al fin y al cabo, lo que contaba eran las emociones que vendían.

Algunos viajeros jóvenes pueden no estar al tanto de que esta práctica espiritual tan sólo nació en el siglo XXI. Es más, su *raison d´être*, el motivo de su extendida y rápida aceptación y popularidad es La Crisis de Valores y la alta tasa de crimen e inseguridad de aquel periodo. ¿Cómo han cambiado las cosas, no? El triple siete ha sido sagrado para muchas religiones a lo largo de la historia de la humanidad, las cuales están prácticamente en desuso en la actualidad según las estadísticas oficiales.

Nota: aparece un enlace al artículo de la revista El Manager «Por qué La Virtud es mejor».

[...]

Como si de trozos de pizza se tratase (*Nota: de nuevo un anuncio de Angelo's Pizza Cult)*, cada parte del heptágono simula una zona diferente del planeta madre de nuestra especie, La tierra en caso de que los más jóvenes estén dudando. Los nativos de cada zona pueden dejar caer una lagrimita al visitar la recreación de su hábitat y hogar.

[...]

El edificio más excéntrico de Titán y su centro de recreo provee a los habitantes con todo tipo de actividades para su tiempo libre: desde cines hasta gimnasios, el Acuario o el museo de Titán que contiene información del satélite desde su descubrimiento por el holandés Christiaan Huygens, hasta su colonización y el desarrollo de actividades mineras, sociales, deportivas «¡Go Titans!», o turísticas. El museo es parte de la obra filantrópica de SI, que ha construido réplicas en varias ciudades terrestres, así como un museo propio a cada colonia del Sistema Solar, que se centra en el cuerpo celeste en el que se ubica, siendo las secciones sobre el resto de asentamientos y sus respectivas planetologías menores. *Nota: aparece el mensaje «reserva tu visita ahora para la visita virtual a las minas de Urano».*

La posibilidad de descubrir más, con exclusivas actividades interactivas y multimedia, simuladores y videojuegos, tanto para científicos expertos como para familias y los más pequeños, sirve sin duda de incentivo adicional para el ya de por sí boyante turismo espacial, que les recomendamos encarecidamente experimentar en esta era tan emocionante para la humanidad, todo gracias a los descubrimientos de SI.

Nota: La audioguía sigue describiendo los paneles, mientras sobrevuela el itinerario del transbordador y del monorraíl levitante.

[...]

Si se encuentra cansado y precisa energizarse, la siguiente parada es la suya: el panel octavo, El Maletín, nos abre las puertas del centro deportivo, hormiguero de infinidad de actividades físicas individuales y de equipo. El conjunto se encuentra claramente dividido en dos partes. A través del puerto se accede a un túnel semicircular de acceso con deslizadores cuánticos, evolución de las cintas transportadoras pero avanzando sobre capas de aire, que regulan la entrada y salida de pasajeros, facilitando así el tránsito en el concurrido panel. Además, su velocidad regulada junto al estar rodeado por la cubierta transparente del túnel hace de este primer paso hacia el centro deportivo uno de los más apreciados en la colonia, ya que permite a los usuarios comenzar a relajarse observando las maravillas a su alrededor, como si estuvieran en una de las burbujas de visita del Acuario de La Colmena. *Nota: ventana emergente con enlace a horarios, precios y otra información sobre la visita al acuario.*

Tras el gran arco al final del túnel, que emula aquel realizado por Calavera para los Juegos Olímpicos de Almería en 2036 – celebrados en toda la Unión Mediterránea, pero cuya capitalidad fue «cedida» a la ciudad almeriense, previo espaldarazo de SI, en honor al llamado Hall Social, aquel laboratorio subterráneo escondido bajo el polvo del desierto, donde SI gestó la primera teleportación, hecha pública en 2032 –, se alza el edificio multiusos, un enjambre de instalaciones cubiertas para la práctica de todos los deportes conocidos. En las múltiples estancias interiores del funcional edificio, se pueden practicar desde deportes clásicos como tenis o balonmano, hasta el rugby submarino, la petanca cero (en microgravedad y con diferentes campos de fuerza, ¡ahora renovados!, que varían el trayecto de las bolas como si de un clásico Pinball se tratase), o ponerse a punto en el centro de alto rendimiento de Airball, donde mejorar las aptitudes para el deporte rey en el sistema de colonias. De nuevo... ya lo saben... ¡Go Titans!

Pese al impresionante despliegue interior, el verdadero corazón del recinto son las pistas de superficie. El enclave inigualable de estas instalaciones hace que no todos los visitantes lo hagan en pos de la práctica deportiva, sino que no faltan los que vienen a dar un paseo y a disfrutar de las vistas o del dinamismo de los atletas. El conjunto está dividido en dos zonas rectangulares simétricas con acceso por un camino delimitado entre ellas. Este paseo, así como el del jardín botánico que rodea a la cinta levitante que lleva al puerto, no tienen nada que envidiarle a los jardines de cualquier castillo medieval Europeo. Las pistas de superficie oeste están dedicadas al atletismo, con una pista olímpica circundando otras zonas dedicadas a la práctica de los deportes olímpicos individuales. Por su parte, la zona este la conforman una serie de pistas polideportivas que incluyen un campo de césped natural. El abastecimiento de agua gracias a la teleportación cuántica, no ha sido un problema e incluso se habla de ampliar la estructura con un campo de golf. *Nota: este proyecto ha sido objeto de polémica en la actualidad dada su complejidad y el coste asociado a la operación, dada la necesidad de extender los campos de sujeción. Sin embargo, algunos sectores fanáticos del deporte (y ciertamente pudientes) de SI parecen dispuestos a acometer el proyecto, le pese a quien le pese.*

El graderío principal se encuentra anexo a lo largo del Maletín, abarcando así la longitud total de ambas pistas, proporcionando una visión completa del conjunto desde su punto de vista elevado. Los graderíos se completan con los respectivos adjuntos a cada pista, siendo el de mayor capacidad el cercano al campo de césped. El conjunto del complejo tiene capacidad suficiente para acoger al relativamente pequeño número de colonos de Titán y al doble de la media de visitantes que recibe el satélite en una semana media, estando preparado así para la semana de la Feria Titánica de Abril, entre otros eventos.

[...]

Nota: el transbordador sigue volando bajo la fina y tóxica atmósfera de Titán, mostrando la dura belleza de su naturaleza edulcorada a través de los campos electrogaseosos que cubren cada panel.

¿Oyes el eco del tambor, o es el latir de tu corazón? Llegamos al mítico panel noveno, sede de batallas épicas, noches para la posteridad y cuna del ejemplo de esfuerzo, superación y trabajo en equipo del que Titán se enorgullece y bajo el cual quiere sentirse representado en toda la galaxia. Sí, lo han adivinado, ¡Titan!, ¡Drillers! Bienvenidos a La Mina, señoras y caballeros. Para aquellos poco familiarizados con el Airball (si es que los aliens existen), el deporte de moda en las colonias es practicado en entorno microgravitacionales [...]

Nota: Busque el Artículo Relacionado «Airball: el deporte estrella interplanetario», para más detalles sobre las reglas y la historia de este deporte.

Todo tipo de comida, tanto teleportada como preparada in-situ puede encontrarse en los aledaños del estadio. Los palcos VIP tienen sus propios teleportadores y puertos de acceso directo, encriptados en día de partido con pasaporte fisiológico por seguridad. Lo mismo ocurre con el acceso directo de los jugadores a vestuarios. Los puertos también se utilizan para dividir a los aficionados en sectores, especialmente cuando vienen nuestros amigos de Marte.

Por supuesto que no dudamos del civismo y deportividad de nuestros aficionados, pero ¡mejor separados!

Permítanos recordarles tan anchos que no cabríamos solos en un transbordador, que nuestros Drillers, ha quedado campeón en 3 de las 6 ediciones llevadas a cabo hasta la fecha de la Liga Colonial de Airball (ACL). Su principal rival en la hegemonía del campeonato está siendo la Armada Roja de Marte con otros 2 títulos, mientras que Landers Locos de la Luna terrestre dieron la sorpresa hace dos temporadas al alzarse con el título.

[...]

Y ya que dejamos atrás a Vigía, despidámonos como procede, con la conocida letra del *Salutatem* que los jugadores de los Drillers le profieren al comienzo de cada encuentro: montaña nuestra, guardián silenciosos y ciego que todo lo ve, esperando ser dignos de estar en tu presencia, acepta nuestro saludo.

[...]

Nota: La guía continúa con varios capítulos más sobre la explotación minera de Titán, los diferentes logros y hallazgos, la grandeza y benevolencia de SI, o los beneficios de la comida teletransportada, entre otros.

[...]

Para finalizar, nos gusta volver a los orígenes de SI, para así recordar que fueron sus investigaciones de laboratorio en la por entonces Andalucía de la Unión Mediterránea, las que permitieron obtener realizar las comodidades como el teleportador de bebidas instantáneo (*Nota: aparece una ventana con un vale descuento para comprar el último modelo*), de las que usted puede disfrutar hoy día.

Nota: Más información sobre los orígenes de SI, así como de la historia de la teleportación con apuntes técnicos en los Artículos Relacionados «El Avance de la Física Cuántica en el Siglo XXI».

¡Más le vale estar agradecido... *jaja*!

Nota:...sin comentario

Sin más, les dejamos que disfruten de su visita y esperamos que la descripción haya sido de su agrado. Si tienen más dudas, pueden encontrarnos en el Hall Social 2B, o a tiro de entrelazado cuántico.

¡Saludos titánicos!

Artículo Relacionado: Airball, el deporte estrella interplanetario

El Airball es el deporte estrella de finales del siglo XXI. Su práctica requiere de la existencia de una infraestructura que establezca las indispensables condiciones de gravedad cero que permitan a los jugadores suspenderse en el aire dentro del volumen esférico del recinto.

La normativa de juego estipula que cada partido lo disputen dos equipos de siete jugadores, los cuales se pueden repartir libremente por el terreno de juego con el objetivo de introducir un esférico de cuero y veinticinco centímetros de diámetro en la portería rival.

Cada partido tiene una duración de una hora dividida en tres periodos de veinte minutos, y el equipo con mayor número de anotaciones o goles gana el encuentro. De compararlo con otros deportes, podría verse como una mezcla de fútbol, balonmano y rugby, todos ellos en decadencia desde la aparición del Airball —«*el deporte perfecto*» según la revista *QSports*, propiedad del grupo multimedia de SI, *QMedia*—.

Los primeros conceptos fueron esbozados y simulados mediante la ayuda de videojuegos a mediados de la década de 1990 por Daisuke Nojima. Sin embargo, no fue hasta el siglo XXI cuando se hizo realidad tras el establecimiento de campos de electrogaseosos en la Luna con fines de experimentación científica y recreación interplanetaria de la especie humana.

Las tres dimensiones del terreno de juego contienen un volumen de cien metros de largo, cincuenta de ancho y treinta de altura. Las porterías están situadas en los extremos opuestos del punto intermedio de un plano imaginario a media altura, en el ecuador de la esfera, y tienen dimensiones de seis metros de largo por tres de alto. Su marco está recubierto de aluminio de forma que el balón de juego rebote fuertemente al chocar contra él, ya que el espectáculo es el principal aliciente, atractivo y motor del juego y de la competición. El terreno no está limitado por lo que no hay fueras de banda ni saques, deteniéndose el juego tan sólo en caso de falta, cambio o decisión arbitral: sangrado, peleas o abuso verbal excesivo entre otros, uno de los estímulos favoritos para la audiencia.

El contacto físico tal como agarrones, empujones o golpes como consecuencia de la disputa del balón está permitido, así como el golpear el esférico con cualquier parte del cuerpo.

Tres árbitros se encargan de dirigir el juego, pero su labor se basa casi exclusivamente en dictaminar cuándo el contacto físico merece ser castigado con falta, lo cual raramente ocurre según las estadísticas. Está realidad es, según los expertos, una de las razones del auge exponencial y de la extendida popularidad de este deporte. Otros argumentan que su sobreexposición en los medios, hace imposible que una gran parte de la población no se sienta casi obligada a seguirlo. Los videos de las trifulcas, resúmenes, análisis de partidos, especulaciones o noticias de sociedad referentes a los atletas —bodas, vacaciones, peleas o peinados—, suponen un 40% del contenido de los diferentes medios de QMedia según fuentes independientes y ajenas al conglomerado de la multiplanteria.

Siguiendo con el reglamento, en los casos aislados en los que se decreta falta, ésta puede ser considerada flagrante, conllevando la expulsión del jugador del recinto de juego y quedando así su equipo con un miembro menos durante el resto del choque. De darse una acción que pueda suponer una o varias expulsiones, los tres árbitros consultan entre sí visualizando la acción en una pantalla gigante, junto con el público. Pese a no estar recogido en las reglas, muchos dicen que es la reacción de los espectadores tanto presenciales como de la audiencia conectada la que decreta si un jugador es expulsado o no (no en vano, el presidente de la Airball Colonial League (ACL), Moisés Trabas afirmó «somos un producto televisivo»).

La realidad es que los partidos son poco menos que una batalla en la que se espera la aparición de sangre, las expulsiones son poco habituales, y la participación, juicio y adicción del público fundamentales. Pese a ello, un pilar del juego es el respeto y compañerismo que los rivales suelen mostrar entre ellos , salvo en casos de conocidos antagonistas como el especialista defensor de Titán Lucas DeCaño y el especialista atacante de Marte Jorge Costa, conocidos por sus provocaciones, insultos y peleas. Nunca han conseguido ambos mantenerse en el terreno de juego al enfrentarse. Mucho se ha escrito sobre la autenticidad de su rivalidad, y sobre si sus rifirrafes están preparados o no, pero al final todo contribuye al espectáculo, que es lo que gusta, y a generar negocio, que es lo que importa.

Las apuestas para los partidos están legalizadas, monopolizadas y controladas por SI, patrocinador principal de la ACL, quien se compromete a evitar los amaños que casas de apuestas independientes pudieran usar para lucrarse (faltaría más) con el deporte. Sin embargo, el mercado ilegal de apuestas existe en todos los asentamientos humanos a lo largo, ancho y cuántico del Sistema Solar. La policía ha mostrado indicios de intentar controlarlos, con redadas que desmantelaron muchos de estos centros causando incluso algunas víctimas mortales en incidentes como el famoso del Mare Anguis de la Luna terrestre donde una organización criminal del asentamiento conocido como *Dos Mil* se enfrentó en un tiroteo con la policía dejando 10 muertos. Todas las bajas cayeron del lado criminal salvo por un policía novato que estaba siendo aún formado, quien según dijeron a posteriori sus allegados no estaba muy contento con ciertas prácticas habituales en el cuerpo. SI lamentó las víctimas en un comunicado oficial, aunque aseguró esperaba «disuadiera» a cualquiera que pensara acudir al mercado ilegal de apuestas de hacerlo, o de organizarlas y lucrarse (faltaría más) con el deporte. Víctor Müller-Torres, jugador de los Históricos de Europa fue relacionado con el mercado de apuestas ilegal, sancionado de por vida y devuelto a la Tierra, siendo su paradero actual desconocido.

El conjunto de equipos participantes en la ACL son los siguientes: Titán Drillers, Armada Roja de Marte, Landers Locos de la Luna, Europa Históricos, Fundadores de la Tierra, Gigantes de Júpiter y los Dragones de Venus. La competición contiene un total de doce partidos, jugados cada dos semanas y con cada equipo enfrentándose a cada rival en dos ocasiones, una en su colonia y otra en la colonial del rival. Los cuatro primeros clasificados disputan una ronda final a cuatro, a celebrarse en la Tierra a partido único entre primero y cuarto, otro entre segundo y tercero, y la gran final entre los vencedores de ambos. La principal razón para jugar estos partidos en la Tierra es, de nuevo, el turismo: si por un lado el evento se vende como una vuelta a los orígenes de la especie, intentando darle un toque y estímulo nostálgico y emotivo; por otro es cierto que es mucho más fácil acoger al incontable número de personas que viajan para el evento desde todo el Sistema Solar que en cualquier asentamiento extraterrestre.

Y es que toda buena mentira tiene parte de verdad.

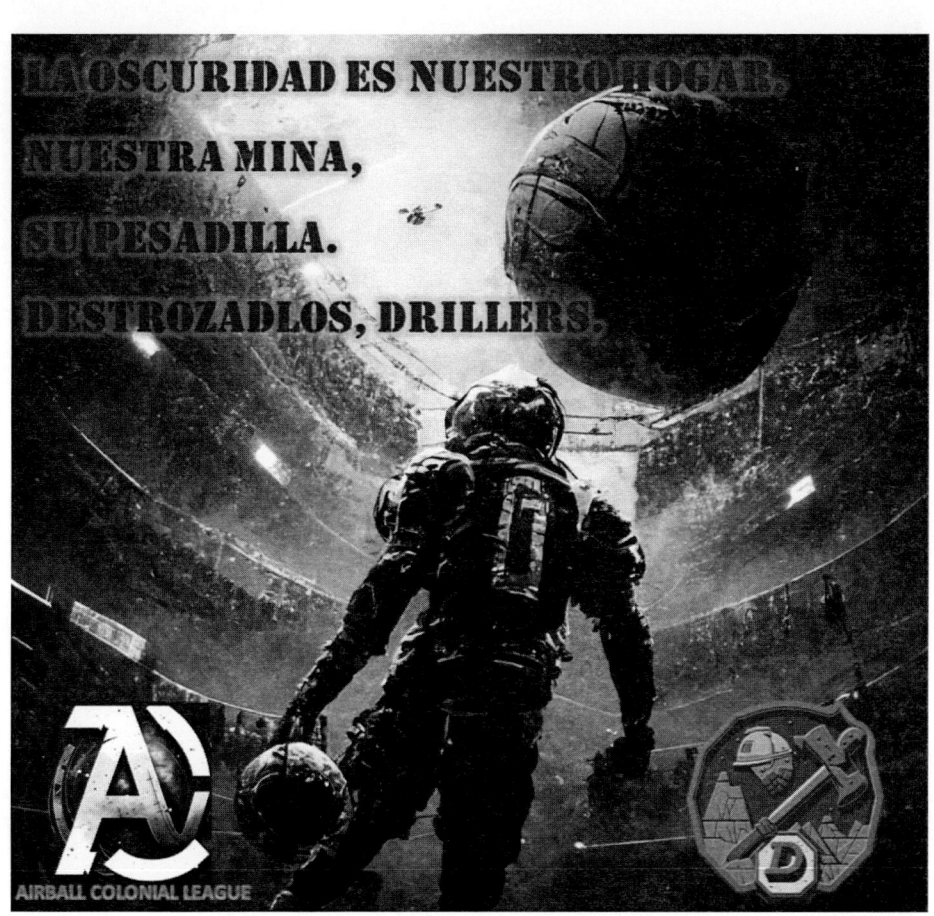

Artículo Relacionado: Los conectores cuánticos y el protocolo de comunicación cuántica

Extracto de la revista divulgativa Gadgets Today, 1 de abril de 2039
Los conectores cuánticos, un dispositivo para controlarlo todo (y a todos)

El próximo avance tecnológico de Solar Innovations podría presentarse como el anillo de la clásica obra de Tolkien, y su posterior saga «El renacimiento de Mordor» escrita por su bisnieto Alan, ya que incluso podremos controlar movimientos y voluntad humana en chips neuronales a distancia. Falta por ver si el uso prolongado nos hará volvernos tan feos como la criatura Gollum, porque todo lo demás parece estará al alcance de las yemas de nuestros dedos.

Basados en la serie de protocolos para la comunicación cuántica QTX definidos por el Institute of Electrical and Electronic Engineers (IEEE), y en las recomendaciones del sector Q de la Unión Internacional de las Telecomunicaciones (UIT—Q), los comunicadores llegan para unificar las capacidades de teléfonos y brazaletes multimedia en un solo equipo con el que permanecer constantemente conectados a la red y en control de nuestro entorno cercano y remoto.

Su aspecto es similar al de los brazaletes de pantalla táctil, pero las posibilidades son infinitamente superiores. Comparado con el mar de conexiones que nos ofrecerá el comunicador, el brazalete actual no es más que una gota de agua contenida en él. Para empezar, hablemos de las conexiones más sencillas: llamadas, videollamadas, mensajes, y contenido Internet Cuántico Instantáneo (virtual o físico, en caso de tener un dispensador o punto de recogida cercano). El sistema operativo será como no podía ser de otra forma una continuación de Beam, desarrollado por SI para los dispositivos cuánticos. El denominado Beam Q Etéreo permitirá la descarga de aplicaciones, entre ellas la de escaneo de puertos multimedia.

[...]

En cuanto al hardware y periféricos, lo que más expectación ha causado en las especificaciones del comunicador es el escáner de puertos multimedia. Con él podremos utilizar todos los dispositivos en un radio de varios metros que tengan la interfaz QTX configurada. Por poner algunos ejemplos, podremos activar pantallas holográficas en cualquier parte de la habitación mientras controlamos los robots domésticos, arrancamos nuestro coche e introducimos el destino o llamamos al ascensor. El apartado de control cerebral a partir de los neurotransmisores es una revolución para personas discapacitadas o aquellas que voluntariamente decidieron implantarse un neurotransmisor. A partir de las ondas cerebrales que el neurotransmisor usa para controlar el cuerpo, podrán comunicarse con el comunicador y controlarlo mentalmente. Esta faceta ha creado mucho revuelo por los problemas que podría conllevar un fallo o la mala utilización, pero SI ha asegurado que tras meses de optimización el dispositivo se comporta a la perfección.

[...]

En el aspecto visual, una pantalla holográfica interactiva proyectada nos ampliará aquello que tengamos en la pequeña pantalla del comunicador. A través de láseres cuánticos podremos manejar el holograma por ejemplo en caso de tener un mapa tridimensional por el que queramos navegar. Será como tener una maqueta delante nuestro con la que jugar, llevando la realidad aumentada a otra dimensión «paralela».

[...]

Extracto de material del departamento de Telemática de la Escuela Técnica Superior de Ingenieros de Sevilla, asignatura «Comunicaciones Cuánticas», Ingeniería de Telecomunicaciones, plan del 2038

La comunicación cuántica sigue los parámetros marcados en el siglo XX por los dos estándares que modelaron la interconexión entre equipos computacionales a partir de la revolución del Silicio: OSI y TCP/IP. Por su parte, el modelo OSI establecía una relación de alto nivel entre el usuario y el ordenador, mediante una serie de capas predeterminadas que los interconectaban haciendo fluir la información independientemente del tipo de equipo o tecnología del que se tratase. Así, el nivel superior (capa de aplicación) ofrecía una salida estándar al usuario (aplicación), mientras que el usuario siempre introducía datos al ordenador (entradas por teclado, cámara, etc.), que bajaban por las diferentes capas mediante este intercambio de parámetros preestablecidos de entrada y salida entre ellas hasta llegar al lenguaje máquina (capa física), donde se transformaba primero en unos y ceros digitales, y luego en niveles de tensión que los transistores electrónicos de silicio pudieran entender.

Por su parte, el Transmission Control Protocol / Internet Protocol (TCP/IP) aseguraba la transmisión entre dos entidades utilizando reenvío y comprobaciones si fuera necesario. De este modo, el protocolo es independiente de los equipos o la tecnología utilizada y aseguraba la recepción de la información. La forma de hacerlo es dividiendo el contenido en paquetes preestablecidos de, entre otros, cabeceras y contenidos [...]

Dada la robustez, fiabilidad, rendimiento, alto nivel de los protocolos y de cara a armonizar la integración e interconexión con los equipos de física clásica de semiconductores, se decidió mantenerlos en el desarrollo de las comunicaciones cuánticas. Los pequeños ajustes necesarios dieron lugar a un protocolo específico para equipos cuánticos llamado Quantum Transmission Protocol / Internet Protocol (QTP/IP), compatible con TCP/IP [...]

II
COMIENZO

Cinco: la búsqueda

Antonio repetía el mensaje en su interior, «Las medidas de seguridad comienzan a ser excesivas y apenas nos dejan salir del laboratorio», «estamos siendo constantemente vigilados y los experimentos se han vuelto algo inestables», «revelador»... las palabras daban vueltas en su cabeza mientras sus manos jugueteaban con el aparato que había encontrado en el armario, tal y como había indicado Clara en su mensaje.

El cacharro obviamente no traía instrucciones, ni podían buscarse tutoriales online. Antonio no estaba seguro de qué podía hacer con él, pero dada su forma circular y el cierre incorporado, parecía destinado a utilizarse como una riñonera alrededor de la cintura. La cubierta parecía de aluminio y el conjunto resultaba liviano. Tenía diferentes orificios a lo largo de su longitud, pero no había manera de ajustar su tamaño. La parte frontal del cierre tenía una composición rectangular y gris, en contraste con el resto de la hebilla de un negro azabache. Tras tantearla un poco, Antonio estaba convencido de que el material era **Silco**, el mineral silicato mezcla de silicio, carbón fósil y aluminio encontrado en Titán y Europa cuyas propiedades habían posibilitado la proliferación de aparatos cuánticos y de teleportación humana.

Antonio asumió que la hebilla debía ser magnética, seguramente con refuerzo de enlace cuántico entre las partículas de ambos lados extremos del cinturón, similar al enlace covalente atómica de la física microscópica (hoy en día mofada como «macroscópica»).

El símbolo grabado sobre la hebilla lo conformaban una serie de líneas horizontales y paralelas, que invitaban a imaginar una serie de cuadrados concéntricos, equidistantes entre sí. Al tocarlo, Antonio notó una cierta rugosidad, un pequeño relieve en el trazo de cada fina línea gris, como finos gusanos fosilizados en la superficie de un abismo negro. El resto del cinturón era liso y reflectante como un espejo, característico del Silco, con los huecos repartidos equidistantemente sobre su longitud.

Al palpar la hebilla, sus dedos reconocieron un elemento común en los aparatos tecnológicos cuánticos, un deslizador de activación, equivalente a un interruptor, el cual proporcionaba la energía suficiente para encender posteriormente el aparato. Antonio posó la yema de su dedo índice sobre el deslizador, que lo reconoció y activó la ligadura. Un láser cuántico colimado de color rojo surgió de su superficie para cerrar el enlace con su presión viscosa. El aparato se activó y la luz cambió de roja a verde antes de apagarse, a la vez que el símbolo de la parte frontal del cierre se iluminaba. El equipo estaba en modo de espera, aguardando la siguiente interacción.

Antonio examinó el símbolo cuadrado con rayas paralelas, «trasladarte a un paralelo diferente»... las palabras de Clara sobrevolaban su mente. Parecía cuadrar con el grabado. Antonio puso el revelador encima de la mesa central de su salón, mientras examinaba la luz proveniente del símbolo. Unos instantes más tarde, sin observar nada más destacable o interactivo en su estructura, Antonio se decidió a posar su dedo sobre la hebilla, lo que debía encender el revelador. Lo que ocurrió a continuación le dejó boquiabierto. Tras un pitido agudo de activación, la luz del símbolo cambió de verde a rojo y el cinturón se contrajo instantáneamente hasta reducirse al tamaño de un reloj de pulsera reduciendo el número de agujeros en la parte externa del cinturón a tres. La superficie que parecía de aluminio debía de ser de algún metal líquido que permitiera un cambio de forma inmediato, pasando de un estado sólido a otro para luego volver a solidificarse. Antonio no pudo discernir el proceso, demasiado rápido para sus ojos: no conocía ningún elemento hasta la fecha que tuviera esas propiedades, pero estaba claro que SI sí... y que Clara también. ¿Fue este secreto el culpable de su caída en desgracia? Tras contraerse, el revelador comenzó a emitir un zumbido similar al de los teleportadores portátiles hacían al desintegrar la materia que comenzó a sonar y subir de volumen, sin llegar a ser ruidoso.

Cuando parecía haber alcanzado un nivel estable, unos rayos azules salieron de los tres agujeros restantes en la capa exterior del cinturón. Al chocar con las paredes de la sala, se expandieron abriendo su colimación hasta que el campo abarcado por los tres se solapó y ocupó todo el perímetro de la sala. Tras unos segundos en esta configuración, el área cubierta por cada rayo volvió a reducirse, los rayos se colimaron y desaparecieron. El zumbido del aparato se fue silenciando gradualmente y el símbolo frontal del revelador volvió al color verde. En espera.

Antonio volvió a repetir el proceso, con idéntico resultado varias veces más. No estaba seguro de qué esperaba ocurriera, o de si el aparato funcionaba correctamente y estaba haciendo algo o no. No se lo parecía. Dejó el revelador en modo de espera con la luz emanando del símbolo encima de la mesa y volvió a ver el mensaje de Clara, prestando atención a cada palabra.

En determinadas zonas y condiciones de energía te permite abrir un portal dimensional y trasladarte a un paralelo diferente en el mismo lugar físico en el que te encuentras.

Esto parecía ser la clave. Parecía que en su casa no se daban las condiciones suficientes para la utilización del revelador; que había escaneado sin encontrar nada pero, ¿en dónde se podían encontrar esas condiciones?, ¿y por qué matarían a Clara por haber realizado tal descubrimiento? ¿Era el ansia de poder de SI que quería acaparar todo el reconocimiento? No tenía sentido, la necesitarían para poder continuar con cualquiera que fuera esa investigación y el objetivo que estaban buscando con los reveladores.

Antonio estaba absorto en estas cuestiones cuando de repente, *toc toc*, llamaron a su puerta. Al principio pensó no haber escuchado bien, pero la llamada se repitió.

—¡Un momento!, gritó mientras se apresuraba a esconder el revelador y el cubo de memoria con el mensaje de Clara en la caja de metal dentro del mismo armario en el que ella había confiado para guardar el equipo. Tras esto volvió al salón para ponerse su brazalete cuántico y observar mediante la cámara conectada al sistema de quién se trataba al otro lado de la puerta. Era Marco, compañero y supervisor de Clara. Vestía una camiseta de algodón lisa color gris de manga corta y unos pantalones de lino negros y largos, junto a con unas botas de cuero negras con tacón y de punta en pico. Tratándose de él, ropa casual. Debía tratarse de una visita informal.

Marco era bajito y de complexión algo gruesa. Pese a su adicción al dulce, Marco estaba fuerte y musculado. La camiseta gris marcaba claramente la forma de su estómago. Su tez era oscura, su pelo corto rizado negro como sus ojos y una barba corta bien arreglada y cortada en líneas rectas de la oreja a la boca en forma de triángulos rectángulos. La barba mostraba algunos brotes blancos, pero Clara sospechaba que eran implantes o tintes, seguramente diseñados con impresoras cuánticas que luego recorrían la barba pintando el diseño preparado sobre el sujeto. La barba inferior en la garganta estaba perfectamente lisa. Clara le había contado que Marco se había sometido a una intervención de depilación permanente en la garganta y partes del cuello en las que el pelo no le parecía estético, al sobresalir el vello por delante y detrás de una camisa de pico abierta. Pese a eso, Marco seguía siendo peludo: decidió mantener el pelo en sus brazos y mayor parte del pecho y espalda. Antonio lo pudo comprobar – y dudaba olvidaría pese a intentarlo—un día que fue con Clara a una actividad social de SI. Se trataba de nadar dentro de una burbuja de agua, suspendida del cielo del campo electrogaseoso de Titán y Marco, muy cansino, no se cansó de exhibirse en el agua, fuera de ella y en los juegos en común. Una piscina flotante en un marco incomparable. Una de las ventajas de trabajar para la corporación más poderosa del sistema estelar conocido eran este tipo de eventos, a todo tren y todo pagado de antemano. Era un lujo, pero ¿compensaba? ¿Formaba parte de venderse? Un tema complejo, hasta que fue demasiado tarde para tener la libertad de dimitir, parecía decir el vídeo de Clara.

Era obvio que Marco se preocupaba por su aspecto físico y parecía que le había dado el aprobado o suspenso a cada pelo que cubría su cuerpo para permitirle permanecer en él, ser afeitado regularmente o desaparecer para siempre. Este comportamiento era un reflejo de su personalidad vanidosa, egocéntrica y nada generosa. «Virtuosa», esgrimía él. En parte tenía razón, en parte era una media verdad interpretando El Círculo a su manera y apropiándose de él. Clara no se fiaba de él y había tenido innumerables problemas en el trabajo, incluyendo varios momentos en los que Marco quiso tanto apropiarse de sus avances, como aprovecharse de la belleza de Clara. Al enterarse de esto, Antonio tuvo que hacer un gran esfuerzo para escuchar la súplicas de Clara de dejar a Marco en paz, una vez que ella había presentado una queja a su superior y la única respuesta de la dirección fue «No es relevante para el trabajo, continuad con la investigación». Clara temía que un incidente público pusiera en juego su trabajo y su carrera, y no estaba dispuesta a ello. Además, podía valerse y defenderse ella solita. Lo único que podía pasar era que Marco volviera a llevarse una buena patada en la cara. Clara había aprendido Kung-Fu a través de mímica de películas de Bruce Lee, una técnica cuántica en la que pequeños receptores repartidos por todo el cuerpo ayudaban a tus músculos a seguir las indicaciones de la pantalla. Por lo visto la marca de la suela del zapato de Clara fue visible en la cara de Marco durante varios días.

Cuando empezó a trabajar para SI, Marco estaba gordo. Su aspecto físico era descuidado, pero su trato amable y sencillo. Fue tras el desarrollo de receptores cuánticos para mejorar la musculatura y el ejercicio, gracias a los que una hora de gimnasio equivalía a diez horas sin los receptores puestos, que comenzó a cambiar su aspecto y su personalidad convirtiéndose en un investigador ambicioso, poco fiable y que pasaba tantas horas en el laboratorio como en los clubes y bares de la colonia, engañando a cualquier mujer que encontrara para irse con él y olvidarla al día siguiente. Irónicamente, pese a poder parecer un resquicio de tiempos pasados, Marco era visto como un ejemplo de La Virtud, ya que la imagen es poder y la vende quien la controla. Sus ansias de poder y la indiferencia ética de SI favorecieron un *quid pro quo* que le permitió ascender rápidamente.

En cualquier caso, a Antonio le sorprendió la visita y no tenía ningún miedo de Marco. Es más, si le brindaba la ocasión estaría encantado de devolverle una suela de zapato a su cara bonita. Intentaría batir el récord de duración de su esposa y dejársela durante al menos una semana. Antonio pulsó su comunicador y la puerta de entrada se deslizó hasta dejarlos frente a frente, eso sí, Marco una cabeza por debajo. Antonio bajó la mirada.

—Marco, ¿qué puedo hacer por ti?

Marco sonrió.

—¿Tú? Por mí nada piltrafa, pero por SI... mucho.

En ese momento dos hombres enormes aparecieron de la nada a ambos lados de Marco, teletransportados. Ambos parecían exactamente iguales, unos dos metros de altura, musculados, pantalones largos de lino y forros polares de SI con cremallera y capucha. Gafas oscuras les cubrían los ojos, y tenían el pelo corto rubio estilo militar cepillo. De hecho, parecían réplicas el uno del otro. Antonio no sabía cómo habían podido teletransportarse sin receptor ni qué hacían allí, pero tampoco pudo pensar mucho más porque sendos puñetazos en la cara y en el estómago le dejaron sin conocimiento.

Artículo Relacionado: El avance de la física cuántica en el siglo XXI (I)

Extracto del libro de historia de SI «El comienzo de una Q-era», escrito por Jacobo Violet Grimm

A comienzos del siglo XXI el crecimiento exponencial de la producción industrial de tecnología tras la llamada revolución del Silicio en las últimas décadas del siglo XX, llevó a unos avances a pasos agigantados que eran inversamente proporcionales al tamaño de los componentes electrónicos en utilización. Así, se pasó de los ordenadores con válvulas de vacío que ocupaban una habitación entera en los años 50, hasta ordenadores embebidos en un teléfono móvil, millones de veces más potente que el anterior, en apenas medio siglo. Este avance tecnológico fue fruto de la batalla de poder de las antiguas naciones de EEUU y URSS por llevar al primer ser humano al espacio, entre otros conflictos. El porcentaje de sus inversiones en investigación, respecto al PIB, fue el más alto de la historia de la humanidad en cuanto a financiación pública, y los resultados no se hicieron esperar. En treinta años la forma de vida de la sociedad había cambiado completamente. Lamentablemente, la financiación se estancó y sus fondos pasaron a rellenar el ya abismalmente mayor presupuesto de defensa, o los bolsillos de sus políticos con probados y variados casos de corrupción.

Pese a todo, gracias a aquel empujón inicial de la carrera espacial, la tecnología basada en semiconductores fue avanzando y se fue optimizando siguiendo la ley de Moore. Cada año que pasaba la potencia obtenible con un dispositivo se duplicaba mientras su precio se mantenía estable. Esto se conseguía gracias a la reducción del tamaño de los transistores que servían como interruptores para controlar el paso de corriente eléctrica, y de esta forma construir un abecedario binario básico de 0s y 1s a partir del cual crear complejidades tales como sistemas masivos de computación, diseños gráficos multidimensionales o videojuegos tan realistas que haya que mirar detenidamente para distinguirlos de un vídeo de alta definición. Pero el crecimiento no podía ser infinito. Una vez los transistores se hicieron tan pequeños que las leyes de la física clásica dejaron de aplicarse, el crecimiento paró. Durante los años siguientes fue muy difícil mejorar las capacidades derivadas del hardware disponible, lo que provocó un desvío en la dirección de la investigación y desarrollo industrial.

Se busco optimizar el tamaño, el rendimiento, los usos. Los servicios derivados y el flujo descendente se convirtieron en las verticales más exitosas y con mayor inversión por su rentabilidad y potencial mercado. Se popularizó la creación de aplicaciones pasatiempos o de intercomunicación social, que mantenían a la población entretenida pero no indagaban en las posibilidades que podrían derivarse de un avance científico. Voces críticas comenzaron a aparecer una vez el estancamiento fue palpable, y la pasividad de la población y la comunidad científica notable. Las que crearon más ruido fueron las de aquellos pioneros presentes en la primera carrera espacial. Decían que les habían prometido Marte, y les entregaron las Redes Sociales. Querían que la era de la conquista espacial empezara ya. «¿Por qué detenernos aquí? ¡Vayamos más allá!», decían.

Entre tanto, en el silencio de sus laboratorios en España la pyme conocida como SI trabajaba sin cesar…

[…]

Como consecuencia de la reducción de los elementos electrónicos, el paso de los decímetros a los nanómetros primero y a los picometros más tarde, la interacción entre elementos comenzó a cambiar, dejando de lado las leyes que Newton o Einstein habían creado para justificar y modelar los fenómenos que veían a diario en la llamada mecánica clásica, y una nueva serie de leyes debían describir cómo las partículas interactuaban entre sí en un entorno y un tamaño diferente. Comenzó la era de la mecánica cuántica. Hasta entonces, estos modelos habían sido desarrollados y estudiados por interés científico. Ahora era una necesidad para permitir el avance de la tecnología. El cambio de comportamiento en los elementos conllevaría sin duda una eclosión de nuevas posibilidades y equipos, que toda la comunidad científica estaba ansiosa por descubrir.

Los investigadores se centraron primero en corregir los modelos teóricos para pasar del dominio molecular clásico al cuántico, y en la creación de nuevos modelos o explicaciones ante la aparición de nuevos fenómenos en esta menor escala. Al mismo tiempo, iban sucediéndose experimentos que confirmaban o desmentían estas teorías, haciéndolas avanzar. Diversos intentos y bancos de pruebas se llevaron a cabo en centros como la Estación Espacial Internacional (ISS de sus siglas en inglés), o el Gran Colisionador de Hadrones (GCH) del CERN en Suiza, debido a la particularidad del entorno que conferían. Ambos proporcionan un ambiente impoluto en el que la mayor parte de las fuerzas y exposiciones terrestres podían ser eliminadas (gravedad, radiación, composición atmosférica). La interacción entre particular era así lo más pura posible sin la corrupción y contaminación inevitable de realizar las pruebas en condiciones normales terrestres, lo cual facilitaba la validación o depuración de teorías. En el caso del laboratorio espacial, primer asentamiento internacional humano fuera de la atmósfera terrestre y habitado ininterrumpidamente tras el pionero MIR soviético, se realizaron por primera vez en la historia de la humanidad experimentos en microgravedad de forma continuada durante décadas, fruto de lo cual la humanidad pudo comprobar, corregir y avanzar en el conocimiento de la interacción de la materia entre sí; por su parte, en la increíble megaestructura subterránea situada en Suiza se podían poner a prueba los modelos de partículas más fundamentales, para completar el puzle que daría paso a la explosión de la física cuántica de consumo, adecuadamente comercializada y canalizada por SI, y al comienzo de la denominada «Sociedad Cuántica».

Fue el siguiente paso de la humanidad en su evolución, empeñada en comprender y aprovechar mejor la naturaleza tanto para satisfacer la necesidad básica y primaria de cultura de su civilización, como para mejorar el confort, la calidad de vida y las posibilidades de los individuos durante su limitado tiempo de vida: a mayor acceso a la información, mayor posibilidad de educación universal. «*Se han abierto más puertas; se han trazado más caminos para aprovechar al máximo nuestra vida, para alcanzar la felicidad y cumplir las aspiraciones personales, como debería ser el objetivo de una sociedad civilizada y cooperativa*», dijo célebremente el líder de la Unión Mediterránea, Livio Moreno.

A nivel científico, los modelos matemáticos avanzaron a pasos agigantados. La creación de modelos Gemelos Digitales a partir de modelos que cada vez mejor emulaban mejor la naturaleza, permitió llegar a predecir y, en última instancia, controlar los diferentes fenómenos observados en la Tierra. Las posibilidades computacionales y de comunicación parecían inagotables.

Entre los primeros pasos más significativos para el progreso cuántico, cabe destacar el primer enlace de comunicación cuántica entre la Tierra y el Espacio realizado entre la ISS y el Observatorio de la Isla Canaria de Tenerife, pionero en este tipo de comunicaciones y estudios desde principios del siglo XXI. Este avance permitió enviar y recibir grupos de fotones a través de la atmósfera, superando sus impedimentos físicos (gotas, nubes, etc.) y de radiación que distorsionaban e impedían las comunicaciones de forma sistemática. Si en la radiocomunicación clásica los problemas en alta frecuencia se multiplicaban, en la cuántica eran exponencialmente mayores por lo que, tras el éxito de Micius, no fue hasta 2024 cuando por fin se pudo mantener el primer enlace fijo y sostenible, a pesar de tratarse de un mero intercambio de estados cuánticos.

El entusiasmo y la expectación de la sociedad ante dichos descubrimientos fue tal que los gobiernos de las naciones más poderosas de la Tierra como la Unión Mediterránea, la Federación Norteamericana —con Canadá, EEUU y México como miembros—, la FRSS —antigua URSS reunificada por la fuerza aunque las políticas comunes casi sólo trascendían a lo deportivo, siendo dominadores indiscutibles en los Juegos Olímpicos y el baloncesto—, y China dedicaron hasta el 2% de su presupuesto a investigar en la materia. Esta cifra era, en cualquier caso, inferior al 3% que la NASA —que ahora forma parte de la Agencia Espacial Unitaria—, aportó durante la Carrera Espacial original. Esto allanó el camino para el posible surgimiento de empresas públicas que luego controlarían las redes sociales u otras industrias.

El impulso de la comunicación cuántica llegó al espacio, donde los vuelos habitados seguían siendo una realidad gracias al aumento de la financiación de la Agencia. Esta cooperación evitó que estallaran conflictos de mayor envergadura en la Tierra entre las naciones miembras. Sin embargo, la paciencia es la madre de la ciencia y los primeros resultados tardaron en llegar. Finalmente, se consiguió mantener el primer canal de comunicación full dúplex Tierra-Espacio-Tierra gracias a una serie de experimentos de Modelado Atmosférico Cuántico (o QATMO), para comprender los efectos de propagación de la información modulada por fotones a través de la atmósfera, y a la creación del protocolo de modulación y codificación de señales QPSK, Modulación Cuántica de Fase.

El siguiente logro se realizó en la continuación de la ISS, la Estación Internacional del Progreso Espacial (ISPS), controlada desde el Centro de Operaciones Espaciales Unitarias (COEU), de las Islas Baleares de la Confederación Ibérica, dentro de la Unión Mediterránea. Esta estación fue la primera en la que participaron no sólo instituciones gubernamentales, sino también empresas privadas. El presidente de la Agencia, el alemán de origen mexicano Christian Gutierrez, afirmó que era «un ejemplo de unidad y búsqueda de prosperidad para la humanidad». Sin embargo, la mayor responsable de este hecho fue Solar Innovations, cuya aportación fue necesaria para sufragar el proyecto de la estación. Se dice que su participación alcanzó el 40%, a pesar de que los datos oficiales sólo le otorgaban un 20%. Lo cierto es que los experimentos cuánticos de interés para SI tuvieron más peso y horas atribuidas a la tripulación que cualquier otro a bordo de la ISPS. Por tanto, podría decirse que los astronautas a bordo acabaron trabajando para la empresa. El primer teletransporte con éxito de dos objetos en el espacio se realizó en una caja con dos compartimentos recubiertos de paredes dobles de plasma de nitrógeno que actuaban como cristales, lo que potenciaba el movimiento y la flotación de las partículas cuánticas. Una membrana separaba los lados emisor y receptor. El objeto teletransportado fue una bola de aluminio con el logo de SI grabado en ella. Una vez que el experimento fue un éxito, SI dio luz verde a una retransmisión mundial, a través de la red dedicada de satélites de retransmisión EPEI en banda Q (QERSN).

[...]

Sin embargo, hay una fecha que representa el cambio en la sociedad: la ya conocida festividad del 1 de abril de 2032. El mayor salto tecnológico desde la Carrera Espacial y la llegada a la Luna tuvo lugar en el sur de la entonces España [...]

Nota: ver Artículo Relacionado «El avance de la física cuántica en el siglo XXI (II)».

Capítulo extra: retrospectiva

01 Abril 2032

Por fin conseguí salir de la facultad. Echaba de menos la naturaleza. Estaba agobiado con el calor entre sus muros y Gabi con su discurso de conseguir «un trabajo bien pagado, como sea y donde sea», como meta. ¿Y qué pasa con el valor del tiempo que tenemos en este mundo? ¿Vale la pena venderlo por algo en lo que no crees ni te importa? ¿A qué estado de desesperación nos han llevado en este país? Me estaba rallando, necesitaba salir un rato.

Por el momento debo conformarme con la sombra que me da cobijo aquí, en los jardines del Alcázar donde te escribo, diario. El peso de la historia que emanan estas murallas me ayuda a canalizar mis pensamientos, pero diría que el refugio del solano que pega en todo lo alto lo hace aún más. Qué locura. Al menos parece que con el tema de La Virtud comenzar a revertirse nuestras acciones que propiciaron este calentamiento global que nos destruirá, si no lo hace antes algunos de esos locos de los Conflictos del Fin del Petróleo...

«Oju niño, ya está aquí el *Calufato* de nuevo dando por saco», le dice una señora a su hijo mientras sacude su abanico para abrirlo con un golpe seco y preciso. Ejecutado tantas veces, para su cerebro no debe ser ya más que un comando más en esa extremidad añadida e interiorizada; una orden activada para atenuar el sufrimiento cuando se activa y atiza el «Calufato», que por estos lares dura ya medio año si es bisiesto; si no, el doble y sin exagerar. Enfin, gracias a esta cultura mía por saberle sonreír a toda contingencia, por desalmada que sea con la que la vida le entrampe. Porque desde luego la guerra por la reconquista del Al-Andalus tuvo poco de broma, y mucho de orgullo y resistencia. Flaco favor hicieron esos politicuchos que solicitaban un árbol genealógico para conceder visados. Y todo en el pico histórico de calor registrado en esta tierra, para más inri. Bastante extremo es el clima como para encima tener que aguantar a tanto pelmazo.

«Nuestra cultura, nuestra tierra. Tenemos sangre de todos, y todos son bienvenidos, pero no a derramarla ni a mancharla.» Algo así fue la la arenga del por aquel entonces, joven líder del Movimiento Mediterráneo Livio Moreno. Resistiendo al terror y a los Starbucks en esta tierra milenaria, mestizada por tantas civilizaciones. ¿No sería la misma con una raza pura, no? Cuánto inspiras, pero cuánto aprietas. No puedo esperar a que llegue el alba. Pese a todo tu encanto, necesito salir de aquí.

Saldremos hacia la sierra, a patearnos la ruta de senderismo desde San Nicolás del Puerto hasta el nacimiento del Huéznar. Necesito del frescor de su entorno y del aire impregnado de humedad de su alrededor para tranquilizarme. La simple felicidad de sus gentes y el contagio de la serenidad de sus sonrisas. Se me viene encima la urgencia de la ciudad. Su continuo gorgoteo de insatisfacción e infelicidad, de personas que se despiertan un día sin saber que han estado haciendo con su tiempo o que quieren hacer con el que les resta. De tristeza y amargura, procesiones que se llevan por dentro bajo una fachada de rutina, cotidianidad y resignación. «Al fin y al cabo la vida es esto, *oder*?», que diría mi compañero Fran Hannes de la República Germano-Francesa, eje de la antigua Europa, cuando saco a pasear mis inquietudes. Si no fuera por la falta de brillo en sus ojos y la tristeza de la comisura de sus labios en su forzada sonrisa, podría hasta tener razón. Me agobia el día a día en los laboratorios. Mi mente está en otro sitio. ¿Qué habrá después?

Desayunaremos por el camino, como siempre. Ayuda tanto a que no te coja tráfico y a crear la sensación de estar de vacaciones. Y una buena tostada con zurrapita derretida en una venta de pueblo alegra a cualquiera. La comida es uno de esos pequeños placeres que siempre me proporcionan una felicidad perfecta y redonda, mientras duran; y el lado social que regala es una bendición. Qué me gusta esto de reunirnos en una mesa, con la excusa de comida, bebida o sin ella, y disfrutar de la compañía de nuestros seres queridos. Pero bueno, volviendo a la satisfacción augurada por la anticipación a un plato suculento, a ver si paramos mañana en esa venta Guardilla en donde ponen esa manteca colorá que quita el sentío, cubriendo un buen corte de presa ibérica. Qué leches, pararemos. Ese destino es un viaje en sí mismo, y la energía me vendrá bien del tirón para lo largo de la jornada, siempre que no me pase con la manteca que si no a ver quién me mueve luego... otra vez estoy divagando con la comida. Concentración joder.

Por dónde iba... ah sí, «*recopilando gotas de pasado, presente y futuro a ver qué se puede decantar en la mezcla, filtrando los posos de la obviedad y de la inercia*», dice la canción. Pese a toda esta ansiedad y tensión con los exámenes, hay un recuerdo que me hace sentirme vivo: el de la primera vez que la vi.

Se habla mucho del impacto que una persona puede tener en otra. Ahora lo sé. Plenitud, pero también dependencia. Necesidad de volver a verla. A veces duele como si miles de pinchos se me clavaran en cada milímetro del cuerpo, paralizándome e inutilizándome. Y otras veces me siento realizado e invencible. Feliz a más no poder. Como si de repente todo tuviera sentido y el camino se aclarara. Aunque sólo sea incorporarme a la cola del paro para siempre... Es extraño.

Recuerdo esa noche en el Joy Club como si estuviera allí ahora. Las luces, todo. Como para tantas parejas, todo empezó allí, en una discoteca. Y como tantas historias, a la postre importantes o no, pero con una lección y una función para todos los participantes. Supongo que en parte ese es el papel que culturalmente hemos asignado a estos lugares. Aquí es donde vas, esto es lo que esperas que ocurra. Pues así fue.

Recuerdo cuando se dio la vuelta y sus ojos y su sonrisa me inundaron. Recuerdo cómo le pedí que nos viéramos al día siguiente, cuando estuviéramos en un estado *diferente* al de aquella noche. Se partió de risa. Sus ojos asintieron alegres, enjuagados en lo que fuera que estuviéramos bebiendo. Parecían coincidir con los míos sobre lo que estaba pasando, pero estaba claro que nadie podía procesar nada en esas circunstancias. Pensé que tal vez me lo estaba imaginando, o que sólo era un pensamiento esperanzador.

Pero nos volvimos a ver. No me lo estaba imaginando. Y luego cada beso ha sido un paso adelante, cada quedada un ladrillo en lo que sea que estemos construyendo. Aquel día lo cambió todo y tengo que agradecer a Dios, a las 7 Virtudes, a Buda o a todos ellos a la vez un regalo tan vital. Porque eso es lo que realmente nos regala la vida....

Joder no sé qué pasa pero todo el mundo corre emocionado enseñándose vídeos en sus teléfonos. Nada más que escucho topicazos como *imposible, increí-*

ble o incluso *teletransporte*. Ese es nuevo en el repertorio de los turistas, para variar. En fin, para aguantar este alboroto me voy a tomar unas tapas en Levíes antes de parar en la Carbonería a ver flamenco... joder, 20 videomensajes de compañeros de la escuela... teleportación...

Archivo confidencial de datos sobre Antonio Jiménez de Aragón, perteneciente al archivo utilidades de Marco Bagatti.

Terminó sus estudios en la Universidad de Sevilla en Ingeniería Aeroespacial en 2032. Varias etapas formativas en diferentes centros técnicos repartidos por todo el mundo: Polonia, Francia, Suecia, Japón. Finalmente se asentó como operador de misiones interplantearias y vuelos tripulados de colonización espacial, trabajando tanto en el centro de control de misiones del puerto privado de SI en las Islas Canarias, como con diferentes motores y proyectos de innovación principalmente en el área de comunicación cuántica (ver ref XY24 CV). En la colonia, trabajó en el mantenimiento y las mejoras de las aeronaves en el puerto de acceso, dentro de los sistemas de propulsión eléctrica y los equipos de navegación inercial (teledetección y radar) [...]

<u>Relaciones sociales</u>

Con empleados de SI

Clara Jiménez, esposa, fallecida en 10/10/2052. Trabajando en fase formativa en el diseño del laboratorio de pruebas y reparación para cargas de radiofrecuencia en naves sub-mesosféricas gubernamentales en la Agencia Espacial en Sevilla concesionado a SI funcional al tercer año (ver referencia en enciclopedia intranet SI). Se conocieron en un bar llamado Joy Club. Ella trabajaba en una investigación de fusión mineral en terreno Andaluz (Riotinto), tras la que se incorporó a la empresa (ver ref CV HJ409), y tras unos años tomaron la oportunidad ofrecida a Clara de ir a Titán para el proyecto [see ref CV HJ409]. Ver también el proyecto [ref **No Autorizada**]. Una vez desaparecida Clara, y pese a las dos semanas de baja ofrecidas por el aeropuerto militar de acuerdo a la regulación colonial, renuncia al empleo y desaparece del foco público por unos días, hasta reaparecer reclamando justicia en los medios y policía locales. Todo el contenido pudo ser censurado y destruido, salvo por algunas entradas suyas en Internet que se mantuvieron al no parecer más que el llanto desesperado de un lunático.

<u>Status</u>: MONITORIZACIÓN Y SEGUIMIENTO.

<u>Notas clasificadas</u>: El rompe pelotas no acepta el fallecimiento pese a los restos presentados, y arriesga tirar de la manta del proyecto [enlace MPD0104,

autorización validada]. Permiso de liquidación concedido a ser ejecutado de estimarlo necesario siguiendo el procedimiento [Desaparición—1010].

Personal a controlar: Miguel Ormaechea Hernangómez (policía) ...

Seis: la revelación

Cuando Antonio volvió en sí intentó abrir los ojos, pero apenas podía del terrible dolor que punzaba su cabeza como un martillo, atizándole la sien rítmicamente con cada bombeo sanguíneo desde su corazón. Respirar y tensar los músculos suponía un martirio. Acumulando fuerza de voluntad consiguió enderezar el cuello y abrir los ojos. La imagen ante sí estaba borrosa y difuminada, como un cuadro impresionista visto desde cerca. Poco a poco su cerebro fue dándole sentido a la información que llegaba a través de sus ojos. Pese a que el dolor perturbaba el proceso de recuperar la información, consiguió enfocar la imagen y discernir dos cosas en la pared frente a él: una cristalera y el contorno de una puerta.

La cristalera ocupaba la mayor parte de la pared, formando un rectángulo que encajaba perfectamente, como un Tetris, con la «L» tumbada que formaba el resto del material sobrante bajo ella y a su derecha, llegando hasta la pared colindante. Todo lo que no fuera cristal parecía homogéneo, gris y metálico; de un material similar al del revelador, salvo por lo que parecía la silueta del marco de una puerta: una delgada línea negra de pocos centímetros de grosor que ascendía desde el suelo, giraba en ángulo recto a unos dos metros de altura y terminaba en la pared colindante, como una «L» invertida que dejaba el rectángulo de la puerta bajo ella.

El dolor seguía siendo intenso. Se iniciaba en su cabeza y bajaba por todo su cuerpo hasta sus manos y pies, atados e... inmóviles. Al intentar mandar señales a su cuerpo para zarandear sus extremidades descubrió que más allá del aprisionamiento físico de las esposas ¿metálicas?, que le ataban de pies y manos, no era capaz de mover ningún músculo de sus extremidades. Mal asunto. ¿Drogas, anestesia? No sabía qué cojones le habían hecho, pero la frustración de encontrarse paralizado de repente le subió hasta la cabeza con efervescencia llenándole de una rabia plenamente visible en sus ojos enrojecidos.

Su respiración y su pulso se aceleraron a medida que sus sucesivos intentos probaban ser fútiles. Su mente seguía nublada y no podía ver con claridad.

Frustrado, hizo un último intento en vano mientras gritaba de desesperación. Empapado en sudor desistió en su esfuerzo, cabizbajo. Sólo entonces descubrió el pequeño charco de sangre a la derecha de la silla metálica en la que estaba atado. Mientras miraba, una gota cayó de su sien para aumentar el volumen de líquido que se esparcía con tranquilidad por el suelo de la habitación. Estaba sangrando por la parte superior derecha de su cabeza, seguramente a consecuencia del golpe que le habían propinado aquellos energúmenos salidos de la nada.

Intentó recordar la escena. La llamada a la puerta, la sonrisa de Marco a la cámara de la mirilla, la aparición repentina de los dos matones, los golpes y el dolor. No pudo mover las manos para comprobar si sangraba por el tórax, pero lo tenía ardiendo, emanando un dolor ácido que se propagaba al resto de su cuerpo. Seguramente tendría alguna costilla rota y puede que hasta una hemorragia interna. ¿Habría llegado su fin?

Levantó la cabeza para intentar concentrarse en la sala y entender dónde estaba. Miró al techo y a ambos lados. La silla sobre la que estaba atado era la nota discordante: también parecía metálica, aunque de un color y aspecto diferentes. Intentó girar la cabeza para comprobar la profundidad del lugar, así como lo que había detrás suyo. Reuniendo todo el coraje que pudo para sobreponerse al dolor, consiguió girar el cuello para cerciorarse de la uniformidad grisácea de la pequeña sala de cautiverio. Todas las paredes eran iguales, de las mismas dimensiones, la única diferencia siendo la ventana y la línea negra en la frontal... pero había un objeto más justo a sus espaldas; un objeto que parecía un vacío en el dibujo de la sala, como un rectángulo central en blanco en un lienzo inacabado, o una columna negra de pixeles muertos en una pantalla encendida, y que se erguía imponente y lúgubre tras de él dominando la sala con su misteriosa presencia.

La columna sobrepasaba en anchura a la silla por ambos lados, y llegaba prácticamente hasta el techo acabando en un corte rectangular fino y perfecto. Su volumen parecía suficiente para contener a una persona dentro, pero si aquello era hueco, sólido, un transbordador u otra cosa, Antonio no tenía ni idea.

La estructura era inquietante, como un vacío por rellenar en la realidad, un fallo en su visión o un agujero negro de bordes perfectamente delimitados que fuera a absorber al resto de la habitación en cualquier momento, pero aun así no era el mayor de sus problemas, por lo que volvió su atención a sus esposas que aprisionaban sus pies y sus manos con un trozo sólido del mismo material de apariencia gris metálica que había visto por primera vez en el revelador, y que parecía cubrir las paredes de la sala. Parecían ser parte y rebosar o sobresalir de la parte trasera y delantera de su silla, sin verse cerradura por ningún lugar. Parecía que hubieran dilatado y maleado el material hasta poder conformar los grilletes. Tras haber visto cómo se comportaba el material en el revelador, Antonio podía imaginarse la secuencia.

Pese a ser consciente de que probablemente el esfuerzo era inútil, Antonio intentó liberarse aplicando toda la fuerza que le quedaba para romper las esposas de pies y manos. Las esposas se mantenían imperturbables, como si un niño estuviera empujando las paredes de un rascacielos. La ansiedad crecía en él, y enfrascado en su frustración Antonio siguió tirando de las esposas mientras gritaba de rabia.

Un pitido seguido de un ruido largo, grave y constante le hizo volver a abrir los ojos y devolver su atención a la sala. Antonio fijó su mirada en el marco de la puerta, pensando que se deslizaría o abriría en algún momento, pero no parecía alterarse, hasta que un instante después desapareció por completo. El espacio bajo la línea negra que formaba el marco había desaparecido, y en su lugar estaba Marco, con una sonrisa de oreja a oreja.

—No te esfuerces, el *Linium* es imposible de quebrar para un ser humano. Bueno, en realidad para cualquier ser que conozcamos. Pero igual llegaremos a eso. O no. Dime, ¿cómo se siente uno al estar atrapado y sabiendo que no tiene posibilidad alguna de escapar ni de moverse? ¿Debe ser jodido no? Podría ofrecerte algo de beber o de comer, podría traerte lo que se me antojara. Cualquier manjar, en un instante te lo teletransportaría delante de tus narices con nuestros nuevos equipos. Espectacular, ¿verdad? Pero la verdad es que no me sale de los cojones. Y ahora mismo, lo que pase contigo depende de lo que me salga de los cojones. Espero que no tengas un problema con la dependencia.

Marco cruzó el umbral de la puerta. Llevaba una bata blanca de laboratorio que dada su baja estatura le llegaba hasta los zapatos, unas sandalias blancas esterilizadas de punta redondeada cerrada. Se remangó el brazo para mostrar un brazalete. Lo pulsó y la puerta volvió a rellenarse del misterioso material líquido que la componía hasta hace unos instantes. ¿Linium?

Paseándose por la habitación con la mano en su mentón, Marco alternaba la mirada entre el suelo y la cara enrabietada de Antonio. La sonrisa burlona siempre en su rostro, remarcando intencionadamente que estaba disfrutando de su posición de poder y de su discurso. A Antonio le traían sin cuidado los complejos de Marco, y no tenía intención de entrar en su juego.

—Marco... dime, ¿qué es todo esto? ¿Qué hago aquí?

La parte izquierda de la bata llevaba su nombre bordado en letra cursiva y estilizada sobre un bolsillo del que colgaban varios lápices de escritura holográfica, y bolígrafos. A pesar de que prácticamente nadie escribía a mano hoy en día, él debía pensar que le daban un toque clásico, elegante e importante. Marco desvió la respuesta.

—Tú y yo tenemos una cosa en común —le dijo señalando con el dedo índice—... Clara.

Antonio frunció el ceño.

—Era una mujer fantástica, bellísima. Guapa, inteligente y con un cuerpo ufff, espectacular. Te envidio por el tiempo que pudiste disfrutar de ella y comprendo tu frustración y tristeza al haberla perdido, pero he aquí donde nuestras formas de pensar y entender la vida divergen.

Hizo una pausa y se acercó a Antonio. Apoyó ambas manos en los asideros de la silla en la que estaba atado y le miró fijamente a los ojos.

—Yo hubiera aceptado la realidad, que es que Clara ha desaparecido; me habría llevado la generosa indemnización de SI, cerrado un capítulo y abierto otro de mi vida. A poder ser, con una mujer tan o más atractiva que Clara.

Dicho esto se alejó de la silla, y le dio la espalda mientras proseguía con su discurso.

—Tú, sin embargo, rechazaste el dinero ante las «difusas» explicaciones de SI Te dio igual la confidencialidad del trabajo de laboratorio pues claro, tus sentimientos y tu vida son más importantes que la Armonía Global y el futuro de la humanidad, ¿no? ¿No te da vergüenza? ¿Y tus Virtudes? ¿Así te educaron? —Marco negaba reprobatorio con la cabeza, asqueado—. No diste tu brazo a torcer y llevas semanas deambulando por la colonia, presionando a la policía, intentando encontrar pruebas, deprimiéndote en la fuente de La Virtud o desmoronándote en casa. ¿Cómo puedes ser tan patético?

Dio la vuelta sonriendo y volvió a mirar a su prisionero a los ojos.

—Oh sí, te hemos estado espiando.

Reanudando su paseó y prosiguió, gesticulando teatralmente:

—No es que seas la máxima prioridad de la empresa, no te sientas demasiado halagado. Seguimos a una serie de personas a través de ciertas cámaras de seguridad, algunas propias pero la mayoría de seguridad ciudadana. A tenor de tus verborreas en comisaría, no te sorprenderá que controlemos a la policía. Bueno, a los directivos me refiero. Tampoco queremos que un Don Nadie se vaya de la lengua y se convierta en un secreto a voces el que movemos todos los hilos, ¿no?

Antonio se retorció en su silla. Siempre había imaginado todo lo que le estaban confirmando, y no era un buen augurio para su integridad física que quisieran compartir toda esta información con él, pero llegados a este punto de no retorno sus pensamientos volvieron a su objetivo.

—¿Qué tiene que ver todo esto con Clara? ¿Qué hicisteis con ella? —en una mezcla de nerviosismo y ansiedad Antonio levantó la cabeza y fijó los ojos abiertos como platos en Marco— Clara... está... ¿viva?

Marco le sonrió, se acercó a él con pequeños pasos prolongando su ansiedad, ávida de respuestas, y se agachó hasta estar frente por frente, aguantándole la mirada unos segundos hasta que comenzó a reírse.

Lo que comenzó con un hilo se convirtió en carcajada mientras le daba un par de palmadita en la mejilla a Antonio y se levantaba. Sacó algo del interior de su bata y lo levantó a la vista de Antonio.

—Todas tus respuestas derivan de este cacharrito tan impresionante, que tuviste la buena o mala fortuna según se mire de hallar en tu casa. Hay quien dice que la ignorancia es la felicidad, pero en tu caso... si pensaba que no podías ser más miserable antes de encontrarlo, creo que lo que te va a pasar tras hacerlo lo superará.

Marco sacudió la manga de su brazo derecho revelando un brazalete comunicador en su muñeca. Mirando a Antonio, posó los dedos de su mano izquierda sobre el brazalete. Tras unos instantes, una silla idéntica a la en la que estaba aprisionado surgió delante suya.

—¡*Et voilá*! ¿Qué te parece? ¿No son una maravilla estos nuevos transportadores? Tenemos una especie de almacén del cual podemos extraer una serie casi ilimitada de objetos idénticos de uso común: sillas, sofás, armas de todo tipo... Siervos. A éstos los programamos antes claro, así saben cuál es su misión una vez sean teletransportados. ¿No es una maravilla la biotecnología cuántica? Podemos transmitir ondas cerebrales a los clones para así modelar su cerebro y controlarlos. ¡Como al T-Rex del bailecito!

Marco se marcó unos pasos, satisfecho consigo mismo. Antonio le miraba fija e impacientemente.

—No has contestado a mi pregunta, pronunció lentamente.

A Marco se le borró la sonrisa de la cara, miró hacia el cielo y suspiró mientras tomaba asiento enfurruñado.

—Ah… ¡qué pesado! Yo aquí desvelándote las maravillas tecnológicas que tan orgulloso me hacen sentir y tú sigues erre que erre con tu pregunta. Clara, Clara, Clara. Pareces un disco rayado. ¿No has salido a los bares de la Colonia nunca? ¿No has visto la cantidad de Claras que hay por aquí?

Respiró fuertemente y tomó el revelador con ambas manos.

—Imagino te habrás sorprendido al ver las propiedades del material de que está hecho este revelador, ¿no? No creo que seas tan estúpido como para no ver que es especial. Igual sí. En fin. Se llama Linium y lo descubrimos aquí, en Titán minando cerca del núcleo más allá de donde encontramos Silco. Pero a diferencia del silicato carbónico este… éste lo mantuvimos en secreto. Fue entonces cuando comenzó todo. —Marco miraba al revelador mientras le daba vueltas, jugueteando con él—. Trajimos algunas muestras al laboratorio y lo sometimos a diferentes experimentos para determinar sus propiedades. Fue todo increíble, no habíamos visto nada igual… –parecía haber sido hipnotizado por el material, con la mirada perdida sobre el revelador. Habló sin teatralidad ni arrogancia, sino con admiración y devoción al descubrimiento. Como compartiendo su asombro mientras le explicaba todo a un amigo—…la teletranspotación la obtuvimos aplicando teoría cuántica mediante tecnología avanzada ya existente, ¿sabes? Pero esto, esto es un material completamente nuevo, fuera de nuestra tabla periódica, fuera de… nuestro mundo, del… paralelo que conocíamos.

Marco pausó por unos segundos, absorto en el material. Antonio lo miraba intrigado. Todo su sarcasmo parecía haber desaparecido dando paso a cierta admiración, respeto e intriga hacia el material. Hasta ahora, Antonio sólo le había visto tener gestos que expresaran sensaciones similares consigo mismo.

Marco sacudió la cabeza, como saliendo de un sueño y volvió a mirar a Antonio. Parecía que hubiera salido de la habitación por un momento, y acabara de regresar a ella. Y con él, volvía su sonrisa burlona.

—En fin, el caso es que tras realizar una serie de experimentos en los que no voy a entrar en detalle, básicamente porque no entenderías una mierda, descubrimos que sometiendo al Silco y al Linium a una interacción electromagnética periódica, las propiedades de los materiales se iban entrelazando creando un nuevo elemento. Lo llamamos *Aperito*. Obviamente pasamos a aumentar la potencia del campo aplicado para multiplicar el efecto y obtener el nuevo elemento. Era el siguiente paso lógico en la experimentación. Cualquier científico lo hubiera tomado y por tanto los accidentes posteriores fueron inevitables, un daño colateral al progreso de la civilización. O de SI según se mire –dijo encogiéndose de brazos–. Hubo más de un uno... el Aperito es un material muy... inestable.

—Fue eso lo que le pasó a Clara, ¿un accidente? —interrumpió Antonio, deseoso de obtener respuestas.

Marco le miró fijamente, claramente molesto de que le hubiera interrumpido.

—No... no fue eso. Eso fue lo que le pasó a Peter, Julio o Agnieska.

Hizo una pausa deliberada y espero la respuesta de Antonio

—Pero... ellos volvieron a la Tierra, solicitaron el regreso... estuvimos en su fiesta de despedida.

Marco sonrió.

—No, estuvisteis en el paripé que montamos con los sus clones, a los que manipulamos sus cerebros con muestras de la memoria de los trabajadores. Las almacenamos sistemáticamente. ¿No te lo había dicho Clara? Normas de empresa —se encogió de hombros quitándole importancia a sus palabras.

Antonio no terminaba de creérselo.

—Y... pero ¿pero qué pasó con Clara? ¿Por qué no montasteis el mismo paripé?

—El caso de Clara es... diferente. Además, la ventaja con los anteriores era que no tenían pareja ni familia en Titán. Eran personas que habían dedicado su vida a su carrera y apenas tenían algún familiar lejano en la Tierra. Tan sólo les dirían que su estancia en Titán les había cambiado mucho. No notarían la diferencia entre el clon y el real, que es la falta del alma. Somos el conjunto de nuestras experiencias, y la forma en que eso se acumula en nuestro ser es algo que al menos la ciencia no ha sido capaz de sintetizar, de momento. Contigo de por medio, era imposible realizar el mismo intento con Clara. Hubieras notado la diferencia de inmediato y montado un espectáculo innecesario y ajeno a nuestros intereses.

Marco se recostó en la silla. Entrelazó sus manos uniendo los dedos y llevándose ambos índices a la barbilla, como si fueran una pistola.

—Pensamos en acelerar el programa de los otros. Con Clara. Pero *mmmm* nos seguía pareciendo arriesgado contigo de por medio.

—¿Qué programa? —respondió Antonio.

Era la respuesta esperada, por supuesto. Marco sonrió de nuevo.

—El suicidio, claro.

Antonio se quedó sin palabras. Intentó recordar lo último que sabía de Peter y Agnia, con la que tenían más relación. Ambos se habían mostrado distantes desde su regreso a la Tierra y habían hecho muy difícil el intercambio de mensajes o las videollamadas. Y Peter... Peter se había arrojado al mar desde su propia embarcación, anclada en alta mar. La nota que encontraron era escueta y dramática. Antonio la recordaba bien, le había impresionado. «*No me queda más por hacer, he cumplido todos mis objetivos y no tengo la energía para continuar*». En su momento, Antonio pensó en el sentido de la vida, en cómo la soledad que le acarreó a Peter su ambición profesional le había llevado a estar vacío y a no querer seguir viviendo. Sin embargo, tras las palabras de Marco, la nota adquirió un sentido completamente diferente: el de una máquina que ha llegado al fin de su ciclo de vida. Antonio miró a Marco apretando los labios, lleno de ira.

—Hijos de puta, espetó entre los dientes apretados.

Marco soltó una carcajada.

—¡Lo sé, lo sé! ¡Si vieras la de vueltas que le dimos a la nota de suicidio! ¡Hicimos hasta un jodido concurso! Jaja fue fantástico. El doble sentido, la relatividad del discurso. *Todo depende del cristal con el que se mire, ¿verdad?* —Marco sonrió, sabedor de que Clara solía usar esa expresión—Y en este caso sólo nosotros sabíamos cuál era el cristal correcto para descifrar el verdadero mensaje de la nota. Jaja, fue fantástico, brillante.

Sacó un pañuelo para secarse las lágrimas de la risa, sobreactuando para dar mayor sensación de maldad, lo que enfureció aún más a Antonio ¿Por qué necesitaba Marco tanto de él? ¿Qué le faltaba a él mismo?

—Ay... bueno. Como te iba contando —prosiguió el gerente de SI—, les programamos unos suicidios escalonados. Esto no podía convertirse en un acto en masa tras volver de Titán, eso sería una locura, un esperpento público —Marco movía las manos mientras hablaba—. A Agnieska, o debería decir a su clon, le quedan un par de años de vida. Al otro... ¿cómo era? Ah sí, Julio... no me acuerdo.

Creo que la idea era que se mudara a una granja y sufriera algún tipo de 'accidente 'trabajando allí. Pero no creas que somos tan malos... no se deben generar sospechas. Para los sujetos más aislados, las verdaderas ratas de laboratorio asociales a las que nadie echaría en falta, estamos trabajando en programas de simple aislamiento social. Los clones pueden vivir todo el tiempo que puedan, sea aquí, en otra colonia o en la Tierra. No queremos periodistas atando cabos y hablando de *la maldición de SI*, o de TItán, o cualquier rollo parecido, ¿verdad?

Antonio había perdido la paciencia, pero estaba claro que Marco no iba a hablar hasta que no quisiera. Evitó responderle para no motivarle más, y esperar que contara lo antes posible qué pasó con Clara lo cual extrañó a su interlocutor que le miró atentamente durante unos segundos.

—Vaya, veo que ya no tienes nada que decir. Se ve que has aprendido a no interrumpirme. Bien... poco a poco aprendes algo. Aunque de poco te va a servir...

Esbozó una sonrisa a la espera de alguna reacción de su audiencia, pero ésta se mantuvo en silencio, sosteniéndole la mirada. La sonrisa desapareció y comprendió que Antonio no iba a caer en su juego. *Por fin, a ver si cuenta qué pasó con ella de una puta vez.* Pero no. Marco resopló, y le apartó la mirada. Aún no.

—De acuerdo... continuemos, dijo devolviendo su atención a su prisionero y al revelador en sus manos. Como te iba contando, o igual debería decir iluminando querido ignorante que debería estar agradecido por revelarte tantos secretos, que digo secretos, ¡hitos en la historia de la humanidad! —Antonio apretó puños y dientes pero mantuvo su silencio, por lo que Marco no pudo más que continuar—, el problema que encontramos en los experimentos con el nuevo elemento era que irradiaba gran intensidad de energía a su alrededor, de forma heterogénea pero en cualquier caso mortal para un ser humano en su presencia. Esto lo descubrimos cuando Peter comenzó a vomitar durante una prueba de excitación térmica focalizada a través de láser. Descubrimos que el proceso térmico y el electromagnético no eran totalmente recíprocos y no alcanzamos a excitar el material al mismo nivel que en pruebas anteriores, pero si descubrimos de sus peligros.

—Imagino que en todas estas pruebas tú estarías detrás de un cristal —replicó Antonio.

—¡Pues claro! Los generales no están en primera línea de batalla, —se mofó Marco—. Encima fue tremendamente asqueroso. El muy torpe no pudo contenerse un segundo y apuntar en otra dirección, sino que tuvo que echarlo todo encima de la muestra. Perdimos gran parte del elemento en la desinfección —Marco negaba con la cabeza a la vez que miraba al techo y suspiraba. Antonio le miraba impasible—. Menudo patán. En fin, le detectamos una metástasis avanzada de grado 4 y murió a los pocos días. El efecto era similar a estar desnudo en la órbita de Júpiter frente a una tormenta solar, ¡imagínate, qué fascinante es la ciencia! —Marco sonreía como un niño contemplando un avión por primera vez—. Le reemplazamos por un clon en el hospital que solicitó su vuelta a la tierra la cual procesamos de inmediato.

Marco, todo pose, intentaba mostrar que la muerte de Peter le resultaba tan insignificante como la de una cobaya.

—A pesar de la pérdida de parte de la muestra, digamos que la labor de Peter nos permitió descubrir que el material emanaba esta tremenda energía que debíamos canalizar y controlar de algún modo. Fue intentando realizar esto cuando cayó Agnia primero, al desprenderse un canalizador mientras lo ajustaba volcando un gran rayo de energía sobre ella, y posteriormente Julio. En el caso de éste... bueno... digamos que hablaba demasiado,— terminó sonriendo.

Antonio se enderezó en la silla.

—¿Le asesinasteis? replicó.

Marco se dio unos segundos antes de dignarse a responder. Se llevó la mano a la barbilla. Murmuró como pensando la respuesta.

—Mmm se podría decir que no llevaba bien el tema de la confidencialidad de empresa ¿no? Sí, digamos eso. Tú le conocías, ¿verdad? Y por eso te apenas de su muerte. Seguro que no te apenaste tanto de las muertes de desconocidos en guerras y por pobreza en la Tierra antes de esta estupidez de La Virtud, ¿a qué no? ¿Y de la de los teletransportadores? ¿Los del 1%?

Marco sonrió, esto era un secreto a voces pero un secreto al fin y al cabo. Pero su sonrisa escondía algo más:

—Espero que esas no te entristezcan demasiado, por la cuenta que te trae... bueno pues como bien sabrás, Julio era no sólo miembro de la ENAC sino activista medioambiental y miembro activo de la plataforma de tecnología libre. De hecho contribuyó a crear ese brazalete comunicador personalizable, ese *Open Source*. Desde luego un desperdicio, una pérdida de dinero. Teniendo una invención tan fantástica y no sacarle partido, de verdad que esa gente...

Realizó un gesto despectivo con la mano como diciendo que daba igual, que era un caso perdido.

—En fin, quería comunicar nuestro descubrimiento al mundo, hacerlo público. Decía que esto era patrimonio de la humanidad y que por tanto traspasaba cualquier ley de confidencialidad de empresa. Intentamos recordarle el descubrimiento de la teleportación por SI y como no se hizo público hasta que estuvo completamente listo, pero no parecía convencerle. Y ante la duda, ya sabes, ¡la más tetuda!

Marco sonrió pero Antonio le miraba impertérrito, ¿de dónde había salido este tipo? ¿A qué jugaba?

—¡Oh vamos, qué aburrido eres! —continuó Marco—, vamos que la solución más drástica y que te quite de problemas es la mejor a seguir. Y eso hicimos con Julio. Aprovechamos el día de los Colonos, en el que pocas personas vinieron al laboratorio. Julio decía que no aguantaba las aglomeraciones ni los uniformes así que vino a trabajar mientras duraban los desfiles, y que luego sí iría a la fiesta. Un animal social como él, no podía faltar. El caso es que para ese momento habíamos conseguido controlar la energía del elemento. Colocamos una rejilla a su alrededor repleta de atenuadores cuánticos que absorbían parte de ella y facilitaban su canalización. Luego un multiplicador de frecuencia pasaba parte al espectro visible y hacía brotar un haz verde junto con la energía del material, a modo de señal para localizar la emisión y alertar de su presencia. Al conjunto de rejilla y canalizadores lo denominamos «Dosificador». Desde ese momento dejamos de trabajar con trajes protectores anti radiación.

Una sonrisa se dibujó en el rostro de Marco al llegar a esta parte:

—Lo que no sabía el bueno, *demasiado bueno que fue tonto* de Julio era que habíamos cortado parte de la rejilla de forma que la energía no podía ser ni contenida ni atenuada. Aun así, la luz verde seguía brotando confiándole una falsa sensación de seguridad. Por desgracia, y esto aún me carcome —Marco pareció molesto y apretó los dedos de la mano solapándolos, en un gesto nervioso y repetitivo—, el plan no fue perfecto. En el momento que el dosificador empezó a calentarse, Julio comprendió que algo no marchaba bien y salió de la habitación. Pero era demasiado tarde. Murió a los pocos días. *Fiu*, menos mal —fingió secarme el sudor de la frente, aliviado—.

Antonio frunció el ceño desde su silla. No le sorprendían el teatro de Marco ni la crueldad contra Julio, pero sí el grado de esfuerzo empleado para desplegar tamaño plan:

—¿Por qué tanto lío en vez de secuestrarle como a mí y suplantarlo por un clon o deshacerse de él?

Marco claramente aguardaba la pregunta. Se diría que había ensayado esta conversación en múltiples ocasiones, y que estaba relamiéndose con ella.

—Era una posibilidad que sopesamos, pero el parámetro determinante que marcó la decisión no fue técnico, sino que fue el factor humano. He de reconocer que Julio, a pesar de ser un idealista y un mamarracho, era un fantástico científico y tenía una personalidad arrolladora, fuerte y extrovertida. Incluso algo extravagante. Como te decía antes, a los clones les falta algo para ser réplicas exactas. Yo lo llamo alma, pero llámalo como quieras. Es el núcleo de tu ser formado por las experiencias a lo largo de tu vida. La ciencia, de momento, no ha sido capaz de dotar a los clones de la capacidad de sintetizar este alma de los recuerdos. Y en un caso como el de Julio, nos exponíamos a que alguien descubriera el cambiazo.

Marco hizo una pequeña pausa, dudó si continuar o no con la siguiente información, pero lo hizo:

—Además, hemos tenido casos de clones que sufren una especie de cortocircuito o bloqueo cerebral en algún momento tras la resurrección. Cualquier interacción o ejercicio puede detonarlos. Depende de la distribución de la información en el cerebro y de cómo de bien haya sido absorbida y anclada mediante conexiones neuronales por el clon. La cantidad de información que es aplicada al tejido cerebral a través de los recuerdos grabados es amplísima, y pueden ocurrir desconexiones neuronales al no haber asimilado y asegurado la información durante tiempo y crecimiento natural, sino en un ejercicio de implantación… un momento.

Haciendo una pertinente pausa, se remangó la manga de la bata y editó algo con sus dedos en el brazalete cuántico. Pulsó la pantalla y al momento apareció levitando sobre el brazalete un vaso de agua.

—Es fantástico lo que se puede hacer con recursos ilimitados. No sólo teleportamos personas u objetos, sino que podemos hacer un escaneo por radar de la habitación y configurar el campo láser del brazalete para mantener el vaso sin derramar el agua.

Tras un suave giro del brazalete, como manteniendo el suspense y permitiéndole a Antonio seguir el movimiento con la mirada, retiró el brazo: el vaso se mantuvo en la misma posición. Antonio se quedó en silencio, impresionado aunque sin decirlo. Marco gruñó y tomó el vaso.

—Con tu permiso —depositó las palabras en el aire dulce y armoniosamente, con gran deleite en su retórica y en su sarcasmo.

Tras darle un par de sorbos, se limpió la boca con la manga de la bata, volvió a configurar algo en su brazalete y soltó el vaso, que se precipitó violentamente sobre el dispositivo para desaparecer en un instante, reabsorbido. Marco prosiguió con su charla, como si nada:

—Lo que te decía, el factor humano. Siempre el eslabón más débil de la cadena y siempre el que al final causa problemas. Los últimos recuerdos almacenados de Julio que podíamos insertar en un clon databan de meses atrás. Julio era amigo de todos y enemigo de las normas, y había conseguido evitar almacenar sus recuerdos con excusas de exceso de trabajo, dolores de cabeza y demás. Seguramente alguno de los miembros del departamento de recuerdos, algún *operadorcillo* de poca monta, sentía algo por él, lo cual aprovechó a su favor. Por lo tanto...

Marco realizó un gestó de lavarse las manos y luego separarlas en un movimiento brusco, extendiendo los brazos.

—Como dije: la decisión más segura y conveniente es la más drástica, aquella que te da certeza de que no habrá problemas. Tener un clon trabajando en el laboratorio aunque fuera un solo día para aparentar era un riesgo, puesto que podía tener problemas con sus últimos avances o sufrir una saturación o bloqueo realizando experimentos. Y no sólo eso, sino que aprovechamos la situación para insertar una mejora en el proceso de certificación de calidad de los dosificadores que fue muy bien recibida por el resto de trabajadores. Les dio confianza para seguir trabajando. Fíjate que incluso el mismo Julio las alabó, bueno... su clon...

Marcó esbozó una amplia sonrisa, que venía a decir algo cómo «es lo que hay, así son las cosas en los negocios».

—¿Nadie preguntó a Julio ni surgieron dudas con el clon? —se apresuró a responder Antonio.

—Para nada. Nadie se dio cuenta de lo que pasaba realmente. Una vez estuvo Julio en el hospital utilizamos la excusa de realizarle pruebas para tenerlo aislado. Él quería ver a tu querida Clara y así pasarle sus últimos recuerdos, además de denunciar que le habíamos atacado. Julio no era estúpido, pero no sabía callarse. En cualquier caso, de poco le hubiera servido. Cómo a ti —Marco se rió y pausó durante unos instantes—. Acabamos por drogarle para poder guardar un mínimo de su conciencia reciente y que su clon tuviera al menos nociones si alguien preguntaba, antes de poder desviar la conversación. Admito que fue un pequeño riesgo exponerlo a los demás tanto en el hospital como en su despedida, pero de nuevo tuvimos en cuenta el factor humano: nadie quiso profundizar en su trabajo en un momento *taaan* delicado —dramatizó—. Como habíamos previsto, todos pasaron de puntillas sobre el accidente, alabaron su contribución y se centraron en preguntarle por sus sueños y planes de vuelta a la Tierra.

Antonio bajó la cabeza, mordiéndose el labio pues los recuerdos del hospital comenzaron a sobrevenirle, repletos de furia y culpabilidad por haber tenido el velo en los ojos: ese que SI correctamente asumió tendrían todos en su cuasi-perfecta sociedad inquebrantable. Recordaba el momento, todo el mundo sonriendo intentando hacer la velada lo más agradable posible aunque muchos se preguntaban qué había pasado en realidad. Nadie se conocía lo suficientemente bien como para tener ese tipo de conversación. La mayoría de las relaciones en la colonia eran superficiales, de trabajo, frías y faltas de intimidad. De todas formas, de haber descubierto lo que ocurría todos hubieran estado en peligro. Igual era mejor así. ¿De verdad? Antonio no podía creer que esa fuera la respuesta, pero se sentía indefenso ante el poder de SI.

Marco sonrió, viendo que Antonio reaccionaba como él esperaba. Todo marchaba como había orquestado, y ya preparaba su gran finale. Para sacarlo de sus pensamientos juntó las manos dando una palmada.

—Por lo tanto, y gracias por haber vuelto a la sala, minimizamos su interacción con los demás y voilá, otro problema resuelto. En fin…

Tamborileó sus dedos sobre el revelador que yacía en sus rodillas mientras miraba a Antonio, preparándose para su momento. Inspiró fuertemente, cesó súbitamente el movimiento y se inclinó hacia él, hasta estar a muy pocos centímetros de distancia.

—Dicho esto, querido payaso, va siendo hora de que nos ocupemos de tu problema. Saluda a Julio de mi parte.

Volviendo a apoyar su espalda en la silla, corrió con su dedo índice el deslizador de activación y el símbolo del cierre se tornó rojo.

—Adiós, buen y tonto hombre.

Marco pulsó el símbolo y un único haz verde salió del revelador. Directamente hacia Antonio.

Documento extra: log de experimentos de Marco Bagetti

Titán, a 9 de septiembre de 2052

Resumen: aprieta, que no se ahogan

El trabajo de campo ha avanzado hoy. La presión insuflada a los miembros del equipo les hace ser más eficientes, cometiendo así menos errores y accidentes. Está claro: imponer respeto y miedo mejora su disciplina de trabajo y comportamiento. El adiestramiento es duro, para mí, pero parece que por fin va calando en las duras cabezotas de mis queridos compañeros...

Los casos de Linhsay o de Markovitz no se pueden repetir joder. O lo de Julio. Tengo que conseguir mantenerlos bajo control para exprimirles y poder entregar resultados lo antes posible. El *board* está encima de mí, y por mucho rostro gélido que pueda poner delante suya, la procesión va por dentro. Sé que no dudarán en prescindir de mí si no tenemos resultados pronto, y que no me van a dejar vivir para contarlo. Joder... por muchas noches que me pegue en el Futurysta no puedo quitarme las palabras de ese cabrón de Smith de la cabeza. Ni siquiera se molestó en quitarse sus putas gafas de sol...

«Marquitos, tienes demasiado potencial en tus manos como para estar tardando tanto en conquistar ese paralelo, y en darnos usufructos, queremos hacerlo público y que todos los colonos puedan disfrutar de la magnificencia de SI... pero —bajándose las gafas y mostrando sus ojos grises y pálidos, como debían ser los de un espectro, o los de un mítico *Nazgul*—, tú se lo estás impidiendo. Y no podemos permitir que te interpongas en el beneficio de toda la humanidad, Marquitos. Acelerando, que es gerundio»

Pfff si tan sólo fuera tan fácil. La escalada en tensión se nota, y los empleados lo saben, lo sienten. Si al menos alguna como Clara me dejara relajarla... aún me duele donde le torció la cara esa mala pécora... pero que no se fie. La presión aumenta y si esta olla va a explotar, me los voy a llevar a todos conmigo. Y a ella, la primera. Eso sí, mientras tanto estaremos a gusto en casa...

Siete: la revelación (II)

Marco se partía de risa. Los tres rayos azules del revelador seguían apuntando a Antonio a la cara mientras éste cerraba los ojos y se revolvía en su silla, afanándose en apartarlos de su rostro.

—Jajaja ¡Deberías haber visto tu cara! Estabas tragando saliva y sudando como si te fuera a destruir con mi láser de la muerte jaja.

Antonio se dio cuenta de que el láser era inocuo. Debería ser el mismo tipo que el del aparato que encontró escondido en casa. Aquel que Clara le había dejado como puerta al camino hacia la verdad, puerta que Marco le había cerrado de golpe, castigándole además con esta bazofia de espectáculo insufrible por su osadía al desafiar al sistema, y a SI, sí; pero sobretodo a él.

Resignado a aguantar el show, se enderezó en la silla y mantuvo la compostura como buenamente pudo.

—Déjate de juegos, Marco, haz el favor —musitó cabizbajo. Alzó los ojos para intentar encontrar mostrar algo de orgullo y de encontrar algo de humanidad en aquel personaje—. Ten un poco de respeto por mi, o por Clara. Al menos, por su trabajo.

Intento fútil.

—Ahh pero es tan divertido... ¿y qué es la vida si no diversión? Son los altibajos, los juegos, el cambio lo que nos hace sentir vivos, no la monotonía... Pero no, aunque hubiera querido atacarte con el rayo no te hubiera pulverizado instantáneamente. Estamos trabajando en amplificar la potencia del material para construir un arma parecida a la que temías te hiciera desaparecer, querido acojonado, pero no la tenemos todavía. Lástima.

No le quedaba otra que intentar desconectar, no reaccionar salvo que fuera en su propio interés. Alienarse como hacían el resto de colonos en la sociedad perfecta, como aquella pareja del heptágono sagrado. Pero si aquella tarde le resultó difícil contener su ira, en estos momentos le era imposible. Pero debía intentarlo. Por su propia supervivencia, por las respuestas. Por ella.

Marco apagó el revelador mientras seguía maravillado por su propia elocuencia.

—Lo cierto es que no me estás escuchando. Hay que guardar las apariencias. No puedo hacerte desaparecer así como así. Ese no es el plan trazado para ti.

A esto sí podía reaccionar, razonó.

—Me importa poco como planees deshacerte de mí, lo que quiero saber es qué pasó con Clara —replicó con tranquilidad.

El manager se pausó por unos instantes y observó detenidamente a su prisionero. Luego afirmó con la cabeza, sorprendido.

—Vaya, sí que eres testarudo. Me pregunto si es inocencia, estupidez o amor. No conozco ninguna de las tres cosas así que no puedo juzgar, pero sí que estoy sorprendido. Enhorabuena. En todo caso, quiero hacerte sufrir. Así que voy a contarte lo que va a pasar contigo primero. Luego veré si te cuento lo de Clara.

Antonio, ya resignado, se relajó en la silla.

—Muy bien, adelante. Cuéntame, ¿cómo vas a matarme? No hace falta que escatimes en detalles, tengo todo el tiempo del mundo.

—Gracias por la cortesía. Es mejor así, entre caballeros. Todo más limpio. Pues verás, el problema que tenemos es que desde que se universalizó el seguimiento de la religión de la pantomima de La Virtud el crimen es prácticamente inexistente, no digamos en la colonia donde estamos bien controlados y los habitantes son de algún modo élite de la sociedad. No puedes esperar que el mismo grupo de personas altamente cualificadas en las que la humanidad ha depositado sus esperanzas de realizar viajes intergalácticos, construir más colonias o crear un sol artificial que pueda mantener la vida en planetas inhabitables terraficados sin necesidad de campos electrogaseosos, te vaya a asaltar en un callejón con un láser térmico (o *término*, como acuñaban a los modificados sin limitador) para robarte lo que lleves encima. Por eso, el crimen en Titán no existe... que la población sepa, claro. Otra cosa es aquello encubierto en las altas esferas, pero eso siempre ha existido. Y no te hablo tanto de la guerra, la droga, la Crisis de Valores hasta el El Gran Cambio de 2024, no. Te hablo de asesinatos en juegos de poder o de pasión, que el dinero o la posición ayudan a encubrir. Son tradición humana. Y en SI no queremos faltar a la tradición.

Marco sonrió:

— Los accidentes pasan a menudo, por mucho que tratemos de evitarlos.

Hizo una pausa, respiró profundamente y se inclinó hacia delante en la silla juntando sus manos.

—Vamos a simular que vuelves a la Tierra de manera voluntaria porque estás demasiado derrumbado después de la desaparición de Clara. Lo cual, es cierto y te has ocupado de que lo sepa ya toda la Colonia. Una vez en el teletransportador, sufrirás un accidente que hará que aparezcas en la Tierra como una masa de carne achicharrada y asquerosa. Una pesadilla para los niños. Pero le daremos una vuelta de tuerca, a nuestro favor, claro —sonrió—. Por primera vez Solar Innovations reconocerá un error en una teleportación ¿No te sientes halagado? Por supuesto, en la misma rueda de prensa notificaremos al mundo de que debido al peso de la culpa en nuestra conciencia hemos acelerado el proceso para ultimar un nuevo modelo de teleportador, trabajando sin destajo desde tu triste y lamentable pérdida

Marco se tapó la cara con su mano mientras negaba con la cabeza, simulando tristeza por la supuesta pérdida. Inmediatamente bajó la mano para mirarle sonriendo

—Claro que el nuevo modelo será 100% seguro, todo el mundo querrá probarlo y quedaremos como una institución que se preocupa por la sociedad. De hecho, para asegurarnos la primera tanda de viajeros, donaremos la recaudación del primer mes de uso de los equipos a causas humanitarias en los países que aún son pobres en la Tierra. De un plumazo nos quitaremos a los muermos de la NAC de encima, y quedaremos como santos. Gracias por tu colaboración —finiquitó la explicación con una reverencia.

Antonio respondió desganado, como quien discrepa de la resolución de una película que encuentra incoherente. Veía la escena en tercera persona. Ya había tomado distancia y hecho las paces con su destino, viniera envuelto en la forma en la que viniere.

—Nadie se creerá que volví a la Tierra sin aclarar lo de Clara, la gente me conoce, imbécil —replicó negando con la cabeza.

—Bah no te creas. La gente pasa páginas, no son tan cansinos y aburridos como tú y tu cabezota —le golpeó con los nudillos en la frente, pese a que Antonio intenta apartarla—. Nueva pantalla holográfica, nuevo comunicador, nuevo teleportador, nuevos amigos, nueva amante, nuevo de todo… y si te refieres a Miguel tendría más problemas consiguiendo que me creyera y acatara las órdenes de sus superiores con un mono, que con tu amigo de look setentero. Además…

Marco se remangó la bata de nuevo. Tras deslizar y teclear varias veces en su brazalete una pantalla holográfica acabó por surgir del mismo. En ella podía verse un mostrador dentro de una sala de oficinas tras el que un empleado atendía a un cliente que rellenaba un formulario con un bolígrafo holográfico sobre la pantalla embebida del mostrador, la cual se proyectaba delante del funcionario que le atendía. Marco actuó en su comunicador para ampliar la imagen. Cuando la focalización digital reconstruyó la ampliación de la pantalla, su contenido pudo apreciarse nítida y claramente por mucho que le pareciera falso. Se trataba de una solicitud de vuelta a la Tierra, y el nombre del solicitante.... Marco actuó justo a tiempo siguiendo el tempo marcado por el rostro de Antonio y cambió de cámara, enfocando al otro lado del mostrador al ofuscado signatario rellenando su petición.

—¿Te resulta familiar?

Antonio se estaba mirando a sí mismo solicitando la expatriación a la Tierra. El físico del clon era idéntico, sí, pero su apariencia era mucho más oscura y deprimida, como si una sombra se hubiera posado sobre él recubriendo su ser con un manto de penumbra. Mirando en detalle su cara parecía chupada y marcada por grandes ojeras, como manchas de tinta negra bajo sus ojos. No había esperanza en él, no había la lucha que le había llevado a buscar respuestas primero hasta finalmente encontrarse atado a una silla en alguna parte de la colonia. La programación cerebral del clon debía haber sido sólo con recuerdos negativos, recuerdos de dolor, de la desaparición de Clara de su vida y de su soledad posterior... desaparición.

La palabra resonó en su cabeza e hizo saltar una chispa en su mirada. No le había dado relevancia hasta ahora. Tan sólo era una palabra pero podía ser el hilo del que tirar para deshilvanar todo un ovillo de respuestas. Apartó la vista de la pantalla y la fijó en Marco, a ver cómo reaccionaba.

—Has dicho desaparición. Por primera vez. La desaparición de Clara —Antonio apretó los dientes reflejo de su ansiedad—. Por primera vez alguien de SI no se refiere a su muerte o accidente, sino a su desaparición. Te has descuidado, y tu subconsciente te ha traicionado... el efecto humano, ¿no capullo? ¿Quiere decir eso que no sabéis si está viva o muerta? ¿Qué pasó con ella?

Marco dejó de sonreír. Se había confiado y no se esperaba un cambio en su guión preestablecido, y menos a estas alturas. Un pequeño glitch. Ésto le traicionó, y Antonio se dio cuenta de su lenguaje corporal. Ahí había algo. Se abalanzó sobre su silla acercándose todo lo que pudo a un Marco que abrió la boca para responder pero no supo qué decir, quedando en evidencia.

Esta vez sí estaba pensándose la respuesta, y no lo ocultaba demasiado bien. Marco pensó que podía enfurecer a su rival —claro que cualquier hombre era un rival para él, y cualquier mujer un objeto que conquistar—, mostrándole a su clon suplantando su identidad, paseándose por la colonia ofreciendo una imagen desesperanzada de él mismo. Pero Antonio había perdido ya toda esperanza, y aquel espectáculo le resbalaba. Resignado a morir, lo único que quería eran respuestas. Es más, si esa era la imagen que habían dado los clones de Agnia, Julio y Peter, ¿cómo no se había dado cuenta? No era más que una mancha lúgubre arrastrándose por los pasillos de la colonia. La cruda respuesta le sobrevino rápidamente a la cabeza con certitud: observando la decadencia de las anteriores víctimas de Marco, se había tragado la historia de cada uno de ellos dado que la imagen que el clon proyectaba era coherente con la mentira. El resto, lo completó su cerebro. Para los espectadores todo encajaba. *Vemos lo que queremos ver, o lo que sigue la corriente y el sentido de los últimos acontecimientos, sin pensar más allá de lo que ven los ojos.* No nos involucramos lo suficiente con quien no conocemos de verdad, quien no es un pilar de nuestra vida. La regla de los tres familiares implicados para empezar a molestarse, como los chalecos rosas y el cáncer. Y la triste realidad era que en la colonia, solo Clara importaba de verdad para Antonio.

Marco terminó por cerrar la boca y recuperó la compostura, sonriendo.

—Vaya…estás atento a los detalles. Me has pillado desprevenido. Como te dije, después de contarte lo que iba a pasar contigo decidiría si te contaba lo que le pasó a Clara. Pues bien, acabo de decidir que vas a morir sin saberlo. Por listillo.

Antonio se revolvió enfurecido en la silla. La sangre le hervía de nuevo y sus ojos se clavaron en los de Marco.

—Maldito cabrón, enano de mierda. ¡Si tuvieras cojones de desatarme te iba a pisotear la cara hasta que tuviera la forma de mi suela! Clara ya te dejó un recuerdo cuando intentaste sobrepasarte con ella, pero yo te dejaría uno que no se quitaría nunca. ¿Todo esto por envidia, no eres capaz de conseguir lo que quieres y destrozas a los demás? Podrás hacer lo que quieras conmigo pero moriré tras haber conocido la felicidad con una mujer como Clara, mientras tú seguirás arrastrando tu miseria sin que nadie aguante estar a tu lado.

—Oh… ¿tú crees? Pero si yo sé de alguien a quien le encanta…

Marco soltó una carcajada. Estaba disfrutando. Le había dado la vuelta a la tortilla y por fin había conseguido provocar la reacción, la furia incontrolada e irracional en Antonio que llevaba intentando desatar durante todo este tiempo. Todo el discurso, el hecho de despertarle en vez de mantenerle drogado hasta el transporte a la Tierra donde aparecería con un manojo de carne calcinada... todo había tenido un único fin. Este momento. Era el objetivo, el *gran finale*. Había tenido que pelear con Smith para que se lo acordara y con Antonio para conseguirlo, pero nadie había podido demostrar que su plan supusiera un riesgo de seguridad, jugar mentalmente con su prisionero durante todo este tiempo.

Marco se relamió los labios, saboreando su victoria. Todo su cuerpo se regodeaba de esta sensación de éxtasis que lo recorría; con esta retribución que llevaba esperando desde el día en que Clara le clavó su zapato en la cara cuando no había aceptado un no por respuesta, y había intentado forzarla. Aún recordaba el tacto de su cuerpo, de sus nalgas cuando puso sus manos sobre ellas. Fue un instante, pero lo saboreaba cada día en su mente... y en sus manos. Marco pulsó un botón y el vídeo en la pantalla volvió a cambiar. Esta vez mostraba el interior de una casa amplia, con un salón enorme y una cristalera al fondo tras la que se encontraba una terraza inmensa con un jacuzzi, una mesa que parecía de mármol y varios teleportadores de bebida y comida. Al fondo, tras la baranda, la imponente imagen de Saturno se distinguía con claridad. Antonio pensó que debía ser el apartamento de Marco.

—¿Para qué cojones me enseñas tu casa? ¡Qué pasó con Clara! —le gritó Antonio.

—Sigue mirando, lelo lacayo...

Antonio respiraba fuertemente mirando a Marco a la cara, pero aceptó y volvió a fijarse en la pantalla. El salón estaba inerte... hasta que de repente hubo movimiento. Una figura emergió del marco de la puerta que daba presumiblemente el dormitorio, que estaba a oscuras. Esa figura... Antonio no podía creérselo. La conocía perfectamente bien. Cada curva, cada lunar, cada marca; el sabor de cada parte de su cuerpo; la dulzura de su tacto, el calor y ternura de su roce. Era Clara. En ropa interior, ligas y tacones, pero era Clara.

—Maldito cabrón —espetó entre dientes apretados.

Marco no podía parar de reírse. Lo había conseguido. El clímax que tanto deseaba. Éxito, una vez más. Una persona a la que odiaba había desaparecido, la otra estaba a punto de hacerlo y había acometido su venganza. Una tortura mental como despedida victoriosa. *Au revoir*. Había ganado. Sólo faltaba un detalle, y podría marcharse y continuar con su trabajo.

—Bueno no es para tanto. Echaba de menos el tacto de su piel y de sus labios, cogerle el culo y esas cosas. La tengo bien programada para que me satisfaga siempre y cuando quiera sabes... ¿lo echarás de menos no? Todas esas sensaciones que ella te podía proporcionar y que bueno, te hemos quitado. Desde luego que Clara es una mujer fantástica y no puede separarse de mí. Por si tenías alguna duda, sí, es un clon y no, no te voy a decir lo que pasó con la original. Disfruta de tu muerte, el plan lo merece. Deberías estar orgulloso de formar parte de él. De nada. *Ciao*.

Marco se levantó y le pasó la mano por la cabeza en un gesto condescendiente. Antonio trató de rehusar apartando la cabeza para risa y deleite de su captor, quien se dio la vuelta y pulsó su brazalete para que el material bajo el contorno que delimitaba la puerta volviera a desaparecer, dejando libre un hueco que volvió a llenarse un instante después tras su salida, toda vez que se alejaba ya tras la cristalera por el pasillo exterior, no sin antes, claro, despedirse de su pelele lanzándole un beso para terminar de degustar ese glorioso momento, y sentirse el hombre más realizado de todo el paralelo.

Documento extra: transcripción del audiolog de experimentos de Julio Arza Rubio

Doce de Marzo 2052, 6:30AM

Bueno ya estamos de vuelta a mi nueva casa: el laboratorio, mi querido audiolog. No podía dormir. Daba vueltas en la cama como una croqueta enharinándose y esperando a ser frita. Vaya, creo que se nota que tengo hambre acumulada tras tantas horas trabajando. Va a caer un buen bocadillo de croqueta a mediodía, estilo holandés. Parece que llevase une eternidad en Titán y tan sólo hace 6 meses que dejé mi puesto en la Agencia Espacial Unitaria en Noordwijk para venir aquí. Por otro lado, con este ritmo de trabajo las semanas parecen siglos.... En fin, al caso. No podía dejar de pensar en repetir el experimento de anoche, pero en esta ocasión incrementando la intensidad de actuación del campo magnético sobre el Linium. La ansiedad me podía y recorría mi cuerpo impidiéndome relajarme lo suficiente para dormir. No paraba de mirar el reloj y temer que debido al exceso de trabajo de las últimas semanas una vez me durmiera no me despertara la alarma, o bien que perdiera el flujo de pensamiento que llevaba formando desde que salí del laboratorio, de noche cerrada y entrado ya el día de hoy a eso de las 00:30. Era una sensación parecida a la de la vigilia de un vuelo que da paso a una mudanza, pero peor. En ese caso no tienes la sensación de poder olvidar el siguiente en el trabajo, y encima se repite día, tras día, tras... estoy agotado.

Al final decidí levantarme, pegarme una ducha caliente para relajar los músculos y tras un desayuno recuperador y fuerte para que el estómago vacío no interfiriera en la calidad de mi trabajo, volví a dirigirme hacia el laboratorio. Menos mal que te tengo a ti audiolog, si no tras tantas horas de trabajo en solitario me volvería loco. Necesito depositar mis pensamientos en algún lado para poder liberar mi mente y concentrarme en el trabajo. Tengo demasiadas cosas siempre en la cabeza. Joder, para eso soy humano. Además claro habrá que guardar mis trabajos para compartirlos con la comunidad científica... algún día. Sé que no es política de SI, no os preocupéis censores automáticos...

Nota: las cámaras de seguridad confirman que en este momento, Julio se llevó la mano a sus genitales.

Bueno, a lo que vamos. Documentación auditiva del experimento XIR12, a fecha del doce de Marzo de 2052 Hora 6:43AM. El material está en el mismo estado que lo dejé hace unas horas, colocado en el soporte entre los polos del campo de emisión magnética. La posición es la optimizada para obtener máxima absorción de energía por el ODE [Objeto De Estudio], a una altura media, colocado sobre una bandeja de cristal de Petri que se apoya sobre la barra de acero de altura variable que permite depositar el objeto de estudio en el emisor. Procedo a aumentar la intensidad de la exposición a 450 Ohmios. El dosificador tiene que calentarse así que voy a echarme un café de mientras. Pausa en la documentación auditiva.

[Sonido de pasos y varias puertecitas de muebles abriéndose, tazas chocando entre ti y una depositándose sobre la mesa. Un paquete de café se abre y Julio inspira su aroma]

Ahhh...

[el agua del grifo cae a chorros y llena el depósito de la cafetera, el café se prepara con un murmullo cálido y su gorgoteo continúa hasta parar en seco]

Buena compra esta reliquia cafetera para el laboratorio. Tanto transportador y tantos artilugios instantáneos. Algunas cosas precisan su tiempo para llegar a la perfección, como el café. Además, es un acto social, una pausa para aliviar el cerebro y rendir mejor en el trabajo. Del mismo modo que las ondas de la televisión está comprobado liberan los pensamientos, generan ondas alfa y son ideales para desconectar en una pausa, tomar un café y conversar no sólo hace eso sino que sana el espíritu individual y del grupo. Nos estamos robotizando [sorbe] Mmm, este café... sabe mal. Como demasiado amargo. Igual soy yo, me parece que no me ha caído bien la comida y me duelen los huesos... igual estoy incubando algo con tanto trabajo, poco descanso y mala dieta. Esperemos que sea sólo un resfriado...

Aunque me gustaría compartirlo y poder trabajar con más gente, no quiero dejar este proyecto por nada del mundo, menos ahora que estoy tan cerca de empezar a entender qué tenemos entre manos. Las aplicaciones que pueda tener esta sustancia... Dios, ¡quién sabe qué más podría traernos! Es el mayor descubrimiento del siglo XXI y uno de los mayores de la humanidad. Si lo comento en la ENAC se volverán medio locos y montarán una revolución seguro contra SI... no estoy de acuerdo con todo lo que dicen esos humanistas, menos con las partes de monopolio y explotación de mi propia empresa... manda huevos, mi propio puesto de trabajo. Si no fuera tan jodidamente interesante iba a estar aquí Rita la cantaora, aguantando las confidencialidades y políticas de empresa para llenarse los bolsillos mientras nosotros damos el callo y no vemos ni la décima parte. Bah, dinero, pudriendo el alma de las personas. Al menos La Virtud está arreglando algo de eso, y mira que me daba tirria hablar de religiones pero reconozco los beneficios de ésta a la sociedad. Al fin una que nos une y no nos separa.

He de admitir que SI no escatima en gastos para la investigación, pero mierda,este descubrimiento es hijo de la sociedad, del trabajo de sus miembros y tenemos que compartirlo. Los intereses financieros de la interplanetaria no pueden prevalecer sobre los derechos humanos. El bien del grupo es el bien del individuo... deberían verlo. ¡Es La Virtud! No se trata de una serie de acciones en la bolsa, o de una inversión para comprarse una casa. Esto es algo gordo, tenemos que estar todos alerta. Estamos jugando a ser dioses y entrando en un mundo desconocido, ¿Qué nos espera al otro lado? ¿Qué pasa si alteramos las leyes de la física? ¿Qué repercusiones puede tener nuestro estudio? No podemos ser los únicos estudiando este fenómeno. Científicos, ingenieros, investigadores medioambientales, biológicos... todos deberían aportar como se hizo en los experimentos de las Estaciones Espaciales Internacionales o evitando la destrucción de la tierra por el cambio climático. De no haber sido por el conjunto de la comunidad científica, divulgadores aficionados en redes sociales e incluso políticos igual no se hubieran tomado medidas y nos hubiéramos ido todos al carajo con el derretimiento de los polos, un invierno continuo o la total destrucción de la capa de Ozono. Mierda... ¡Estamos hablando de una dimensión diferente! Definitivamente, lo tengo que publicar [tose] no sé qué me pasa hoy, no me habrá caído bien el desayuno porque me está revolviendo el estómago. Voy a parar unos minutos.

...

He vomitado el desayuno en el servicio. Los nervios. Casi sin dormir y con el mismo ritmo durante tantas semanas era de esperar. Al fin y al cabo el cuerpo humano es sumamente frágil, no somos robots. Tengo que cuidarme más si quiero llegar lejos en esta investigación. Un horario de 9 a 5, alemán. Mira lo bien que les fue frente a los mediterráneos hasta que formamos la Unión y recapacitamos. Bueno, continuemos con el experimento aumentando la potencia a 500 Ohmios... ¡sí, se nota un cambio instantáneo en la textura del sujeto de interés!

Luego voy a salir a la fiesta...tengo ganas pero no me encuentro bien.

Joder voy a vomitar otra vez... [tose, arcadas] dios no puedo mantenerme en pie... joder que dolor, mis tripas aaarggg... gotas... mi nariz... ¡sangre! Mierda parecen efectos de radiación, ¡pero sí la luz estaba verde!... tengo que salir de aquí [arcadas] joder he vomitado sangre...algo me... [se desmaya].

Artículo Relacionado: La religión de La Virtud

Artículo del columnista James Well en la revista *Interplanetary times*, Octubre 2048

Las virtudes de La Virtud

Hace ya seis años que un libro comenzó a escalar de forma exponencial en las listas de ventas de todo el mundo. Se creó una bola de nieve imparable que a día de hoy, y pese a haber llegado a la llanura y aguantado todo tipo de estaciones y ataques, se encuentra más sólida que nunca. *La Virtud* podría, si no fuera contrario a la virtud de la humildad, hacer alarde de hechos e historia suficientes como para aplastar cualquier reducto de duda tanto sobre su éxito, como sobre su poder de mejora para con una sociedad que se hallaba inmersa en *La Crisis de Valores*: un estado de decadencia ética, moral, social y cívica crítico, del que fue salvada una sociedad algodonada y alienada a la que le costaba valorar y darle sentido a la vida, así como aceptar la muerte.

Ayudada por la instantaneidad de la comunicación cuántica en cualquier formato teleportado (físico), o descargado (digital, holográfico), la guía de reflexión llamada *El Círculo* apareció como un fenómeno del que todo el mundo hablaba en cuestión de días, y que fue poco a poco aupado a convertirse eventualmente en el mayor bestseller de la historia. Sus autores, conocidos como *Consejo del Círculo* desviaban preguntas sobre quién había recaído la mayor parte del trabajo, o dicho de otro modo, a quien atribuir la autoría, fama y beneficios de un éxito instantáneo, que calaba hondo en lectores ávidos de una cura interior. La sociedad de entonces, no concebía un movimiento sin un líder, un éxito sin una recompensa que hiciera ascender al héroe en la escala social, separándole del resto y encuadrándole en una nueva categoría, quisiera él pertenecer a ella o no, cuya inherente recompensa cobraba forma de riqueza, fama o reputación y pérdida de intimidad.

Las elegantes y serenas maneras a la hora de responder a los sucesivos interrogatorios a los que fueron sometidos los autores de El Círculo, así como su forma de restarle importancia a todas estas cuestiones fueron interiorizadas por un público habituado a seguir a personajes con un apetito voraz por la fama y el éxito, pese a tener en muchos casos dudosas cualidades o mérito alguno para ser acreedores de ellos. De los mundanos miembros del consejo, quizá el que tuvo mayor impacto fue Joan Guerrero, sobre quien siguen intentando encontrar trapos sucios escondidos para manchar su figura, y fallando en el intento pues él ha —según dice—«*aceptado, procesado y aprendido de ellos»*, habiendo hecho las paces y siendo transparente sobre su pasado.

Uno de los comentarios de sentido común de Joan quedó grabado en mi mente por lo inusual de su lógica: «La publicación del libro responde tanto a un interés personal como global. Sólo aumentando esta unión, serenidad, felicidad y satisfacción que supone la Armonía Personal podemos aumentar la Global, y ésto no hará sino beneficiarnos a nosotros mismos. Parece obvio que mientras mejor sea nuestro entorno más fácil será nuestra vida. Entonces ¿por qué no intentar mejorarlo, aumentar la Armonía?». Luego prosiguió con su intervención: «Rechazamos el mal uso de la fama que sin duda adquiriremos y la corrupción a la que nos llevaría el vivir dependiendo del dinero que podamos ganar. No queremos alejarnos en mansiones fuera de nuestro círculo social, y deshumanizarnos; no queremos acudir a sitios donde los demás no puedan y entristecernos al pensarlo; esto sólo pudriría nuestras almas, creando defectos y desvirtuando nuestras cualidades humanas, lo que a la larga conllevaría irremediablemente un descenso de la armonía personal y global, y por tanto una vida miserable de la que habría que recuperarse, para un día volver a esa felicidad interior que atesoramos ahora y que nos ha permitido escribir este libro ¿Qué sentido tiene pues, díganme, vivir bajo esas pautas desperdiciando tiempo para luego gastar tiempo y esfuerzo en intentar volver a donde estamos ahora? Si cada uno mira en su interior, y examina los momentos que más feliz le han hecho a lo largo de su vida, sabrá cuál es el camino a seguir, y este libro le ayudará a conseguir volver a él y mantenerse en sus límites sin sentirse limitado ni frustrado, ni culpable ni obligado, sino satisfecho porque es su propia ruta, y en él se encuentra feliz porque tiene lo que de verdad le importa. Pregúntese, ¿Qué harían si no necesitaran dinero? ¿Si no sintieran miedo y dependencia? Ese es el primer paso para volver al camino».

La abrumadora sensación de vacío espiritual tras reflexionar y echar la vista atrás, como decía Joan entre la gratificación obtenida en esos momentos especiales, y en algunos otros que nuestra sociedad hubiera calificado como necesarios para ascender en la vida y que a posteriori me otorgaron gran parte de los beneficios de los que disfruto hoy día, me llevó a comprar y leer el libro. Las guerras ideológicas, historia y corrupción habían llenado a las religiones convencionales de estigmas, provocando el hastío de gran parte de la población, menos capaz de separar cuestiones, y por tanto más necesitada de ayuda, suponiendo este libro un soplo de aire fresco y de esperanza. Sus apenas 100 páginas fundaron lo que pasó a conocerse como la religión de La Virtud, sorprenden por su falta de mística, su contenido directo y cercano y por cómo somos completamente permeables a su mensaje que cala en todos nuestros rincones a medida profundizamos en su práctica. Y no lo digo yo, lo dicen los hechos y la historia. Veamos:

- Avance tecnológico sin precedentes: nos hemos convertido en una especie interplanetaria que se teleporta en el sistema solar. Ni más ni menos. *Wow.*
- Supervivencia de la raza humana: tan simple y claro como eso, al conseguir detener y comenzar a revertir del cambio climático acuciante que se aproximaba a los dos grados centígrados. La reforestación, unida a las misiones satelitales de regeneración de la atmósfera mediante vaporización y teleportación de compuestos, o *atmosferización* –de manera parecida a la *terraformación*—consiguieron comenzar a reducir en medio grado la temperatura media, tras treinta años de esfuerzos. La esperanza de que el planeta reaccione positivamente, teniendo en cuenta el éxodo de gran parte de la población a las colonias del Sistema Solar, así como la redistribución de la población, los recursos, y las medidas tomadas en concordancia con La Virtud es alta según la líder del movimiento Climático, la escandinava Greta Borealis. Claro que no todo fue esfuerzo solidario y altruista, también hubo grandes corporaciones y agencias nacionales que contribuyeron, para mejorar su imagen corporativa y que repercutiera positivamente en sus beneficios, de forma acorde a los preceptos de La Virtud. Pese a que algunas zonas quedaron inhabitables, este éxito ha permitido a las nuevas generaciones conocer un planeta similar al de sus abuelos.
- Criminalidad casi inexistente en las colonias planetarias, y disminución de un 80% de media en los diez mayores núcleos de población terrícola
- Cambios Políticos: nuevas uniones nacionales en vez de separatismos y guerras. No se registra un conflicto bélico desde el Fin de los Conflictos Derivados del Petróleo en Oriente Medio y la Guerra continental Africana de mediados de siglo, es decir, desde hace 33 meses a día de hoy;
- Cambios éticos: sociedad más cívica por propio interés egoísta – infracciones de tráfico, transporte público, agresiones casi inexistentes—, multinacionales dejando de explotar recursos a lo largo y ancho del planeta Tierra al disminuir sus beneficios por el rechazo global a estas políticas –comercio sostenible—;
- Cambios sociales: ecualización de la sociedad al evitarse la indiferencia, el distanciamiento y el elitismo, lo que permitió dejar obtener un desarrollo sostenible global. Pobreza no focalizada en regiones –ningún país terrícola o asentamiento planetario con la mayoría de su población bajo el umbral de la pobreza [...]

Nota: Los datos poco tienen en cuenta los asentamientos fuera del control de SI. Su objetividad puede ponerse en entredicho.

Una vez puestas las cartas encima de la mesa, pasemos a desgranar la historia. Para ello, lo primero es comprender que ésta es una religión atípica. De hecho, muchos estudiosos se refieren a ella en otros términos, para evitar englobarla con las antiguas creencias místicas que surgieron desde que el hombre es hombre, pero que ya estaban en desuso a comienzos del siglo XXI.

La Virtud es más un credo que una institución reglamentada. Una doctrina o filosofía o como quieran denominarla, que no se basa en sucesos fantásticos pasados o futuros, documentados pobre o interesadamente, y en actos de fe relacionados. Tampoco se basa en el cumplimiento de normas, en la culpa o la penitencia física o mental, en la represión o en la separación de los seres humanos en superiores o inferiores. No. Esta religión se basa en las experiencia vividas y sentidas por todos nosotros, en cómo reaccionamos interiormente a ellas, y que reconoceremos como importantes para nosotros si miramos en nuestro interior. La Virtud se basa en mejorarnos a nosotros mismos para mejorar nuestro entorno y que eso nos haga felices, sin renunciar a nuestro trabajo o nuestras ideas, pero aplicando el camino de las virtudes en la medida de lo posible por nuestro propio bien. Nada funesto, terrible u holocaustico va a pasar en caso de que no cumplamos, sólo que seremos unos miserables y francamente infelices... y puede que también unos apartados socialmente por aquellos que reconocen que estamos perjudicando a la sociedad e indirectamente a ellos mismos, y que piensen que no tienen porqué soportar eso.

Nota: Los habitantes de Titán marcan la indiferencia y el entrometimiento como los mayores problemas sociales, habiendo bajado la percepción de solidaridad con el auge de La Virtud, según estadísticas no oficiales.

Seguramente la clave está precisamente en esta aceptación del egoísmo como parte fundamental de nuestra felicidad y de la mejora social, este concepto de realizar acciones que nos resulten gratificantes, y el reconocer que son estas acciones las que potencian las siete virtudes y que ésto es intrínseco a nuestra naturaleza. Esta vuelta de tuerca al término egoísmo, para convertirlo en algo positivo, edificante e incluso aceptarlo como moralmente gratificante, al utilizarlo de forma adecuada acarreando un beneficio global.

Nota: las estadísticas también muestran un claro descenso de la natalidad, de las actividades sociales y de la felicidad sentida por los individuos, proporcional al auge de la conectividad y de Solar Innovations.

La rápida aceptación de estos valores como positivos tanto para el individuo como para el colectivo dio lugar a varios casos sorprendentes pero a la vez estimulantes porque reconocían la validez de los preceptos, y como efectivamente estaban incrementando la denominada *Armonía Global*. Uno de los ejemplos más sonados fue el de Jones&Fitzgerald, analistas de inversión interplanetaria. Uno de sus ejecutivos de más alto standing se apropió de parte del trabajo de sus empleados tras despedirlos, intentando con él lograr otro ascenso en la empresa. Su caso era un claro agravio a la armonía interna del grupo y una corrupción de la paciencia, el respeto, la generosidad y la humildad por nombrar unas pocas. El ejecutivo fue despedido y los empleados recontratados, cambiando la jerarquía de la empresa y permitiendo a este grupo coordinado realizar las labores de su antiguo responsable. Lo llamativo es que el caso se hiciera público por voluntad propia, expresando su convicción de que ayudaría tanto a la empresa como a la sociedad moderna. Las acciones de la empresa subieron un 30% al finalizar el año: el ambiente laboral atrajo innumerables solicitudes de empleo, justificando y estimulando el entusiasmo de los inversores. Fue un acto egoísta que repercutió positivamente en el grupo, a diferencia del acto egoísta que masacraba las virtudes y que repercutió negativamente en el grupo.

Nota: Jones&Fitzgerald pertenece al conglomerado de SI Su auge fue proporcional a la desaparición de numerosas Pymes y comercios familiares, así como la disminución de la creación de empleo fuera del conglomerado.

También debemos entender que el contexto social existente cuando se publicó *El Circulo* era el propicio para un cambio social. La población estaba necesitada de una revisión interna, de algún objetivo y casi de un clavo ardiendo al que agarrarse para no perder perspectiva en una vorágine de exposición, consumismo y belicismo global muy miserable, que la pudría en su interior. Los datos de la época muestran que un 20% de los seguidores de las antiguas religiones habían dejado de acudir a sus templos en cuestión de un año, y un total de 35% al finalizar el segundo tras la publicación del libro. Grandes tiburones de los negocios como el propietario de cadenas de televisión Robert Murpier reconocieron visiblemente emocionados que habían echado la vista atrás, y abrazado la nueva religión para disfrutar de los años que le quedaran de vida, dado que pese a todos sus éxitos no se había sentido tan realizado nunca como en ciertas etapas de vida cuando había actuado de acuerdo a lo escrito en el libro sin saberlo, por lo que ahora estaba decidido a potenciar las siete virtudes. El «mitomanismo» de gran parte de la sociedad hizo que muchos comenzaran a seguir los preceptos por simple devoción a los personajes públicos que publicaron su aceptación de las creencias de La Virtud y las hicieron suyas. Tanto mejor, en ese momento poco más se le podía pedir a un mundo decadente que se abocaba a la extinción destrozando el planeta, y lo que es peor, no era capaz de cambiar la dinámica pese a la certeza de que su desgracia era irremediable si seguía por ese camino.

Nota: las estadísticas e informes oficiales que usan los medios del conglomerado no tienen en cuenta los asentamientos fuera del control de SI. Según fuentes independientes, la miseria es latente en estas zonas por acción o inacción del resto. El mensaje de la revista 'Interplanetary Times' de Santiago Trump tampoco se distribuye allí, ni su audiencia parece querer saber de su existencia.

Esta ola de aceptaciones públicas de la creencia, de ventas, de beneficios empresariales y de obvia mejora en el día a día de las personas no tiene precedente en la historia de la humanidad. Si incontables son los favores y ayudas que se prestaron en la calle, el metro u otros servicios públicos vecinos o desconocidos como ayudar a subir las bolsas de la compra, o pagarle el autobús a alguien que había olvidado su cartera, contables son favores como la devolución de billeteras perdidas (95%) o el descenso de la criminalidad (80%) en las diez grandes capitales de la Tierra y en las colonias de La Luna, Marte, Titán y Europa donde el crimen es virtualmente inexistente. Las guerras pasaron a ser recuerdos del pasado. Si bien anteriormente existieron varios bloqueos comerciales por motivos políticos, pasados 3 años tras la publicación de El Círculo entraron en vigor varios bloqueos a naciones cuyas políticas interiores y exteriores conllevaban malestar y problemas al resto de la sociedad, por general que el término parezca. Esta repulsa obligó a decenas de países a modificar su discurso bélico, a guardar las armas para uso sólo en caso de agresión injustificada y reconocida por el congreso de las Colonias Unidas, y a la práctica extinción de conflictos bélicos armados a gran escala en La Tierra. Esta coherencia, racionalización, aceptación y potenciación de nuestros valores más básicos parecía imposible en el pasado, un ideal, pero se consiguió gracias a la presión global de la sociedad completamente absorbida y volcada con el movimiento de La Virtud. Actualmente existen conflictos y traficantes en diferentes regiones del planeta, pero las represalias previas y exterminación de insurgentes, como en el caso de Níger donde el ejército de las Colonias Unidas arrasó mediante proyectiles cuánticos teledirigidos a los 36.852 seguidores del autoproclamado dictador Mugabe, en una operación de menos de un minuto, han provocado un miedo y respeto que tiene como fruto la estabilidad y paz actual en La Tierra. Para las colonias interplanetarias, el crimen es un gran desconocido.

Nota: mencionar el crimen para con la mano de obra ilegal estaba censurado y penado con prisión por desinformación sobre operaciones especiales. Muchos trabajadores aceptaban las terribles condiciones de vida por el caos que reinaba en sus lugares de origen, o por lo que los medios del conglomerado elegían publicar.

En resumen, que visto lo visto y con los datos en la mano –siempre importante a la hora de exponer cualquier argumento o de debatir sin tirar de demagogia o insultar a la inteligencia de los oyentes, lo cual masacra unas cuantas virtudes —creo que pocas pegas se le puede poner, y es justo atribuirle su cupo de responsabilidad en el avance humanitario de nuestra especie. En el ámbito personal, tras estos dos años yo soy más feliz porque hago más feliz a los que me rodean, y esto acaba por beneficiarme a mí. Tan sencillo, tan directo y tan humano como eso. Esta, es la gran virtud de La Virtud. La cuestión es si conseguiremos resistir a nuestros defectos y continuar la mejora en el futuro y mantener esta sociedad.

Parece impensable que alguien quiera volver al antiguo rencor, miedo, odio y guerra de antaño... pero somos humanos y la historia nos ha puesto a prueba en múltiples ocasiones, hasta ahora siempre repitiéndose, por lo que no descuiden el cultivo de sus virtudes.

Nota: nada que añadir.

[...]

Organización

La religión de La Virtud no conoce sedes permanentes donde se predique la doctrina, como templos o iglesias. Se asume la responsabilidad de cada individuo para consigo mismo y para con la sociedad como para cultivar sus propias virtudes y así contribuir a la Armonía Global. Si existen lugares de culto, representativos, y de reflexión como pueden ser la fuente de La Virtud en Titán, el paseo del agua en los jardines de la ancestral Alhambra de la Unión Mediterránea, el refugio de sal en la Cracovia de la Europa Central, o las siete subidas a Fuji—san en Japón, cada una cultivando una virtud principal diferente con un recorrido diseñado para ello; también existen templos cerrados como las siete torres de Lastours, en la antigua parte Francesa de la Unión Mediterránea, o el gran templo Heptaédrico en el Parque Central de la Unión Americana del Norte.

En los lugares anteriores, es común encontrar a un divulgador que asesore a individuos o a grupos, en función de la necesidad del momento. Cuando la religión comenzó su andadura en la sociedad, se estimó que conferencias, videos, sesiones y demás formas de divulgación eran necesarias para conseguir la armonía global. Una vez la religión llegó a ser mayoritaria, esta necesidad fue disminuyendo y con ella las sesiones de información y fortalecimiento de las virtudes. Mediado ya el siglo XXI, quitando sesiones excepcionales de carácter más festivo y de celebración de la religión que formativo, no es común que un lugar planifique sesiones regulares.

[...]

Los divulgadores en sí mismos no deben pasar ningún tipo de formación. Son personas como cualquier otra que escogen este tipo de vida, y pueden ser de mayor o menor ayuda, de mayor o menor reconocimiento y reputación en función de sus propias virtudes. Con la red Internet, divulgadores muy cultivados −Oskar Mojoku, Riku Arcángel−eran rápidamente reconocidos y sus consejos y palabras extendidas como espuma de mar, allá hasta los confines de la civilización humana y del fuero interno del más alejado de sus miembros.

[...]

Extracto de El Círculo, libro de pilares fundacionales de la religión de La Virtud

Capítulo VII: Las siete virtudes

De cara a alcanzar la plena satisfacción y Armonía Personal, que contribuyan a la Armonía Global y a la Cohesión Social, siete son las virtudes principales que el ser humano debe cultivar. Mas no se debe uno descuidar, dado que cada día obstáculos y pruebas en su camino encontrará. Cada una de estas virtudes debe pulir y cuidar, o si no un paso atrás en la Armonía dará. Por eso, el camino siempre es circular. Volveremos a encontrarnos con las mismas tentaciones y debilidades un día tras otro dada nuestra condición humana, pero debemos tener la resolución, la fuerza de voluntad y la entereza de alma suficiente para superarlas. Una vez lo hagamos sentiremos el beneficio y el incremento de la Armonía con nosotros mismos y nuestro alrededor, lo que facilitará la labor la próxima vez que volvamos a pasar por el mismo punto del círculo, con el mismo problema que amenaza nuestro alma dada nuestra condición humana.

A su vez, en la medida de lo posible deberemos ayudar a aquellos que nos acompañen en nuestro paso por un obstáculo dentro del círculo. Puede que sea la primera vez que se encuentren con él, como en el caso de jóvenes, o puede que la debilidad esté ganando terreno dentro de sus corazones y estén a punto de dejarse vencer por ella. En ese caso, deberemos prestar nuestra ayuda mas no con arrogancia, violencia o imposición sino con amabilidad y bondad de corazón. Hemos de recordar que el camino es individual pese a la ayuda colectiva, dado que la naturaleza humana hace difícil el aprendizaje de aquello que no se ha experimentado personalmente. Por tanto, hemos de respetar el camino de cada uno, mas tender la mano en caso de poder ayudar, siempre, con humildad y respeto hacia aquel que comparte nuestro camino hacia la armonía social.

VII.I La Bondad

La primera y principal de las virtudes a cultivar se trata de la Bondad. Esta virtud nos facilitará el desarrollo de las demás. La bondad consiste en tener la calidez de corazón y la serenidad de alma suficiente para realizar nuestras acciones de la manera más positiva posible para la Armonía global, incluyendo la ayuda a los demás, quedando satisfechos por realizar la acción y sin esperar por ello a cambio una retribución. Debemos desterrar la sensación de reciprocidad, de cuentas personales o del debe y el *haber entre dos personas. Debemos llevar bondad a cada una de las acciones que tomemos en nuestro día a día, sean individuales o colectivas para así templar nuestro alma e incrementar la Armonía a nuestro alrededor.*

Ejemplos de labrado de la Bondad son la educación y la crianza de padres a hijos, los favores desinteresados al prójimo o el perdón [...]

La generosidad deriva de la bondad y del respeto. [...]

VII. II La Curiosidad

Debemos mantenernos curiosos, puesto que esta ansia de conocimiento y sabiduría nos permitirá retener la humildad en la consciencia de nuestro desconocimiento de múltiples materias dominadas por otras personas, así como de los secretos del Universo.

Ejemplos de labrado de la Curiosidad son el estudio (en todas sus variantes, desde indagar y conocer a otros humanos, la naturaleza o la cultura), la innovación o el viajar [...]

VII.III El Respeto

Desde lo más profundo de nuestra alma debemos respetar a lo que nos rodea, tanto nuestros semejantes como la naturaleza y sus derivados. Fallar en esto sólo conllevaría una falsa sensación de superioridad que enturbia el alma haciendo surgir defectos como la arrogancia, el odio y la violencia que no hacen sino incrementar nuestra ignorancia y estupidez a la vez que deteriorar la Armonía a nuestro alrededor.

El Respeto y la Bondad derivan en la Tolerancia, virtud de segundo grado. [...]

VII.IV La Disciplina

Varias virtudes importantes para la realización de las metas personales, como la Determinación, la Fuerza de Voluntad o la Perseverancia emanan de la Disciplina, que es su componente fundamental. Esta es una virtud difícil de cultivar y de asentar en uno mismo dado que su imposición no suele conllevar su asimilación: en la mayoría de las personas que deben experimentar, aprender y elegir sus valores de forma voluntaria. Sin embargo, una vez somos conscientes de su importancia e intentamos ponerla en práctica en nuestro día a día, facilita enormemente el progreso personal, lo que llena de satisfacción, de fuerza y voluntad para continuar progresando hacia nuestro objetivo, acelerando el proceso, lo que conlleva el incremento de la Armonía Global de forma directa dada la satisfacción personal, e indirectamente dado que el buen estado de ánimo y energía repercute positivamente en nuestra relación con los demás y potencia el crecimiento del resto de virtudes. [...]

VII.V La Paciencia

¡Madre de todas las ciencias! La Paciencia, opuesta a la precipitación, es la virtud de saber parar el tiempo para tomar las decisiones adecuadas de forma consciente, *con toda la información que se tiene en cada momento. Mejor vivir con remordimiento o aprendizaje que con arrepentimiento de lo que pudo haber sido. Siempre se puede volver a cambiar de rumbo, de forma consciente. Es el saber dar un paso atrás, tomar perspectiva y utilizar todas las entradas posibles a un sistema para calcular la salida de forma óptima, en un momento dado, sea el cálculo una decisión laboral, sentimental o personal.*

La Sabiduría deriva de la Paciencia y de la Disciplina, así como la Humildad lo hace de la Paciencia y del Respeto. [...]

VII. VI La Pasión

Porque no somos seres inertes, y actuar como tales nos deshumaniza, más allá del Respeto, la Bondad y la Paciencia, el ser humano debe tratar de ser apasionado, entendiéndose esta virtud como el poner el alma, la energía y la alegría en un objetivo. No es lo mismo felicitar a alguien por obligación, que hacerlo con pasión o alegría. Esa sonrisa extra, esa dulzura innecesaria pero salvadora a la vez puede tender puentes entre los humanos, poner parches a heridas, y ayudar más para conseguir una Armonía Global que algunas acciones bondadosas pero desapasionadas. [...]

VII. VII La Esperanza

La Esperanza es la virtud de no darse por vencido, la constancia. De creer en los principios que uno tiene y sacar fuerzas del interior para cultivarlos y sacar adelante los objetivos marcados. Es esa fuerza interior extra que ayuda a la disciplina a aprender y a beneficiarte de las tareas realizadas. Por ejemplo, uno podría sentarse a aprender un idioma a diario (disciplina), y estar frustrado si el proceso es lento, pero de hacerlo con pasión y esperanza el aprendizaje, la satisfacción posterior y la armonía generada están asegurados. [...]

Virtudes de segundo orden

Determinación: emana de la Disciplina y de la Paciencia...

[...]

Extracto del libro «Reflejando La Virtud» del pensador Javier de la Victoria

Prefacio: una reflexión sobre la religión, sus consecuencias para la sociedad y revisa su historia, enseñanzas más importantes y lugares emblemáticos

La Virtud. *Pureza*. Madre de Armonía. ¡Qué decir de tu vera [...] La estructura de la fuente es heptagonal en semejanza a las virtudes atribuidas al número 7. En todas las religiones supone un número mágico, o afortunado. En la antigua religión católica lo completo o perfecto se representa con el número siete a semejanza de los 7 días en los que Dios creó el mundo, y siete son los sagrados sacramentos que los feligreses han de seguir para encontrar la paz consigo mismos y con Dios, que les permitirá alcanzar la vida eterna. El Corán, libro sagrado de la antigua religión del Islam refleja la existencia de 7 cielos y de 7 versículos frecuentemente repetidos o aleyas en Al—Fatiha que son fundamentos de las creencias de esta religión. En la religión expandida del Budismo el número 7 representa los siete estados cósmicos de Buddah antes de alcanzar el Nirvana, que trascienden al tiempo y al espacio.

En la moderna religión de La Virtud, siete son las virtudes que la humanidad debe seguir para avanzar y encontrar la paz en sus almas: Bondad, Generosidad, Curiosidad, Respeto, Disciplina, Paciencia y Humildad. Otras virtudes secundarias se adquieren a través de las primarias, como la Sabiduría que se adquiere a través al menos de la Paciencia y la Curiosidad o la Disciplina, y puede requerir además del Respeto o la Humildad en función de las características del alma de cada feligrés.

[...]

Pasé a su lado y algo despertó dentro de mí: una cierta energía, una cierta fuerza, dotada de serenidad y de determinación. Sin duda, aquella fuente se había ganado su reputación de milagrosa. Poco importaba que fuera sugestión o no, lo importante es que ya sabía que saldría de allí reforzado para hacer frente a las dificultades que tuviera por delante.

[...]

Ocho: el encuentro

A ntonio se derrumbó en la silla, llorando de rabia, dolor y frustración. ¿Por qué había pasado todo esto? Recordaba cómo hace tan sólo unas semanas era feliz, sintiéndose estable, sereno, lleno de paz y de tranquilidad. Disfrutaba de los pequeños detalles de su afortunada rutina: el aroma del café por la mañana estando aún medio dormido, ese primer sorbo que inicializaba y preparaba su cuerpo para afrontar el día; el mirar expectante hacia el dormitorio y allí contemplar a Clara durmiendo, despierta o vistiéndose, daba igual, el caso era que estaba allí, que estaban allí los dos, juntos; que se complementaban y se querían, que disfrutaban de todo juntos. Redescubrirla a *ella*. Redescubrir esta satisfacción, este sentimiento y convencimiento a diario era el premio de cada día, el que le zurcía una sonrisa a prueba de los acontecimientos que le deparara la vida. Recordaba cómo miraba dentro de sus ojos y cómo un cálido serpenteo recorría su cuerpo de abajo a arriba, hasta que exhalaba, relajándose así sus hombros y su cuerpo, y pensaba que todo era como él quería que fuese, en lo satisfecho que estaba con su vida. Nada era perfecto, claro, pero para él su vida sí que lo era. Y en esto, no quería cambiar nada pero de repente cambió todo. ¿Por qué, por qué se lo arrebataron?

La desesperación se apoderó de él cuando interiorizó el mensaje de Marco: eran sus momentos finales antes de que perdiera la conciencia, y apareciera gritando en algún puerto teleportador terrestre como una masa de carne humeante y mal recompuesta. Y su imagen será guardada *ad eternum* como ejemplo de lo que no volverá a pasar, para el recuerdo de Marco. Igual hasta la enmarcaría y pondría en casa, para que «Clara» la viera...

La certeza de su muerte inminente se apoderó de él. Cerró los ojos y los recuerdos de las últimas semanas empezaron a pasearse por su cabeza: recuerda la angustia cuando ella desapareció y cómo ninguno de sus colegas respondía a sus llamadas, ni siquiera sus compañeros más cercanos sabían de su paradero; recuerda cuando SI le reunió en sus oficinas para informarle con excusas del fallecimiento aduciendo que no podían entrar en detalles por confidencialidad de empresa. La falta de respuestas, la frustración: la ira. Recuerda cómo le tuvieron que sacar a la fuerza de las oficinas después de que le tirara el dispositivo holográfico que mostraba la compensación económica del seguro de vida a la cara al encargado de darle la noticia. Recuerda que Marco estaba allí, y que le dio el pésame. Recuerda que no se inmutó y pareció hasta reírse con la escena montada.

Todos estos recuerdos sólo se deshilvanan de la maraña ahora, una vez la bilis ha dejado paso al raciocinio, por mínimo que éste sea. Había entrado en tal estado de frenesí que toda la reunión estaba borrosa en su cabeza y los detalles se perdían en el total resumido en el frío e ineludible hecho de que Clara no iba a volver, y de que se la querían cambiar por dinero.

Recuerda la soledad y la amargura que siguieron a esos días. Las alucinaciones, sentado en su dormitorio y viendo la salida o puesta de sol en Titán. Recordaba la indignación cuando la policía parecía no mover un dedo para apoyarle; todos los problemas que su amigo Miguel parecía encontrar al investigar el caso. La maldita confidencialidad. El trato hacia Clara como un número más, una víctima, un borrón olvidado al pasar página: pero una página en la que él estaba anclado y de la cual no quería pasar. No quería olvidar, sino limpiar el borrón y esclarecer qué aguardaba escrito debajo. Lo necesitaba. Si no, no podría seguir.

Había abandonado ya toda esperanza. Se había resignado a su suerte y a su dolor, derrumbado en la silla, cuando de repente escuchó un zumbido. Abrió los ojos que lastrados por el dolor y la somnolencia fruto del periodo de inconsciencia, tuvieron que acostumbrarse a la claridad de la sala. Al principio no estaba seguro de lo que veía. Una figura borrosa parecía moverse delante del fondo gris de su celda, que contaba con un agujero... parecía que la puerta se había abierto descargando a una persona en este lado. Una figura regordeta, de espaldas. Antonio se incorporó en la silla e intentó volver en sí mismo.

—¿Qué, has venido a terminar el trabajo? —dijo cabizbajo.

—Cállate, dame un momento... tengo que encontrar el estado cuántico del Linium para volver a cerrar la puerta... el escaneo de la estructura atómica del material está casi completo... ya, ya, listo, —respondió la inesperada visita en una voz apresurada.

Otro zumbido, y la puerta volvió a cerrarse rellenando el hueco vacío bajo el marco negro. La figura se dio la vuelta revelándosele familiar al prisionero, más su rostro que su nombre, conocido pero esquivo al recuerdo. Juraría haberla visto en alguna fiesta, haber intercambiado alguna conversación banal en torno a una cerveza, pero no atinaba a encuadrarle... sí, sin duda se trataba de un compañero de Clara, aquel con el discurso tan peculiar y preciso en sus descripciones, el que divagaba sobre los temas más inesperados en cualquier momento. El terror de Marco en la cena de Acción de Gracias (el evento globalizado de La Virtud, que había desplazado a la Navidad a un segundo plano), dispuesto a arruinarle su velada perfecta con su incontinencia verbal.

—A... ¿A qué has venido? —alcanzó a preguntar Antonio utilizando las pocas fuerzas que aún guardaba, que huían de él como el aire saliente de un muñeco casi desinflado.

—Ts, te he dicho que te calles. ¿No escuchas? Espera, joder. Te informaré cuando esté listo. Coño ya.

El visitante estaba visiblemente nervioso. No sólo le delataba la voz, sino también el sudor que caía por su frente y el temblor de sus manos mientras operaba su brazalete cuántico. Antonio hizo caso, se mantuvo callado obteniendo así una oportunidad para escudriñarle mejor.

En primera instancia, no sabía qué esperar, qué habría llevado al orondo caballero a esta mazmorra secreta e imposible de materiales desconocidos para el mundo exterior, un agujero negro en los adentros de la explotadora planetaria. Su cabello lucía largo, suelto y cayendo despreocupadamente hacia atrás, hasta la base del cuello; su rostro corriente, de rasgos latinos, oscuros, equilibrados y en su mayoría poco destacables salvo por su ancha y alta frente, ciertamente despejada hasta la planicie del cráneo aunque sin entradas que rompieran el uniforme muro con el que comenzaba su cuero cabelludo, negro como el carbón. Sus negras cejas eran frondosas, sus grandes ojos de un marrón claro otoñal, evocadores como si tuvieran algo que decir, historias que contar y sensaciones que transmitir. La cabeza presentaba una forma algo cuadrada de mentón más bien saliente, albergando una curiosa hendidura en su centro lo suficientemente amplia como para posar un pulgar en él, como emulando un lector de huellas dactilares. La nariz era tímidamente aguileña y las orejas de lóbulo saliente, algo despegadas pero sin llegar a ser de soplillo.

El conjunto no llamaba particularmente la atención, pasando inadvertido para las miradas furtivas y siendo olvidado tras cruzarlo por la calle o en una fiesta. En contraste, dos elementos trataban de sacarlo del anonimato y le daban un carácter ciertamente diferenciador. Unas gafas grandes de montura cuadrada con bordes redondeados, dorada y de patillas finas cubrían los ojos en su totalidad así como gran parte de los pómulos; además, los cristales estaban ligeramente tintados de marrón. Encima, la visita lucía una fina perilla de forma circular que su boca de labios finos parecía partir en dos semicírculos por una línea imaginaria horizontal en su medio. Era posible que la idea de la perilla fuera tapar el hoyuelo del mentón, que en todo caso era notable al no estar la barba menos poblada en esta zona que en el resto.

Antonio examinaba intrigado las elecciones faciales de su visitante en silencio, preguntándose su porqué, cuando de repente escuchó de nuevo un zumbido. Al instante, notó una sensación de ligereza y frescor en las muñecas. Al moverlas instintivamente se dio cuenta de que estaban libres: las esposas macizas de Linium habían desaparecido. Examinando atónito sus manos para comprobar que no tenía restos de material, aunque sí marcas rojas, heridas y algo de sangre fruto de la fricción que había ejercido sobre los grilletes en su intento de liberarse. Incrédulo, miró a su visita y fue a decir algo cuando ésta se le adelantó.

—Ya ya, de nada. Sigue calladito un momento si quieres que evapore los grilletes de los pies también, tengo que concentrarme dada la sensibilidad requerida para equilibrar el estado cuántico actual. Así que *chitón*. Por favor.

Antonio se quedó con la palabra en la boca pero obedeció y esperó. En unos segundos otro zumbido y ya estaba completamente libre. Ahora ya no se calló.

—Gracias, lo primero... Recuerdo que eres compañero de Clara... y que nos hemos conocido en alguna fiesta —hizo una pausa para temporizar sus frases y observar la de momento nula reacción de su interlocutor, que seguía enfrascado en aporrear su cachivache—. Recuerdo que eras un gran fan de las películas antiguas de zombies y de la ciencia ficción, ¿no? —prosiguió—Eso me hizo gracia. Y tu forma de hablar, que desde luego no pasa desapercibida —se aceleró, encadenando supuestos hechos sobre el oyente—. Y trabajabas... ¿en una investigación para aplicar los teleportadores a misiones planetarias, era? Y...

—¿Pero qué coño? —le interrumpió el hombre alzando las manos en un aspaviento—, ¿son las drogas o Marco te ha dejado tonto? ¿Qué más da? Sí sí joder, yo también me alegro de verte pero este no es el momento de encontrar nuestros puntos en común e intercambiar risas alborotadas con brindis al sol. Tenemos que salir de aquí antes de que nos vea alguien. Tú ya estabas muerto, pero yo no. Y no pasa nada porque no te acuerdes de mi nombre. Es Arturo aunque mejor llámame *Cruor*, me pone más. He insertado una grabación de datos antiguos en las cámaras de seguridad y en los registros sonoros y sensoriales de la sala. Pero la IA detectará el cambio. Tenemos veinte minutos para salir a menos que a cierto alguien le dé por darse una vuelta para verte la cara, por mucho que haya visto el vanidoso hijo de puta de Marco saboreando su victoria y a otra cosa por el pasillo. ¿Vale? Veinte, ni uno más o el algoritmo de reconocimiento encenderá las alarmas.

Antonio vaciló por un segundo pero decidió obedecer a quien había hecho desaparecer las esposas de manos y pies en un instante. Parecía además la opción más razonable, teniendo en cuenta que no tenía ni idea de dónde estaba y mucho menos de cómo salir de allí. Los comentarios sobre su perilla y las gafas los dejaría para momentos de mayor sosiego.

—Eh… de acuerdo, pues tú dirás Artu… digo Cruor.

—Muy bien Toño, no te importa que te llame así, ¿no? Era como Clara se refería a ti.

Aquello le pilló de improviso y le sobrecogió al momento. Antonio no había escuchado ese diminutivo en mucho tiempo. Le resultaba extraño que viniera de otros labios que los de Clara. No tenía muchos amigos en la colonia y su familia solía llamarle Antonio. Y ese era el objetivo de Cruor, darle ese subidón emocional que le ayudara a no cagarla en la huida y mandarlo todo a tomar por saco.

—No claro… como quieras —le contestó confuso.

—Bien, pues sígueme y cuando salgamos de aquí te daré las explicaciones y respuestas que estás buscando, y también algunas que seguro a la postre desearás nunca hubieras sabido.

Algo descolocado pero con fuerzas renovadas gracias a la esperanza renacida a manos de Arturo, o Cruor, o como quisiera hacerse llamar el benefactor que le había sacado de la peor miseria que recuerda, se predispuso a salir de aquella prisión irreal en la que las paredes, objetos y esposas aparecían y desaparecían instantáneamente. Igual todo era un sueño. Igual se despertaría con Clara. Pero no, su corazón sabía que no. El dolor, físico y mental, era demasiado real.

—Adelante, te sigo —le dijo a Cruor afirmando con la cabeza.

—Muy bien, déjame que controle el pasillo y vienes detrás mía. Deja unos metros de distancia entre nosotros. Si veo algo raro te hago una seña con la mano y te escondes cagando leches. ¿Queda claro?

—Estaré pendiente, por la cuenta que nos trae.

—Perfecto, claro y conciso. Así me gusta —le posó una mano en la espalda y le miró a los ojos intentando transmitirle esperanza—. Vamos Toño, salgamos de aquí.

Cruor salió primero por el pasillo, con gesto decidido hacia la izquierda sin parecer preocuparse del otro costado. *Sólo debe de haber una entrada y una salida.* Tras cerciorarse de que no había villanos en la costa, recibió el gesto para abandonar su cautiverio, salió por la puerta y miró alrededor. Era increíble la uniformidad de las paredes del complejo: mismo color, lisura, ningún desperfecto, bulto, mancha o desconchado.

El pasillo era un bloque de celdas de prisión, todas en el mismo lado, cuyo corredor comprendía un conjunto gris de unidades alineadas de manera aritméticamente impecable para optimizar el espacio disponible. Sin duda, el uso de Linium configurable como material permitía un diseño informático con un algoritmo que minimizara el residuo de espacio utilizable. Avanzó por la instalación dejando atrás salas, idénticas a en la que él había estado encerrado, y al fondo una pared maciza indistinguible del techo, el suelo o la pared frontal a las celdas. El conjunto parecía un bloque en el que se hubieran excavado pasillos y agujeros, como un preciso hormiguero moldeado con la exactitud de una impresora tridimensional.

—Quieto —le dijo Cruor con la mano en alto—. Mantén la distancia, ¿recuerdas?

Antonio se había quedado ensimismado mirando alrededor, acercándose demasiado. Le asintió con la cabeza y Cruor reanudó la marcha estirando como un acordeón la distancia que les separaba, mientras él esperaba hasta verle llegar a la esquina, única salida del corredor. Esta vez, su compañero miró a ambos lados antes de gesticular para requerir que le acompañase, girando a la izquierda.

Al torcer la esquina, se encontró con un largo pasillo terminado en sendos muros a ambos lados pero plagada de corredores paralelos y secundarios que confluían en el pasillo principal como afluentes a un río. La mayoría de las celdas albergaban la misma columna negra misteriosa que había visto en la suya. Otras parecían más bien almacenes de equipos, y otras estaban provistas de un equipo de análisis de laboratorio completo, con osciloscopios, analizadores de redes y estado cuántico, escáneres de volumen para sintetizar y replicar la sala, entre otros.

De repente, un grito. Un sonido grave, similar a un rugido captó su atención mientras pasaba por delante de una de las celdas. Se frenó hipnotizado por la curiosidad que controlaba sus movimientos, mientras sus ojos escudriñaban el interior de la celda intentando averiguar de dónde provenía ese sonido. El grito se repitió, aumentado en intensidad. Antonio creyó entrever algo cambiante en el interior de la sala. El cubículo negro habitual no estaba completamente inerte y estático. Su composición parecía inestable, como si algo lo estuviera alterando y esta deformación provocara ruido, distorsión en su superficie. Antonio se paró a escasos centímetros de la cristalera, escudriñando la columna y discerniendo una serie de rayas, como señales brillantes fluctuando en la superficie del material.

A medida que fijaba la vista el efecto era más claro. La pantalla de los osciloscopios en las salas contiguas mostraban señales de frecuencia cambiante, con sus máximos y mínimos en variación constante. El fondo ya no parecía completamente negro sino puntuado de blanco, similar a la nieve en una pantalla de televisión que ha perdido la señal. La escena era caótica y la disrupción en la superficie aumentaba en intensidad.

Algo cambió en la sala. Antonio movió instintivamente su mirada hacia el techo. Una sombra, pero ¿de qué? ¿Estaba allí antes? Antonio no podía recordarlo pero lo que fuera se movió dibujando una silueta extraña, como una protuberancia.. una... ¿cabeza? La sombra comenzó a abrirse dando lugar a un hueco, una mella hacia su interior, una... ¿mandíbula? Y de nuevo el grito, mucho más intenso esta vez, más desgarrador, agudo y enfurecido que antes. Los ojos de Antonio estaban clavados en la sombra del techo. Del dibujo de la boca se podían adivinar unas fauces, una dentadura... la fuente del grito. Alguien posó una mano sobre el hombro de Antonio, quien se revolvió sobresaltado.

—¿Qué haces aquí parado? ¡Vamos joder, tenemos que salir de aquí!

Cruor le miraba impasible, sin entender por qué había detenido la marcha. Antonio estaba perplejo, sin poder reaccionar y volver en sí por unos instantes. Volvió la cabeza hacia la sala pero todo volvía a estar en calma. No había ninguna sombra en el techo y el cubículo negro parecía de nuevo una columna maciza inerte dispuesta en medio de la habitación sin mayor sentido ni utilidad aparente. Perfectamente lisa y estable. Antonio no entendía lo que estaba pasando. El estrés quizás, el dolor. ¿Estaba alucinando?

—Lo siento… algo que me ha distraído. Te sigo, no te preocupes. Vamos.

Cruor le miró con una mezcla de frustración y resignación, pero resopló, asintió y continuó la marcha hacia la pared del fondo, esperando encontrar en ella una salida a este extraño laberinto subterráneo de los horrores. Entonces, podría contarle que no estaba alucinando, y qué era aquella bestia que asomaba por los bordes del portal de Aperito; aquella infamia y, a la vez, glorioso descubrimiento de Solar Innovations.

Nueve: bienvenido a la galería

Continuaron con precaución, siempre con Cruor adelantando unos metros. Primero aseguraba que el camino estuviera despejado, y luego le indicaba al prisionero rescatado que le siguiera. Llegaron al muro final del corredor principal, y giraron a la derecha. La pared del muro se mantenía lisa en toda la longitud de este último pasillo, así como la del fondo. Parecía que el complejo lo constituían tres pasillos principales formando una H, con los corredores más estrechos y llenos de celdas como aquel del que habían salido, ramificando del horizontal.

Antonio avanzaba con paso firme pero mirando las celdas ensimismado cuando se dio de bruces con Cruor.

—Espera un segundo... Tengo que comprobar que no haya nadie cerca en el otro nivel. Tengo la señal de las diferentes cámaras redirigidas a un servidor anónimo temporal mientras dura la grabación. Toda precaución es poca... —añadió alzando las cejas antes de continuar con su monólogo explicativo— Seguramente no tendrás ni idea pero allí afuera son las 3 de la mañana, y aun así esto nunca está vacío; siempre hay gente que quiere demostrar que trabaja duro y no paran para descansar a pesar de que eso solo empeore la calidad de sus entregables a largo plazo. Pero tú todo esto lo sabes. Le dijiste algo así a Miguel en la comisaría el otro día , ¿no?

Antonio alzó las cejas sorprendido ante la naturalidad con la que se revelaba la obviedad de que los colonos podían ser escuchados constantemente

—Pero, pese a todo, puestos a elegir era el mejor momento para intentar sacarte... —terminó Cruor que seguía enzarzado con su cachivache

Antonio no entendía nada, por lo que se mantuvo en silencio y le dejó hacer. Se habían parado tras apenas unos metros en el pasillo vertical, tras la encrucijada con el corredor horizontal. Aprovechó el respiro para examinar la pared opuesta: un muro impoluto, gris y liso en toda su longitud a ambos lados del cruce, hasta donde llegaba su vista; e igual que techo y suelo. La nota disonante en aquellas tres paredes lisas y perfectas que cercaban la prisión era la pared interior en la que estaban apoyados, la cual albergaba una hilera de esas celdas tan familiares para él.

«Bingo», soltó por fin un aliviado Cruor. Una pantalla holográfica surgió de su comunicador mostrando lo que parecía una planta de oficinas convencional, con algunas salas de laboratorio equipadas. Las cámaras enfocaban en su mayoría a una especie de pasarela o elevador en su centro: un cuadrado grabado en el suelo y delimitado por una pantalla o cristal perimetral. A eso debería referirse con «otro nivel», pero en el que se encontraban ahora no había ni rastro del ascensor.

Las otras cámaras en la pantalla holográfica desplegada mostraban el resto de la planta: pasillos similares y anodinos que dejaban entrever despachos y el interior de salas de experimentos. Algunas de ellas contaban con teleportadores portátiles, otras con lo que parecía una máquina textil o impresora 3D, la cual fabricaba de manera interminable una rejilla, al estilo de las cotas de malla medievales. Antonio recordó el *Dosificador* del que le había hablado Marco, utilizado para canalizar la energía saliente del revelador. También, que fue trucado con premeditación y alevosía para engañar, envenenar y asesinar a Julio.

—De acuerdo, parece que todo está en calma. Cruza los dedos para que así sea. Si no… tendremos que recurrir a algo más drástico.

Cruor se llevó la mano al lateral derecho de su cintura, palpando algo bajo su bata. Apretó el contorno para realizar la forma y sonrió:

—No, no me alegro de verte: es aún mejor.

Antonio no podía estar seguro pero parecía el mango de una pistola de energía. Un kW por encima del límite, y la descarga electrostática entregaría al desafortunado receptor una parálisis nerviosa instantánea. A bajo nivel, sólo provocaba la pérdida de conocimiento. La policía lo utilizaba para detener a sospechosos. Pero también podía ser un láser término o incluso una deformadora de estado, aquellos terribles aparatos derivados de la teleportación que reducían su desafortunada zona objetivo a su estado molecular, del mismo modo que para preparar el transporte… sólo que en vez de dondequiera que estuviera su recibidor entrelazado, a continuación lo enviaban al vacío interestelar. Directo a la basura como ya se hiciera con los océanos terrestres, o con el debris espacial. El rango de alcance de estas últimas armas no era amplio y eran completamente ilegales, tanto así que algunas fuentes dudaban incluso de su existencia.

Sin embargo, Antonio había encontrado imágenes en Internet de las deformaciones que producían. Sólo podía esperar que se trataran de fotomontajes. En persona, ni había visto ni quería ver una en su vida.

Fuera lo que fuese lo que llevaba Cruor bajo la bata, Antonio prefería que se quedara allí y no tener motivos para averiguar de qué se trataba, aunque dudaba que el camino que les aguardaba fuera tan plácido.

Volviendo a operar el brazalete, su peculiar compañero exclamó.

—¡Ábrete, Sésamo!

Antonio le miró, incrédulo.

—Es para romper la tensión. Según dijiste, recuerdas que soy un fan de lo retro, ¿no? Ali Baba, unos zombis con Romero, un poco de todo.

Definitivamente, Cruor se había relajado, tenía que ser buena señal.

Sin que le diera tiempo a responder, un zumbido brotó de la pared maciza, y un bloque rectangular completo desapareció de ella. El hueco que dejó era alto hasta el techo y más allá, perdiéndose en la oscuridad, y dejó al descubierto la base de un elevador que se escondía bajo su volumen. Antonio sonrió.

—Hay que joderse... tengo un par de preguntas para ti, amigo.

—Claro hombre, una vez hayamos puesto nuestros culos a salvo —le respondió asertivo Cruor.

Se montaron en el elevador que parecía sacado de una fábrica, asemejándose más a un montacargas que a otra cosa. No tenía barreras de protección en su perímetro ni panel de control alguno, tan sólo la plataforma rectangular. Se posicionaron en su centro y acto seguido Cruor volvió a pulsar su brazalete, que parecía la única forma tanto de descubrir el receptáculo como de ponerlo en funcionamiento: sin duda otra medida de seguridad más en una prisión aparentemente impenetrable, y ciertamente desquiciante para Antonio.

El elevador emitió un sonido y vibró al ponerse en funcionamiento activando el ascenso. La plataforma ocupaba la práctica totalidad del hueco por el que se desplazaban, lo que explicaba que no hubiera ni barandilla en la que apoyarse. La prisión iba alejándose bajo sus pies. Antonio alzó la vista. El final del trayecto estaba a unos cincuenta metros. Allá arriba, creyó vislumbrar lo que parecía la sala de oficinas que las cámaras habían mostrado en la pantalla del comunicador de Cruor.

El hueco era claustrofóbico. Las paredes de Linium se erguían a su alrededor intimidantes, lisas, macizas y serenas: confinándolos como un túnel en una mina, y dando la sensación de poder absorberles en cualquier momento. Antonio se preguntaba si alguien, Marco por ejemplo, no detectaría su fuga. Algún error, alguna cámara oculta, algún sensor que Cruor hubiera obviado... o parte del juego macabro del propio Marco. Lo que fuera. Y que, como última medida de seguridad, activaran el material para volver a rellenar el hueco, enterrándoles en su interior.

Cualesquiera fueran los objetivos de la prisión, su interior estaba contenido y bien aislado del resto de la instalación por metros y metros de Linium. La entrada y salida inaccesible para cualquiera que no tuviera acceso a uno de esos brazaletes y supiera utilizarlo. Un cortafuegos, ¿pero para contener el qué?, ¿peligrosos criminales que debieran ser aislados en secreto?, ¿contestatarios a los que se quiera torturar un rato? Alguna pieza faltaba en ese puzle, un sumario estaba a punto de ser desenmarañado y revelado por Cruor. Puede que aquella alucinación aterradora, aquel grito, tuviera algo que ver... aunque esperaba que no fuera así.

Lo que tenía claro era que no quería volver a esa celda. Se dio cuenta del riesgo que estaba corriendo Cruor por ayudarle, y de lo absolutamente indefenso que se encontraría sin él, a merced sin remedio de sus torturadores. Le puso la mano en el hombro.

—Oye, no sé por qué haces esto, pero gracias.

Cruor le miró, sonrió y replicó:

—No lo hago tanto por ti, querido, que también porque menuda putada, sino por Clara. Siempre nos llevamos bien y me respetaba por ser como soy, como me da la gana de ser, a diferencia de otros soplagaitas estirados de la empresa. Nos reíamos cuando parábamos para tomar café y le gustaba escuchar mis historias frikis sobre películas antiguas del siglo XX, o mis teorías divagadoras sobre cómo será el futuro... La forma en la que la han tratado... no se puede tolerar. A nivel personal, sí, pero también general: no podemos crear ese precedente. El siguiente seré yo, o cualquier otro, y no quiero que mi familia ni la de nadie pase por lo que estás pasando tú. Es hora de pararle los pies a esta empresa y a los burócratas engreídos que se creen dueños del Sistema Solar y de todos sus habitantes. Han ido demasiado lejos.

Antonio podía leer en los ojos de Cruor su emoción, su rabia contenida y la determinación de sus intenciones. No debía haberle sido fácil tomar la decisión de arriesgarlo todo contra el sostén de su familia, siendo éste para más inri una organización del calibre de SI, y a sabiendas de lo que estilan hacer con las voces discordantes; pero él sabía cosas... cosas que Antonio estaba ansioso por escuchar.

Los instantes pasaron y su existencia seguía intacta, sin ser terminada, mientras iban saliendo de aquel mar de Linium. Cada metro se hizo eterno, hasta que el ascensor fue llegando a su destino final, ralentizando la marcha. Antonio respiró aliviado. Cruor se dirigió a su compañero:

—Primero salgo yo, luego me sigues igual que ahí abajo, ¿entendido?

Antonio asintió. Arribaron al punto al que apuntaban las cámaras de seguridad que Cruor había estado monitoreando. La valla que cercaba la plataforma del ascensor no era holográfica sino de cristal y retráctil, una jaula en una encrucijada, claramente visible y vigilada para minimizar las intenciones de aquellos osados que pensaran en colarse a echar un vistazo. Un sudor frío recorrió su cuerpo: estaban completamente expuestos. En cuanto la plataforma se detuvo y el cierre retráctil descendió, Cruor corrigió la situación saliendo rápidamente por un pasillo a la izquierda y girando por otro para desaparecer. Debía ser un punto ciego. Antonio veía cómo Cruor actuaba de memoria, siguiendo un detallado y específico procedimiento para salir de allí con vida.

Las paredes de las oficinas eran amarillas con largas bandas marrones longitudinales en las uniones con techo o suelo selladas con tiras doradas. El suelo era de parquet, pero cubierto por una moqueta negra con esferas salpicadas blancas, grises y marrones de diferentes tamaños, simulando los cuerpos celestes, y dos largas bandas blancas paralelas cerca de sus extremos.

De los muros colgaban decoraciones varias relacionadas con el espacio, la teleportación o SI, como algunas obras de arte (incluyendo o no el logo de la empresa), pósters sobre proyectos (ya fueran de marketing, arte o describiendo la ciencia detrás de ellos), o fotos de los diferentes hitos a modo histórico y motivacional. El famoso cartel de S.I. en la oficina de la primera teleportación en Sevilla formaba parte del elenco. También había lugar para una personalización con imágenes de los trabajadores, algunas pinturas de sus familias en Acción de Gracias o el Día de los Colonos, o recuerdos de las salidas en los días de empresa y para hacer equipo. En una de ellas, se veía un plano cenital tomado con unas veinte personas flotando alrededor de un balón, preparados para disputar un partido de Airball. En otra, los miembros del departamento tenían unos monos y máscaras puestos mientras sostenían marcadoras de pintura en la mano, típicas del Paintball. El entorno parecía una jungla por lo que igual habían disfrutado de un viaje cooperativo en el Amazonas o en Borneo en la Tierra, incluyendo éstas y otras actividades. Con el teletransporte y encima trabajando para la compañía que lo operaba y monopolizaba, ningún lujo era demasiado caro y ningún escenario o beneficio impensable.

Las oficinas tenían un mobiliario previsible: sillas reclinables, algún sofá para tomarse un café y desconectar, escritorios compartidos y ordenadores cuánticos. Había teleportadores de bebida y comida en todas ellas además de una cafetería central con una pantalla holográfica en la que efectuar el pedido. Enfrente de la máquina estaban distribuidos una serie de sofás de cuero de aspecto tentador que invitaban a sentarse y a no levantarse en un buen rato.

Lo que a todas luces podía ser un ambiente de trabajo de lo más saludable para los empleados de SI, parecía haberse convertido en todo lo contrario. Más allá de los problemas que hubieran llevado a Cruor a tomar su decisión de ayudarle y rebelarse contra la empresa, de las revelaciones de Marco y de la desaparición de Clara, Antonio había leído en el foros de opinión online *Mirrored Door* comentarios de trabajadores anónimos de SI quienes, desesperados, desahogaban su miseria. Lejos de la cultura de esfuerzo y superación, la competitividad laboral malsana y desleal, parecía acentuada y espoleada por políticas de empresa y la actitud de los directivos y managers, convirtiéndola en tóxica. «Cultura de empresa», decían algunos encogiéndose de brazos. Otros la traían de serie, con aprendizaje cultural y escolar que no se fiaba de la igualdad de género, o del mérito de ser segundo.

No dejaba de ser curioso que pese a las loas de La Virtud al antiguo sistema educativo público escandinavo, alabando el compañerismo y el «labrado» de las virtudes y habilidades en todas las materias por igual, gran parte de sus supuestos seguidores seguían empecinados en pisotear al prójimo como modus operandi hacía la Armonía.

Antonio se fijó en la lista de empleados del mes de SI por departamento en la colonia. Los elegidos recibían, además de una compensación económica, el reconocimiento de los jefes en un acto al que todos sus compañeros debían asistir. Y aunque no era oficial, prácticamente todo el mundo daba por cierto que si en un periodo de dos años no habías conseguido ser empleado del mes, SI prescindiría de tus servicios. Otras medidas semejantes era la obligación no escrita de quedarse en la oficina hasta que los managers hubieran abandonado las instalaciones, pese a haber terminado el trabajo con anterioridad, o de salir a tomar una copa con aquellos de rango superior a ti siempre que te lo pidieran. El incumplimiento de estos *debes*, había acarreado el despido de varios trabajadores bajo cualquier tipo de excusa banal, justificada con alguna letra pequeña del contrato que nadie cumplía (como, paradójicamente, no trabajar más de diez horas al día). Esto era según expresaban estos internautas anónimos, pero también Clara. Ella nunca quería hablar del tema. Prefería evadirlo y sólo centrarse en su trabajo. El hecho de ser parte de la división de investigación había jugado a su favor en multitud de ocasiones para evitar estas salidas nocturnas. Ella era una trabajadora incansable y motivada, y no precisaba que nadie le pidiera que se quedara hasta la cena o tras ella para que así lo hiciera. En las veces que esto no era suficiente, su caché le cubría las espaldas. No sólo había sido trabajadora del mes con asiduidad, sino que disfrutaba de un gran prestigio en la comunidad científica planetaria. Fueron el trabajo y las publicaciones en diferentes Universidades y centros de investigación los que la llevaron a SI en su día. Los que los llevaron a ambos a Titán.

Antonio se preguntaba si no hubiera sido preferible que hubiera tenido menos éxito. Igual estarían ahora mismo en la Tierra, juntos. Quizás gestionando algún negocio en común, con mayor o menor exigencia y éxito, pero disfrutando el uno del otro. Pero claro, entonces Clara hubiera dejado de ser Clara. Lo malo era que de algún modo, lo habían visto venir, y no habían sido capaces de salir de esa espiral, de esa inercia que desembocó en el vacío. Pero el discurso de Marco había confirmado que una vez en la pomada, no era fácil desvincularse y llevar una vida normal y tranquila en cualquier otro punto del universo. No fueron pocos los que les desaconsejaron emprender su aventura en Titán, incluyendo ex trabajadores de SI retornados a la Tierra que les apremiaban a quedarse y disfrutar de ella. Antonio quiso pensar que eran clones de algún modo habían encontrado su propia alma, o habían podido rebelarse en su subconsciente. Desafortunadamente, como suele pasar no atendieron a razones y experiencias de otros, y tomaron los bártulos destino la periferia de Saturno. *Hacia adelante*, pensó para sus adentros.

Un rápido gesto con la mano había avisado a Antonio para seguir a Cruor hacia el punto ciego. Una vez allí, continuaron por el pasillo a oscuras hasta que el investigador giró a la izquierda al final. Todavía no había desaparecido del campo de visión de Antonio cuando pudo ver cómo su cuerpo se irguió rígido, con una mano alzándose hacia atrás, escondida en el pasillo, en señal inequívoca de peligro. Cruor se mantuvo parado y en silencio, pero al momento una voz se alzó en la otrora quietud de la planta.

—Hombre Rodríguez, cómo tú por aquí a estas horas... ¿No había ninguna película de tu gusto en ese cine retro que frecuentas en la zona este de la colonia? El Caldero Negro se llama, ¿no? ¿Y qué haces ahí parado en medio del pasillo cual nada esbelto pasmarote? Mira vamos a aprovechar para echarle un vistazo a tus informes de seguimiento del mes pasado... No me queda claro si has avanzado lo suficiente y cumplido los objetivos. Ven, pasa por aquí...

La voz no denotaba una edad muy diferente a la de a quien se dirigía. Eso no evitaba la sensación de superioridad que denotaba, la arrogancia y la sorna tanto en el discurso como en el tono. Cruor carraspeó y dudó en la respuesta, balbuceando al comienzo.

—Eh... esto... bueno sí, tenía que terminar uno de los análisis de conducta del sujeto 13 y necesitaba un periodo ininterrumpido de observación y pruebas que no podía pausar y continuar mañana. Espera un segundo, que me has pillado leyendo un mensaje de mi esposa. Parece que mi niño no se encuentra bien. Un minuto y estoy contigo, alcanzó a responder.

Antonio vió un reloj en una de las oficinas. Eran las tres de la mañana. Parecía una excusa bastante convincente. Sin embargo, a su interlocutor no le gustó la idea de respetar la vida privada de su empleado.

—Mmm no me hagas esperar.

Siguieron unos pasos y el sonido de una puerta deslizante al abrirse y dejar paso al jefe a su despacho. Cruor tosió fuertemente e hizo como que hablaba con su esposa mientras se daba la vuelta y miraba alrededor, explorando las opciones que tenían. Finalmente sus ojos se clavaron en una puerta de Linium, que daba paso a una especie de sala de reuniones lo suficientemente amplia como para acoger un curso o una conferencia. Pese a que tenía un cristal que la hacía visible desde el exterior, había espacio más que suficiente para esconderse de miradas indiscretas dentro de ella. Le indicó a Antonio con la cabeza que ese sería su destino, a lo que éste asintió. Cruor comenzó a configurar el brazalete sin dejar de simular la conversación con su esposa, hasta que pareció haber preparado el modo de abrir la puerta de la sala. Entonces levantó el brazo, apuntó en la dirección de la sala mientras fingía un estornudo, lo suficiente para enmascarar el ya recurrente zumbido del material. El Linium desapareció dejando su lugar a un hueco a modo de entrada a la sala. No dejando un detalle al azar, Cruor subió el tono de la conversación para darle tiempo a Antonio a deslizarse dentro y volver a cerrarla. Tras esto, finalizó su conversación simulada y se dirigió a contentar los deseos narcisistas de su jefe.

La sala parecía un buen escondite, pero pese a ello no había forma de saber si todos los despachos estaban vacíos o si alguno de los trabajadores volvería en cualquier momento del servicio, de tomar un tentempié nocturno o incluso si llegaría para comenzar la jornada temprano a modo de reivindicación ante sus superiores. En el centro de la sala y tapada por el resto del mobiliario se encontraba una mesita redonda de madera bastante alta, alzada por una sola columna central que la sostenía. Antonio corrió agachado y se postró bajo ella, apoyando su espalda en la base. A su alrededor, el resto del mobiliario era bastante sencillo: una gran pantalla multimedia para presentaciones que ocupaba gran parte de la pared izquierda a la entrada, un atrio para el presentador, y una gran mesa en forma u para la audiencia frente a la pantalla, que a su vez embebía a la mesita central que cobijaba y protegía a Antonio: la entrada tenía una amplia cristalera junto a la puerta, pero tanto la mesita como el lateral de la alargada en forma de u negaban la visibilidad del fugitivo desde el pasillo exterior. La pared del fondo no regalaba ornamentación alguna. Sólo contenía una puerta, que debía dar paso a alguna sala adyacente. Antonio pensó en correr hacia ella pero podía ser visto en su intento, ser detectado por alguna cámara para la que Cruor no hubiera previsto una grabación, o encontrarse al otro lado con alguien sorprendido y no tan amigable como su liberador. Además, no sabría adónde ir y probablemente Cruor habría elegido aquella sala por algún motivo. Decidió quedarse donde estaba.

Al intentar acomodarse, golpeó con su hombro contra algo que le llamó la atención: una caja metálica que colgaba bajo la mesa central. La reconoció de inmediato y tentó su curiosidad: era la misma en la que Clara había dejado el revelador dentro de su armario.

Antonio dudaba qué hacer. La parte racional dentro de él le decía que debía esperar a Cruor, que no sabía las consecuencias que podía tener el simple hecho de abrir la caja. Algún tipo de alarma podía dispararse, el contenido en sí mismo podía ser peligroso... varias formas de arriesgar sus vidas. Además, si al igual que en la caja que encontró en el armario el interior guardaba un revelador, el resultado de utilizarlo en esta instalación repleta del fascinante pero dichoso

Linium eran desconocidas para él, y podía resultar en una situación descontrolada y peligrosa. Por no hablar del material fusionado radioactivo que mató a Julio... Puede que hasta fuera una trampa del propio Marco, si se había dado cuenta del engaño y quería volver a verle sufrir. O que todo estuviera orquestado, con Cruor y Marco del mismo lado.

Antonio esperó unos segundos para calmarse y meditar si quería continuar. Recordó su última noche en la Tierra antes de partir hacia Titán. Las dudas, la incertidumbre y el miedo ante lo desconocido se disiparon con una copa de vino junto a ella. *El único camino es hacia adelante*, le había dicho sonriendo, la misma frase que decía desde que se conocieron y fueron labrando su futuro juntos, primero en la Unión Mediterránea, luego en Reino Unido, luego en Titán. Antonio respiró profundamente, estiró los brazos destapando la caja sin darle más vueltas. Puestos a elegir en la disyuntiva, desoyó los consejos de su parte más racional.

Por un segundo tuvo miedo de mirar lo que hubiera quedado al descubierto, temiendo lo peor. Pero no sintió calor, ni radiación o luz brotando del interior, por lo que se decidió a echar un vistazo. Como esperaba, en el interior se hallaba un revelador, idéntico al que había encontrado en su casa, que colgaba bajo la mesa instalado como si de un proyector se tratase. Atraído inocentemente por el infuso de lo desconocido, Antonio toqueteó el equipo, dándose cuenta de que podía sacarlo de su montura. Lo deslizó entre sus manos, admirándolo. Un aparato tan sencillo en su manejo y simple en su diseño (cierre y cinturón), como complejo y enigmático, prácticamente mágico en su composición con materiales secretos, y en sus resultados... Según decía el mensaje de Clara, el aparato era capaz de abrir puertas a un mundo aún irreal para él, quien de algún modo le quitaba importancia, sin preguntarse lo que podría esconder. Si ella estaba allí, tenía que llegar a él. Esa era toda la lógica para la que tenía hueco.

Si no lo veo no lo creo, se congratuló con una risita inocente e ingenua, sin saber lo que su curiosidad estaba a punto de desencadenar.

Casi sin pensarlo, Antonio movió el deslizador de activación de posición y la luz del símbolo de paralelos se encendió en la parte frontal del cierre. Lo depositó con cuidado de vuelta en su estructura para que apuntara donde se suponía debía hacerlo. Luego respiró un par de veces, serenándose, y pulsó el botón.

Al igual que había pasado en su apartamento, el revelador se encogió hasta tener el cinturón el diámetro de un reloj de pulsera, y de nuevo sólo quedaron tres orificios de los muchos que había en su estado de relajación. De ellos surgieron tres rayos que escudriñaron el volumen completo de la sala, buscando esas condiciones de las que hablaba Clara en su mensaje.

Todo parecía transcurrir de la misma manera... hasta que el revelador emitió un sonido inesperado, un pitido agudo que le descolocó. El color del símbolo grabado en su cierre había cambiado de rojo a azul, al igual que la luz que manaba de los orificios del cinturón. Algo se había activado. Algo había sido encontrado.

Antonio volvió la mirada hacia la pared. No podía creerlo. No era la misma. Lo parecía, pero algo había cambiado, o sido alterado. Ahora se trataba de un fondo negro cuyos extremos parecían estar cubiertos de señales que no paraban de oscilar en su superficie. Antonio contuvo la respiración por un instante, concentrándose en el sonido ¿Estaba emitiendo la pared un ligero siseo? ¿Era aquello alguna forma de electricidad estática? ¿O ruido blanco como nieve en una tele antigua?

La puerta otrora embebida en el centro de aquella pared había desaparecido como por arte de magia, dejando tan sólo el vacío del hueco bajo su marco. Antonio frunció el ceño. Aquello era lo mismo que pasaba con aquellas fabricadas con Linium. Esto no le gustaba. Los vértices de la pared habían tornado a un color azulado, mientras que las señales recorrían la superficie en una distorsión continua que dañaba la vista, dando la sensación de ser un campo electrificado, cargado de estática. Los bordes del marco de la puerta emitían un cierto destello dorado. El hueco permitía entrever la penumbra al otro lado. Antonio no tenía la sensación de estar recibiendo radiación, como si estuviera pegado a una antigua tele de tubo. La energía que rebosaba la destellante pared parecía completamente inherente al medio, y no que estuviera siendo proyectada. Era como si hubieran arrancado una parte del muro que se estuviera descorchando para descubrir su carne, sus verdaderas entrañas cara bajo el maquillaje; como si siempre hubiera estado allí solo que nunca había podido verlo, esta cara le había sido... revelada.

Antonio miró a aquel cinturón, y repitió su nombre para sus adentros, teniendo esa sensación de hacer *clic*, de que comenzaba a entender y que dos cabos se unían en su cerebro de la forma en que lo hacen cuando comprendemos, y no memorizamos las cosas, permanente como un nudo marinero indeleble al paso y a la corrosión del tiempo: el revelador, los mundos paralelos de los que hablaba Clara… pero, ¿qué era lo que tenía delante suyo? Era sólo un efecto óptico, ¿era real? ¿Qué quería decir? ¿Era peligroso? Debía descubrirlo. De todas formas, no tenía nada que perder. *El único camino es hacia adelante.* Clara, ¿qué te ocurrió?

Tomó aire y se preparó para avanzar hacia la pared cuando de repente ésta empezó a cambiar. El campo que la distorsionaba comenzó a agitarse, a volverse más caótico, como una señal montando en frecuencia e intensidad. Antonio entrecerró los ojos en un acto reflejo, dado el contraste el brillo de aquellas ondas con el resto de la sala, inalterada pese a haber encendido el revelador… y entonces lo escuchó. Un sonido familiar que su cerebro recordó e hizo que el miedo recorriera su cuerpo, previniéndole. Un sonido que en su momento no había sabido si era real o no, pero que ahora sin duda provenía de aquel orificio que había dejado la puerta: oscuro, negro y azulado, con señales y distorsiones en su superficie; un portal a las tinieblas de las que surgió impasible una calamidad aberrante, posando en la parte superior del marco una mano huesuda de cuatro dedos largos y afilados; cuatro largos dedos fibrosos y arrugados, como la carne seca, como un guante marrón de cuero envejecido por su uso, que parecían brotar directamente de la muñeca que escondía la figura tras la puerta, sin palma que los uniera. Cuatro dedos que no eran humanos, sino de pesadilla.

Un pensamiento le sobrevino, ¿por qué estaba esa sala cerrada con Linium mientras que otras tenían puertas normales? ¿A dónde daba ese campo de energía? ¿Por qué coño había apretado ese botón? Demasiado tarde. Antonio dio un paso atrás, atemorizado. La criatura, uno hacia adelante, saliendo de la puerta para mostrarse orgullosa y lóbrega en su majestuosa monstruosidad. Impulsándose con la mano para ver la luz, lo primero que vino al mundo fue la cabeza, agachada para caber por el umbral de la puerta: enorme, circular, con dos grandes protuberancias circulares a los lados que pronto se abrieron y dejaron al descubierto dos grandes ojos negros que ocupaban sus caras laterales. La parte frontal tenía dos agujeros que parecían servir de orificios respiratorios, bajo los que se dibujaba una línea horizontal que pronto se abrió para mostrar una dentadura frontal doble y afilada, como pequeñas estalagmitas alineadas profiriendo una trampa mortal para su presa; tras ellas, Antonio avistó unas muelas traseras más planas y listas para masticar y apresar el bocado a arrancar a sus desconsoladas víctimas.

La cabeza dio paso a la aparición del cuerpo, fibroso, enorme como el de un humano desollado y disecado. La bestia pasó al otro lado de la sala y se incorporó lentamente, casi exhibiéndose conocedora de la sobrecogedora impresión que generaba, casi utilizando el miedo a su favor. Su cabeza rozaba el techo y su enorme cuerpo alado se expandía por el volumen de la sala cubriendo toda la pared revelada. Imponente, desplegó sus alas, alzó la cabeza y gritó de nuevo. Luego, le miró directamente a los ojos. Aterrado, Antonio quedó paralizado e hipnotizado ante esta especie de mantis gigante, sabedor de que iba a arrancarle la cabeza de un momento a otro, e incapaz de hacer nada para remediarlo: resignado ante su destino carente de toda misericordia.

Por unos instantes, el engendro se mantuvo inmóvil, observando a su presa. Sobre su cabeza, dos protuberancias asimétricas en posición y en longitud parecían ejercer de antenas, pero estaban cercenadas. Antonio sintió que le apuntaban. La criatura fue inclinándose poco a poco hacia él, abriendo su mandíbula goteante: deseosa y preparada para descuartizar a su bocado. Volvió a chillar y se incorporó violentamente, agitando sus alas contra las paredes lo que arrancó un chirrido metálico y eléctrico de su estructura modificada por el revelador. Alas en alto, se preparó para abalanzarse sobre aquel cuerpo vencido y arrodillado cuando otro zumbido llenó la sala. La criatura alzó la mirada y la fijó detrás de Antonio. Rugiendo, enseñó los dientes al horizonte antes de apresurarse y proceder al ataque. Él cerró los ojos y pensó en Clara, conteniendo la respiración y tratando de ajustar cuentas con su alma mientras esperaba el impacto, el dolor físico al ser desgarrado, y el fin de la penuria y penitencia a las que su ser había sido sometido las últimas semanas.

Pero antes de que las fauces arribaran, alguien cayó encima suya, haciéndole perder el conocimiento.

Artículo Relacionado: El avance de la física cuántica en el siglo XXI (II)

Hay fechas marcadas a fuego en la historia de la humanidad, revelando las hazañas de hombres que diseñaron e implementaron lo que parecía imposible, o lo que nadie había pensado antes: 1857, primer teléfono obra de Meucci; 21 de Octubre de 1879, primera lámpara eléctrica, obra de Thomas Alva Edison; 7 de Marzo de 1876 primer teléfono eléctrico obra de Graham Bell; 29 de Octubre de 1969, primera transmisión de paquetes por redes telefónicas de ARPANET, que dio paso a Internet; 23 de Enero de 2009, primera teleportación cuántica por un grupo de científicos del Joint Quantum Institute dirigidos por Christopher Monroe; 01 de abril de 2032, primera teleportación de un objeto obra de *Solar Flares Inc.*, que revelaría el conglomerado *Solar Innovations Group*.

Cuando la nota de prensa llegó a los medios, no hizo demasiado ruido. Una pequeña empresa relativamente desconocida anunciaba que iba a llevar a cabo una presentación que cambiaría el rumbo de la humanidad. Muchos se llenaron de escepticismo ante una afirmación de tal magnitud, tildándola de pomposa y de estrategia de marketing. Es por eso que, de los cientos de medios que recibieron la invitación tan sólo 4 se presentaron en la sede de SI aquel primero de abril. Como reconocieron posteriormente, sus emisarios no tenían ninguna otra misión mejor en la que encomendar su tiempo ese día. La agencia *Europa Press*, la televisión nacional RTVE, y las ediciones nacionales de los magazines científicos *Science* y *Nature*. Todos acudieron entre risas y desconfianza, pero cuando la sábana que cubría los transportadores fue retirada, y la teleportación completada, su semblante y actitud cambió completamente. En lo seguido referimos un artículo publicado por el periodista Fernando Buenafé, presente en el evento representando *Europa Press*, para el especial sobre el descubrimiento de la versión holográfica de *El diario hoy*:

Sevilla, 02 de abril de 2032

Marquen en su memoria la fecha de ayer, 01 de abril de 2032 en la lista de aquellas que conmemorar. Del mismo modo que cada 20 de julio recordamos y celebramos el primer aterrizaje lunar en 1969, a partir de ahora el primero de abril deberemos hacer lo propio con la primera teleportación cuántica completada por la humanidad. «*Un pequeño paso para el hombre, un gran paso para la humanidad*», dijo en su día Neil Armstrong al pisar la superficie del satélite terrestre. Ahora toca acuñar la frase, «*Un segundo para el hombre, una distancia inimaginable para la humanidad*», pronunciada por un sonriente Juan Lagraña tras hacer que un reloj desapareciera de un extremo de la mesa y apareciera en el otro. Teleportación. No es ciencia ficción, es realidad y ocurrió ayer en Sevilla. En repetidas ocasiones.

Nota: Fuentes internas y anónimas de SI atribuyen la primera teleportación al equipo liderado por Pedro Sombra en los laboratorios secretos de SI en Almería. Esto nunca ha podido ser confirmado, y todos los intentos por localizar y entrevistar a Pedro han sido en vano. Ni Lagraña ni SI nunca reconocieron otro responsable que la empresa, argumentando seguir las enseñanzas de El Círculo.

Por partes. En la mañana del día 8 recibimos en redacción un escueto comunicado a los medios de parte de la agencia de comunicación *Solar Flares Inc.* indicando que el día 10 a las 10 de la mañana llevarían a cabo un experimento que cambiaría la historia de la humanidad. Vale la pena recabar la información de la que disponíamos sobre la empresa hasta la fecha: 89 empleados declarados; domicilio fiscal en el barrio de Santa Cruz de Sevilla, y sede principal en Nueva Cartuja en el barrio de Pino Montano de la capital andaluza; fundada en 2015 no se le conoce mayor financiación que aportaciones privadas, y los ingresos derivados de contribuciones a proyectos europeos de la Agencia Espacial Europea (ESA) en misiones relacionadas con el estudio del Sol.

Desgranando estos proyectos, podemos descubrir señas que apuntan a la verdadera actividad de la empresa. Pudimos hablar con el responsable de misiones interplanetarias en la ESA, Óscar Frías-Maracci, que reconoció: «*Lo cierto es que las colaboraciones con SI siempre han resultado un éxito extraordinario. No sólo entregaban sus sensores y actuadores mucho antes de tiempo, sino que tenían una eficiencia superior a la esperada. Mantenían cierto recelo en cuanto a la tecnología utilizada, pero tenían la obligación contractual de explicarla: era avanzada, bien definida, sofisticada, optimizada y dominada, pero nada tan revolucionario. Daba la sensación que tenían un entendimiento más profundo del comportamiento de la tecnología de lo necesario para cumplir con los proyectos concedidos, y que debido a eso los diseños con los que respondían a nuestros Pliegos de Condiciones eran mucho más eficientes. Aun así, nada excesivamente diferente o innovador, sólo muy eficiente. Lo de ayer sin embargo, explica muchos de los interrogantes que teníamos respecto a ellos. Si manejan la mecánica cuántica a ese nivel y tienen conocimientos y experimentos exitosos tan avanzados, una línea de producción al minúsculo nivel de la física de partículas debe ser algo inmediato para ellos. Realmente cierran el círculo: es el gran salto entre las capacidades teóricas y de investigación en el país, llevadas a un producto disruptivo. Pese a nuestra aportación, ésto no hubiera sido posible sin financiamiento privado, dadas las dificultades de presupuesto fruto de la inestabilidad política y de inversión pública en Ciencia e I+D+I en el país».*

Es difícil de creer que fuera sólo en la mañana de ayer cuando nos presentamos en la sede de Nueva Cartuja junto con otros compañeros. Hablábamos de cualquier cosa menos de la demostración que nos esperaba, dado nuestro escepticismo. Ninguno habíamos estado con anterioridad en el interior de la empresa, dado que no había habido motivos para ello. El edificio por fuera no presenta nada extraordinario. Un módulo prefabricado gris, de acero y vidrio en forma rectangular mostrando un panel de ventanas que denotaban tres plantas interiores. A primera vista, el típico edificio de oficinas, pero pronto descubriríamos lo contrario.

Nos ofrecieron una bebida en una sala de decoración tranquila pero acogedora, a juego con el resto del edificio. Fui aquí donde por primera vez algo me llamó la atención de este lugar. Era un cuadro, imponente, que dominaba la pared opuesta a la entrada a la habitación. De unos ocho metros, la pared sólo tenía aquel mastodonte para adornarla. Sobre un marco de aluminio fino que sobresalía sobre el plano del dibujo, una impresión láser de alta calidad mostraba unas figuras geométricas sobre un fondo negro, oscuro, opaco y denso. Más adelante, entenderíamos la significación del dibujo, por lo que permítanme describirlo directamente: las figuras se sucedían equidistantes entre sí con precisión matemática, flotando a diferentes alturas y dividiendo el cuadro en tres segmentos verticales separados entre sí por dos líneas grises. En la esquina superior izquierda se hallaba un cuadrado de un blanco impoluto. A continuación, lo que parecía una línea vertical dibujaba pequeñas curvas en sus tramos superior e inferior para convertirse en una «S» gris, muy fina, que prácticamente abarcaba la longitud total del lienzo, ayudando a esa división en tres niveles. En el centro se encontraba un círculo blanco y relleno que otorgaba una sensación de quietud, permanencia y pertenencia. Las miradas se posaban inexorablemente en él, y el resto del cuadro giraba en torno suyo. A su derecha, una «I» que seguía el fino formato de la «S», a similitud de un frágil y fino hilo, parcialmente estirado pero no tenso entre sus bases perpendiculares. El último elemento de la composición era un rombo, abajo a la derecha y tan equidistante del círculo como el cuadrado. Los colores blancos de las figuras y grises las «S» y la «I» contrastaban enormemente con el negro oscuro y azabache del fondo del dibujo, dando una abrumadora sensación de presencia al observador que se sentía inevitablemente atraído a observarlo e investigarlo intrigado.

De repente me di cuenta que estaba absorto en la composición. No sabía cuánto tiempo llevaba observándola pero sí que el silencio en la sala se había hecho notable. Me sacudí el magnetismo del grabado para preguntarle al equipo de recepción, «*Interesante dibujo, ¿Qué representa? Imagino que las letras S e I tendrán algo que ver con la empresa. ¿Se trata de un nuevo logo corporativo? No es el mismo que usáis de cabecera en vuestro portal web o documentos.*» Era obvio que Juan Lagraña esperaba la pregunta dado que apareció en la sala ipso facto, con una sonrisa esbozada a lo largo de su rostro afilado, esparciéndose por su cuerpo como la expansión de una onda al tirar una piedra a un río. Su pose emanaba tranquilidad y confianza, rozando la arrogancia. Tras ajustarse las gafas en su centro con el dedo índice de su mano derecha, alzó la cabeza y respondió: «*Lo será una vez desvelemos el suceso que cambiará la historia de la humanidad. Hemos mantenido en secreto las investigaciones principales de la empresa por motivos que más tarde entenderán. De momento, les puedo explicar lo que significa la composición. Luego ustedes podrán imaginar qué puede tener que ver con nuestro experimento, y mientras elaboran sus teorías, les mostraré la realidad*».

Las palabras de Juan, más allá de pomposas, resultaban indignantes. Parecía reírse de nosotros y menospreciarnos desde su altar imaginario en el que se veía tras su misterioso descubrimiento. Luego veríamos que pese a no justificar su arrogancia, su altar si estaba merecido. Mientras digería sus palabras apretando los dientes, dudando entre responderle u obviarle con mi silencio, el señor Lagraña se acercó al cuadro, se aclaró la voz y levantó su mano izquierda apuntando a la figura central de la composición: el círculo.

«*El círculo nos representa a nosotros. Estables, centrados en nuestro mundo. Aquello que conocemos, que nos llena y nos hace: que nos completa, pensamos nosotros, a la perfección. No hay nada más. Una línea que comienza y acaba abarcando todo lo que conocemos y somos en su interior. Perfecto. Sin duda, sin incertidumbre. Así se siente y se interpreta la mayor parte de la población humana en nuestro planeta. Sin embargo, cualquier científico sabe que esta afirmación de un conocimiento completo no es cierta. Imagino que incluso ustedes desde su posición de divulgadores en diferentes medios, pese a haber perdido todo contacto con la verdadera ciencia, que es la experimentación y la innovación, estarán de acuerdo con esto.*»

Aquella no era sino una afirmación retórica y humillante a la que ni quisimos responder, ni el señor Lagraña nos dejó tiempo para ello pues continuó seguidamente:

«*El principio de incertidumbre de Heisenberg nos habla de que no podemos conocer con exactitud una pareja de propiedades de una entidad física en el* universo en un mismo instante. *Es más, de acuerdo con la teoría de cuerdas, el estado que creemos conocer puede oscilar y convertirse en otro diferente en otro instante. No sólo eso sino que la concepción que tenemos del estado cambia en función de cómo lo observemos. El ojo humano sólo percibe ciertas frecuencias de emisión de energía que llamamos 'luz', y para capturar otras necesitamos de elementos como lentes infrarrojos. Lo mismo puede aplicarse al oído, con los ultrasonidos, al tacto con objetos imperceptibles, al olfato o al gusto. Pues bien, la materia y lo que entendemos como realidad depende de en qué estado cuántico la observemos. Pensamos que nuestra vida y nosotros somos un círculo, en el centro de nuestro universo conocido, estable e inamovible. Sin embargo, lo que conocemos y nosotros mismos podemos ser un cuadrado, o un rombo, con tamaño y propiedades diferentes. Y no tienen porqué estar en el mismo plano, como refleja el dibujo. Todo esto separado en diferentes realidades que podemos diferenciar en función del estado cuántico que estemos observando. En este caso diferenciamos tres realidades separadas por dos barreras. Tres paralelos.*»

La reacción ante semejante respuesta no se hizo esperar. Diego Daniel Cabeza Remetería, mi amigo y colega gallego de la revista Science se llevó la taza de café a la boca para engullir de un trago lo que le quedaba. Tras aclararse la garganta y pasarse una servilleta por los labios, soltó unas palabras para soltarse el cabreo.

«*Muy bien, muchas gracias por la charla fanfarrona—divulgativa de hoy sobre arte cuántico pomposo. Si esto era lo que nos quería decir voy a ver si encuentro un sitio donde sigan poniendo salmorejo dado que aún hace calor.*»

Fue girarse Diego para irse y Juan Lagraña, quien parecía tener el numerito preparado al milímetro, se dirigió hacia el oscuro marco de puerta por el que había aparecido, invitándonos a acompañarle. Una vez llegamos a su altura, entendimos que la penumbra se debía a un grueso telón de terciopelo. Cada segundo que pasaba, esto se parecía más a un teatro. Refunfuñando por el espectáculo al que estábamos siendo sometidos, pasamos a regañadientes a la sala contigua: una suerte de salón de actos con un pequeño escenario al fondo para presentaciones. El señor Lagraña estaba ya encaramado en lo alto, junto a una mesa, sobre la que reposaba algo cubierto por una sábana blanca. Bajo ella, los extremos la alzaban formando una curva cuyo mínimo estaba en el centro como un puente con dos torres a ambos lados del río. Diego tomó la palabra de nuevo «*No sé si me repetirá más el salmorejo bien cargado de ajo que su fantochada de hoy. Puede quedarse tranquilo de que no volverá a aparecer en la revista Science*». Se equivocó. Para entonces Juan Lagraña se había colocado una bata, y procedió a retirar la sábana que cubría la mesa. Al descubierto quedaron dos cubos, uno en cada extremo de la mesa. Ambos parecían idénticos, con dos caras laterales y la frontal trasparentes mientras que la trasera formaba una estructura de algún tipo de metal con la base y el tope, cuyas caras estaban conectadas por dos tubos que recorrían el cubo por la parte trasera del mismo, quedando ocultos para un observador frontal. El artilugio se completaba con varios LEDs e interruptores en la parte frontal superior. En el interior del aparato izquierdo se encontraba un reloj cobrizo de latón. Clásico, de mesa, con dos campanillas en la parte superior para dar la alarma y un fondo blanco sobre el que las agujas negras marcaban las 10:32 de la mañana. Todos nos quedamos mirando, intrigados ante el montaje y lo que pudiera suceder. Entonces, Juan Lagraña dijo:

«*Querido Diego... ¿estás seguro de eso?*». Sonriendo pulsó el interruptor izquierdo del artilugio. Y entonces, la historia cambió para siempre.

...

A pesar de la multitud de vídeos e imágenes disponibles para el público a través de los diferentes medios de comunicación, este primer experimento no fue grabado (o al menos distribuido). Diego Daniel Cabeza Remetería detalló en *Science* como transcurrió el evento que dio paso a toda una nueva era en la ciencia aplicada:

Al principio no era más que un zumbido, un fino hilo sonoro creciendo en intensidad a medida que el transportador transmisor iba ganando energía, de la misma manera que el sonido de una lavadora al centrifugar va aumentando. Y no muy diferente, dado que el generador iba adquiriendo los estados cuánticos de cada partícula del reloj, cada vez más deprisa y generando cinética y calor para compensar el trasvase energético. Este flujo de energía hizo que el objeto comenzara a levitar y agitarse levemente en el interior del receptáculo. Entonces percibimos otro zumbido proveniente del transportador receptor que fue aumentando progresivamente de intensidad, camino de igualar el del emisor. El movimiento del reloj empezó a ser más violento y rápido aunque no descontrolado. Se podía observar como el centro de fuerzas lo mantenía estable pese a que las corrientes energéticas hacían mover sus extremidades en todas las direcciones, aunque sólo un instante, pues al siguiente una fuerza superior en otra dirección cambiaba la dirección del movimiento. Todo esto no duró más de tres segundos, tras lo cual el reloj desapareció de forma súbita para aparecer instantáneamente en el receptor, agitándose violentamente. Las agujas marcaban las 10:32 por lo que no hubo lapso o deformación alguna en la transmisión. Fue instantánea, directa y perfecta. El zumbido del emisor se fue calmando hasta desaparecer completamente en un par de segundos. Luego fue el turno del receptor. De forma progresiva las vibraciones y el zumbido se redujeron y el reloj se fue estabilizando. Acto seguido, dejó de levitar y cayó suavemente en el interior del cilindro.

Juan Lagraña no dudó en abrir el compartimento, tomar el reloj y lanzármelo espetando: «*Llévatelo contigo y pruébalo todo lo que quieras. Piensa si vale la pena que escribas sobre ello o no*».

Tras unos segundos en los que el shock de lo observado llenó la habitación, fuimos poco a poco ganando consciencia de lo que acabábamos de ser testigos: un paso histórico en la investigación científica que iba a cambiar por completo la forma de nuestro futuro. Las primeras palabras que se escucharon en la sala fueron un «*Increíble, ¡magnífico!*», por parte de Fernando Buenafé, *Europa Press*. Acto seguido comenzó a aplaudir y se puso de pie. Segundos más tardes la ovación era atronadora, todos los presentes estábamos de pie comentando y alabando el increíble logro de SI, y desafortunada pero inevitablemente, alimentando el terrible ego del señor Don Juan Lagraña.

Dicen de los genios que tienen personalidades difíciles, peculiares. La comunidad científica no debería tener problema alguno en separar a la persona de Juan Lagraña de su experimento, así como a SI de sus logros. Sin embargo, esperemos que la relación sea recíproca y las investigaciones de SI contribuyan al crecimiento de la ciencia, y no al personal de su director y su empresa. No lo duden, este descubrimiento puede abrirnos puertas sólo imaginables hasta hoy día en películas de ciencia ficción; pero de la misma manera que la innovación puede contribuir al desarrollo de la humanidad, puede convertirse en un peligro para ella. De momento, estamos a la espera de conocer más detalles sobre la ciencia tras el experimento, así como de las debidas regulaciones atribuibles a algo que debe ser patrimonio de la humanidad, y no de un ente comercial.

La continuación de la narración de la presentación de SI al mundo, se toma de la biografía del prestigioso neurobiólogo el doctor Lucas Boro, conocido por sus avances en el campo de la implantación de nanocontroladores programables vía inalámbrica que revolucionaron tanto la obtención de información sobre el funcionamiento del cerebro y el cuerpo humano mediante sensores, como el posible control e interacción el mismo gracias a actuadores. Las frecuencias de uso de estos dispositivos estaban en diferentes rangos que el funcionamiento neuronal, impidiendo así cualquier tipo de interferencia o daño al organismo. Las pruebas de contaminación cancerígena por la radiación también fueron superadas, aunque el escepticismo siempre se adueñó de la población que seguía pensando que las antenas de telefonía podrían provocarles la mortal enfermedad, pese a vivir en un entorno constantemente sometido a las radiaciones de cualquier manera.

Extracto de «El salto cualitativo: vivencias de la superación de la especie», biografía del Dr. Lucas Boro (1998—2036)

Tras asistir atónitos al abrumador despliegue de medios, razones y resultados del Dr. Lagraña, fuimos invitados a tomar un ascensor. En ese momento todos los presentes habíamos dejado la incredulidad a un dado, para dar paso a la mera expectativa. Nos sentíamos como unos niños de visita a una fábrica de dulces de donde saben sale su mayor fuente de deseo, pero no tienen ni idea de cómo se crea. Tan sólo queríamos pasear con la boca abierta, observando anonadados lo que nos rodeaba. Juan nos invitó a tomar un ascensor, que nos decepcionó. No ascendía, sino que descendía... bajo tierra. Nos sentíamos partícipes de una película de ciencia ficción. Era como estar en un pabellón de cine absorbente o en las renovadas atracciones de los Estudios Isla Mágica, paseando con la corona de visión tridimensional puesta, siendo parte de la película (qué maravilla a lo que llegamos desde aquellas antiguas gafas en tres dimensiones a base de dos trozos de papel celofán rojo y verde), sólo que en este caso no eran hologramas lo que se mostraban frente a nosotros sino la realidad, en toda su magnitud y certidumbre. La misma que, magnífica y asombrosa, se irguió a nuestro alrededor al abrirse las pesadas puertas de acero del ascensor, para nuestro deleite y ensimismamiento.

El laboratorio impecable y rebosante de actividad apareció ante nosotros como un oasis en medio del desierto para un nómada: deseado y muchas veces soñado para por fin encontrarlo cuando se ha perdido la esperanza. El suelo de mármol y las paredes recubiertas de material absorbente aseguraban un entorno semi-anecoico que si bien absorbía parte del ruido de la sala, permitía el desarrollo normal de las conversaciones y las investigaciones. Una técnica de camuflaje perfecta. A su vez, la planta tenía su propio control ambiental tanto en la temperatura como en las paredes, que proyectaban imágenes simulando cualquier entorno. En aquel momento, al mirar a las paredes parecía que estábamos en el mismo Amazonas...

Aquello era sin duda impresionante, pero el equipo de trabajo era reducido, unas 20 personas como mucho. Haciendo alarde de su habitual arrogancia oratoria, el Dr. Lagraña se abrió de manos y soltó sonriendo «Señoritas y *Caballeros —dijo—, no quiero insultar su inteligencia —Fernando* de *Europa Press* resopló, le costaba aguantar a este tipo—. *Se habrán dado cuenta de que un equipo tan pequeño no puede llevar a cabo un descubrimiento tan colosal. Aquí podemos hacer pruebas con nuevos materiales, certificaciones de producto, controles de calidad y pruebas de funcionamiento sí... pero un resultado como este no se obtiene sin equivocarse una y mil veces, sin probar cada jodido material y cada combinación que se nos ocurriera»*

En este punto, la cara del Doctor había pasado de condescendiente a intimidatoria, y su tono de burlón a agresivo: «*La gente se piensa que debemos hacer descubrimientos de la noche a la mañana, que un error o demostrar que un camino es erróneo para desandar lo andado no es un éxito.*»

Fernando irrumpió:

«*Aquí todos somos científicos, no hace falta que nos expliques cómo funciona la ciencia*», pero al Doctor no le gustó la interrupción

«*¿Sois? Querrás decir que habéis sido ¿Qué habéis descubierto? ¿Cuánto tesón habéis aportado a vuestra investigación? ¿Cuánto tardasteis en tirar la toalla y cambiaros de bando al de la pasiva observación?*». Fernando se agitó molesto con el comentario: «*Todos somos igual de válidos, y hay que pagar las facturas, Juan*», «*Doctor Lagraña para ustedes, caballeros* —respondió nuestro anfitrión—. *Con una buena idea y con trabajo todo se devuelve, todo se consigue y se paga, sólo hay que saber a quién acudir...*» Tras una tensa pausa, el *otro* doctor (la mayoría de los presentes éramos doctores en nuestro terreno), resopló y retomó su sonrisa y discurso más burlón «*En definitiva, déjenme mostrarles las entrañas de mi creación. Por aquí por favor.*»

El doctor posó su mano sobre un panel de reconocimiento de huellas dactilares y espetó un sorprendente:

«*El puto amo*»

Nos miramos asombrados mientras a nuestro alrededor, los trabajadores del laboratorio aguantaban una sonrisa mientras negaban con la cabeza. Menudo personaje. «*La humildad, para los fracasados*», dijo para apuntillar su numerito, que no había hecho más que comenzar. Una vez el acceso fue autorizado, la pared cedió dando paso a un nuevo ascensor que no hubiéramos adivinado se encontraba en aquel lugar. Una vez dentro nos miró sonrientes uno a uno, terminando en Fernando, centro de sus burlas en aquella histórica mañana para la ciencia. Apuntándole a la cabeza le avisó: «*Agárrate el peluquín, o saldrá volando*». Antes de que ninguno pudiéramos reaccionar se giró para volver a utilizar el reconocimiento de voz: «*Helipuerto*», dijo esta vez.

El sistema reconoció su frecuencia vocal y el ascensor se puso inmediatamente en marcha, ascendiendo esta vez. Una vez comenzó su frenada al alcanzar nuestro destino, un haz de luz incidente directamente sobre nuestras cabezas confirmó por qué no veíamos ninguna señal de una puerta en las paredes que nos rodeaban. La compuerta que esperábamos estaba frente a nosotros... sino encima. La plataforma del ascensor nos llevó directamente al tejado donde, efectivamente un helicóptero rotulado con el símbolo de la compañía nos esperaba con las hélices en marcha y dónde, efectivamente también y pese al aviso del doctor, el peluquín de Fernando salió volando hasta el Guadalquivir. Por la fuerza con la que salió despedido de su cabeza y se perdió en el horizonte azul impoluto del cielo sevillano, probablemente arribó sobre la majestuosa cabeza de caballo del puente del Alamillo. La sonrisa de Lagraña mientras seguía la mata de pelo con la mirada le delataba. Todo iba según lo había planeado, y no podría estar disfrutando más el día ni aunque el mejor Cristiano Ronaldo volviera a jugar en su Madrid

[...]

Durante el viaje pudimos tener una conversación más civilizada con el doctor Lagraña. El ser humano es curioso por naturaleza, y es esa naturaleza la que debe llevarle a preguntarse el qué y el cómo de las cosas. Cuando eso falla, algo va mal o está aprisionado o como en nuestro caso, temporalmente embargado por cualquier sensación, sentimiento o truco. Una vez asimilado que no habíamos asistido a un truco de magia sino a un descubrimiento formidable, un avance cuya repercusión estaba aún por calcularse, llegaron las preguntas. La primera era obvia dadas las penurias que tuvimos que pasar para financiarnos durante nuestras investigaciones los allí presentes: la financiación. Preguntamos si se trataba de fondos de la Unión Mediterránea, subvenciones de la Fracción Española, o bien financiación privada. El doctor respondió, lo recuerdo como si fuera ayer o al menos así lo recuerda mi mente, como sigue:

«En la vida hay oportunidades para realizar cualquier sueño que persigas. Tan sólo tienes que buscarlas, arriesgarte y aprovecharlas. El dinero es una mentira. Decimos que es una herramienta para regularizar el intercambio, pero es un arma para que el que quiera pueda poseer y dominar al resto. Hacen falta agallas y saber dónde está tu oportunidad. En la Unión hemos avanzado mucho en cuanto a inversiones científicas, está claro, pero no hemos llegado al punto de poder realizar una investigación de este calibre de una forma... digamos... regulada. Mi dinero, queridos amigos, no viene de un golpe de fortuna ni de la ayuda de un político, no. Tras probar de forma local a obtener lo que buscaba, me lancé al extranjero. Recorrí América y Asia buscando a millonarios que me financiaran. No me avergüenzo de ello, ni mucho menos.

Conocí a un millonario en el póker… dijo que el dinero le compra poder… quería armas… le dije que la podía fabricar… lo demostré… si esa patente es mía…»

Sólo interrumpió su relato cuando el piloto giró el cuello para avisarnos del aterrizaje, el cual tenía un marcado acento ucraniano, seguramente de los que trabajan en la extinción de incendios forestales en verano en Galicia, pensé. Algo de eso me sonaba. Su cuello fornido y musculado revelaba un tatuaje con dos aspas de diferente grosor encerradas en un círculo doble relleno de un rotulado escrito en cirílico que obviamente no alcanzaba a entender. Algún destacamento militar o paramilitar, seguro. Mejor no preguntar más.

«Descendemos, agarraos bien y sujetad vuestras pertenencias», dijo socarrón mirando a Fernando. El helicóptero comenzó el descenso y al ir sentado cerca de la ventanilla eché un vistazo a dónde llegábamos. La nada. El desierto almeriense en toda su magnitud. Al fondo se divisaban los parques temáticos de vaqueros, conmemorando aquellos Spaguetti Westerns que se rodaron en la zona. Aún funcionaba ese negocio. Se ve que cierta diversión, pura y honesta, no pasa de moda.

Bajo nosotros, tan sólo un rugoso manto marrón cubierto de piedras y montículos, salpicado por cactus y rodeado de colinas. ¿Qué íbamos a hacer aquí? Consternado estiré el pescuezo para echar un vistazo en la cabina del piloto. Junto a sus instrumentos de navegación, se encontraba un GPS profesional que indicaba con una exactitud de 3 metros que estábamos sobre nuestro destino. No parecía tener sentido, hasta que fuimos descendiendo. Poco a poco nos aproximábamos al suelo y la revolución de las aspas creaba un pequeño vendaval que levantaba la tierra de su sitio, haciendo aparecer algo diferente bajo ella. Afinando la mirada me di cuenta de que lo que reposaba bajo las rocas y grumos lanzados al aire, no era tierra sino una compuerta. Tenía su mismo color sí, pero sólo a efectos de camuflaje. Aquello era liso, brillante, metálico. Para nuestra sorpresa, a medida que nos aproximamos el despierto abrió sus fauces como un gran gusano de arena de *Dune*, dejando una segunda plataforma de aterrizaje al descubierto unos metros bajo la tapadera inicial, bajo un cilindro de acceso de amplio diámetro. El sonido del patín de aterrizaje al tomar tierra delataron que estábamos sobre algún tipo de superficie artificial.

Las aspas dejaron de girar y fuimos a desabrocharnos los cinturones y a levantarnos, sólo para que el doctor Lagraña posara su mano derecha sobre mis rodillas mientras negaba con la cabeza *«Aún no, las turbulencias llegan ahora»*, para luego agachar la cabeza entrelazando las manos en señal de espera. *«Pero qué turbulencias ni qué…»* decía Fernando quitándose el cinturón justo cuando un crujido metálico se desató y el helicóptero vibró de forma violenta, mandándole encima mía. Me lo quité de encima como pude para observar como la sombra comenzaba a caer sobre el aparato a la vez que el cielo se oscurecía. La plataforma de aterrizaje descendía y de nuevo íbamos bajo tierra.

Una vez se detuvo, Lagraña dijo chistoso «*ahora sí, vámonos átomos*». Ninguno reaccionamos de inmediato ya que estábamos ensimismados mirando al frente. El tamaño del centro de investigación que apareció ante nosotros era inconcebible, asombroso. El ahora archiconocido *Centro de Desarrollo Científico (CDC)* de SI en Almería, cuyo perímetro tiene mayor protección que cualquier sede gubernamental conocida, fue descubierto ante nosotros de forma inesperada tras caer el telón del espectáculo de Lagraña. Todos esperábamos algo especial, pero no esto. Tras haber soportado los precarios años que nos había tocado vivir a los allí presentes, donde conseguir los medios para tu investigación era una maratón de obstáculos a cada cuál más ridículo y humillante, mientras a nuestro alrededor el dinero era despilfarrado y robado por los ineptos que gobernaban el país. En aquel momento, la ilusión que nos embargaba a todos era tal que no nos preguntamos cómo todo aquello era posible. Sin duda, la Unión Mediterránea había saldado la crisis y devuelto a los países a las orillas de verdoso mar que nos da la vida a lo que siempre había sido: la cuna de la sociedad moderna. Pero lo que se levantaba imponente ante nosotros, orgulloso y eficiente, bullicioso y funcional era inaudito. En 37 años de investigación no había visto nada similar.

Más que de un laboratorio, se trataba de una nave industrial subterránea de unos 20 metros de altura repleta hasta las trancas de salas blancas, anecoicas, equipos de prueba y personal de trabajo. Mucho, mucho personal. Aquello debía costar una fortuna. Las preguntas sobre el origen de la financiación de Lagraña no hicieron sino engrandecerse tras aquel primer vistazo, y tomaron aún más fuerza a medida que recorrimos las instalaciones. La enorme nave estaba dividida en plataformas de acceso tanto independiente como conectado entre ellas. Parecía una secuencia de andamios móviles unidos precariamente por escaleras, a modo casi de una ilusión óptica entrelazada a diferentes niveles.

Mientras recorríamos el pasillo central, a lo alto a nuestra izquierda, casi encima de nuestras cabezas, una plataforma únicamente sujeta por las escaleras de acceso que la conectaban con el suelo y con los otros niveles acogía a un técnico que nos saludaba ondeando su mano derecha. Vestía una bata blanca con dos líneas negras paralelas a ambos lados de la ristra de botones dándole un toque distintivo a la indumentaria. No fueron sus gafas circulares de culo de botella ni su apelmazado, grasiento y rizado pelo corto oscuro que se apelmazaba sobre su cabeza lo que nos llamó la atención, aunque también, sino que su mano izquierda reposaba sobre un aparato similar al que había sido utilizado para la demostración en Sevilla, sólo que descubierto... y en funcionamiento. Sin su cubierta, podíamos ver claramente dos cilindros girando a una velocidad de revolución endiablada, en lo que parecía que iban a despegar en cualquier instante, pero una fuerza los mantenía unidos, una fuerza visible. Un campo eléctrico color azulado chispeaba esporádicamente, ganando intensidad y presencia visible en cada instante. Lagraña observó que nos habíamos detenido y se acercó a una mesa para recoger ago. Me dio un toquecito en la espalda y me dijo «*toma, pontelas. Captarás su frecuencia de radiación. El espectro es amplio y parte de la intensidad llega a lo visible por el ojo humano, pero no todo.*» Asintiendo sin saber muy bien por qué como un hijo a un padre que le ordena algo, me puse las gafas y volví a mirar. El destello celeste se había convertido en una absoluta marea eléctrica que arropaba y unía ambos cilindros, como un pergamino de la antigüedad ondeando al viento: firme, consistente. Parecía incluso que podría tocarla. Era como una corriente de agua en un bucle infinito, cayendo por la catarata de un lado para volver a emerger por el cilindro opuesto. Bello, lo más bello que he visto nunca como científico.

Siguiendo mi buena costumbre de compartir la ciencia con todos, pasé las gafas a mis compañeros y observé su reacción. Boquiabiertos, asombrados. También observé cómo el señor Lagraña nos contemplaba. Deleitándose en su soberbia y en su victoria. En algo tenía razón, se había ganado el derecho a ser soberbio. «*Pedro allí arriba está probando la interacción de las diferentes configuraciones del teleportador con el aire, fuera de sala blanca. Queremos estudiar todas las posibilidades para nuestro producto*», tras tomar una pausa terminó su frase «*Esto no ha hecho más que comenzar*». Mientras seguíamos absortos mirando a las mujeres y hombres a nuestro alrededor nos invitó a continuar... había cuatro plantas más como aquella por recorrer.

La leyenda urbana dice que las copias de la primera edición de esta biografía incluyen un capítulo en el que se detallan los experimentos encontrados en las diferentes plantas de CDC de Almería. Algunas de estas instalaciones permanecen descritas a grandes rasgos en la versión que se puede adquirir mediante cualquier dispositivo cuántico instantáneamente hoy día, como las salas de vibración, los ordenadores para el diseño de nuevos materiales a partir de la combinación de cualquier otro conocido incluyendo los hornos de aleación y mezcla de estos «ingredientes», o las salas de control atmosférico donde cualquier ambiente podía ser simulado mediante la inyección de gases y el control de la presión, gravedad y viento, con el objetivo de simular todos los medios del sistema solar y probar el funcionamiento de los equipos en ellos. Pero lo que hace especial a estas ediciones son las partes, siempre según la leyenda, censuradas. En ellas se incluyen las pruebas de teleportación con seres vivos... incluyendo humanos.

Según se dice, el doctor Boro relata cómo al despistarse del grupo encuentra una sala donde un hombre joven y claramente demacrado por aprisionamiento y tortura es introducido contra su voluntad en un teleportador a escala humana... y cómo el resultado al final de la sala blanca es un cubo de carne chamuscada maloliente. La última reflexión de su diario de acontecimientos, algo ambigua, resume a la perfección lo que opina de SI una gran parte de la sociedad:

> «Estoy tan asombrado y ensimismado por los logros científicos de esta desconocida e inesperada empresa andaluza, que desde mi raciocinio técnico y experimental me ha costado digerir y valorar éticamente lo que escondían las instalaciones subterráneas de Almería. Tras haber pasado un tiempo, he conseguido poner las cosas en la balanza. No quiero juzgar la mayor y creerme en posesión de la verdad absoluta, pero hay una fina línea que nos separa del abismo y que me hace incluso dudar del beneficio de tamaño avance para el conjunto de los seres humanos. Solar Innovations es un milagro científico, humano y trabajado; un regalo para la sociedad, el futuro y la evolución de la especie; pero esa misma sociedad no debe perder de vista su humanidad, la cual la distingue sobre sus antepasados y le permite subsistir y avanzar como especie, siendo tan fácil de dejar atrás y desplomarse como un niño persiguiendo una cometa en un acantilado. El avance tecnológico, sin respetar los mínimos de humanidad que mantienen cohesionada nuestra sociedad, no le sirve al conjunto de la especie y acabará por destruirnos. El brillo de las invenciones de esta maravillosa empresa es tal, que oculta completamente la oscuridad de donde ha surgido. Enhorabuena y cuidado señor Lagraña. No nos destruya en el proceso de mejora.»

SI siempre ha negado estas acusaciones, y acusado a quienes expanden estos rumores por la nueva Internet de estar en contra del progreso para la humanidad que ellos buscan, haciendo gala además de sus innumerables actividades filantrópicas y ONGs, que ayudaron junto con el auge de la religión de la virtud a acabar prácticamente con el hambre en la Tierra. Así mismo, denuncian que los vídeos que circulan por la red son montajes. De algún modo, SI usó esta última reflexión a su favor, lo que a todas luces fue lo que le permitió evitar la censura.

El único hecho cierto, es que el Doctor Boro apareció muerto en su apartamento del barrio de Santa Cruz en Sevilla, con dos banderillas de toreo clavadas en los ojos.

Anexo: entrada en el la enciclopedia planetaria de libre acceso en Internet sobre los Fenómenos Fisiológicos Espaciales (FFE)

En el año 2044, la exploración humana estaba plenamente asentada en la Luna y en Marte, sin necesidad de teleportación humana sino con el esfuerzo del Achiever first, y otras naves y lanzadores de la Agencia Espacial Unitaria y privados, pero el problema de los efectos de la radiación solar y la falta de gravitación sobre el cuerpo humano persistían. Los efectos eran devastadores como prueban las muertes de los colonos Bojan Markovitz-Lamb y Lihnsay Rasley.

Los siguientes informes médicos han sido extraídos de *logs* oficiales de SI:

- Varón, 32 años, 189cm de altura, 89kg de peso. Complexión fuerte. Tras un proceso de selección Bojan fue a parar a la Luna y una tormenta solar de CMEs le provocó un efecto radiactivo tal que las convulsiones le llevaron al infarto y la muerte (ahogado en su vómito en el traje).

- Linhsay era colona de Marte. La degeneración muscular y ósea debida a la mayor cercanía a la radiación solar y a la pérdida de gravedad, acabaron por desarrollarle una metástasis y el quebrantamiento óseo en ambas piernas. En pocos días el resto de sus huesos siguieron el mismo proceso, provocándole la muerte. Dado que ningún ser humano había pasado tanto tiempo en esas condiciones, no fue hasta su muerte y como consecuencia de ella que se descubrió una enfermedad genética denominada síndrome de Resley, que hace crecer exponencialmente los efectos de la falta de gravedad los cuales, unidos a la radiación hacen que los sujetos que la padecen deban pasar el menor tiempo posible en entornos con gravitación menor que 0,7 veces la gravitación terrestre.

Diez: respuestas

No hay nada mejor para despertar a alguien que una buena descarga eléctrica, debió pensar Cruor. Sobre todo si ese alguien ha estado a punto de conseguir que acabaran contigo.

—¡Espabila joder! ¿Qué coño pensabas que estabas haciendo? ¿No podías estarte quieto?

Antonio estaba volviendo en sí pero entre la descarga y un fuerte dolor en la nuca apenas podía enfocar la mirada. Cuando consiguió distinguir la figura que le gritaba delante suya, lo recordó todo.

—¿Qué ha pasado? ¿Qué era esa cosa?

Cruor le puso la cara tan cerca que Antonio pudo oler su sudor.

—¿Veinte minutos recuerdas? Teníamos veinte minutos para sacarte de aquí antes de que aparecería ese puto zoquete engreído. Te lo dije, respuestas cuando estemos a salvo. Ahora levanta de una vez, que sólo quedan cinco.

Antonio intentó incorporarse pero falló al primer intento; lo consiguió al segundo y pudo al menos sentarse sobre la moqueta de la sala. Miró alrededor y el revelador ya no estaba encima de la mesa.

—El revelador...

—Guardado en la caja, de donde no debería haberse salido si me hubieras hecho caso y te hubieras estado quietecito, joder.

Antonio le miró desconcertado.

—Esa cosa...¿qué era?

Cruor le miró resignado, resopló y contestó.

—Los llamamos exploradores, son una variante de los colectores de energía. Unas criaturas que habitan en el paralelo que abrió el revelador. No sabemos cómo han evolucionado tan rápido ni por qué se han vuelto tan agresivos. Pero te he salvado la vida. Y la mía, de paso. De no haber llegado al revelador a tiempo para apagarlo no sé qué hubiera hecho. Las pistolas de energía no funcionan igual en el paralelo y apenas las paralizan. Lo mismo que con un láser térmico. Es un problema de interferencia en la generación, parece relacionado con la perturbación de las superficies. Hemos tenido suerte de que nadie nos haya visto.

Antonio le miraba incrédulo, intentando asimilar que efectivamente lo que acababa de pasar era real y no una alucinación. Un paralelo diferente. El mensaje de Clara comenzaba a cobrar sentido en su cabeza. Era real.

—Ahora vamos, levanta por favor. Entre unos y otros ya no tenemos tiempo suficiente para sacarte de aquí así que vas a tener que confiar en mí.

—¿Qué quieres decir?

Cruor le puso la mano en el hombro.

—Tengo un teleportador portátil en casa. No debería, pero así es. Igual que Clara consiguió llevarse un revelador, yo me llevé lo suficiente para poder montar mi portal en casa. Por si las moscas...

Se desabrochó la bata y sacó del interior una caja que ocupaba poco más que la palma de su mano. Dentro de ella se encontraban un par de barras plegadas. Al enderezarlas y fijar sus bases en el suelo dieron lugar a una especie de pórtico plegable, complementado por dos pares de anillos lisos de un material que parecía el famoso Linium.

—Tienes que colocarte esto, uno en cada mano —dijo mostrándole los anillos—. Con el brazalete puedo indicarle a dónde quiero enviarte. El aparatito se encarga de escanearte y de guardar todas las componentes de tu organismo en ellos, no queremos acabar como uno de esos trozos de carne chamuscada que circulan por la red.

Cruor alzó los anillos en sus dedos:

—Es increíble, ¿no?

Antonio le miró dubitativo mientras engarzaba los anillos a sus dedos.

—Sí sí, ojiplático ando, pero dime... los teleportadores portátiles han sido utilizados para personas por SI a menudo, ¿no? Para secuestrarme, por ejemplo ¿A qué viene ese énfasis en que tengo que confiar en ti?

Cruor dibujó una sonrisa inocente que arrugó su mullido y viejo rostro.

—Pues porque esos son fijos, sólidos: una mejora implementada a los de comida y productos que transportan para arriba y para abajo y que, en cuanto a seres vivos, sólo los usan con Siervos, no con humanos —puntualizó—. Los generan programados de la base de datos, no teletransportan. No es lo mismo. Que yo sepa, los usan para el trabajo sucio aquí o en zonas peliagudas en los límites del control de SI, como las Dos Mil en Mare Anguis, Scampa en Venus y poblados de extrarradio donde se intente el contrabando y las apuestas ilegales. Y para darte a ti hasta en el apellido, claro. Sin embargo —dijo alzando el índice y temporizando sus palabras—, esta bestia plegable es «*artigianale, bello!, artibus cruorus*», —se marcó mientras gesticulaba con las manos como para complementar su broma—, pero ... existe el pequeño problemilla, seguramente sin importancia: no la he probado nunca. Y el cacharro que tengo en casa, el portal que nos debe recomponer, apenas merece llamarse teleportador. De hecho, mejor que no lo hayas visto...

Antes de que Antonio pudiera decir nada se apresuró a clausurar definitivamente la conversación:

—Ahora lo siento, pero es nuestra única oportunidad. Cierra los ojos y reza lo que sepas.

Antonio juraría que no había aparato móvil alguno cuando abrió la puerta y que los Siervos habían aparecido de la nada, pero mientas antes de que pudiera reaccionar al *spetaccolo* y a la congoja que le acababa de insuflar su compañero, Cruor pulsó un botón en su brazalete y la oscuridad le envolvió.

Lo siguiente que sintió fue un golpe seco, cayendo en algún lugar sólido y frío. Cuando volvió a abrir los ojos, se encontraba tumbado en el suelo de una especie de trastero, un taller lleno de cachivaches. Su cuerpo estaba totalmente indispuesto, su estómago del revés, como si hubiera sido sometido a una fuerza de diez veces la gravedad terrestre. Intentó incorporarse pero las náuseas eran tales que lo que hizo fue vomitar por todo el suelo, tras lo que cayó de espaldas perdiendo de nuevo el conocimiento.

Pasaron las horas. La noche y una tormenta programada cayeron sobre las zonas habitables y agrícolas de Titán. Aturdido, Antonio volvió en sí. Miró alrededor: cables, herramientas, solenoides similares a las torres de teleportación. Ni pudo ni quiso moverse. Finalmente, se abrió la puerta.

—¿Toño? Soy yo.

La bajita y oronda figura de Cruor entró en la habitación. Antonio se relajó, dejó que la tensión bajara de sus hombros y suspiró.

—¡Virtuoso seas!—soltó con una mezcla de ironía y alivio—. Por fin, no me he atrevido a salir de este cuchitril y aunque hubiera querido no sé si hubiera tenido fuerzas. Joder tienes que mejorar este cacharro, casi me mata al recomponerme. Estoy hecho mistos.

—Anda, dame las gracias de que estés vivo —le dijo lanzándole una botella de agua—. Te recuerdo que hasta hace unas horas estabas en una prisión, esperando a que te drogaran para descomponerte en una teleportación a la Tierra, y recomponerte como una gigantesca albóndiga de carne ahumada achicharrada. De nada.

El escape había sido tan intenso, y seguía teniendo tantas preguntas sin respuestas en su cabeza, algunas antiguas y otras que se habían formado tras escapar de la prisión de SI, que Antonio había olvidado ese detalle por un momento. La prisión quedaba ya lejos. Se sonrojó un poco al darse cuenta de su lapsus. Tomó un sorbo de la botella de agua y respondió de forma conciliadora.

—Viéndolo así... pero espero no tener que volver a teleportarme.

Los dos sonrieron.

—Oye —le dijo mirándole a los ojos con un torrente de honestidad—. Gracias. No sé cómo agradecerte que me sacaras de las manos de ese maníaco acomplejado.

Cruor intentó restarle importancia haciendo un gesto con la mano.

—Bah no te preocupes, todo lo que pueda hacer para tocarle las narices a ese papanatas narcisista será un placer para mí.

Antonio sonrió. Una vez el ambiente se había relajado, llegó el momento de abordar la cuestión y continuar hacia adelante.

—Bueno, entonces ¿es ya el momento de obtener respuestas? —dijo abriendo las manos en señal de espera.

Cruor asintió con la cabeza.

—Así es, creo que va siendo hora y que te las has ganado tanto a los puntos por insistencia como al KO. Y no al técnico, si no en el que casi te quedas quiero decir, vaya. A ver, pongámonos cómodos que esto va para largo... —se sentó en el suelo al lado de Antonio apoyando la espalda en una de los bancos de trabajo que tenían todo tipo de herramientas y cacharros en lo alto. Plegó una pierna cerrando su brazo alrededor de la rodilla mientras la otra se mantenía estirada y se dispuso a hablar—. Lo primero: todo lo que has visto es real. Lo tienes que tener claro. Ni estás alucinando, ni es todo un efecto óptico. Hemos comprobado que se trata de estados diferentes de la materia. El principio de incertidumbre dice que...

Antonio le interrumpió rápidamente al ver que no podía remediar volver a irse por las ramas.

—Sí, Clara me lo contó en su mensaje, no lo entendí en su momento pero mientras me espabilaba y te esperaba he ido atando algunos cabos. Entiendo que el revelador abre de algún modo una realidad paralela pero, ¿qué consecuencias tiene? ¿y por qué no ocurrió nada cuando lo activé en casa?

Cruor extendió las manos, solicitándole paciencia.

—Vayamos paso a paso. En las salas de laboratorio el revelador no hacía nada por sí mismo más que emitir energía. En sucesivos experimentos probamos de todo: poner líquidos y materiales enfrente suya para ver cómo reaccionaban, utilizarlo como un nuevo tipo de microondas, intentar recoger la energía y usarla como fuente alternativa de forma similar a la nuclear o la solar... pero no conseguimos encontrarle utilidad alguna. La energía era tal que provocaba que los alimentos fueran cancerígenos, la síntesis del Aperito sólo para calentar líquidos es demasiado cara, y la transformación de la energía que irradia es, de momento, muy ineficiente para competir con la energía solar que podemos recoger en grandes paneles veinticuatro horas al día desde cualquier parte del sistema solar, o desde misiones hacia el sol que luego teletransportamos de vuelta hasta nosotros.

Se tomó un instante de pausa para permitir que la información fuera absorbida por su compañero antes de proseguir:

—Estábamos algo frustrados y decepcionados porque teníamos la sensación de tener algo extraordinario delante de nosotros y no sabíamos qué hacer con él. Y luego la presión de la empresa, claro. Querían resultados. De nada les valía un elemento espectacular que emanaba cantidades ingentes de energía si no podían utilizarlo y rentabilizarlo. Fruto de esta presión, nos obligaron a ceder parte de los laboratorios a experimentos de mejora en los dispositivos de teleportación portátiles. Y fue entonces cuando nos llevamos el material a la sala de reuniones e instrucción de personal en la que te encerré, sin recordar que había un revelador dentro y que eras un cabrón bastante cabezota y descuidado con respecto a tu propia salud.

—Gracias, lo tomaré como un cumplido —dijo Antonio sonriendo.

Cruor negaba con la cabeza mientras se mordía el labio.

—En fin, el caso es que lo transportamos en una caja metálica como en la que se guardan los reveladores formando una jaula de Faraday que como sabes contiene e impide la radiación electromagnética entre el interior y el exterior de su recinto. Comenzamos la reunión que iba a tratarse de una lluvia de ideas sobre cómo proceder con el Aperito, al que en aquel momento todavía lo llamábamos elemento X. Estábamos realmente perdidos. Después de un par de horas de discusiones sin fruto, abrimos la caja desesperados a ver qué se nos ocurría mirándolo. A ver si nos inspiraba de algún modo. Y vaya si lo hizo. A medida que fui abriendo el maletín, la parte del techo cercana a la pared del fondo fue poco a poco tomando la increíble textura que tú mismo viste. Todos nos quedamos con la boca abierta. Cuando terminé de abrirlo, todavía con el elemento X en medio, la mitad superior de la pared se reveló con su estructura en el paralelo. Fue cuando sacamos al elemento de la caja y la apartamos cuando presenciamos lo mismo que tú hoy. Increíble. Estábamos maravillados. Mirándolo con perspectiva, imagino que actuamos como debieron haberlo hecho los homosapiens cuando vieron el fuego por primera vez, todos boquiabiertos contemplando el paralelo y preguntándonos si era seguro o no. Debido a los incidentes que habíamos tenido anteriormente durante las pruebas realizadas al material, un par de los presentes en la reunión salieron corriendo de la sala, atemorizados ante lo desconocido y ante la posibilidad de que resultara peligroso.

Meneó la cabeza riéndose, de forma agridulce, sobre lo paradójico de la situación:

—El mayor descubrimiento en la historia de la humanidad y alguno de nosotros sale huyendo de él. ¿Crees que pasó lo mismo con la rueda? ¿O que la gente huyó de casa de Bell la primera vez que iluminó una bombilla? Somos curiosos los humanos. Por supuesto, esto quedará entre los presentes en la reunión y bueno, tú, al igual que de haber pasado con descubrimientos anteriores nunca quedará escrito en los libros de historia.

Cruor tragó saliva, se dio un segundo de pausa y continuó.

—El caso es que comenzamos a realizar todo tipo de pruebas, desde la más sencilla a la más compleja. Lanzamos palos, piedras, plásticos y cristales. Todo tipo de materiales al interior del paralelo para ver si reaccionaban de algún modo, pero simplemente se posaban allí sin mayor incidencia o reacción. Analizamos el campo magnético y el estado cuántico de las radiaciones y fue ahí cuando comprobamos que la materia estaba en un estado complementario al que tenía antes de recibir la radiación del elemento. De ahí surgió el concepto de *Paralelo*, y la idea de denominar al elemento Aperito, por habernos revelado una realidad alternativa. Puede sonar algo pomposo describirlo en latín, pero fue decidido en altas esferas preparando un show y golpe de efecto como el que se dio en su día con la teleportación. No quiero imaginar el show que montaría Juan Lagraña si aún estuviera con nosotros… Menudo personaje el padre fundador de SI.

Paró unos momentos como sopesando cómo serían las cosas si aquel científico algo déspota y egocéntrico pero brillante siguiera vivo: si hubiera estado de acuerdo o no con el devenir de los tiempos; quizás, si fue él mismo quien lo concibió así. Dudó que nunca llegara a saberlo.

—Lo siguiente fue sencillo, teniendo en cuenta el equipo de científicos e ingenieros con el que contamos. Sintetizamos el Aperito y lo combinamos con Silco primero para controlar la emisión de energía una vez se activara el aparato, el cual denominamos *Revelador* por revelar el paralelo; y con Linium después para que adaptara su forma y orificios a través de los cuales mana la energía, en función de dónde se coloque el aparato (cintura, la muñeca, sobre una superficie, etcéter), y del volumen a escanear. Se autoajusta, la apertura de cada orificio es limitada. No podrías escanear un estadio polideportivo con tres orificios, por ejemplo, no llegarían con la intensidad necesaria a recorrer el perímetro requerido.

Cruor hizo una pausa antes de continuar con aspectos menos técnicos del aparato:

—El diseño del símbolo llevó más tiempo. Los primeros modelos no lo llevaban, era solamente un círculo indicando el color. El logo final vino desde arriba. Creo que querrán utilizarlo como logo de empresa una vez se anuncie el descubrimiento, como hicieron con la teleportación. Más adelante incorporamos el zumbido y el cambio de color en la luz emitida a azul en el momento que se han detectado huellas de energía y una entrada al paralelo.

—¿Huellas de energía? —preguntó desbordado Antonio ante la cadencia de información incipiente.

—Sí, es lo que nos permite saber dónde conectamos los dos mundos. Es la que abre el camino al paralelo. No estamos seguros de cómo o por qué se acumula en unos puntos sí y en otros no, pero sí sabemos que sólo en los puntos en los que está presente podemos unir los dos paralelos, el nuestro y el alternativo.

—¿Y cómo las reconocéis estos… rastros?

—¿Recuerdas cuando activaste el revelador, mientras la luz emitida era verde cómo había un reflejo brillante acumulado en varias zonas de la pared? ¿Cómo una vez la luz se volvió azul y el paralelo alternativo quedó al descubierto podían verse unas acumulaciones doradas alrededor de ciertos puntos, y unos reflejos dorados alrededor de la zona de la puerta?

Antonio intentó recordar y efectivamente, podía visualizar en su cabeza un reflejo dorado en el marco de la puerta, pero nada más.

—No vi nada hasta que la luz se volvió azul, no estaba mirando a la pared. Y tampoco recuerdo acumulaciones pero sí recuerdo el destello en el marco de la puerta.

A Cruor pareció sorprenderle que no hubiera visto el resto de signos de presencia de las huellas de energía.

—Mmm vaya, eso es interesante.

Se mantuvo callado un instante, pensativo y Antonio tomó la palabra.

—¿Habéis cruzado la puerta? ¿Explorado el paralelo? ¿Hay más puntos de entrada?

Cruor volvió a prestarle atención a su interlocutor aunque parecía seguir pensando en otra cosa.

—Sí, hemos cruzado pero no hemos llegado demasiado lejos. Lo que sí te puedo decir es que los materiales son los mismos, pero el enlace cuántico entre los dos paralelos se limita a la estructura de algunas salas del edificio. Las salas están vacías. De algún modo el edificio existe en ambos mundos pero el mundo de por sí se ha desarrollado de otra forma. Son realidades completamente diferentes que entendemos han evolucionado a la vez en lo que entendemos como tiempo, pero no de forma pareja. Nosotros, los humanos, no estamos preparados para percibir e interactuar con este paralelo. De la misma forma que no podemos ver frecuencias de infrarrojos o escuchar ultrasonidos, no podemos interactuar con el paralelo. Pensamos que los habitantes de esta realidad alternativa pueden percibir nuestro mundo de la misma forma que nosotros percibimos el suyo: distorsionado, caótico y de textura cambiante. Pero es sólo un efecto tanto de nuestra visión como de la energía del revelador. Ahora mismo estamos trabajando en unas gafas para neutralizar...

Antonio le interrumpió. Había algo que debía saber.

—Los habitantes... esas criaturas, ¿qué son? ¿Fueron ellos los que... los que se llevaron a Clara?

Cruor permaneció callado unos segundos, agacho la cabeza y resopló. Enredado en las maravillas de la técnica, se había olvidado de tener que contar esta parte de la historia.

—A los habitantes originales los llamamos *Recolectores de energía*. Son unas… criaturas que al menos nosotros percibimos como insectos gigantes. Se dedican a buscar energía, absorben parte de ella como nutrientes y acumulan el resto como reserva. Pero… últimamente ha desaparecido mucha energía. Me extraña que no vieras las acumulaciones en la sala de reuniones e instrucción de personal, estaban allí hace un par de días. Y… las criaturas han evolucionado. Las primeras que vimos no tenían dientes ni eran agresivas para con nosotros. Las que son como la que nos encontramos antes… son depredadores. Buscan atacarnos y abordar nuestro mundo. Los llamamos *Exploradores*. Por suerte, siguen conectados a su paralelo. En el momento en el que apagas el revelador, desaparecen. No podemos interactuar. Estamos en un mismo espacio pero en realidades diferentes. No es fácil de explicar. En cuanto a Clara…

Antonio se incorporó.

—Estábamos juntos en una expedición dentro del paralelo. Lo más lejos que habíamos llegado hasta entonces era hasta la entrada del edificio, sólo para descubrir un entorno rocoso y vacío a su alrededor.

Cruor hizo una pausa y miró a Antonio.

—No entendemos por qué, pero gran parte del complejo se encuentra bajo tierra en el paralelo. Una vez pudimos encontrar una salida al exterior, la colonia estaba destrozada, derruida completamente. Abandonada. No encontramos ningún ser humano.

—Pero… la vida… los campos electrogaseosos, la gravedad…

—No lo sabemos, no hemos podido explorar lo suficiente ni extraer suficiente material de la superficie para tener certeza de por qué, pero lo cierto es que la atmósfera no es tóxica para nosotros, aunque la composición no es exactamente la misma, y la gravedad pese a ser algo mayor nos permite desplazarnos.

A Antonio le parecía increíble y algo dentro de él no terminaba de creerse todo esto del paralelo, pero volvió a su verdadero mundo.

—Clara…

—Sí, Clara —le concedió Cruor—. Estábamos en la expedición, tomando algunas muestras de la superficie cuando escuchamos un grito agudo. Levantamos la cabeza y vimos de lejos a varios de estos exploradores. Al principio no sabíamos cómo reaccionar. Parecían agresivos pero no habíamos tenido problema con los recolectores. ¿Recuerdas a Alice?

—Claro, amiga nuestra. La ví no hace mucho.

—No la viste a ella. Ella se quedó en el paralelo. Intentó acercarse a los exploradores, ensimismada como si fueran unos cachorritos. La desgarraron en instantes, y no fue nada agradable. Se abalanzaron sobre ella, la lanzaron contra el suelo y le abrieron las entrañas con sus garras para luego comenzar a devorarla.

Antonio tragó saliva.

—Otro par de exploradores nos miraron a los restantes miembros de la expedición, y supimos qué hacer: soltamos nuestras herramientas y muestras y salimos cagando leches, intentando volver a la habitación. Conseguimos llegar... pero Clara era la última. El aleteo de esas bestias aladas impulsándose por los pasillos como podían mientras nos perseguían rechinaba cada vez más fuerte, más cerca. Fue gracias a eso, al pequeño tamaño de las instalaciones que dificultaba su vuelo, que pudimos escapar.

Cruor hizo una pausa y le miró antes de continuar.

—Nos precipitamos a la sala como pudimos, pero uno de los miembros apagó el revelador al entrar sin esperar a que Clara cruzara...

Antonio sabía de quién se trataba.

—Marco...

Cruor asintió.

—Sí... el hijo de puta de Marco. Se la tenía guardada desde aquella patada a su orgullo que seguro recuerdas. Para cuando conseguimos arrebatarle el revelador de las manos y volvimos a abrir el paralelo no había nadie al otro lado. Ni ningún sonido. Sólo silencio.

Cruor agachó la cabeza, avergonzado.

—Lo siento, no pudimos hacer nada más. Yo no he vuelto a cruzar desde entonces.

Antonio asimiló lo que acababa de escuchar. Estaba digiriendo la información y procesando una respuesta. Pero dentro de él ya sabía cuál era el camino a seguir, el de siempre. Recordó algo, aquella visión al salir de la celda:

—Estas bestias... los exploradores ¿Es posible que estén en la prisión de donde me sacaste? ¿Están contenidos de algún modo dentro de los cubículos negros?

—Así es —respondió Cruor asintiendo, contento de ver que la información iba siendo digerida adecuadamente—. Como te dije, todo aquello fue real. Estamos entrenando equipos especiales para combatirlos y necesitamos erm... muestras. De momento hemos podido paralizar a algunos y encerrarlos en cuatro paredes artificiales que recrean el estado cuántico alternativo en el que se encuentra el paralelo. Es una medida de seguridad. Mientras estén presentes en aquel mundo, no lo estarán en este. En caso de problemas o peligro podemos desactivar el generador artificial y el explorador desaparecerá con el campo, volverá a su mundo. Estamos preparando tests para estudiarlos y combatirlos.

—¿Y el Linium?

—El Linium actúa como una segunda barrera de contención. Alterando su estado cuántico podemos deformarlo e incluso vaporizarlo y contenerlo, como con las puertas o las esposas en las celdas. El marco negro de Silco que determina su contorno tiene esta labor. Una vez vaporizado lo almacena y cuando su estado varía, lo expande. La transformación es invisible para el ojo humano, demasiado rápida, pero podría enseñarte lo que pasa a cámara lenta…

—No será necesario —replicó rápidamente Antonio.

—El caso —prosiguió Cruor con dificultad para escatimar detalles—, es que este material actúa como aislante para las criaturas y el paralelo, que no parece poder extenderse allí donde lo encuentra. Interfiere con las propiedades del Aperito que no puede revelarlo. Es una barrera de seguridad natural, al final todo está equilibrado en la naturaleza para encontrar estabilidad…

Antonio se puso de pie.

—Si ya… imagino que el paralelo nos descubrió y *bum*, de inmediato encargó una colección de bestias para contrarrestarnos, ¿no? Evolución *express* —Cruor mantuvo el silencio frente a esta afirmación—. Pero bueno, eso me da igual, en cualquier caso ya he encontrado la respuesta que necesitaba.

Su interlocutor le miraba sorprendido desde el suelo.

—¿Ah sí? ¿Y cuál es?

—El camino a seguir, ya sabes… hacia adelante —le dijo sonriendo—. Tú y yo vamos a entrar de la manita en el paralelo a buscar a Clara, compañero.

Artículo Relacionado: Manifiesto de la NAC contra el uso de los teletransportadores cuánticos de seres vivos

A la atención de los senadores planetarios,

Los miembros abajo firmantes *Naturalistas Anti Cuánticos (NAC)* así mismo en representación de todos los socios adheridos a nuestra organización en la lucha contra el imperialismo de *Solar Innovations Group* y sus productos cuánticos, manifestamos lo siguiente:

Que la eficacia probada de los denominados transportadores cuánticos es del 99%, queriendo esto decir que uno de cada 100 transportes tiene un resultado fatal en el transportado a la hora de recomponer su cuerpo en el puerto destino.

Que el volumen oficial declarado de transportes diarios entre las diferentes colonias del sistema solar es de 20.000 personas.

Que, pese a que el índice de criminalidad oficial siga siendo del 2% en la Tierra y del 0,1% en las colonias no habiendo motivos para la inseguridad ciudadana, y pese a haber alcanzado un estado de bienestar y una práctica erradicación de la pobreza y la hambruna en el 95% de los países terrestres, el índice de suicidios ha aumentado en un 20% así como el índice de desapariciones en un 15% en los últimos 5 años.

Que los datos anteriores concuerdan, pudiendo extraerse de ellos que hay alguna relación entre el número de suicidios y desapariciones y el número de víctimas que, teóricamente, el teleportador debería proveer.

Que el número de accidentes declarados por *Solar Innovations Group* es ridículo, de unos 10 al año, y siempre por culpa del transportado, de una u otra índole

Que el número anterior no refleja la realidad de trabajadores que marchan a las minas de las colonias planetarias sin un estudio cuántico previo (que permita introducir su modelo fisiológico en el teleportador y asegurar así su segura recomposición en el puerto destino).

Que *Solar Innovations Group*, pese a utilizar a estos trabajadores para su beneficio no les proporciona el estudio cuántico oportuno como parte de su acuerdo laboral.

Que, de acuerdo a nuestras fuentes, esta flota de trabajadores ilegales supone hasta un 25% de los trabajadores en las minas planetarias.

Que estos trabajadores no tienen la posibilidad real de decidir si tomar el teleporte o no, dado que es su única salida a la pobreza o sus familias sufren coacción (ver caso de Roberto Hagiwara).

Que estos datos, reflejan hasta un posible número de víctimas de teleporte de 1000 al año, 100 veces superior a lo reportado por *Solar Innovations Group* en sus datos oficiales.

Que tanto los gobiernos de la Unión Mediterránea como los de las diferentes colonias planetarias están bajo la influencia de lobbies de *Solar Innovations Group*, habiendo abundantes pruebas de encuentros no oficiales, casos de favoritismo, corrupción y compra de votos mediante coacción. Que hay suficiente evidencia como para disolver todos estos gobiernos, de no estar también la justicia secuestrada por *Solar Innovations Group*, siendo lo anterior aplicable también a sus miembros dirigentes.

Que los medios de comunicación están así mismos subyugados al poder y al dinero de *Solar Innovations Group*. Que la prensa libre está sujeta a la persecución continua por la censura invisible de la red controlada por *Solar Innovations Group*.

Debido a lo anterior, exigimos:

Que se declare mandatorio el estudio fisiológico previo a todo teleporte cuántico.

Que cada puerto de teleporte humano conste durante todas sus horas de funcionamiento con un escrutiñador independiente de la NAC, que se coordine con el escrutiñador del puerto destino para confirmar el correcto transporte de personal.

Que en el caso de que se produzca un primer accidente, aún con el estudio fisiológico realizado, se detengan inmediatamente todos los teletransportes por ser un riesgo para la humanidad.

Que pese a la todo probable futilidad de este intento por regular la situación de los ciudadanos y de las instituciones públicas en las colonias planetarias, al menos quede claro con este escrito que no todos estamos engañados, hipnotizados por el opio circense del Airball, y que esta concienciación cada vez arraiga en más miembros de la comunidad.

Que, algún día, el cambio llegará de una manera o de otra...

Nota: El resto de la copia recuperada de un retrete de las dependencias del gobierno de la colonia de Titán en el Hall Social 2b, es ilegible al estar irrecuperablemente humedecido.

Once: la expedición

El silencio llenó la habitación hasta que a Cruor se le escapó una risilla de incredulidad:

—Estás de broma, ¿no?

Antonio sonreía tímidamente. Una sonrisa entre loca, incrédula y desesperada dado lo descabellado del plan: cruzar ese portal distorsionado hacia el nido de aquellas bestias. Pero una sonrisa a la vez resignada, determinada e incluso aliviada: por fin, tras tantos meses de casi ahogarse en la nada, tenía un plan.

Negó con la cabeza y la expresión de su interlocutor cambió y pasó lúgubremente de la sorpresa al terror y a la negación:

—No no no, no cuentes conmigo. No pienso quedarme atrapado en el paralelo a merced de esas bestias. ¡Y entrando queriendo! ¿Estás loco? Tengo familia, ¿sabes?

Antonio se agachó, y le puso la mano en el hombro con ánimo de tranquilizarle:

—Lo sé, no te voy a pedir hacer nada que entrañe un peligro para ti o tu familia, pero necesito que me guíes, necesito que me enseñes. Necesito entrar contigo. Puedes mantenerte cerca de la salida y si aparece cualquiera de estas bestias sales corriendo y cruzas a nuestro mundo. Si yo no llego a tiempo... cierras el portal. Me basta con tener el mismo destino que Clara. De todas formas, poco me queda en este mundo con ese maníaco fanfarrón teniendo a su disposición todos los servicios de SI para liquidarme. Entiende que no sólo es lo que me pide el corazón: es que es mi mejor opción para sobrevivir.

Cruor se tomó unos instantes para sopesar las posibilidades del plan y la necesidad de su colaboración. Su respiración frenó un poco pero volvió a negar con la cabeza, poco convencido por el plan:

—Joder, La Virtud estaría orgullosa de tus palabras... —Antonio sonrió aliviado, esa era una buena respuesta—. Pero... no funcionará. No puedo meterte en el edificio de SI así como así. Y luego están las cámaras de seguridad, el resto de trabajadores, las expediciones de otros miembros de SI al paralelo... es demasiado arriesgado. No somos los únicos interesados en entrar ahí y hay mucha seguridad y control.

—¿No hay otros puntos de entrada? —replicó Antonio empecinado.

Cruor abrió la boca con gesto pensativo, perdiéndose su mirada en sus cavilaciones. Rápidamente una conexión en su cabeza le llevó al recuerdo apropiado y su rostro se iluminó. Se enderezó un poco mientras murmuraba llevándose la mano a la barbilla:

—Puede ser... la entrada principal suele estar cubierta pero hay otras... hemos descubierto restos de energía en la sala de deportes o... incluso en mi oficina. No sé si será suficiente para abrir un portal, creo que sí... habría que comprobar su intensidad con el escáner del revelador...

Antonio le interrumpió, entusiasmado:

—¿Tu oficina? ¿Estás de broma? Cojonudo, ¡entonces podemos bloquear la entrada!

Cruor parecía más y más convencido cada segundo que pasaba. Su rostro recuperó la alegría y la determinación. «*Este plan podría funcionar*», parecía pensar:

—En principio sí, creo que sería posible colarnos en el edificio y tener tiempo suficiente como para abrir el portal, noqueando las cámaras de seguridad entretanto. Mi despacho no es un área tan comprometida como las celdas de donde te saqué. Podría implantar un vídeo de la noche anterior durante horas y apuesto a que nadie se daría cuenta del cambiazo. Sin embargo... —Cruor dudó un instante—puede que tengamos un problema. Para llegar de mi oficina al pasillo hay que pasar por la mesa de David, mi ayudante en temas de criptografía cuántica y seguridad en la red...

—Siendo tu ayudante deberías poder asegurarte de que no venga a trabajar por la noche, ¿no? —le cortó Antonio

Cruor asintió con la cabeza

—Sí, debería. Condicional. Y el condicionante es que el chico es un poco testarudo y quiere demostrarme que es capaz de hacer *rematadamente bien* su trabajo, por lo que si le digo que no venga y se tome la noche libre igual lo entiende al revés y se pasa la noche trabajando, demostrándose merecedor del puesto. Ya sabes, es de padre japonés y madre mediterránea... entre unos y otros le habrán inculcado que no debe de salir del trabajo hasta medianoche y aceptar que su jefe le pise el cuello. Estoy intentando hacerle cambiar de estilo pero...

Antonio le interrumpió:

—No te vayas por las ramas, asegúrate de que no venga esta noche y punto. Sé clarito y tajante, sé que podrás sacarte algo de la chistera.

Cruor se sobresaltó:

—¿Cómo? ¿Esta noche? ¿Así de pronto?

—No tenemos tiempo que perder. Si Clara está perdida en el otro lado cada hora, cada minuto puede suponer la diferencia entre su vida o su muerte… no podemos esperar más y no hay razón que justifique posponerlo. Además, mientras más tiempo pase aquí escondido más probabilidades hay de que Marco acabe encontrándome y por ende implicándote, y no queremos meterte ni a ti ni a tu familia en problemas.

Cruor sopesó sus argumentos y no pudo contrarrestarlos. Ciertamente tenían todo el equipo necesario para abrir el portal. Lo único que necesitaba era acceder a la base de datos para obtener los vídeos de seguridad con los que suplantar la grabación de las cámaras del circuito interno de los pasillos. Pero había demasiada incertidumbre en el plan. Podría haber otros trabajadores en el laboratorio por la noche o en cualquier otro puesto de la colonia, personas paseándose entre paneles disfrutando del paisaje nocturno de Titán, infinidad de testigos u ojos indiscretos que podrían poner fin a su aventura antes incluso de llegar al edificio. Sólo había una forma segura de meter a Antonio de vuelta en el complejo, aunque no le iba a gustar.

—De acuerdo… podemos hacerlo esta noche. Pero sabes cómo vas a llegar allí, ¿no?

Antonio tragó saliva. Giró su cabeza lo suficiente como para ver el destartalado teleportador que le había recompuesto hace un rato basándose en su mapeado molecular, escupiendo sus huesos en este agujero de trastero húmedo y maloliente. El cacharro parecía inacabado, con tubos sin aislante a ambos lados formando una especie de columnas de Hércules recubiertas de cables sin apantallar que parecían se iban a cortocircuitar con el más mínimo movimiento. Volvió a girar el cuello hacia Cruor y este asintió. «*Es lo que hay*», parecía decir. Antonio resopló.

—Venga va, qué demonios del paralelo o no, si he hecho el trayecto una vez no creo que pase nada por hacerlo de nuevo, ¿no?

—Te sentará mejor que esos paseos en barca matutinos en Hong Kong, respondió Cruor sonriendo tratando de insuflar confianza a su compadre, haciéndole saber que había escuchado sus historias durante aquellas aburridas fiestas de SI. Una sonrisa honesta iluminó el rostro de Antonio, tras la que se apoyó en la tabla de la mesa bajo la cual estaba reclinado para intentar levantarse, pero el cuerpo aún no le respondía bien y se trastabilló, estando a punto de caerse al suelo y golpeando desafortunadamente la mesa en la que reposaba el transportador, del que saltaron chispas. Antonio intentó protegerse instintivamente en un acto reflejo y tanto él como Cruor se agacharon. El transportador no hizo ningún otro extraño y el único resto que quedó en la habitación fue una pequeña humareda, mientras la mesa dejaba de tambalearse...

Antonio miró fijamente a Cruor quien le cantó las cuarenta:

—¡Joder! ¿Quieres tener cuidado? ¡La configuración es muy inestable! —le dijo su salvador, mientras se acercaba a reparar el equipo.

—Genial... —respondió resoplando Antonio mientras se encomendaba a todas las Virtudes.

Cruor tomó un par de pelacables y un multímetro. Acto seguido, se lanzó a reparar el cableado quemado, poniéndose unas gafas aumentadoras. Cuando se dio la vuelta para hablar con Antonio, sus ojos parecían ocupar todo el cristal de las gafas, magnificados unas diez veces, dándole un aire friki de doctor loco inconmensurable.

—Anda, dedícate a descansar que lo vas a necesitar para el viaje de vuelta a las instalaciones. Come algo de lo que te he traído mientras yo me pongo con esto.

Antonio no pudo evitar reírse ante la pinta del reparador y la situación en la que estaban inmersos ¿Qué otra cosa podía hacer? *Menudo personaje*, pensó. Y dechado de valores y cualidades, como estaba demostrando el padre de familia que le ayudaba por su sentido del deber. Antonio se acercó y posó su mano en la espalda de su compañero de rebeldía.

—Gracias, de verdad. Por todo lo que has hecho, y estás haciendo por ella y por mí.

Cruor asintió con una sonrisa, satisfecho de su papel en esta historia. Sin duda, los divulgadores de La Virtud aprobarían sus acciones.

Los minutos pasaron lentamente mientras Antonio esperaba la llegada del anochecer. Este momento que había pasado día tras día en su habitación las últimas semanas, observando la puesta de sol y reviviendo las alucinaciones que le acercaban a Clara, y que de algún modo le ayudaban a continuar en su búsqueda por la verdad de lo ocurrido. No era un sentimiento agradable, mezcla de dolor, pérdida, culpa por no haber sabido más o no haber hecho más. En el momento de la desaparición de su amada, él no sabía en qué empleaba ella su tiempo. La rutina había hecho de las suyas y se había dejado llevar. Debería haber sido más diligente y empeñarse en saber si todo iba bien en la vida de su esposa, debería... se detuvo en ese pensamiento, en esa sensación de perfeccionismo inútil. El camino de la culpa no iba a ninguna parte y lo sabía. No era culpa suya. Eran las circunstancias de todos en aquel momento y actuó con la información de la que disponía. En ningún caso podía haber previsto la avalancha de tragedias que iban a sucederse. Ni era responsable de ellas, ni tenía que sentir su peso: tan sólo aceptarlas, entenderlas, procesarlas y seguir. El único camino era el de seguir adelante y asegurarse de que no volviera a suceder. Todo lo ocurrido tenía que llenarle de energía para este paso al paralelo. Algo le decía (probablemente el recuerdo de aquella horrenda bestia saliente del paralelo, o los aullidos de aquella encerrada en el contenedor de Aperito), que la iba a necesitar si quería sobrevivir un poquito dentro de aquel mundo extraño.

«*Partido a partido*», que decía su entrenador de infancia Caparrás. Para empezar, necesitaría regresar a las instalaciones de SI de una pieza. El pensar en que su cuerpo volvería a desintegrase le llenaba de escalofríos. En los viajes oficiales, por lo menos su perfil fisiológico estaba presente en un teleportador certificado y adecuadamente mantenido, sirviendo de placebo para sus miedos (vistas las oscuras prácticas habituales de SI para con la mano de obra ilegal). Pero, ¿este cacharro escondido en un trastero? ¿Esta suerte de chapuza a medio acabar de un tipo cuyo rostro mientras lo reparaba parecía el de la rana Gustavo? En cualquier caso no le quedaba alternativa, y lo sabía. Era un fugitivo de la justicia (en realidad de los intereses privados de SI, pero lo mismo era), y no podía pasearse por la colonia sin que la primera cámara a su paso detectase su identidad e hiciera saltar todas las alarmas. Le perseguirían en todos los eslabones de la sociedad. No tenía adonde ir en este mundo... pero sí en el alternativo.

El tiempo pasó. La puerta se abrió y apareció Cruor con un maletín.

—¿Estás listo? Es la hora, debo irme.

El empleado de SI resopló. Se le notaba ansioso pero alerta. Antonio se levantó para mostrarle que se encontraba recuperado físicamente y preparado para volver a pasar por el trauma de la teleportación doméstica.

—Muy bien, recuerda que el dispositivo está conectado a mi equipo portátil. Lo voy a encender para que vaya acumulando energía en los condensadores cuánticos y cuando te llame a este número fijo activas la pantalla holográfica y pulsas el botón de transmitir. ¿De acuerdo?

Antonio asintió, estaba algo nervioso. Esperaba que todo funcionara bien y la tecnología no le arrebatara la oportunidad de seguir vivo y buscar a su esposa.

—¿Tu familia está al corriente de la llamada?

Cruor asintió.

— No te preocupes, les he dicho que no cojan el teléfono hasta que vuelva. Dejaré un mensaje y ya saben que si digo que tienen que pedir una pizza es una señal para ti. Les he preparado mi exquisito potaje con chorizo para aliviar sus nervios esta noche. También les he pedido que me dejen un poco para ahogar los míos cuando vuelva

Cruor se echó a reír y Antonio le imitó. Le parecía increíble que apenas hubiera intercambiado unas palabras hasta el día de ayer con este gran tipo, del que ahora dependía toda su existencia presente y futura.

—En fin, lo dicho. Luego te llamo. Prepárate. Cuando lleguemos allí igual tenemos que movernos rápido ¿ok? —dijo confiado.

—Llevo tres meses y cuatro días listo para esto, amigo Cruor. Asegúrate tú de no tardar mucho.

Cruor sonrió, asintió y se marchó dándole una palmada en su hombro a modo de despedida. Una vez la puerta corrediza volvió a cerrarse, Antonio se desplomó en el suelo, presa de los nervios y de la expectación, con la mente prácticamente en blanco y los ojos fijos en el comunicador anclado a la pared esperando que sonara, un minuto tras otro.

Los segundos se hicieron minutos, y las horas una eternidad. Antonio intentó repasar toda la información que habían vertido sobre él en las últimas horas, desde el mensaje de Clara a las respuestas de Cruor pasando por las confesiones de Marco, para estar lo más preparado posible antes de la expedición. También, para evitar que el miedo que adentrarse en el hogar de aquellas criaturas pudiera producirle. El rostro del explorador, sus fauces abiertas, su chillido... intentaban colarse en sus pensamientos.

Finalmente, llegó la llamada. Antonio se levantó y se acercó al comunicador esperando que sonara el mensaje. Una voz comenzó a hablar en el otro lado... pero no era la esperada. Se trataba de un familiar preguntando por los niños y por una supuesta visita a la zona Jurásica del sector Panamericano del Parque del Amanecer. En el mensaje, también le preguntaba medio en broma medio en serio a Paola, si Arturo estaba trabajando un poquito menos y dedicándose más a ellos… Se veía que era un tema delicado, lo que casaba con las explicaciones de Cruor sobre la difícil situación a la que eran sometidos los trabajadores, y con lo que él mismo había avistado durante su fuga, con obligaciones en la oficina, pese a ser de madrugada. Algunas compañías habían hecho de éste su modus operandi, exigir horas y compromiso por formar parte de una misión o idea cuasi evangélica y salvadora de la humanidad, con la explosión del mercado privado espacial y de *startups* a comienzos del siglo XXI; pero SI lo había llevado a otro nivel. Aquello había funcionado por motivación, por la crisis de valores, de objetivos vitales y por el estancamiento de una sociedad acomodada y quejica donde formar parte de esta causa mesiánica daba sentido a la existencia. Esto sin embargo funcionaba por chantaje, por miedo a las funestas represalias.

Como Cruor había prometido, su familia no descolgó. Tan ejemplares y valerosos como él. Si conseguía volver de esta aventura, se lo iba agradecer como mejor pudiera, pero en sus entrañas dudaba que esto sucediera. Demasiados factores en su contra. Por si acaso, buscó entre las mesas del trastero llenas de cacharros electrónicos, videoconsolas y juguetes antiguos (incluidas tres bicicletas, dos de adulto y una de niño. Antonio no había visto nunca una bicicleta fuera de la Tierra), y encontró papel y lápiz. Le dejó una nota a la familia de… Arturo, agradeciéndole su ayuda.

Cuando hubo terminado de escribir la nota, se dio cuenta de que más que un agradecimiento podía ser un problema… una incriminación de ayuda para con un fugitivo. Tomó la nota y la rompió en pedazos, arrojándolos a una papelera de plástico que había bajo la mesa. La papelera detectó que era papel y automáticamente pidió confirmación para reciclarlo mediante un comando de voz. «Sí», dijo Antonio, y la papelera se puso en marcha devolviendo en cuestión de segundos una hoja de papel nueva y limpia. Antonio la dejó donde la había encontrado y volvió a acurrucarse en su esquina, con las manos en la cabeza ¿Cómo habían llegado a esta situación? ¿Qué habían hecho para merecerse esto? Una duda repentina le atizó como un rayo… ¿y si el comando vocal había reconocido su voz y delatado su presencia en el trastero? ¿Acababa de joder el plan?

Sumido en su miseria y en los nervios ante la aventura frente a lo desconocido, lágrimas cayeron por sus mejillas sólo interrumpidas por otra llamada de teléfono. Sobresaltado, Antonio esperó a la llegada del mensaje. «Buenas tardes, le llamamos de SI Home para ofrecerles nuestra última oferta, por un periodo limitado de tiempo, para instalar pantallas holográficas en todas las habitaciones de su apartamento por tan sólo 100 Solares. Volveremos a intentarlo más tarde. Gracias por su confianza.» Consumismo, más y más. Nunca cesaba. Siempre había un equipo nuevo, una necesidad nueva. La gente tenía pantallas y teleportadores de bebida y comida hasta en el aseo. Por si te apetece un café mientras plantas un pino. Ridícula y peligrosa dependencia, que había ayudado al control de SI. Muchos no sabrían qué hacer con su vida si un buen día se vieran sin un comunicador cuántico que les acompañara. Pensarían que los mundos dejarían de girar o se aplanarían, fijo.

Las horas pasaban. La noche había caído hacía ya tiempo sobre la colonia. La pequeña ventana tragaluz del trastero se había convertido en una mancha negra opaca en la pared, infranqueable. Las luces se activaron en el trastero automáticamente hacía tiempo, al notar la presencia de un ser humano en él. Antonio comenzaba a preocuparse. Igual alguien había descubierto el plan. Igual había sido su comando vocal. Igual Marco se había dado cuenta de su escapada y de que Cruor le había ayudado, y estaban en camino a detenerle. O... puede que incluso su nuevo amigo hubiera querido asegurar el bienestar de su familia y le hubiera vendido a SI fruto de tribulaciones de último momento. Al fin y al cabo, él le había empujado a meterse en el paralelo. No, no podía creer eso. Había mirado a ese hombre a los ojos, y confiaba en él. Sabía que era buena persona. Pero entonces, ¿por qué leches no llamaba?

Finalmente, tras varias llamadas más de publicidad, llegó la esperada. Al escuchar la voz de Cruor, Antonio se levantó. Había llegado la hora.

«Hola, soy yo. Voy a quedarme un rato más en la oficina así que, ¿por qué no pedís una pizza y os ponéis una peli buena de zombis de los 80? ¿Alguna de Romero? Ya sabéis que un clásico con menos de cien años es menos clásico, pero bueno. Dejadme algún trozo para cuando vuelva, ¿ok? Os quiero, tribu» Cruor colgó rápidamente tras dejar el mensaje. Antonio se apresuró al teleportador y pulsó el activador de la pantalla holográfica, situándose en la zona de escaneo para el transporte. Prefería no pensar, hacerlo directamente y que fuera lo que las Virtudes quisieran.

La pantalla verde confirmó que el equipo estaba preparado para el transporte. El marcador de comienzo quedó resaltado, esperando para ser activado. Antonio respiró profundamente. «Allá vamos», pulsó el botón, cerró los ojos y se preparó para el viaje. El teleportador comenzó a zumbar y su cuerpo a retorcerse de dolor mientras sentía cómo le arrancaban la piel a tirones. Abrió los ojos para ver como tanto sus piernas como la parte derecha de su abdomen habían desaparecido. El resto de su cuerpo siguió pronto el mismo destino y en unos segundos se evaporaron del trastero. El transportador frenó poco a poco su iteración y su zumbido se fue apagando a la vez que la luz del trastero, que quedó sumido en la oscuridad, como si nadie hubiera pasado por allí desde hacía tiempo.

Las punzadas en su cabeza eran esta vez significativamente menores cuando recobró el conocimiento. Aun así, parecía que le hubieran centrifugado junto a una cabra en una lavadora del siglo XX.

—¿Estás bien? —preguntó Cruor.

Antonio no tenía fuerzas para hablar de momento pero asintió. De repente algo dentro de él se movió y sintió que tenía que devolver. Cruor le vio las intenciones y le tapó la boca.

—¡Ni se te ocurra! A ver cómo limpio yo eso. O te lo aguantas o te lo tragas.

Antonio estaba demasiado débil como para liberarse del abrazo de oso de su fortachón compinche, por lo que hizo todo lo posible por evitar lo inevitable. Y lo consiguió… en parte; otra parte tuvo que volver por donde había venido de vuelta al estómago. Su mirada le hizo ver a Cruor que el momento había pasado y éste le quitó la mano de la boca.

—Como vuelva de ese paralelo te tendré que agradecer muchas cosas, pero ésta no será una de ellas, compadre —soltó en un guiño a las coletillas de su compañero de aventuras.

Cruor dibujó una mueca burlona en su boca.

—Seguro… pero esta sí joven Padawan.

Se llevó las manos a la espalda y levantó del suelo un traje con ambas manos como un torero da una manoletina con el capote, dejándolo inerte frente al toro. En este caso en vez del capote, era un traje arrugado pero que parecía listo para un paseo espacial.

—¿Y ahora esto? ¿Pero qué es? —preguntó Antonio divertido.

—Aunque ahora parezca una pasa más arrugada que un bulldog tras dos horas en el baño espera y verás.

Antonio miró alrededor para reconocer el lugar. Era un despacho de oficina normal, de unos doce metros cuadrados con un escritorio, un activador de pantalla holográfica, un ordenador cuántico de sobremesa, y algunos marcos de fotos holográficos mostrando momentos de la vida de Cruor y su familia. Ahí estaban Paola y los niños. Era la primera vez que los veía, y no pudo más que sentir cargo de conciencia. Parecían felices, o contentados. Difícil juzgar por una captura de pantalla, sin más contexto. De nuevo no pudo evitar pensar en el riesgo que estaba tomando este hombre para consigo mismo y para con su familia por ayudarle, pero al final había sido su decisión. Sus motivos parecían lo suficientemente fuertes, y él debía estar lo suficientemente seguro de ellos como para arriesgar todo lo que representaban esas fotos, en esta osada empresa en la que se había embarcado.

La puerta de salida estaba ubicada frente al escritorio principal, iluminado gracias a una amplia ventana a su izquierda que daba a la montaña Vigía. En la noche Titánica, se podía observar Saturno y sus anillos brillantes en la distancia tras la montaña, el Parque del Amanecer y las llanuras del satélite. Una visión tan bonita de un lugar tan corroído por el poder y el secretismo... Por un momento Antonio se había dejado absorber por la belleza del paisaje, pero pronto regresó a la realidad de la realidad (conocida), y de su misión.

Cruor estaba toqueteando su comunicador hasta que el traje emitió un sonido, como de activación «¡Ajá!», exclamó el investigador. El traje comenzó como a inflarse, pero no ganando sólo volumen sino robustez, endureciéndose.

—Se trata de un exoesqueleto flexible pero sólido y resistente. Está creado con tu, a estas alturas, ya querido Linium, «nuestro fantástico material hallado en las pericias mineras de SI, y claro, mantenido en secreto para el personal no apto por motivos puramente científicos y de alarma social ejem ejem» —carraspeó fingidamente el investigador para culminar su mofa—. Responde a una descarga de frecuencia cuántica específica, al igual que la puerta que seguro no olvidas de tu celda. Como te decía con el relevador, es su aleación con el Silco es la que crea el Aperito, aquel elemento cuya radiación nos permite abrir el portal, y además...

Pero Antonio ya había escuchado la teoría y ahora estaba absorto en la parte práctica del asunto, intentando ser pragmático para saber qué leches era lo que tenía entre manos y cómo iba a ayudarle a sobrevivir en aquella desesperada pirueta con tirabuzón al vacío que se aprestaba a perpetrar. Aunque ya se podía decir que estaba avezado en estas lides.

El traje aguardaba erguido ante él un portador. Liso y gris, cubría el cuerpo completamente desde los zapatos hasta los guantes de las manos, dejando un hueco para la cabeza.

—¿No será demasiado pesado para moverme? ¿Le falta el casco?

Cruor tardó unos segundos en reaccionar y procesar la pregunta, porque seguía absorto en su explicación—monólogo. Luego cruzó los brazos y le explicó

—Esto... No es precisamente una escafandra al estilo *old school pecera*, pero va incluido en el traje. Es una pantalla electrogaseosa como la que tenemos en la colonia. La genera el propio traje. Mira, aquí están los controles. Métete en el traje que te enseñaré a controlarlo.

Antonio se sintió como un niño al que sus padres le visten por la mañana para ir al colegio, pero accedió. Vistiéndose por los pies, se enfundó el traje hasta las manos. Cruor le agarró el brazo y le zarandeó para recobrar su atención.

—¡Respira tranquilo hombre, que si no metes tripa vas a estar embutido! —dijo entre risas.

Antonio se relajó y Cruor procedió a activar los controles. El traje de repente se contrajo, ajustándose a su cuerpo como un guante cómodo y liviano. No le parecía portar más que un mono de trabajo.

—Que no te engañe su comodidad. Es altamente resistente y te ayudará en caso de que tengas un enfrentamiento con las bestias. No es necesario llevarlo dentro de las instalaciones pero vete a saber que encontrarás al otro lado. El casco se activa aquí.

Cruor pulsó un botón y una pantalla eléctrica se cernió alrededor de la cabeza de Antonio, que sintió la estática por un momento para luego volver a la normalidad como si la pantalla no estuviera presente.

—Tiene un sistema de reciclaje del oxígeno a partir de tu dióxido de carbono. No te apures por la respiración si lo tienes puesto, no te vas a asfixiar.

Antonio intentó moverse con el traje. Al principio le parecía algo innatural pero rápidamente sintió que era parte de él: una segunda piel que potenciaba sus movimientos y la fuerza de sus músculos.

—Gracias, creo que me será de utilidad.

—No hay de qué —respondió Cruor sonriendo—. Una cosa más.

Cruor le miró fijamente y le habló con mucha lentitud, como un profesor a un alumno:

—Ahora necesito que me escuches, esto es importante, ¿ok?

Antonio asintió, sintiendo que volvía al colegio, por la solemnidad del rostro y del tempo del maestro, su dicción pausada y su mirada cerciorándose de, esta vez sí, contar con la atención de su discípulo, tras lo cual prosiguió:

—Sabes de sobra que la energía ni se crea ni se destruye, se transforma. Y que de la misma manera, viaja en el espacio y el tiempo.

Antonio le miró extrañado y le contestó:

—Soy ingeniero, tampoco *tan* ignorante, ¿crees que este es el mejor momento para una clase de Física?

Cruor apartó la cara y se tapó la boca ocultando la sonrisa.

—No, no perdona. Lo que quiero decirte es que la misma energía que vamos a utilizar para abrir la puerta, proviene de un evento, un acontecimiento que la ha desatado y dejado en el lugar.

Antonio frunció el ceño ante aquellas tétricas palabras.

—¿Qué tipo de evento?

—No estamos seguros de cómo funciona, sólo que en nuestro mundo debe ser igual pero que el entorno no es capaz de asimilarlo y mostrarlo de la misma forma que en el paralelo. O eso, o que nosotros no sabemos ver y sintetizar esta energía. Es uno de los proyectos en los que estoy trabajando, por cierto. Creemos que está relacionado con fenómenos sobrenaturales en nuestro mundo. Todos hemos experimentado alguno en nuestra vida. La luz del salón en casa de mi abuela centellea siempre en la hora y día aniversario de su muerte...

Cruor pausó un momento antes de continuar. Antonio no dijo nada, pero estaba de acuerdo. Tenía sus propias experiencias con cosas que la ciencia, de momento no podía explicar pero estaba a punto de hacerlo... en este mundo. En otro ya lo había conseguido

—En el entorno del paralelo todo es más sencillo, más visual —prosiguió Cruor—. Acontecimientos violentos, heridas y peleas dejan un rastro de energía como intercambio de la que pierden los combatientes, por ejemplo. Tiene que ser un valor suficientemente significativo o traumático como para que se forme un mínimo sintetizable suficiente. No vale con caminar o tirarse un pedo.

Antonio no supo qué decir, así que no dijo nada.

—Definitivamente una pelea o una pérdida de vida dejan un mensaje. Lo hemos comprobado con los accidentes anteriores en las incursiones en el paralelo. A través de ello pudimos diseñar esto.

Cruor volvió a tomar el brazo de Antonio y manejó el control del traje hasta llegar a un menú que leía *SINTETIZADOR*. Tras pulsar el marcador, una pantalla holográfica se desplegó, mostrando un instante después la pared de la sala en la que se encontraban. Antonio movió el brazo y la imagen cambió, y comprendió que se trataba de una especie de filtro o escáner visual. Al mantener el brazo alzado en paralelo a la pared lateral que abría el portal, la imagen de la pantalla mostró la acumulación de energía.

—Mantenla ahí unos segundos, debes esperar que los sensores y actuadores analicen la información de la fuente, en este caso la sala.

Tras unos segundos el sintetizador emitió un pitido, y las cargas de energía en la pantalla pasaron de un color verde a uno azul, con un gran botón entre ellas que parpadeaba diciendo SINTETIZAR. Antonio no esperó a que se lo dijeran y apoyó su dedo sobre el botón, que desapareció dando lugar a una terminal de fondo verde con una serie de líneas de código con los cálculos del sintetizador, que pasaban a toda velocidad por la pantalla holográfica. Tras unos segundos, la pantalla se cerró y dio paso a un video que mostraba diferentes aperturas del paralelo.

—La energía se va reciclando. En el mismo proceso de almacenamiento se va desgastando. Es como si el registro de lo ocurrido se sobrescribiera así que no están los momentos iniciales ni algunos intermedios. No entendemos bien cómo funciona todavía pero sí podemos extraer algo de información. Por eso me perturba que no vieras marcas de energía cuando lo activaste la otra vez, igual estamos borrando la grabación, la historia. Debemos asegurarnos de no perder la traza de eventos para poder entender qué carajo está ocurriendo.

Antonio asintió con la cabeza y centró su atención en las escenas recogidas por las cargas de energía y transformadas en imágenes por el sintetizador. En la primera de ellas, sólo aparecía Cruor temeroso con el uso del revelador pero dando saltitos una vez se abrió el portal. Antonio le miró, y éste alzó las cejas y encogió los brazos

—*Un segundo para el hombre, una distancia inimaginable para la humanidad,* ¿no?

Los siguientes momentos mostraron a más miembros del laboratorio entrando y saliendo del portal. Antonio se acercó a la pantalla al reconocer claramente la silueta de una de las protagonistas. Julia. En el vídeo se la veía junto a Cruor y a otros miembros del laboratorio celebrando la apertura del paralelo. Y Marco con ellos, abrazando a todos y en especial a Julia...

—Cerdo —murmuró Antonio asqueado.

Pulsó un botón y cerró la pantalla. Su compadre le puso la mano sobre el hombro

—Ten presente cómo utilizarlo si encuentras muestras de energía. Alguna de ellas puede ser de Clara... acabara como acabase. Tienes que estar preparado.

Antonio se quitó su mano de encima

—Clara no está acabada, no de momento.

Cruor le miró con templanza, y él sólo alcanzó a contestar, con las palabras escalando a duras penas por su garganta, como si del ascenso a Vigía se tratase:

—Claro. En fin, abramos ese portal.

Su sherpa en esta continua escalada anímica, física y mental, asintió con la cabeza, consciente de lo difícil que este momento, esta Esperanza que acaba de depositar en su corazón, debía ser de asimilar. Antonio llevaba tanto tiempo conviviendo con fantasmas y luchando contra la sociedad, sus paisanos, sus amigos, contra él mismo...

Sin decir nada más, abrió un maletín que tenía sobre la mesa de su escritorio. Al levantar una de las caras apareció un revelador. Con la maña de quien conoce los entresijos de un aparato que ha diseñado él mismo, lo tomó en sus manos y comenzó a configurarlo apuntando a la pared opuesta a la ventana, de la que colgaban un par de cuadros. Uno era una pintura impresionista de la vendimia francesa, probablemente de Monet, y otro era un poster de *El Amanecer de los Muertos*, de George A. Romero, película del siglo XX. Interesante combinación, pensaba Antonio.

En unos instantes el revelador estaba funcionando con su luz roja y su diámetro comprimido hasta no ser mayor que el de un reloj de pulsera. Un haz color verde comenzó a escanear la pared, resaltando marcas de energía en ambas esquinas superiores. Cruor miraba su comunicador, al parecer sincronizado con el revelador mediante enlace cuántico inalámbrico.

—La cantidad debería ser suficiente para abrir el portal, si la comparamos con lo encontrado en la otra sala. Es casi un orden de magnitud menos, casi irrisoria... pero creo que servirá. ¿Listo? —preguntó.

Antonio afirmó con la cabeza y su compinche le dedicó un segundo antes de pulsar el botón.

—Hey, lo que estás haciendo es admirable. Me encantan las historias clásicas de héroes y tipos con valores como tú. Qué sepas que te admiro y creo que estás haciendo lo correcto. Me enorgullece el poder ayudarte.

Antonio se quedó sin palabras, no sabía qué decir. Cruor lo vio en su mirada y eso fue suficiente respuesta. Pulsó el botón y el portal se abrió delante suyo.

Negro azabache, con distorsión eléctrica azul en su superficie como un mundo virtual, pero absolutamente real.

—Bueno, vamos allá —dijo Cruor.

Se puso una mochila que tenía bajo el escritorio a la espalda y le lanzó algo a Antonio.

—Esto es una *pistola de presión*, ten cuidado de no utilizarla contra mí, ¿de acuerdo? No quiero quedarme sin brazo, pierna o cabeza por tu torpeza. Por cierto, que sepas que en el paralelo nuestros aparatos cuánticos sufren interferencias, así que no podremos comunicarnos... salvo con esto. Una reliquia del pasado —le lanzó un walkie-talkie—. Estaré en el canal 4, que no se te olvide si cambias de frecuencia.

Antonio tomó la pistola y el walkie-talkie y los examinó. Le dio las gracias a los astros por hacer de Cruor un tío tan friki, autosuficiente y coleccionista de antiguallas. Ambos se miraron y asintieron, tras lo que dieron al unísono el paso hacia el paralelo.

Cruzaron el umbral entre los dos mundos llenos de cautela, esperando que en cualquier momento les rodeara el susurrante aleteo de una de las bestias, su chirrido antes de abalanzarse sobre su presa, cualquiera de sus extremidades o dientes desgarrándoles la carne o desmembrándoles... pero lo que les sobresaltó fue un sonido muy diferente, un sonido que no esperaban escuchar, el de la bisagra de un quicio girando, seguido de una reveladora cantinela:

—*Oh la la la la, mais bonsoir messieurs quoi* ¡la vida es una tómbola *tom-tom-tóombola* y te regala estas preciosas coincidencias queridos hijos de feas!

Se dieron la vuelta. La puerta del despacho estaba abierta, y a su lado, mirándolos sonriente y satisfecho se encontraba Marco.

Artículo Relacionado: La Guardia Planetaria y el control económico

Extracto del blog de Ferdi Belotuna "De Bromsgatan a la data"

La Guardia Planetaria es un cuerpo militar especializado en la seguridad entre las diferentes colonias. A diferencia de los diferentes grupos de orden terrestres relativos a cada país, esta entidad cubre la totalidad del Sistema Solar tratando así de unificar la lucha contra las principales actividades ilegales tanto en sus superficies como en el perímetro espacial controlado (PEC): el contrabando y la inmigración ilegal. Algunas de sus principales armas de lucha contra el crimen (declaradas oficialmente), son: la escucha y análisis de datos en Internet (legalizada tras los escándalos de comienzos del siglo XXI), la monitorización y escucha de todos los asentamientos humanos (legales o no), y el uso de drones inteligentes y autónomos así como de patrulleras móviles teletransportables para peinar el resto de áreas no alcanzables mediante otros medios. El Gran hermano de Orwell se hizo real, y la población se resignó a convivir con él sin mayor resistencia.

La sociedad colonial está altamente controlada y automatizada, con los puertos de entrada y salida de las colonias muy definidos y con una alta presencia de controles de identidad tanto por cámara como por acceso a los dispositivos electrónicos mediante identificación cuántica. Sin olvidar los pasaportes fisiológicos para teletransportarse. Cada comunicador tiene su correspondiente(s) usuario(s) el cual activa su presencia interconectada en un entorno con otros dispositivo, lo que queda almacenado en la red de seguridad central de la policía. Ésto se realiza de forma invisible e inevitable para el usuario, pese a que crea tener apagado el aparato. El hecho de que toda tecnología haya sido subvertida y pirateada a lo largo de la historia, lo mismo que con los comunicadores y sistemas cuánticos, justificó la intervención y necesidad del Cuerpo de Inteligencia Cuántica (CIC) de la Guardia Planetaria.

Al igual que con el perímetro de jurisdicción de la Guardia Planetaria, el aspecto económico había sido unificado para todas las colonias del sistema solar, dependientes de Solar Innovations. La moneda, llamada Solar, era la única aceptada fuera de la Tierra donde aún se les permitía a algunos países mantener sus antiguas divisas como el Dólar, el Yen, el Yuan o el Euro como símbolo de identidad, historia y también como manera de autogobierno para competir de algún modo con la todopoderosa Unión Mediterránea en la que el Solar era la moneda única.

En cuanto a la forma de gobierno y a las instituciones, cada asentamiento elige a sus representantes en la cámara del Senado Interplanetario (SIn) que aprueba o rechaza las propuestas que afecten al conjunto de las colonias (arbitraje realizado por el Tribunal Planetario conformado por los fiscales generales de cada asentamiento). Las críticas sobre la imparcialidad de éste órgano con respecto a los designios de SI son habituales, siempre infructuosas y rápidamente silenciadas de una manera o de otra.

El hecho de contar con representación local, nacional, planetaria y global en el Sistema Solar, no impide que, según la última encuesta del Centro de Información Social (CIS), el 60% de la población piense que es SI quien controla de forma autoritaria el sistema. De ese 60%, el 90% se dice lo suficientemente cómodo y contentado con su día a día como para no hacer nada al respecto y el 70% apoya explícitamente el sistema autoritario, sin querer ver ningún cambio.

Del 10% disidente, el 7% declara haber sufrido perjuicios por parte de SI, incluyendo la pérdida de algún familiar o ser querido, y denominan al resto «perros», en referencia al filme de culto *Dogville* y *Manderlay* donde la esclavitud tiene vertigo ante el precipicio de una posible libertad incipiente.

Doce: soledad

Impecable, como siempre. Portaba un traje marrón claro a rayas con zapatos a juego, camisa azul y corbata gris con un alfiler dorado de soporte y ornamento. Su barba estaba perfectamente apurada en trazos rectos y su pelo hacia atrás tan engominado como siempre. Marco estaba de pie junto a la puerta, esperando la reacción de los traidores sorprendidos:

—¡Ta-*dáaa!* —llegó a decir tras unos segundos, casi cansado de esperar una respuesta o un insulto e intentando provocar la conversación. Acto seguido realizó una pequeña reverencia y llevando su mano hacia atrás, cual artista que saludara a un público enfervorizado tras su actuación.

Ambos tragaron saliva, petrificados. Les habían descubierto en plena acción ¿Qué hacer ahora? ¿A dónde ir? Antonio intentó echar a correr por el paralelo pero Cruor le tomó del brazo. «No, mi familia». Antonio comprendió y se paró, volviendo a su lado y esperando a que Marco arrancara con su previsible pero inevitable show. Aquel gesto fue suficiente, Marco no podía contenerse más del gustito del momento y las palabras luchaban por salir de su boca, como un dique a punto de explotar.

—Señoras y señores, gordo y flaco; Bienvenidos a un capítulo más de «Una marioneta en mis manos» —dijo el coordinador del laboratorio de nuevos materiales de las premisas de Solar Innovations en la colonia humana de Titán.

Cruor hizo de palabras necias oídos sordos y, como buen informático, salto de línea hasta el siguiente error en la depuración que era la pregunta que Marco esperaba, para así minimizar la lectura del guión pre-escrito y saltarse la morralla:

—¿Pero... cómo, cómo lo has sabido?

Marco hurgó en uno de sus bolsillos para sacar un comunicador portátil, plano y de dimensiones no mayores a las de un brazalete:

—Estaba yo tan tranquilo en mi casa disfrutando de una buena botella de vino mediterráneo de las mías, importada de la Tierra, de esas que cuyo regusto vosotros no podéis ni imaginar *so pringaos*, y pensando a cuál de mis amigas iba a llamar hoy, la una o la otra, rubia o morena, o si me iba a buscar una nueva porque ya sabéis que detesto repetir, es algo vulgar, cuando... *bip bip*, ¡atención y emoción! Saltaron las alarmas...

—¿Alarmas?

—Pues claro *Rechonchus* ... Perdona es Cruorus ¿no? —dejando escapar una risita y llevándose el dedo índice de la mano derecha a la boca prosiguió—. Pero... espera espera, ¿no pensarías que porque te dejara estar a cargo de la criptografía cuántica de seguridad del edificio iba a poner a tu disposición todos los medios de los que dispongo, no? —a Cruor se le torció el gesto— jaja valiente iluso. Mira esta pantalla, anda gordito.

El comunicador portátil desplegó una pantalla holográfica que mostraba una serie de gráficos con diferentes estadísticas. Cada uno marcaba unos niveles... niveles de energía.

—Yo, monitoreo cada uno de los hallazgos de energía en la colonia mediante unos sensores cuánticos. Al activar la puerta, ¡*Boom!* Todas las alarmas saltaron y sin dudarlo me teleporté aquí en un momentito.

—Pero... no es posible, el puerto más cercano está a tres plantas de distancia.

—Oh... ¿de veras crees que eres el único que ha diseñado transportadores portátiles para humanos? ¿No te ha dicho Antonio cómo lo traje hasta la celda? Veo que os falta comunicación, parejita...

Cruor le lanzó una mirada acusadora a Antonio, quien reaccionó equivocadamente, a la defensiva, fruto de su carácter que, tras todo lo acontecido, comprensiblemente no alcanzaba a moderar.

—Qué quieres, pensaba que lo sabías, ¡Si lo sabes todo! ¡Te vas por las ramas y lo explicas hasta el último detalle! Abro la puerta, me dan un mandoble, me veo encerrado con este psicópata en una celda de un material que aparece y desaparece, luego aquella bestia aullando aprisionada en su celda primero y abalanzándose sobre mí después, Silco, Aperito, Reveladores, Sintetizadores, huellas de energía, Clara... con todo eso encima de la mesa ¿cómo voy a pensar que el que me teleportara es importante? ¿Lo es?, dijo entre justificándose, explicándose y desahogándose.

El hecho de que lo que hubiera hecho saltar el plan por lo aires no fuera un audacia de Marco, o un problema técnico, sino algo tan básico, pero siempre tan menospreciado y dado por sentado como la comunicación humana, hizo hervir la sangre de Cruor. Recordó una de las muletillas favoritas de Marco («*El eslabón más débil...el factor humano*») mientras que éste aguantaba su sonrisa socarrona en directo. Explotó:

—Precisaba de todos los detalles, gilipollas. De todos los parámetros de la ecuación para estudiar todos los escenarios posibles... has puesto en peligro a mi familia malnacido, zoquete, el diablo está los detalles, ¿no decías que eras ingeniero y no gilipollas?

La irritación montaba por la yugular de Cruor con cada acelerado latido de su corazón. Los dientes apretados y la respiración fuerza insuflaban la rabia que se adentraba en su razón, nublándola. Por su parte, Marco disfrutaba como un niño en las mañanas de Reyes pre-Virtud.

—Si vamos, ¡encima ahora la culpa es mía!

Antonio, desesperado, se abalanzó sobre su compañero de fatigas, agarrándose al cuello de su camisa con ambas manos, y ojos desorbitados exigiendo comprensión, pero denotando desesperación. Sus destinos ligados, como el entrelazado cuántico, pintaban negro.

—Chicos, por favor... no lleguéis a las manos... no me va para nada ese rollo... —soltó un Marco satisfecho con su trabajo.

Cruor se calmó, intentando volver al raciocinio, a moderar y controlar el ritmo de su respiración y con ello no errar en sus acciones. El contexto ya estaba demasiado jodido como para poner descuidos de su parte, sobre todo si era por acción del mequetrefe de su superior jerárquico en su puesto de trabajo.

—No te preocupes Marco —dijo espaciando las palabras cada vez más, a medida que recobraba la calma y podía jugar con el tono de su discurso para encontrar su objetivo—, no hará falta llegar a esos extremos.

Cruor posó su mano sobre el hombro de Antonio.

—Tienes razón, ya llevabas una carga muy pesada al comienzo de esta aventura, y te has visto abrumado por toda la información, y por la noticia del paso de Clara al Paralelo. Debería haberlo pensado, haberte interrogado minuciosamente. Te he fallado a ti... y también a mi familia...

El investigador de SI se llevó las manos a la cabeza, desesperado, sin querer pensar en lo que pudiera ocurrirle a ellos ahora, a causa de su negligente y mejorable gestión de la situación. Si este no era un momento para dar lo mejor de sí, ¿cuál lo era? Se le veía devastado.

Esta confesión, en exceso de responsabilidad, descolocó y desarmó a un Antonio que pasó de la ira al borde de las lágrimas, tratando de encontrar palabras que pudieran hacerle ver a su camarada que no podía dejar que la culpa le condujera por el camino erróneo. Que le necesitaba para salir de ésta y para encontrar a su esposa en aquel mundo oscuro, a ambos lados del portal.

Pero el que reaccionó más rápido fue el ejecutivo de SI al otro lado del ring, algo contrariado por el inesperado derrotero que estaba tomando la conversación: sin seguir su plan lo cual le irritaba dada su obsesión por el control – fruto del trauma que fuera —, ante lo que que reaccionó rápidamente para tratar de devolver la escena a su guión premeditado, al camino en el que se sentía cómodo:

—Bueno hijo, tampoco de sulfures tanto —quiso darle una palmadita en la espalda pero Cruor logró zafarse. No necesitaba más humillación—. De todos modos no me hacía falta. También tenía esto.

Marco volvió a manejar su comunicador y les ofreció la pantalla holográfica de nuevo. Mostraba vídeo en directo del interior de la oficina, desde la pared posterior tras el escritorio de Cruor.

—¿Cámaras? ¿Tienes una cámara oculta en mi despacho?

—Pues claro, ¿qué creías? ¿Cómo voy a asegurarme de que todo mi personal está haciendo lo que a mí me dé la gana que haga si no?

Su empleado enfureció y trató de arrojarse sobre su persona que retrocedió para volver a hurgar y sacar algo de la chistera de su bolsillo. Al ver de lo que se trataba, Cruor se frenó como si una correa invisible que le atara se hubiera estirado al máximo. Se trataba, claro, de una foto de su familia.

—Shhh, tranquilo tigre. No me toques ni un pelo o yo le cortaré un dedo a tu hijo. Tócame más e imagínate lo que les va a pasar. Tu mujer está bastante apetecible, por cierto.

Lleno de rabia y frustración, Cruor no tuvo más remedio que obedecer y esperar, apretando los puños y aguantando su ira, acumulándola. Marco rió.

—¿Veis? Por eso no tengo una familia. Sólo es una debilidad. Yo prefiero… cambiar de compañera cada día. ¿Por qué no? Es mucho más emocionante. Cada día es nuevo y diferente ¿no os aburrís? Tanta monotonía… ¿Qué sentido tiene vivir así?

Mucho mejor. Cómodo de nuevo, Marco sacudió sus hombros. Aunque al no obtener respuesta, concedió acortar y terminar con el asunto. Al fin y al cabo, era un hombre ocupado, y esto no se había tratado más que de un divertimento.

—Ahora escúchame, barrilete cuántico. Tú, te vienes conmigo. Eres demasiado valioso para el laboratorio en la investigación del paralelo como para sacrificarte. Eso sí, a partir de ahora sabes que eres mi lacayo, mi perro, mi zorra, mi súbdito. Como te dé más morbo llamarlo. Pero vuelve a hacer algo que yo no te haya ordenado, y haré que tu mujer gima como tú nunca has podido hacerlo. Y no será de placer... al menos todo el tiempo —volvió su mirada a Antonio—. En cuanto a ti, amigo mío —se llevó la mano al pecho—, te deseo, desde el fondo de mi corazón buena suerte, de verdad. Aquí tienes esto para ayudarte.

Le lanzó un objeto pesado... un arma.

—Se trata de una *deformadora de estado*, una *pistola desintegradora*. Sí, una de esas sobre las que se rumorea en Internet. Es parte de mi colección. Espero que descuartices a unas cuantas de esas bestias antes de morir. Nos ahorrarás trabajo. Ahora, vuelve a nuestro querido mundo querido Arturo y dejemos a nuestro querido amigo solito en el limbo.

Cruor se dio la vuelta y miró a Antonio.

—Lo siento, he hecho lo que he podido. No sé de qué habla este fantoche pero yo no tengo nada que ver —le dijo con la voz entrecortada.

—No te preocupes, replicó veloz Antonio. Mucho has hecho por mí.

Su compinche le miró intensamente para asegurarse de captar su atención. Antonio notó algo extraño y antes de que pudiera abrir la boca, Cruor bajó su mirada a su costado, palpando un bolsillo violentamente, para volver a encontrar los ojos de Antonio y alzar las cejas, asintiendo y esperando que hubiera entendido el mensaje. Tras esto se dio la vuelta y volvió al lado de Marco que le pegó una colleja.

—¡Chico malo! Si no fuera porque has hecho lo que esperaba de ti igual te convertía en un pedazo de masa achicharrada. Ladra para mi, *guau, guau*, ja, ja, ja ¡Vamos!

«Guau..» dijo cabizbajo Cruor en plena retirada, mientras un Antonio aturdido no terminaba de entender todo lo que estaba pasando: ¿qué había querido decir Cruor con su gesto? ¿Y Marco? ¿Marionetas? ¿Esperaba que Cruor hiciera esto? ¿Acaso estaba todo orquestado? Marco se acercó al relevador antes de pronunciar el final de su discurso.

—*Au revoir* estúpido. Diviértete en la soledad con las bestias. Yo volveré a casa con tu mujer.

Sonriendo y mirando a Antonio, lanzándole un guiño y un beso, sin dejarle tiempo para reaccionar, pulsó el botón del revelador y el portal se cerró atrapando a un Antonio incrédulo en el paralelo. ¿Decía la verdad sobre Clara? ¿Hablaba del clon? ¿Era un farol? Visto lo visto, no podía saber hasta dónde llegaban los tentáculos de Marco, y si habría encontrado y encadenado a Clara en una mazmorra por puro divertimento, como había hecho con él, solo que con intenciones mucho más perversas que deshacerse de ella.

Necesitó unos segundos para asimilar lo acontecido. De buenas a primeras se había quedado solo en un mundo desconocido, sin el esperado apoyo documental, técnico y anímico de Cruor que le había hecho obviar, hasta ahora, la locura que estaba planeando.

La inercia de su búsqueda desesperada había desembocado unívocamente en la única decisión posible, envuelta en la conversación y presencia de Arturo: como un caballo de carreras desbocado había decidido que, sin ningún género de dudas y sin pararse a meditar posibles planes alternativos, debían zambullirse en la boca del lobo. También, que la única persona que podría estar al tanto, Marco, les deseaba descuartizados antes que de vuelta por lo que era preferible pasar al paralelo que quedarse a tiro de la red de recursos de aquel maníaco.

La realidad de la situación descargó con inmediatez un sudor frío por su rostro, al percibir el silencio reinante en la negrura que le rodeaba, tan sólo interrumpido por el chisporroteo de la distorsión en las superficies del corredor. De repente, se sintió en el centro de un sobrecogedor e infinito universo lleno de muerte, con todos los ojos y colmillos fijados en él, quien paralizado, apenas lograba entreabrir los ojos para enfrentarse a la realidad que había escogido.

Respiró hondo para calmarse. Estaba temblando. Intentó refugiarse en su equipo y en su misión, para olvidar el entorno que le esperaba, paciente, poco a poco, una respiración tras otra. Pensemos, tenía en su posesión dos armas que no había utilizado nunca antes: una pistola de presión y una desintegradora. Vestía un exoesqueleto de un material desconocido para la ignorante humanidad más allá de SI, y que debería aprender a manejar si quería mantenerse con vida lo suficiente como para, con toda probabilidad, sobrevivir siquiera al pasillo contra cuya pared se acurrucaba, agazapado y temeroso. Frustrado por su situación, frunció el ceño y maldijo su vehemencia por haberse creído en control en todo momento, y llegar tan poco preparado a la prueba final. La ansiedad y la emoción le habían impedido pensar con claridad y asegurarse de obtener el máximo de información de Cruor. *Espera lo inesperado*, le decía su entrenador. Pues había ocurrido, con la visita sorpresa de Marco. Y le había pillado falto de preparación.

Por desgracia, el manager parecía haber tenido todo bajo control. Con sus cámaras y sensores cualquier actividad inesperada llegaba a sus oídos, y el teleportador portable le permitía reaccionar de inmediato. Un auténtico psicópata al acecho, que debió de haber estado al tanto de su huida, probablemente siguiéndola como si de una película se tratase mientras se descojonaba, descorchaba una botella de vino y degustaba el fluido atento a la acción en la pantalla. No obstante... También cabía la posibilidad de que se estuviera marcando un farol, visto que no soportaba perder o que el detalle más nimio escapara a su control. Echando la vista atrás, Cruor había pirateado las cámaras y su teleportación no perturbaba la energía, pero... en la sala de control... el revelador... maldición. Antonio se golpeó en la frente, decepcionado. «Estúpido...», murmuró. Su curiosidad, su precipitación le habían privado de la compañía de su camarada y habían puesto en peligro a su familia. Se mordió el labio mientras negaba con la cabeza. Había sido su culpa: de no haber activado aquel artefacto, hubieran pasado inadvertidos, tal y como había planeado su salvador al rescate. Pero no, él tuvo que satisfacer su curiosidad, y ahora pagaba el precio. O igual no, ¿no había dicho Marco que supervisaba todo lo que pasaba en las instalaciones y en todo momento? Igual Cruor había subestimado los recursos. Pero bueno, en todo caso de nada servían estas cábalas y esta culpa. Estas cosas pasan, se dijo. No servía de nada buscar una explicación, no le iba a ayudar en lo que se le venía encima. Sólo queda seguir adelante.

Haciendo de tripas corazón, se sacudió de encima las tribulaciones que no le llevaban a nada, resopló y en vez de eso se preparó para el presente haciendo inventario. Tenía el walkie-talkie ahora inutilizable al estar solo en el aislamiento del paralelo, donde el concepto de frecuencia, expandida visualmente por las paredes con las distorsiones, parecía obtener una dimensión diferente. Buscó algún bolsillo en el traje para guardarlo, cuando recordó algo. El gesto que Cruor le había hecho señalándole el bolsillo encima del muslo, justo antes de verse arrastrado por Marco de vuelta a su mundo originario. Antonio tanteó su traje pero no encontró nada. El exoesqueleto había encogido al ajustarse a su cuerpo, pero mantenía el grosor suficiente para ocultar algún tipo de compartimento. ¿Pero dónde? Debía tener algún activador... Antonio alzó su brazo derecho y observó el control de mandos del traje. Activando la pantalla holográfica, retrocedió del menú de ajuste corporal al principal, donde encontró el inventario. La información estaba organizada en dos filas de marcadores cuadrados de bordes redondeados que representaban los diferentes contenedores del traje. Cada uno de ellos estaba acompañado de otros dos marcadores adyacentes con respectivas leyendas indicando los dos estados posibles de cada uno de los bolsillos y compartimentos del traje: activado y accesible.

Los contenedores enumeraban los bolsillos distribuidos a lo largo del traje, salvo por dos excepciones: cinturón y mochila. Todos estaban inactivos, salvo por un bolsillo inferior derecho... justo donde Cruor había señalado. El marcador estaba activado, pero no accesible. Antonio pulsó para modificar el estado. La casilla correspondiente se iluminó al momento, seguida de una transformación en su traje. Atónito, observó cómo el material sólido y uniforme de la parte exterior de su muslo derecho se transformaba, volviéndose maleable durante unos instantes, cambiando su forma para dejar a la vista un voluminoso bolsillo.

Antonio lo palpó y notó como estaba cerrado, contenido herméticamente de forma que el interior no pudiera salirse accidentalmente. Presionando una hendidura colindante, Antonio accedió a él y encontró una pieza metálica y redondeada, similar a un reloj. Al llevarla al exterior y observarla en la palma de su mano no puedo evitar una sonrisa de satisfacción. Aquel cachivache desconocido de bajo aquella mesa se había convertido en un elemento rutinario de su día a día. Se trataba de un revelador, pequeñísimo pero sin duda un revelador. Su configuración, el activador, eran inconfundibles, y se había habituado a ellas como en su día lo hizo a los brazaletes cuánticos. Y más a su pesar que en esta ocasión que brindaba Esperanza: ahora podría escapar de aquel Paralelo y volver al suyo.

Cruor debió haber pensado, y no sin razón, que les sería de utilidad si algún contratiempo les sobreviniese, como había acabado ocurriendo. Su estructura se había mantenido contraída pese a no estar activado pero Cruor, como miembro del equipo desarrollador, era el que entendía la física del instrumento, con lo cual seguramente podía usar Lonium para moldear su estructura a su antojo

—Gracias amigo —murmuró Antonio en la fría soledad e infinita negrura del paralelo.

Volvió a guardar el revelador en el bolsillo, presionó sobre la hendidura para asegurar su cierre hermético y negó su accesibilidad en el marcador correspondiente, cerciorándose de observar asombrado y fascinado el proceso de ocultamiento del traje. Una capa de Linium se cernió sobre el bolsillo como una ola de metal líquido que llegara a la orilla, cubriendo su contenido bajo la espesura de la marea.

Presto a proseguir, Antonio se dio cuenta de que estaba tropezando de nuevo con la misma piedra: era preferible tomarse un tiempo y estudiar la configuración del traje al completo, y así tener todas las cartas de la baraja en su mano, por lo que pudiera pasar. Recordó a aquellos astronautas que se entrenaban pulsando el primer día todos los controles de la nave en el simulador, para así entender las consecuencias y estar bien preparados. Menos teoría y más práctica, aunque fuera simulada. Se serenó, concentró e hizo lo propio activando los contenedores especiales, cinturón y mochila, para comprender el funcionamiento del traje, sus ventajas y limitaciones. *Cualquier ayuda será bienvenida... y con toda seguridad necesaria.*

Al activarlo notó el mismo cambio sutil en la fisionomía del conjunto en la cintura y en la espalda, que anteriormente con el bolsillo del muslo. Como modelados a partir de arcilla en un torno, la solidez del revestimiento encogió, dejando entrever el esqueleto del exoesqueleto: la mochila voluminosa en la espalda, el cinturón repleto de compartimentos. Al bajar la cabeza, la túnica blanca y el cinturón como cíngulo, le recordó a un impoluto nazareno diurno de sus primeras primaveras terrestres, previa dominación de La Virtud.

Volviendo al menú principal del traje, descubrió que su estructura era configurable mediante un gradiente ajustable y deslizable entre dos extremos: resistencia y potencia. Probó ambas, notando la mayor pesadez de su cuerpo y dificultad de movimientos en la variante del primer extremo, mientras que al llevar el deslizador al extremo opuesto pareciera que se hubiera transformado instantáneamente en un jugador de Airball, con la versatilidad y rapidez de movimientos de quien tiene su cuerpo optimizado al 100% y no sintiera la llamada de la gravedad cada vez que despega los pies del suelo. Puro músculo y potencia. Podía distribuir las propiedades del tejido a modo de maximizar su dureza para obtener una mayor defensa ante un ataque corporal, así como maximizar el ajuste muscular para permitirle mayor agilidad, fuerza y habilidad en sus operaciones, en contrapartida al caparazón más resistente pero aparatoso del otro extremo del gradiente deslizante de la configuración.

Se sentía empoderado, lo que le hizo pensar, si era esa sensación la que conllevaba y dirigía a los problemas de drogas y otras adicciones varias de los profesionales del Airball, los cuales plagaban curiosamente todo el santo día la información de los diferentes medios, mientras *por lo bajini*, a la chita callando, tanto responsables de ligas y equipos como SI hacían y deshacían a su antojo en la política, sociedad, riqueza y vidas interplanetarias.

En el menú del traje se divisaban diversos controles, que hubo de ir explorando poco a poco para comprender y aprovechar sus funcionalidades al máximo. Varios le llamaron la atención, entre ellos uno con el *Kanji* de Samurai, 侍, que reconocía tanto de su experiencia laboral en la antigua JAXA, ahora parte de la Agencia Espacial Unitaria, como de la enseñanza obligatoria de chino que todo estudiante recibía desde que el gigante asiático se convirtió en la primera potencia mundial. Dejaría éste y otros descubrimientos interesantes pero autoexplicativos para más adelante, dado que no sabía de cuánto tiempo disponía.

El traje instauró una nueva esperanza en su receptor, entusiasmado como un niño en la mañana de Reyes con su nueva nave espacial de juguete. Antonio seguía toqueteando el traje cuando el silencio fue roto por un sonido familiar que interrumpió sus probaturas. Un aullido chirriante e hiriente, grabado a ciencia cierta en su memoria, proveniente del final del pasillo. Alarmado, Antonio tornó el cuello oteando inútil y desesperadamente en la oscuridad, como una presa perdida que se gira sobre sí misma entre la maleza de un tupido bosque, ante la satisfacción del animal cazador que se acerca sigilosamente a ella sin ser descubierto, invisible al extranjero en el refugio de su terreno.

—Mierda… —susurró y respiró para intentar serenarse. Lo necesitaría para actuar mejor ante lo que se le viniera, literalmente, encima si quería tener opciones.

Inconscientemente, esta inseguridad y falta de control que le profería la oscuridad del pasillo, le profería un mayor respeto y miedo que si hubiera visto a la misma bestia con fauces abiertas a un palmo de sus narices: el poder de la sugestión, el miedo a la oscuridad, a lo desconocido. Estaba atemorizado en este lugar extraño, fuera de su entendimiento. Prefirió no esperar a que algo se abalanzara sobre él dispuesto a desgarrarle y echó a correr.

En dirección opuesta hacia donde huía el nuevo visitante de este mundo, un engendro se irguió sobre sus patas alzando la cabeza y girándola hacia el otro extremo del pasillo. Había olido algo que su cerebro asociaba con suculento y necesario, algo que llamaba la atención de su instinto depredador y que estimulaba todas sus funciones vitales: energía. Un contenedor de energía que le llamaba para ser recolectada, para que cumpliera su función vital. Al alzarse en toda su envergadura la cabeza del explorador chocó con el techo del pasillo.

Sus largos brazos fibrosos y terminados en gruesas garras afiladas colgaban a ambos lados de su cuerpo asexuado. Su piel parecía arrugada, como una maraña de cables enredados entre ellos o un cuerpo humano desollado, desprovisto de su piel y de su agua, quedando sus carnosos músculos arrugados al descubierto, fibrosos.

Sus alas se desplegaron chirriando al arañar sus vértices con la pared negra y azul en permanente distorsión. Un nuevo estímulo activó su sistema nervioso: un sonido continuo, grave y repetitivo. Pasos. Su cabeza con dos grandes ojos cual mosca gigante se dirigió hacia el sonido y sus fauces se abrieron, mostrando una hilera de dientes afilados como estalactitas, preparados para cumplir con su objetivo biológico: despedazar y triturar. Salivó, goteando el denso líquido sobre su pecho. La criatura comenzó a correr hacia su presa energética, y pronto alzó el vuelo. En su conexión biológica sólo un objetivo movía su cuerpo: capturar esa fuente de energía y recolectarla.

Antonio giró la esquina del pasillo y buscó refugio. Las instalaciones de Solar Innovations eran similares en este lugar, aunque no idénticas. Extrañamente, mostraban claros signos de abandono. Encontró una sala a mano derecha y entró en ella. Parecía una sala de reuniones, pero no tenía salida alguna. Rápidamente le vino a la cabeza…, se trataba de la misma sala donde encontró el revelador en primer lugar, donde se había escondido cuando Cruor había sido llamado al despacho de su superior: la sala de cursos y formación de personal. Era un lugar donde lo había jodido todo, pero también en donde había energía, e igual podría crear un portal para volver a casa, pero… ¿volver a qué? ¿Estaría Marco esperándolo y aplaudiendo por haber hecho justamente lo que él esperaba? ¿Le volvería a encerrar o le mataría directamente esta vez en caso de haberse aburrido de jugar con él? Sopesó la posibilidad de intentar volver durante un segundo, pero no le pareció el momento de volver sobre sus pasos. Además, no estaba seguro de cómo hacerlo ni de si tendría el tiempo suficiente. Necesitaba otra solución para asegurarse su supervivencia… y así poder buscar a Clara.

La bestia prosiguió su vuelo errático por el pasillo de las instalaciones. La esencia energética, la llamada, el estímulo iban aumentando en intensidad en esta dirección y sabía que su presa no podía andar lejos. Una amplia sonrisa se abrió en su rostro al estar a punto de satisfacer el único objetivo para el que había sido programada, salivando sus fauces. El ansia y la anticipación del momento se apoderaron del animal que aulló salvajemente en frenesí de caza.

Aquel sonido congeló la sangre de Antonio: debía darse prisa. Hiperventilando en pánico, volvió al pasillo y fue a girar a la derecha... pero algo le hizo mirar a la izquierda. Un pequeño zumbido crecía en intensidad a la vez que la distorsión en la esquina aumentaba con oscilaciones cada vez más frecuentes que no hacían sino crecer desorbitadamente, hasta estar fuera de todo patrón posible, descontrolado: algo estaba a punto de suceder. Sin darle tiempo a reaccionar, primero un ala y después el resto del cuerpo de la bestia aparecieron en el pasillo en toda su terrible pero admirable majestuosidad. Asustado al ver la inmensidad del animal, Antonio quedó inmóvil, estupefacto. La sangre se le heló, postrado ante el rey de aquellas tinieblas.

El engendro tuvo a su presa estaba al fin presente, a tan sólo unos metros de distancia. La miró a los ojos y vio que el contacto era recíproco. Se mantuvo un instante aleteando en su posición, apabullando a su inverso con su envergadura en plenitud y haciéndole entender que debía claudicar, perder toda esperanza y que resistirse era inútil, mientras se preparaba para el ataque y para paladear la deliciosa asimilación de energía que estaba a punto de disfrutar. Tenía que acapararla y guardarla, no desperdiciarla. Optimizar el proceso en la manera en que su cuerpo había sido diseñado para ejecutarlo. Una vez listos todos sus sistemas, llegó la hora del banquete y se abalanzó sobre su objetivo.

La bestia le embistió, tirándole al suelo. Su cuerpo yació en la oscuridad distorsionada, inmóvil como un muñeco apresado por un animal rabioso, a punto de ser despedazado. Esperó sentir el frío corte de sus garras, pero éste nunca llegó. Algo las detuvo antes de que se incrustaran en su carne y rompieran sus huesos. Aturdido por el golpe, consiguió alzar la vista para comprobar cómo el traje resultaba impenetrable para el monstruoso ente. La fortuna estaba de su lado: tras haber toqueteado la configuración, la había dejado en resistencia, máxima seguridad, y el golpe había activado la escafandra electrogaseosa. La confusión se hizo presente en la bestia que presionaba furibunda su cuerpo para punzar y atravesar el casco sin conseguirlo. No entendía qué estaba pasando, tan sólo que esa energía tenía que ser suya.

Ese toque de fortuna fue suficiente. Algo se activó en él: su modo de supervivencia. Pasó de sentir que todo estaba perdido, a aceptar la realidad, enfrentarla y probar a intentarlo. En boca de su tía, *"dicen que nunca se rinde"*. Intentando aprovechar estos segundos de duda en el depredador, el humano buscó su pistola. A tientas, fue palpando en su cintura hasta que dio con ella.

La bestia comprendió al fin la ineficacia de sus zarpazos y cambió su arma de ataque y su objetivo. Su mandíbula se abrió dejando entrever a Antonio sus afiladas hileras superior e inferior así como su larga y ancha lengua puntiaguda. Dispuestas a triturarle, devorarle y a asimilar su energía embistieron la cabeza de Antonio. Éste, aterrado, logró empuñar el arma justo antes de que los dientes alcanzaran su rostro y la pistola de presión quedó incrustada, embebida en la boca de la bestia. Antonio gritó. Un sonido lleno de desesperación e ira y utilizó toda la fuerza que quedaba en su cuerpo para apretar el gatillo. Sus dedos se rasgaron el cerrarse en las fauces de la bestia que obstruían la maniobra, pero finalmente llegaron a su destino, detonando una explosión que lanzó disparada la mitad superior de la cabeza del explorador una decena de metros, hasta emitir un zumbido distante y fugaz al chocar y entrar en contacto con la distorsión de la pared. Tras rebotar varias veces, la media cabeza acabó desapareciendo por la esquina del pasillo, de vuelta por donde había venido. Sangre azul brotó del cuello rebanado de la criatura que ahora desembocaba en una planicie con su lengua como montaña amurallada por los dientes inferiores. El líquido recorrió la lengua espasmódica, pasó por el filtro de sus dientes y acabó mezclándose con los restos de saliva para gotear sobre el rostro de quien quiso hacer su presa, tornado en depredador.

Antonio cerró los ojos pero el casco electrogaseoso de su traje le protegía del compuesto azulino. Su roce con este aura de protección producía un grave zumbido eléctrico, de estática, un pequeño ronroneo casi relajante y satisfaciente.

Había vencido a ese demonio infernal y le había partido la cabeza en dos, vaya que si era un buen motivo para sonreír. Se sentía vivo, por primera vez desde la desaparición de Clara. La adrenalina bombeaba por su cuerpo como una máquina de vapor a pleno rendimiento.

Se quitó de encima como pudo el cuerpo del animal, que quedó inerte sobre el suelo del pasillo, con el maxilar inferior, dientes y su lengua azules, aun goteando sangre. Fue a incorporarse y a examinarse, para ver si la pelea le había dejado algún trazo o consecuencia. Pese a no haberle desgarrado el traje, notó que su pierna había asimilado parte del impacto del bicho al caer encima suya. Era un dolor sólo muscular, nada roto, pero no podía confiar a ciegas en el traje o su cabeza acabaría tan lejos del resto de su cuerpo como la de la bestia. El exoesqueleto no podía absorber toda la fuerza de los impactos de las criaturas, había quedado demostrado. Lanzó una última mirada al cadáver que había dejado tras él. *Bueno para una autopsia.* Le sería de utilidad saber más sobre aquella especie, pero no tenía los medios ni el conocimiento para ello, por lo que simplemente le pisó el cuello hasta destrozarlo hasta henchirse de confianza y adrenalina, verse satisfecho y prepararse para proseguir su camino por las instalaciones coloniales de Solar Innovations en este mundo paralelo.

Con cada paso que daba crecía su determinación y sentía que sus posibilidades iban en aumento: iba tomando control sobre el traje y sobre sus alternativas de ataque. Al caminar más ligero y despreocupado, saliendo del interior de sus cabeza y de sus temores, notó algo raro en la pierna, no era el dolor muscular sino un pequeño sonido, un traqueteo. Recordó dónde había ido el impacto de la bestia... en el muslo. Justo donde se encontraba aquel bolsillo. No... no podía ser. Rápidamente activó el acceso y extrajo el revelador... roto. En pedazos. Antonio maldijo en voz alta apretando los restos del revelador en su puño hasta destrozarlos aún más con la ayuda de la fuerza proporcionada por el traje y lanzarlos sobre el suelo, a lo largo de un pasillo contiguo. Desolado, se dejó caer sobre sus rodillas mirando los restos del aparato esparcidos por el pasillo. Podía imaginar a Marco en su casa riéndose con una copa de vino en la mano. Se preguntaba si sería capaz de observarle, también en este mundo. Su broma parecía por fin cobrar sentido. Le había dado esperanza, sólo para volver a robársela de un plumazo. Crueldad pura. Volver a repetir la tortura de la celda, una última vez. Antonio se llevó las manos a la cabeza, desesperado.

Intentó respirar y tranquilizarse tras su ataque de furia. En todo caso, sólo le quedaba una posibilidad: seguir hacia adelante. Y algo le decía que encontraría a Clara. De algún modo que no podía explicar, dentro de él podía sentirla. Sentía que le guiaba y que le acompañaba. Tenía que reunir fuerzas y continuar. Intentando volver a ser racional, recordó lo que le había dicho Marco sobre la composición del revelador, sobre su material Aperito y pensó que igual podría serle de utilidad en el futuro. «Estúpido», murmuró y se incorporó para recoger los restos que acababa de desperdiciar por el pasillo, y que llegaban hasta su confluencia con un corredor lateral.

Agachado mientras caminaba y recuperaba el debris, escuchó algo. Un murmullo gutural. Animal. No estaba solo. Miró al final del pasillo lateral. Algo había aparecido por él, una sombra queda y quieta, pero sentía su mirada sobre él. Su silueta le resultó familiar a su cerebro. Un perro, pensó al principio. Solo que en esta dimensión no debería haber perros, al menos como él los conocía. Entrecerró los ojos y se acercó un poco con cuidado, para poder examinarlo.

Erguido esbelto sobre sus cuatro patas finas, negras y musculosas de pezuñas blancas el animal salió elegantemente de la oscuridad que le encubría. La primera impresión canina no había sido muy desencaminada: de lejos parecía un Doberman, con su cuello musculado alzando altivamente su cabeza, de cuya cima sobresalían dos protuberantes orejas puntiagudas más cercanas entre sí de lo esperado dando la impresión de ser rígidas antenas, continuamente a la escucha. Sus ojos periféricos se abrieron y sus mejillas se retractaron dejando ver el verdadero rostro de la criatura. Y hasta aquí llegaban las similitudes con el hermano canino bueno del universo paralelo.

Antonio observaba horrorizado el resto de este engendro salido de los sueños de algún sádico ingeniero genético. Su cola era larga, gruesa al inicio para estrecharse hasta llegar a lo que debía ser un aguijón aunque más pareciera un intestino que otra cosa: marrón, ondulado y grasiento, se aplanaba para terminar en una afilada delta triangular, coronada con un afilado aguijón. Sus ojos eran rojos como dos pozos de fuego inagotable que cubrían su cara aún sumergida en la oscuridad.

La bestia se acercó poco a poco y la luz emitida por las distorsiones le alumbró las fauces para completar de exponer el resto de aquel retrato del horror en la galería del Paralelo. Su cuerpo era carnoso y fibroso como el del explorador y regalaba al atento, acongojado turista de aquel mundo la visión de músculos cual perro despellejado por un cubo de ácido, visión que trataba de robarle toda esperanza.

Su mandíbula era plana con una base hilvanada al cuello, rodeada en su perímetro circular por unas fauces, como una apretada cordillera de montañas que protegieran el secreto de una platea, que se abrieron cortésmente para horrorizarle sin remedio con la visión de su trampa mortal. Dos espeluznantes hileras de dientes superiores y dos inferiores completaban un círculo perfecto, una muralla blanca en su boca que separaba la esperanza del exterior, de la miseria del interior; que se alzaba como la tapadera de una trituradora, dispuesta a funcionar sin pausa, cerrándose para triturar y volviendo a alzarse, para destrozar cualquier cosa que fuera depositada en su interior, gracias a un músculo cilíndrico en el centro, donde se hallaba el sumidero hacia la garganta, desembocando en el estómago que presuponía debería sintetizar y almacenar la energía recolectada.

Apoyándose en sus piernas traseras, la criatura tomó impulso y se lanzó sobre Antonio que intentó protegerse con su traje del ataque, pero no pudo evitar sentir un pinchazo frío y un dolor agudo en sus carnes. Su cuerpo y su armadura crujieron, desgarrándose al unísono en las fauces del engendro. Antonio estaba a merced de su atacante, demasiado distraído en el disfrute de una presa a la que subestimó, probable y desgraciadamente para ella por experiencias pasadas con Julia u otros inocentes visitantes del paralelo, que la tomaron como pasiva e inofensiva. La bestia pareció percatarse de su error al reconocer la sangre azul que adornaba la coraza de Antonio era un recuerdo del exceso de confianza de un antiguo camarada suyo, aquel explorador, desgracia de mantis alada, cuya media cabeza se encontraba a la vuelta de la esquina.

La presa humana se revolvió para golpear al monstruo de otro mundo en la parte superior de su cabeza, desplegada de la mitad inferior y sólo unidas por ese pilar carnoso que elevaba la plataforma de sus ojos y dientes superiores y la hacía bajar a toda velocidad para desgarrar a su víctima. La bestia reculó del golpe, girándose por la inercia hasta quedar de espaldas a su contrincante que pudo entonces contemplarla claramente en su totalidad. Su faz se repetía a ambos lados y la simetría era también frontal y trasera, resultando en un total de ocho ojos que todo veían a su alrededor. Pese a estar de espaldas a él, el ser le miró fijamente, salivando. La plataforma de sus dientes volvió a elevarse. Súbitamente, sin querer más pausa en esta batalla, en vez de lanzar su masa corporal sobre Antonio fue su cola puntiaguda la que salió disparada sin aviso hacia su rostro ante la atenta mirada de las llamaradas que tenía por ojos mientras el resto del cuerpo se mantenía quieto. Como un arpón, la punta aceleró hacia la cara de Antonio. Sólo el aura de protección la detuvo, y Antonio pudo distinguir frente a sus ojos, a centímetros, su punta dentada con dos series concéntricas de afilados colmillos y una boca de succión en el medio, dispuesta a devorarle.

La bestia no se inmutó. En todo caso, parecía salivar aún más al entender que su victoria estaba cerca.

La cola presionó frente al campo de protección y comenzó a atravesarlo. Antonio reaccionó a tiempo y volvió a desenfundar su pistola, apretando el gatillo y partiendo en dos al látigo asesino. Sangre azul manó tanto del cuerpo como del resto de la protuberancia que quedó pegada a su campo eléctrico mientras un aullido de dolor inundaba el paralelo. Antonio aprovechó el desconcierto del depredador para quitarse el resto de cola de su casco y lanzarlo al suelo. El campo protector se rehízo cerrándose con un ligero y rápido sonido grave. La adrenalina recorría sus arterias llevando el frenesí de la batalla a su cerebro.

—Ts, eh, ven aquí perrito —llamó la atención del animal que gemía de dolor y que torció su cuello para enfrentar su triste rostro frontal al de su oponente.

—Mírame bien —gruñó apretando los dientes y apuntándole a la cabeza.

El animal volvió a tensar sus piernas traseras para saltar y atacar pero antes de que pudiera hacerlo una nueva queda detonación de presión de la pistola de Antonio alcanzó su cuello y mandó su cabeza hacia atrás, cayendo su cuerpo al peso en el pasillo del extraño mundo, similar pero alterado al que único que había conocido hasta hacía unas horas. Un mundo en el que estaba pasando de cazado a cazador, y en el que ya podía hacerle dos muescas a su pistola, silenciosa y ligeramente humeante tras la cantidad de calor y energía generadas para desmembrar a las amenazas a la vida de su estimado portador.

Antonio se derrumbó y respiró rápidamente, intentando rebajar la taquicardia que le dominaba para así ir recobrando la cordura. La pelea le había absorbido. Durante ella, todos sus sentidos se fusionaron en uno sólo: supervivencia. Había probado el sabor de la batalla, y le había gustado. Pero una vez finalizada su víctima, hizo balance. No llevaba ni diez minutos en el paralelo y estaba solo, herido y aislado. Había roto el revelador y le habían desgarrado el traje. Tenía que mejorar si quería llegar lejos. Desde luego tenía ganas de hacerlo, y de arrancar tantas cabezas como pudiera en el camino antes de que le quitaran la suya. Tenía ganas de más. Se sentía vivo y estaba disfrutando. Por fin, después de tanta amargura había llegado lo bueno.

Recargó la presión de su pistola tirando del cargador hacia atrás durante unos segundos, hasta que la luz que quedaba al descubierto pasó de verde a azul, mientras emitía un sonido grave que fue creciendo en frecuencia a medida que se recargaba de energía hasta llegar a un tintineo final, que le recordó al de una máquina registradora. Soltó el cargador que se cerró y reposicionó automáticamente con un sonido mecánico. Mantuvo la pistola en su mano respirando fuertemente pero ahora sí, más lleno de determinación que de dudas, miedos y temblores.

—¿Queréis jugar? Pues venid a por mí cabrones, que nos vamos a divertir —le musitó apretando los dientes a la oscuridad que le envolvía.

Estaba listo para continuar. Avanzó por el pasillo con la cabeza alta y el paso firme, dispuesto y deseoso de enfrentarse a lo que le tuviera preparado este nuevo mundo, anhelando que el camino le llevase bien a Clara, bien a morir luchando.

Trece: defensa propia

«Hace calor», dijo ella en un tono dulce y sereno, relajado y satisfecho. La brisa marina peinaba el cabello largo y ligeramente rizado de Clara hacia atrás, izándolo desde su espalda donde reposaba y sosteniéndolo en el aire durante unos segundos. Antonio admiraba la tranquilidad en su rostro mientras dejaba, como ella, que la luz y la energía del sol impregnaran su ser, que le distendieran y le llevaran en volandas a aprovechar y a disfrutar del momento en su totalidad en las playas de la costa de Almería, en el sudeste de la península Ibérica. Un momento que pasaría, se perdería y nadie devolvería. Un momento para vivirlo plenamente, luego ya habría tiempo para pensar en la propuesta de SI de mudarse a Titán. La arena cálida y fina de los Genoveses iba enterrando sus pies poco a poco, empujada por el viento. Sus ojos se perdían en la inmensidad del horizonte azul y en el verde del agua del Mediterráneo, mientras el sol en lo alto era testigo de otro tranquilo día de verano. Antonio respiraba hondo, sentía y vaciaba su mente, dejándose llevar por sus sentidos.

«Hace calor», las palabras volvían a la mente de Antonio mientras bajaba la rampa que conectaba el pasillo de oficinas con el elevador del edificio, envuelto en la fría penumbra del paralelo y acosado por la soledad del interior, tanto del complejo como de sí mismo. Caminaba empuñando la pistola de presión con ambas manos frente a su rostro y concentrado ante el mínimo sonido que le avisara de la presencia de otra bestia, ya fuera ésta del mismo tipo que las dos que acababa de despachar, o de un nuevo miembro de la goyesca y aberrante familia de aquella especie, recolectores de energía. A él no le importaba la naturaleza o el objetivo de la abominación: estaba dispuesto a liquidarlas a todas. El sudor caía por su frente por desgraciados motivos terriblemente diferentes a los de aquella queda y plena tarde de verano en la costa, y en lugar de acumular energía del Sol, era la suya propia acumulada la que criaturas ocultas en esta bizarra negrura distorsionada querían arrancarle viciosamente a dentelladas y zarpazos.

«*Qué buen día hace...*» deslizó él relajado en aquella mañana Almeriense. «*Es tan sólo otro día más, Antonio. Somos nosotros quienes decidimos si va a ser bueno o no*», respondió ella tan pragmática como siempre. Una pequeña risita maníaca se apoderó de Antonio. Por lo que más quería, que iba a intentar que hoy lo fuera, a falta del cielo, lleno de sangre azul.

Con cautela, se detuvo ante el acceso a la sala contigua a la puerta del ascensor. Pegando su espalda a la pared exterior, junto al marco de la puerta, contuvo la respiración y agudizó los oídos tratando de discernir lo que le aguardaba en el interior. Nada, tan sólo el silencio más absoluto en este inhóspito vacío. En un movimiento coordinado de todo su cuerpo, como había visto en las películas, se giró como una veleta pivotando sobre su pie izquierdo para plantarse bajo el marco de la puerta empuñando la pistola con los brazos extendidos. No atisbó enemigo alguno, pero no por ello bajó la guardia: pudiera ser que al final la sala tuviera premio. Escudriñó el interior con la mirada y entró en la sala, inspeccionando todos los recodos, de esquina a esquina a lo largo de la pared. Sus alertas se apagaron y bajó el arma: sala vacía, tocaría introducir otro código y explorar la siguiente, en busca de este virus en forma de especie. Pero primero, el pillaje.

El mobiliario no dejaba dudas: aquel receptáculo conformaba la cafetería de la planta de oficinas. Exploró la habitación en busca de posibles provisiones y víveres que pudiera recolectar. Había alguna máquina dispensadora cuántica pero no funcionaban en aquel lugar desolado, como le había advertido Cruor. En cambio, los armarios de la despensa estaban llenos de latas de conservas y de productos poco perecederos: bingo, había tenido suerte. Judías con tomate, lentejas con chorizo, pasta, cereales y algo de leche pasteurizada. Incluso una lata de cerveza *Cruzcampo Frío Cuántico*, su favorita. Tomó todo lo que pudo y activó el almacenaje de su mochila a través del panel de control del traje. La capa superior se retiró y la mochila quedó al descubierto. Un mecanismo se activó desplegando un brazo robótico de colección de elementos, que en toda su extensión doblaba en envergadura a Antonio.

El sorprendido ocupante del traje probó a soltar una de las latas encima de la bandeja rectangular en la que terminaba el largo brazo, más estrecho en el restante de su longitud, que recordaba así a una pala para pizzas en un gran horno de leña. La planicie final del brazo que conformaba la bandeja esperaba recibir un objeto cual ilustre y atento mayordomo expectante. Cuando la hubo posado, de la base surgió un holograma que escaneó el producto a añadir al inventario, abarcando la lata y envolviendo su superficie para analizar sus propiedades. El holograma fue desapareciendo progresivamente como una ola tras llegar a la orilla, hasta desvanecerse de nuevo en la bandeja, como el genio que volviera al interior de la lámpara mágica. A continuación, el brazo se hinchó rápidamente para absorber y canalizar a la lata que discurrió por su interior como una carreta por un túnel de la mina, hasta ser cuidadosa y automáticamente colocada en el aparcamiento que la mochila le acababa de reservar. El espacio para cada objeto parecía ajustarse a su contenido, optimizando así el volumen y la capacidad de almacenamiento totales. El porcentaje de capacidad restante podía verse en la pantalla de control del traje. La optimización le hizo pensar en PAL, en La Matriz y en la colonia, a un mundo de distancia. Divertido por el proceso, lo repitió con el resto de provisiones que había arramplado en la cocina hasta haber guardado todo.

Tras haberse repuesto, rehidratado y nutrido un poco sintió una necesidad imperiosa y totalmente humana: la de miccionar. No quería ni podía quitarse el traje, claro, pero había fichado anteriormente una opción en el mando de control, un botón con el símbolo de un lavabo (un anagrama de un hombre al lado del de una mujer). Pulsó el botón lleno de curiosidad y el Linium de su traje retrocedió de su entrepierna, dejándole al aire desde la cintura hasta los muslos. Antonio no pudo evitar una sonrisa «Vaya con el Linium, sí que es útil», dijo para sus adentros mientras se desahogaba tan a gusto en una esquina de la cocina.

Una vez estuvo listo para continuar, se preparó para salir de la sala pistola en mano. Oteó el horizonte a izquierda y derecha y no encontró bestias en la costa. Avanzó por el pasillo, llegando a un ascensor, ubicado exactamente en el mismo lugar que el del único paralelo que había habitado durante toda su vida, hasta hoy. Se acercó a él y lo llamó en un intentó demasiado optimista y completamente fútil. El aparato no respondió. Indeciso, Antonio valoró sus opciones y con aire convencido desenfundó la pistola de presión apuntó a la puerta y la volatilizó en un instante. El boquete que abrió podría sobradamente darle paso a un autobús. Además de partir la cabeza de esas bestias en dos. El recuerdo le hizo sonreír. «Sí, esto servirá», dijo, no sin preguntarse si el estruendo de la detonación no habría sido captado por alguna visita non grata. De hecho, se percató de que no sabía mucho sobre las criaturas, ni sobre aquello que fuera que las atrajera más allá de la concentración de energía ¿cómo era que la olían, que la sentían? ¿Qué las guiaba? El proseguir del un monólogo para con sus adentros, le hizo a su vez coscarse de que se estaba acostumbrando a hablar solo, pero bueno, como dicen los mentideros del paralelo, más vale sólo que de bestias acompañado.

Sacudió su cabeza y se acercó al orificio del ascensor, analizando sus posibilidades. Ni tenía un plan definido, ni sabía si sería posible realizarlo sin poder programar el Linium (aunque tenía la pistola), pero su impulso era el de bajar hasta el fondo para llegar al menos a los infames laboratorios subterráneos de SI, esos que tan lúgubre y miserable recuerdo le adjudicaban desinteresadamente y en abundancia. Desde el precipicio del hueco de la plataforma, se avistaba varias plantas más abajo el elevador parado. Se trataba de una caída de al menos una veintena de metros. Desconocía a ciencia cierta los límites del traje que le envolvía y protegía. Desde luego que no quería jugarse la vida y la oportunidad de seguir adelante y encontrar a Clara innecesariamente, tras haber llegado tan lejos, pero tenía que descender de algún modo, pues no sabía qué hacer si no. Palpó la pared cubierta en negrura oscilante y cuasi chispeante, y decidió que era lo suficientemente rugosa como para permitirle un descenso controlado. O al menos, eso esperaba, confiando a su vez en las capacidades de su, por ahora, incombustible traje.

Desde el mando de control en su antebrazo, configuró el atuendo para otorgarle el máximo rendimiento muscular y se dispuso a afrontar la bajada. Por si albergara aún alguna duda sobre el camino a seguir, un aullido proveniente del fondo del pasillo le propuso aligerarse con el descenso. El sonido disparó su salida, y Antonio se descolgó ágil y robóticamente por el orificio, aprovechando las capacidades del traje, sintiéndose como un *Soldado Universal*, aquel film del que Cruor le habló un día.

Paso a paso y con buena marcha: primero un pie, luego el otro y las manos en sintonía. Y a repetir. Antonio había hecho escalada en alguna ocasión en las cordilleras de los Pirineos con una luz que proveía clarividencia al afortunado espectador, distanciando y minimizando los problemas de la vida cotidiana, en los que a veces nos enfrascamos sin saber tomar perspectiva, ayudando a serenarse y a valorar lo realmente importante. En una ocasión pudo disfrutar de la experiencia en los acantilados rocosos de las islas mediterráneas. El sonido del mar se le vino a la cabeza, así como un tema llamado *Reikiavik* de un grupo local al que escuchó tras la escalada, en un bar de playa cerveza en mano. Ambos recuerdos distaban bastante de bajar una pared de ascensor prácticamente lisa en una negrura casi total en este mundo inhóspito, incomprensible y cruel, en el que la problemática no era si llegar a la tumba con más o menos en la cuenta corriente, o cómo aguantar la frustración diaria de un trabajo de oficina, si no si sobrevivir era posible. Y si tenía sentido. Una vez hubiera encontrado a Clara, se podría hacer esa pregunta, pero de momento su única misión era la de sobrevivir.

A medida que bajaba hacia el fondo oscuro de aquel hoyo, sólo las imperfecciones de la pared, esas extrañas perturbaciones oscilantes que, al menos le avisaban de la llegada de visitas indeseadas pero desgraciadamente esperadas, le alumbraban y facilitaban continuar con el descenso. La mejoría física de su cuerpo gracias al traje era increíble. La diferencia, abismal. Se sentía capaz de todo y con una fuerza sobrehumana. Al llegar a la mitad de camino decidió que, siguiendo con su plan anterior de conocer todas las jugadas posibles con la baraja que tenía entre manos, ésta era una buena oportunidad para probar los límites del artilugio que vestía. Visto cómo se había comportado hasta el momento con las dentelladas de las bestias, esta caída de unos cuatro metros no debería suponer ningún desgaste. Cambió la configuración a máxima resistencia y brincó, cayendo por el negruzco vacío que quedaba del hueco del ascensor. Aterrizó con un estruendo en el techo del elevador, apoyando la planta del pie derecho y hundiendo la rodilla izquierda. Ni un rasguño, ni rastro de torcedura. El traje había absorbido la totalidad del impacto. Satisfecho, volvió a cambiar la configuración del traje al modo «fuerza bruta» para así arrancar la trampilla del techo con la misma facilidad que un niño un envoltorio de un regalo en la mañana de Reyes, y deslizarse por el orificio accediendo al interior del elevador primero, y a la planta inferior del edificio después.

En la lejanía, dentro del edificio de oficinas, unas orejas se aguzaron junto al cuerpo inerte de una compañera, otra bestia abatida por aquella nueva fuente de energía que había accedido a su mundo. Aquella cosa que ella, en caza permanente, olía y oía leve pero constantemente, lo suficiente para enloquecerla con el ansia de coleccionar obsesivamente hasta que no quedara ninguna; aquella hacia la que la perturbación en las paredes le guiaba visualmente, como una hoja de ruta en continua escucha y actualización. Debía proceder con cautela, pues parecía peligrosa, menos mansa que los otros extraños seres que habían comenzado a acceder a éste, su mundo; el único que ella conocía, en el que había habitado siempre, y en el que cumplía con su instinto y con su función vital: recolectar la energía que encontrase por su camino, proviniera ésta de recuerdos, de acciones ocurridas en el pasado, de cualquier transformación, o de una fuente fresca, vivita y coleando. Las mejores, más voluminosas y satisfactorias, sin duda. Algo había en el diseño de su ser, en su evolución que le hacía disfrutar, que segregaba inercia y regocijo en arrancar esa energía viva, más que la yacente muerta y pasada. La evolución no era estúpida, sabía que esas eran las fuentes que mejor servían al propósito. Sintiendo la perturbación en el medio, se separó de su hermano caído y tomó rumbo, silenciosamente, intentando sorprender a su presa, mientras la distorsión se iba agrandando en el suelo a medida que gotas de saliva comenzaron a chocar contra él.

El extranjero cayó pesado sobre ambos pies y retumbando, como lo haría La Masa u otro superhéroe en Times Square en cualquier película donde se repita la escena, ahondando en la superficie y creando un pequeño cráter cuya onda expansiva agrietaba el suelo, dado el peso adicional que era capaz de crear el traje en esta configuración. Antonio continuó confiado, cargado de la adrenalina que por un lado precisaba para envalentonarse, pero que a su vez le impedía percatarse de que iba dejando un trazado de su recorrido. El estrépito se propagó como onda sísmica por la planta, de la misma manera que la perturbación por las paredes, distorsionando su miríada de puntitos tapizados, alterados progresivamente como una ola de estática en televisores de tubo en serie, a medida que la distorsión avanzaba ondulante por el muro, propagándose por las salas contiguas y anunciando como un pregonero chivato el camino más rápido a las bestias para llegar hasta él.

A lo suyo, él seguía explorando salas vacías y recolectando víveres embutido en su vestimenta y envalentonado por ella. La rutina de no encontrar nada le iba generando una preocupante despreocupación, de la que al darse cuenta renegaba, volviendo disciplinariamente al procedimiento para peinar cada sala esquina por esquina que se había auto impuesto, siguiendo las maniobras que habría ejecutado en algún videojuego, o visto en alguna película.

Pasó por la recepción de SI, con el gran logo de la empresa en un cartelón enorme tras el mostrador de recepción. El famoso fondo de la lámina expuesto en el centro de Pino Montano en Sevilla el día de la primera teleportación pública, con la S y la I englobando el círculo central que representaba el momento, el cuadrado y el rombo a izquierda arriba y derecha abajo respectivamente representando los estados cuánticos entrelazados en los que se encontraba la materia, y el doctor Lagraña argumentaba, la realidad. Aquel hombre no vivió para ver que en el fondo tenía razón: conectados en un mismo plano, pero diferentes en los otros; un mismo concepto de mundo, de creación con formas diferentes y con distorsiones o variaciones de la realidad, del contexto, como efectivamente mostraban estos dos mundos. Pese a su arrogancia, o quizás debido a ella, nunca se atrevió a aseverar la existencia de mundos paralelos, sólo su apoyo a la teoría y su trabajo para confirmarla. Seguía ahí, aunque la I estaba algo torcida, y parecía manchada.

Antonio decidió acercarse a investigar la mancha. Apuntando con la linterna que obviamente tenía su hiper preparado traje, creyó discernir un tono rojizo, cobrizo. Inmediatamente su cerebro le transportó a aquellos atardeceres de Titán que se tornaban en pesadilla, a aquella marea roja que le absorbía mientras veía el líquido denso y carmesí sobre el cuerpo inerte de Clara, para que cobrara vida y ahondaba en su culpa. Aquella mancha parecía sangre, y no de la azul que había visto brotar a borbotones de las bestias que había liquidado, sino humana.

Se tomó unos segundos para pensar qué hacer y cayó en la cuenta de una de las lecciones impartidas por su compadre Cruor «...*acciones pasadas dejan restos de energía...*», y las imágenes sintetizadas que habían contemplado. Rápidamente se dispuso a probar la capacidad de su traje para hacer lo propio en este mundo.

Ansioso por descubrir tanto si era capaz de utilizar el equipo, como el mensaje que pudiera esconderse en aquellos restos de energía, navegó por el control del mando de su traje hasta encontrar el sintetizador y activarlo. Apuntó su brazo hacia los posos, sin pensar si esto tenía algún sentido físico, sino más bien por inercia, un poco en plan EVA-1 u otro Mecha. Efectivamente, y tras un par de segundos de duda y silencio, una red virtual pareció brincar de su traje para escanear el volumen que le rodeaba, recorriéndolo hasta encontrar algún indicio de actividad que pudiera procesar. Antonio pareció haber sincronizado su cabeza para seguir a la especie de telaraña que iba examinando el volumen, cual radar esperando encontrar respuesta a su llamada. Cuando estaba llegando a los restos, Antonio contuvo la respiración, fruto de la emoción y de la esperanza de que captara alguna historia pasada que el pudiera visualizar. Y así fue. La sonda se frenó al arribar a la superficie manchada, y cambió de verde a azul, alertando al usuario de que se había topado con algo con lo que podría trabajar, para mostrar el resultado del procesado de aquel rastro energético. Antonio regresó sobre el mando de control de su traje, para poder atestiguar cómo varios porcentajes e indicadores iban mostrando el avance del proceso.

Una vez el análisis hubo terminado, la red volvió a tornar en verde y a continuar su desplazamiento hasta completar el volumen total que embebía, y desaparecer, con un efecto bastante conseguido de ser succionada, reabsorbida por el traje. De vuelta al nido. Una alerta sonora y vibratoria avisó a Antonio de que la exploración de entorno había concluido, dando como fruto tan sólo un archivo, convenientemente almacenado en un archivo con la fecha actual, y listo para ser reproducido. Antonio pulsó en el botón correspondiente, y una pantalla holográfica volumétrica le envolvió, mostrando una secuencia que le cortó la respiración, y esta vez no por anticipación o por emoción, sino por desazón, asco y terror.

Al principio no pudo distinguir las formas que se materializaban vagamente a su alrededor en una secuencia confusa, parte fruto de su propia ansiedad por encontrar algo; pero la ilusión óptica del roce de algo con su pierna derecha le hizo dar un respingo para evitarlo, y centrar su atención. A tomar distancia, comprendió que se trataba de un cuerpo inerte y con las entrañas expuestas, que avanzaba lentamente y ceremoniosamente, como una queda y lúgubre procesión, sin incienso ni canina, sino con una vida recién sesgada como culto y ofrenda. Sendos sabuesos tiraban tenazmente del cadáver al unísono, con un alado explorador acompañando en la cola como todo séquito y capataz.

A medida que el cuerpo inerte iba avanzando, Antonio fue reconociendo los rasgos. Aquel pelo rizado, aquella discusión en El Maletín con aquel envase desalmado que a la postre resultó ser su clon, aquel foulard que la solía acompañar en todo momento, hasta en el de su incursión al paralelo y su muerte... Se trataba de Julia, la compañera de Clara y Cruor, que había perecido en la misma internada en la que Clara quedó atrapada, según le había contado Cruor. Sus entrañas desparramadas iban marcando su desdichado camino funerario, dondequiera que se hallara su eterno reposo. Antonio no deseaba contemplar lo que ocurría una vez llegara a su destino, pero sabía que debía intentar averiguar todo lo posible sobre estas bestias y sus funciones vitales si quería acabar con ellas. La tozudez y el rigor científico que le habían inculcado en la Agencia Espacial Unitaria, y que Clara se había asegurado no perdiera, le acompañaban, también esta realidad.

La goyesca escena no escatimaba en lo grotesco y repudiable, pero lo que más perturbó a Antonio no fue el conjunto que avanzaba lenta pero decididamente, o asistir impotente al traslado irrespetuoso de los restos de Julia, sin contemplaciones como el mero sustento que representaba para estos cazadores, por encima en su cadena alimenticia, como un león haría en la sabana con sus presas llevándolas de vuelta a su territorio, resignadas al posible destino que podría atribuirles la convivencia; no, lo que realmente le cortaba el cuerpo era aquello que se intuía al frente, difuminado en la sombra, pero que atraía a sus peregrinos y marcaba el destino de la marchita cofradía. Apostada tras el agujero, una figura se permanecía erguida, parcialmente en la sombra, demasiado distorsionada para ser completamente avistada. Bien el sistema no había sabido o podido reconstruirla en su totalidad, bien la figura sabía cómo evitar depositar su rastro en la huella energética. En todo caso, lo siniestro de aquel engendro no era lo que se veía, sino lo que se percibía. Emanaba calma, seguridad y control. Su huesuda figura parecía ordenar al resto de bestias, inamovible desde su guarida, hasta que en un momento dado su brazo surgió a la luz para indicar, con la palma de su raquítica mano extendida, que detuvieran aquel traslado, lo que ocurrió al unísono y al instante. Antonio se acercó a la figura para examinar sus dedos, fibrosos y cuyas falanges quedaban fuertemente marcadas por el arrugado y fibroso envoltorio de dura piel que parecía envolverlos. Confirmó aquel perturbador hecho que le había llamado su atención, el que si bien tanto el dedo corazón como el anular de la mano de aquella bestia terminaban en afilados colmillos, como los de los exploradores, el resto tenían una terminación redondeada… casi humana.

Atónito, Antonio observaba la composición de la figura que lideraba el cortejo del cadáver de Julia, cuando súbitamente ésta dio un paso al frente para salir de la sombra, agacharse y postrar su esquelético rostro frente al de Antonio, quién se quedó petrificado, con la sangre completamente helada. Pareciera que la criatura tuviera consciencia de que esto fuera a ocurrir, y que quería mostrarse, y antes de que Antonio pudiera darse cuenta y examinarla con detenimiento, la imagen había desaparecido, no sin que antes atisbara una sonrisa en el rostro de aquella bestia, que le desafiaba. A buscarla, a encontrarla, a retar sus habilidades … a dominar el paralelo.

Antes de que pudiera racionalizar lo que estaba ocurriendo, volvió a verse rodeado de la negrura de este mundo, acompañada del ligero zumbido de la constante perturbación exhibida por sus paredes. Intentó hacer acopio de lo que recordaba haber visto en esos escasos instantes que había durado el vídeo, cuando cayó en la cuenta de que podía volver a visionarlo tantas veces como quisiera gracias al equipo del que disponía. Así lo hizo, una vez tras otra, pausando la imagen en el momento en el que aquella criatura desvelaba su rostro, mezcla de aquel Skeleton ochentero pero que recordaba al de los exploradores, con sus amplios ojos algo más pequeños y definidos, un contorno más fino, más arrugado y acartonado... y sobretodos los rasgos destacables, con una mandíbula más humana mucho más humana que la hilera de afilados colmillos que conocía de primera mano de las bestias asalvajadas a las que había tenido el orgullo de retar y batir en combate. Ésta era otro cantar, uno mucho más consciente y peligroso.

Mientras Antonio se afanaba en escudriñar a la esquelética criatura del vídeo, la trampa que le había tendido aquella criatura inteligente que sonreía en el recuerdo sintetizado, y en la que había caído, se ponía en marcha. Él esperaba, quieto cual presa a la intemperie, mientras que la perturbación y el eco de su estruendo seguía propagándose, disminuyendo su intensidad pero lo suficiente como para alterar la otrora quietud del paralelo. De manera veloz, las paredes que antes reflejaban una cuasi tranquila niebla como en una televisión de tubo, comenzaron a alterarse. El latigazo del sonido iba expandiéndose sala a sala, en una ondulación de un látigo infinito. Tras el pasillo de administración, llegó a la sala del museo, para arribar a la monumental entrada al edificio, con tres mostradores rodeando una réplica del sistema solar que colgaba del techo.

Las esferas que representaban los cuerpos celestes vibraron levemente, y el patrón de la distorsión se hizo presente en la superficie, avanzando sin apenas perder amplitud e intensidad, afectando así mismo a las vitrinas que contenían diferentes modelos de transportadores y las colonias, así como a los diferentes premios, honores, cuadros de fotos y trajes de minería que poblaban la parte baja de la recepción de las dos plantas de la monumental sala cuya planta superior daba con las oficinas de administración y la sala de museo terminando en el elevador sobre el que acababa de caer Antonio.

Más allá, la sala conectaba con un parque artificial exterior (asistido a su vez por el transbordador matricial), a un salón de actos adyacente a un pasillo lleno de arcos de mármol, bloqueado por un derrumbe, al otro lado del cual se encontraba un pasillo acristalado que daba acceso a las minas, pensado para el acceso de visitas de pedigrí, o de los managers y dirigentes de la empresa.

La pasarela acristalada estaba ahí, como en la otra realidad, sólo que las vidrieras estaban completamente destrozadas y el paso abierto de par en par.

El mensaje que modulaba la superficie prosiguió su camino, propagándose a toda velocidad indicando que algo o alguien se encontraba en aquella dirección, alterando la habitual monotonía del lugar. *Rápido rápido, aprémiense y acudan a constatar de qué se trata*, parecía decir la modulación de la señal de perturbación, saltando rápidamente entre salas e incluso edificios, pasando con destreza por el suelo de la pasarela acristalada que unía el edificio principal y las minas, y llegando finalmente al corazón de éstas, alterando la oscuridad en su boca de acceso con el sinuoso brillo azulado de su paso. Tras unos segundos de pausa y quietud, el mensaje fue asimilado, el jeroglífico descifrado, y la reacción disparada: de sus rocosas paredes empezaron a aparecer bestias, cambiando el suelo rocoso por la moqueta del edificio de oficinas y corriendo para encontrar la fuente de energía que acababa de solicitar, aunque fuera inadvertidamente, su atención y que les esperaba visualizando en bucle el caramelo con el que su superior la había entretenido, mientras ellas se apresuraban a no dejar pasar esta oportunidad, como jugadores saltando enfervorecidos al terreno de juego por el túnel de vestuarios. Era la hora. Estaban de caza.

Ajeno a toda esta actividad, Antonio tomó notas sobre el video que había reproducido, detenido y analizado secuencia a secuencia varias veces ya. Todo aquello le daba mucho que pensar... aquella bestia, *Skeleton* la apodó en su log, como aquel film ochentero sobre los Spacemasters; el cadáver de Julia avanzando lentamente en busca de un destino final; el orden de aquel escuadrón, y el timing de aquella sonrisa justo frente al rostro del espectador, que no podía ser coincidencia. Mientras procesaba toda esta información y dilucidaba alguna conclusión, peinó las salas de su entorno sin encontrar nada de utilidad en ellas, para volver a avanzar por el pasillo empuñando la pistola de presión en la mano, confiado de sus posibilidades.

A medida que progresaba, se fijó en la moqueta del suelo. Cruor le había comentado cómo la había rediseñado tras el descubrimiento del paralelo, de forma sibilina, siempre pudiendo utilizar la lámina original de Lagraña como excusa: dos interminables líneas blancas interiores recorrían la longitud en un entorno negro, representando los dos mundos paralelos. Entre ellas, una más gruesa marrón simbolizaba los planetas habitados y atrapados entre ambas realidades. También había quién decía que era puro sentido (¿anti?)estético. Antonio continuó de frente, siguiendo ambas líneas infinitas de la moqueta con un pie sobre cada una de ellas. El final del pasillo albergaba una sala enorme. Tomó su peculiar postura de entrada basada en películas policíacas, y allanó la habitación.

En la sala, a pesar del distorsionado tapizado que esta dimensión infería a los objetos, podían encontrarse varias vitrinas sobre estantes, y modelos de teleportadores. Un museo completo con artefactos e historia de las conquistas de SI desde los inicios de la revolución cuántica, en orden cronológico. Dos escaleras laterales llevaban a la planta superior, que en forma de palquillo o *mezzanine* permitía admirar y subyugarse con la colección expuesta en el nivel inferior, como si de un recital de *Opecaretta* en el Hall Social 2B se tratase.

Antonio se detuvo en el centro de la planta baja, deleitado con el contenido de los diferentes puestos, que le recordaban la historia de la humanidad de la mano de su desarrollo tecnológico. A su vez, los asociaba con los eventos y con la evolución de su propia historia personal, la de lo que había decidido hacer con su vida, paso a paso, disyuntiva a disyuntiva y decisión a decisión.

Se hallaba rodeado por varias piezas mecánicas, motores, engranajes y dispositivos cuánticos utilizados en el desarrollo tanto de aeronaves como de todo tipo de accesorios y equipos interconectados, más allá de los propios a la teleportación. Tomó una de las notas informativas plastificadas que vio agolpadas sobre pequeños cajoncillos anclados en los costados de los exhibidores. El museo, claro está, hacía del poder verdad y virtud, y ajustaba la historia a sus objetivos, como los gobiernos, nacionalismos, intereses económicos e hijo de vecino envidioso y malintencionado habían hecho a lo largo de la historia humana, fuera durante dichosas guerras o no, para agenciarse el bien ajeno, para así vender cómo la investigación de la empresa había mejorado la vida humana.

Por un lado, parecía obvio que la influencia de SI había permitido avanzar a la humanidad en su conjunto: viajes interplanetarios, asegurar la supervivencia de la especie frente a cualquier cataclismo terrícola y a su propia autodestrucción climática, comida generada instantáneamente sin necesidad de recursos animales y naturales, combatiendo así también el calentamiento global y el problema de la superpoblación y su abastecimiento, etc.; eso era indudable y al César lo que es del César, pero por otro... Antonio pensó en cuántas vidas había destrozado semejante poder, cuánta esclavitud y cuántos desaparecidos en las minas como clamaba aquel manifiesto de la NAC [*Nota: ver Artículo Relacionado*] o en teleportaciones fallidas como la preparada para como pantomima para su asesinato; en el monopolio que la sociedad sucumbida ante los grandes descubrimientos de la empresa, le había permitido obtener, generando una dependencia enorme de ella gracias a su producto, lo cual no era tan diferente de otros imperios en la historia de la raza humana llena de luces, así como de sombras y de avaricia. Pan y circo; tierra de libertad, oportunidades y seguridad; prosperidad a base de mano de obra barata ¿Sería posible encontrar un equilibrio? ¿Hallar gobiernos responsables, libres de intereses que controlan sus marionetas para enriquecer su posición? ¿Y una sociedad que se molestara y actuara en consecuencia?

No dejaba de ser curioso que la Unión Mediterránea hubiera nacido para liberar a sus naciones miembros del yugo impuesto sobre ellas, error ya cometido tras la primera Guerra Mundial, para terminar albergando entre bambalinas una autocracia no sólo de Europa sino del sistema solar entero.

Antonio miró a su alrededor y meneó la cabeza al ver cómo la humanidad había vuelto, otra vez, a ver ese ciclo histórico desplegarse. *No hay remedio*, se dijo. Cómo los populismos con su mensaje fácil y directo a las entrañas y amplificado por sus soldados en las redes sociales - humanos o no- habían ganado la partida. La educación y el pensamiento crítico seguían en caída libre, oxigenados por la falta de conocimiento y miopía de miras fruto de la falta de exposición a eso desconocido de lo que se nos llena la boca odiando

Caminando entre la infinidad de equipos exhibidos a su alrededor, fue consultando los diferentes folletos, sonriendo y recordando historias y momentos que asociaba a cada uno de ellos. Llegó hasta las escaleras de acceso al nivel superior y, apoyado en la baranda, observó la cantidad de prodigios que contenía el museo: desde lavaplatos a ordenadores cuánticos, comunicadores, brazaletes, curadoras que escaneaban tumores como el cáncer o bloqueos como las varices y lo eliminaban instantáneamente mediante teleportación, la inserción de minúsculos robots cuánticos en la sangre, o mediante la radiación completamente parametrizada en función el perfil del individuo sobre los agentes nocivos. Aunque, si bien los primeros teleportadores de muestra fueron gratuitos, a medida que fue pasando el tiempo no todos podían acceder a esta fascinante tecnología. Todo para el pueblo, pero sin el pueblo, o con la zanahoria por delante. Desde las escaleras, Antonio atisbó la colección de la planta superior, dedicada a la historia de la exploración espacial y las colonias con fotos de los primeros colonos y recuerdos de las diferentes e históricas misiones interplanetarias: desde *Viking* con información sobre la humanidad y mensajes para otras civilizaciones, *Hayabusa* 1 y 2 minando asteroides, *Rosetta* allanando un cometa, *JUICE* estudiando las lunas heladas de Júpiter, *Cassini Huygens* en Titán o *Dennisia* hacia el lejano Neptuno. Los recuerdos incluían la postrera exploración in situ, la llegada del ser humano a cada uno de los planetas rocosos de nuestro sistema solar.

Sin embargo, fue una de las piezas de la planta baja la que aspiró la atención de Antonio y le atrajo como lo haría un imán: un entramado metálico de tubos en paralelo que giraban sobre sí mismos formando un conjunto que recordaba a una caja torácica humana. En su centro, un tubo de mayor diámetro recibía los contenidos de los demás, como los afluentes a su río o vértebras a su médula espinal. El conducto principal de la estructura la recorrería en su totalidad hasta sobresalir más de un metro por el inferior del conjunto, como el pie o base de una extraña escultura de hierros retorcidos. Antonio observó con confianza y familiaridad a esta vieja amiga. Se conocían bien. Era uno de los primeros motores basados en fisión nuclear que habían hecho posible los primeros viajes tripulados interplanetarios. No fue fácil para la comunidad científica canalizar la energía derivada del proceso de fisión, pero los modelos y simulaciones de los que eran capaces los ordenadores cuánticos volvieron a impulsar la creencia de que esta energía presentaba una posibilidad limpia, manejable y segura para el futuro. Fue, cómo no SI la que consiguió desarrollar el primer motor para aeronaves de fisión, y por ello aquí lo tenía expuesto, con el orgullo que tal hazaña indudablemente merecía. Él tenía memorizadas las entrañas del ingenio porque había trabajado con él durante su primera etapa en *Space Unlimited*, compañía subcontratada por la Agencia Espacial Unitaria para la entrega de aeronaves que pudieran dar uso práctico a aquella, la tecnología del momento desvelada por la industria aeroespacial, y dar un pasito más en lo que ahora, a años luz de evolución tecnológica, parecía la risueña y cándida prehistoria de los viajes espaciales.

Antonio se aventuró a palpar la pieza, sin vitrina alguna que la cubriera. El tacto frío, metálico y rugoso fruto tanto del uso como del paso de los años trajo recuerdos a la dormida memoria de su piel, a medida que sus dedos recorrían la pieza y le sustraían a vivencias pasadas. Era el año 2039 y estaban sobre la fecha de entrega de la primera unidad del *Achiever First*, la primera nave tripulada que podría completar la ansiada misión de llevar al hombre a Marte en un viaje de menos de un año de duración, con posibilidad de volver a la Tierra, o de incluso continuar la otrora y por entonces odisea espacial (ahora ya normalidad), en otra dirección que la física permitiera, habida cuenta de que la presión atmosférica o radiación solar eran algunos de los parámetros que habría que controlar para que la nave no se convirtiera en una trampa mortal y se comprimiera a un puñado de chatarra. El artífice y facilitador de este triple salto para el hombre, era el contar con una fuente de energía cíclica que le permitía volar de forma prácticamente ilimitada, sin necesidad de repostar. Cierto es que sufría de problemas como la necesidad de refrigeración, o la obstrucción de los tubos de la carcasa, como conocían a la estructura parecida a una caja torácica, que hacían que el mantenimiento fuera necesario y que en la práctica fuera posible realizar reparaciones a bordo, bien en el interior o en el exterior con trajes adecuadamente equipados y acondicionados para paseos espaciales. Antonio recordaba haber laborado prácticamente sin descanso en jornadas de hasta 18 y 20 horas al día, preparando los bancos de prueba y los procedimientos a efectuar. Repetían una y otra vez las simulaciones en los ordenadores cuánticos, prueba tras prueba, duda tras duda para no dejar piedra sin remover y así asegurar que los parámetros del proceso eran los correctos, tanto en la cantidad de energía con la que bombardear los sucesivos núcleos para obtener la fisión, como en la velocidad de transmisión en los dispositivos de asimilación de energía que liberaban las continuas oleadas y permitían la propulsión de la aeronave. Pero el tiempo se les echaba encima y era hora de probar el equipo. Era una apuesta arriesgada, quizás un todo o nada como en el primer prototipo que había explotado sin llegar a despegar debido a la mala gestión de la enorme cantidad de energía liberada durante la fisión. Habían aprendido mucho de ello, pero la agencia ya les había avisado que, si algo así volvía a repetirse, cancelarían la subvención.

Antonio podía aún sentir el éxtasis que le inundó cuando la aeronave despegó, salió de la atmósfera terrestre y ejecutó la re-entrada de forma exitosa. Cada segundo de la prueba la tensión había agarrotado sus músculos hasta hacerle sentir enclaustrado en una caja de pinchos, con cualquier movimiento produciéndole un dolor agudo en su cuerpo. Pero todo eso fue liberado una vez el piloto aterrizó y desmontó del avión sano y salvo: todos levantaron los brazos, gritaron y se abrazaron llenos de emoción y orgullo. En memoria y honor de a sus compañeros que habían fallecido en la explosión del primer prototipo, recordando su propio sufrimiento y sacrificio durante los cinco años de duración del proyecto. Finalmente, habían completado la prueba con éxito. Podían entregar la aeronave a la agencia y producir más con la seguridad de que cumplían los requisitos.

El siguiente reto fue mayor, el primer viaje tripulado de ida y vuelta a Marte, donde dos de los primeros colonos que fueron con la misión *Mars One* regresarían a la Tierra para ser analizados y extraer conclusiones del efecto de la vida en Marte sobre los seres humanos. No había sido fácil elegir a quienes iban a volver. Del mismo modo que un reality show televisivo había elegido a los «afortunados» que dejarían la vida en la Tierra para tomar un viaje sólo de ida al planeta rojo, un programa con votación popular había decidido a los dos que regresarían, con una especie de nominaciones, al estilo de la época. Pese a estar convencidos en su momento de que querían colonizar Marte, todos los colonos menos uno se habían presentado voluntarios para retornar a la Tierra. La razón había sido común, aunque algunos intentaron enmascararla. Una mujer centroeuropea decía que echaba de menos los lagos, el verde y el aire libre de su Alemania natal. Un japonés decía que sentía la obligación de contribuir en el avance de la medicina y estaba dispuesto a donar su cuerpo para ello. Pero tras acribillarlos a preguntas, todos se desmoronaron ante la presión. Calor humano. A uno u otro nivel, todos echaban de menos el contacto humano del que la vida en la colonia les había privado. No lo había apreciado mientras estaban en la Tierra, pero tras diez años en la colonia, invadidos en su privacidad día a día, robados de su espacio personal, carentes de las maravillas naturales y los parajes terrestres y de la posibilidad de compartirlos con otros que sus forzados compañeros de colonización, todos sentían una necesidad primitiva e instintiva de volver a la sociedad y a disfrutar de la Tierra.

Todos estos recuerdos parecían de una vida anterior. Una vida en la que no existían Paralelos y en la que sí existía Clara. Una vida en la que tenía ilusión, esperanza y retos por cumplir. Una vez la humanidad había llegado a otros planetas el reto había cambiado, y ahora se centraba en los viajes intergalácticos. Pero él, tras dos años de vida en la colonia había comenzado a sentir lo que los colonos de Marte debían haber sentido. La necesidad de volver a la vida sencilla.

A disfrutar de la comida, de la naturaleza, de las playas y los lagos terrestres. De los amigos y las personas. De compartir estas experiencias con Clara y con otras personas, y sentirse tranquilo y satisfecho con esto, sin más lujos que la compañía del otro y de la naturaleza. Siempre quedarían preguntas por descubrir. Siempre existiría la posibilidad de encontrar alguna raza o civilización en otra parte del universo, lo que sería sin duda fantástico. Pero con el paso de las experiencias Antonio iba recalcando que lo que de verdad le hacía mella y le satisfacía eran los pequeños detalles, las sensaciones que le llenaban a diario y sobre todo si podía compartirlas con alguien. El frescor húmedo dejado por el rocío en una mañana de fin de semana. La tranquilidad de un desayuno al aire libre. Una ruta de senderismo por las montañas, respirando aire puro en su cima. El mar, los lagos y embalses, una barbacoa. Por eso habló con Clara de volver a la Tierra. De disfrutar de sus días y continuar su trabajo de forma que pudieran disfrutar de su tiempo, y no ser esclavos del mismo. Pero Clara no pensaba de la misma manera. Ella quería continuar, quería dar el siguiente paso en la historia de la humanidad y descubrir algo que marcara la diferencia. Quería dejar huella, que su nombre fuera recordado en las clases de historia junto a un gran logro. Estaba segura de poder conseguirlo en SI y en Titán. Ambos querían darle sentido a sus vidas, pero divergían en el significado de ese *sentido*. Antonio alzó los ojos al techo de la habitación maldiciendo por dentro y negando con la cabeza. Parecía que Clara había logrado su objetivo, pero se había llevado su vida con ello, y Antonio no quería ni mártires ni reconocimientos póstumos, sino la verdad. Pero incluso en un caso como éste, ¿qué querría ella? En el hipotético imposible de que volviera con vida, ¿sería preferible aceptar una mentira que la laureara al olimpo del descubrimiento del paralelo?

Meneó la cabeza para sacudirse los recuerdos del pasado y las preguntas que habría que dejar para otro momento, otro contexto, y otras decisiones que tomar. No había lugar para ellas en ese mundo de bestias. La ligereza y pomposidad con la que de describía el motor de fisión, así como otros en lo que sabía había habido «daños colaterales», le hacía pensar en si habría quien las leyera sin conocer completamente el contexto de cada uno de aquellos avances, como quien lee extasiado sobre las guerras mundiales. Hechos alternativos, suponía. Una verdad a medias y filtrada con el prisma del vencedor. Otra de las piezas de mayor enjundia era uno de los primeros teleportadores, no el original que se exhibía en la Tierra, donde fue desvelada por primera vez en la archiconocida fecha del 01/04/2032, sino un ejemplar del primer modelo que SI distribuyó de forma gratuita hasta que el mundo entero creyó en aquel imposible, y confirmó que funcionaba a la perfección; momento en el cual no existieron suficientes fábricas para la demanda de equipos que aupó a SI a convertirse de un año para otro en la compañía más rica del planeta. Tras esto, todo prosiguió su curso natural: poder, corrupción, soborno, control, poder; hasta hacer que SI controlara de manera directa o indirecta todos los organismos interplanetarios.

Absorto en sus recuerdos y deliberaciones, Antonio se dio cuenta de que estaba perdiendo el tiempo. Sin ser capaz de resolver las dudas que le había generado aquel mensaje de energía, se había abstraído merodeando por los alrededores, perdiendo el rumbo. De aquí en adelante, debería tener cuidado de no subestimar cómo le afectaba el cansancio a su mente, lo mismo que la adrenalina, e intentar prevenirlo, y espabilarse o tranquilizarse según tocase para dar lo mejor de sí mismo. Sabía que lo iba a necesitar. ¿Cuándo, dónde y cómo podría descansar? ¿Era dormir una opción? Y justo entonces, mientras de reojo vislumbraba los brazaletes y comunicadores cuánticos, y el resto de la colección que quiso examinar... cuando su superficie empezó a ondular con nieve estática. La sala comenzó a distorsionarse y a llenarse con un chillido agudo y estremecedor que conocía bien pero que no por ello dejaba de calarle hasta el tétano de los huesos.

En algún rincón oscuro de paralelo, un huesudo rostro sonreía, sabiendo que su pequeña distracción había conseguido cambiar el ritmo del intruso y dejarle a merced de sus criaturas.

Antes de que pudiera darse cuenta, sintió que la sala ya no estaba vacía. Maldiciendo y aguantando la respiración, se giró lentamente sintiendo de nuevo la suave caricia del miedo que hacía tiritar a su trémulo cuerpo. Una bestia asomaba la cabeza por la lejana puerta de entrada, al otro lado de la sala de museos. Sus dientes apretados, su saliva goteando y sus inmensos múltiples ojos negros fijados en su presa hicieron flaquear las piernas pero no la determinación de Antonio. Tras haber probado todos los «accesorios» de supervivencia del traje, ya se había acostumbrado al rugoso tacto del mango de su láser térmico, así como al movimiento rápido para desenfundar, apuntar y disparar su pistola de presión. Casi instintivamente empuñó el láser y ayudado por la mirilla de apuntamiento lo descargó sobre la faz de la bestia. Al recibir el golpe de calor en la cara, la bestia quedó paralizada, trastornada, atrapada y desarmada convirtiéndose en un blanco perfecto o *pato sentado* que dirían los anglosajones. Antonio aprovechó la coyuntura para atacarle con la pistola descerrajando una onda que le arrancó la cabeza de cuajo. Ésta cayó rodando al interior del museo, mientras el cuerpo se iba venciendo hacia delante, primero postrándose con sus fibrosa patas delanteras, luego derrumbándose completamente y cayendo de costado, inerte, en la negrura del paralelo que volvía a una estabilidad expectante en su superficie, que parecía pedir más sangre, tan sólo alterada por el gorgoteo de la sangre goteante de ambas piezas del ser cercenado, con Antonio aun apuntando el láser y la pistola sobre el cadáver del cazador cazado.

Se apresuró para salir del museo por el extremo oeste opuesto a la entrada, antes de que llegaran compañeros en busca de vengar a su especie, sin tener muy claro hacia dónde le llevaba el pasillo. Quitó de en medio la cabeza de la bestia de una patada. Ésta fue rondando chapoteando en su propio líquido hasta que chocó con la pared lateral, donde quedó expuesta, como otra pieza de la colección del museo que dejaba atrás un Antonio quien no se inmutó, con el cuerpo hecho ya a la carnicería de este mundo, el macabro sino que el destino le había ofrecido, una oferta que no pudo rechazar.

El techo del corredor iba cambiando, dejando atrás la funcionalidad de las oficinas, y dando paso a una bóveda sobre columnas laterales espaciadas y unidas por un arco a modo tanto artístico como de refuerzo, formando una serie de portales que conducían a algún lugar, sin duda importante. Varios arcos más adelante, el pasillo quedaba obstruido por un derrumbe rocoso. Alguna explosión había hundido el techo y bloqueado el pasillo, pero había varias puertas a derecha e izquierda. Antonio entró en una de ellas, un impresionante salón de actos con un escenario digno de cualquier ópera romana. Parecía que querían remarcar el carácter mediterráneo de SI.

De repente una luz iluminó la sala. Su brazalete operaba frenéticamente sintetizando automáticamente la energía del salón de actos, hasta que su alrededor se convirtió en una gran pantalla cúbica holográfica que le rodeó complemente, dejándole en su centro. De aquel holograma volumétrico rápidamente apareció una figura, caminando hacia atrás titubeante. Una figura familiar que no tardó en reconocer: a sí mismo.

Tenía un gesto dubitativo, paralizado y sobre todo aterrorizado. La cara y el traje estaban llenos de sangre que goteaban hacia el suelo. Debía ser reciente.

Antonio no lo comprendía. ¿Era un pasado alternativo? O más bien... ¿estaba viendo su propio futuro?

Su yo holográfico siguió retrocediendo hasta quedarse al lado de Antonio, tocándole y solapándose con él. Antonio vio el terror en sus ojos, la parálisis. Tenía la mirada perdida en el infinito, más allá de la pantalla en algo que Antonio no alcanzaba a ver pues el vídeo no lo mostraba aún. Su boca se abría intentando balbucear algo pero sin llegar a decir nada. Algo avivó su rostro, sus ojos dilatándose como al ver un jarrón caer, a punto de hacerse pedazos, sin que pudiera hacer nada al respecto. Acto seguido se dio la vuelta y empezó a correr, alejándose de un Antonio que, expectante, se giró para seguir la frenética escena en la pantalla cúbica que le envolvía. Esperando a ver qué aparecía por el otro extremo. Antes de que terminara de girarse hacia la cara frontal de la pantalla, un enjambre de alas, cabezas, garras y fauces holográficas surgieron de todas partes y le atravesaron, en persecución de su yo en huida. Su reacción instintiva fue la de cubrirse la cara con las manos, hasta repetirse que se trataba de un holograma. Entreabriendo los ojos e intentando distinguir en el enjambre, pudo atisbar cinco bestias a la cabeza del pelotón: dos exploradores y tres sabuesos. Le seguían una segunda ola con varias criaturas similares a aquella huesuda del recuerdo anterior, aquel general; tras ellos, unas bestias de cuerpos gigantes y pequeñas cabezas y más, más de todos los tipos que hubiera visto y otros que desconocía que le sobrepasaban sin parar. Había perdido la cuenta cuando el grupo dio alcance a la imagen de sí mismo que corría despavorido hacia el final del pasillo.

Dos de los explorados alzados en vuelo fueron los primeros en darle caza. Antonio peleó contra ellos con la pistola de presión, el láser y la espada. Consiguió descuartizar a uno y herir al otro, pero en ese momento los sabuesos se abalanzaron sobre él y cayó al suelo. La siguiente y desoladora imagen fue del torrente de bestias cerraban el círculo sobre su cuerpo y se agachaban a recoger su parte del botín. La sangre y entrañas de Antonio salían despedidas de la zona donde había caído, y uno de los exploradores se irguió, girándose sobre sí mismo y mostrando en sus fauces el brazo desmembrado de Antonio sosteniendo la pistola de presión mientras emitía un profundo aullido, sus cuatro brazos en alto y alas extendidas.

Antonio entendió que esta energía debía provenir del futuro y que el paralelo lo guardaba como parte de un recuerdo de la sala en un momento, lejano o no, pero que iba a ocurrir. Era un hecho inalterable: Antonio iba a morir.

Las paredes comenzaron a mostrar una alteración en la energía, y la barricada rocosa del fondo del pasillo a desmoronarse. Algo venía en su busca desde el otro lado, algo que Antonio ya había visualizado, y que venía a servirle su destino en bandeja de plata.

Catorce: el futuro inalterable

Debía pensar algo, tener un plan antes de que fuera demasiado tarde y no tuviera más remedio que aceptar su destino, pero la presión y la ansiedad le impedían pensar con claridad. Antonio cayó sobre sus rodillas, se echó las manos a la nuca y apretó los dientes intentando dar con una solución. El sudor caía por su frente y se derramaba por sus mejillas. No conseguía concentrarse, el miedo y la ansiedad eran superiores a él. Intentó controlar su respiración pero el corazón le palpitaba a toda velocidad como a un caballo purasangre en pleno sprint final de una carrera, o del espectador que está a punto de perder una fortuna en una suculenta apuesta frustrada de repente. Pero la apuesta de Antonio iba a ser aún mayor, un todo o nada: la vida o la muerte.

Extenuado, exhaló aire y se dejó caer hacia atrás, recostándose en el pasillo. El frío tacto de la oscura pared se le fue impregnando desde el cuello hasta las rodillas, bajando por toda su espalda empapada de sudor frío. Las oscilaciones de energía visibles para el ojo humano en este mundo seguían presentes sobre la pared, anunciando a la caballería que le serviría su futuro, pero Antonio los tenía cerrados e intentaba relajarse. Tenía que hacerlo. De nada servía el estar aterrado, la ansiedad. De nuevo, la suerte o la preparación gracias al traje con el que le habían proveído, le había dado una oportunidad para espabilar. Sabía cómo utilizar su arsenal. Su modo de supervivencia se activó. Podía decirse que su muerte ya estaba en su mano, la había visto, y ahora tenía que intentar agarrarse a la vida. Tenía que superar sus propios instintos, su miedo, para poder razonar y evitar lo inevitable. Las piernas le dolían como si le estuvieran clavando infinitas agujas en sus músculos y como si le hubieran propinado una patada en el peroné que le hubiera tumbado en el suelo. El resto de su cuerpo no se salvaba y se dio cuenta de que le costaba respirar. Pero no pensaba en ello, no le importaba. Cualquiera que fuera su condición en ese momento, sabía que podía continuar y que debía hacerlo. *Sólo hay un camino, hacia adelante.*

Respiró y comenzó a retomar el control, interiorizando que no tenía nada que temer. Ya lo había perdido todo y no tenía nada por lo que volver atrás, a ese tiránico mundo vacío del que había saltado a esta dimensión paralela. Había vivido una vida plena. Había crecido disfrutando de los juegos y la inocencia de la niñez. Llenando su mente con la emoción, aventuras y sentimientos que su madre le leía antes de dormir, y que él mismo devoraba con voracidad cuando pudo leer por sí mismo, amontonando sueños a ilusiones, apetito de aventuras que le llevaron a experimentar, a probar, a querer sentir según iba creciendo. Victorias, derrotas, algunas decepciones, algunas sorpresas, algunos amigos, algunos amores. Cosas que no eran lo que parecían. Emociones y relaciones que se quitaban la careta y desvelaban una realidad que no era la que le habían vendido o la que deseaba encontrar, aquella que arrancara de los cuentos e historias que le habían influenciado y forjado su personalidad convirtiéndole en quien era.

Pero de todos estos desengaños aprendió, maduró y cambió asimilando todas estas experiencias. Maldad, hipocresía, egoísmo, frivolidad, superficialidad. Contento de haberlas vivido porque le habían convertido en quien era, ya no pensaba, a toro pasado en suprimir o cambiar alguna que otra: le daba igual, estaba feliz con su vida y miraba adelante.

Y entonces conoció a Clara. Y todos los errores anteriores tuvieron sentido, y todo lo ocurrido cobraba otra dimensión, puesto que le había llevado a donde estaba. A ese momento y a ser esa persona que pudo disfrutar del futuro con ella. Cerrando el círculo de su vida. Habían vivido, habían sufrido, habían sido felices pero ahora se la habían llevado. No había razón para mirar atrás. No había motivo para el miedo. El miedo ya había pasado. Ahora lo que quedaba era ira. Ira por lo ocurrido, ilusión y esperanza por seguir hacia adelante. Ira que debía ser su combustible. Pero no miedo. No había lugar para él. Si no podía cambiar nada ¿por qué preocuparse y no intentar irse armando la de Dios? Al menos se divertiría, y si podía, de paso le daría un serio correctivo a ese destino cabrón que quería magullarlo, humillarlo y apalizarlo. Lo pondría en su sitio.

Cuando Antonio volvió a abrir los ojos, sintió que todos los músculos de su cuerpo se habían relajado. La honestidad de su reflexión se había propagado por todo su cuerpo, llenándole de fuerza, confianza y determinación. Seguiría hasta donde pudiera, hasta donde llegara. De morir lo haría con las botas puestas, pero iba a hacer todo lo posible por continuar y nada le iba a obstaculizar en su empeño. Se puso en pie, con las manos en la cintura y miró hacia el techo, mientras el montón de roca que le separaba de la jauría seguía desmoronándose. Exhaló, se concentró y pensó. Necesitaba encontrar algo que pudiera permitirle tenderles una trampa, una que le permitiera salir ileso; una trampa que eliminara a mientras más de ellas mejor. Debía por tanto ser una fuente de energía suficientemente potente que se sobrepusiera a las bestias y las hiciera explotar. Una energía que no pudieran asimilar, un golpe de presión, o bien un objeto físico que directamente atravesara sus cerebros. Pero tenía que ser a gran escala, y a la vez. Una bomba, y a poder ser, con metralla. Sí, eso era. Necesitaba una bomba que pudiera activar y que le diera el tiempo suficiente para huir de ella. ¿Pero cómo podía prepararla?

Antonio se amasó la barba incipiente que crecía desde varios días antes de su secuestro. Mientras lo hacía, levantó la cabeza y sonrió. Se dirigió a la sala de museos y hasta situarse al lado de su antiguo compañero de aventuras, el motor de fisión.

—El karma amigo. Esta vez vas a explotar por un buen motivo —susurró sonriente y envalentonado. La sangre le hervía y quería más. Quería continuar esta aventura y encontrar qué había más allá de este paralelo. Y quería hacer volar a un montón de bestias en mil pedazos y que sus vísceras decoraran las paredes de aquel maldito lugar.

Salió de su regocijo para ponerse manos a la obra. No sabía de cuánto tiempo disponía antes de que lo que había visto reflejado en la energía del futuro adviniera. Tomó el motor en sus manos y lo levantó del pedestal en el que estaba expuesto. Al hacerlo, un pitido ensordecedor irrumpió en la sala, decayendo y volviendo a crecer en intensidad en un interminable ciclo de alerta. Para su sorpresa, la alarma de seguridad estaba en funcionamiento ¡En este lugar! Hubiera pensado que jamás podría estar en marcha, en alguna interferencia electromagnética, en falta de corriente en el sistema de alarmas, pero la realidad era que había una sonando a todo volumen en la sala en la que se encontraba y que, sin duda, serviría de reclamo para todas las bestias de la zona. El generador de reserva debería estar enterrado, y haber escapado incluso al alcance de éstas bestias ¡Maldición, el plan se torcía!

Su rabia y motivación tornaron en quietud cuando se percató de la situación. Un sudor frío le hizo entender que todo concordaba con su visión. No sabía qué o cuántas bestias se escondían tras las rocas, pero su plan fallido que había desencadenado aquella llamada infernal ayudaría sin duda a que la jauría se formase. Su futuro parecía aproximarse peligrosamente a la grabación avistada. Todo tenía sentido. Los refuerzos venían atraídos hacia él por su ingenuidad al tomar el motor de su pedestal. En ese caso, si estaba escrito que esto iba a ocurrir, ¿era posible cambiar el futuro? Antonio no lo sabía pero tampoco le importaba, no tenía otra opción. *Al carajo*. Pasó a la acción: puso el motor en el suelo donde apoyó una rodilla y comenzó a trabajar, haciendo camino al andar. Lo iba a intentar, iba a darlo todo y hacerlo lo mejor posible. No tenía lugar para el miedo o la duda. Era una tontería.

No pudo evitar sobresaltarse cuando parte de la barrera rocosa sucumbió al ímpetu de las bestias. La alarma seguía sonando pero pese a ello ya podían distinguirse claramente los aullidos de las bestias. Los pasos de los sabuesos resonaban por el pasillo y el aleteo de los exploradores rozaba las paredes creando un chirrido metálico que inevitablemente le generaba escalofríos. Pero tenía que seguir trabajando.

—Vamos, vamos —se decía. No había tiempo que perder. Cada vez, los sonidos estaban más cerca. Pronto estarían en el museo. Y más le valía estar preparado.

Utilizando su láser térmico consiguió derretir y volver a moldear parte de los tubos que formaban la coraza del motor. Debía agradecerle a Cruor que le hubiera dado el exoesqueleto. Sin él no hubiera podido de ningún modo manipular la pesada estructura. El coraje que había demostrado su peculiar compadre a lo largo de su aventura reforzó su moral y su intensidad para conseguir preparar la trampa y salir adelante. Era increíble lo que el ser humano podía hacer si se lo proponía. Capaces sin duda de lo mejor y de lo peor, este era un momento para dar lo mejor de sí mismo y disfrutar de ello. A ser posible con el mayor número posible de cabezas de bestias en el aire.

Una vez hubo terminado se retiró, incorporó y observó cómo había quedado la configuración del motor. Dos de los tubos asimiladores de energía estaban doblados, interconectados en bucle cerrado. Esto debería provocar una saturación de energía que hiciera explotar el motor. Faltaba activarlo. No sabía si funcionaría pero era su opción, el as en la manga que había encontrado y que esperaba le diera la victoria en esta partida una vez se repartiera la última carta y ponerlas todas boca arriba sobre la mesa, y todo patas arriba.

Las bestias debían estar llegando por la sala colindante, el salón de actos donde tuvo la visión, y entrando en el pasillo que llevaba hasta el museo, pues no había escuchado el derrumbe del muro de rocas, pero la distorsión en la perturbación visible en las paredes era caótica, mayor que cualquiera que Antonio hubiera visto antes. Le invitaba a claudicar. La oscilación en las ondas abarcaba toda la pared, toda una maraña blanca sobre negra que casi le cegaba debido a su brillo y movimiento. Se abstrajo del entorno sin prestarle atención para poder completar su misión. Tomó el pesado motor en sus manos y lo alzó, gracias al exoesqueleto, y se dirigió velozmente hacia la puerta de salida del museo al pasillo. Llegando a ella, no pudo evitar que un escalofrío le recorriera. Sabía con lo que iba a encontrarse al otro lado. Lo había visto. Recordaba la cara de su yo holográfico, caminando hacia atrás paralizado. Sólo esperaba que lo que aconteciera a continuación fuera diferente de lo que la energía le había mostrado.

Los aullidos ganaron intensidad. Le veían. Le sentían. Le oían. Le saboreaban en sus pensamientos y en sus entrañas, pero no sabían que les esperaba una sorpresa. Antonio ya les veía también, aún a varios arcos de distancia. El umbral rocoso al final del pasillo ya vibraba y retumbaba, a punto de venirse abajo. Algunas bestias manaban de una brecha en su superficie, escurriéndose por ella y se uniéndose al grupo, fundiéndose en una nube oscura bajo la distorsión alocada de la superficie del pasillo.

¡Boom!, el muro cedió finalmente con un estruendo. Instintivamente, Antonio echó la vista atrás, pero pronto el polvo de las rocas se difuminó, dando paso a un torrente de bestias que se abalanzaban sobre él de forma caótica y desesperada, ansiosas de llegar a su presa, desbordados por el éxtasis de la caza.

Rozando el techo venían los exploradores con sus alas abiertas ocupando el máximo espacio posible. Sus garras extendidas intentando llegar cuanto antes a la cacería. Encabezando el grupo, se chocaban entre ellos compitiendo por ganar el *sprint* con sus fauces abiertas, saliva goteando y sus grandes ojos negros completamente abiertos y rebosantes de ferocidad con una expresión aterradora. Por el suelo varios sabuesos galopaban hacia él, mostrando sus cabezas erguidas y sus cuatro ojos delanteros y traseros abiertos, sedientos de sangre, al igual que sus colmillos todos ellos afilados y visibles. Tras ellos y a paso ralentizado, inmundas bestias gigantes, y todo tipo de engendros.

Pero él los miró y sonrió. Estaba preparado. Había seleccionado el máximo nivel de intensidad en la pistola. Infringiría una descarga tal al motor que los átomos serían liberados y el sistema se pondría en funcionamiento, saturándose rápidamente y explotando en una bola de plasma que acabaría con cualquier forma de vida carbónica que estuviera a su alrededor, incluyéndole a él si no se daba prisa.

Retrocedió hacia el marco de la puerta, preparado para depositar el motor, activarlo y volver por la sala del museo para llegar al ascensor, cerrando las puertas antes de que la onda expansiva de la explosión le alcanzase. Parecía un plan perfecto.

Fue a soltar el motor, pero algo se abalanzó sobre él haciéndole perder el equilibro y caer hacia atrás. El motor rebotó y se giró cayó de lado en el interior del museo, mientras que una figura se erguía sobre él mostrándole sus fauces abiertas, dos docenas de colmillos largos como dedos y afilados como cuchillas y cuatro ojos amenazantes le miraban, preparándose para arrancarle la cara. El sabueso le había alcanzado por detrás, sibilinamente ¿sería posible que hubiera aprendido la lección de sus camaradas caídos, como en una suerte de memoria colectiva? El engendro debía de haber caído por el hueco del ascensor, o de otro recobeco, en silencio. No había prestado atención a su retaguardia, y la distorsión era tal que no hubo indicio alguno que le alertara de esa dirección, pillándole completamente desprevenido. ¿Sería así como caería? No. Logró protegerse la visera con su antebrazo, salvando el mordisco que fue al exoesqueleto. La bestia aulló y le asestó en respuesta un cabezazo en el costado que le levantó del suelo y lo mandó contra la pared, cayendo prácticamente horizontal al suelo, tal fue la fuerza del envite. Antonio, tendido, pudo ver con el exterior del ojo cómo la jauría se iba aproximando. Estaban a pocos arcos de distancia, demasiado cerca. Debía activar el motor como fuera o estaría perdido.

El sabueso volvió a abalanzarse sobre él y Antonio alcanzó a cubrirse la cabeza y a golpearle con el codo para apartar sus fauces de su cara. Tenía dos posibilidades: ceder ante lo inevitable o darle una patada al destino. Eligió lo segundo. Se incorporó y de una patada en la cabeza mandó al sabueso a la pared contraria del pasillo. La bestia pareció notar la expresión de furia y rabia en la cara de Antonio, ceño fruncido, dientes apretados y ojos ensangrentados que parecieron paralizarla por un momento. Antonio no dudó y a falta de empuñar su pistola, supo de qué era el momento. Se alegró de haberse tomado el tiempo de estudiar el traje y así saber todas las posibilidades que ofrecía, y jugadas que podía poner en marcha. Había algo que le venía como anillo al dedo. Pulsó el botón 侍, y del guante de su brazo comenzó a surgir una protuberancia que tornaría en espada, sujeta a la palma de su mano, pero permitiéndole cerrar su puño sobre ella y manejarla con la destreza de que dispusiera.

Envalentonado por su confianza y esperanza, por su afán de continuar jugando y viviendo en este mundo, por encontrarla a ella, con pasos decididos hacia el pasillo que retumbaron en el museo, apresurando la jauría que estaba prácticamente encima suya, se apostó a pocos metros del animal caído blandiendo la espada con con ambas manos, concentrado y paciente, controlando su respiración y esperando con todos los sentidos alerta el movimiento del enemigo.

El animal mordió el anzuelo y se irguió enfurecido por lo que entendió como arrogancia y pasividad de su rival, que le esperaba pacientemente en la cercanía, cabizbajo y sintiendo el momento, consciente el máximo de sus alrededores pero concentrado en su rival: agazapado pero listo para saber el instante exacto en el que asestar su mandoble.

El perro infernal se abalanzó de nuevo sobre él, espuma derramando por su trituradora cilíndrica en forma de boca. Justo cuando sus cuatro patas tomaron vuelo, Antonio giró sobre sí mismo para tomar impulso, alzando la catana y midiendo la distancia exacta, para descargarla contra el animal con todas sus fuerzas.

— *Hai!* —resonó en la sala, mientras el Linium afilado incidió en el cuello de la criatura, decapitándola limpiamente.

La cabeza cayó rodando de un lado mientras el cuerpo se mantenía en pie, temblando, y la sangre de la bestia manaba de su cuello como si fuera una fuente, salpicando a su alrededor y en la cara de Antonio, quien saliendo de su trance extendió los brazos y gritó de furia. Mientras el sable de retraía, hizo una pequeña reverencia a la víctima añadiendo un «*Otsukare*», gracias por tu trabajo de hoy, como solía hacer en la oficina. Aquellas clases de Kendo no habían sido en vano.

La jauría pareció percatarse de lo ocurrido y frenó por un momento. Se hizo el silencio y sintió los ojos de las bestias buscando a Antonio que podía notar la tensión en el aire. Los suyos seguían posados sobre el sabueso hasta que dejó de sangrar y el cuerpo del animal cayó de lado, junto a la cabeza en el interior del museo.

Aun resoplando, Antonio giró su mirada y su cabeza a las bestias que le contemplaban en el interior del pasillo. Su mirada y las de un explorador se cruzaron. Éste se mantenía en el aire, aleteando, esperando saborear a su presa. Se miraron durante unos segundos, hasta que las fauces del explorador volvieron a abrirse. Giró su cabeza hacia el techo, y un aullido feroz volvió a retumbar y a llenar la sala. Todas las demás bestias rugieron al unísono y reanudaron su marcha sobre la presa.

Algo conectó en su cabeza. Un *déjà vu*. Éste era el momento. Ésto era lo que había visto en las imágenes. Este preciso instante en el que miraba al fondo del pasillo y algo reaccionaba en su cabeza, algo se iluminaba. Retrocedía espantado, paralizado hasta el museo y echaba a correr por él. Estaba pasando. Lo que había visto en la pantalla, estaba ocurriendo. Este instante. Esta decisión. Esta duda. Morir o intentar vivir. No había tiempo para pensar más. Antonio echó a correr hacia el interior de la sala museo mientras desenfundaba la pistola de energía y se giraba tratando de apuntar al motor volcado junto a los restos del sabueso. Algo más hizo click en su cabeza… «*No funcionan igual en el paralelo. Algo relacionado con el generador e interferencia de la distorsión en las paredes*». No se lo podía creer. Había obviado ese comentario. Era posible que la pistola no tuviera carga suficiente para activar el motor. Miró a su alrededor. La intensidad y frecuencia de la distorsión era incalculable.

—¡¡Joder!! —gritó desesperado. Pero no tenía otra que intentarlo.

El rayo comenzó a brotar de la misma al apretar el gatillo, pero fue a parar al marco de la puerta que lo repelió con un destello de chispas. Antonio tuvo que apartar la vista para no cegarse ante la intensidad del brote. Movió el objetivo de su pistola y lo intentó de nuevo. *Bingo*. Ésta vez la ráfaga alcanzó al motor, que hizo un ruido al empezar a absorber energía. Requeriría un par de segundos para ponerse en funcionamiento, pero el primero de los exploradores atravesó la puerta y se puso en medio, bloqueando el trasvase de energía.

No tenía tiempo para esperar a que saturara y explotase, por lo que instintivamente desenfundó con su mano izquierda la pistola de presión y le reventó la cabeza. El cuerpo del explorador cayó desplomado sobre la sala del museo, pero antes de que tocara el suelo dos sabuesos ya le estaban acechando con sus dientes y sus colas espigadas. Antonio no tenía más opción que tratar de mantener la ráfaga sobre el motor si quería que entrase en funcionamiento, pese a que los sabuesos se le echaran encima. Era su única salida.

—¡Vamos joder!¡Arranca! —gritó desesperado tratando de saturar el motor de energía, mientras los sabuesos despegaban del suelo lanzándose contra él.

Sus garras chocaron contra su pecho y le derrumbaron, pero su brazo continuó firme, apuntando en la dirección del motor ¿Era éste el final? Ya en la porfía cayó al suelo y una de las bestias quiso probar su rostro. No pudiendo mantener el apuntamiento, giró el láser hasta que el rayo de energía entró por la boca del animal y le hizo retroceder. El engendro aullaba enfurecido mientras de su cabeza emanaba humo. La descarga no había sido suficiente y sólo le había cabreado más. El otro perro infernal aprovechó la pelea para lanzarse sobre Antonio, aterrizando sobre la pistola que salió disparada varios metros hacia atrás. *Se acabó*, pensó el extranjero. Sin embargo no tuvo miedo. Había hecho todo lo que le había sido posible y había perdido, pero no sentía miedo: lo había dado todo y ese esfuerzo era todo lo que podía auto-exigirse.

En ese momento un sonido emergió en la sala. Un rugido atronador sobre los aullidos agudos de las bestias. Antonio no se lo podía creer. Lo reconoció al instante. Muchos años atrás le había llenado de alegría cuando la nave espacial consiguió despegar, salir de la Tierra y volver a entrar cruzando la atmósfera sin problemas. Él y todos sus compañeros en Space Unlimited se habían abrazado, festejado y llorado llenos de emoción y henchidos de orgullo por su logro, a la vez que de esperanza y expectación por lo que estaba por venir. En este caso, Antonio sintió cosas muy diferentes: una risotada interior, una fuerza para continuar y una expectación diferente, la de ver a todas estas criaturas despedazadas una vez que el motor explotase.

Se protegió de los ataques con el exoesqueleto mientras se levantaba, algunas dentelladas ya atravesando el magullado traje y llegando a rasgarle la piel. Desenfundó velozmente la catana y despedazó a los dos sabuesos, tras lo que se dio la vuelta y corrió por su vida. Para entonces ya había más exploradores en la sala, y los gigantes echaban la puerta abajo, demasiado pequeña para ellos. Antonio apuntó con la pistola a presión sin dejar de correr y acertó en el hombro derecho de la bestia más cercana, que cayó por un instante antes de retomar un vuelo errático hacia él.

En el camino consiguió agacharse para recuperar la pistola, alzó la mirada y la fijó al frente, en el acceso abierto al ascensor por donde había entrado al museo. Necesitaba el brazalete. Necesitaba configurarlo para cerrar la puerta del ascensor pero no tenía tiempo. Se abalanzaban sobre él. Antonio tuvo que recurrir a la espada para quitarse a otro explorador de encima, pero sólo pudo debilitarlo. En ese momento el sonido del motor incrementó en intensidad. Antonio sabía que estaba a punto de explotar. No tenía tiempo para más. Rezó para que el brazalete estuviera en la configuración correcta y le dio un manotazo cuando cruzó el umbral, pero la puerta no se cerró y maldijo. Era su fin… o no. Se agarró a la barandilla perimetral porque estuvo a punto de perder el equilibro hacia el vacío ¡El suelo del ascensor había desaparecido! Tan sólo quedaban unas barras de acero que servían de apoyo inferior a la estructura. Del manotazo, el brazalete había actuado sobre el estado cuántico del Linium, cambiando el estado de la plataforma, cambiando su estado y desnudando al ascensor, dejando tan sólo su esqueleto. *Nunca te rindas.* Recordó a su familia. La suerte estaba de su lado, el destino quería cambiar, recompensarle por su esfuerzo, por no perder nunca la esperanza y darle una vida extra: tenía una oportunidad. Antonio se dejó caer como pudo entre las barras aprovechando la fuerza del exoesqueleto para hacerse hueco. Primero escurrió su cuerpo, y se agarró de las barras, colgándose en el vacío, justo cuando la explosión del motor llenó de luz y calor el oscuro pasillo del paralelo, con tal estruendo que absorbió cualquier otro sonido dejando la escena en silencio para los aturdidos oídos de los presentes. La fuerza de la explosión le lanzó contra la pared del hueco del ascensor, cuyas perturbaciones brillaron como nunca. Mientras él caía por la planta inferior, sintió que algo le alcanzaba y agarraba su pierna.

El exoesqueleto amortiguó bien el golpe. Sólo eran unos diez metros pero aun así un dolor agudo pinchó su espalda tras aterrizar. La onda expansiva de al explosión había alcanzado el ascensor y las llamas se estaban propagando por el hueco. Antonio intentó incorporarse para quitarse de en medio, lanzarse por la puerta hacia lo que fuera que hubiera en esta planta, pero algo se lo impedía: algo que le agarraba y siseaba. Medio cuerpo de un explorador seguía aferrado a su pierna, como un zombi negándose a ceder, mirándole sanguinariamente con sus fauces abiertas intentando llevárselo a la boca.

—Adiós —Antonio pisó el brazo y tiró fuertemente para despegarse de él mientras cambiaba la configuración del traje a liviano, aprovechando el impulso para saltar y salir de aquel horno que estaba llenándose de llamas.

Cayó boca abajo y sintió la ola de calor de la explosión, derritiéndole. Gritando, consiguió deslizar el control del traje para volver a máxima resistencia, se cubrió la cabeza como pudo refugiándose como un caparazón y esperando sobrevivir.

Unos segundos más tarde el silencio regresó al paralelo. Antonio abrió los ojos y miró alrededor: no había nada ni nadie, salvo por el chamuscado antebrazo del explorador que seguía agarrado a su pierna, gracias a las garras hundidas como garfios en el traje. Lo sacudió y resopló, soltando una carcajada maníaca mezcla de locura e incredulidad. Lo había conseguido. Había cambiado su futuro.

Quince: control

Antonio se reincorporó ante una pequeña alteración en la pared cuyo significado conocía: bestias alrededor. No debía descuidarse. Por mucho que hubiera acabado con un gran número de ellas en la planta superior, seguro que había más rondando las instalaciones de SI, buscando energía. Un descuido, una cita fallida con cualquiera de esas criaturas era todo lo que hacía falta para acabar con su futuro, con sus esperanzas de volver a reunirse con ella.

El aullido no venía de cerca, pero le sirvió de recordatorio, de que mejor ponerse en marcha. Sacudió su traje por instinto, ya que el polvo era casi inexistente en el lugar, las perturbaciones parecían tener algo que ver con ello, y reanudó la marcha.

Giró a la izquierda por la planta de oficinas pasando por varios despachos. De uno de ellos, surgió ávida la cabeza de un sabueso, con sus dientes apretados y sus ojos buscando el objetivo que su olfato auguraba. Antonio no se detuvo: desenvainó y dió buena cuenta de la bestia. Siguió caminando mientras su cabeza rodaba por el suelo. Había dejado atrás el temor y podía controlar el combate mano a mano, gracias en gran parte al exoesqueleto cortesía de Cruor... y de SI.

—Gracias cabrones —musitó. Por lo menos se estaba divirtiendo. Si volvía a ver a Marco seguro que podía quitarle la sonrisa de su rostro con un buen puñetazo aliñado con Linium de exoesqueleto. Y si no, no era mala forma de morir: matando.

Como en la prisión, los pasillos de oficinas desembocaban como afluentes en uno principal que ejercía de columna vertebral. Uno de ellos llamó su atención: tenía una puerta corrediza al final como única salida. Se acercó y la puerta se abrió dando paso a un puente suspendido y acristalado que conectaba con un edificio anexo. Al fondo, el horizonte desierto de la colonia de Titán vigilaba el paso elevado, como un cordón umbilical suspendido en el aire para mantener con vida a estos dos embriones anexos en este terreno hostil, salvaguardados por la montaña Vigía que observaba queda y paciente el desarrollo de la historia, al fondo. El conjunto del paisaje era similar al que recordaba Antonio del otro lado del paralelo, pero el color era totalmente distinto. No había rastro del tono rojizo que había embelesado a la humanidad entera cuando los primeros colonos llegaron y conectaron con la Tierra por videoconferencia (ligada cuánticamente y teleportada para salvar así el retraso en la comunicación). La superficie rocosa de Titán con los colores en función de los eclipses solares de Saturno, cuyos anillos rocosos reflejaba a su vez la luz creando una variedad de colores cobrizos y grisáceos que embelesaron a los espectadores, más aún con la imponente imagen del planeta, claramente visible desde cualquier punto de la superficie de su luna. Se le veía cercano y gigante: imponente. De la primera impresión, parecía que iba a caer sobre Titán en cualquier momento aplastándolo como a una mosca. Costaba acostumbrarse a su presencia. Tanto así que muchas personas rehusaron viajar a la colonia, aduciendo agorafobia. La imponente presencia de astro era demasiado para ellos aunque algunos, como si del servicio militar se tratase, lo blandiera como excusa médica para quedarse en la Tierra.

Este Titán era diferente. Era oscuro, con un manto de misterio sobre él. La atmósfera parecía más densa y tenebrosa, las fuentes de luz otras que la distorsión eran lejanas y el exterior parecía frío e inhóspito. La superficie rocosa del planeta era ahora extrañamente sombría. Antonio echó de menos cómo los campos electrogaseosos dotaban de colorido y atractivo a la colonia. La frialdad del paralelo le hacía echar aún más de menos a la madre Tierra, aún maltrecha tras varios siglos de incesantes ataques humanos a su salud. Pensó en la atmósfera, y en su casco «*no old school pecera*» que dijo Cruor. El recuerdo le dibujó una sonrisa en el rostro. Y las catanan que surgían del traje, y la generación de oxígeno por condensación, reciclado u otro método… Le había dado las herramientas, y él sólo tenía que sobrevivir. No era mal trato. «Gracias…», le susurró en la oscuridad a aquel hombre en la lejanía, esperando que se encontrara bien.

El edificio al otro lado de la pasarela acristalada era un bloque gris con pocas ventanas exteriores. De la azotea surgían dos enormes antenas de transmisión dual cuántica (radiada y láser, protegida de interferencias por ruido). Le recordaban a las redes de espacio profundo optimizadas en la Tierra, distribuidas en Camberra, Madrid y Goldstone para comunicarse con el espacio exterior, en sus diferentes evoluciones de transmisión analógica como digital y cuántica, enviando todo tipo de mensajes al no saber qué tipo de vida y tecnología se encontraría en otro sistema planetario.

El nuevo edificio resultaba prometedor: si esa zona estaba menos poblada de bestias, era posible que Clara se hubiera refugiado allí, pensó. Su esperanza seguía viva pese a que fugaces tirones de razón quisieran entrar en su cabeza y hacerle ver que eran pocas las probabilidades de que aquello fuera cierto. En el lado opuesto a Vigía, atisbó los restos de una pasarela similar a aquella sobre la que se hallaba, pero totalmente derrumbada y con rocas yaciendo apiladas desde la superficie hasta la entrada al edificio principal. Junto a ella, un boquete enorme parecía contar la historia de una tromba infernal que hubiera avasallado esa entrada con tal ímpetu que la hubieran destruido a su paso, habiendo incluso horadado lo necesario para asegurar el paso del convite ¿Pudiera ser por allí por donde había entrado la jauría a buscarle? De ser así, aquel edificio anexo presentaba sus credenciales como guarida del terror, que cobijaba a aquella enormidad de criaturas que habían salido en darle la bienvenida en el museo. Se estaba metiendo en la boca del lobo, y las probabilidades de que alguien sobreviviera allí, sin exoesqueleto eran ínfimas. *Clara...* Pero no puedo más que sacudir la cabeza y largar las dudas. No tenía sitio para ellas, no le eran útiles. Sólo un camino, hacia adelante.

Cruzó la pasarela lentamente, hasta llegar a otra puerta corrediza que permaneció bloqueada. Le soltó un par de mamporros en vano, pues no parecía activarse por sensores de movimiento ni de presión. A su lado halló un panel de control y lo que parecían ser los restos de una mesa y una silla. Encima de ellos una cámara de seguridad hacía todo lo posible para llamar la atención, a modo de aviso. Debía tratarse de una garita de seguridad, un punto donde fichar y permitir o denegar el acceso bajo supervisión y control humanos. No era muy normal tener medidas de seguridad no automatizadas o robóticas, pero debía tratarse de un punto de control y acceso especialmente sensible, una zona que quisieran tener controlada por diversos medios a modo de redundancia y así cubrirse las espaldas. Aunque visto lo visto, de poco había servido. Como en tantas otras ocasiones (el evento Carrington que fundió telégrafos en 1859 y desactivó todos los satélites en 2024, sistemas de navegación, algunos de ellos cayendo como moscas en la atmósfera, creando el caos en la población y conatos de guerras en zonas sensibles, o el imparable avance del calentamiento global, sólo parado por La Virtud), por mucho que el hombre se empecinara en negar a la naturaleza o en exaltar su poder y control, ella, fuera la que fuera su forma en este mundo, parecía haber ganado la partida.

Encorvándose sobre el panel de control, lo examinó. Tenía varios botones táctiles por calor y un par de interruptores. Intentó activar la puerta pero ninguno de los mecanismos parecía funcionar. Los golpeó con fuerza, en balde.

—A ver qué tienes dentro —dijo e intentó abrir la compuerta para diseccionar el interior. Los cables se extendían desde los sensores a una placa base con un procesador que controlaba el mecanismo de apertura de la puerta. La placa parecía antigua y algo maltrecha.

«Volvamos a la vieja escuela», se dijo. Sacó su láser térmico y rebajó la temperatura de salida para calentar la placa, esperando que las soldaduras de restablecieran y los sensores volvieran a la vida, como con una antigua consola de videojuegos. Tras un rato calentando de forma homogénea, probó a pulsar uno de los con la caja aún descubierta y desnuda. El sensor de iluminó de un color rojo y la puerta comenzó a deslizarse con un zumbido rápido y seco. Antonio sonrió, satisfecho de haber resuelto el problema y de haber encontrado una nueva utilidad al reparar sus cosas él mismo.

Fue a levantarse cuando el zumbido cesó y la puerta se atascó, a medio camino. Refunfuñando se acercó, sacó la pistola de presión y de una descarga abrió un boquete en la puerta de cristal lo suficientemente grande para terminar de abrir el paso. Hizo una mueca, pensando que podía haber hecho eso desde el principio, pero bueno, a lo hecho pecho. Se encogió de brazos, el hábito hace al monje. Se apresuró a pasar al otro lado, haciendo añicos al caminar sobre ellos los cientos de trocitos en los que la puerta había explotado. El crujido que hacían al ser aplastados por las pesadas botas del exoesqueleto se fue desvaneciendo a medida que avanzaba por el pasillo, suspendido en la oscuridad de Titán y adentrándose en la negrura del edificio anexo, sin saber qué esperar de él.

Apenas hubo dado un par de pasos en el interior, vislumbró una sala que parecía vacía, con un pilar macizo en su centro, pero no tardó en volver a estremecerse con una alerta de su brazalete...

—¿Otro video del futuro? No me jodas —murmuró con impaciencia mientras el equipo sintetizaba la energía presente en la sala. La pantalla volumétrica volvió a erigirse a su alrededor embebiéndole en el cilindro del mensaje, uno que le embargó de sensaciones muy diferentes al anterior. Delante suya, de nuevo, y esta vez cubriéndole completamente, se encontraba el rostro de Clara. Estaba viva.

«*A quien quiera que encuentre este mensaje… y me quiera ayudar…*» comenzaba sollozando amargamente. A él se le cayó el alma a los pies, y extendió la mano como si pudiera tocar su rostro agigantado por la pantalla, consolarla, ayudarla. Una vez se rehízo, Clara miró a la cámara con determinación y comenzó a contar su historia: el paso al Paralelo, el cierre de la puerta tras ella, las obscenidades de Marco y de su equipo (escupiendo al suelo llena de furia al mencionarle). «*Como es obvio he encontrado la manera de depositar un mensaje en forma de energía en este lugar, dijo con su pragmatismo habitual. He tenido bastante tiempo para pensar estando sola y escondida todas estas semanas, o meses, o lo que sea que lleve aquí. Ya he perdido la cuenta*», suspiró.

Tras ello alzó el rostro y retomó la contundencia inicial de su discurso, mirando seriamente a los ojos de su espectador y fan número uno.

«*Lo que sé, es que estas bestias están evolucionando, no son unos simples colectores de energía ingeniados biogenéticamente como antaño. Están fuera de todo control, y demuestran una inteligencia y un entendimiento del medio aterradores.*»

Hizo una pausa para serenarse y cambiar el tono marcial de las últimas frases, para tomar uno más conciliador y reafirmante

«*De nada sirve mirar atrás, tenemos el toro por los cuernos y enfrentarnos a la realidad. Solo hay un camino, hacia adelante…*», tuvo que hacer un alto, al no poder evitar esbozar una sonrisa, lo que renovó de Esperanza a Antonio. Sin embargo, su gesto cambió súbitamente, con la mirada perdida, mezcla de resignación y tristeza por un tiempo y unas sensaciones pasadas. Sacudiendo la cabeza, volvió a mirar a cámara para terminar su mensaje con resolución, en un tono neutro, cansado.

«*Estaré en las minas el tiempo que pueda y aguante, si alguien encuentra esto y quiere ayudarme. Y seguiré investigando.*»

La pantalla holográfica se fue minimizando progresivamente mientras Clara se ponía en pie, mostrando su cuerpo sin exoesqueleto alguno, vistiendo tan sólo un top blanco sin mangas y multitud de heridas y cicatrices en los brazos, exhibiendo su fragilidad con respecto al mundo al que estaba expuesta, a la vez que su entereza y determinación para mantener la cabeza fría y salir adelante a toda costa. Él la quería y la admiraba por partes iguales, y por eso se puso en marcha para encontrarla, pero ¿hacia dónde?

Titubeaba buscando destino en la amplia sala, intentando discernir alguna salida o pista, pero antes de que pudiera ubicarse en condiciones, una sombra planeó sobre la estancia y le distrajo. Una parte de sí mismo le gritaba para que corriera, y siguiera hacia adelante: Clara se había dirigido hacia allí, a las minas. Había pasado semanas viva, ¿lo seguiría estando? Quizás infundido por el mismo afán investigador que pregonaba ella, quizás por ser cauto y comprender el entorno, o quizás por no tener ni puñetera idea de cómo salir de aquella estancia, se dio medio vuelta y esperó, expectante, intentando resolver este enigma antes de que sombra tras sombra, enigma tras enigma se le acumularan y escombraran.

Como un fogonazo, la sombra volvió a llenar brevemente la habitación. Reaccionó todo lo rápido que pudo, pero tras mirar a un lado y a otro no consiguió averiguar su origen. Antonio se acercó con cautela al orificio abierto por la pistola, de vuelta en la pasarela y oteó el horizonte. A su derecha sólo halló negrura, penumbra. Pensaba ya en que demasiadas emociones le estaban jugando una mala pasada, cuando el suelo de la superficie a su derecha comenzó a hincharse progresivamente, como si algo estuviera atrapado bajo la superficie y presionara para escapar entre una borrosa distorsión rocosa, bajo la atenta y cansada mirada de Vigía en el horizonte. Sus sentidos activaron la señal de alarma, cuando la tierra comenzó a alzarse, y la nueva montaña emergente aceleró súbitamente en su dirección. Antonio se apresuró a saltar hacia el interior del edificio justo a tiempo para refugiarse. Los cristales del puente que unían ambos edificios estallaron por los aires al ser atravesado por una masa ingente a una velocidad tremenda. La onda expansiva hizo que la fachada se derrumbase lo suficiente como para sellar la puerta y que Antonio tuviera que gatear para alejarse, evitando en el último instante que una roca le atrapara la pierna. Instantáneamente, el casco del traje se activó de nuevo apareciendo como una escafandra, la frescura del oxígeno proporcionado llenando sus boca jadeante.

Cauta y sigilosamente se acercó a la cristalera y escudriñó el exterior, llegando a tiempo para ver un enorme tentáculo arrastrarse tras el edificio principal despareciendo de su vista. Antonio tragó saliva y se apartó de la cristalera, volviendo sobre sus pasos.

Se quedó sorprendido y petrificado, observando aquella tremebunda masa distante que por cosas del azar no había triturado sus tibias con la sola onda expansiva de su presencia, que había sellado el paso entre los edificios. Se giró y se dejó caer sobre el suelo de la estancia.

—Joder, ¡dadme un respiro! —gritó mientras luchaba por recuperar el aliento. No sabía qué era esa criatura ni cuántos tipos diferentes podría encontrar en este paralelo, pero estaba claro que Clara tenía razón: la evolución había acelerado su curso.

Comprobó sus componentes vitales en el traje. Su presión arterial estaba por las nubes así como su nivel de adrenalina. Igual no tanto por lo acontecido, la puerta sellada, la trampa mortal en el hogar de todas aquellas bestias de las que se había librado de milagro, pero por el mensaje de Clara. «*Estaré en la mina*», había dicho. Testaruda y resolutiva, seguro que lo había conseguido, tenía que ser así. Aún la sentía. Hacia adelante, recordó.

Debía encontrar el acceso entre este edificio y las minas. El control de seguridad, las pasarelas, el salón de actos, todo concordaba con que éste fuera el acceso utilizado internamente para llegar a la clave de la presencia humana en el satélite de Saturno: la explotación del Silco, Linium y Aperito. Aprovechó la quietud para centrarse y encontrar lo más rápidamente posible una salida de la sala en la que se había quedado atrapado, la cual se trataba de un enorme hall de bienvenida. En su centro se hallaba plantado un pilar, como la vara que une los pisos de una tarta de matrimonio... o como el músculo que permitía la trituración neumática en el centro del cilindro de dos plataformas valladas por dientes como estalagmitas que los sabuesos tenían por fauces. Todo era cuestión de perspectiva.

Pese a que desde el exterior no se podía observar el interior del edificio, lo contrario no era cierto. El tinte de los cristales debía crear ese efecto. Eso, o la distorsión del paralelo. Al menos en esta sala, las cristaleras proporcionaban una visión amarronada, filtrada y algo diáfana del exterior, como unas gafas de sol demasiado opacas. Dada la oscuridad exterior el efecto era borroso y apenas podía observarse con nitidez el exterior del edificio. No pudo evitar, a sabiendas de que probablemente se arrepentiría de ello, asomarse con la cautela de un infiltrado temeroso de ser descubierto, para descubrir él a la montaña blanca que había arrasado con la superficie dejando su surco como si fuera un cañón. Alzada en plenitud, parte de su cuerpo sobresalía de la tierra. Parecía un grueso capilar curvado solo en su extremo final, como un gancho cuya punta fuera hueca, de finísimos bordes y plagada de protuberantes tentáculos por todo su perímetro, siendo la entrada al precipicio de su cuerpo una trampa mortal de afiladas cuchillas que se abrían armónicamente hasta quedar completamente ocultas, y cerraban hasta llenar por completo el diámetro del carnoso cilindro de la criatura. Con su extremo agachando, encorvado, se asemejaba a una blanca y huesuda figura con capucha. Antonio observaba a aquella especie de gusano gigante asombrado, a la vez atónito y petrificado por el poder destructivo de la bestia, analizando científicamente sus propiedades, como lo haría Clara. Con la boca abierta apuntando al cielo, el bicho daba una impresión bucólica, casi romántica en el exterior de la colonia con el paisaje negruzco y decadente. Los tentáculos que sobresalían de la comisura de su boca, de su plana base y apertura, que se abría en su totalidad como la tapa retráctil de una trituradora, oscilaban en el vacío, cada uno en una dirección, como oteando el horizonte. Poco a poco, todos los tentáculos comenzaron a moverse, como un radar detectando actividad y reaccionando hasta converger en una dirección para guiarle... la de Antonio. El resto de aquel monstruo pronto reaccionó y la cabeza apuntó directamente hacia él. Pese a la distancia y debido al tamaño de la bestia, al mirarla frontalmente sólo observaba los rígidos tentáculos como puntos rodeando el círculo de su boca, ahora estaban planos frente a él. Los dientes se abrían y cerraban cíclicamente para dejar entrever el oscuro abismo de su interior, cuyo fin reptaba oculto bajo la superficie de la colonia.

Con un rápido movimiento la cabeza del gusano se agachó y hundió en la superficie, hasta perderse bajo tierra, en la lejanía... de momento. Antonio se sacudió la sensación de asco, miedo y admiración, ya habituado ya al descubrimiento y a convivir con bestias de pesadilla en éste su nuevo entorno, y se apresuró a encontrar un camino que le alejara de aquel engendro antes de su arribara.

Volvió a inspeccionar la sala, buscando una salida. El macizo pilar central acaparaba gran parte del volumen, pero tras él se hallaba un teleportador de personal, quedando a su alrededor varios escritorios de trabajo y máquinas tele-expendedoras portátiles de bebidas y comida. Se trataba de diferentes mostradores de recepción y admisión, una extensión logística natural de la garita de seguridad inicial, ya destruida con la inestimable contribución de aquella mastodóntica criatura. En este emplazamiento debía de realizarse el control de las visitas y del personal no habitual que quisiera acceder al edificio. La pregunta era, ¿qué albergaba éste? Esperaba que fuera el acceso a las minas.

El mostrador más cercano al portal que presidía la sala contenía tres orgullosas banderas en el extremo de su mesa: la de la Tierra, la de la colonia de Titán y la de la Unión Interplanetaria. Antonio recordaba la polémica surgida cuando se decidió crear una bandera única para su planeta natal. Varios países habían presentado propuestas al consejo general de las Naciones Unidas, pero todos los estados miembros enviaron sendas quejas sobre unas u otras opciones. El acuerdo parecía imposible, pero finalmente se encontró en base al entendimiento mutuo... y la presión de la religión de La Virtud para con la que nadie quería quedar mal, ya fuera por elecciones incipientes, presiones de lobbies, de SI, u otros motivos más espirituales. Una cuestión relativamente nimia como el diseño de la bandera, era susceptible de herir infinitas sensibilidades y de perdurar en debate eternamente.

El primer intento mostraba una imagen estática de la Tierra en la que se veía el continente asiático y parte del americano, el eje del mundo por aquel entonces con los poderosos China, Rusia y Corea, a pesar de la exponencialmente imparable influencia mediterránea de SI. Americanos, europeos y africanos se negaron a utilizar tal modelo y argumentaron que la historia de la Tierra no se entiende sin las culturas mediterráneas, romanas, egipcias o el imperio americano y que por lo tanto esa bandera no podía ser representativa. Dada la falta de acuerdo, se presentó un modelo en el que se mostraban los continentes desglosados, a modo de un mapamundi extendido en el que las dos caras del planeta podían unirse en los extremos izquierdo y derecho del dibujo. Este diseño recibió dos críticas fundamentales: la primera venía de pequeñas islas y archipiélagos que seguían sin verse representados; la segunda era que resultaba engorroso y bastante feo. En ese momento surgió SI, que presentó un diseño innovador. Sobre el trozo de tela se habían implantado picochips cuánticos que permitían generar un holograma, con una imagen de la Tierra creada a partir de un vídeo grabado desde la antigua Estación Espacial Internacional. El holograma rotaba sobre un fondo celeste y toda la naturaleza podía apreciarse por igual. No hubo pero posible a este modelo, salvo que no era extensible a todos los habitantes terrestres dado que no en cada centro, casa y confín se podía tener una bandera con implantes de microchips cuánticos. SI, en un alarde de fanfarronería de su antiguo presidente Juan Lagraña, se comprometió a otorgar a cada organismo que lo pidiera una bandera.

Aun así, pese a oficializarse el uso oficial de esta bandera que también simbolizaba el progreso de la especie humana, se acordó llegar a un modelo simplificado de forma que, por ejemplo, los niños pudieran dibujarla en los colegios. Este diseño consistía en un fondo celeste con una circunferencia blanda en medio, y fue aceptado por su sencillez y simbolismo tratando de representar la unión de todos los que la Tierra abarcaba en su superficie como miembros iguales de un mismo planeta más allá de nacionalidades. Todo claro, previa mediación de la todopoderosa Virtud. Este sentimiento de unión de algún modo fue impulsado por la religión de La Virtud, y llevó a una mayor Armonía, tranquilidad y paz general al conseguir que la población olvidara sus rencillas fruto de diferentes opiniones o elecciones vitales tales como religión, cultura, preferencia sexual o equipo deportivo favorito, que habían llevado a guerras y a conflictos de pertenencia racial, cultural, regional o gremial en el pasado. Al menos, eso era lo que contaban los libros de historia. No pasó demasiado tiempo hasta que comenzaran a nacer generaciones en diferentes colonias. La Luna, Marte, Venus, Titán, Europa… la primera pregunta ya no era tu nacionalidad terrestre sino tu planeta.

Al lado de la bandera terrestre en los escritorios se encontraba la de Titán. Ambas eran pequeñas y se alzaban gracias a un mástil de plástico apoyado sobre un pie semicircular a su vez de plástico y transparente. El diseño de la bandera colonial fue más sencillo, una vez obtenido el terrestre, y sin la complejidad y suspicacias que diferentes territorios pudieran crear, dado que colonias en Titán sólo había una, y que además apenas ocupaba unos diez kilómetros cuadrados de superficie incluyendo las excavaciones mineras. Ello, y la propiedad de SI, permitían un diseño algo más alegórico. El fondo estaba partido en dos por una línea horizontal en su medio. La parte inferior era completamente gris, como el metano en la tierra rocosa, que a partir de la franja meridional iba gradualmente cambiando primero hacia un tono azulado, luego verdoso, anaranjado y finalmente cobrizo que dominaba la parte superior de la bandera. El conjunto de colores representaba el cambio en la luz tras el filtro de los campos electrogaseosos. En su centro, si se disponía del equipo adecuado como era el caso, podía observarse una imagen del satélite tomada a distancia, que giraba sin parar en el holograma. La última de las banderas se encontraba un poco más a la derecha, cerca del borde de la mesa. La de la Unión Interplanetaria mostraba a la Tierra en el centro a mayor escala y la Luna, Marte, Venus, Titán y Europa más pequeñas girando a su alrededor sobre un fondo blanco que intentaba simbolizar la unión al modo del conjunto de colores visibles y la paz alcanzada por la prosperidad y la armonía reinante en la humanidad en esa época fruto de los avances, la tecnología y el auge de La Virtud. O al menos esa era la verdad que SI propagaba y evangelizaba. La mano de obra desaparecida, los poblados ilegales fuera del control de SI, Julio, Clara o Antonio ya podían comentar y disentir de esta versión interesada de la historia.

Antonio miró alrededor de la sala en caso de que algo de lo que hubiera allí almacenado pudiera serle de alguna utilidad, pero tan sólo encontró el mismo mobiliario y los mismos aparatos de teleportación de siempre. Pensativo y sopesando lo qué pudiera esperarle en las estancias colindantes de las instalaciones, intentó encontrar un sorbo de aire fresco que le revitalizara o inspirara con el deleite que le ofrecía la ubicación del recibidor: en las alas anterior y posterior, las cristaleras proporcionaban una vista impresionante de Titán, pese a la oscuridad reinante en el paralelo; la cara este, por contra, daba a una montaña rocosa. Esta entrada era sin duda oficial para personal de cierto rango y para personalidades. De otra manera, no estaría repleta de banderas y parafernalia normalizadora, obviando al imperio reinante y sus actividades para con tantas vidas y libertades menguantes. Que el supiera, los laboratorios se encontraban en el otro edificio, por lo que podía tratarse de un acceso privado a la excavación minera, desconocido para el populacho, no así como la entrada turística, aún más pomposa y rimbombante, que se encontraba en la dirección matricial [2,1,0], anunciada por todo el sistema solar, y cuyo puerto estaba en otra falda de la montaña.

Su pulso se aceleró y una sonrisa risueña se dibujó en su rostro. Tenía sentido que así fuera. Que Clara hubiera dejado el mensaje en el acceso a la mina. Ahora tenía que encontrar el modo de descender hasta ella.

El suelo era de losetas cuadradas grandes de mármol. Parecían de color azul aunque en el paralelo era difícil distinguirlo con la negrura de las superficies y las continuas perturbaciones y ondulaciones blancas sobre ellas. Pese a ello, el reflejo y la sensación al caminar sobre ellas delataban su composición. El sentido de ajuste de Antonio, entre el cansancio y la adrenalina, volvió a encender una luz de alarma: llevaba tiempo elucubrando y aquello estaba demasiado tranquilo. La quietud reinaba en el suelo y en las demás superficies. Había perturbaciones pero débiles y casi continuas. Iban y venían de manera estática, sin frecuencia de cambio ni excitación. Lo que en principio podría tratarse de una buena señal, de tranquilidad ante la falta de enemigos le llenó de inquietud. Esperaba una tormenta tras la calma. Era demasiado extraño que no hubiera nada en este edificio. Debía espabilar y darse prisa.

La pulcritud reinaba en la sala perfectamente ordenada y distribuida, con el mobiliario cerca de los ventanales y el centro despejado, aclarando el camino hacia el elemento central. Todo parecía girar en torno a él, y no veía ninguna otra salida. Se acercó. El compacto rectángulo cubría toda la altura de la sala. Antonio posó la mano sobre él. Su textura era lisa y metálica.

—Linium... —murmuró. El volumen era lo suficientemente amplio como para dar entrada a un vehículo. Como la celda en la que había estado confinado en los subterráneos del edificio principal. Como Marco se había deleitado en el placer de explicarle, si conseguía alterar su estado cuántico, debería permitir el maleado de su estructura.

Antonio retrocedió y alzó el sintetizador de su brazo, preparándose para escanear la sala en busca de ese estado de los elementos alterables. Tras pulsar la pantalla para el comienzo del escaneo, el aparato emitió un sonido y en cuestión de segundos mostró el esqueleto de la sala: un modelo tridimensional basado en rejillas pero que detallaba tanto las mesas como las paredes y el ascensor en la sala, de forma similar a diseños básicos de CAD para edificios. Tras este primer hallazgo, el sintetizador procedió con sus sensores y actuadores a emitir energía en un proceso similar al radar para establecer los materiales presentes y aquellos que eran alterables. Tras unos segundos, llegó la recompensa.

—¡Bien! —dijo apretando el puño. Como esperaba, el mapa amplió el rectángulo en mayor detalle, y bajo su textura maciza desveló lo esperado: un ascensor funcional. Aquella enorme viga de Linium no era más que el ascensor encubierto.

El ordenador lo pudo reconstruir una vez analizada su estructura, mientras mostraba los números cuánticos y el estado de perturbación del Linium modificable, resaltando en amarillo sus bordes dentro del volumen rectangular. En la pantalla comenzó a dibujarse una puerta negra de acceso al receptáculo, aún oculta bajo la masa maciza, esperando a ser activada.

Una vez el proceso terminó, sólo tuvo que pulsar un botón para activar el transporte. Instantáneamente, se abrió un hueco en la cara frontal de la viga dando paso a una puerta. Al acercarse, la puerta deslizante se abrió para darle paso. Antonio negó con la cabeza, en un sentimiento mezcla de fascinación e incredulidad. No terminaba de acostumbrarse al salto tecnológico que había dado la humanidad en Titán, y que SI había mantenido escondido a toda la sociedad interplanetaria para de repente, soltarlo todo de golpe como un torrente de agua sobre el inmigrante ilegal que se mantenía a flote como podía en las aguas del paralelo, con el sustento de su exoesqueleto, como si de patera zozobrante se tratase. El problema no era la tecnología en sí. El problema era la tara que el secretismo, o el descubrimiento en sí mismo habían conllevado. No sólo ella, si no varias personas más habían desaparecido o sido asesinadas. Y eso, que Cruor supiese. Prefería no pensar en lo demás que Marco, con su sonrisa cínica y burlona, había escondido bajo la alfombra.

Entró al ascensor y volvió a mirar la pantalla de su sintetizador. Tres rectángulos azules resaltaban las tres plantas a las que podía darle acceso el ascensor. La leyenda de cada una de ellas leía «E», «-1» y «-2», respectivamente. La «E» estaba difuminada, sin poder ser activada al pulsarla, por lo que asumió que correspondía a esta planta, la entrada. Sin prisa pero sin pausa, paso a paso, pensó, comencemos por el principio. Pulsó el «-1» y la elección se activó con una luz tenue y amortiguada por las tinieblas del lugar, poniendo acto seguido en marcha el elevador. Mientras descendía con un traqueteo mecánico inesperado, Antonio alzó la cabeza para observar el hueco por el que había accedido a la plataforma, cada vez más lejano y de repente completamente indiscernible del resto de la pared, al volver a rellenarse de un sólido volumen de Linium. Una vez más, negó con la cabeza entre incrédulo y fascinado, pero también acongojado cuando se dio cuenta de que la cavidad sólo tenía una salida: si al abrirse la puerta se encontraba con una fiesta bestial, no tendría otra que servir de banquete.

El ascensor se detuvo en el «-1». Antonio se preparó, contuvo la respiración y empuñó la pistola, intentando en vano fijar su mirada en la puerta para intentar seguir el cambio de estado del material y avistar problemas. En lo positivo, no había enemigos en la costa. En lo negativo, la puerta fue como si desapareciera delante de sus ojos, limitando su capacidad de reacción. Tuvo que aceptar que no eran capaces de procesar información a tan alta frecuencia. *En fin, a todo se acostumbra uno.* Respiró aliviado y alzó la bota formada con el exoesqueleto para reanudar el paso. Apoyándose en el marco de la puerta, se apresuró a explorar la sala.

Con la cautela como guía y la pistola empuñada con ambas manos por delante como testigo, fue recorriendo recovecos, salas y pasillos. No sabía qué podría esconderse en cualquier recodo, pero el entorno parecía tan tranquilo y quedo como la planta superior. Las paredes no mostraban alteración alguna y en general no había indicios de la presencia de bestias. En el interior de un almacén sólo encontró estanterías, pegadas a la pared de entrada y fondo. Por otro lado, elementos de recambio, material de oficina, pantallas, comunicadores, brazaletes, lápices de escritura virtual, impresoras y unidades de memoria cúbicas y de tarjeta. Incluso había algunos instrumentos anticuados o de poco uso como ordenadores clásicos, impresores, lápices, bolígrafos, papeles y carpetas. Pero ni rastro de bestias. Tampoco había marcas de energía que contuvieran mensajes pasados o futuros, de Clara o de otros: pistas para ayudarle en su aventura.

Al final del pasillo en el que confluían las estancias de la planta, opuesto al ascensor había un ventanal, uno de los pocos que Antonio había visto en el edificio desde el otro lado al cruzar la pasarela. De grandes dimensiones, ocupaba la totalidad de la pared. Desde él podía verse la pasarela acristalada que comunicaba los dos edificios, partida en su mitad y con la entrada al edificio anexo colgando de forma casi vertical al suelo. Esa salida estaba definitivamente sellada. No tenía más remedio que seguir hacia adelante, explorando el edificio anexo, el que pudiera ser nido de todas esas bestias que le atacaron la jauría, y también, el refugio de Clara de seguir viva.

El ventanal abarcaba toda la pared. Frente a ella, varios pasillos cavaban largas hendiduras en forma de «T» en la sala. Cada uno de ellos contenía sendas hileras de ordenadores y pantallas recorriendo sus perímetros, en lo que parecía un centro de control. Antonio los conocía bien, pues había trabajado en Operaciones espaciales durante muchos años, ya fueran para vuelos tripulados, sondas o su querida aeronave *Achiever First* a la que le debía el haber podido deshacerse la jauría y seguir con vida.

La oscuridad se cernía sobre la sala, sin signos de disrupción en las paredes. *Buena señal.* Se dispuso a explorar la sala en detalle, ver si el centro de control podía serle útil.

El escritorio a media altura se extendía por todo el perímetro en forma de «U» de cada una de aquellas hendiduras en la sala, acompañado de ordenadores táctiles embebidos uno tras otro a lo largo de su longitud. De la pared colgaban una tras otra pantallas de reproducción multimedia de diferentes tamaños que encajaban en una especie de puzzle completado a la perfección. Multitud de sillas dividían las zonas de trabajo en cada una de las salas de escritorios compartidos, excavadas en la roca y separadas por ella. Antonio contó y estimó que al menos seis personas debían de trabajar a la vez en cada una de ellas. Debían querer monitorizar continuamente algo, fueran datos, telemetría de naves y satélites o de las excavaciones de SI. Esperaba que fuera sobre todo lo último.

Aprovechando la tranquilidad reinante, se acercó a un puesto para intentar activar un monitor y obtener información sobre su función, esperando que le ayudara a llegar hasta Clara. Recogió de un escritorio unos guantes de los operadores que optimizaban la ligadura cuántica con las yemas de los dedos, para tratar activar uno de los ordenadores. Pulsó la yema del dedo índice sobre el que parecía ser el central, y tanto el trozo de pantalla correspondiente como el monitor de pared cobraron vida.

—¡Vamos!... —susurró Antonio apretando el puño.

Sucesivas líneas informaban de la inicialización del sistema. Tras unos segundos preparando el arranque del equipo, la pantalla embebida se apagó, dando paso a una holográfica que se desplegó delante suyo. En ella se podían leer varias opciones: INICIAR SISTEMA, DEPURAR ERRORES, REINICIAR EQUIPO y APAGAR EQUIPO. Antonio seleccionó la primera. El sistema le pidió su nombre de usuario y contraseña. «¡Mierda!», espetó. Pensó en cómo podría encontrarla. Podía intentar piratear desde el modo de depuración de errores, pero dudaba que pudiera desbloquear las claves guardadas en el sistema. Le requeriría un tiempo del que no sabía si disponía, y no era un experto por lo que no garantizaba el éxito. Debía de haber una forma más sencilla, una explicación que fuera la más lógica y la correcta, como asevera la navaja de Ockham.

Antonio exhaló frustrado, todo eran problemas. Todo por culpa de ese cobarde de Marco que había dejado a Clara atrapada en este mundo. Con su sonrisa burlona, su barba cortada al milímetro y su cabeza perfectamente aseada. Recordaba con asco como había disfrutado torturándole, y no entendía qué podía haberle llevado a dejarle aquella pistola desintegradora y permitirle continuar en el paralelo. Quizás, en el fondo de su resentimiento contra Clara y contra el mundo por los años en los que le habían convertido en un triste y deprimido, se encontraba un poco de humanidad. Aunque él mismo había definido el factor humano como el eslabón débil, el que siempre acababa generando problemas. Antonio sabía que esto era cierto en muchos casos, pero él lo veía de otro modo. Al fin y al cabo, los problemas y errores humanos se debían a la puerta abierta que dejaban, a que confiaban en otros, a que mantenían la esperanza y se relacionaban entre ellos. A que eran humanos, y esto en sí era maravilloso. Podían generar problemas pero siempre encontraban soluciones y ellos mismos habían inventado, diseñado y fabricado aquellas máquinas o sistemas que luego por descuidos o errores podrían estropear. Pero para Antonio era como mirar un grano de sal en un montón de arena, una marca minúscula en un impresionante lienzo de pintura. Había que tomar perspectiva, observar el conjunto y ver lo maravilloso que era lo que podían hacer los humanos, cuando querían claro. También podían ser terribles y sádicos, como Marco. Pensó en él y Cruor trabajando juntos. Ambos con formas y valores en polos opuestos, pero con objetivos y cualidades similares, tan predecibles por un lado como sorprendentes al ver hasta dónde les llevaban sus convicciones. Ambos tenaces y determinados, inquebrantables ante la disposición de lo que creían necesario, pese a las posibles consecuencias. Uno ayudar a Antonio y cuidar a su familia, otro disfrutar con al tortura y conquistar en el Futurysta por la noche.

Este pensamiento activó algo en la mente de Antonio. Puerta abierta. «Predecibles…» Recordó en su etapa en Space Unlimited dónde guardaban las contraseñas para el acceso a los ordenadores con las simulaciones y con los parámetros de la *Achiever First*. Se apresuró y volvió a la sala de almacenaje, agachándose en la estantería donde había visto las carpetas y papeles antiguos. «El eslabón más débil,» decía Marco. Había un montón de carpetas apiladas una encima de otra, y una serie de ficheros en vertical sobre el cajón más bajo de la estantería. Antonio fue buscando en los títulos algo que le llamara la atención, pero nada parecía referirse a seguridad. Tomó el primero de ellos y rebuscó en su interior. Era un curso de operaciones en minería espacial. Pasó las hojas que mostraban cómo ejecutar las maniobras a distancia y como controlar la seguridad del personal en la mina. Nada. No era lo que buscaba. Soltó el archivador y tomó otro. Este contenía un conjunto de procedimientos a utilizar en las aeronaves al efectuar la salida y reentrada en la colonia, incluyendo el contacto con estación base y la autorización. El código a seguir no era complejo, pero estaba bien detallado en caso de que surgieran dudas. Líneas como CONFIRMAR QUE EL BOTÓN ROJO NO ESTÁ PULSADO, no parecían estrictamente necesarias, pero mejor estar seguro que lamentarse, supuso. En todo caso este tampoco era el fichero que buscaba así que lo dejó de lado y tomó el siguiente. Protocolo de seguridad en caso de derrumbamiento. Nada. Documentación técnica y banco de pruebas de la excavadora cuántica sensorial AP16, con varias imágenes de ella explicando su funcionamiento y su último uso y localización en la mina. Está máquina era interesante, todo el mundo hablaba de ella pues era capaz de escanear hasta diez metros cúbicos a su alrededor en busca de alguno de los elementos para la que estuviera configurada. Luego podía desintegrar el resto de materiales a su alrededor y, bien teleportarlos a otra zona, bien destruirlos para dejar al descubierto el material deseado y proceder a su extracción. Antonio no había visto nunca una, pero imaginaba que las pruebas de validación debían ser exigentes. También se temía que como pasaba siempre un avance de tecnología iba ligado a un avance armamentístico, y la pistola deformadora derivara de la excavadora. O viceversa.

Cuando pensaba que su esfuerzo era fútil, tomó el último archivador. En su interior se encontraba un esquema de la infraestructura informática de ambas salas. La primera página contenía un esquemático de la planta en la que se encontraba en ese momento, incluyendo la función de cada uno de los puestos de los ordenadores de mesa: monitorización, control, operaciones y simulaciones parecían distribuir las funcionalidades del total de los puestos. Pasó la página y su cara se iluminó con una sonrisa de oreja a oreja: LISTA DE CONTRASEÑAS PARA CADA UNO DE LOS CUATRO PUESTOS DE CONTROL.

El factor humano. El BENDITO factor humano, gilipollas.

Antonio volvió al escritorio en aquella hendidura en la roca y utilizó el guante para activar un teclado holográfico. Se sentó en la silla y escuchó el sonido de un pequeño engranaje mecánico, claramente desengrasado, en movimiento. Un pequeño motor movía un sensor de posicionamiento, con una luz roja, que se tornó verde una vez el sensor fijó la posición en la que se hallaba Antonio. El teclado holográfico apareció delante suya acto seguido, a una distancia lo suficientemente cómoda para escribir apoyando las muñecas en el escritorio ergonómico. Antonio se puso cómodo: relajó los hombros, se irguió en la silla y escribió el usuario y contraseña para el puesto de monitorización. El sistema reconoció positivamente los datos.

—¡Vamos! Joder... —dijo mientras golpeaba el escritorio, satisfecho por haber podido resolver la situación. La pantalla holográfica de inicio de sesión cambió su forma y se situó sobre la embebida, a modo de proyección volumétrica.

Unos segundos más tarde, varias de las pantallas superiores se encendieron: una principal de unas 47 pulgadas, y dos complementarias a su derecha, una encima de la otra y de aproximadamente la mitad de tamaño que la principal. Las tres comenzaron a emitir señal, un video que efectivamente retransmitía lo que ocurría en la mina. Antonio no cabía en sí de gozo. La superior derecha mostraba un túnel subterráneo de acceso a la zona de excavaciones en la montaña donde se encontraba encajado el edificio anexo de operaciones en el que se encontraba. El túnel era similar a la pasarela suspendida que había utilizado antes, y que ahora colgaba de la atmósfera silenciosa, sin viento ni campos electrogaseosos del Titán Paralelo. El plano terminaba en una puerta metálica de la misma forma de media luna con líneas rectas en las esquinas que tenían las puertas del pasillo suspendido entre los dos edificios. La puerta permanecía cerrada.

La pantalla inferior retomaba la retransmisión donde la dejaba la anterior, mostrando el interior del túnel, justamente tras la puerta de entrada a la montaña. Se veían algunas carretas que portaban instrumentos y trozos de materiales excavados, pero la oscuridad reinaba en el plano más aún con las superficies rocosas dominadas por la textura tenebrosa del paralelo.

La pantalla doble de la izquierda mostraba un plano diferente. Era un túnel sin salida, el punto final donde habían llegado las excavaciones. Antonio lo pudo distinguir por el pequeño mapa sobreimpuesto que ilustraba la localización como un túnel sellado (aunque desgraciadamente no era interactivo ni mostraba otros niveles), así como por la presencia de la AP16. Su última localización y su última fecha de uso estaban logueadas en el procedimiento adjunto a la documentación técnica que había hallado hace un momento. Además, el túnel acababa en oscuridad, sino en una pared de roca sólida apenas cubierta por el manto lúgubre y perturbado del paralelo, más calmo y fino que en las paredes superiores (quizás debido al menor intercambio energético), permitiendo traslucir el gris pálido de la superficie rocosa.

La excavadora estaba montada sobre lo que parecía ser una plataforma levitada móvil. Se preguntaba si podría operarse desde aquí, aunque seguro los trabajadores de la estación lo harían desde la cercanía dentro de la mina. Pero más allá de eso, el plano era tan estático como los otros dos. No había ninguna señal ni movimiento.

Antonio bajó la mirada hacia la pantalla embebida en el escritorio. Su fondo era oscuro y las opciones para interactuar con el ordenador estaban encuadradas en rectángulos de borde verde claro. A la derecha, la pantalla proponía la inserción de texto y la opción de volver al menú principal. El resto de la pantalla estaba ocupada por los diferentes controles táctiles de forma rectangular, cada uno de ellos con abreviaturas alfanuméricas, y tres iluminados con un relieve dorado y más realzado que el resto: UTB-01, UTB-02 y AP16-04. Antonio se animó a probar los otros botones, a ver si estaban desactivados, para evitar errores y confirmar si había un máximo de cámaras a mostrar. Pulsó el UTB-04, que no se inmutó. Tras ello, se animó con el UTB-02, que se desactivó y volvió al verde claro y formato del resto de controles, apagando la pantalla inferior derecha. Tras volver a pulsar UTB-04 la pantalla se encendió de nuevo pero mostrando ahora una cámara diferente, comenzando a comprender así el funcionamiento del teclado.

Se preguntaba cuántos niveles tendría la mina (de verdad, más allá de lo que se decía en los tours organizados), qué profundidad y hasta dónde llegaba realmente la excavación. Tenía que encontrar un mapa completo e interactivo en el sistema. Buscó entre los controles, pero ninguno parecía enlazar con un mapa. Tenía sentido que todos se refirieran a cámaras en las instalaciones en aquel menú, por lo que utilizó un lápiz de escritura que encontró a mano para agilizar la interacción con la pantalla y volver al menú principal velozmente.

Antonio siguió descifrando el menú que apareció en pantalla , pero de repente tuvo la sensación de que algo se movía en uno de los monitores. Alzó la vista pero nada, todo estaba tranquilo en las tres imágenes. ¿Sería *el cansancio?* Volvió a centrarse en el menú principal de la pantalla embebida en el escritorio. El holograma volumétrico se había activado mostrando tres niveles o capas apiladas: el nivel superior contenía el acceso a las cámaras de seguridad, con otros controles a su derecha que abrían menús de documentación, instrumentos, telemetría o configuración; el segundo nivel parecía dar paso a menús sobre el estado de las herramientas y los trabajadores: controles de seguridad por el perímetro. Fue en el nivel inferior en el que encontró lo que buscaba. En la parte izquierda un gran control leía MAPA INTERACTIVO. Procedió a pulsarlo y a acceder al submenú. Los tres niveles desaparecieron de forma ordenada, desmontándose sus diferentes volúmenes que volvían a la base del holograma uno a uno. El diseño de software debía ser atractivo y de apariencia futurista, supuso Antonio, para ayudar tanto a su implementación como a sus ventas.

Un nuevo menú apareció delante suyo. De un sólo nivel, eEn control principal izquierdo leía MOSTRAR MAPA, mientras que a la derecha se ofrecían otras opciones como ACTUALIZAR, REPORTAR PROBLEMAS o DESCARGAR, lo que podía hacerse en un dispositivo externo previa contraseña que, ahora sí, supo dónde encontrar. Volvió al archivador, localizó la palabra clave, procedió a vincular su comunicador con el puesto y a descargarse guardar el mapa en su memoria. Por fin. Ahora podría explorar la mina sabiendo dónde cojones estaba.

Asegurado el botín, tocaba familiarizarse con el mapa. Lo abrió y la mayor de las tres pantallas mostró en toda su extensión un plano de las excavaciones. Él no pudo más que mirarlo boquiabierto: el conjunto de túneles era interminable, contaba con una docena de niveles y llegaba kilómetros bajo la montaña, extendiéndose desde el acceso exterior como ramas desde la copa hasta las raíces de un árbol milenario. En multitud de los túneles se mostraban puntos azules con abreviaturas encima que se referían a las excavadoras, a modo de puntos de encuentro o intersecciones, para así regular el tráfico y facilitar las operaciones. Así mismo, las posiciones de cada una de las cámaras de vigilancia quedaban marcadas en el mapa con unos puntos rojos, junto con otros marcadores explicados por una detallada leyenda, necesaria para poder entender el galimatías de abreviaturas, símbolos, colores e iconos: teleportadores de personal, normal dada la distancia ingente de kilómetros excavados y por motivos de seguridad; puestos de abastecimiento con trajes, provisiones, equipos y teleportadores de comida y bebida... de todo, una auténtica ciudad subterránea.

Con cientos de intersecciones, puntos de encuentro, centros de transporte o de reposo y relajación, desgranar el mapa era tan obvio como hacer lo propio con el de alguna de las últimas megalópolis terrestres como Tokyo Tres o Los Ángeles Dos, surgida tras la unión física de San Francisco, San Diego y los Ángeles debida a la expansión de la construcción. El conjunto de calles y avenidas rectangulares que formaban el ensanche de la megalópolis era similar en número de cruces al que podía tener la excavación. En la Tierra había ciudades subterráneas, sobre todo en Laponia, como Tromso, o en el Ártico tras el deshielo y la llamada Guerra de las Potencias para conquistarlo, que se cerró con una repartición auspiciada por Israel con el beneplácito del líder Palestino, en una extraña manera de intentar darle la vuelta a la tortilla al establecimiento del estado sionista, y ayudar a la paz en Oriente Medio, lo que La Virtud afortunadamente conseguiría más tarde de manera menos forzada.

Algunas partes del mapa precisaban que se hiciera zoom sobre ellas para poder identificar correctamente un punto entre la maraña que se acumulaban sobre las diferentes líneas que representaban los túneles. Realizar la selección táctil era laborioso, incluso con el lápiz, y Antonio no estaba acostumbrado a trabajar con pantallas multimedia. Pensaba si no habría forma de montar el mapa sobre un holograma. Poco a poco fue cambiando las cámaras y explorando las zonas lo mejor que buenamente pudo. Una de las zonas de repostaje estaba particularmente bien aprovisionada. Todas las estanterías parecían repletas de instrumentos, e incluso parecía tener algunas armas. Seguro que SI no había interrumpido el trabajo por la evolución de las bestias, hasta que fue demasiado tarde.

Fue a cambiar las pantallas cuando volvió a notar un movimiento. Era en la sala de aprovisionamiento, el almacén que estaba bien surtido. Fijó la vista en ella, y algo se movió de nuevo en su suelo. Impulsándose en los reposabrazos de la silla se puso en pie, y acercó el rostro a la pantalla en la que todo permanecía inmóvil de nuevo. La zona donde pensaba haber notado la alteración tenía una superficie que parecía rugosa y heterogénea a diferentes niveles, como una pequeña erupción rocosa que se levantara sobre el suelo. No tenía muy claro lo que podía ser cuando aquella especie de caparazón volvió a moverse, girando sobre sí mismo y dejando al descubierto algo en su parte superior. Algo que apenas se atisbaba anteriormente, en el blanco y negro de la cámara sobre el suelo claro, pero que ahora rebosaba del capullo en el que estaba embebido. Era evidente que se trataba de una cabellera, rizada, clara y alborotada en su letargo, arropada dentro de un saco de dormir...

Una lágrima cayó por una de sus mejillas. Era Clara. Tenía que ser ella. La había encontrado.

Soltó una risa de liberación y esperanza; de regocijo por haber llegado tan lejos. No podía estar seguro pero, ¿quién si no iba a estar encerrada en este mundo, aguantando viva, aprovisionada y siendo, pese a todo, capaz de dormir? Tenía sentido que estuviera allí. Tenía que ser alguien cabezota, con determinación, valor y la frialdad suficiente para saber a ciencia cierta lo que tocaba hacer en cada momento. Alguien analítico y estructurado, con paciencia. Un científico, como ella. Es más, *ella,* para haber llegado tan lejos, tanto tiempo.

Secándose las lágrimas, buscó algún control de interacción para poder comunicarse con aquella oruga desgarbada de melena rebosante. Sin duda, debía haber algún altavoz o algún mecanismo mediante el que pudiera contactar con la habitación. Volvió al menú anterior y pasó la mano por algunos de los controles en los diferentes niveles, activándolos sin querer en su frenesí.

—Mierda, vamos… —susurró.

Le costaba controlarse, tenía que saber si se trataba de ella. Tenía que confirmarlo e ir a buscarla. Finalmente localizó un control que leía INTERCOMUNICADOR, lo pulsó y un submenú se desplegó grácil y plásticamente frente a él, por mucho que demandara velocidad y no estética. La impaciencia le corroía, pese a estar casi en la meta.

Una luz roja iluminó apareció en la parte superior de ambas pantallas y en el menú holográfico aparecieron tres controles en referencia a las tres pantallas del sistema. El primero estaba difuminado y se leía mapa, sin poder pulsarse. Los otros dos leían C33 y FC-47. Pulsó FC-47 y la luz sobre el monitor donde se veía la sala de almacenaje se tornó verde. Antonio carraspeó y balbuceó: las palabras ahora no querían salir de su garganta. Finalmente alcanzó a hilvanar su nombre.

—¿Clara?

Su hilo de voz fino y tembloroso no obtuvo respuesta. La figura no se movía. Se dio cuenta de que no podía escuchar el sonido de la habitación. Volvió al menú y buscó en la configuración hasta encontrar el control para activar el micrófono remoto. Probó de nuevo.

—¿Clara? —esta vez con mayor seguridad e intensidad, pero de nuevo sin reacción alguna.

Se fijó en la luz, que había vuelto a ser de color rojo. El control a su vez no estaba marcado. Probó con el de la otra cámara, pulsándolo y hablando.

—¿Hola? ¿Hola?

De nuevo lo mismo. Volvió a repetirlo, pero esta vez manteniendo el control pulsado mientras hablaba.

«¿Hola?», dijo en un tono seguro y alto, y se escuchó a sí mismo en los altavoces, a la vez que los correspondientes pilotos cambiaban de color. Sonriendo y satisfecho, cambió a la habitación de Clara. Cómo iba a disfrutar este momento.

Estaba deseoso de despertarla, que se diera la vuelta y de hablar con ella. Fue a pulsar el botón cuando de repente un pitido sordo y continuo surgió del ordenador de mesa...

¡¡Meeec, meeec!!

Antonio soltó el control y miró el mapa, donde un punto negro intermitente había sido ampliado en una zona del mismo. Un punto negro cercano a la cámara C33, o cruce 33 de acuerdo a la leyenda. Miró a la pantalla superior derecha. En principio no había nada... pero pronto apareció desde abajo una cabeza inconfundible: la de un explorador. Estaba de espaldas a la cámara, investigando este lugar al que el sonido la había convocado y en el que esperaba encontrar algo de interés para sus fauces hambrientas de energía. El engendro avanzó lentamente hasta que la mitad de su cuerpo se halló dentro del campo de visión de la cámara: entonces se detuvo y se irguió lentamente, alzando sus enormes alas. Antonio pudo observarlas con detalle, no como cuando le estaban encimando. De dorso, las cuatro grandes alas crecían desde la espina dorsal como una hipérbola hasta terminar en una garra desde la que descendían en una hendidura que volvía a crecer terminando en otro garfio intermedio. El patrón semicircular se repetía hasta el extremo lateral, y de nuevo hacia abajo hasta regresar al manantial de la columna vertebral de la bestia de la cual surgían, con el quinto garfio a medio camino completando una figura simétrica con una garra superior, otra inferior y tres en el lateral. práctica, esbelta y terrorífica. El perímetro que contornaba el ala no iba a la zaga. Como una extensión de la columna, huesudo y cilíndrico, dibujaba un cartílago que desembocaba cada una de las cinco garras. El interior del ala era carnoso y fino, recorrido por un fino cartílago que la recorría desde la columna vertebral hasta la garra lateral central, dándole soporte y robustez para volar. Además, incluso a través de la pantalla podían adivinarse conductos venosos en el interior febril de ambas alas, como telas de dos cometas preparadas para alzar el vuelo en cualquier momento, ya que donde terminaba el ala superior, comenzaba la inferior de misma fisionomía aunque menor tamaño. La envergadura total de la bestia impresionaba, siendo mayor que sus varios metros de altura.

La criatura giró su cabeza, agitándola nerviosamente. De perfil a la cámara, buscaba a su alrededor. Algo había llamado su atención. Pese a la baja calidad en la imagen y la presencia de distorsión, Antonio pudo distinguir sus orificios nasales abriéndose y cerrándose. Olfateando. Cerciorándose. Había sentido o captado algo de donde provenía aquel sonido y quería seguir el rastro de la distorsión, el de su presa. Halló algo. Movió la cabeza hacia el noreste para comenzar su caza, pero de repente se detuvo. Su expresión dibujó una sonrisa con los dientes apretados, goteando saliva. Sus ojos negros transmitían la intensidad de la caza. Se giró hacia la cámara. Antonio no sabía si tenía algún tipo de luz o control que denotara que estaba en funcionamiento, pero el explorador sabía que había alguien al otro lado. Abrió sus fauces y aulló. El grito llenó la sala de control mientras la aberración extendía sus alas, con la cabeza alzada hacia el techo del pasillo. Preparado para la caza.

Antonio comprobó la localización del cruce y de la sala de almacenaje y el corazón casi se le sale del pecho. Estaban a menos de dos kilómetros de distancia. Antonio sabía lo que eso suponía: el explorador había sentido a Clara. Por su culpa. Había llevado a la criatura hacia ella.

Dieciséis: la otra cara

Clara caminaba decidida a través de los túneles de la excavación de SI en Titán. El exoesqueleto se le ajustaba a su figura marcando sus piernas, caderas y busto. El pelo lo llevaba recogido en una sencilla coleta que le bajaba por el cuello hasta la altura de los omóplatos. Había recorrido infinidad de veces este hormiguero y conocía todos los caminos a la perfección, pero nunca se podía ser demasiado precavida. Había memorizado el mapa, lo cual, dada su sesuda y paciente determinación en el aprendizaje, había comenzado a hacer en su mundo primigenio de todas formas antes de ser arrojada a este foso de oscuridad. Pero es que ahora le iba la vida en ello. En cada cruce se pegaba a la pared, comprobaba el estado de su arma, la empuñaba con ambas manos y tras cerrar los ojos y darse un segundo, exhalaba fuerte y tomaba la esquina con la pistola de presión por delante dispuesta a disparar primero y preguntar después a cualquier bestia que se le cruzase por delante. Pensaba que siempre era mejor enfrentarse y tomar la iniciativa a que te pillara el toro, o la bestia, por detrás.

No estaba segura del número exacto de días que habían pasado desde que Marco le cerrara el portal y se viera abocada al encierro en el paralelo, corriendo delante de las bestias hasta que pudo tomar el control. No había días ni noches en este lugar, sólo una oscuridad contínua. La mayoría del tiempo lo pasaba bajo tierra, recogiendo provisiones de un almacén a otro, cargando con todo lo que podía y explorando diferentes áreas para conocer cuáles eran más peligrosas y cuáles menos. Exploraba aquellas zonas similares a las de su mundo de origen pero que podían estar desoladas o llenas de bestias, así como nuevos parajes que añadía al mapa. Lo escribía todo, usando la creciente cantidad de datos para obtener información y control. En algunas, como en la que había fijado su campamento base, apenas había actividad de bestias. En otras, bastaba alejarse unos cuantos metros del teleportador para que las perturbaciones en las paredes comenzaran a agitarse sugiriendo que lo mejor era dar media vuelta y volver por donde se había venido. Y luego estaba el sector V, el de la montaña

Vigía, de donde Clara había salido viva de milagro con tiempo tan sólo para ver decenas de bestias sobre la superficie de Titán, muchas surgiendo de lo que parecía la entrada a algún tipo de guarida, en las lomas de la montaña. La escena, con Saturno de fondo, había sido tan evocadora como terrorífica.

Las bestias tenían una capacidad olfativa y sensorial colosal. No en vano, habían sido diseñadas genéticamente para captar y asimilar energía. Así mismo, los humanos son una fuente tremenda de energía y por tanto tenía sentido que las bestias los recolectaran. Sus cuerpos transforman energía continuamente: del aire, de alimentos, de movimiento... cada segundo millones de operaciones tienen lugar en el organismo que dan como resultado la secuencia de la vida. Conexiones neuronales, transformación de luz en imágenes en el cerebro que provocan una respuesta: un movimiento, una sensación, un pensamiento. Todo este conjunto era un gran imán para las bestias, como una mesa de un rey medieval preparada para un festín, llena de todas las delicias del reino para el deleite y regusto de sus comensales, con todo bañado de sangre. Otras fuentes de energía no vivas, como recuerdos o transmisiones del pasado o el futuro eran un triste bocadillo seco en comparación con un fresco bocado humano.

Todo era lógico, dado que los recolectores habían sido diseñados y optimizados con la labor de encontrar energía en mente, pero la evolución que habían desarrollado por sí mismos en tan poco tiempo era algo que le fascinaba a la vez que le aterrorizaba. De momento había encontrado siete nuevas variantes de los originales e inofensivos: los terribles *Exploradores*, con el objetivo claro de arrancar la energía de los humanos; los *Sabuesos* con una capacidad olfativa sin par para encontrar energía; los *Gigantes*, que se abrían paso por las minas y las rocas de titán absorbiendo la energía que pudieran encontrar en los restos de sus destrozos y en las cavidades que se formaran; los *Gusanos de energía*, criaturas cilíndricas enormes que poblaban la superficie de Titán y que tenían hasta 3 metros de diámetro y decenas de longitud, que cuando abrían su boca podían triturar grandes cantidades de roca absorbiendo cualquier resto de energía que éstas contuvieran. También las *Serpientes de energía*, hermanas pequeñas de los gusanos que recorrían los huecos en la roca de Titán habitando cada grieta y rendija, pudiendo inflarse triplicando su tamaño hasta llegar casi al metro de grosor. A modo de defensa, estas criaturas escupían una especie de ácido venenoso que desintegraba la energía de cualquier tejido orgánico que tocara. Clara recordaba como su compañero Paddy, intentando capturar una de ellas había recibido un escupitajo en la cara. Su rostro había comenzado a palidecer, encogiéndose y envejeciendo mientras miraba a Clara pidiendo ayuda. Cuando ella pudo llegar a socorrerlo estaba sosteniendo el cuerpo de un cadáver con una cabeza casi esquelética y fósil. Al intentar levantarlo el cuello no aguantó y la cabeza cayó al suelo, rompiéndose en mil pedazos salvo por los ojos, que les miraban encogidos y agrietados como pasas podridas. Clara a veces se despertaba empapada en sudor, tras soñar con los ojos mirándola de forma acusadora y burlona mientras escuchaba *No te preocupes por no haber podido salvarme, tú serás la siguiente.*

Obviamente todas estas deducciones las había realizado meramente con la observación. Ni tenía el equipo, ni el tiempo, ni el espacio para poder llevar a cabo disecciones, autopsias u otro tipo de análisis. Aunque ver las entrañas por doquier, eso ya era otra cosa. Ella, que más allá de la aproximación científica ya de por sí no era tiquismiquis, tras un par de noches en aquel infierno negro desde luego no le iba a hacer ascos a ver entrañas de esas criaturas desgarradas sino todo lo contrario. En todo caso, su fascinación se acercaba más a la de un creador con su obra, que a la del instinto de un superviviente, y así lo denotaban sus entradas en el bestiario.

La variedad con la que contaba la fauna alienígena le resultaba fascinante. La primera vez que divisó al gigante fue sobre el mirador que ofrecía una panorámica espectacular de la entrada a las minas en el ala este de los laboratorios. En algunos momentos del día, Clara creía o quería creer (aferrándose a sus necesidades humanas), que un remanso de luz iba iluminando la rocosa llanura de este universo inhóspito y oscuro en todos los sentidos. De algún lugar, ciertos cuerpos proporcionaban algo de luz que aunque tenue, se derramaba como una bañera a punto de rebosar. Del horizonte emergió una figura descompensada. Su pequeña cabeza no iba a juego con las dimensiones de su cuerpo, enorme y fornido. El contraste se hacía más evidente a medida que el espécimen se acercaba a la entrada de superficie de las minas y al mirador en el que se encontraba Clara. De su cuello colgaban lo que más adelante corroboró, eran finas serpientes que le ayudaban a paralizar a sus presas antes de destrozarlas, solventando así su lentitud, para luego engullirlas y así asimilar su energía. A Clara le recordaba a la Medusa griega, con su hijo Crisaor brotando de su cuello.

En otra ocasión, desplazándose por las minas con cautela, se había apoyado en las paredes de la misma, mirando incansablemente a derecha e izquierda esperando avistar a un enemigo en cualquier momento. Lo que sintió fue un cosquilleo en su cintura. Algo que rápidamente intentó enroscarse en ella y subir por su cuerpo. Por suerte, el mordisco de la fina e hilachosa serpiente dio con su exoesqueleto. Esto le dio el tiempo suficiente para activar el casco a modo de protección contra el ácido en su sangre, apretarle la cabeza con su mano metálica y estrujarla hasta que los ojos del animal salieron de sus órbitas. Su boca abierta dibujaba un fino labio y cuatro dientes puntiagudos retráctiles seguidos de varias hileras de molares trituradores. Clara pudo observar cómo los incisivos colmillos retráctiles sólo salían a escena cuando la serpiente intentaba buscar su energía. Su piel cubierta de escamas cambiaba fácilmente de color y se amoldaba para permitirle deslizarse entre las rocas de la mina. Los últimos espasmos de vida de la serpiente fueron un sinfín de cambios de forma, y color, hasta que finalmente su cabeza explotó y Clara la dejó caer al suelo asqueada. Al aprestarse a huir, por miedo a haber llamado la atención, vio como innumerables líneas de la pared de roca se movieron y desparecieron en hendiduras de la misma. Más y más serpientes. Al menos, ahora la temían. *Adelante.*

Pero por ahora, sin duda la estrella de su lista era la variante gusano gigante, que había atisbado en el horizonte saliendo a la superficie y volviendo a entrar en ella con la misma facilidad que un delfín en el agua. Pero la tierra temblaba a cada acometida, incluso a la distancia, dado el tamaño del engendro. Los trozos de roca y polvo quedaban suspendidos en el aire, ascendiendo y vagando en el vacío exterior ni perturbaciones superficiales que los atrajeran, dado que no había campos electrogaseosos en marcha en este lado del caos cuántico.

A las dos mutaciones restantes Clara sólo había podido observarlas desde la distancia. La primera era un ser de aspecto sorprendentemente humano. Erguido sobre dos piernas, caminaba mirando alrededor dando la sensación de tener una capacidad de pensamiento y razonamiento muy superior a las otras variantes, aquellas que se asemejaban más a animales programados instintivamente para recolectar energía obsesivamente y nada más, sin pensar ni planificar nada. Sin embargo, esta otra criatura parecía más bien... humana. Tenía dos brazos con aspecto humano y dedos en vez de garras, claro indicador de sus intenciones y del rol que la genética le había otorgado dentro de su especie. Eso sí, Clara había visto cómo dos enormes cuchillos retráctiles salían de su antebrazo y se incrustaban en la roca para romperla y arrancar un pedazo de energía de su interior. El ser había mantenido el pedazo en su mano, estudiándolo por unos instantes como si fuera una fruta recién recogida antes de incrustárselo a la fuerza en el interior de su caja torácica, que lo había asimilado como unas arenas movedizas aceptan a una víctima incauta atrapada sobre ellas. La cabeza de estos seres era similar a la de los exploradores, aunque con ojos menos saltones, más contenidos y de menor tamaño. Su sonrisa era igual de temible y su dentadura igual de afilada y preparada para la caza. Pero la nota diferencial estaba clara: la evolución estaba dotando de inteligencia a esta especie.

Clara no estaba segura si la última de las bestias en su lista podía ser real, pero aun así la había añadido a su Bestiario ya que, como buena científica que era, cualquier dato dentro de un experimento era fuente potencial de un descubrimiento. Incluso si algún día la única conclusión lógica fuese su propia locura. La bestia en sí era una especie de bola de masa rosácea enorme cuya parte frontal podía abrirse de par en par, mostrando una hilera de dientes, cada uno de ellos del tamaño de un edificio de viviendas y afilados como la cima de una montaña, con cuatro tentáculos enormes que le permitían desplazarse. Sólo la había visto desde lo alto del edificio principal de SI un día. La criatura surgió de la superficie de Titán y volvió a sumergirse en ella unos segundos más tarde. Parecía tener un conjunto de habilidades parecidas a la de los gusanos de energía y Clara no entendía bien su función, pero ni siquiera estaba segura de que fuera real y no una alucinación causada por deshidratación, falta de comida o simplemente su temida locura. No sabía los efectos que el medio del paralelo pudiera tener sobre su cuerpo y su cerebro, como pasó con el efecto Rasley (*Nota: ver Artículo Relacionado «El avance de la física cuántica en el siglo XXI (II)»*) Igual estaba alterado, corrupto sin remisión posible, pero la única posibilidad que tenía era pensar que no era el caso mientras le quedara una bocanada de aire. Luego ya no le importaría pero mientras pudiera iba a trabajar duro para sobrevivir, y vivir lo mejor posible. En este o en cualquier mundo y además, pese a quien fuera, lo haría a su manera.

Los primeros días habían sido los más difíciles. Acostumbrarse a la soledad, a la oscuridad, al escondite en este lugar había sido una tarea durísima. Al principio había buscado marcas de energía, con la idea de acampar en su cercanía y de que en algún momento un portal se abriría de vuelta a su realidad con alguien que viniera a rescatarla. Tras pasar noches delante de las marcas que conocía, que daban paso a la sala de reuniones y a otras localizaciones de SI sin que nada ocurriera desistió en su empeño. Nadie había venido a buscarla y finalmente aceptó que estaba sola y que tenía que aprender a sobrevivir por sí misma.

A falta de un sintetizador, al menos el exoesqueleto que había tomado para la que había resultado ser su última expedición, tenía descargado un mapa actualizado del estado de las excavaciones y de los diferentes puestos y lugares. Esto básicamente le había salvado la vida en las primeras semanas, antes de memorizar las diferencias entre cada recodo del lugar y el paralelo del que provenía: provisiones, energía, criaturas, etc.; y de ir actualizando el mapa en concordancia. El poder ir de un punto a otro mediante los teleportadores, recuperando alimentos, armas y conociendo los lugares donde podía refugiarse le había permitido ir adaptándose poco a poco a su nuevo mundo e ir desarrollando un instinto de combate y supervivencia que no hubiera creído posible hallar dentro de ella. Se había sorprendido a sí misma, al ver lo que era capaz de hacer para sobrevivir. Es cierto que siempre había sido testaruda y determinada en la vida: terminar sus ejercicios a tiempo, sacar la mejor nota en todos los exámenes, preguntar e indagar mientras hubiera algo que no encajara en el conjunto de sus conocimientos en cualquier investigación que realizara o curso al que asistiera. Su perspicacia, tenacidad y curiosidad despertaban el interés y la admiración de todos aquellos que habían compartido de un modo u otro su vida y experiencias. Desde sus compañeros, profesores y colegas hasta la prensa y los diferentes institutos y empresas que le habían dado trabajo a lo largo de los años. Todos, eso sí, menos sus padres.

Hija única y no deseada, sus padres no tenían demasiado interés en pasar tiempo con ella y una vez pudo valerse por sí misma, a la edad de trece años, las excusas para no hacer cosas juntos empezaron a ser vergonzosas. Que si negocios, comidas, partidos de golf, peluquería... todo parecía tener prioridad frente a pasar tiempo con su hija. Su madre era administrativa en una oficina local en una ciudad de tamaño lo suficientemente grande y personalidad suficientemente pequeña como para que sus habitantes vivieran sus días sin mayor pena ni gloria que consumir los diferentes productos que los centros comerciales ponían a su alcance: comidas, entretenimiento, compras o ajustes de belleza. Ahogados en producir o en consumir, sin poder pensar en la alternativa: un vacío de inseguridades que de todas formas mejor evitar. Su madre salía de trabajar y quedaba con sus amigas para ir de compras, a la peluquería o salir a tomar una copa. Poco tiempo tardó Clara en darse cuenta de que el matrimonio de sus padres no era más que una portada, una falsa apariencia de cara a la sociedad y a mantener su estatus y privilegios otorgados por un gobierno inepto y corrupto que acabaría por caer por su propio peso. Su madre se arreglaba escrupulosamente para salir con sus amigas, y más de una vez había aparecido con las mismas ropas de la noche anterior durante el desayuno. En cuanto a su padre... su padre pasaba poco tiempo en casa. Su obsesión era hacer dinero. Era su forma de entender el éxito en los años de vida que tenemos. Había comenzado como aprendiz en una empresa distribuidora de productos y personal para diferentes industrias como la farmacéutica, la aeroespacial o la alimentaria. Poco a poco había ido labrándose su posición (Clara prefería no saber cómo), como gerente de recursos humanos y finalmente como mánager de proyecto. Era un gran charlatán, de eso Clara podía dar fe. Pero una vez que le repitió una mentira mil veces, Clara comprendió que no era verdad. Si contaba las noches que pasaba en casa probablemente eran menos de la mitad de cada mes. Siempre estaba de viaje de negocios. Cuando volvía solía traerle regalos, igual para sentirse bien consigo mismo como La Virtud predicaba, pero llegó una edad en la que los regalos no significaban nada para ella. Su relación era fría. Él no la conocía. A ella no le importaba. No estaba interesado. De vez en cuando salían juntos, cuando su padre estaba lo suficientemente aburrido para preferir salir con ella a salir solo, lo cual también le era útil si se encontraba con algún conocido. Así, podría dar la apariencia de familia normal. Por ejemplo, yendo al cine.

Uno de los peores momentos de su vida tuvo lugar una tarde de domingo. Iban a ver una película de ciencia ficción, que relataba cómo a partir de la teleportación y las grandes armas del futuro, los humanos conquistaban galaxias lejanas y extendían su imperio por el universo. En ese momento a ella le fascinaba la historia, aunque con el tiempo comprendió que era básicamente propaganda de SI para que la gente aprobara de forma subconsciente sus proyectos e ideas, sin pensar en cómo les iba privando poco a poco de libertad. A la salida del cine fueron a comer algo. Se sentaron en una estación de comida al horno (caro y novedoso en la era de la comida instantánea y teleportada), en lo alto del rascacielos en el que se encontraba el cine. Las vistas eran increíbles, dado que el centro comercial se encontraba en medio de una pequeña isla entre Islandia y Groenlandia que era solamente accesible mediante teletransporte. El horizonte se dibujaba borroso entre glaciares y aguas heladas, redefiniendo el concepto de atardecer y puesta de sol. Era simplemente hermoso. Clara había pedido un *pasticho* y su padre había optado por un lenguado a la sal. El sabor de la comida preparada al horno era algo que no podía acelerarse ni aparecer de forma instantánea.

A Clara le gustaba la espera. Todo transcurría tan rápido, todo era tan instantáneo y artificial que el hecho de saber que tu comida se estaba preparando lenta y naturalmente la llenaba de una paz inusitada. Era como hacer caligrafía, en sus estudios de chino. Mientras esperaban, una mujer se acercó a saludar a su padre. Calzaba unos tacones negros altos y un traje azul con falda hasta las rodillas y sin mangas. El cuello era en forma de «V» pero el escote no era demasiado obvio. Aun así, los senos de la mujer eran prominentes y su figura esbelta. Recordaba que era rubia, como ella y que llevaba unas perlas como pendientes. Su fina cara estaba llena de pecas y su barbilla era algo saliente. Sus ojos marrones la estudiaban mientras sus labios pintados de rojo le sonreían. Su padre invitó a la mujer a sentarse y cenar con ellos. Clara apenas abrió la boca durante la cena pero su padre se mostró más cariñoso y atento con su hija que en ningún otro momento que Clara pudiera recordar. Cuando terminaron de cenar, Clara pudo escuchar como su padre se despidió dándole un fuerte beso en la mejilla y susurrándole que la llamaría más tarde. La mujer rió como una adolescente y se despidió de Clara girando la mano alzada, a lo reina. Mientras se alejaba, su padre observaba la figura de la mujer y Clara sorbía su refresco con pajita pensando si algún día sería como ella. Se parecían físicamente, y a Clara le gustaba pintarse los labios de *Rojo Ruso*. Tener este recuerdo presente le había permitido convertirse en alguien fuerte e independiente, siguiendo sus propias metas. Aunque a veces en exceso. A veces se cerraba demasiado y se ofuscaba con sus metas y su autosuficiencia de forma obsesiva. ¿Tenían que haber venido a Titán? ¿Pudo haber evitado acabar sola en este mundo?

En todo caso, a medida que fue creciendo llegó a comprender tanto la situación de su familia como la suya, y a aceptar que la realidad muchas veces no es como deseamos que sea; que las personas se ven envueltas en situaciones que les hubieran parecido impensables anteriormente. *(Casi) nadie se casa pensando en divorciarse.* Aun así, ella creía que siempre se podía luchar por lo que creías y por lo que querías que pasara. De momento, siempre le había resultado... hasta que llegó al paralelo y no pudo salir de él. Pero seguía luchando por ello.

Sus padres acabaron por separarse cuando Clara se fue a la universidad. A ella no le sorprendió ni le molestó. Cree que respondió a la llamada de su madre con un «Vale, gracias por decírmelo.» Pero era un recuerdo borroso dado que carecía de importancia. Ninguno de los dos la había apoyado mientras estudiaba. Ninguno de los dos parecía encontrarle sentido a que pasara tanto tiempo delante de libros, preparando experimentos, intrigada por el conocimiento. Ambos pensaban que estudiar estaba sobrevalorado y que tenía que ponerse a trabajar donde fuera sin pensar más en ello. Empezar a ganar dinero cuanto antes. Los dos trabajaban con ese fin, pese a que detestaran sus quehaceres y a que trataran de olvidar sus horas laborales gastando sus ingresos lo más rápidamente posible. Clara quería disfrutar de la vida, pero eso incluía las veinticuatro horas del día, no sólo la noche. También del trabajo. También se juró que nunca tendría que pasar por una situación como la de sus padres, sino que tomaría las decisiones que fueran necesarias sin miedo e iría siempre hacia adelante, sin mirar atrás. No había tiempo para eso, la vida era demasiado corta como para no aprovechar un tiempo que nadie le iba a devolver. Y ella quería vivir. Quería ver, tocar, sentir, disfrutar y experimentar todo lo que estuviera a su alcance mientras tuviera tiempo para ello. Y no iba a dejar que nada, nadie ni ninguna criatura le robara esa posibilidad sin antes luchar con todas sus fuerzas por seguir viviendo. Quizás por eso, seguía viva.

Caminando por las minas volvió a uno de los muchos refugios que tenía en el interior, cuidadosamente esparcidos y segregados por las cercanías de los diferentes elevadores, accesos y teleportadores del mundo subterráneo, tanto en zonas donde no solía haber bestias como en otras en caso de emergencia. «*No es hacer trampa, es estar preparada*», se decía cuando revisaba los exámenes anteriores antes de sus pruebas de acceso. La consigna podría venirle al pelo y salvarle el pellejo en cualquier momento. Había acumulado decenas de objetos que podían serle de utilidad, desde herramientas de minería hasta algunos víveres y cacharros de cocina. El instrumental esparcido por las mesas de los dormitorios, almacenes, salas de reunión o de descanso y comida de los mineros le recordaba a su laboratorio, lo cual no quería decir que fueran buenos recuerdos. El trabajo en Titán había sido duro desde el principio y el comienzo de la paranoia con la confidencialidad había terminado por colmar el vaso. En los primeros experimentos con los nuevos materiales encontrados en la colonia no había tenido problema de hablar con Antonio pese a las restricciones de SI, pero fue aparecer el Linium y el humor cambió. La tensión en el trabajo se cortaba con un cuchillo y la confidencialidad no era sólo un papel que se firmaba, sino que se supervisaba con personal paramilitar en las instalaciones del laboratorio. Las fechas de entrega no existían y se trabajaba día y noche, casi sin descanso. Una vez descubierta la gallina de los huevos de oro, SI quería estrujarla lo antes y lo máximo posible, sin preocuparle la salud mental de su personal, desechable y reemplazable por otros incautos a lo largo y ancho de las colonias solares. Al fin y al cabo, ¿qué investigador no querría estar en su lugar? ¿En la mayor empresa del mundo, en el proyecto más secreto, avanzado y con tecnología de teleportación a una nueva dimensión? Y seguro que la personalidad de muchos de ellos casarían mucho mejor con la misión que la suya. Y también con Marco... ese cerdo que había llegado a ser coordinador besando todos los culos que hicieran falta, y levantando todas las faldas que encontrara en su camino. Su progresión era reflejo de la corrupción en SI, y por ende de la sociedad que se dejaba controlar y mangonear gustosa por la todopoderosa corporación, disfrutando los ciudadanos de su sumisión la cual les facilitaba la vida y les proveía de lo que necesitaban, si chitón y se portaban bien.

Cuando podía tomarse un respiro, un momento de tranquilidad en el que las bestias no la acosaran, se acomodaba en una esquina de alguno de sus refugios y pensaba en todo. En lo que había vivido, en cómo había acabado allí. En Antonio. En cómo el tiempo había pasado, y nadie se lo iba a devolver. Pensaba en el mensaje que llegó a grabarle, pero que no pudo enviarle, contándole lo del revelador escondido y la realidad de la situación. Probablemente Marco lo habría encontrado y utilizado como excusa para justificar su desaparición del proyecto frente a sus superiores. Una de sus mejores científicas, a la que tantas veces había alabado y elogiado en público anteriormente, se evaporaba de un día para otro. Un truco de magia inesperado e indeseado por la audiencia que, para ser aceptado, precisaba de un acto inexcusable, como una brecha en la confidencialidad para desacreditar a la traidora *ad eternum*. ¿Difícilmente reemplazable? Sí, pero no imposible. A base de exprimir al resto de investigadores un poco más entre todos darían abasto con las tareas que ella había dejado pendientes.

Clara prefería no pensar mucho en ello. No tenía sentido. Lo que debía hacer era escudriñar hasta la última sala de los túneles y las oficinas para intentar encontrar un revelador que le devolviera a su mundo. Y una marca de energía, o conseguir crearla. Una vez allí oh... Marco sería el primero en enterarse de su regreso. Sería la última cosa que escucharía el muy hijo de puta, pero le dejaría un recuerdo imborrable, físicamente hablando. Ella era consciente de que si abría un portal con SI le iba a ser prácticamente imposible salir de allí sin que él lo supiera, así que mejor silenciarle primero y escapar después en busca de Antonio, de una última caricia y un último beso. De contarle la verdad y decirle que le quería, antes de que SI la hiciera, sin duda y esta vez de verdad, desaparecer. De algún modo ya estaba muerta, viviendo sola en un mundo paralelo. Pero podía elegir su epílogo, un último baile. Prefería terminar con ruido a morir en silencio en aquel lugar.

Pero, más allá de la venganza, tenía varios motivos para desear su vuelta. La investigación en sí misma, por ejemplo. Tantos años de educación y trabajo para poder llegar a una posición de privilegio como esta no merecían acabar de semejante manera. Era una injusticia atroz tanto para con ella como para con la comunidad científica, y a Clara le hervía la sangre al pensar en ello. No era fácil adquirir el conocimiento y las capacidades suficientes como para cada día encaminarse a un laboratorio y disfrutar descubriendo nuevas características de la naturaleza y modelarlas de alguna forma que el ser humano las pudiera entender y utilizar en su beneficio, si es que esto era posible. Esa sensación le hacía sentirse viva dentro de su bata y manejando sus instrumentos, y se la habían arrebatado de un soplo en un abuso de poder de un frustrado, tanto como hombre y persona como como investigador. Para beneficio de la humanidad, todo ese conocimiento tenía que ser compartido. Muchos otros podrían llevarlo a metas insospechadas en el futuro.

Muchas noches soñaba con Antonio. Soñaba con las vacaciones pasadas en los lagos del centro de la Europa terrestre, navegando por las islas Griegas del Mediterráneo Este, descubriendo los tesoros antiguos en las selvas del Sudeste Asiático o en las playas de Almería con el sol acariciando sus cuerpos y llenándoles de energía y vitalidad. Vida. Echaba de menos la vida que había perdido al enfrascarse en sus investigaciones y meterse poco a poco en la boca del lobo que acabó por devorarla… aunque lo cierto es que sabía dónde se metía cuando aceptó trabajar para SI. No debía mentirse a sí mism.a Sabía de sus métodos, de las críticas de la NAC y de las del propio Antonio, que había trabajado con ellos en sus puestos en la Agencia, y sabía de sus métodos. Pero le pudo la sed de poder. Le ofrecieron poner todo recurso que precisara para investigar a su alcance. Ser la primera en trabajar con los materiales descubiertos en Titán. ¿Cómo iba a negarse? ¿Y qué si tenía que pasar por alto las dudosas prácticas éticas de la empresa que iban a ocurrir de todas formas, con o sin ella? En aquel mismo momento, en alguna parte del Sistema Solar, alguna joven investigadora estaría pensando lo mismo que ella antes de darse de bruces con su infortunio. Su belleza y la avaricia de Marco habían sido suficientes para para arrojarla del tablero de juego dentro de la borrosa seguridad laboral que ofrecía la corporación. Puede que quienquiera que la reemplazase tuviera una suerte diferente. Igual era una discusión de trabajo lo que la hacía caer en desgracia, o falta de disciplina a la hora de obedecer órdenes. Pero esa era la inseguridad laboral (y más) que ofrecía Solar Innovations y que ella había aceptado por el hecho de estar en primera línea del pelotón de investigadores de la comunidad científica. Al final, había acabado pagando la cuota del abogado del diablo.

Físicamente, no fue un lobo figurativo sino las bestias muy reales las que habían estado a punto de devorarla en multitud de ocasiones. Escapó de dos exploradores apenas hubo quedado encerrada en el paralelo. Los portales que conectaban con las instalaciones de SI en su mundo original estaban bien controlados y patrullados por estas criaturas. Y era lógico, pues había mayor rastro y paso de energía. Esto era algo que había aprendido a medida que sobrevivía. Había zonas con mayor aglomeración de criaturas, y esto era simplemente por su mayor uso de energía, que llevaba a una mayor entropía. El caos absoluto, creciente en el universo e imparable. Aunque después de haber encontrado a aquel especie de general, no dudaba que las bestias de infantería obedecieran órdenes de arriba y sus patrullas estuvieran organizadas. En todo caso, poco a poco había desarrollado su propio mapa con la presencia de enemigos, pero aquel día tuvo que correr como nunca hasta llegar al ascensor y así esquivarlos. Una vez en la planta baja, poco tiempo pasó hasta que otro explorador la encontrara, y la persiguiera desatando su ansiedad en una huida frenética, pero a la postre exitosa.

A toro pasado, lo describió en su log como *El Encierro*, a semejanza de aquellas fiestas taurinas de su niñez con amigos en los pequeños asentamientos del centro de España. Para entonces ya se había hecho a la idea de que si quería sobrevivir, tendría que combatir. Todas esas clases de *Muai Thai* y de Kung Fu *Wing Chun* no habían sido en balde. Ayudada por la optimización muscular del exoesqueleto, había conseguido aplastarle la cara a un explorador de forma tal que su cuerpo parecía colgado de una pared por una chincheta clavada en su aplanado y goteante rostro. El chasquido de sus huesos al quebrarse le recordaba a librarse de las cucarachas veraniegas del sur de la Unión Mediterránea, que de algún modo infuso siempre la esperaban de noche en el baño o en la cocina para solicitar su ejecución inmediata. Su mente científica no podía pasar por alto detalles sobre una nueva especie aparecida en un mundo alternativo, presente pero escondido, y con un instinto asesino tan desarrollado y focalizado en los humanos. Recordaba como su esqueleto había sido diseñado para otorgarles flexibilidad y resistencia pero no dureza, pues no esperaban confrontación. Menos mal. Aún así, la evolución con las garres era extremadamente feroz y sugería una nueva composición estructural y generativa. ¿De dónde salen y cómo se generan todas estas variantes? ¿Cómo evolucionan tan rápido? ¿Asimilan y se nutren de la energía más allá de recolectarla? Tantas preguntas, tan poco tiempo para pensar. Los encuentros se sucedieron con más frecuencia de la que Clara hubiera deseado.

A los pocos días de su confinamiento en el mundo paralelo, siempre según los cálculos que le proporcionaban su reloj y su cordura cada vez más maltrecha en este lugar dominado por la oscuridad oscilante, aparecieron los sabuesos, esos incansables perros de presa. Su cabeza rodeada de ojos rojos rubí, sanguinarios; sus fauces circulares con hasta tres series de dientes afilados dispuestas a triturar a todo humano portador de energía le hacían estremecerse cuando intentaba descansar. Clara nunca había sido amante de los perros, demasiado compromiso para una persona dedicada a su investigación, pero el pavor que despertaban en ella los sabuesos pasaba la raya de la racionalidad. Le paralizaban. Clara era consciente de ello, y de que o bien lo aparcaba o lo superaba, o el último recuerdo que tendría de este mundo serían unos ojos rojos devorando la energía de su alma mientras tres hileras de afilados cuchillos rasgaban su carne.

Clara intentaba ser disciplinada y loguear frecuentemente su diario del comunicador, así como el bestiario en el que describía los diferentes engendros con los que se encontraba, afortunadamente casi siempre a distancia. Según su estado de ánimo, las entradas eran más o menos detalladas, pero sabía que necesitaba tanto hablar como escribir para no perder la cordura. Como todo, necesitaba un equilibrio. Igual le pondría nombre a algún sombrero y charlaría con él.

El descanso en el paralelo no era sencillo. El menor susurro la despertaba, temiendo lo peor. El concepto de día y noche era difícil de mantener. Tan sólo la presencia de relojes analógicos que había encontrado en las taquillas de algunos mineros le ayudaba. Parecían muy antiguos. En la actualidad apenas se fabricaban y eran más bien artículos de coleccionista. O de lujo. Como en toda la historia, había quien elegía vestirse como cien años atrás, lo que presuntamente les dotaba de cierto aire de grandeza o superioridad, o de miedo e impermeabilidad al cambio según se mirara.

A menudo pensaba escuchar a Antonio diciendo su nombre y se despertaba, pensando que estaba allí, con ella. Sólo para volver al martirio de su día a día. Sin embargo, esta vez fue diferente. El susurro se repitió.

—¿Hola?

La voz digitalizada por el intercomunicador no dejaba lugar a dudas. No era un sueño. Se pellizcó y tocó el rostro. Estaba escuchando a Antonio y ella estaba bien despierta. O bien él estaba en la sala de control, o bien ella había terminado por volverse loca en este oscuro infierno.

Diecisiete: fósil

La adrenalina no le había permitido atar cabos y ser lo suficientemente cuidadoso desde su llegada al Paralelo. Ahora, todos los ataques desde su llegada se enlazaban de repente: nada más atravesar el portal, fue echar a correr y tener una bestia encima; y la horda de bestias acudiendo con determinación a la llamada de la alarma en la sala del museo. Sí sentían, veían o se comunicaban con las perturbaciones en las paredes que oscilaban más en su presencia, no lo sabía, pero tenían una capacidad auditiva descomunal, incomprensible para un humano. Al igual que las frecuencias escondidas que el revelador revelaba al hombre, el espectro y la sensibilidad auditiva de las bestias era mucho mayor. Y eran capaces de localizar el origen de cualquier alteración en el medio de su mundo con una facilidad pasmosa, fuera o no siguiendo la guía de las paredes, medio de transmisión principal de un paralelo para el que estas criaturas habían sido hechas a medida. Era su hábitat, su hogar, no un lugar para humanos.

Antonio se lamentó de su incompetencia. Su estupidez y su ingenuidad habían puesto en peligro a su esposa.

El explorador volvió a orientar su cabeza hacia la cámara mientras alzaba el vuelo. Sus cuatro alas carnosas y repletas de garras en su centro y perímetro se mostraron en toda su extensión, en signo de intimidación y terror que Antonio no podía evitar pero sí bloquear. Sus labios se abrieron mostrando una sonrisa dentada, cruel y maliciosa como diciendo que sabía que había algo precioso para él allí donde el sonido provenía. Algo que tenían en común. Y el explorador sabía que iba a llegar primero. En un aletazo súbito emprendió el vuelo y planeó con sus alas extendidas, acercándose hasta la cámara hasta que su cara la abarcaba completamente. Lo último que vio Antonio antes de que la señal se perdiera fueron las fauces abiertas de la bestia, mostrando su doble línea de dientes, su alargada y afilada lengua y el orificio infinito de su garganta donde si no lo remediaba, reposaría en unos minutos el cuerpo de Clara. Suficientemente inteligentes como para reconocer y destruir las cámaras. *Joder, aprenden rápido.*

Por un segundo, Antonio perdió el control. La duda y la ansiedad, esos dos viejos amigos de atardeceres, recorrían su cuerpo con cada bombeo de su corazón como si fuera hielo paralizando poco a poco sus pensamientos y bloqueando sus decisiones. Tenía que actuar, pero ¿cómo? ¿Qué hacer? Lo primero era alertar a la persona que estaba en el almacén. Asumía que era Clara, ¡pero ni siquiera había confirmado su identidad y ya lo había tirado todo por la borda! El frenesí y el cansancio, su biología humana no adaptada ni a la situación ni al lugar le habían jugado una mala pasada. Decidido, apretó el control del intercomunicador y habló con tono firme pero apresurado.

—¿Hola? ¿Clara? ¿Puedes oírme?

Sus palabras resonaron por los altavoces de la sala y supo que el mensaje había sido transmitido, tanto a la sala como a los oídos agazapados en la oscuridad. Pero eso ya daba igual, tenían que darse prisa. Mantuvo su mirada sobre el saco de dormir tendido sobre el suelo del almacén y sobre la forma que se movía en él. Había escuchado algo pero no lo suficientemente claro como para incorporarse. Volvió a hablar, esta vez más alto y con mayor severidad.

—Clara, tienes que levantarte. Ahora.

La persona tumbada se incorporó súbitamente, reaccionando a la llamada al orden. El saco cayó desde sus hombros a su cintura y dejando entrever la parte superior de su cuerpo, y su rostro. Antonio se desmoronó por dentro en un instante. Conocía cada curva y cada milímetro de ese cuerpo, de esa cara. En su voz se mezclaron la alegría, la desesperación y la alerta.

—Clara, Clara mi amor por fin te encuentro. No sabía si estabas viva... joder no me lo puedo creer.

La pantalla mostró como Clara se llevaba ambas manos a su rostro, juntando las palmas sobre su boca en gesto de incredulidad.

—Toño... ¿Toño eres tú? Pensaba que era un sueño... eres tú de verdad... o... ¿o estoy loca?

Antonio sonrió,

—Soy yo... soy yo de verdad. Estoy dentro de este paralelo y por fin te he encontrado...

...pero la alarma proseguía en la habitación, y el punto negro en la pantalla se acercaba con celeridad a la posición de Clara. Antonio entró en pánico, sintió como se le formaba un nudo en la garganta y le costaba articular palabra. Clara parecía confundida, sollozante...

—¿Cariño sigues ahí? ¿Lo he imaginado?

Las palabras surtieron el efecto de un cubo de agua fría. Antonio volvió en sí y se centró.

—Clara escúchame, tienes que salir de ahí. Hay una bestia dirigiéndose hacia ti. Tienes que prepararte y salir pitando, ¿me oyes?.

Tras un par de segundos para que su cerebro (y su corazón) asimilaran el mensaje, la expresión de Clara cambió completamente. En una reacción felina, como si sus músculos hubieran interiorizado y automatizado la respuesta a esas palabras, sus brazos bajaron de su rostro, de forma robótica. Su cuerpo se irguió, poniéndose rígida, alerta, escuchando. Prácticamente se podían visualizar sus sentidos agudizándose. La científica asertiva que era tomó las riendas, guardando a la esposa desconsolada en un cajoncito, para cuando se lo pudiera permitir sin poner su supervivencia en juego. Era increíble lo que el ser humano podía desarrollar cuando se veía abocado al abismo, o cuando se lo proponía concienzudamente. En el perfil de Clara, ambas cajitas estaban marcadas y las gestionaba cómo y cuándo le daba la gana.

—¿Una bestia? ¿Estás seguro? ¿De qué tipo?, —inquirió, urgiendo y exigiendo la transmisión de parámetros para procesar e implementar su trayectoria de escape.

El tiempo apremiaba. Aquel engendro avanzaba con rapidez, con aquel ominoso punto negro acercándose a la localización de Clara en la pantalla. Los túneles eran mucho más amplios que los estrechos pasillos de oficinas de las instalaciones de SI, lo que facilitaba el vuelo y el desplazamiento de las criaturas.

—Un explorador, una de las bestias aladas. Sí, lo he visto en la cámara y lo estoy siguiendo en el mapa, respondió pragmático y eficiente Antonio, adaptando su rol a las circunstancias

Como un resorte, Clara se puso de pie. El algoritmo había procesado la información y se prestaba a ejecutar el resultado, pero las variables de contexto no eran las apropiadas: el saco de dormir que la envolvía cayó de un golpe a sus pies, mostrando una camiseta de manga corta y un pantalón ligero… pero no el exoesqueleto. No estaba preparada para un ataque. La bestia la despedazaría con cualquier movimiento de las garras en sus manos o en sus alas. Sus poderosas fauces le arrancaría cualquier parte del cuerpo.

Clara lo sabía y su adiestrado instinto en estas semanas en el paralelo también. Había cambiado el chip en un instante, su modo de supervivencia se había activado y buscó su exoesqueleto. Pero la bestia se iba acercando.

—¿Cómo de resistente es la puerta? ¿Aguantará? —preguntó Antonio buscando una solución o al menos ganar el tiempo suficiente para encontrar una forma de ayudarle.

—Debería aguantar unas embestidas pero no más. No es de Linium, tenían miedo a interferencias con las excavadoras —respondió su mujer.

Antonio maldijo por dentro a SI y todas sus políticas e investigaciones, ninguneando y despreciando a sus trabajadores que al fin y al cabo eran quienes hacían posible que todo funcionase, incluídos los beneficios. Recordó las dos formas de ver el factor humano, la de Marco tomándolo como una debilidad que antes o después causaría problemas y que por tanto era desechable; y la suya propia, considerándolo el origen y el sentido de cualquier asociación, objetivo u empresa. Claramente a la mentalidad corporativa de SI no le importaba perder unos trabajadores más o menos en la minería de Titán. ¿Proporcionaba salas y armas pero no las aseguraba con los mejores materiales frente a una explosión (o un ataque) al poder poner eso en riesgo la extracción de minerales? ¿No era mayor riesgo que no hubiera trabajadores dispuestos a continuar con el trabajo? ¿O tan siquiera vivos para hacerlo?

La alarma creció en intensidad y Antonio miró incrédulo a la pantalla. El punto negro se había multiplicado. Ya no era una sola bestia. Volvió a los controles de las pantallas y fue cambiando de una a otra, buscando desesperadamente un plano que le mostrara lo que quería ver, el conjunto de bestias que acechaban a su esposa e iban camino de descuartizarla. Finalmente encontró una. La visión le hizo recostarse en su asiento, bajando los brazos, hundido y desesperado. Al menos media docena de bestias volaban y galopaban camino a Clara. Tres exploradores con sus alas extendidas, dos sabuesos con sus musculosas patas en marcha, sus ocho ojos enrojecidos y sus afilados dientes deseosos de encontrar un bocado; les acompañaba un gigante marchando tras ellos con su fornido cuerpo, sus letales serpientes colgando de la parte trasera de su cabeza y sus pesados brazos listos para aplastar cualquier presa con sus puños antes de partirla por la mitad y succionar su cuerpo por su enorme boca antes de escupir sus huesos. Antonio volvió a pulsar el botón del intercomunicador. Para entonces, Clara ya había encontrado su exoesqueleto y estaba terminando de ajustárselo.

—Clara escúchame. No es uno. Son seis en total incluido un gigante.

Clara se detuvo por un instante y miró hacia la cámara.

—¿Un gigante? ¿Una de esas bestias que asimilan energía estrujando y succionando a sus víctimas?

—Sí...

Clara pegó un puñetazo a la pared

—Joder, ¿pero cómo me han encontrado? ¡Elegí esta zona porque no vi nunca una bestia en kilómetros a la redonda!

Antonio agachó la cabeza avergonzado y mordiéndose el labio. No era momento de revelar su torpeza. No llevaba tanto tiempo perdido en este mundo como para saber cómo actuar de la misma manera que Clara.

—Eso no importa ahora cariño, tienes que prepararte para el ataque.

—No resistiré, tengo que huir. Hay un teleportador cerca.

Antonio escudriñó el mapa. El más cercano se encontraba en un túnel paralelo, justo al otro lado de la habitación. Para llegar a él había que doblar la esquina tomando un cruce perpendicular, a unos cien metros de distancia. El único problema era que las bestias venían por el pasillo principal donde se encontraba el almacén, a unos quinientos metros del cruce.

—No llegarás a tiempo Clara, ¡vienen en esa dirección! —le gritó.

La angustia llenaba su voz y la frustración su cabeza. Sabía que no era lo que tenía que decir pero fueron las palabras que salieron de su voz.

—Es mi única opción —fue la respuesta de Clara—. No puedo quedarme aquí sin más y enfrentarme cuerpo a cuerpo con seis de ellos. Tengo que irme.

Se puso en marcha pero se paró un instante después, girándose hacia la cámara.

—Si no lo consigo... no puedo creerme que llegaras hasta aquí. Te quiero. Siempre te he querido. Recuerda, sólo hay un camino... —y le lanzó un beso.

Antonio podía ver las lágrimas brotando de sus grandes ojos azules y cayendo por sus sonrojadas mejillas. Cómo echaba de menos su tacto, acariciarlas.

—Hacia adelante... —murmuró Antonio en respuesta.

Tenía que encontrar una solución, alguna forma de ayudarla y de enmendar su error. No había llegado tan lejos para cagarla así en la línea de meta. Miró el mapa y buscó algo que pudiera detener a las bestias. De repente tuvo una idea. Se levantó bruscamente de la silla tirándola al suelo y corrió hacia la sala de almacenaje, chocando con el marco de la puerta a la entrada. Se tiró al piso y buscó entre los ficheros anteriores el de la excavadora AP16. Pasó las páginas del manual y encontró las especificaciones sobre el teletransporte de masa. Diez metros cúbicos de volumen... suficiente. Volvió corriendo a la pantalla de monitorización y pulsó el botón del intercomunicador cuando Clara estaba saliendo por la puerta, con una pistola de presión en una mano y un láser térmico en otra.

—¡Clara! ¡Pasa de largo el teleportador, no entres en él!

Clara se paró en seco, volviendo la cabeza hacia la pantalla.

—¡¿Qué?!, gritó. ¿Quieres que luche contra seis bestias? ¿Estás loco? ¡Es un suicidio!

Las bestias se acercaban, tendría que salir ya o no le daría tiempo a alcanzar el teleportador a tiempo.

—¡Clara Tienes que correr ya pero ya! ¡Pero pasa de largo del teleportador! ¿me oyes?¡Pásalo y aléjate de él lo más rápido que puedas!

Clara alzó las manos negando con la cabeza, sin comprender qué pasaba. Antonio contuvo la respiración. Necesitaba que saliera ya. Dijo lo único que podía decir, pidiéndole el máximo, su fe ciega.

—Cariño, ¿confías en mí?, armó en un tono lleno de emoción contenida.

Clara asintió, sonriendo levemente, como concediendo que, de ser este su fin, no era mala forma de irse de este mundo: con honra y fiel a algo en lo que creía: en él.

—Entonces corre, ¡vamos! ¡Tienes que irte ya!

Sin más dilación, el automatismo de Clara puso el plan en marcha y sus músculos respondieron girándola y saliendo por la puerta corriendo, sabedores de que su supervivencia estaba en juego.

Antonio creyó sentir lágrimas caer por su rostro, pero tenía mucha prisa como para pensar en ello. Tenía que ponerse manos a la obra.

Cambió de asiento, basculando al ordenador contiguo. La pantalla holográfica se desplegó frente a él, conectándose como operador. Primer error. No tenía el fichero a mano. No podía cometer muchos.

—¡Mierda! —gritó mientras se tiraba al suelo buscándolo.

Lo recogió y posó a su lado. Pasó las páginas frenéticamente hasta encontrar el nombre de usuario y contraseña adecuados. El ordenador se inició y la pantalla de bienvenida cambió de forma hasta dar paso a un menú tridimensional de dos capas. El menú presentaba controles similares a los del modo de vigilancia o monitorización, incluyendo diferentes instrumentos. Antonio pulsó el control de la AP16. El menú anterior se replegó de nuevo de manera dinámica, muy visual, pero lenta.

—¡Vamos! —Antonio asestó un puñetazo sobre la mesa intentando de algún modo acelerar el proceso, aunque sabía que sólo desahogaba su ansiedad.

La adrenalina bombeada por su corazón le llenaba el cerebro, el cual, en este momento estaba ya sólo programado para actuar casi instintivamente, de manera animal. Su sentido de la supervivencia estaba activo y a máxima potencia. En el nuevo menú pudo elegir la excavadora que quería utilizar. Recordaba la primera que había visto en pantalla, la AP16-04 con su propia cámara portátil de vigilancia y control. Activó su control lo que hizo surgir otra pequeña pantalla de interfaz encima de la zona de influencia de la embebida, conectada a los dos monitores pequeños que seguían encendidos en modo de vigilancia, y que ahora mostraban la excavadora elegida para operar. El campo de visión se alargaba hasta el final del túnel.

El menú volvió a cambiar, ofreciéndole varias opciones en sus controles rectangulares de esquinas redondeadas: OPERAR, OPCIONES DE CALIBRACIÓN y PRUEBAS. Antonio pulsó OPERAR. La pantalla se convirtió en un joystick holográfico por guante a la izquierda, con una serie de controles a la derecha en dos columnas. Antonio los leyó rápidamente y pulsó el botón de CONFIGURACIÓN. Un submenú se desplegó esta vez frente a él con una infinidad de parámetros personalizables: la lista de materiales a buscar, el estado cuántico objetivo, la cantidad de volumen… y la ansiada opción de teletransportar. No había tiempo, sólo quería ponerla en marcha y rezar que la configuración fuera la correcta. Antonio marcó la opción y el sistema le pidió el portal destino. Miró el mapa de la pantalla en la izquierda donde había dejado el mapa visible, y encontró el código del equipo objetivo: TL-MD-19.

—¡Bingo! Vamos, vamos… —musitó apresurado.

Deslizando una barra lateral, navegó por el listado hasta que encontró y seleccionó TL-MD-19. El holograma se plegó en su efecto visual y desapareció. Antonio miró de reojo la cámara y se le cayó el alma al suelo, al ver que Clara ya había tomado la esquina e iba corriendo con las bestias detrás suya, a apenas unas decenas de metros de distancia. Más pronto que tarde le darían alcance. Sintió la tentación de dejarse llevar por la desesperación y los nervios, pero la negó. No era momento para ello. No había lugar para el miedo y no tenía nada que perder. Si no hacía algo, Clara moriría. Era hora de actuar.

Pero la improvisación tenía otro plan: como si de una impresora se tratase, un nuevo menú le pedía confirmar y configurar la acción. «Me cago en…» Antonio maldecía mientras aceptaba el volumen a extraer como máximo y marcaba la casilla de no omitir material alguno. No le importaba tomar Linium, Silco o simple roca, pero el máximo de roca y lo antes posible sí, por favor. De reojo vio cómo Clara estaba tomando la esquina a la izquierda que la llevaría al teleportador. Las bestias se iban acercando pero Clara mantenía un mínimo de margen. Podría funcionar. En ese momento, ella se giró y disparó su pistola, acertando en el ala de uno de los exploradores que se escapaba del pelotón para darle caza, agujereándola y desgarrando gran parte de su exterior para dibujar una mueca que frenó su impulso un instante, pero no impidió su avance con la fuerza del resto de alas a pesar de la mutilada. Los sabuesos la adelantaron, liderando el pelotón.

—¡Clara no dispares! ¡Tan sólo corre! —gritó desesperado desde su consola de mando.

La voz de Antonio resonó en la mina. Si se paraba a pelear estaba muerta. Antonio rezaba para que le hiciera caso.

La excavadora en la imagen estaba iluminada, apuntando hacia el final del túnel con su enorme tubo de extracción superior diédrico, partiendo del anillo de su base iluminado de azul con sus blancas esferas de cristal de generación y estabilización de energía distribuidas por su perímetro. El haz de energía terminaba en el extremo opuesto en un anillo plano complementario al de la base, encendido y radiando luz azul a su vez, que servía como soporte a la punta: un embudo final coronado por la esfera transmisora, lista para operar. En ella convergían la energía propagada por las esferas de base y superior. La energía aceptada y acumulada era direccionada a la superficie objetivo a extraer.

Antonio pulso el control de COMIENZO. Se aseguró de que no hubiera ningún otro submenú que saltara, y vio como el diedro comenzó a girar. Se acercó a la pantalla, expectante. El filo activo de la excavadora osciló lentamente en primera instancia. Como una atracción de feria, parecía querer asegurarse de que todos sus engranajes mecánicos funcionaran correctamente antes de ponerse serios. Las esferas brillaron parpadeantes ganando en intensidad progresivamente hasta que, de fuerte que era la luz irradiada, dolía la vista al mirarlas, incluso a través de la pantalla de control a través de la cual Antonio seguía las operaciones. El proceso parecía estar en marcha pero no bajó la guardia y sin darse un respiro cambió a la pantalla contigua desde la que seguía la huída de su esposa: Clara podía aún necesitar su ayuda, de una forma o de otra. Apenas conocían nada de este mundo en el que se estaban jugando la fortuna de su vida al gira-gira de la excavadora.

Clara corría decidida como acordado, ejecutando su parte del plan. Estaba a punto de pasar por el teleportador. Giró su cabeza para mirarlo y decidir, si intentaba meterse en él a toda pastilla con la poca probabilidad de poder ponerlo en marcha antes de ser hecha trizas, o si creía ciegamente en las palabras de su Antonio, sin tiempo para analizar qué había detrás de ellas. Por la pantalla, Antonio creyó verla dudar por un segundo y frenar su marcha, pero rápidamente volvió a mirar al frente y a correr porque —literalmente—le iba la vida en ello.

Se comprometió a morir, si debía hacerlo, sin traicionar a su amor ni a sus valores.

Esprintó con todas sus fuerzas para alivio, alegría y emoción de su marido, quien volvió a centrarse en la pantalla de la operación, convencido de que ella lo conseguiría. Sólo esperaba no defraudarla y que su maniobra consiguiera su propósito.

Antonio musitaba ansioso de ver el resultado, «venga venga...». El láser cuántico había caído sobre la masa a la que apuntaba de la excavadora, iluminándose y reflejando con un brillo cegador la intensidad de la energía que la descomponía a nivel cuántico. Un instante después, la masa desapareció. El túnel excavado se alargó más allá de la resolución del monitor que mostraba un agujero negro donde antes estaba la roca. El láser se desvaneció a su vez, las bolas fueron apagándose poco a poco y el diedro frenándose, pero Antonio no vio el proceso: estaba ya pendiente de la pantalla que mostraba la recepción. No había nada más que pudiera hacer salvo rezar y esperar, teniendo Esperanza.

Clara había pasado de largo por el teleportador. Las bestias estaban ahora a punto de alcanzarlo. Las dos columnas del mismo delimitaban el espacio a teleportar. Como torres de ajedrez recordaban a aquellas de Hércules y comenzaron a brillar con varias ráfagas eléctricas circundando cada una de ellas, como la espiral de un tobogán descendente o de unas cadenas que la apretaran. La luz llenó el espacio vacío entre ellas, actuando como compás de espera al cargamento que esperaban recibir. Como perlas encastradas, las esferas superior e inferior de cada columna acumulaban la energía recibida y canalizada a través de sendas placas rectangulares que, como dos imanes pegados al interior de cada una de ellas, atraían toda la energía generando la intensidad de campo necesaria para acometer el proceso.

La teleportación estaba a punto de realizarse. Pero tenía que ocurrir ya, ni una milésima más tarde, si no la maniobra no serviría para nada y Clara sería víctima del mundo que tanto había ansiado investigar. Su destino estaba por desvelarse, una oportunidad más, o fin del trayecto.

La recepción estaba lista y la máquina tan sólo tenía que recomponer la estructura a partir de la información recibida. Ocurriría en cualquier momento. Las bestias pasaron por delante del teleportador, a punto de dar caza a su presa. Uno de los exploradores extendió su garra intentando detener la carrera de Clara pero ella, sin mirar atrás para notando instintivamente una presencia cercana, dio dos grandes zancadas para tomar impulso y saltar hacia adelante intentando de algún modo esperanzado prolongar su existencia: que su destino le tuviera guardado más tiempo con él, con ella misma, con todos. Lo valoraría y saborearía como es debido, si es que llegaba.

Cuando aterrizó en el suelo rodó y se dio la vuelta de forma felina, apoyando la rodilla izquierda en el suelo y con la pierna derecha flexionada. Alzó la pistola de presión armada con ambas manos dispuesta a disparar a sus perseguidores... pero frente a ella tan sólo encontró un montón de roca, contra la que chocó la punta de su arma al alzarla. A menos de un metro. Clara respiró alocadamente, no se lo podía creer. Se había salvado, literalmente, por centímetros.

De la roca sobresalían parcialmente enterradas la cabeza y medio cuerpo de un explorador, aturdido y siseando intentando comprender qué había ocurrido. Su brazo estaba aún estirado, intentando atraparla. Más abajo, la cara de un sabueso parecía dibujada en la piedra y sus patas frontales con sus pezuñas de seis garras afiladas sobre cada uno de los dedos, como las de un velociraptor en una pared fósil, quedaban expuestas en el túnel.

Antonio alzó los brazos en su silla del puesto de operaciones

—¡¡¡¡SIIIIII!!!!¡¡¡TOMA!!! —gritó exaltado de alegría.

Se recostó aliviado permitiéndose, ahora sí, un segundo para descomprimir toda la tensión acumulada. Luego se levantó y se permitió un pequeño e improvisado baile a modo de celebración.

—¡*Whop whop*!¡Tomad cabrones! ¡Ahí lo lleváis!

Clara se incorporó lenta y conscientemente y se acercó a la pared. Con su agilidad mental habitual, la comprensión de lo que había ocurrido, y la ira, fueron llenándola progresivamente. El explorador seguía moviendo su cabeza de forma espasmódica, mostrando sus dientes apretados con la boca abierta, sus ojos semienterrados en la pared. Gemía, o más bien maullaba como un gatito atrapado y desorientado. Al acercarse Clara, notó su presencia e intentó recuperar su ferocidad, alargar el brazo y abrir la boca, mostrando su lengua afilada dispuesta a atacar. Clara le miró fijamente por un segundo, casi apiadándose de su lastimera imagen. Casi. Se agachó y agarró del túnel la roca más grande que encontró.

—Persigue a tu puta madre, cabrón —le espetó destrozándole la cabeza con la roca.

La mitad de sus sesos salieron despedidos, pero el explorador gimiendo, moribundo. Clara aplastó los restos de su media cabeza con la suela de su bota. Luego fue el turno de lo que quedaba del sabueso. No fue bonito, pero lo disfrutó una barbaridad.

Una vez hubo terminado de desahogarse con las vísceras de las criaturas se alejó, no pudiendo evitar esbozar una sonrisa por la ironía en su expresión. De algún modo, ella podía considerarse madre de todas estas criaturas.

Dieciocho: unión

Brazos en jarra, tamboreaba con los dedos de ambas manos sobre el cinturón. Antonio esperaba apoyado sobre una pared de otro almacén, otro de los refugios de Clara. No podía estarse quieto. La impaciencia y la anticipación le carcomían. Taconeaba el suelo y se impulsaba como un péndulo con la pierna plegada en la pared, ansioso y hastiado del eterno paso del tiempo. No le había sido fácil llegar al punto de encuentro, casi fallece en la línea de meta, pero lo había conseguido.

Estaba convencido de que tras todo lo que había dejado atrás (incluyendo todas las bestias), la montaña rusa de cansancio y semi-inconsciencia en perigeo (no podía decir cuánto llevaba sin dormir) y la adrenalina máxima tanto de otorgar la muerte a las bestias como de evitar la suya propia, su conciencia debía divagar por alguno de los subniveles de la locura, como Dante por los del ultramundo. ¿Cuánto tiempo había pasado? Había perdido la noción del tiempo acuciado por los altibajos de su aventura: secuestrado, rescatado, vaporizado con cachivaches caseros, de presa a aniquilador de seres de pesadilla, y finalmente la respuesta que tanto había ansiado y buscado. Tuvo incluso tiempo para cagarla primero y reaccionar después, operando como sabía para incrustar bestias salientes en una preciosa masa rocosa. Tras haber superado una a una las pruebas de ese meritorio decálogo preparado en concordia por SI y los dioses de aquel ultramundo, Clara le había indicado a través de la cámara de seguridad el siguiente punto en el que encontrarse.

Primero se llevó el dedo índice a los labios para pedirle silencio. Ella no sería *tan* torpe. Si no, no habría sobrevivido semanas en aquel lugar. Había entendido lo que había ocurrido, y ya había tenido suficientes bestias por hoy. No quería que otro desliz pudiera poner en peligro su deseado reencuentro. Con el siguiente gesto, le pidió que escuchase. Antonio, como un novato en el primer día de trabajo tras haber cometido un error, cumplió con lo solicitado cabizbajo y sin rechistar: abrió la línea del intercomunicador con el cruce de pasillos en el que se hallaba Clara para escuchar.

Tras cerciorarse de que la luz de la cámara intermitente confirmaba que el sistema de audio estaba activado, ella le susurró «MD-29, te quiero», y le mandó un beso. Acto seguido se dio media vuelta y emprendió su camino hacia el punto de encuentro, aún ensangrentada tras haber vapuleado la cabeza de las bestias con las rocas y el exoesqueleto - botas, puños y más- hasta hacerlas papilla. Antonio se había quedado entre petrificado, orgulloso, boquiabierto y también excitado con la determinación con la que había actuado su esposa, así como con su imagen al alejarse. Ella no dudó ni un segundo. Recordó cómo los mismos sentimientos e instintos salvajes se habían apoderado de él cuando tuvo la visión de la jauría de bestias que le iban a despedazar. Clara había aguantado en este lugar sola muchísimo más tiempo que él. Su lado más animal debía habido despertar para conseguir sobrevivir; un lado que él desconocía pero que se moría por conocer, y así seguir aprendiendo cosas de ella cada día; seguir experimentando juntos, aunque fuera en este paralelo desolado, en este mundo remoto en el que sobrevivir cada día era el premio y el fruto de una jornada de trabajo. Al fin y al cabo, ésta era una experiencia nueva a vivir juntos, un mundo nuevo por descubrir. Ellos mismos estaban convirtiéndose en seres nuevos, descubriendo caras ocultas de sus personalidades que nunca habían surgido ni siquiera imaginado en su vida anterior y rutinaria. Y además, claro, sólo hay un camino, hacia adelante.

Saliendo de su estado de admiración, Antonio se puso manos a la obra para encontrar una forma de llegar al punto de encuentro, no sin antes echar una última mirada furtiva a su pareja mientras se alejaba por el túnel, hasta que desapareció del alcance de la cámara. No podía esperar a abrazarla y a sentirla junto a él.

Primero localizó el punto de encuentro basándose en las coordenadas. El mapa interactivo señaló un almacén. Por su parte, Clara se dirigía al transportador más cercano a su ubicación para alejarse cuanto antes de la zona. Uno que no estuviera escombrado por una obra de arte moderno y *rococó* aderezada con bestias incrustadas. Debería poner una reseña de la excavadora «¡Producto cinco estrellas! A+» si es que alguna vez volvían a cruzar el umbral. Probablemente, también deberían evitar aquella zona durante un tiempo.

Registró el almacén en el mapa guardado en la memoria de su sintetizador y buscó la mejor ruta posible teniendo en cuenta las condiciones meteorológicas «bestias por doquier», lo que desembocó en el momento más difícil: encontrar un teleportador. El más cercano parecía ser aquel en la planta de arriba que parecía estar en mal estado. Desgraciadamente el mapa *offline* no mostraba el estado de funcionamiento de los dispositivos. Los comandos desde la consola de operador tampoco retornaban nada. Decidió que, si llegara a darse el caso, tendría más recursos para escapar en las plantas superiores donde habría una mejor visibilidad que en las subterráneas. Desconocía las minas y era probable que muchos corredores no tuvieran salida y sí albergaran a bestias acechantes, un plan de visita nada halagüeño.

Arma en mano, usó el sintetizador para llamar al ascensor dejando la sala de operaciones a su espalda. Al abrirse la puerta en la sala superior pudo relajarse: la sala seguía presentando una tétrica quietud, sellada y sin salida. A su izquierda, el control de acceso permanecía bloqueado por el derrumbamiento causado anteriormente por el gusano. Los ventanales y parte de la pasarela que conectaba la mina con el edificio principal estaban destrozados y sus añicos esparcidos por la negruzca tierra de este mundo. Los pesados pasos del exoesqueleto resonaban contra el suelo de mármol de la sala pese a su paso cuidadoso (la lección bien aprendida tras su aún muy reciente pifia sonora anterior), mientras se acercaba lentamente al teleportador mirando a ambos lados para evitar sorpresas.

Se encontró de nuevo de frente con las las hercúleas columnas del portal.

—Portaos conmigo igual de bien que con esas rocas, haced el favor —murmulló mientras se acercaba a examinar su estado. Aún le costaba creerse que aquella maniobra hubiera funcionado. Se acordó de todas aquellas experiencias, laborales y no, que le habían hecho ser quien era, así como retener automatismos que le permitieron idear y ejecutar la operación de minado y teleporte de forma rápida y eficiente.

Nunca se había teleportado por gusto si podía evitarlo, pero situaciones extraordinarias requieren medidas extraordinarias y, si pudo utilizar el teleportador portátil que le ofreció Cruor, seguro que podía volver a utilizar uno estándar. Desgraciadamente (nunca pensó que diría esto), tras inspeccionarlo volvió a tener la impresión de que no había sido utilizado en mucho tiempo, que no estaba operativo y que se la estaba jugando de verdad si se metía ahí dentro. Torció la boca, descontento y desconfiado. Por otro lado, Clara parecía dirigirse confiada hacia otro terminal, por lo que deberían funcionar correctamente en este mundo. Pero, ¿no sería mejor encontrar otro que no pareciera mohoso y destartalado?

Unas sombras fugaces se proyectaron sobre las torres del aparato, terminando súbitamente con sus cavilaciones.

Antonio se giró intentando encontrar el origen. Se acercó a la ventana y no vio indicios de gusano... porque había sido eso antes, ¿no? Se dió cuenta de que el ver a la enorme criatura le había hecho aceptar la respuesta sin pensarlo... pero que en realidad apareció demasiado lejos del edificio. Las sombras anteriores tuvieron que ser de *algo* más cercano. Algo que seguía rondando la sala.

La quietud se rompió y Antonio alzó su mirada. Un poco más arriba de los edificios un aleteo se sobrepuso al silencio reinante. Las perturbaciones de la sala comenzaron a ondular sobre las paredes indicando inequívocamente una cosa: bestias cerca.

A través de la cristalera, vislumbró algo que le recordó a una época pasada. Un contraste de figuras al vuelo. De pequeño solía acudir con sus padres al parque nacional de Doñana a ver a la diferente fauna local que habitaba en las marismas del río Guadalquivir: flamencos, gaviotas y pelícanos veían pasar el tiempo tranquilamente bajo el intenso sol del sur de la antigua España. Incluso se las avistaba desde el coche, conduciendo por Ayamonte y Costa Esuri, en las cercanías el Guadiana, frontera natural entre las regiones de la Unión España y Portugal. El reflejo del sol al ponerse sobre el agua le llenaba de tranquilidad, y la sombra de las aves posadas sobre los pantanos o levantando el vuelo a contraluz parecía atemporal, deteniendo el tiempo en ese instante en el que nada más importaba. Sólo la vida, el sentimiento, el momento y con quien compartía esa experiencia. Eso era algo que siempre llevó consigo en sus adentros, el anhelo de repetir ese momento allá donde estuviera, fuera lo que fuese lo que estuviese haciendo. Buscar volver a sentir esa sensación de atemporalidad que tanto le llenaban y hacían sentir satisfecho en aquellos ya lejanos días de verano de su juventud.

Aquellas sombras a contraluz trajeron a las de sus recuerdos, sólo que no se trataba de Flamencos, ni de Gaviotas, ni de ningún ave conocida. Ni siquiera diría que aquello fueran aves sino bestias grandes, gordas y pesadas que aleteaban lenta y torpemente, consiguiendo apenas planear con sus voluminosos cuerpos por la incierta atmósfera del satélite. Se transportaban algo apresuradas, poco que ver con los apacibles paseos veraniegos de sus recuerdos. Era como si estuvieran dando sus primeros aleteos, aprendiendo a volar. Puede que fuera una nueva especie, cuya evolución aún no se hubiera completado, como la progresiva regresión de las alas del Kiwi. Aunque visto la voracidad de aquellas criaturas, Antonio no dudaba que en pocos días ellas, u otra mejora 2.0 surgirían y volarán con la destreza de un piloto de caza.

Eran numerosas pero estaban a suficiente distancia como para no inquietar a Antonio. De todas formas, retrocedió por si acaso e inició su sintetizador para buscar el teletransportador y ver si podía activarlo. Aquellas bestias revoloteando le había ayudado a decidirse a intentarlo para salir de allí lo antes posible, por mucho que pareciera chatarra. El equipo del exoesqueleto comenzó la búsqueda por cercanía y detectó el transporte. Antonio lo activó pulsando uno de los controles en la pantalla holográfica tridimensional. Las torres se iluminaron y la energía comenzó a acumularse y el equipo a prepararse para operar. Tardaría unos segundos. Mientras tanto, podía configurar el destino.

Antonio se dio cuenta de que la tranquilidad había vuelto a la sala. El aleteo había desaparecido. Levantó la cabeza para intentar ver dónde habían aterrizado las bestias, por si la información le era de utilidad en algún momento. Cuál fue su sorpresa cuando las vio en vuelo sostenido y silencioso al otro lado de la ventana, una junto a la otra, ala con ala. Formaban en varias filas una detrás de la otra en un grupo que prácticamente cubría la distancia entre ambos edificios. Como un batallón romano, muy del estilo de SI. Otras esperaban posadas sobre los restos de la pasarela de acceso, destrozada por el paso de aquella masa ingente que levantaba la tierra, y miraban amenazantes en su dirección.

—Mierda... —masculló Antonio mientras se apresuraba a configurar el teletransportador, sin poder dejar de notar que parecía estar bien oxidado del desuso, la intemperie del paralelo, y a saber qué narices más.

El corazón se le volvió a acelerar. *No me conceden un momento de descanso, joder.* Las bestias podían sentir clara y nítidamente su presencia. Debía encontrar algún tipo de camuflaje, si es que lo había. Apretando los dientes y esperando la respuesta de su ahora deseado transporte. «Lo que cambian las cosas en función del contexto», se dijo. Volvió a mirar a las bestias. Cada una de ellas tenía dos ojos rojos como el fuego y una cabeza alargada con un hocico ovalado y dos grandes orejas sobre ellas. Su cuello era largo y carnoso y su cuerpo una masa del tamaño de un vehículo familiar, bajo las cuales colgaban seis patas y articuladas. Tras el cuerpo, una cola de la misma longitud que el cuerpo y terminada en un aguijón de forma triangular se movía de forma circular en el aire. Parecía imposible que aquellas cosas pudieran volar, y sin embargo ahí estaban, aleteando y manteniéndose con impecable maestría cuando hace unos segundos parecían patos asustados.

Las criaturas le contemplaban, aunque no parecían agresivas. ¿Igual esta variante no había desarrollado aún ese instinto? ¿O eran incapaces de acumular energía y lo dejaban para la siguiente iteración saliente de fábrica? Tenían una boca enorme pero no exhibían dentadura alguna. Tan sólo un hocico alargado y unos grandes agujeros nasales. Al advertir que Antonio había detectado su presencia, las filas traseras fueron formando encima de la primera, bloqueando la vista desde la cristalera y convirtiéndola en una mancha marrón que sumió la habitación en la penumbra al bloquear la luz exterior. Un espectáculo luminoso algo diferente a las *Opecaretas* del Hall Social 2B a las que estaba acostumbrado. El teleportador estaba prácticamente listo cuando una de ellas perdió la paciencia y se lanzó. Las teorías optimistas de Antonio sobre la inofensividad de las criaturas saltaron por los aires a la vez que la ventana se hacía añicos. Poco importaba si le habían sentido a él, al teleportador iniciándose o que alguien en la línea de comando les hubiera avisado y dado el visto bueno a la operación. Poco importaba que pudieran ver más allá de los cristales tintados, que fueran ciegas y se guiaran por ultrasonidos o de otra manera. Lo que importaba era que una de aquellas vacas voladoras había aterrizado a sus pies, con una cabeza tan grande como el cuerpo de Antonio. Pese a desdentada, le podría engullir de un trago. Como los pelícanos. Pensó que sería una forma curiosa de cerrar el círculo, pero él tenía otros planes.

El aterrizaje de la bestia fue aparatoso y los cristales la lastimaron, cortándole la parte baja del vientre. El ente abrió entonces su enorme boca y emitió un grito de dolor que le estremeció. La sangre empezó a salir a borbotones bajo ella, y su estómago se abrió en dos dejando al descubierto gran cantidad de acumulaciones de energía en su interior. Parecía que su vientre podía abrirse por la mitad para convertirse en algún tipo de contenedor donde almacenar la energía. Estos animales localizaban y transportaban la energía, pero no la sintetizaban dentro de su cuerpo. Antonio pensó en sí mismo como energía. No quería verse allí dentro transportado a ningún lugar así que se giró y lanzó al transbordador sin esperar más.

La bestia se percató del movimiento y pese a su estado de dolor reaccionó rápidamente e intentó darle alcance con su aguijón. Su intento fue fallido y encalló su larga cola en el suelo de mármol de la planta. Cuando estaba a punto de teleportarse, Antonio vio cómo más criaturas seguían la llamada y ejemplo de la líder entrando en busca de más energía, abatiendo la totalidad de la cristalera. Al ponerse en pie, unas al lado de las otras, sus cabezas rozaron el techo y la bandada tornó el horizonte en oscuridad. Por suerte, Antonio desapareció del lugar y cambió la imagen delante suya por otra mucho más agradable: la del rostro de Clara.

Fue sin duda la teleportación más satisfactoria de su vida. Nada más salir ella se echó a sus brazos y empezó a besarle los labios y la cara; a abrazarle tan fuerte que el exoesqueleto crujió. Estaba todavía algo mareado, efecto tanto de la teleportación como del último escape de las bestias. Pensaba que se estaba acostumbrando más a esto último que a lo primero. Tuvo que separarse de Clara un momento para toser... y vomitar. Ella se echó a reír.

—¡Yo también me alegro de verte! —bromeó.

Él se recuperó, también la sonrisa, y se limpió la boca.

—¿Ya empezamos? Sabes lo bien que me sientan estos viajes, no te lo puedes tomar siempre todo como algo personal... cariño.

Ella se rió y le abrazó pese a todo, poniéndose de puntillas para besarle en la mejilla mientras flexionaba su pierna izquierda con el talón tocando casi su espalda. Luego le dio una palmadita en el trasero y le dijo:

—Vamos, aquí no estamos seguros —orden de veterana que él obedeció gustoso.

Perdieron la noción del tiempo cuando llegaron a uno de los refugios que Clara tenía repartidos por las diferentes zonas de la excavación. Habían pasado tanto tiempo separados que disfrutaron de cada caricia, cada roce y cada beso como si fuera el primero y el último a la vez. Habían asegurado la puerta de Linium y estaban en una zona en la que en principio no deberían tener sorpresas.

—Un segundo... —Antonio recordó algo y se lanzó sobre el control de su traje.

En unos instantes el brazo robótico le entregó el objeto más preciado de su inventario: una magnífica cerveza caliente de la marca *Red, brewed in Mars*. Clara se echó a reír y encontró un par de cascos de minero que había guardado en el refugio. Se repartieron la cerveza y brindaron, como tras aquellas galas estúpidas en las que disfrutaban sintiéndose diferentes a los demás pero iguales y entendiéndose entre ellos, como en todas aquellas vacaciones terrestres en la costa de Almería y todos aquellos atardeceres en su apartamento de Titán. Gozaron del presente sin pensar en las consecuencias. Miraron hacia adelante y disfrutaron juntos.

III
FUNDACIÓN

Diecinueve: la aparición

Tendidos sobre una de las camas puestas a disposición del personal minero de SI que pernoctaba en la excavación, Clara pasó su mano sobre el rostro de Antonio. Ambos estaban acostados de perfil, mirándose a los ojos.

—No pensé que volvería a verte —dijo ella con la sinceridad, inocencia y sonrisa de quien ha recuperado la esperanza.

—Sabía que estabas en algún lugar, que no me habías abandonado. De algún modo, aún podía sentirte. Sentía que no te habías ido. Las explicaciones de SI no cuadraban y mi corazón no estaba vacío. Todavía estabas ahí dentro, llamándome desde algún lado. Sólo que... ya podías no haberte venido a otro mundo, le replicó él.

Clara, siempre la más pragmática, soltó una risita juguetona y le dio un golpe en la cabeza:

—¡Como si hubiera sido queriendo gilipollas! Al menos, me alejó de tus ronquidos...

— Una medida un poco drástica, ¿no crees? —respondió él frunciendo el ceño.

Los dos se miraron fijamente por un instante. La ternura y la intensidad de lo que sentían el uno por el otro podía sentirse en el aire.

Tras deleitarse con sus sensaciones unos segundos Antonio se puso más serio, y pasó a relatarle lo acontecido. Cómo le habían mostrado su cuerpo destrozado por un supuesto accidente. Cómo no le había convencido pese a que el cuerpo fuera idéntico al suyo. Cómo había rechazado la compensación económica en presencia de Marco. Al escuchar su nombre, el gesto de Clara se endureció. Su boca tornó en una línea recta, firme y apretada, pero permaneció callada, a la escucha.

Antonio dejó la venganza para cuando tuvieran tiempo y le siguió contando: el cubo de memoria que Cruor le pasó en el parque con el mensaje que le había grabado; cómo Marco le había criminalizado y localizado a través de la activación del revelador y secuestrado con los Siervos; cómo le había revelado infinidad de secretos y cómo Cruor le había rescatado. Su decisión de entrar al paralelo y la aparición de Marco bloqueando su regreso... pero armándole con la pistola desintegradora. Clara frunció el entrecejo, tampoco estaba segura de entender por qué lo había hecho.

Cuando terminó de contarle la historia ella respondió.

— Es extraño que Marco te armara. Luego me la dejas que le eche un vistazo. Imagino que si podías eliminar un par de bestias y limpiarle el camino sería suficiente para él. Pero bueno, no te preocupes por Cruor, no pueden prescindir de él. Es un ángel, sabía que podía confiar en él desde el primer momento.

Clara se acercó y le dejó un beso a Antonio en la sien.

—Ahora tenemos que encontrar una manera de salir de este mundo.

Se fueron a incorporar cuando escucharon un carraspeo. Los dos se miraron asustados y se quedaron muy quietos, intentando volver a escuchar el sonido.

—Eh... siento interrumpir, pero estoy al otro lado de la puerta.

Ambos reconocieron al momento la voz de Cruor sonando bajito por los altavoces de la sala y se relajaron dejando caer sus hombros erguidos de la tensión como los de un felino en los instantes previos a saltar sobre una presa. Una vez pasó el susto ambos quedaron desconcertados. *Al menos esta vez hemos tenido un segundo de respiro.*

—¿Cruor? ¿Eres tú? —acertó a decir Clara mientras se recogía el pelo y se apresuraba a ponerse una camiseta.

—Sí, voy a abrir la puerta y os cuento todo. Espero a que termines de vestirte.

Clara tenía los pantalones en sus manos, dispuesta a dejar caer su pierna izquierda por una de las perneras pero se detuvo tras procesar lo que Cruor acababa de decir. Mirando a Antonio con gesto serio dijo en voz alta.

—¿Nos estabas viendo?

Un incómodo silencio llenó los instantes siguientes hasta que Cruor contestó

—Eso es lo de menos, voy a entrar.

Tras un zumbido la puerta desapareció y Cruor entró en la sala de reposo, los pasos de las botas del exoesqueleto amortiguados sobre el cálido suelo enmoquetado llenaron suavemente el aire como en un paseo por el césped de un parque.

La mirada de sorpresa de Clara y Antonio se tornó en alegría cuando ella se lanzó a los gruesos brazos del recién llegado, quien torpemente cerró sus grandes manos sobre la espalda de su compañera de fatigas, laborales y más.

—¡Cómo me alegro de verte, sabía que podía confiar en ti! Antonio me ha contado cómo le ayudaste, no sé cómo darte las gracias.

—No hace falta, era lo que había que hacer —contestó fehaciente Cruor apoyando confiando su mano sobre el hombro de Clara, con la seguridad, tranquilidad y satisfacción en su tono del que sabe ha hecho lo correcto, y disfruta con el reconocimiento propio y ajeno.

— Sí sí, ¡serás un ejemplo de libro que podrían utilizar los predicadores de La Virtud para motivar a su audiencia a perseguir el cultivo de sus siete virtudes principales! —le tomó el pelo ella, sonriendo de forma sincera.

Los dos sostuvieron una mirada cálida que transmitía la alegría por la pureza de la amistad que mantenían. Un instante más tarde, el modo operativo de Clara volvió a activarse y su gesto cambió a uno de preocupación por el inaudito contexto del encuentro, más allá de la alegría de verle el rostro a su barbudo compinche de laboratorio, secretos y confesiones. De *sus* vidas.

—Ok, pero… ¿qué coño haces aquí? —dijo mientras procesaba varias opciones en su mente y optó por la que le pareció más probable— ¿Te ha desterrado Marco por ayudarnos? ¿Es eso?

Ahora fue el turno de Clara para apoyar a Cruor, sus manos sosteniendo sus mejillas, casi agitándolo esperando una respuesta que no quisiera decir que él y su familia se habían visto perjudicados por su bondad al ayudarles. Para su alivio, Cruor se la proporcionó negando con la cabeza:

—No, no es eso. Mira… —dijo el ingeniero de I+D de SI alzando su sintetizador para mostrarles el contenido de una pantalla holográfica.

En un primer momento se veía el interior de la sala en la que se encontraban desde una de las cámaras de seguridad.

—…Un segundo —solicitó Cruor. Nadie dijo nada.

Pulsó unos controles en la parte derecha de la pantalla y el vídeo desapareció dando lugar a una serie de opciones. Finalmente llegó a la galería de imágenes, y un total de cuatro pantallas holográficas de mismo tamaño en una cuadrícula dos por dos se desplegaron en el aire delante suya. Antonio seguía sentado sobre la cama, pero desde la distancia reconoció el lugar que mostraban las imágenes.

—Eso son las instalaciones de SI, ¿no?

Arturo asintió, inquieto. Las cuatro pantallas mostraban diferentes zonas de las colonia por las que Antonio había pasado, bien en su huida bien en el paralelo. Una era la planta de celdas donde Antonio había estado encerrado. Tan sólo mirarla hacía que un escalofrío recorriera su espina dorsal. La siguiente imagen era de la sala de formación desde la que sin quererlo había abierto el portal al paralelo. A su lado, la pasarela acristalada entre edificios con Vigía de fondo. La última, la sala museo donde utilizó el motor de fisión y tendió una trampa a las bestias. Todas las imágenes tenían algo en común. Más allá de mostrar el lugar, gran parte de su superficie era negra, con perturbaciones blancas sobre ellas: se trataba de portales abiertos entre su mundo y el paralelo.

Cruor pulsó sobre las cuatro imágenes de forma secuencial con sus dos manos para lanzar los vídeos... y en todos se observaba lo mismo: el paralelo avanzando y poco a poco cubriendo las salas, como la marea que sube de forma inexorable tapando la arena de la playa y prevaleciendo sobre ella.

Los rostros de Antonio y Clara reflejaban sorpresa y preocupación. Cruor los miró.

—El paralelo nos está absorbiendo. Y no sólo en Titán, sino en todo el Sistema Solar. En todo NUESTRO paralelo.

Pulsó unos controles en su sintetizador y las imágenes cambiaron, mostrando diferentes localizaciones. La primera grabación mostraba el hall social 2B, con su amplia plaza circular, su cúpula y su cristalera desde la que se observaba Titán con Saturno al fondo. El manto negro avanzaba cubriendo gran parte del piso y del exterior del hall, sobre la superficie del satélite. La imagen de Saturno oscurecido parecía salida de una pesadilla. Los vivos colores y la luz que normalmente llenaban la sala habían marchitado dando paso a una inquietante y atenazadora penumbra. La gente se agolpaba retrocediendo temerosa ante aquella marea negra que amenazaba con engullirlos.

Antonio se estremeció: si el portal permanecía abierto era una alfombra roja para todo aquel que quisiera servirse energía. Miró a Cruor pero antes de que pudiera articular su pensamiento un explorador apareció en la pantalla haciendo uso de la interfaz entre los dos mundos. Tras mirar alrededor y estudiar la sala sonrió, mostrando su sonrisa apretada y salivando. La gente en un principio lo miraba atónita, paralizada. Casi habían perdido la capacidad de reacción y miedo al peligro, el instinto de supervivencia, en este mundo cómodo donde no les faltaba de nada. Alguno incluso se acercó a examinarlo alegremente como si fuera una especie disecada en un museo. *Al igual que hizo Julia...* Fue sólo cuando el explorador abrió la boca y extendió sus alas en señal en el éxtasis previo a atacar con el que Antonio por desgracia conocía sobradamente bien, cuando la gente comenzó a correr. El video no tenía sonido, pero Antonio podía imaginar la escena como si hubiera estado allí: el aullido de la criatura, los gritos de la gente corriendo despavorida... Lo siguiente no tenía que imaginarlo pues la grabación mostraba la carnicería que había llevado a cabo la bestia en la sala. La sangre llenaba el suelo y brazos, torsos y todas las partes de las incontables víctimas se esparcían por la sala. La criatura desapareció por el sur de la imagen por unos segundos, prosiguiendo su camino hacia La Pasarela y la estación Agua, para luego volver a aparecer, su cabeza gacha. Al inclinarla hacia atrás con sus fauces abiertas Antonio pudo distinguir sangre y carne humana en su interior. La bestia volvió a cerrar sus fauces y se lanzó hacia adelante, continuando con su exploración del nuevo mundo que se había aparecido frente a ella. Y esto era la obra de *una* única bestia...

—Va muy rápido. El paralelo nos está abordando y desbordando. No podemos contener ni el torrente ni la voracidad de las bestias —dijo el investigador de SI—. Estábamos en la sala de formación de personal y de repente el paralelo se abrió sin más, de un momento a otro. Pensaba que había pulsado el revelador pero cuando lo miré vi que no, que estaba apagado. Luego su manto comenzó a expandirse. No me lo podía creer. Nada de lo que hice pudo detenerlo.

Antonio y Clara se quedaron mudos. Enrabietado, Cruor los miró con ojos vidriosos:

—Nuestro mundo está siendo engullido y desapareciendo, amigos.

Veinte: Cruor

El paralelo se cerró como lo hacía siempre, reduciendo el área del portal progresivamente, de forma simétrica y proporcional, formando un cuadrado cada vez más y más pequeño hasta que, tras el marco de la puerta entre la sala de formación y el pasillo adyacente no quedó negrura ni alteración o distorsión alguna. Lo que quedó fue el silencio absoluto, la frustración y la resignación ante lo que se le venía encima.

—Bueno, conque eres un traidor hijo de puta. Y padre de familia. Mala combinación, querido...

Cruor apretó los puños y cerró los ojos. Tendría que tragar con cualquier cosa que dijera o pidiera Marco a partir de ahora si quería garantizar la seguridad de los suyos. Pero, ¿sería suficiente?

Marco, disfrutando la situación, frotó la suela de sus mocasines contra el mármol de la sala haciéndolos chirriar antes de acercarse.

—Mírame bien, cabrón, —espetó. Cruor alzó la vista para enfrentarse al cerdo que amenazaba a su familia —. Si a partir de ahora me desdices, me desobedeces, aunque te pida que me lamas el culo en público y te niegas; si tan sólo haces un comentario que no me agrade sobre esas películas de mierda antiguas que te gustan; o vuelves a vestir como un payaso en vez de forma elegante, como yo, la sangre que derramarán los cuellos de tu mujer e hijo manchará sólo tus manos. Ya sabes que yo no me mancho. Nunca.

Cruor sostuvo la mirada directa de Marco, sus rostros separados apenas un palmo.

—Así que ya sabes lacayito, a comprar ropa nueva. Ah, y aféitate esa pelusa de la cara. Imagino que en tus películas habrás visto que los esclavos solían parecer jovencitos, no gordos desdeñados como tú. Aunque poco se puede hacer en tu caso, dijo mirándolo con desdén teatralizado de arriba abajo y escupiendo en sus zapatos.

Sonriendo al ver que Cruor se mantenía impertérrito, paralizado ante el terror de que cualquier acción suya le costara caro a su familia, Marco le dio una palmadita en la espalda y se encaminó hacia la puerta. Él agachó la cabeza una vez que su amo pasó por su lado. Humillado y abochornado.

—Vamos *Tobby* –dijo Marco añadiendo un silbido—, creo que te voy a llamar así, perrito. Sígueme, ¿o tienes que cagar?

Cruor apretó los puños y la mandíbula y dio media vuelta para seguir a su jefe.

Arturo era un tipo atrasado a su tiempo, alguien que no concordaba con las tendencias de sus coetáneos. Sus gustos eran sencillos, fáciles de satisfacer: rutina y cierta tranquilidad en su vida, cercanía a la realidad en cuanto a los sentidos – oler, tocar, ver, hablar en vez de escribirse seguía teniendo cierto valor añadido para él—pese a disfrutar con los entresijos y las problemáticas de los avances tecnológicos, dada su pasión por resolver retos, pero sin perder la perspectiva de que era un ser humano. En el mundo virtual, le era difícil encontrar el sustento básico para su felicidad. Ese, se lo proporcionaba su familia, y el aderezo sus cachivaches, la comida y el vino, sus pelis de serie B de fácil digestión, así como el dormir a pierna suelta, sin mayores preocupaciones, ansiedades, metas o frustraciones.

Los días transcurrieron dentro de la rutina de trabajo programada en una gran fábrica de productos, que era al fin y al cabo en lo que se había convertido el centro de investigación de SI en la colonia. Una máquina donde se introducía más y más masa humana en forma de personal, trabajo y sacrificio y que proporcionaba como salida unos avances que extendían el control, ya de por sí absoluto y monopolista de SI sobre el Sistema Solar. Tan sólo habían algunos parámetros que variaban en el día a día en la ecuación de éxito: las vacaciones de algunos miembros de la empresa, determinados eventos sociales o festividades, los partidos de Airball de los Titans... o el caso de un trabajador incansable que hiciera turnos de 18 horas diarias. Desde la partida de Antonio en busca de su amor en los confines tenebrosos del paralelo, Cruor estaba degustando, palpando y sufriendo en sus carnes algo que anteriormente sólo había contemplado con el interés del estudioso en películas y libros sobre la historia de la humanidad: la esclavitud. El interés había desaparecido completamente, como un sueño que se olvida al despertar, y haciéndole comprender por qué tantos esclavos y minorías discriminadas a lo largo de los años se habían negado a contar su historia o a registrarla en ningún medio. Bastante tenía con ver salir el sol una vez más, y lo que le era más importante: que lo viera su familia.

Dada la situación en la que se encontraba, el obligado cambio de indumentaria y su ausencia en casa, inexplicable bajo cualquier excusa, Cruor quiso contarle lo sucedido a Paola, su mujer. Pero Marco quería ajustarle las tuercas aún un poquito más:

—Querido esclavo, te voy a implantar un pequeño chip de seguimiento que hemos estado desarrollando y probando con esa infinidad inagotable de muñecos aburridos que son los clones y los Siervos. Tantos y tantos de ellos que hemos usado y tirado, *buff* innumerables. Al menos algunas eran bonitas. Ya sabes, se las puede programar para todo... en fin que me pierdo con buenos recuerdos, de esos de los que tú no vas a tener ninguno más... Irá en tu cerebelo. El chip me transmitirá todo lo que digas y veas a partir de entonces. No podrás neutralizarlo, no podrás sustraerlo. De hacerlo, morirás. Un decodificador en nuestra base de datos suplantará tus sentidos y me permitirá monitorizar, ver, oír o sentir si así lo deseo lo mismo que tú, gracias a un equipo específico desde la comodidad de mi sofá mientras me tomo una copa con un par de chicas.

Marco hizo una breve pausa y se puso serio, expeditivo:

—Te voy a dejar dos reglas claras: No le vas a contar a nadie lo que ha pasado. Ni a tu mujer ni a nadie. Es más, le vas a decir que estás cambiando, que has encontrado algo más interesante y que... cómo decirlo... que estás harto de ella. Que se cuide un poco más, que ya es hora joder... *Urgh* — fingió un escalofrío— No podrás justificar de ninguna forma tu ausencia de casa, más que por trabajo y sí... porque tienes cosas mejores que hacer. Le dejaremos con la duda por un tiempo. Luego veremos si una amante es mejor, o que has salido del armario, o fetiches... no sé, tendré que pensarlo pero hoy estoy cansado y me voy a ir pronto a casa, a follar un poco. Ah, eso me recuerda la segunda regla. No volverás a tocar a tu mujer. Ni besar, ni en la cama. Nunca jamás. Si no...

Marco hizo el gesto que se había convertido en rutina entre ellos. Se llevaba las manos al cuello y las frotaba como si se las estuviera lavando en sangre que brotara de él, en una alegoría de la matanza de los hijos de Cruor como si fueran cerdos

—Hala, ¡hasta mañana nenuco impotente!

Tras varias horas más de trabajo en el laboratorio para cumplir con la nueva jornada laboral de 18 horas, Cruor pudo por fin abandonar las instalaciones de SI. Se preguntaba si habría valido la pena. Si la justicia o la generosidad deben estar por encima de la propia felicidad. ¿Quién se había creído que era? ¿Qué iba a poder plantarle cara al imperio interplanetario él sólo? Igual era verdad que tanta ficción le había terminado por comer el coco. Lo que seguro había terminado por hacer era dañar a sus seres más queridos de la peor de las maneras: la indiferencia, la mentira, las medias verdades y la falta de respuestas. El dolor y la agonía que le acompañaban cada día como una navaja constantemente clavada en su corazón y punzando con cada latido no se los deseaba a ningún amigo ni enemigo. Ni siquiera a Marco. No valía la pena gastar tanta energía en odiar tanto. ¿Era la ignorancia la felicidad? ¿Tenía *Cifra* de *Matrix* razón? ¿Era su empatía para con el prójimo un problema o una cualidad?

De acuerdo a las directrices y la filosofía de La Virtud debería actuar de forma desinteresada por tu propio interés, pero esta paradoja se veía frenada de bruces cuando tocaba tratar con personas como Marco o políticas de personal como las de SI. El objetivo final de acuerdo a la religión era la felicidad y satisfacción propias, pero ¿cuál era el camino correcto para llegar a ella? ¿Era uno que pasara por renunciar a sus valores una opción válida? Su respuesta inicial fue no, y ahora se hallaba inmerso en la mayor de las miserias. Solo, humillado, abatido. Al menos la frustración seguía latente débilmente bajo su piel y era la que le impulsaba y bombeaba su energía para seguir adelante. Algo así le había dicho Clara en una ocasión. Había tenido problemas con su por entonces novia y ahora mujer. La vida profesional le había llevado a un astro diferente y la distancia hacía mella en su relación. El plan de futuro no era claro y cada día dibujaba un garabato en lo que debería ser un sencillo esquema de felicidad en pareja. La duda y la ansiedad le quebraban incluso físicamente. Un buen día tuvo que salir del laboratorio unos minutos para ordenar su cabeza. Estaba trabajando con aleaciones de los nuevos compuestos encontrados en Titán, pero por mucho que su vista estuviera posada en la vitrina donde jugueteaba con el material a través de dos guantes insertados en ella, las imágenes proporcionadas por sus nervios ópticos estaban eclipsadas por las de sus recuerdos e imaginación, aparcadas esperando una solución a su situación emocional. No podía dejar de pensar en ella, en el futuro, en su vida. En el tiempo que pasaba y no se aprovechaba juntos ¿Qué sentido tenía entonces? ¿Cuánto iba a poder aguantar así? El garabato del futuro era incierto, y era esa duda, esa incertidumbre, esa falta de plan y objetivo al que ceñirse e intentar llevar a buen puerto, fuera con mayor o menos destreza y fortuna, la que le iba consumiendo poco a poco. Tenía que parar o acabaría por tener un accidente y entonces el futuro sería bien cierto: vacío y negro.

Clara conocía su situación y le siguió hacia el jardín de los laboratorios, placebo para las mentes y las almas de los trabajadores que conseguía darles la sensación de descanso para así mantenerlos más horas en el recinto, produciendo. Eso, o consumiendo, SI no tenía uso para alguien en otro estado.

«No te preocupes, lo importante son vuestros sentimientos, —le dijo, tomándole la mano—. El futuro es incierto, pero lo que sentís por el otro no va a desaparecer, pese a que el presente no sea el que os gustaría. Piensa en lo que quieres hacer hoy, hazlo, compártelo con ella. Cuando llegue el momento de tomar una decisión lo sabréis, y la tomaréis, pero no puedes vivir torturándote hasta entonces. Al fin y al cabo, sólo hay un camino, y ese es el de seguir adelante pase lo que pase.»

El recuerdo de las palabras de Clara se hizo presente mientras dejaba atrás el transbordador de la colonia para dirigirse a su módulo familiar, Panel 3 dirección 3-4-7, con «la plebe», nada de las casas más exclusivas de SI: no quería que sus niños crecieran siendo unos niñatos engreídos.

Una vez llegó, una vez más, como cada noche, tuvo que pararse ante la puerta para darse unos segundos antes de desactivar el seguro y correrla desde el comunicador cuántico. Debía cambiar su rostro y camuflar sus emociones como si de una careta se tratase. Convertirse en otra persona mientras estuviera en casa. Igual así sería más fácil, con algún tipo de injerto que le hiciera comportarse como un desconocido y poder volver a su consciencia una vez saliera del hogar, pero aun así no podía permitirse ese riesgo. Tenía que ser él. Debía asegurarse de que todos estaban sanos y salvos.

—Vamos… te están esperando. ¡Ah! Un segundo… Paola, tráeme más champán… jeje venga tigre dale.

El chip de Marco trabajaba en un canal dual de recepción y transmisión. Su voz resonaba directamente en su cabeza. «Maldita tecnología», pensaba Cruor. Quien pudiera estar alejado de todo en una remota aldea en la Tierra, sólo con su familia, viendo crecer a sus hijos sin temor alguno. ¿Qué necesidad tenemos de todos estos avances, toda esta exploración si al final no podemos disfrutar del placer, del presente, de la belleza de ser humanos? De nuestros sentimientos, de nuestra familia, del amor… pero ahora no podía divagar. Ese era un lujo que le habían arrebatado una vez le habían insertado los grilletes cuánticos en su cerebelo con su consentimiento y resignación. Para más inri, Marco le había hecho firmar un documento en el que supuestamente se presentaba voluntario para testear una nueva tecnología de la empresa. Todo muy limpio, legal y cristalino de puertas para afuera. Y lo peor es que todos sabían que de puertas para adentro sólo iban a encontrar mugre, suciedad y mentiras, pero nadie quería mirar (fuera por miedo, resignación o ignorancia), dejando así a los que estaban al otro lado sufrir en el pozo de la avaricia y codicia de SI. Un pozo al que él había caído sin quererlo, y del que no había salida visible. «*Cuando llegue el momento de tomar una decisión lo sabréis*» las palabras de Clara resonaban en su cabeza »*... seguir adelante pase lo que pase*». Armándose de todo el valor que encontró en el calor de su esperanza y su amor hacia su familia, y macerando su cara con toda la frialdad que pudo elevar desde sus más bajos instintos de odio y frustración hacia SI, Cruor exhaló y deslizó la yema de su dedo índice izquierdo sobre el comunicador cuántico para abrir la puerta de su particular infierno: su hogar. *Hacia adelante*, se alentó desconsolado.

No llovía en el exterior. Rara vez ocurría con el clima programado de la colonia y sólo por motivos onomásticos, para los cultivos biológicos o para realzar el espíritu de los colonos. Les arrancaba una sonrisa y les hacía recordar su humanidad, su pasado en la Tierra. Al día siguiente volvían más felices y productivos al trabajo, decían los estudios. Cruor hubiera preferido la lluvia en el exterior. Le habría ayudado a meterse en su personaje mísero, rastrero y despreocupado. Como un gangster en el Chicago de los 30. Además, hubiera amortiguado el dolor del silencio, ese que se puede cortar con un cuchillo y que presiona los tímpanos desde el exterior haciendo imposible no denotar lo incómoda de una situación y actuar con normalidad en un contexto.

Paola le esperaba en el salón, sentada con una copa de vino. Mirando al infinito. Pensando. Esperando. Cuando le vio entrar, posó la copa sobre la mesa de cristal y su sonido alertó a Cruor. *Mierda... otra vez no.* Cerró los ojos antes de escuchar, y repetir con sus labios aunque sin moverlos la pregunta que ella le hacía cada noche.

—¿Por qué? —le dijo de pie, de brazos cruzados y esperando respuesta.

Este era el peor de los escenarios para Arturo. Peor que la indiferencia de verla dormida en la cama, charlando con otro hombre o una amiga en un bar cuando quería darle celos. O simplemente no estando en casa. Todo aquello le dolía más, pero le resultaba más fácil que enfrentarse a ella y mentirle. Una vez más.

—Ya sabes por qué, me he cansado de ti. He dejado de quererte. Me he aburrido, quiero algo nuevo, fresco, diferente. Estoy harto, dijo robóticamente mientras pensaba «Porque te quiero tanto que prefiero ser un esclavo a verte herida mi amor, porque sé que te estoy haciendo daño pero tienes que encontrar una vida mejor sin mí. Deja que me sacrifique por ti.»

Ella, negó con la cabeza

—Mentira —y le dio un sorbo a su copa de vino blanco de Rueda.

«¡Vuélvete a la Tierra!», pensaba él lacónico en sus adentros. «¡Vuélvete ya! ¡Sálvate! ¡Huye de este infierno! Es lo único que nos puede salvar pero yo no te lo puedo pedir. Tiene que salir de ti. No te puedo rogar que me abandones, ni siquiera puedo explicarte por qué debes de hacerlo. Abandona la fe en mí...» pero ella nunca lo hacía. Y Marco lo sabía.

Ella continuaba a su lado, esperando, paciente, queriéndole. Amándole. Sabiendo en su interior que algo ocurría, que aquel no era el hombre del que se había enamorado hacía tantos años, no en el bar donde se conocieron, sino a lo largo de los días, de los meses, de los años. Con la suma de los pequeños detalles que hacían el total del amor, de la felicidad, de una relación que les complementaba y les aupaba a ser mejores personas. A ser quienes quisieran ser y a vivir la vida como quisieran vivirla... y junto a quien desearan hacerlo. Ella no iba a renunciar a lo que les había costado tanto trabajo y sacrificio conseguir. Renuncias a mejoras laborales, a fiestas y a otras personas, todo por algo mejor, algo que si ya disfrutaban pese a la distancia sabría mucho mejor en la unión, en el día a día, en la felicidad que da la rutina cuando se la pinta con una sonrisa y se convierte en deseo y no en carga. En espontaneidad pese a la repetición, y no en cansancio y alienación. Era su punto final, su cumbre y lugar de máxima felicidad y no había ningún otro lugar al que ir desde ese punto. No, al menos, sin un buen motivo. Y ella sabía que algo no encajaba, y no iba a abandonar hasta que no tuviera el convencimiento de que el camino ya no pasaba por su Arturo. Pelearía.

Por lo menos en esta ocasión no era la indiferencia. Todavía veía en sus ojos el brillo de la esperanza. Y ella debía de verlo en los suyos por mucho que se esforzara en ocultarla. Marco podía escucharle y ver lo que él veía, pero no podía descifrar sus sentimientos ni emociones con su simulador sensorial. Manipulaba sus patrones biológicos, pero no su alma. Ni el dolor de su pecho, ni lo que transmitían sus gestos, ni el calor que se desprendía tanto de su desesperanza como de su esperanza. Ella sí lo entendía y asimilaba con total naturalidad, con la facilidad heredada del cariño y la experiencia. Ella que le conocía demasiado bien para no desentrañar la tristeza de sus ojos y desenmarañar la máscara de sus gestos falsos y forzados que no recordaban en nada a él ni a su persona. Su conjunto, su presencia, su personalidad, sonrisa y contexto. Sus gestos, movimientos, muletillas, tonos, frases... todo él. Ese no era él, por mucho que se esforzara en fingir. Algo había y por sus ovarios que lo iba a averigüar de una forma o de otra.

—Me tienes harto —dijo con un tono hosco, áspero, cansado y ciertamente hastiado: eso no tenía que fingirlo —. Estoy cansado de verte. De llegar todos los días y tener que aguantar tu presencia. Aquí sentada, en la cama, con los niños ¿No has tenido bastante?

—*Eh eh tranquilo tigre,* —le susurraba Marco al oído mediante el chip implantado—, *no puedes echarla de casa recuerda. Show must go on... Pepa ven aquí y quítate el top anda.*

—Serás cabrón... vas a tener que hacerlo mejor que eso Arturo – respondía orgullosa Paola—. Vas a tener que darme una buena razón para despreciar así a tu familia y a tus hijos, a los que te hemos dado todo lo que eres, desagradecido. Eso es lo que eres. Cerdo, quién es, ¿una de esas putas del *Futurysta*? ¿Ahora vas pa'lla con todos los gallitos de SI a los que tanto te gustaba criticar? ¿Es allí donde la conociste? Espero que te folle bien.

Sus palabras decían una cosa, pero sus ojos otra. Estaban manteniendo dos conversaciones simultáneas, aún sin darse cuenta. Era inevitable, tantos años, tantos recuerdos, tantos sentimientos. Tantos amaneceres, tantos atardeceres. Tantos besos, cariños, abrazos... eran un equipo. Las palabras eran un ruido de fondo para la verdadera conversación que transcurría en sus gestos, en sus movimientos, en lo intangible.

—Qué pesada, ¿no te he dicho ya que no te quiero? —sus ojos de cordero degollado decían lo contrario, y ella veía más allá de la fina cortina de dureza e indiferencia que esos ojos mostraban con fuerza, pero sin sinceridad— Te lo dije ayer y te lo volveré a decir mañana.

—Me tendrás que decir algo más para que te crea —contestó ella, tomándole la mano y acercándose a él.

Tan cerca que él estuvo tentado de abrazarla, de besarla. De mandarlo todo al traste

—*Uy se le ve el escote.*

La voz de Marco le devolvió a la realidad. Por una vez tenía que darle las gracias a su amo. Había estado a punto de estropearlo todo y seguramente sentenciar a su familia a una muerte horrible, achicharrados como un montón de carne, un rompecabezas sin resolver en uno de los teleportadores cuánticos entre Titán y la Tierra, o reconstruidos en el vacío silencioso del espacio exterior.

—Voy a dormir, tengo que trabajar un poco más que tú, vaga, y en algo más importante. Intenta estar dormida mañana cuando vuelva. No me hagas volver a verte.

Se la quitó de encima de un empujón, dio media vuelta y se dirigió a la cama. Pero el instante que tuvieron fue suficiente para insuflarle motivos y esperanza a ella para continuar con su lucha unos días más. No le hizo falta ver las lágrimas que se arrastraban bajo las mejillas de su Arturo para saber lo que estaba sintiendo. El sonido de la puerta corredera de la habitación al cerrarse era sólo ruido de fondo. El instante, la mirada que habían mantenido, era todo el recuerdo que le quedó sobre la conversación. Y se aferraría a él.

—*Tinonín toniníiin ¡Otro show espectacular en casa de Arturo! Buah, fantástico. Me lo ha pasado pipa. Le daría un 8/10 en el Marco Series Data Base, aunque siempre por debajo de cualquier porno claro. Que sosos sois... ¡Ah verdad! Si es que no os dejo tocaros jeje bueno, en otra vida será. Descansa esclavo, mañana te toca besarme el culo un poco más. Dulces sueños.*

Cruor cerró los ojos y un dormir oscuro le envolvió: desolado, carente de sueños de ningún tipo le abrazó para consolarle durante apenas cinco horas antes de dejarle marchar, a su pesar, a su terrible realidad.

Su último recuerdo a medida que la oscuridad se cernía sobre él fue el de otro mundo oscuro, el del paralelo en el que otra pareja luchaba por su historia de amor. En el que Antonio buscaba a Clara. Dos mundos, dos parejas, un mismo sentimiento. Un único camino: adelante.

Cuando sonó el despertador, se dio la vuelta y se sentó en el borde de la cama. Echándose las manos a la cara, intentó concienciarse de que debía volver a la oficina. Había perdido la cuenta de los días que habían pasado desde que Antonio se marchara, y en los que por tanto había estado sumido en la esclavitud, la falta de sueño, la tensión nerviosa que se notaba en cada uno de sus músculos aliñada por la culpa constante. Al menos, no tenía que plantarle cara a Paola. En un acto reflejo, torció la cara hacia el lado. Sólo un poco. Lo suficiente para intuir con el rabillo del ojo la silueta de su amada. Quería tumbarse a su lado, abrazarla, besarla, despertarla. Decirle que la quería y sonreír preguntándole qué iba a hacer en este nuevo día que tenían para estar juntos. Pero no podía.

Volvió a mirar al frente, se levantó y salió de la habitación para no volver en las próximas 18 horas. Paola también estaba despierta, sintiendo como él la miraba sin tener que mirarle. Como cada mañana. Como las que hicieran falta.

Cruor se acercó al transbordador matricial. Otras personas esperaban para ser intercambiados de panel, la gran mayoría camino a la sede de SI. Era temprano, muy temprano. Una chica con minifalda y leotardos blancos esperaba escuchando música mediante unos tapones deformables que conectaban con su comunicador. A Cruor le parecían chicles en los oídos, pero desde luego eran cómodos, con máxima calidad sonora y aislaban del alrededor como los tapones de cera para dormir. Siempre le habían dado algo de repeluco y respeto los llamados tímpanos cuánticos que se ajustaban a la cavidad auditiva y emitían un pequeño campo eléctrico para repeler sonidos exteriores. «Demasiada tecnología», solía decir, y sin embargo él había acabado con un chip implantado en su cerebelo para transmitir hasta sus pedos. Dos tazones de sopa.

A su lado también se encontraban un par de caballeros con gabardina y sombrero. Grises tanto en su vestimenta como en el ánimo que emanaba su actitud y su expresión. Era raro encontrar a gente tan monocromática esos días de marcianos, europeos y demás colonos que intentaban caracterizarse por los colores de su asentamiento. También esperaba un ejecutivo prácticamente calvo por arriba, con pocos pelos mal puestos y con algo más por la sien y la parte anterior de la cabeza; bajito, gordo y con bigote. Trajeado, con maletín y unos mocasines picudos bien limpios. Sea por lo que sea, algunas cosas nunca cambian.

El transbordador arribó por fin para llevarlos al panel 1. El habitáculo soltó amarras electromagnéticas e, impulsado por los propulsores eléctricos de sus cuatro esquinas anteriores, se alejó de la pared con raíles del panel. Las vista era como siempre impresionante desde sus cristales, en este caso versión 360 con casi la totalidad del cubículo transparente. Salvo que a muchos le generaban ansiedad, Cruor sabía que, como todo, era cuestión de acostumbrarse. Es impresionante la velocidad a la que cualquier humano normaliza una tecnología, el tamaño de una casa, un reproductor de video, el poder o el dinero. ¿Le ocurriría a él lo mismo con su esclavitud?

Su panel destino se encontraba frente a ellos, a unos doscientos metros de distancia. El edificio que se alzaba tras la interfaz plana y rectangular de puertos del panel matricial era enorme, con la gran cúpula del Hall Social 2b, la estación Agua, el Embarcadero hacia otras colonias, y el centro de negocios tras el mismo. Desde allí, Cruor debería transbordar. Por supuesto que había transporte directo hacia el trabajo, hay que optimizar el tiempo de los trabajadores y minimizar el camino diario de casa a la oficina, de silla a silla, de encierro a encierro, pero Cruor necesitaba respirar. Y darle un poquito por saco a Marco. De momento, éste no se había quejado. Al fin y al cabo tenía que hacer sus 18 horas de todas formas... y Marco era más vanidoso y hedonista que hijoputa como para estar pendiente de él a estas horas matutinas. Era una pequeña venganza personal... hasta que pudiera llegar la de verdad. Por suerte su sangre caliente se sobreponía al cansancio y le ayudaba a mantener la perspectiva de quién era quién en aquel juego, no quería acabar como en uno de sus clásicos favoritos, *Dogville*

A la izquierda se alzaba la gran montaña de Titán, Vigía, tras la cual estaba el estadio de los Drillers, La Mina. A la derecha, la llanura del Ejido, en honor a la tierra madre de SI, Almería, tras la cual esperaba como un coloso Saturno, con sus anillos resplandecientes alrededor. El escenario no podía ser más bello, cuando comenzó a salir el sol. Su luz se reflejaba en el cinturón de asteroides que conformaban sus anillos, distinguibles como pequeños elementos conformando un todo a esta distancia. Este amanecer era un pequeño placer para los sentidos y para el alma de Cruor. Un pequeño ritual matutino para darle fuerzas para la jornada. Su calor al atravesar los campos electrogaseosos reconfortaba sus músculos y apaciguaba su alma con su cálida radiación en una redención momentánea. Cruor cerró los ojos un segundo, respirando, relajándose, sintiendo: imaginando que estaba con Paola en aquella isla de Malasia, viendo el amanecer surgir sobre el mar, tras las montañas. Ambos en la arena, tomados de la mano. Sintiendo. Viviendo.

—¿Qué es eso?

—Mira, allí

—¿Dónde?

—Ah sí... ¿Parece un bicho gigante?

—Y esa mancha negra tras él, ¿qué es?

—Joder, acaba de salir otro... ¿Pero qué coño es eso?

—¡Mierda! ¡Lo ha rajado!

— Me cago en la puta... ¡¡Tenemos que salir de aquí, vamos!!

Cruor abrió los ojos de golpe. Su ensueño se había visto bruscamente interrumpido por el ajetreo del pasaje. Estaban descontrolados, moviéndose, haciendo que el transbordador se tambalease y tuviera que recalcular su actitud y trayectoria. Los propulsores se encendían y apagaban en una coreografía inesperada, no programada y cambiante a cada segundo para intentar mantener la trayectoria y la estabilidad del cargo.

—¡¡¡Tranquilos joder!! Que nos la vamos a pegar. ¡Quédense quietos, hostia! —gritó Cruor.

Todo el mundo se paró y se dio la vuelta para mirarle. El odio que tenía acumulado había salido en estado puro en forma de reprimenda, y había intimidado o sorprendido a los presentes... pero no más que aquello que se avenía desde el fondo de la llanura, bajo la impertérrita mirada de Vigía. El revuelo tardó un instante en volver a montarse y Cruor tuvo que agarrar al ejecutivo y a uno de los señores de la gabardina que rápidamente habían perdido los papeles y se iban a enzarzar en una pelea. Un guantazo se llevó cada uno, bien repartidos. Eso le dio otro segundo de perplejidad de los presentes para poder quitarlos de en medio y ver qué cojones les estaba asustando tanto. Cuando lo vio, no se lo pudo creer.

Con Saturno en el fondo, una mancha negra se abría camino en el horizonte, propagándose cada vez más en las alturas como un plano que empiece a expandirse al agrandarlo en el ordenador. Su área iba ampliándose cada segundo. Sin prisa, pero sin pausa. Cruor conocía bien su negrura, su disrupción, su ruido y su interferencia azul; su electricidad volátil, aleatoria pero constantemente presente en el medio. El paralelo. Frente a él, dando pasos cada vez más seguros y veloces se alzaba la figura de una criatura que no había visto antes. Parecía un Explorador, pero con la pose más erguida, el gesto más inteligente, más... humano. La bestia se detuvo con tranquilidad y alzó la cabeza, moviéndola hacia los lados como oteando el horizonte, estudiando y asimilando el entorno en el que se encontraba.

Los diferentes pasos en la evolución de los recolectores exigían venganza y energía a sus creadores.

A su lado había dos Exploradores, cuyo molde primigenio conocía bien, puesto que los habían creado en SI, junto a Clara, Agnieska, Julio y los otros de la cuadrilla de infatigables explotados que por amor al arte no eran capaces de ver el contexto en el que se estaban metiendo; tomar perspectiva y ver que igual, si era de esta manera, no merecía la pena el avance y que había que preservar un mínimo de integridad, dignidad y ética. Fácil de decir a toro pasado, pero difícil cuando estás realizando posiblemente el mayor descubrimiento de la humanidad. O eso quería pensar él. En todo caso ellos habían creado una especie dócil, inofensiva y controlable, pero esta evolución que parecía tan consciente... no la había visto nunca. Ellos querían un robot biológico que les ayudara a recolectar recursos de este nuevo mundo, para sintetizarlos y abrir posibilidades sólo soñadas con sus queridas películas y libros de ciencia ficción. La naturaleza y la evolución habían tomado su propio camino, devolviéndole su propia destrucción como una bofetada en la cara a quienes osaron jugar a ser Dios.

Estaba ensimismado en su asombro cuando el banquero le devolvió el sopapo y se abalanzó sobre él. Cruor cayó hacia atrás e intentó quitarse al enrabietado, humillado y ofuscado caballero de encima. El barullo volvió a montarse en el transbordador que se balanceaba cuando un grito partió el aire en dos, helando los huesos de todos los presentes quienes se enderezaron perplejos y paralizados por el miedo. Un grito mono-tono, agudo, certero. Un grito directo al alma de los humanos. Un grito de conquista.

Al momento empezaron a aparecer criaturas por la mancha negra del paralelo. Perros endemoniados, gigantes y hasta una especie de gusano de varios metros de diámetro que se zambulló en la dura roca de Titán como un pez en el agua, desapareciendo bajo la superficie. Un segundo duró el silencio. Después, el pánico.

El transbordador siguió haciendo su trabajo llevándolos hasta el panel 1, que estaba ya a pocos metros de distancia. Cruor consiguió tranquilizar al pasaje para que no se movieran demasiado y poder llegar a su destino, pero el entorno no ayudaba. Otro transbordador que había zarpado después que el suyo se tambaleaba sin visos de poder controlarse. Una explosión detonó en alguna parte. Tanto él como sus compañeros se agacharon instintivamente. Su habitáculo aguantó el embiste, pero no así el que acababa de despegar hacia un destino fatal: uno de los propulsores del comenzó a arder. El transbordador iba a la deriva, zigzagueando sin poder controlar adecuadamente el rumbo. La redundancia del equipo no era suficiente si el conjunto del pasaje se movía de forma loca y aleatoria. Si daban con el suelo y las paredes se rompían su destino estaría sellado, pero ésto sólo era posible con una explosión en cadena de los otros propulsores, dado que los cristales eran resistentes a casi cualquier fuerza realizada sobre ellos. Desafortunadamente, cuando estaban cerca de aterrizar, la tierra comenzó a oscilar a la izquierda del receptáculo.

Desde el transbordador vecino que mantenía su ruta, Cruor vió a una niña con el uniforme negro y blanco característico de la Escuela Francesa, con su cinta en el pelo. La pobre luchaba contra una mujer que la aplastaba, presa del pánico, con un traje multicolor a juego con su pelo y con multitud de joyas engarzadas en sus manos. Un señor gordo con ropa deportiva, seguramente camino del gimnasio de la zona, intentaba ganar espacio para respirar tan sólo consiguiendo zarandear más la nave. Pero Cruor reconoció a alguien más, alguien que también le reconoció a él: Miguel, el amigo policía de Antonio. Aquel con quien Cruor tanteó si podría hablar de verdad pero que le dio largas. Aquel que no quería problemas con SI, y que realmente no veía caso por ninguna parte.

Un instante después, la mirada sostenida se rompió y todos miraron al suelo. Un temblor se apoderó del mismo. La oscilación se hizo más fuerte y la tierra entró en ebullición, lanzando polvo y trozos de roca por todas partes. Algunos fueron a parar a los cristales del transbordador, por suerte irrompible. Fue entonces cuando saltó la bestia. El gusano de tierra se abalanzó sobre el transbordador apartándolo totalmente de sus trayectoria y destrozándolo contra la roca del satélite de Saturno. Sus fauces no eran de este mundo. Sus fauces mascaban roca como si fueran hojas de menta. Sus fauces destrozaron la tecnología humana y masacraron al pasaje. El señor gordo fue alcanzado por la dentadura serrada, triangular y afilada en una hilera infinita de colmillos del gusano. Tras abordarle, la sangre brotó salpicando la cristalera del transbordador ahora en llamas. Toda su carne desapareció en un segundo en las fauces del engendro. Cuando el gusano volvió a abrir la boca, de cintura para abajo sólo dejó la espina dorsal del señor. El resto había sido chupado como un niño se toma un polo y deja sólo el palo interior. Lo peor era que el caballero aún gritaba, en sus últimos espasmos, con su camiseta y su cinta de deporte empapadas en sangre.

—Dios… —masculló Cruor.

El pasaje con el que compartía vehículo quedó boquiabierto y paralizado, lo que seguramente ayudó enormemente a que el transporte se mantuviera a flote, se estabilizara y llegara a su destino. *Tin ton tin*, «*Bienvenidos al Hall Social 2B; por favor tengan cuidado al bajar del transbordador.*», sonó melódicamente la sintonía ante el silencio de los perplejos ocupantes del transporte. Sus propulsores y sistemas de navegación inercial terminaron su trabajo totalmente inadvertidos de la masacre que estaba teniendo lugar en su homólogo que había partido sólo unos segundos más tarde y en la dirección equivocada.

Una vez atracaron y las puertas se abrieron, el reflejo fue obvio: pánico y piernas para qué os quiero. Los pasajeros salieron despavoridos hacia el Hall, sin orden ni concierto, sin dirección habida o por haber; sin saber dónde buscar refugio presa del miedo, ese arma que toma al raciocinio humano como rehén, más aún en esta situación nueva, inimaginable en esta sociedad entre *armoniosos* algodones que pensaba que toda agresión y violencia era cosa del pasado. Esa sociedad que vivía ajena a la violencia que de tantas formas, silenciosa o no tanto, infringía SI, corriendo un tupido velo y quitándose de en medio si algo parecía afear su normalidad, sus paseos, su calidad de vida. Esa sociedad que ahora pagaba su dejadez, el haberse vendido a la codicia insaciable y al desdén de SI en pos de una vida cómoda, con un mar de criaturas viciosas y hambrientas derramándose en su cara.

El único miembro del pasaje que seguía observando lo que ocurría por las llanuras de la colonia, era Cruor. Vió la desolación que sobrevenía. Vió cómo la pobre niña fue engullida por aquel engendro gigantesco, como una ballena que succiona a un *pezqueñín* casi sin querer, como un daño colateral de su avance inexorable. Al menos la chiquilla no sufrió… o eso quiso pensar.

También contempló, inhábil para remediarlo, cómo Miguel luchaba desesperado, dándole patadas al gusano que intentaba atraparle en el interior del transbordador. *Miguelix* se aferraba a la mitad superior del habitáculo que aún quedaba en pie, pero era en vano. Las afiladas cuchillas del gusano no tardaron en hacerse paso y en trabarle la pierna, que desapareció en un santiamén, como si teleportada. El grito de dolor del policía traspasó las paredes del Hall Social y resonó en los tímpanos, las cabezas, y sobre todo el corazón de los presentes que miraban atónitos la carnicería que tenía lugar a escasos metros de distancia.

Antes de morir, Miguel volvió a encontrar los ojos de Cruor. Una mirada que quizás quiso decir, «debería haber escuchado». Una última mirada, antes de ser triturado sin piedad por aquella maravilla animal pero barbarie y atrocidad universal, que por lo menos alentó a Cruor. El nuevo garabato del futuro se había definido. No quedaba incertidumbre. Sabía dónde era adelante.

Corriendo hacia las sedes de SI y haciéndose con todo el equipo necesario, además de un revelador, Cruor se permitió un segundo para con su maestro, en el peor sentido de la palabra.

—Marco, hijo de la gran puta…

Silencio al otro lado.

—Marco, pedazo de cabrón...

Al momento respondió:

—¿Pero qué quieres gilipollas? No des por culo que te tenía en *mute*, ¿no has visto lo que está pasando? Quieres que vaya y me encargue de Paolita personalmen...

Sin dejarle terminar Cruor tomó la palabra:

—Todo cerdo tiene su San Martín, y ha llegado el tuyo pedazo de mierda. Reza para que te coja una de esas criaturas y no lo haga yo, capullo engreído. Preferirás que te despelleje y te coma crudo uno de esos gusanos a que te ponga la mano encima. Créeme, desearas no haberme conocido maldito cabrón, vergüenza de hombre y mierda de científico frustrado y lleno de nada. Hasta pronto...

—...

El silencio al otro lado de la línea le hizo sonreír. Sabía que su familia estaría bien, sabía que el destino ya los había rescatado. En este caos, ir a por ellos era impensable. Para él como para Marco, que además tendría otras prioridades como la de salvar su propio culo. No podían haber sufrido tanto para nada. Ahora había algo más que tenía que hacer, y alguien a quien tenía que encontrar.

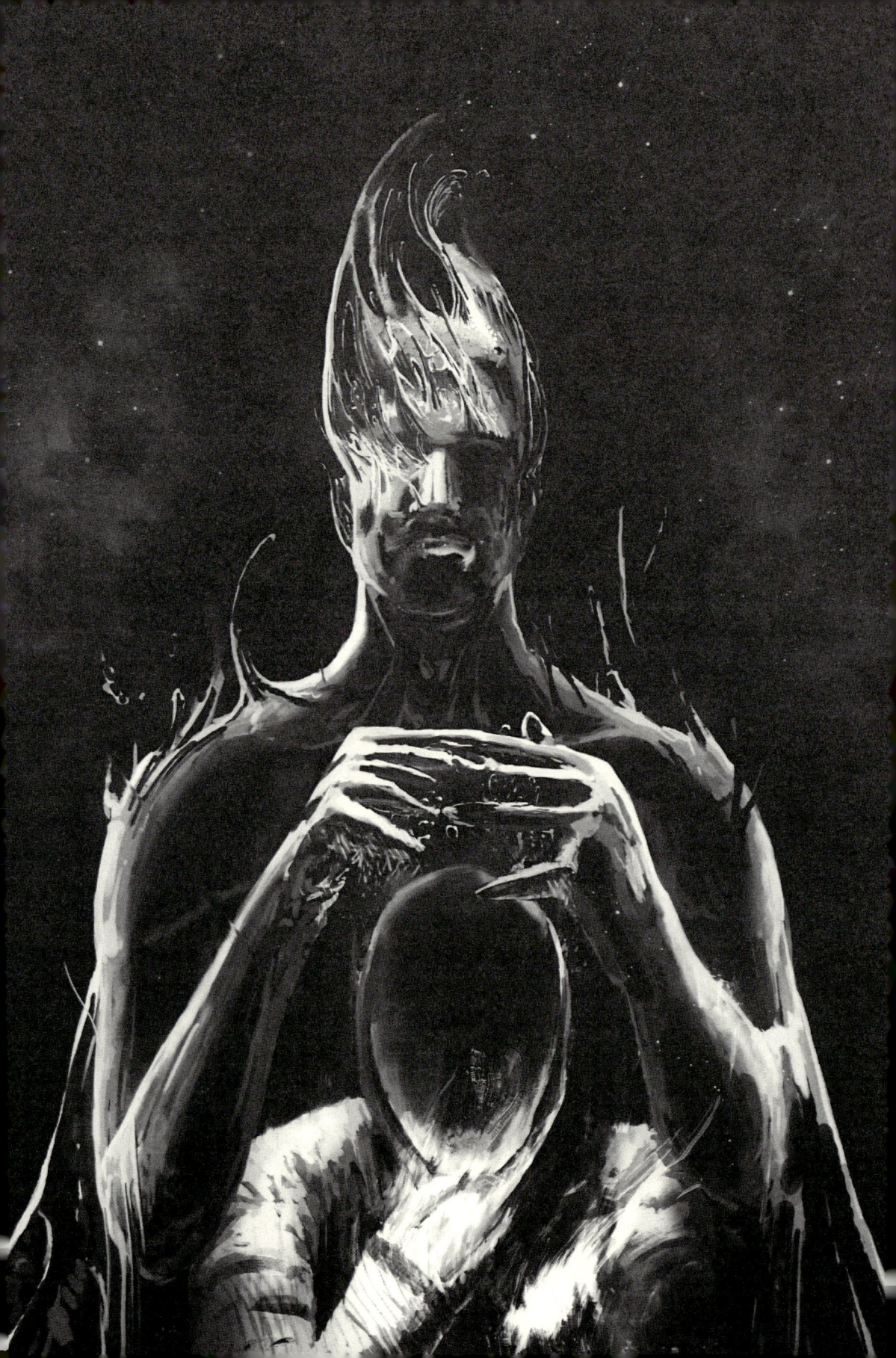

Veintiuno: expansión

Antonio y Clara se quedaron sin palabras, con la garganta seca al ver la devastación que estaba teniendo lugar en el mundo. Y no sólo en la colonia. Las otras tres pantallas mostraban lugares bien conocidos para la humanidad: la imagen del exterior del primer asentamiento humano en Marte, con sus casas en forma de iglú sobre el planeta rojo y el cielo abierto sobre ellas, era diferente a la que había impulsado la continuación de la conquista espacial humana. No era poética y motivadora. Los restos de los colonos se esparcían por su exterior, algunos con el traje presurizado puesto, y llegando alguno a haber activado el casco respirador en un reflejo protector, todo en un intento fútil de escapar y refugiarse en el desierto marciano, más allá del cobijo de los campos electrogaseosos. Otros, estaban en ropas de interior - la conocida vestimenta de lino y cuello Mao, y colores rojizos marcianos- y otros simplemente desnudos, sorprendidos mientras dormían. Las puertas de los iglúes estaban abiertas y varios sabuesos salieron de uno de ellos cargando brazos y piernas entre sus fauces. La imagen no mostraba ningún resquicio de roca roja sobre el planeta, que estaba completamente cubierto por la oscura negrura distorsionada del paralelo.

La siguiente pantalla alternaba imágenes de diferentes puntos emblemáticos de la Tierra. De la frondosa selva del Amazonas surgía la oscuridad como una capa de petróleo que la fuera manchando y marchitando, asfixiándola y robándole su belleza. La Estatua de la Libertad cubierta de negro y con una oscilación tan caótica sobre ella que su brillo hacía difícil aguantarle la mirada, ejercía de espectadora pasiva ante el caos que emanaba de la isla de Manhattan al fondo. Fuego y humo se alzaban sobre los rascacielos. Un nuevo plano mostraba a la gente corriendo por las calles de su Distrito Financiero. Los exploradores y sabuesos de energía saltaban sobre la población atrapándolos contra el suelo para luego asestarles un bocado letal en su cuello, cabeza o donde fuera. Algunos intentaban luchar y defenderse con una pistola en cada mano. Las armas de fuego disparaban sin parar pero los exploradores eran ágiles y evitaban las balas. Más y más criaturas aprisionaban a los valientes que les hacían frente en plena calle. Un ciudadano armado con una gran escopeta acertó a volarle la cabeza a un explorador, sólo para que antes de que pudiera siquiera bajar el arma la cola de dos sabuesos se clavaran en su espalda. Las criaturas se abalanzaron sobre él, rasgando su chaqueta vaquera con sus garras. La sangre brotó por la hendidura en su espalda cambiando el azul del denim por rojo rubí. Antes de que pudiera caer al suelo uno de los sabuesos ya aprisionó su cuello, haciéndolo pasar por el filtro despedazador de su boca, que subía y bajaba comprimiendo toda la carne que encontraba. La gorra que llevaba cayó sobre un charco de sangre.

Más sabuesos llegaron a repartirse el trabajo sobre su cuerpo, de la cabeza a las entrañas. Los ojos perdidos del hombre miraban al infinito, inertes. Su boca abierta rodeada por una fina perilla poco poblada. Robóticamente, el consabido procedimiento de extracción fue iniciado: el sabueso le mordió entre el pómulo y el mentón, ajustándose a la perfección como una llave inglesa. Como siguiendo el manual de desmontaje de un mueble, tiró de su presa con un seco giro de su musculado cuello para arrancarle el rostro, que pasó a verse despellejado, en carne viva. Otro sabueso repitió la operación en su otra mejilla. Las fibras visibles de la mejilla parecían formar un reloj de arena. Con el siguiente bocado, los ojos quedaron partidos a la mitad, goteando sangre como un huevo poco cocido marcando la hora final de su vida.

La imagen cambió para mostrar una batalla del ejército en el desierto de Egipto contra una legión de bestias. Algunas caían pero eran demasiadas y demasiado rápidas para el combate cuerpo a cuerpo. Las fuerzas armadas iban poco a poco disminuyendo y sus restos inertes llenaban el suelo del desierto, con las pirámides de fondo. Un tanque acertó a un explorador en pleno vuelo que se estrelló contra la pared de la Esfinge de Gizeh, rompiéndola y cayendo en su interior. Del agujero formado salieron varios exploradores más que destrozaron el tanque y sacaron por la fuerza a sus tripulantes, derritiendo sus caras con el ácido de su saliva. Antonio tembló mientras veía a los soldados morir aquella muerte.

La última de las pantallas mostraba las diferentes sedes de SI. Las afueras del laboratorio bajo el desierto de Almería veían cómo diferentes bestias salían por las escaleras de la trampilla que daba acceso a las instalaciones, por donde entró en su día aquel famoso helicóptero repleto de los periodistas que habían cubierto para su sorpresa la primera teleportación. La sede principal donde se dieron lugar en aquella mañana de abril en 2032, en la zona empresarial de Nuevo Torneo en Sevilla, estaba también tomada por bestias, con exploradores volando a su alrededor y posados en las esquinas superiores del edificio a decenas de metros de altura, como gárgolas en una iglesia. Oteaban el horizonte, listos para fijar objetivo y absorberlo.

Entonces una criatura diferente se mostró sobre la terraza-observatorio a media altura en el edificio. Antonio había estado allí. Era un bonito saliente desde el que la torre seguía creciendo hasta doblar su altura. Había tomado café rodeado de plantas y árboles con el río Guadalquivir y el nuevo puente metálico del Álamo, nombrado así tras reemplazar al Alamillo y por su clara inspiración en este. No en balde, contaba con una torre inclinada en cada extremo del puente con forma de cuello y cabeza de caballo, que se miraban la una a la otra. Los cables de sujeción le daban una forma de arpa doble, una a cada lado de la carretera conteniendo el puente en su interior. Cruzar el río sobre la estructura era una delicia, disminuyendo la altura de los cables a un lado mientras crecían en el contrario, complementandose. El azul metálico del puente le hacía transformar el calor absorbido en electricidad, convirtiéndose en una fuente de energía renovable.

Desgraciadamente, en la imagen el puente no tenía este color sino que estaba ennegrecido y azotado por las perturbaciones del enjambre de bestias sobre él y en su exterior que poblaban Sevilla. Desde la terraza, una bestia de aspecto humano miraba alrededor, con ambos brazos arqueados sobre su cintura. Luego comenzó a agitarlos, pareciendo dar instrucciones a uno de los exploradores que se posaban en el edificio. Éste salió despedido, volando en dirección al barrio de la Macarena donde aterrizó en una azotea donde un hombre intentaba disparar a los sabuesos que galopaban por la avenida asaltando a los viandantes que corrían por sus vidas. El simple aterrizaje sobre el ciudadano le mandó al suelo golpeando su cabeza y abriéndola, haciendo que brotara sangre por todas partes.

—Un general... —murmuró Clara.

Antonio la miró. Era la misma bestia cuyo rostro sonriente había tenido delante suya en aquel recuerdo sintetizado que había le habían servido como trampa en el museo. ¿Inteligente? Sin duda.

—¿Habías visto uno de esos antes?

Clara afirmó con la cabeza:

—Sí, parece que pueden pensar como nosotros. Observan y analizan antes de actuar, y parecen ordenar a las demás criaturas. Es un fruto increíble de su evolución, y velocísimo...— tras morderse el labio añadió— No sé en qué se convertirán dentro de un mes a este paso.

Cruor tomó rápidamente el relevo, como queriendo evitar ese pensamiento:

—Creemos que nuestros viajes al paralelo alternativo, Paralelo X o como quieras llamarlo, nuestros descubrimientos, han ido uniendo los dos mundos. De algún modo la utilización de los reveladores ha creado un enlace entre ambos paralelos. La expansión está siendo rápida y cada vez nos invaden más y más criaturas.

La pantalla seguían cambiando y mostrando escenas de guerra en diferentes partes del mundo: una región de Alemania donde se leía el nombre de Wuerzburg soportaba un ataque sobre un palacio medieval, con la población contenida en su interior y el ejército repeliendo la invasión de bestias por tierra y aire; en el sur de Francia, la cuenca del río la Garonne en Toulouse era testigo de cómo el ejército Francés intentaba hacer frente a través de barricadas en las *Péniches* a las bestias que dominaban la ciudad a ambos lados del río. La imagen de los exploradores saltando desde el Pont Neuf, abalanzándose sobre las lanchas militares con la inmensa negrura de fondo era sobrecogedora.

En el norte de Suecia, la pequeña localidad de Kiruna parecía tranquila en la superficie, pero algo se movía bajo tierra y un gusano de energía no tardó en aparecer elevándose hasta ocultar el relieve montañoso del fondo de la pequeña localidad ártica.

En Japón, el distrito de Akihabara parecía una gigantesca construcción de piedra con sus emblemáticos edificios cubiertos de carteles y luces de neón convertidos en un negro puzle en relieve de barras y cubículos infestados de bestias; las estrechas calles de la Goden Gai, que otrora cobijaron a disidentes militares y bohemios en sus minúsculos bares, se convirtieron en una ratonera para los humanos, con restos de cuerpos amontonados bajo los que los supervivientes intentaban esconderse; en las zonas más rurales como el pueblo pesquero de Enoshima, los habitantes se escondían entre la maleza utilizando técnicas de guerrilla para atacar a los invasores uno a uno, con la paciencia y serenidad que caracteriza a la filosofía oriental.

Todo el mundo estaba en guerra abierta contra el paralelo. La Tierra, había sido absorbida por su alter ego, su otro estado y evolución en el cual la vida humana ya no tenía lugar.

Cruor pulsó su sintetizador y las pantallas holográficas desaparecieron, siendo absorbidas por el aparato como un astronauta absorbería una bola de agua en gravedad cero. Se hizo el silencio en la habitación hasta que él mismo lo rompió.

—Como podéis ver, no he venido hasta aquí sólo para molestaros ni interrumpir vuestro reencuentro. Tenemos que hacer algo. Sabemos que las bestias provienen de este paralelo, sabemos que su base de algún modo tiene que estar aquí en Titán.

Parecía devastado, culpable. Miró a Clara:

—Estamos recogiendo lo que sembramos.

Los tres intercambiaron miradas, intentando encontrar su asentimiento y entendimiento, pero todos estaban faltos de palabras.

— Pero una evolución tan rápida, tan feroz y variada a partir de un simple bípedo, un robot biológico que facilitaba la colecta de muestras —su mirada mostró la seguridad de quien tiene la certeza y la culpa de que sus malos augurios acabaron por convertirse en realidad. Antonio no estaba seguro de comprender, o no quería hacerlo—. No habrá forma de acabar con ellos hasta que no eliminemos su origen. Y juzgando por lo que muestran las imágenes, la Tierra no aguantará mucho... eso si no la destruimos nosotros antes utilizando bombas nucleares.

Cruor se llevó la mano a la frente, desesperanzado ante las dos perspectivas de futuro que previsiblemente le surgían a la humanidad: ser destruida por una raza aparecida de la nada que ha transformado su mundo por un lugar desolado, o destruirse a sí misma intentando defenderse con sus últimos recursos. No le cabía la menor duda de que muchos políticos tomarían la decisión de destruirse antes que ceder sus países al invasor, sin pensar en que la Tierra pagaría por su atrevimiento y contribución a la inhabitabilidad. La situación en las colonias sería bastante más sencilla: la guerra acabaría pronto dada la escasa población y los pocos recursos militares de los estacionamientos humanos en el espacio, considerados ingenuamente innecesarios por SI debido a su control hegemónico.

Antonio no comprendía cómo el apocalipsis había llegado a la Tierra en cuestión de horas desde que él mismo descubriera la existencia del paralelo.

—Pero ¿cómo han llegado hasta la Tierra? ¿Utilizan los teleportadores? ¡Podríamos destruirlos y al menos controlar su expansión allí abajo!

La esperanza de su voz se apagó por la negación de Cruor con la cabeza, descorazonado, viendo cómo las criaturas la estaban colonizado, expulsando a sus creadores humanos de su hogar:

—Ya lo intentamos. En diferentes puntos los gobiernos decidieron destruir todos sus teleportadores activos como primera medida de contención. Pero el resultado sólo fue que esos países se quedaron aislados, dependiendo de transportes aéreos, marítimos o terrestres para comunicarse con otras zonas. Las criaturas siguen apareciendo. No sabemos cómo pero son capaces de teleportarse allí donde encuentran energía. Puede que hayan tomado algunos de nuestros teleportadores portátiles pero se plantan en cualquier lugar, sin necesidad de un receptor. Puede que sea su evolución. Puede que sea simplemente la ubicuidad del paralelo en todo nuestro mundo. En todo caso, la mayoría de ellas han nacido en este lugar, es su hábitat y controlan el flujo de energía de una forma desconocida para nosotros. Esto les da una ventaja más; es difícil luchar contra un enemigo que es capaz de desaparecer en tus narices y aparecer detrás de ti.

La respuesta llenó a Antonio de desazón, que se recostó en la pared aún apoyado en el colchón pensando si este sería el fin de la humanidad.

Clara alzó la mirada del suelo, pareciendo recordar algo:

—El sector D...

Se apresuró a encender el sintetizador de su exoesqueleto buscando algo.

—Explícate —le exigió Cruor ansioso por encontrar una respuesta que diera sentido a su aventurado plan de meterse en la boca del lobo, derecho a la raíz del problema. Al fin y al cabo, era la mejor forma de proteger a su familia, una vez separado de ella por las hordas invasoras.

—En las semanas que he estado aquí he intentado recorrer la mayoría de las excavaciones y zonas en el mapa del sintetizador recabando información sobre las zonas más y menos seguras y en las que podía encontrar comida, armas o cualquier cosa que pudiera serme de utilidad para sobrevivir.

Tras pulsar su sintetizador una pantalla holográfica se desplegó y Clara alzó la cabeza, navegando con sus dedos por los controles y niveles del menú. Pasaba las páginas de los niveles verticales como si fueran las de un libro, que traspasaban su rostro y desaparecían al atravesarla como un fantasma que huyera de la habitación. Nuevos niveles iban apareciendo en su lugar en un proceso cíclico que se repetía como una rueda de molino que pasa una y otra vez por el punto de recolección de agua. Finalmente, Clara encontró la galería de imágenes y activó el control, dando paso a una selección en miniatura de ellas. Todas reflejaban partes de la colonia. Estaban ordenadas en carpetas según la zona de la excavación donde fueron tomadas. Clara seguía siendo ordenada, trabajadora y determinada. Ésto sonsacó una sonrisa de Antonio, que reconocía a aquella chica de siempre incluso en este mundo, ajeno y arisco en el que la muerte era el camino más fácil.

—Uno de los teleportadores —comenzó a explicar ella—, el MD-77 lleva hasta la zona del sector D, que es la entrada de superficie a una de las últimas zonas donde comenzamos a excavar. No es excesivamente profundo, al menos por obra nuestra. Por tanto, no tenía demasiadas salas de descanso o provisiones y no fue una de mis prioridades.

Clara accedió a la carpeta del sector D. Sólo contenía un archivo.

—No esperaba encontrarme con lo que vi nada más salir del teleportador. Comencé a grabar rápidamente y salí de allí inmediatamente. Incluso en estos pocos segundos, un explorador apareció de la nada encima mía, se abalanzó sobre mí y me alcanzó con sus garras pero el exoesqueleto impidió que fuera más que un arañazo.

Clara mostró una herida que tenía en la parte trasera de su cuello, un corte cicatrizado pero profundo y reciente, como un recuerdo de lo que pasaría si se atreviera a volver a la zona. Antonio tragó saliva.

La imagen se plasmó frente a ellos mostrando un paraje surrealista, de películas antiguas de ciencia ficción de las que Cruor coleccionaba. En el centro se extendía una llanura rocosa, de la superficie exterior de Titán. Al lado derecho, estaba el edificio anexo de SI y al fondo se veía Rea brillando sobre la negrura difuminada de Saturno. En el lado izquierdo, una pequeña elevación montañosa se abría paso desde la superficie con un orificio excavado en la ladera, como el caparazón de una tortuga que se ha escondido en su interior, dejando a la vista el gran hueco de entrada y lo que parecía ser una cueva creciente. A sendos lados de la entrada, dos gigantes custodiaban el acceso. En el aire, varios exploradores pululaban la zona así como lo hacían varios sabuesos por tierra. Uno de ellos, tenía la cabeza erguida y miraba hacía la cámara con sus ojos rojos encendidos, sus fauces casi perimetrales abiertas con su afilada dentadura superior e inferior subiendo y bajando, preparada para atrapar y despedazar a la presa que acababa de detectar gracias a sus tremendo sentido olfativo que le permitía competir con sus compañeros alados en la carrera hacia la presa. La habían detectado.

Antonio se había puesto en pie para examinar la imagen de cerca, posando su mano sobre el hombro de Clara y acariciando su cicatriz.

—Hiciste bien en salir de allí.

Clara le miró sonriendo. Había sobrevivido sola varias semanas y no necesitaba de su aprobación (e incluso le costaba aceptarla, fruto de su esfuerzo por no parecerse a la imagen que se creó, justa o no, aquel día de aquella *amiga* de su padre), pero sintió el calor de su frase y de que ambos estuvieran simplemente maravillados de que el otro siguiera con vida. Apretó dulcemente su mano en retorno, para luego aseverar con convicción:

—Es ahí donde tenemos que ir, es ahí donde está la base. Las nuevas criaturas y las evoluciones tienen que surgir de algún sitio, y esta guarida tiene todas las papeletas de ser su epicentro. Tendremos que destruirla antes de que puedan asentarse en cualquier parte de la Tierra o en otras colonias, y crear algo similar. Si es que no lo han hecho ya...

Antonio fue físicamente incapaz de responder porque desconectó. Notó una presión, una presencia en la sala. No era el aire sino la materia que se había vuelto más densa y le costaba respirar. Sentía que había alguien detrás suyo. No podía verlo, pero lo sabía. Y ese alguien le bloqueaba. Era como la sensación de algo acechando en la oscuridad tras ver una película de terror, pero esta vez sabía que no era su imaginación la que le jugaba una mala pasada. Algo había cambiado en el ambiente, en la constitución del aire. Aunque sólo fuera por un segundo, alguien había alterado la textura del paralelo para luego volver a estabilizarla. Antes de que pudiera intentar darse la vuelta, algo frío y viscoso se posó sobre su hombro, extendiendo un frío cosquilleo por su columna y paralizándole por completo.

Veintidós: adelante

E l escenario había cambiado completa y súbitamente. Se encontraba en un entorno diferente, de colores mezclados y vivos. Rojos, amarillos y verdes se extendían frente a él como en un mapa de temperaturas o presión, con formas variadas y cambiantes. Parecía estar flotando en un gran cuadro abstracto cuando algo trató de materializarse frente a él: una forma más delimitada y aun así variante que podía deslizarse se le acercó, tratando de transmitirle calma, y de mostrarle y enseñarle algo. La forma era maleable pero consciente de su volumen y estructura. Inteligente. En control. Viva. Su textura era transparente con puntos azulados, llenando su perímetro con curvas de diferente radio y curvatura hasta volver al punto inicial. Antonio tuvo la sensación de estar en el interior de un plato de Petri, con una ameba gigante frente a él. Su mente vagaba sin él quererlo y en su subconsciente un mensaje silencioso llenaba sus pensamientos. *Inicio, comienzo, fundación.*

La figura se le fue acercando y cambiando poco a poco, enderezándose. Su altura era similar a la de Antonio, que seguía enfrascado en este sueño, esta realidad pasiva que le asombraba y, pese a no sentirse dueño de sus actos, no le atemorizaba. Finalmente la forma se detuvo a un metro de distancia. La mitad inferior de su amorfa superficie comenzó a estrecharse y alargarse creando incisiones en sus laterales y en la parte inferior, conformando lo que podría tomarse por piernas. La mitad superior fue dejando su forma redondeada para terminar de moldear un contorno de aspecto humano, tornando en una especie de cabeza y poco a poco cincelando rasgos humanos, como una escultura viscosa escupida por una impresora en tres dimensiones a toda velocidad. Pese a ser monocolor, podían observarse ojos, boca y nariz. Si no fuera por su textura gelatinosa, su color azul y su falta de pupilas, pelo o cualquier otro elemento más allá de la silueta hubiera parecido humano. Parecía cubierto de brea, o embebido en un disfraz azul de cuerpo entero.

Tan sólo un instante después, la textura de la figura cambió como una capa que desaparece y da lugar a la verdadera piel, como si un filtro de desvaneciera en los ojos del espectador y la piel bajo la cáscara se mostrase carnosa, vívida y descarada convertida en azul celeste y opaco, ceroso. El volumen bajo el cuello cambió al color blanco, y se fue definiendo, saliendo del molde y tomando relieve y conformando algo similar a una túnica.

En este momento, los párpados de la forma se separaron y su interior azul e infinito miró a Antonio, sonriendo.

Pese a las maravillas que se presentaban ante él, Antonio no sentía emoción alguna, fuera ésta miedo o asombro. Se sentía un observador en tercera persona, alguien a quien le estaban contando una historia a través de realidad aumentada. El entorno era fantástico, inimitable y por tanto auténtico, real. Y el mensaje en su subconsciente seguía distribuyendo la misma sensación a su cuerpo. *Inicio. Comienzo. Fundación.* Estaba ante el nacimiento de algo ¿Una especie? ¿Un mundo? Antonio apenas podía pensar. Sólo observar.

El ente posó su brazo sobre él y Antonio reconoció la sensación fría y viscosa que acababa de tener en la sala, algo que parecía haber ocurrido hace un instante y a la vez años atrás. Había perdido la noción del tiempo y todo parecía embebido en un instante. La forma le impulsó y Antonio flotó de algún modo por la colorida estancia, viendo a otras formas similares a su alrededor, interactuando entre ellos mientras cambiaban tomando aspectos reconocibles. Antonio pudo ver sus viviendas, sus pueblos. Antonio comprendió que se trataba de otra civilización. Una vez alcanzó este entendimiento, se detuvo y aquel mundo fue alejándose de él a gran velocidad, cambiando su colorida visión por la oscuridad del universo que le arrastraba mientras él caía despedido hacia atrás.

Volvió en sí, para encontrarse de nuevo en la sala con Cruor y Clara justo delante suya, tal y como los recordaba. El tiempo no había transcurrido en absoluto. Una presión en su cabeza resonó en un tono un tono carente de toda emoción y le transmitió un mensaje «*Ya lo has visto, somos otra forma de vida. Estoy aquí para ayudarlos, os he vigilado, Antonio. Date la vuelta y controla la reacción de tus compañeros.*»

Antonio no entendía bien lo que estaba pasando. No escuchaba sonido alguno pero el mensaje era claro en su cabeza, le estaban transmitiendo la información directamente a su cerebro de algún modo. Todavía con la sensación helada recorriéndole la espalda y la textura gelatinosa sobre su hombro, se dio la vuelta lentamente sin saber qué iba a encontrarse. Al girarse, se encontró con la forma que había visto en su visión. Una especie de hombre azul con una toga blanca cubriéndole el cuerpo, que le sonreía. Era algo más bajo que Antonio pero parecía ligero y volátil, como líquido, hecho de agua.

«*Tranquilo. Necesitaba aproximarme a uno de vosotros primero. Ahora da a conocer mi presencia a tus compañeros y me comunicaré con todos vosotros.*»

Las palabras apenas pudieron formarse en su garganta pero finalmente salieron al exterior.

—Clara, Cruor, no tengáis miedo pero no estamos solos. Daos la vuelta.

Al escuchar esto ambos se giraron súbitamente llevándose las manos a sus cinturas para desenfundar un arma. La figura que mantenía su brazo sobre el hombro de Antonio llenó a ambos de terror. Empuñaron el arma y tensaron los brazos y los dedos índices en el gatillo, dispuestos a disparar fruto del acto reflejo del más fuerte de los instintos: el de supervivencia. Las palabras de Antonio no eran suficientes, por lo que tuvo que alzar el brazo y se apresuró a interponerse en la trayectoria de las armas.

—No, no, tranquilos. Viene a ayudarnos.

La figura frente a ellos mostró una sonrisa de satisfacción al ver su plan cumplirse punto por punto, como planeado, e inclinó la cabeza en un sereno gesto de agradecimiento.

Clara y Cruor seguían respirando fuertemente, ojipláticos y aterrados pero la criatura les otorgó el tiempo necesario para procesar la información que sus ojos y oídos recibían primero y hacían llegar a sus cerebros para obtener una conclusión; la cual llegaría hasta sus músculos para bloquear el reflejo instintivo de apretar el gatillo y descerrajarle un disparo a quemarropa a aquella criatura azulada y deforme. Un proceso lento, protocolario y aburrido para ella, quien se armó de paciencia y esperó. Una vez el mensaje fue recibido, la respuesta apropiada fue ejecutada: ambos se relajaron y bajaron las armas.

La forma volvió a alzar la cabeza, y esta vez todos ellos sintieron la presión que ejercía la recepción de su comunicación en el interior de sus cráneos. Los tres se llevaron las manos a la sien intentando palpar o contener la fuerza contra sus cabezas y al mirar a aquella presencia, se dieron cuenta que no movía los labios.

«*Podéis llamarme Magma. Pertenezco a una civilización que podéis llamar Andrómeda. Nuestra forma de vida surgió hace miles de años en el seno de un planeta gaseoso de la galaxia que vuestra especie conoce como Andrómeda. En nuestra forma original no nos parecemos en nada a vosotros* – dijo mirando a Antonio, que recordaba lo que le había sido mostrado en su visión—, *pero podemos adaptarnos y cambiar de forma fácilmente*».

Los tres miraban a aquel ser, examinándolo. Parecía una antigua escultura griega de mármol cubierta de azul y de textura viscosa que les contemplara con plácida parsimonia, con ojos inertes, dibujados sobre su forma continua y homogénea.

«El Universo ha evolucionado en cientos de maneras diferentes. La vida no existe sólo basada en el carbón, como la vuestra, sino en cientos de compuestos y aleaciones que nunca habéis encontrado o directamente no existen en vuestro Sistema Solar, en vuestra Galaxia o en vuestro paralelo. El caos del gran comienzo que vosotros llamáis Big Bang es un abanico infinito de posibilidades para crear vida, y la vida se ha abierto camino de cientos de maneras diversas que han tenido lugar y encontrado un hogar en diferentes paralelos, además del vuestro. La búsqueda no es tanto en la distancia como en las realidades alternativas.»

Bien la expresión en los rostros de los tres integrantes de su audiencia, o bien alguna conexión con sus pensamientos le hizo darse cuenta de cómo reaccionaban atónitos los humanos ante estas revelaciones: diferentes formas de vida en diferentes realidades alternativas.

«¿Cómo? ¿Pensabais que estabais solos en vuestro mundo? ¿O que sólo había dos paralelos?»

La risa del andrómedo que se hacía llamar Magma resonó en sus cabezas. Los tres se miraron, desconcertados. Por primera vez el tono de su habla se desvió de la neutralidad e hizo sospechar y estremecerse a Antonio.

Tras unos segundos de pausa y sin parecer importarle el evidente desconcierto y la desconfianza que había crecido en su público, Magma prosiguió:

«Sois una especie ingenua. Hasta que no veis algo con vuestros propios ojos o lo experimentáis, ni siquiera os planteáis otras posibilidades. No escucháis a aquellos que han recorrido vuestros caminos, sino que os empecináis en cometer los mismos errores vosotros mismos. Esa no es manera de avanzar como un conjunto, una unidad, una especie.»

Magma se deslizó sobre el suelo, como si disertara arrastrando su cuerpo-túnica en un foro romano, cambiando su expresión y su tono, ahora sí, por uno más pedagógico: como el de un profesor que alecciona a sus perdidos alumnos, o el de un sabio experto en un parlamento de políticos incompetentes que confían en él como recurso para salir de la crisis, salvar su asiento y contentar a sus lobbies.

«Nuestra vida está basada en el nitrógeno y nuestra forma no es fija, sino que podemos cambiar y adaptarnos. Somos de algún modo maleables pero precisamos de dicho elemento para sobrevivir y por tanto no somos capaces, por ejemplo, de sobrevivir bajo vuestra agua. Precisamos de la misma manera que vosotros de una burbuja protectora que nos proporcione un entorno de nuestro medio en el que intercambiar nuestra energía.»

Magma volvió a deslizarse, volviendo sobre sus pasos, sin cambiar la careta en su rostro inerte.

«Hablando de energía, nuestra asimilación de ésta es bastante más óptima que la que habéis conseguido con vuestros aparatos artificiales. Descubrimos los paralelos y el viaje entre ellos casi de forma tan natural como vosotros descubristeis el respirar. Sintetizamos y asimilamos esta energía, y entendemos su procedencia, composición, textura y propiedades de forma que podemos modificarla si lo consideramos oportuno. Las dimensiones del tiempo y del espacio nos son tan evidentes como para vosotros lo son vuestros sentidos.»

Cruor se atrevió a tomar la palabra

—¿Cómo... cómo te comunicas con nosotros? ¿Es... telepatía? ¿A eso te refieres con modificar la energía?

Magma dibujó una sonrisa que resultó algo condescendiente sobre su careta azul.

«Digamos que sí... En parte. Utilizamos el medio como vosotros, la presión, la transmisión de movimiento. Para entendernos debemos percibir este cambio en el medio y asimilarlo. Para comunicarnos, carecemos de cuerdas vocales pero provocamos una perturbación de forma eléctrica y directa sobre vuestro cerebro que es capaz de asimilarlas de la misma manera que vuestros clones reciben sus recuerdos.»

El hecho de que conociera estos detalles alertó al grupo. Magma les miró de forma condescendiente:

«Sí, os espiamos y conocemos vuestros turbios secretos y cuál es el límite de vuestra tecnología. Sabemos cómo habéis abierto la brecha entre el paralelo futuro y el vuestro, y como la entropía ha aumentado hasta absorberos.»

Antonio le interrumpió:

—¿El paralelo futuro has dicho?

Magma pasó de tener sus ojos perdidos en el infinito a clavarlos directamente en Antonio. Unos ojos redondos y vacíos hasta los párpados, y azules como el resto de su cuerpo.

«¿No habéis visto que en el exterior, más allá de las disrupciones en la superficie *por vuestras limitaciones físicas, no hay energía? ¿No hay sol?*»

Los tres se dieron cuenta que estaba en lo cierto. No habían pensado en ello pero no había luz solar ni sensación de calor o energía proveniente de la estrella.

«*Estamos en una de las diferentes posibilidades en la que vuestro mundo, en el estado como lo conocíais hace un siglo, sufrió un cataclismo, un desastre.*»

Dejó pasar unos segundos antes de continuar:

»*El núcleo de vuestro sol murió, formando un pequeño agujero negro que se llevó consigo a los planetas que conocéis como Mercurio y Venus, causando un arrastre gravitacional a la Tierra que terminó con la mayor parte de vida en el planeta. Sin el Sol, el resto aguantó menos de vuestra unidad de medida conocida como año o retorno solar. Una agonía sin esperanza alguna de éxito.*»

«*Oh, y sobre modificar la energía* —prosiguió Magma—... ¿Cómo creías que me he teletransportado de mi paralelo al vuestro, que os hemos espiado o que te he podido mostrar el comienzo de mi civilización en tu cabeza en *apenas un instante de vuestro tiempo? Ah ya, no habías pensado.*»

A Antonio le empezaba a irritar el tono arrogante y condescendiente del auto denominado andrómedo. Le recordaba a alguien, alguien de quien era mejor no fiarse.

Cruor negaba con la cabeza y explotó:

—Muy bien, muy bien. Joder esto se está volviendo tan increíble incluso para mí que no sé si estoy alucinando o no, pero de dónde yo vengo el paralelo se ha ido expandiendo y nuestro mundo, o paralelo o planeta o como lo quieras llamar se está yendo a la mierda. ¿Cómo nos explicas esto, maestro? ¿Y por qué no nos congelamos ipso facto?, le espetó.

Antonio le miró y vio cómo el sudor le caía por la frente fruncida. Con los dientes apretados y los puños cerrados, estaba a punto de perder el control de sí mismo, al borde de un ataque de nervios. ¿Y quién no? Todo aquello era demasiado: atrapados en este paralelo lleno de bestias, mientras el mundo se iba al garete y filosofando con una especie alienígena multidimensional. Pero Antonio supo que todo eso, por muy apocalíptico que fuera, le importaba un comino a Cruor: pensaba en su familia.

Magma abrió los brazos mostrando las palmas de sus manos azules, lisas e impolutas.

«Estoy aquí porque quiero ayudaros a terminar con vuestra propia creación y a restaurar el equilibrio entre los paralelos...»

Hizo una pequeña pausa, para permitir que el mensaje calara en Antonio, quien tardó un momento en reaccionar, agitando la cabeza.

—¿Nuestra creación? ¿Perdona?, las palabras salieron sin pensarlo, como un reflejo automático.

Clara le agarró del brazo, con cara de circunstancias «Luego te cuento, cariño...». Las piezas empezaron a encajar en la cabeza de Antonio. En efecto, tenía cara de bobo. La conversación anterior entre Clara y Cruor... fue como un niño que escucha lo que quiere para evitar reconocer lo que ocurre la noche de Reyes. El factor humano, la bendita ilusión, para lo bueno y lo inocente. De soslayo, se dio cuenta de que Magma miraba sonriente, arrogante, como si hubiera sabido de antemano perfectamente lo que iba a suceder. Como si supiera que él no estaba al corriente. Como si supiera del presente y del futuro y manejara la información a su antojo, para su propio beneficio, o diversión.

El andrómedo comprendió que era el momento de continuar, como si las agujas del reloj hubieran avanzado justo hasta el siguiente hito en el camino temporal sobre el que él, o ella, lo que fuera esta criatura, iba y venía.

«La energía no se destruye y vuestro mundo pese a haber sido superpuesto por ese paralelo futuro, sigue presente. Tenéis razón al creer que vuestras incursiones en un mundo alterno han dañado el equilibrio del cosmos, pero pensaba que la razón de la claudicación de vuestro mundo frente al de las Larvas os sería evidente» —Tras una pequeña pausa, y justo cuando Cruor alzaba el puño y se disponía a recriminarle su demagogia prosiguió —*«La especie en evolución que nosotros conocemos como Larvas han ido acumulando toda la energía de la zona de Titán. Utilizando vuestros sistemas de teleportación y mediante la energía misma han llegado hasta otros puntos del Sistema Solar. Cada vida que han arrebatado ha ido incrementando la balanza del lado rival. Os están absorbiendo, chupando, asimilando. Estáis en guerra por vuestra supervivencia, y debido a la capacidad innata de las Larvas para asimilar y trabajar la energía, vuestras bajas cuentan más que las suyas. Esto si lo podéis comprender, ¿no es así? ¿Padres de las criaturas?»*

Sus ojos seguían vacíos pero su mirada se clavó como dos flechas en las espinas dorsales de Cruor y Clara, bombeando el sentimiento de culpa a todo su ser.

Su trabajo en SI había dado lugar a las aberraciones que pretendían acabar con la humanidad. Algo de responsabilidad en la destrucción de la especie humana sí que tenían.

«Creemos que el destruir la acumulación de energía que las Larvas han creado, debería restaurar el orden», finalizó Magma cruzando los brazos y guardando así las manos en las anchas mangas de la toga que le cubría, como esperando al turno de preguntas que inevitablemente debía desbordarse como un torrente de agua rompiendo una presa.

Antonio fue el primero en reaccionar, leyendo rápidamente la situación y el carácter del extranjero, no del mundo, sino de todo el universo conocido, o paralelo. De inicio se había presentado como un amigo, y había conseguido transmitirle esa sensación físicamente. Antonio ya estaba tan convencido de que lo segundo se debía a sus poderes de manipulación de la materia, como de que su amabilidad iba a tener un precio.

—¿Por qué aparecer ahora? ¿Por qué no haberlo impedido antes? ¿Qué ganáis vosotros con todo esto?, inquirió.

Magma sonrió antes de responder, sabedor de que la pregunta llegaría.

«Como dije antes, no nos hubierais hecho caso hasta experimentarlo vosotros mismos, y tampoco conviene alterar el discurrir de las cosas. Aún así, nos preocupa el bienestar del Universo pero... nos gustaría recibir algo a cambio...»

Su expresión se hizo más sombría, y algo cambió incluso en el ambiente de la sala como un anochecer repentino que oculta la claridad y la seguridad del día, estremeciendo sin remedio al cuerpo; como un escalofrío ante el que nada se puede hacer.

«Somos una especie curiosa, vivimos del estudio y la sabiduría y queremos contener y observar a diferentes especies... incluida la vuestra», incidió, como esperando una respuesta.

En esta ocasión fue Cruor el que creyó entender lo que le estaban proponiendo el extraparaleliense entre líneas:

—¿Queréis... —las palabras se le atragantaron—queréis... ejemplares de humanos? ¿De nosotros?, balbuceó mientras su cerebro de ingeniero intentaba procesar la información, calculando las posibles soluciones al porqué de la solicitud, sin entenderla.

Bingo. La sensación de presión aumentó por un momento en la sala, como fruto de la excitación de Magma al pensar en la posibilidad de tomar ejemplares humanos. El cambio fue tal que llenó sus cráneos de dolor, y una imagen se deslizó y formó en sus retinas: varios *andrómedos* despedazando y estudiando el cuerpo de un humano. Sus expresiones dejaron de ser calmas, y mostraban perversión y codicia en unos rostros enfervorecidos por la lujuria depravada del poder y el estudio sobre el sujeto.

Al mirar a Magma creyeron ver esta misma expresión, de pupilas estrechas y alargadas en ojos entrecerrados, con un relieve de boca abierta mostrando una dentadura afilada. El instante pasó y Magma volvía a tener la misma expresión imperturbable que antaño. Maciza, inerte. No podían decir si lo habían visto o imaginado.

«*Necesitamos vuestro conocimiento para producir clones. Y también algún ejemplar, auténtico. Queremos estudiar y comprobar la existencia de eso que denomináis alma. Sintetizarlo. Todos nuestros intentos hasta la fecha han sido en vano.*»

Ellos le miraban resignados, guardando su furia en su interior.

«¿Qué decís? ¿Vuestra civilización por algunos de vosotros?»

Antonio no respondió, pero sabía cuál era la respuesta. Sólo hay un camino... aunque su destino a medida que se despliega pueda no ser el esperado por el caminante... tan sólo sonrió para sus adentros y se preparó para lo que se le venía encima.

FIN

+1: guerra

El horizonte rojizo le apaciguaba. El conjunto tenía el fondo cálido del atardecer y de los naranjos a ras de suelo, salpicado por ráfagas de explosiones; del polvo y del albero levantados que llenaban el aire manchados por la sangre derramada a borbotones por las sucesivas víctimas de sus huestes, que manaban de aquella mancha oscura que ocultaba el sol tras ella: la brecha entre mundos. El viento le acariciaba la cara, ese extraño elemento tan bizarro para él, nacido en un lugar de negrura estática, de alteraciones y zumbidos en las paredes. Él, quien no sabe cómo nació, pero que sí entiende para qué. Él, quien comprende y ejecuta su cometido a la perfección.

Apoyado sobre la lanza forjada con huesos humanos que utilizaba como bastón o arma según fuera oportuno, el general avistaba el advenimiento de sus tropas sobre la Plaza de España de Sevilla. Las fuerzas de la Guardia Planetaria se habían atrincherado alrededor de lo que solía ser un cuartel militar, y que ahora se había convertido en una mera ratonera donde intentar resistir sin esperanza alguna de éxito.

Él avistaba todo desde lo alto de la Torre del Oro, con la tranquilidad de quien se siente en control, sabedor del desenlace y que tan sólo espera contemplativo el desarrollo de aquella película conocida. El sol cayente se reflejaba en el río, lleno de cuerpos descuartizados, creando un rojo cobrizo que le distendía aún más.

Sin embargo hoy estaba preocupado. Tenía un runrún constante que le molestaba, una pregunta que circulaba por su cabeza: ¿Por qué?. Recordaba su misión, aquella para la que había nacido, la sentía en su interior, en sus entrañas, y marcaba cada uno de sus instintos... pero no tenía ninguna otra consciencia de sí mismo, de su vida. Tan sólo recordaba lo que sentía, y sentía lo que recordaba: recuperar energía a toda costa.

Un par de soldados humanos aparecieron por el torreón. Pobres diablos. Casi sin inmutarse, les descerrajó el cuello con un rápido movimiento de su bastón.

Él seguía visualizando y asegurando el espectáculo, el de su victoria. Tendría tantas cosas que reportarle a Madre a su vuelta a casa...

Unas manos aparecieron de repente en la base chata circular de la cúpula dorada sobre la que coordinaba el ataque: las de otros pobres desgraciados que pensaban podían pillarle desprevenido, por la espalda. Eso no funcionaba con él. Había sido diseñado contra ello. Mallock los miraba llenó de contemplación y desdén. Mira que venir a molestarle ahora que estaba pensando en sus cosas... Les dio un poco de ventaja, hizo que creyeran que tenían opción. Cuando ambos guerrilleros se irguieron a su alrededor entusiasmados, llenos de esperanza, él la cercenó de cuajo, esquivando el rayo térmico lanzado por uno de ellos contra su cabeza, y absorbiendo la descarga energética disparada por otro sobre su espalda. Acto seguido, de un elegante mandoble les descerrajó las entrañas a ambos, invitando a sus tripas a caer borbotones sobre la cúpula, ahora manchada del mismo rojo cobrizo que el río, cuyos cuerpos amontonados ya tendían puentes flotantes entre Triana y Sevilla.

Mallock no pudo sino sentirse embriagado por la belleza del cuadro *Magnífico*, pensó al ver la alegoría que el paisaje le ofrecía: los colores del atardecer pigmentando cielo, río y torre, un ocaso que a la vez era el de toda una civilización. *Madre estará orgullosa...*

Glosario

- **Agencia Espacial Unitaria**: fundada en el año 2028 para aunar esfuerzos (y presupuesto) de cara a la exploración espacial, hereda de las agencias nacionales que sin embargo recelan del trabajo coordinado, dificultando su avance. Tras la teleportación, SI se convierte en socio principal a nivel presupuestario, aliviando las tensiones anteriores.

- **Airball**: deporte altamente violento de nueva aparición tras la proliferación de los sistemas cuánticos que permitieron la extensión de los recintos de microgravedad, resultado una suerte de mezcla entre Rugby y Balonmano con escasas reglas, en la que dos equipos suspendidos en una esfera microgravitacional tienen que anotar goles en las porterías situadas en puntos opuestos del perímetro ecuatorial de la misma.

- **Campos de sujeción electrogaseosos**: sistema electromagnético situado en el perímetro de cada panel (zona habitables) en los asentamientos humanos en el Sistema Solar para controlar y «terraformar» la atmósfera en su interior produciendo un hábitat controlado que permita la vida de los colonos, la agricultura, la ganadería o el desarrollo de actividades deportivas.

- **La Matriz**: sistema de transporte primeramente instalado en la colonia minera de Titán, y posteriormente extrapolado al resto de asentamientos humanos en el Sistema Solar. Se basa en direcciones o puertos con tres cifras (x,y,z), donde 'x' representa el Panel o fachada accesible para el transbordador, 'y' la fila o planta dentro del edificio, y 'z' la columna o pasillo.

  - **Transbordador**: principal módulo de transporte en las colonias humanas del Sistema Solar. Puede operar encajado en los raíles de un panel, o levitando entre paneles gracias a sus cuatro motores de propulsión eléctrica, y el control remoto de PAL.

- **Monorraíl**: tren levitante que interconecta el apeadero público de cada panel entre sí.

- **Panel Address Locator (PAL)**: sistema de cálculo distribuido en la nube del Internet Cuántico, responsable del cálculo de trayectorias optimizado, y de la calidad de servicio del sistema de transporte matricial de la colonia.

- **Estaciones de Intercambio**: intercambiadores de líneas de transbordadores y de monorrail en cada colonia humana en el sistema solar. Representan a los elementos básicos en la naturaleza, según la compresión humana. En función del tamaño del asentamiento van en el orden siguiente: Agua, Tierra, Fuego, Aire, Plasma. Denominar a estaciones consiguientes según los interesados cuánticos aún no ha sido necesario.

- **La Virtud**: doctrina surgida durante la llamada crisis de valores (2016—2042), en la que la humanidad buscada respuesta al Cambio Climático, a la mediocridad, vulgaridad, violencia y odio a la que estaba expuesta por políticos, nacionalismos, Redes Sociales y fuerzas soberanas. Se basa en el ensalzamiento de siete valores primarios (bondad, curiosidad, respeto, disciplina, paciencia, pasión, esperanza), que derivan, como los colores, en secundarios y terciarios al mezclarse entre ellos. Su objetivo es la obtención de una *Armonía Global* y la *Cohesión Social* a partir de una *Armonía Personal*, siguiendo como regla fundamental la satisfacción personal, con actos egoístas de ser necesario.

- **El Consejo del Círculo**: sanedrín creador de la religión de La Virtud, que reniega de protagonismo, de autoría o de propiedad, más allá de la publicación de El Círculo

- **El Círculo**: escrito aparecido y puesto a disposición, no publicado, en 2036 con el que el Consejo del Círculo dio a conocer los principios de

La Virtud, y que fue un best-seller instantáneo en todos sus formatos, físicos (teletransportados o no), o digitales.

- **Solar Innovations:** empresa originaria de Almería, Unión Mediterránea, antigua España, que engendró el primer teleportador en 2032 utilizando la superposición y en entrelazado cuántico de las partículas. A partir de ahí desarrolló tecnología que permitió la colonización humana del Sistema Solar, incluyendo el desarrollo del teleportador humano. La riqueza y poder subsecuente le otorgaron una posición privilegiada bien de monopolio, bien de influencia en todos los estatutos del Sistema Solar.

- **Lagraña, Juan Ignacio:** fundador de Solar Innovations. Famoso por su ego, arrogancia, y por haber gestado el primer teleportador cuántico de objetos (no así de personas, atribuido internamente a Pedro Sombra, pese a su intento de encubrirlo y llevarse los galardones), así como por la presentación que hizo del mismo en la pequeña oficina de la empresa Solar Flares, Inc. en Sevilla, antigua España. Las actividades habían sido encubiertas durante una década para evitar fugas, bajo el desierto de Almería, Unión Mediterránea, antigua España. Su autobiografía *Yo puedo* fue un éxito de ventas instantáneo, sólo superado como el más vendido de la historia por *El Círculo*, manual de preceptos de la religión de La Virtud.

Paneles destacados de la colonia de Titán

- **Hall Social 2B:** centro neurálgico de la colonia humana minera en Titán, situado en el Panel 1, y accesible mediante la estación Agua siendo por tanto, el intercambiador principal del asentamiento. Parte de la estación son los elevadores a las plantas de oficinas, ocupadas por la administración, bancos y empresas (en su mayoría, al menos oficialmente) relacionadas con SI. Su plaza principal alberga el Embarcadero (de aeronaves y de teletransporte), la galería de arte La Pasarela, y la comisaría de policía de Titán. Su nombre deriva de la entrada al centro donde Solar Innovations desarrolló el primer transportador cuántico en Almería, Unión Mediterránea, antigua España.

- **El Maletín:** centro deportivo compartimentado de forma rectangular, con un restaurante en forma de cúpula transparente en la cima. El acceso se efectúa por el jardín botánico frontal, atravesado por la cinta levitante, y la parte trasera ofrece las pistas exteriores capaces de albergar entre otros los Juegos Olímpicos.

- **La Colmena**: icónico panel de la colonia de Titán, que sirve de centro de ocio y de sede al Parque del Amanecer, lugar sagrado para la religión de La Virtud, que alberga siete zonas temáticas en representación de la orografía y culturas terrestres, con centro en la idolatrada Fuente de Toda Virtud, también conocida como *Pureza o Virtudes*, o *Fuente del Amanecer.* También alberga el sagrado, por otros motivos, centro recreativo Las Vegas, con todo tipo de entretenimiento...

- **La Mina**: icónico estadio de Airball de los Titan Drillers.

- **Vigía**: plástica montaña de Titán situada en el centro de la llamada explanada del Ejido, cercana al estadio La Mina y a La Colmena, que inspira y se comercializa como guardiana de los colonos, del Embarcadero, y del equipo de Airball Titán Drillers.

Materiales y derivados

- **Aperito**: material altamente inestable, mezcla del Silco y del Linium, cuya radiación no focalizada es de intensidad mortal para el ser humano, pero que canalizada y atenuada permite abrir un portal al paralelo en puntos donde se encuentren huellas de energía suficientemente potentes.

- **Huellas de energía**: rastro de eventos pasados o futuros que pueden ser visualizados gracias al procesado de la asimilación que realiza el Aperito mediante un Sintetizador, y utilizadas para abrir portales a los paralelos con un Revelador.

- **Linium**: mineral encontrado en Titán, mantenido en secreto por Solar Innovations, y cuyas propiedades altamente maleables en su estado cuántico permiten controlarlo para llenar o vaciar espacios, como por ejemplo una puerta o unos grilletes.

- **Revelador:** aparato, originalmente portátil y con forma de cinturón, con agujeros y una hebilla de activación, que permite, a través de la radiación del Aperito, abrir o cerrar un portal al paralelo.

- **Silco:** mineral mezcla de silicio y carbón fósil encontrado en Titán y Europa cuyas propiedades habían posibilitado la proliferación de aparatos cuánticos y de teleportación humana.

- **Sintetizador:** dispositivo —embebido en un exoesqueleto de exploración o no—, que permite procesar y transformar y reproducir las huellas de energía en el registro (audiovisual) de la actividad pasada o futura que dejó dicha huella.

Tecnología

- **Armas:**

  - **Pistola desintegradora (deformadora de estado):** se basa en la descomposición cuántica del objetivo, similar a la realizada para la teleportación pero sin envío del mapa cuántico, ni recomposición posterior. Tan sólo descompone el elemento objetivo, seleccionable en modo manual o automático (desaconsejado) desde la pantalla (cámara) de control, y envía el resultado al espacio exterior sin recomponerlo.

  - **Pistola de presión:** la presión de su emisión de onda energética emitida embiste y se lleva por delante la superficie que encuentre a su paso. Utilizada en minería, su daño es configurable y limitado por su potencia y cabezal de disparo.

  - **Pistola de energía:** la energía emitida es utilizada por las fuerzas del orden para paralizar a un sospechoso, pero que puede ser mortal si la intensidad no se regula.

  - **Láser térmico (o *término*, así llamados los tuneados sin limitador, usados por bandas criminales):** similar a un sable o látigo cuasi-rígido, permite llevar la superficie de la tira a temperatura de fundición, de hasta cientos de grados Celsius.

- **Exoesqueleto:** traje completo y maleable para sobrevivir en el Paralelo. Controlable desde una interfaz en el antebrazo, tiene varias configuraciones de volumen, rigidez y agilidad, así como una mochila/inventario embebida y casco. Recicla y genera oxígeno de ser necesario. Realizado con Linium, permite moldear su volumen, acceder o cerrar bolsillos, y dejar partes a descubierto para airearse o hacer sus necesidades.

- **Catana, embebida en el exoesqueleto,** larga y afilada espada de Linium, siguiendo los preceptos de construcción Nobunaga.

- **Internet Cuántico**: evolución de la «red de redes» Internet, utilizando la potencia exponencialmente superior de los ordenadores cuánticos.

  - **Quantum Connectivity Of Things (QCoT)**: tecnología que permite la integración en tiempo real de dispositivos gracias a la teleportación entre sistemas de los valores medidos por sensores o las imágenes tomadas. La Matriz lo utiliza para el transporte, y para asegurar el mantenimiento de los transbordadores mediantes drones y operadores

  - **QPSK**: protocolo de cifrado cuántico de información para multiplicar la capacidad de transferencia de datos.

- **Periféricos cuánticos**

  - **Comunicador**: evolución del teléfono móvil, permanentemente conectado a Internet gracias a QCoT. Alberga toda la información de usuario necesaria para operar y transportarse en la colonia, así como datos, memoria personal, comunicaciones o divertimento – pantalla holográfica desplegable—. Más voluminoso que otros dispositivos como el brazalete, su estructura flexible le permite sin embargo portarlo encajado en el cuerpo.

  - **Brazalete**: sistema similar a las pulseras y relojes inteligentes de antaño, complementario o reemplazante del comunicador, pero generalmente de prestaciones menores y funciones limitadas.

  - **Teleportadores**:

- Aquellos conocidos por el público: de objetos, bebidas, comidas, humanos supeditados a pasaporte fisiológico ;
- No conocidos: portátiles capaces de generar clones —Siervos—.

Bestiario de larvas de Clara

Características comunes:

- Viven por y para la **recolección de energía.** Algunas variantes la asimilan, otras la recogen pudiendo igual sintetizarla posteriormente. Las nuevas variantes parecen poder transportarla.

- **Sensibilidad auditiva extrema**, potenciada por el entorno distorsionado del paralelo, que les permiten detectar y localizar una perturbación a kilómetros de distancia

Variantes
Total: 9, **Derrotadas:** 4(+1)

- **Recolector,** la especie que creamos nosotros, para recolectar energía en el paralelo y de la que pensamos el resto ha evolucionado. No es hostil. Parece extinta. Igual canibalizada por su evolución.

- **Explorador,** evolución de cuatro alas simétricas, dos mayores y dos menores, cada una provista de cinco garras. Ojo a los ataques con su lengua.

- **Sabueso,** especie de Doberman con trituradora cilíndrica por cabeza. Visión de 360º. Suele intentar bloquear primero con su cuerpo para luego morder o desgarrar con su cola. Parece tener el sentido olfativo más desarrollado de todas, soliendo ser por ello la primera en aparecer.

- **Gigante,** al menos tres metros de estatura; corpulencia y fuerza acorde al aspecto, y agilidad limitada. De su cabeza cuelga un nido de serpientes. Destrozan lo que tengan a su paso y succionan a sus víctimas para escupir lo que no puedan asimilar.

- **Gusano,** criatura blanca y cilíndrica de volumen parecido a un edificio de viviendas. Su interior parece hueco y accesible por una tapa completamente retráctil que hace de boca dentada. Madriguera desconocida. Marunta bajo tierra. No sé aún qué la atrae.

- **Masa (¿?),** avistada una vez, dudo si es real. Semejante a una masa rosada de boca varias veces la del gusano, y un volumen visible en superficie equivalente a La Mina. Por confirmar.

- **Serpientes,** finas, camuflables y escurridizas, aparecen por los huecos de las superficies rocosas. Su cuerpo puede extenderse o encogerse para atravesar grietas u otros orificios. También en la cabeza del gigante.

- **Rapaces,** nueva especie avistada por Antonio. Por lo descrito, parecen similares a los pterodáctilos jurásicos. De gran tamaño, su larga cabeza ovalada puede absorber a un humano al abrirse, y contenerlo (¿procesar parte?) de la energía recolectada en su abdomen que se abre como una compuerta para depositarlo posteriormente (¿Pero dónde? ¿Sector D?). Tienen un fino sentido visual o equivalente que les permite detectar energía a través de paredes (¿rayos X?). Avistados en grupo y con sentido de vuelo y ataque en formación. Cuidado con el aguijón de su cola (¿puede también absorber presas mediante él?).

- **General (¿?),** avistado en el sector D, podría tratarse de una evolución inteligente de la especie, con más control sobre sus instintos (¿razonar y pensar? ¿Antonio dijo que pudo tenderle una trampa en el museo? ¿Capacidad de control temporal y de la energía, como dijo Magma?). Parecía dar órdenes y controlar al resto de variantes. Por confirmar.

Teorías:

- *Memoria colectiva:* parecen capaces de transmitir conocimientos y recuerdos los unos a los otros a una velocidad demasiado rápida para la comunicación. Esto explicaría sus ataques en formación.

- *Rapidez evolutiva:* las versiones mejoradas de cada especie surgen rápidamente hasta adaptarse completamente al medio y cumplir adecuadamente con su cometido. La memoria colectiva ayudaría a agilizar el proceso de mejora, ¿pero cómo ocurre tan rápido?

- *Base en el sector D*: todos los indicios apuntan a que debe haber un epicentro para la creación de nuevas variantes, para la mejora de la especie y para almacenar la energía (el rapaz y el general -que yo sepa- no parecen procesarla sino transportarla). Aquella cueva custodiada por dos gigantes en la ladera de Vigía parece nuestra mejor opción para llegar a dicho origen.